KB001115

비행사

© Evgenii Vodolazkin 2016

The Korean translation rights arranged through Banke, Goumen & Smirnova Literary Agency
(www.bgs-agency.com) and Rightol Media (Email:copyright@rightol.com)

이 책의 한국어판 저작권은 Rightol Media를 통한 Banke, Goumen & Smirnova Literary Agency와의
독점 계약으로 ㈜은행나무출판사가 소유합니다.
저작권법에 의하여 한국 내에서 보호를 받는 저작물이므로 무단전재 및 복제를 금합니다.

예브게니 보돌라스킨 장편소설
승주연 옮김

비행사

Авиатор

은행나무

나의 딸에게

"뭘 그렇게 열심히 쓰세요?"

"사물과 감정 등을 묘사하고 있어요. 사람들도요. 요즘 저는 매일 제 기억 속에 있는 것들이 사라지기 전에 제가 기억하는 것들을 적고 있어요."

"그러기에는 신이 창조한 이 세계가 너무 거대하지 않을까요?"

"각자 자신이 속한 세계 즉, 이 세계의 일부를 적으면 됩니다. 하긴, 꼭 그 세계의 일부가 작다고만 단정 지을 수는 없지만요. 넓은 시야는 언제든 확보될 수 있다고 봅니다."

"이를테면요?"

"비행사처럼요."

'비행기 안에서의 대화' 중에서

한국어판 서문

세상에는 빅 히스토리와 스몰 히스토리가 존재합니다. 다시 말하면 흔히 역사라고 하는 이야기와 개인의 사적인 이야기가 공존합니다. 이 두 종류의 이야기를 자세히 들여다보면 역사라는 것은 결국 개개인의 사적인 이야기의 일부라는 결론에 도달하게 됩니다.

소설 속에 등장하는 빅 히스토리는 솔로베츠키 제도에 있던 강제수용소를 중심으로 이루어집니다. 이곳은 과거에는 수도원이었습니다. 그곳에는 성스러운 것부터 악한 것까지 모든 것이 한계치에 도달해 있었습니다. 그곳에 도착하면 천국과 지옥이라는 것이 사실상 나란히 위치할 수 있다는 것을 깨닫게 됩니다. 이곳은 빛과 어둠의 형이상학이 만나는 곳이기도 합니다. 절대적으로 좋은 시대도 절대적으로 나쁜 시대도 존재하지 않습니다. 그리고 모든 인간의 가슴속 깊숙이 선과 악이 대립합니다. 이때마다 인간은 이 중 어느 한쪽을 선택하게 됩니다.

특정 시대를 살아온 사람들은 보통 당시 일상에 대해 말하지 않습니다. 말하지 않아도 알 수 있는 것에 대해 쓸 필요가 없다고 보는 겁니다. 그러니까 빅 히스토리와 공존하지만 흔적도 없이 사라지는 것 말입니다. 이를테면 20세기 초에 상트페테르부르크에서 목재 포장도로를 보수한 일을 기억하는 사람은 없습니다. 도로포장에 쓰인 목재는 빨리 닳거나 못 쓰게 됐기 때문에 당시에는 포장도로를 보수하는 모습을 자주 볼 수 있었습니다. 그럴 때면 아침부터 저녁까지 나무망치 두드리는 소리가 났습니다. 지금은 이런 소리를 들을 수 없지만, 당시에 상트페테르부르크에서 이런 소리는 일상과도 같았습니다. 당시 상트페테르부르크에서 운행하던 전차의 색깔을 기억하는 사람도 없습니다. 하지만 다름 아닌 이런 소리와 색깔이 빅 히스토리 전면에 위치하는 동시에 이것을 구성하는 요소였습니다.

장편소설 《비행사》의 주인공의 이름은 인노켄티 플라토노프이며, 그가 복원하는 것은 혁명, 전쟁, 전염병과 같은 거대한 사건들로 구성된 역사가 아닙니다. 그는 무(無)로부터 완벽하게 사라진 것과 그만이 알고 있는 것을 기억해내려고 합니다. 그는 과거의 감정, 문장들, 냄새들과 소리들에 관심이 있습니다. 큰 틀에서 보면 이 '작은' 역사는 위대한 사건들로 구성된 역사만큼이나 중요합니다.

소설 《비행사》를 통해 저는 여러분이 저와 함께 이야기를 쓰기를 기다렸고, 결국 그렇게 되길 바랍니다. 모두가 아는 것에 대한 이야기를 하면서 제가 바라는 것은 여러분 역시 여러분만 알고 있는 것에 대한 이야기를 하시는 겁니다. 이를테면 제가 베란다 지붕 위를 때리는 빗소리를 묘사하면, 저는 여러분이 거기에 자신의 경험을 넣고 이 그림을 더 발전시키기를 기대한답니다. 그러면 여러분은 자신의 경험에 기대어 주인공의 이야기 안으로 들어가실 수 있을 겁니다. 그리고 주인공의 인생을 이해하면 결국 역사 전체를 이해하실 수 있게 될 것입니다.

예브게니 보돌라스킨

| 일러두기 |

* 본문의 각주는 모두 옮긴이의 것입니다.
* 원문을 최대한 살리기 위해 일부 러시아어, 독일어는 한국어 발음으로
  표기하고 괄호 안에 의미를 풀어 썼습니다.

차례

제1부

"밖이 추우니까 모자 쓰고 다녀, 안 그러면 귀가 얼 거야." 나는 그녀에게 말했다. "지금 밖에 귀를 내놓고 다니는 사람이 누가 있나 보라고."

그녀는 "네, 네, 그래야 되기는 하는데"라고 말하면서 동의하는 듯하더니 여전히 모자는 쓰지 않았다. 농담이라 치부하고는 늘 하던 대로 밖에 나갈 때 여전히 모자는 두고 나갔다. 이런 장면이 갑자기 머릿속에 떠올랐는데, 내가 누구와 대화를 나눈 것인지는 알 길이 없다.

아니면 엄청나게 힘들고 끔찍한 일이 생각났다고 하자. 이 역시 어디에서 일어난 일인지 알 수는 없다. 한 가지 확실한 것은, 처음에는 서로 화기애애하면서 훈훈하게 시작했던 모임이 시간이 지나면서 심각한 분위기로 치닫는 상황과 마주하면 마음이 아프다는 것이다. 지나고 나면 당사자들 역시도 그때 왜 그랬는지, 무슨 목적이 있었는지 의아해하곤 하는 상황일 때가 많다.

추모식에 갔을 때 자주 있는 일인데, 사람들은 처음 한 시간 반가량은 고인이 얼마나 좋은 사람이었는지 이야기한다. 그러다가 추모식에 참석한 사람들 중 누군가가 고인은 알고 보면 좋은 사람이 아니었다고 말하는 것이다. 그러면 마치 기다렸다는 듯이 많은 이들이 비슷한 의견을 쏟아내면서 생전에 고인이 천하에 몹쓸 인간이었다는 결론에 서서히 도달하곤 하는 것이다.

다소 엉뚱한 상상이긴 하지만, 어떤 사람이 콜바사 소시지*로 머리를 맞고는 경사면을 따라 끊임없이 돌고 도는데 멈춰지지가 않고, 이로 인해 머리까지 어지러운 상황이 된다고 상상해보자…….

내 머리가. 흔들린다. 나는 침대 위에 누워 있다.

이곳은 어디인가?

발소리가 들린다.

흰 가운을 입은 사람이 들어왔다. 그는 서서 한 손을 입술에 대고 나를 쳐다봤다(문틈으로 또 다른 사람의 머리가 보인다). 나 역시 그에게서 시선을 떼지 못하고 그를 쳐다봤다. 실눈을 뜬 채로말이다. 그는 내 눈의 미세한 떨림을 놓치지 않고 말을 걸었다.

"깨셨습니까?"

눈을 떴다. 낯선 남자가 침대로 다가와서 내게 한쪽 손을 내밀었다.

"가이거라고 합니다. 선생님의 주치의죠."

나는 이불 속에서 오른손을 꺼내어 악수에 응했고, 가이거가 조

---

* 동유럽권 국가에서 즐겨 먹는 소시지.

심스럽게 내 손을 잡는 것이 느껴졌다. 혹시라도 내 손이 으스러지기라도 할까 봐 아주 조심스럽게 악수를 하는 듯했다. 그가 잠시 주위를 둘러봤고, 문이 큰 소리로 닫혔다. 가이거는 여전히 내 손을 잡고서 나를 향해 몸을 숙이고 말했다.

"그리고 선생님은 인노켄티 페트로비치 플라토노프 씨잖아요. 안 그런가요?"

하지만 나는 그의 말에 동의할 수 없었다. 만약 그가 그렇게 말한다면 그만한 근거가 있을 거라 짐작할 뿐이었다. 인노켄티 페트로비치 플라토노프라……. 나는 말없이 한 손을 이불 속에 숨겼다.

"정말 기억나는 것이 전혀 없습니까?" 가이거가 물었다.

나는 고개를 내저었다. 인노켄티 페트로비치 플라토노프. 왠지 모르게 품위가 느껴진다. 조금 문학적인 것 같기도 하고 말이다.

"제가 지금 선생님 침대에 다가갈 때 제 동작 기억하십니까? 제 이름은요?"

왜 그런 질문을 하는 걸까? 내 몸이 그 정도로 안 좋은 건가? 나는 잠시 후에 새된 목소리로 말했다.

"기억합니다."

"그럼 그 전에 있었던 일은요?"

나는 그 순간 주체할 수 없이 눈물이 흘러내리는 것을 느낀다. 나도 모르게 눈물이 쏟아져 내렸고, 나는 통곡하기 시작했다. 가이거는 침대 옆 협탁 위에 놓인 냅킨을 집어 들고는 눈물을 닦아주었다.

"뭐 이런 일로 그러세요, 인노켄티 페트로비치 씨! 사실 살다 보면 기억해야 할 사건은 그리 많지 않습니다. 기분 푸세요.”

“제 기억이 돌아올까요?”

“저도 무척 바라는 바입니다. 지금 선생님의 기억은 상당히 불안정해 보입니다.”

가이거가 말하면서 내 겨드랑이 사이에 체온계를 꽂았다.

“최대한 기억하려고 노력하십시오. 모든 것은 선생님의 노력 여하에 달려 있습니다. 중요한 것은 선생님 스스로 기억해내야 한다는 것입니다.”

가이거의 코털이 보인다. 턱에는 면도하다가 베인 상처도 보인다. 나를 바라보는 그의 시선에는 감정 변화가 느껴지지 않는다. 이마는 넓고, 코는 곧고 코안경을 쓰고 있는데, 초상화 속 인물처럼 인위적이다. 너무 평범해서 인위적인 느낌이 드는 얼굴이었다.

“제가 사고를 당했나요?”

“그렇다고 볼 수도 있습니다.”

환기창이 열려 있어서 창밖의 차가운 겨울 공기와 병실 안의 공기가 섞이고 있다. 정신이 흐릿해지고, 몸이 으스스하고, 뭔가 헤엄을 치는 것 같기도 하며, 수직을 이루는 창틀이 나무줄기와 합쳐지고, 어디선가 본 듯한 이른 저녁의 어스름이 보인다. 창문으로 들어오는 눈도 언젠가 본 기억이 있는 것 같았다. 눈은 창틀에 닿기 전에 녹는다……. 어디에서 본 것일까?

“정말이지 아무것도 기억나지 않습니다. 병원 환기창을 통해서 들어오는 눈이라든지, 이마를 대면 차가운 유리창이라든지 하는 지극히 사소한 것들만 기억날 뿐입니다. 이상하게도 사건들은 전혀 기억이 안 납니다."

"물론 제가 선생님께 과거에 일어났던 사건의 일부분을 상기시켜드릴 수는 있지만, 구체적인 상황을 완벽하게 재현해드릴 수는 없습니다. 선생님의 삶에서 제가 아는 것은 선생님이 과거에 어디에서 사셨고, 누구와 친분이 있었는지와 같은 객관적인 사실뿐입니다. 하지만 선생님의 생각이나 감정은 알 수가 없습니다. 제 말뜻 이해하세요?"

그는 이 말을 하면서 내 겨드랑이에서 체온계를 빼냈다.

"38.5도군요. 열이 좀 있습니다."

월요일

어제는 시간이 없었다. 그리고 오늘은 월요일이다. 오늘은 가이거가 연필과 두꺼운 공책을 가져왔다. 그러고는 나갔다가 잠시 후에 독서대를 하나 가지고 돌아왔다.

"하루 동안 일어나는 모든 일을 여기에 메모하세요. 과거에 있었던 일들 중 기억나는 것도 하나도 남김없이 적으세요. 이 일기장은 제가 볼 겁니다. 저는 이 일기장을 읽으면서 선생님의 기억이 얼마나 빨리 돌아오는지를 확인할 겁니다."

"지금 현재 제게 일어나는 모든 사건은 선생님과 연관이 있는 것뿐입니다. 그러면 선생님에 대한 이야기를 써야 하는 거지요?"

"아프게마흐트(그렇게 하시죠). 저를 묘사하고 자세히 관찰하고 평가하시다 보면, 선생님의 기억 속 어딘가에 있던 무언가가 같이 기억날 수도 있으니까 말입니다. 그리고 선생님이 만나는 사람들의 수도 조금씩 늘려갈 생각입니다."

가이거는 독서대를 내 배 위에 올려놨다. 그러자 독서대는 내가 숨을 들이쉴 때마다 스스로 숨을 쉬기라도 하는 것처럼 시무룩하게 내 배 위에서 올라가는 것이었다. 가이거는 배 위에 올려놓은 독서대의 위치를 바로잡았다. 그러고는 공책을 펼치더니, 내 힘으로 할 수 있는데도 굳이 내 손에 연필을 쥐여주었다. 내 비록 아파서 누워 있기는 하지만(그런데 병명은 왜 말을 안 해주는 걸까?) 손발을 움직이지 못할 정도는 아니다. 게다가 지금은 아무 일도 일어나지 않고 기억나는 일도 없는데 뭘 쓴단 말인가?

공책은 두꺼웠다. 장편소설을 쓸 수 있을 만큼 페이지 수도 충분해 보였다. 나는 연필을 돌렸다. 도대체 내가 앓고 있는 병의 이름은 무엇이란 말인가? '선생님, 저 혹시 죽을병에 걸린 건가요?'

"선생님, 오늘이 며칠이죠?"

대답이 없다. 나도 입을 다문다. 내가 뭐 듣기 민망한 질문이라도 했단 말인가?

"우리 이렇게 하죠. 선생님은 요일만 적으시는 겁니다. 시간을 그렇게 구별하는 편이 더 편할 것 같습니다."

침묵 끝에 가이거가 말했다.

가이거는 수수께끼 같은 인물이다. 그의 말을 듣고 내가 대답한다.

"아프게마흐트(그렇게 하시죠)."

그러자 그가 웃는다.

그리고 나는 연필을 쥐고, 어제 있었던 일과 오늘 있었던 일을 공책에 하나도 빠짐없이 적었다.

화요일

오늘은 간호사 발렌티나와 인사했다. 날씬하다. 말수는 적은 편이다.

그녀가 병실에 들어왔을 때 나는 자는 척했다. 최근 들어서 나는 누군가가 병실로 들어오는 기척이 있으면 종종 자는 척하곤 한다. 그런 후에 한쪽 눈만 뜨고는 그녀에게 질문했다.

"성함이 어떻게 되시죠?"

"발렌티나입니다. 의사 선생님이 선생님은 안정을 취하셔야 한다고 하셨어요."

그녀는 이 말만 할 뿐 내가 하는 질문에는 대답하지 않았다. 등지고 서서 밀걸레로 바닥을 닦기만 할 뿐이었다. 기분 좋은 일이라도 있는지 몸도 살짝 흔들면서 말이다. 그녀가 양동이에 걸레를 넣고 빨려고 몸을 숙였을 때 가운 속에 있던 그녀의 속옷이 삐져나왔다. 이런 상황에서 안정을 취하라니…….

농담이다. 몸에 힘이 하나도 없다. 아침에 체온을 쟀을 때 38.7도였는데, 가이거는 이게 걸리는 모양이다.

정작 나는 내가 꿈과 회상을 구별하지 못하는 것이 신경 쓰인다.

오늘 새벽의 기분은 좀 복잡하다. 나는 독감에 걸렸고, 열이 나서 집에 누워 있다. 할머니의 손은 차갑고, 체온계도 차갑다. 창밖에는 눈보라가 쳐서 학교로 가는 길에 눈이 쌓이지만, 나는 오늘 학교에 가지 않았다. 선생님은 교실에서 출석을 확인하면서(분필이 잔뜩 묻은 손가락이 출석부를 미끄러져 내려와) 출석부의 철자 P까지 가서 플라토노프를 부른다.

하지만 반장이 플라토노프는 독감에 걸려서 집에 있으며, 집에서 아마도《로빈슨 크루소》를 읽고 있을 거라고 선생님에게 말한다. 집 안에 있는 추가 달린 벽시계 소리가 들릴 것 같다고도 말한다. 반장은 코안경을 코에 바짝 붙인 플라토노프의 할머니를 보면 할머니의 눈이 크고 앞으로 툭 튀어나온 것처럼 보인다고도 했다. 그러자 선생님은 상당히 인상적인 장면이라며 이것을 독서의 절정이라고 부르자고 하신다(아이들이 갑자기 활기를 띤다).

반장은 이 이야기의 핵심을 간략하게 요약하면 다음과 같다고 말한다. 한 경솔한 젊은이가 항해를 떠나 조난을 당하게 된다. 그는 생존에 필요한 것도 없고, 사람도 없는 무인도에 도착해 슬퍼한다. 주위를 아무리 둘러봐도 사람은 단 한 명도 없다. 만약 그가 처음부터 합리적인 생각을 했더라면……. 나는 그때 그 상황을 분석하듯이 평가하고 싶지 않지만, 달리 어떻게 표현해야 할지 모르겠다. 성경에 나오는 돌아온 탕자 같다고 해야 하나.

어제 마지막 수업이 연산 수업이었는지 교실 칠판에는 방정식이 적혀 있고, 아침부터 물걸레질을 한 교실 나무 바닥은 물기를 머금고 있다. 선생님은 로빈슨이 바닷가에 도달하려고 애쓰는 모습을 생생하게 묘사하고 있다. 아이바좁스키*의 대표작 '아홉 번째 파도'를 보면 그의 상황이 얼마나 절망적이었는지 상상할 수 있다. 상상의 나래를 펴는 동안 교실은 소리 지르는 아이 하나 없이 조용하다. 이중창 밖에는 차바퀴 소리만 희미하게 들려오는 듯하다.

나도 《로빈슨 크루소》를 자주 읽지만, 몸이 아플 때는 읽기가 쉽지 않다. 눈이 심하게 아프고, 그러다 보니 문장 하나하나가 흔들리기 때문이다. 나는 할머니 입술의 움직임을 주시한다. 할머니는 다음 페이지로 넘기기 전에 손가락 끝에 침을 묻힌다. 가끔은 다 식은 차를 홀짝거리기도 하는데, 그러면 물방울이 《로빈슨 크루소》에 튀기곤 한다. 할머니가 책을 읽으면서 드시던 과자 부스러기가 책 속에 들어갈 때도 있다. 몸이 다 나은 후에 나는 책장을 하나하나 넘기면서 책 속에 들어가 있는 바싹 마르고 납작해진 과자 부스러기를 털어낸다.

"다양한 장소와 사람들 외에도 문장들이 떠오를 때가 있습니다. 그런데 아무리 생각해도 누가 그 말을 했는지 기억이 나질 않습니다. 어디에서 한 말인지도 말입니다."

내가 걱정스럽다는 투로 가이거한테 말했다.

하지만 가이거는 의외로 담담하다. 그는 시간이 지나면 해결될 것이라 기대하는 듯하다. 그는 이런 유의 상황은 본질적으로 심각하지 않다고 생각하는지도 모른다.

어쩌면 그의 생각처럼 시간이 지나면 해결될지도 모른다. 어쩌

★ 이반 아이바좁스키(1817-1900). 러시아의 해양 화가로, 6천여 점의 작품을 남겼으며 뛰어난 바다 풍경 묘사로 유명하다.

면 중요한 건 기억 속에 저장된 문장 자체이며, 누가 어디에서 말했는지는 중요하지 않을지도 모르겠다. 가이거는 모르는 것이 없으니 그가 병실에 오면 물어봐야겠다.

수요일

그런데 누가 어떤 말을 했는지는 기억이 안 나지만, 그때 당시의 상황이 마치 그림을 보듯이 자세히 기억날 때도 있다. 이를테면 누군가가 어두컴컴한 방 안에 앉아 있다. 방 안이 벌써 캄캄한데, 그 사람은 전기를 아끼려는 생각에서인지 불도 켜지 않은 채로 앉아 있다. 움직임 없는 방 안에는 뭔가 슬픈 기운마저 감돈다. 팔꿈치는 책상에 괴고 손바닥으로는 이마를 짚은 채로, 새끼손가락은 허공을 향하고 있다. 어둠 속에서도 단조로운 갈색 옷에 주름이 잡혀 있는 것이 보이고, 얼굴과 손은 하나의 흰 점처럼 보인다. 사실 그 사람은 아무 생각 없이 쉬고 있을 뿐인데, 얼핏 봤을 때는 마치 사색에 잠긴 것처럼 보이는 것일 수도 있다. 어쩌면 뭐라고 말하고 있을 수도 있지만, 소리가 들리지 않기 때문에 이 역시 확인할 길은 없다. 솔직히 나는 그가 무슨 말을 하든 궁금하지 않은 데다, 그 사람 역시 혼자 있어서 혼잣말이라면 모를까 함께 대화할 상대도 없어 보였다. 게다가 그 사람은 내가 자기를 관찰하는 것을 모르기 때문에 말을 한다 해도 나한테 하는 말이 아니다. 그는 입술을 움직이면서 창밖을 응시하고 있다. 유리창에 흘러내리는 물방울은 창밖에서 비추는 빛을 흡수하고, 지나가는 자동차의 전조등 불빛들과 섞였다. 환기창이 삐거덕거린다.

지금까지 내가 병실에서 만난 사람은 가이거와 발렌티나 둘뿐이었다. 하긴, 의사와 간호사면 됐지, 누가 더 필요한가? 간신히 몸을 일으켜 창가에 다가가 보니 마당은 텅 비어 있고, 눈이 무릎 높이까지 쌓여 있었다. 한번은 벽을 짚고 병실에서 복도로 나갔는데 발렌티나와 마주쳤고, 발렌티나는 나보고 절대 안정을 취해야 한다면서 당장 병실로 돌아가서 누우라고 했다. 얼마나 더 누워 있어야 하는지…….

그건 그렇고, 두 사람 모두 옛날 사람처럼 행동한다. 가이거만 하더라도 가운을 입고 있지 않을 때는 꼭 스리피스 정장을 입고 있었다. 체호프가 떠오른다고 해야 하나……. 누군가가 머릿속에서 맴돈다 했더니! 맞아, 체호프였어! 코안경도 쓰고 다니니까 말이다. 지금까지 살아 있는 사람 중에 코안경을 쓰는 사람은 스타니슬랍스키*밖에는 못 본 것 같은데, 그 사람은 연극 쪽에 종사하는 사람이 아니던가……. 하긴, 잘 생각해보니 내 병을 치료해주고 있는 이 두 사람의 행동에는 뭔가 연극적 요소가 있는 것 같기도 하다. 발렌티나는 꼭 종군 간호사 같다. 그것도 1914년에 활동했을 법한 간호사를 닮았다. 하지만 내가 쓴 글을 가이거가 분명 읽어볼 텐

---

* 콘스탄틴 스타니슬랍스키(1863-1938). 러시아의 연출가이자 배우이다. 모스크바 예술극장을 창설했으며 사실주의적 연기 기법을 확립하여 현대 영화 및 연기에 큰 영향을 끼쳤다.

데, 그가 이 글을 읽고 어떤 생각을 할지 알 수 없다. 나한테 숨김없이 내가 꿈꾸는 것, 기억나는 것, 생각하는 것을 쓰라고 한 사람은 가이거이니, 기분 나빠도 할 수 없는 일 아닌가.

오늘은 연필이 부러져서 발렌티나에게 그 말을 했다. 그랬더니 그녀가 대뜸 자기 주머니에서 연필 같은 것을 꺼내어 내게 내미는 것이 아닌가.

"흥미롭군요. 금속으로 만든 연필이라니, 처음 봅니다."

내가 말했다.

그러자 발렌티나는 얼굴을 붉히더니 즉시 그 물건을 도로 가져가버렸다. 그러고는 다른 연필을 가져다주는 것이었다. 얼굴은 왜 붉힌 것일까? 나와 화장실도 같이 가고, 주사를 놓기 위해 속옷을 내릴 때는 얼굴을 안 붉히더니, 고작 연필 때문에 얼굴을 붉힌다는 게 말이 되는가 말이다. 지금 내 삶은 내가 이해할 수 없는 작은 수수께끼들로 가득 차 있다. 어찌 됐든 그녀가 얼굴을 붉히면 귀까지 빨갛게 되는데, 그 모습이 참 매력적이다. 그녀의 귀는 얇고 칼로 빚어낸 것처럼 모양이 정교하다. 어제는 그녀가 머리에 쓰고 있는 흰색 커치프가 바닥에 떨어졌을 때 귀가 보였고, 그녀의 귀를 보고 반해버렸다. 좀 더 정확히는 내 쪽을 향한 한쪽 귀 말이다. 발렌티나는 나를 등지고 서서 스탠드 쪽으로 몸을 숙였고, 그때 분홍색 귀 한쪽이 살짝 보였는데, 하마터면 손을 댈 뻔했다. 하지만 그럴 용기가 안 났다. 게다가 그럴 힘도 없었다.

나는 마치 이 병상에 내가 영원히 누워 있는 것 같은 이상한 생각에 사로잡히곤 한다. 한쪽 팔이나 발을 움직이려고 하면 근육에 통증이 느껴지고, 다른 사람의 도움 없이 일어나려고 하면 다리가 마치 솜처럼 힘이 없다. 하지만 열은 다행히도 38.3도로, 전보다는 내렸다.

"그러니까 제가 도대체 어떤 일을 겪은 거죠?"

나는 가이거에게 묻는다.

"그건 선생님이 스스로 기억해내셔야 합니다. 안 그러면 선생님의 의식 속에 제가 인위적으로 넣은 기억이 자리 잡게 될 테니까요. 설마 그걸 원하시는 건 아니죠?"

가이거는 대답한다.

사실 나도 내가 뭘 원하는지 모르겠다. 어쩌면 내 기억 속에 있는 일이 너무 끔찍해서 그의 기억으로 대체하는 편이 나을지도 모를 일이니까 말이다.

금요일

의식 얘기가 나왔으니 말인데, 어제 나는 의식을 잃었었다. 가이거와 발렌티나가 굉장히 놀란 모양이었다. 내가 의식을 되찾았을 때 내 몸을 내려다보고 있는 그들의 얼굴과 마주쳤는데, 그때 나는 그들이 나를 잃을까 봐 노심초사하고 있었다는 것을 깨달았다. 이유가 어찌 되었건, 사적인 관심이 아니라 인류애 비슷한 것이라도 누군가에게 필요한 존재가 된다는 건 기분 좋은 일이다. 이 일로 인해 가이거는 어제 하루 종일 내게 일기장을 주지 않았다. 전날 내가 메모하느라 너무 무리를 해서 의식을 잃었을까 봐 걱정한 것 같았다. 그래서 침대에 누워서 창밖에 눈 내리는 풍경을 감상했다. 그러다가 깜빡 잠이 들었다. 잠에서 깼을 때도 눈은 여전히 내리고 있었다.

침대 옆에 있는 의자에 발렌티나가 앉아 있었다. 젖은 스펀지로 내 이마를 닦아냈다. 나는 "이마에 키스해줘"라고 말하고 싶었다. 하지만 입 밖으로 내뱉지는 않았다. 만약 정말 키스했다면, 키스를 하기 전에 이마를 닦은 것처럼 보였을 테니까. 물론 그녀가 내 이마에 키스할 이유는 없었다. 하지만 나는 그녀의 한쪽 손을 잡았고, 그 손을 놓지 않았다. 그러자 그녀는 공중에 떠 있던, 우리가 맞잡은 손을 내 배 위에 올려놓을 뿐 손을 빼지는 않았다. 그녀의 손은 마치 피아노 연주를 할 때 건반 위에 살포시 동그란 모양으로 얹는 것처럼 내 손을 덮고 있었다. 내가 만약 이런 걸 안다면 나도 피아노를 배운 적이 있을지도 모를 일이다. 나는 그녀의 손을 뒤집어 검지로 손바닥을 건드리면서 그 손가락이 떨리고 벌어지는 것을 내 손등으로 느꼈다. 그 순간 나는 그녀 손의 따뜻한 온기를 느꼈다.

"내 옆에 누워요, 발렌티나."

내가 부탁했다.

"나쁜 생각은 하지도 않지만, 설사 내가 나쁜 마음을 먹었다 해도 내가 그럴 수 없다는 걸 누구보다 더 잘 아시잖아요. 내 옆에 누군가가 있었으면 하는 것뿐이에요. 옆에 바짝 붙어 있어야 온기가 전해지기도 하고요. 뭐라고 설명은 못 하겠는데, 아무튼 그래요."

나는 넓은 침대 위에서 간신히 몸을 움직였고, 발렌티나는 이불 위 내 옆에 누웠다. 나는 왠지 그녀가 내 부탁을 거절하지 않을 것 같았다. 발렌티나는 자기 머리를 내 머리에 기댔다. 풀을 먹여서 잘 다려진, 흰 눈처럼 하얀 가운, 향수 냄새와 젊은 몸의 냄새가 잘 어우러져 향긋했다. 마치 오래전부터 그리워했던 것처럼 그녀의 냄새를 맡고 또 맡았다. 열린 문틈으로 가이거의 모습이 보였지만, 발렌티나는 그대로 누워 있었다. 살짝 긴장하는 것 같은 느낌이 들긴 했지만(나도 이것을 느꼈다) 일어나지는 않았다. 함께 누워 있어서 잘 보이지는 않았지만, 얼굴도 붉혔으리라.

"아주 좋아요, 계속 쉬세요."

가이거가 문지방에 서서 말했다.

굉장히 적절한 반응이었다고 생각한다.

사실 나는 이 일을 메모할 생각이 없었지만, 이 일은 발렌티나와도 연관이 있는 데다 가이거도 우리가 누워 있는 것을 봤으니……. 나로서는 가이거가 이 상황을 제대로 이해하길 바라는 수밖에 없었다(물론 그는 이 상황을 왜곡하지 않을 것이다). 그리고 나는 하루에 몇 분씩이라도 좋으니 이번 일과 같은 상황이 앞으로도 계속 반복되었으면 한다.

일요일

나는 일어나서 '주기도문'을 머릿속으로 읽어나갔다. 놀랍게도 나는 주기도문을 아주 잘 기억하고 있을 뿐만 아니라 술술 외고 있었다. 예전에 나는 일요일이 되면 성당에 갔고, 만약 갈 수 없는 상황이면 혼자서 주기도문이라도 외웠다. 나는 축축한 바람을 맞으면서 입술을 움직였다. 내가 있는 섬에서는 일요일 예배에 빠지는 일은 흔했다. 내가 사는 섬은 무인도도 아니고 성당도 여러 곳 있었지만, 어찌어찌하다 보니 성당 예배에 빠지는 일이 잦았다. 무슨 이유 때문에 그랬는지 이제는 기억이 나지 않는다.

어렸을 때는 성당 가는 것이 무척 좋았다. 어린 내가 어머니 치맛자락을 잡고 있다. 모피 반코트 밑으로 길게 나와 있는 어머니의 치마 밑단이 사각거렸다. 어머니가 성상화 쪽에 초를 세워두실 때 치맛단이 살짝 올라갔는데, 그러면 어머니의 치맛단을 쥐고 있는 내 엄지장갑도 함께 들려 올라갔다. 어머니는 나를 조심스럽게 안아서 성상화에 더 가까이 다가간다. 어머니의 손바닥이 내 허리를 감싸고 있고, 내 발렌키* 신발과 엄지장갑은 공중에서 자유롭게 섞이며 마치 성상화 쪽으로 날아가고 있는 것 같다. 내 밑에는 열 개의 초가 있고, 이 초들은 모두 축제 분위기를 내고 있으며, 흔들리는 촛불의 빨간 불빛에 매료되어 초에서 시선을 떼지 못하고 있다. 타닥타닥 초가 타는 소리가 들리고, 초에서 촛농이 떨어지기가 무섭게 종유석 모양으로 굳어지고 있었다. 성모마리아는 나를 향해 두 팔을 벌리고 있었고, 어머니가 나의 비행을 조종하고 있었기에 얼굴이 붉어진 나는 성모마리아의 두 손에 뽀뽀를 했고, 이마

---

* 러시아의 겨울용 전통 부츠.

가 성상화에 닿았다. 성모마리아의 손은 차가웠다. 나는 향로를 흔드는 사제 위로 올라가는 향긋한 연기를 뚫고 성당 위에서 날고 있다. 아래에는 합창단이 있고, 합창단의 노랫소리가 들린다(합창단 지휘자의 지휘봉이 느리게 움직이고 고음에서 그의 얼굴 표정이 일그러진다). 나는 앞에 초를 가져다 놓는 노파와 성당을 꽉 채운 사람들 머리 위에서 유영하고, 창밖은 눈이 쌓여서 온통 하얗다. 러시아일까? 닫힌 문 사이에 난 틈으로 한기가 올라오고, 손잡이에는 성에가 끼어 있다. 틈이 갑자기 커지더니 직사각형 모양의 틈 안에 가이거의 모습이 보였다.

"선생님, 저 러시아에 있는 거 맞죠?"

"네, 그렇다고 볼 수 있죠."

그는 내 팔에 링거를 놓기 위해 혈관을 찾는다.

"그럼 선생님 성함은 왜 가이거죠?"

그는 놀란 눈을 하고 내 얼굴을 쳐다본다.

"왜냐하면 저는 독일계 러시아인이기 때문이죠. 도이트슈루세 (독일계 러시아인) 말입니다. 우리가 있는 곳이 독일일까 봐 걱정하신 건가요?"

사실 걱정을 한 건 아니었다. 다만 나는 내가 어디에 있는지 정도는 알고 싶었다. 그러니까 그가 답해주기 전까지만 하더라도, 나는 내가 정확히 어디에 있는지조차 몰랐다.

"그런데 발렌티나 간호사는 왜 안 보이죠?"

"오늘 휴가입니다."

가이거는 내게 링거를 놓고 체온을 쟀는데, 38.1도였다.

"설마 간호사가 발렌티나 한 명뿐인가요?"

"욕심도 많으시군요."

사실 나는 발렌티나를 원했다. 나는 단지 의사 한 명, 간호사 한 명, 환자 한 명밖에 없는 이곳이 어떤 곳인지 궁금할 뿐이다. 사실 러시아에서는 불가능한 일이 없다. 러시아라……. 내 기억이 복구 불능 상태이긴 하지만, 명언임이 분명해 보인다. 러시아란 이름에는 뭔가 특유의 리듬이 있다. 이 리듬이 뭘 의미하는지는 모르겠지만, 러시아와 관련된 명언은 기억이 난다.

어떻게, 어떤 문맥에서 나온 말인지는 모르겠지만, 나는 몇 가지 명언을 기억하고 있다. 분명 이 명언들은 특정 문맥을 갖고 있을 테지만, 마치 처음 발음하는 것처럼 어색하다. 내가 아담이라도 된 것 같다. 의미도 모른 채 어떤 문장을 앵무새처럼 따라 하는 아이가 된 것도 같다. 러시아에서는 불가능한 일이 없다……. 이것은 뭔가 비판하는 것 내지는 형을 선고하는 것 같기도 한 문구이다. 무한한 가능성은 부정적 영향을 끼치며, 모든 일은 어떤 특정한 방향성을 지니는 것 같다. 나와는 어떤 식으로 연관이 있는 문장일까?

나는 잠시 생각한 후에 가이거에게 독일인으로서 이 문장을 어떻게 이해하는지 말해달라고 부탁한다. 나는 마치 포도주를 시음할 때처럼 움직이는 그의 눈썹과 입술의 모양에 주목한다. 그는 대답할 것처럼 숨을 깊게 들이마시더니 잠시 후에 또다시 숨을 깊게 내쉰다. 그는 내가 충격을 받을 것이 우려되었는지 침묵하기로 결심한 듯싶었다. 그리고 내 질문에 대한 대답 대신 나에게 혀를 보여달라고 했는데, 나는 그의 행동이 지극히 타당하다는 생각이 든다. 내 혀는 상당히 독립적으로 움직이는데, 말하는 새들이 그렇듯 익숙한 말을 종종 발음하는 것이다. 가이거는 그런 내 혀의 습성을 이해했고, 그래서 내게 혀를 보여달라고 하는 것 같았다. 내가 그에게 혀를 내밀자, 그는 고개를 내젓는다. 혀의 상태가 마음에 안 드는 모양이다.

가이거는 나가려다가, 문 앞에서 뒤를 돌아보면서 말한다.

"아참, 그리고…… 만약 발렌티나가 선생님과 같은 이불을 덮고 눕길 원하시면 언제든 말씀만 하세요. 전혀 이상한 일이 아니니까요."

"제가 그녀를 어찌하지 못한다는 건 선생님이 더 잘 아시잖아요."

"압니다만." 그는 손가락으로 '딱' 소리를 내면서 말한다. "러시아라면 불가능한 일이 없을 듯싶어서 말입니다. 안 그런가요?"

하지만 이번만큼은 그의 말에 동의할 수가 없다. 이것만큼은 그 누구보다 확신하니까 말이다.

금요일

요 며칠 동안 힘이 하나도 없었다. 오늘도 크게 다르지 않다. '비행사 플라토노프'라는 말이 머릿속에 맴돈다. 이것도 명언일까?

나는 가이거한테 묻는다.

"선생님, 제가 과거에 비행사였을까요?"

"제 기억이 맞는다면 아닌 것 같습니다만……."

어디에서 나를 비행사라고 불렀을까? 혹시 쿠오칼라에서일까? 맞아, 쿠오칼라! 나는 가이거에게 소리 지르듯이 말한다.

"명칭이 쿠오칼라와 연관이 있는 것 같은데, 제가 있는 곳도…… 우리가 있는 곳도…… 선생님, 혹시 쿠오칼라에 가보신 적 있으세요?"

"지금은 명칭이 바뀐 걸로 알고 있는데요."

"어떻게요?"

"레피노*라던가……. 머릿속에 떠오르는 건 다 메모하세요."

"내일 쓰도록 하겠습니다. 오늘은 피곤하군요."

토요일

나와 외사촌 형제 세바는 핀란드만에 와 있다. 세바는 우리 어머니 형제의 아들인데, 어렸을 때는 친척 간의 촌수가 무척 어려웠던 기억이 있다. '어머니 형제의 아들'이라는 촌수는 여전히 복잡해서 발음할 때 헷갈린다. 지금이야 물론 예전보다는 발음하는 것이 훨씬 편하지만, 세바라는 이름으로 부르는 편이 가장 편하다. 세바의 부모님 댁이 쿠오칼라에 있다.

---

* 핀란드만 연안에 위치한 마을로, 2차 세계대전 중 소련과 핀란드 간의 전쟁에서 소련 영토로 편입되었다. 1948년에 쿠오칼라에서 레피노로 이름이 바뀌었다.

나는 그와 함께 연을 날린다. 우리는 바닷가에서 물이 들어오는 곳까지 뛴다. 가끔 맨발로 발목까지 오는 깊이까지 들어가면 일몰의 태양 빛에 반짝이는 물방울이 튀는 것을 볼 수 있다. 그리고 우리는 우리가 비행사라고 상상하는 것이다. 둘이서 비행기를 타고 날아가는데, 앞좌석에는 내가 앉고 내 뒤에 세바가 앉아 있다. 하늘 위는 춥고 황량하고 외롭지만, 우리 둘의 우정으로 인해 우리의 몸은 후끈 달아오른다. 죽는다 해도 함께 죽을 것이므로, 이 순간만큼은 끈끈한 유대감으로 연결돼 있다. 우리는 공중에서 서로 대화를 나누어보려 하지만, 우리 말은 바람에 의해 흩어져버린다.

"비행사 플라토노프!"

세바가 내 등 뒤에서 소리 지른다.

"플라토노프 비행사님, 쿠오칼라 마을로 가십시다!"

나는 세바가 왜 자신의 동료를 거창하게 부르는지 이해할 수가 없다. 플라토노프가 비행사라는 것을 다시 한번 상기시키기 위함인지도 모르겠다. 세바의 가느다란 목소리(이 목소리는 성인이 되어서도 변하지 않았다)는 우리가 비행하는 마을 위로 퍼진다. 가끔 그 목소리는 갈매기 울음소리와 섞여서 구별하기 힘들 때가 있다. 사실 나는 이 목소리가 상당히 귀에 거슬린다. 그에게 말하려다가도 그의 행복한 미소를 보면 입을 다물어달라는 부탁을 할 용기가 안 생긴다. 사실 따지고 보면 새처럼 가느다란 음색 덕분에 그 목소리를 기억했는지도 모를 일이다.

잠자기 전에는 세바의 부모님이 뜨거운 우유에 꿀을 타서 주시곤 했다. 사실 나는 뜨거운 우유를 썩 좋아하진 않지만, 핀란드만

위를 비행하거나 차가운 바닷바람을 잔뜩 맞고 난 다음이면 군말 없이 마시게 되는 것이다. 그런 날이면 나와 세바는 이제 막 식기 시작한 뜨거운 우유를 벌컥벌컥 마시곤 했다. 우유는 우유 파는 핀란드인 여자가 가져오곤 했는데, 그 우유는 뜨겁게 데웠을 때 특히 더 맛있었다. 핀란드 여자는 서툰 러시아어로 자기 젖소 자랑을 하곤 했다. 나는 그 젖소가 우유를 파는 이 핀란드 여자와 비슷할 거라고, 몸집이 비대하고, 행동은 느리고, 눈은 크고, 젖도 주인을 닮아 탱탱하지 않을까 하고 상상했다.

나와 세바는 탑처럼 높은 건물에 있는 집에서 방 하나를 나눠 썼다. 뒤로는 숲이 있고 앞으로는 넓은 바다가 펼쳐져 있어서 탁 트인 전망을 자랑하는 방이었고, 이는 경험 많은 비행사에게 꽤 중요한 부분이기도 했다. 덕분에 그곳에서는 그날 날씨를 추측할 수 있는데, 바다 위에 안개가 끼어 있으면 그날 비가 올 확률이 높으며, 파도가 높이 올라간 곳에 하얀 거품이 일고 소나무 꼭대기가 흔들리면 강풍이 분다는 것을 알 수 있었다. 백야의 어둠 속에서는 소나무도 파도도 그 모습을 바꾸곤 했다. 위협 같은 것이 서려 있다기보다는 단지 낮의 다정함을 상실하는 듯한 느낌이 있었다. 잘 웃는 사람이 사색에 잠긴 모습을 보면 걱정되는 그런 느낌이었다.

"너 벌써 자?"

세바가 작은 목소리로 묻는다.

"아니, 그런데 잠이 오려고 해."

나는 대답한다.

"창밖에 거인이 있어."

세바가 바다 반대편에 있는 창문을 가리키면서 말한다.

"그거 소나무야. 잠이나 자."

몇 분이 지나자 세바가 식식거리는 소리가 들린다. 나는 세바가 손으로 가리킨 쪽을 본다. 정말로 그곳엔 거인이 있었다.

월요일

월요일은 힘든 날이다……. 또 하나의 명언이 내 머릿속에 떠오른다. 이런 명언이 내 머릿속에 얼마나 있는 걸까? 사람들이나 사건은 기억이 안 나고, 이렇게 문장들만이 남아 있다. 메모해둔 글일 경우 기억 속에 가장 오래도록 남아 있는 것 같다. 나보고 떠오르는 것들을 모두 메모하라고 했던 가이거도 메모를 하는 것이 얼마나 멋진 아이디어인지 이해하지 못하는 듯했다. 어쩌면 단어들은 실과 같아서, 잡아당기다 보면 기억 속에 감추어진 모든 것이 딸려 나올 수도 있을 테니까 말이다. 나에게 있었던 일뿐만 아니라 과거에 있었던 모든 일들까지도 말이다. 힘든 날이라……. 나는 이날이 오히려 다른 날들에 비해 덜 힘들 뿐만 아니라, 심지어 기쁘기까지 하다. 발렌티나와의 만남이 기다려져서일지도 모르겠다. 자리에서 일어나려고 했지만 머리가 어지러웠고, 그 순간 내 생각만큼 몸이 움직여주지 못한다는 것을 깨달았다. 그러자 기쁨도 사라졌다.

발렌티나는 병실에 들어온 후에 내 볼을 잡아당겼다. 기분이 나쁘지 않았다. 늘 느끼는 것이지만, 그녀의 몸에서 나는 향기는 무척 낯설지만 매력적이다. 향수 아니면 비누? 아니면 발렌티나의 체취인가? 물어보자니 민망해서 묻지 않기로 한다. 모든 일에는 비밀이 있기 마련이고, 여자라면 더더욱 그럴 듯싶다⋯⋯. 이것도 무슨 명언 같다. 맞다, 명언의 냄새가 난다.

'금속은 열을 빨리 전도한다'라는 문장도 굉장히 마음에 든다. 어쩌면 가장 유명한 명언까지는 아닐지라도 내가 어렸을 때 들은 문장 중 하나인 만큼 최소한 내겐 소중하다. 우리는 어딘지도 모르는 장소에 앉아서 누군지도 모르는 사람과 함께 티스푼으로 차를 섞고 있다. 나는 다섯 살쯤 돼 보이고, 나는 의자 위에 수놓은 쿠션을 깔고 앉아서(책상에 손이 닿지 않는다) 어른처럼 차를 섞고 있다. 컵은 컵 받침대 위에 놓여 있다. 티스푼은 뜨겁다. 티스푼을 잔에 소리 나게 던지고 손가락을 후후 분다. 누군가가 감미로운 목소리로 "금속은 열을 빨리 전도한단"라고 말한다. 뭔가 학문적이고 아름답다. 나는 열두 살 무렵까지 유사한 상황에 맞닥뜨리면 이 말을 입버릇처럼 되뇌곤 했다.

아니, 이 말보다 더 일찍 들은 명언이 있다. "두려워 말고 전진하라!"라는 말이 그것이다. 우리는 크리스마스를 맞이해서 누군가의 집에 들어간다. 계단 옆에 박제된 곰이 뒷다리로 서 있고, 앞발로는 쟁반을 들고 있다.

"쟁반은 왜 들고 있는 거죠?" 내가 질문한다.

"명함을 받으려는 거지." 아버지가 대답한다.

내 손가락이 순식간에 북실북실한 곰 털 속으로 빠진다. 나는 곰에게 명함이 왜 필요하며(우리는 함께 대리석으로 만든 계단을 따라 올라가고 있다), 명함이라는 것은 무엇에 쓰는 물건인지 의아해한다. 나는 몇 번이고 '명함'이라는 두 글자를 반복하다가 계단에서 미끄러졌나 싶지만, 어느 순간 아버지의 한 손에 매달려 있다. 아버지의 팔에 매달려 흔들거리면서 대리석 계단을 바라본다. 계단에는 카펫이 깔려 있고, 금색 막대로 고정돼 있으며, 양쪽 끝은 살짝 휘어져 있고, 역시 흔들리고 있다. 아버지의 웃는 얼굴이 보인다. 우리는 불이 환하게 밝혀진 홀 안으로 들어간다. 트리가 보이고 사람들이 군무를 추고 있다. 내 손은 누군가의 땀 때문에 끈적끈적해서 불쾌하지만, 손을 뿌리칠 수도 없고 군무로부터 벗어날 수도 없다. 참석자 중에서 내가 제일 어리다고 누군가가 말한다(우리가 이미 트리 주위에 앉아 있을 때였다). 그리고 그는 내가 시낭송을 잘한다는 걸 어딘가에서 들었다며, 내게 낭독을 해달라고 한다. 그러자 그곳에 있는 사람들이 모두 한목소리로 낭독을 요청한다. 내 옆에는 훈장이 주렁주렁 달린 낡은 군복을 입고 있는 노인이 앉아 있었다. 그의 턱수염은 양 갈래로 나뉘어 있다.

"이분은 테렌티 오시포비치 도브로스클로노프 선생님이십니다."

누군가가 말한다.

사람들이 우리 주위에 빈 공간을 만들어준다. 나는 테렌티 오시포비치 도브로스클로노프 선생님을 말없이 쳐다본다. 그는 지팡이를 짚고 서서 옆으로 살짝 몸을 기울였기에, 나는 그가 쓰러지지나 않을까 걱정한다. 하지만 넘어지지는 않는다.

"두려워 말고 전진하라!"

테렌티 오시포비치 씨가 나에게 조언한다.

나는 사람들을 피해 방 복도를 지나, 고개를 숙이고 양팔을 넓게 벌린 채로 여러 개의 거울 속에 비친 내 모습을 보면서 도망간다. 내가 뛰어가는 동안 진열장에 있던 그릇들이 달그락거린다. 복도 끝에 있는 방에서 뚱뚱한 가정부가 나를 잡는다. 내 몸을 자기 앞치마에 밀착한 채로(앞치마에서는 역겨운 음식 냄새가 났다) 홀 앞까지 가더니, 모두의 시선이 집중된 홀 안으로 데리고 들어간다. 그녀는 나를 홀 안에 세워둔다.

"두려워 말고 전진하라!"

테렌티 오시포비치 씨가 다시 한번 말한다.

나는 걸어간 것이 아니라 누군가의 손으로 들어 올려져서 곡목으로 만든 의자 위에 세워진다. 거기에 서서 그곳에 모인 사람들 앞에서 시를 낭독한다. 굉장히 짧은 시였던 걸로 기억하긴 하는데……. 사람들의 뜨거운 박수갈채가 이어지고, 선물로 테디베어도 받는다. 그날 내가 읽은 건 뭐였을까? 기분이 좋아진 나는 내게 매료된 팬들 사이를 지나가면서 성공적인 시 낭독의 일등 공신인 가정부와 내게 용기를 북돋아주는 말을 해준 테렌티 오시포비치에게 눈인사로 감사를 표한다.

"내가 그랬잖니. '두려워 말고 전진하라'고!"

그의 한 손이 턱수염의 양 끝을 미끄러져 내리듯 쓰다듬는다.

하지만 지난 삶을 되돌아보면 늘 그렇게 살 수 있는 건 아니었다.

화요일

가이거는 내 글 중에서 묘사하는 부분이 마음에 든다고 한다. 그는 내가 섬세한 글재주를 타고났다고 말했다. 가이거는 이것을 시적으로 '훌륭한 형상화'라고 표현했다.

"제가 의식을 잃기 전에 혹시 작가였을까요? 아니면 기자였을까요?"

내가 질문한다.

그는 대답 대신 어깨를 들썩일 뿐이다.

"아니면 화가였을지도 모르죠. 선생님의 묘사를 읽다 보면 그 장면을 머릿속으로 그리게 된다고 해야 할까요."

"그러니까 화가와 작가 중에 누구였죠?"

"삶을 묘사하는 사람이라고 할 수 있죠. 선생님도 기억하시겠지만, 선생님 힘으로 기억해내기로 약속했잖습니까?"

"그래서 제가 만나는 사람을 두 명으로 제한하시는 겁니까?"

"네, 불필요한 말을 해서 일을 그르치면 안 되니까요. 입이 가장 무거운 두 사람만 투입하는 거죠."

가이거가 웃으면서 말한다.

점심 식사 후에 가이거는 퇴근했다. 발렌티나가 병실에 들어올 때 코트를 입고 두 손으로 모자를 들고 가는 가이거의 모습이 보였다. 그의 발소리는 처음에는 내 병실에서 멀어지더니 계단을 따라 아래로 내려가면서 점점 잦아들었다. 나는 발렌티나가 내 옆에 눕기를 간절히 바랐지만, 이틀 동안은 부탁하지 않았다. 가이거의 허락이 있었음에도 말이다(아니면 그에 대한 반감이 표출된 것일까?). 하지만 지금은 부탁했다.

지금 그녀는 내 옆에 누워 있고, 그녀의 손은 내 손안에 있다. 그녀의 머리카락이 내 한쪽 귀를 간지럽힌다. 우리가 이러고 있는 모습을 가이거가 볼 수도 있다고 생각하자, 갑자기 불안한 마음이 엄습했다. 오히려 비난받아 마땅한 다른 민망한 행위를 하고 있는 모습을 들키는 것은 두렵지 않았는데, 민망한 행위 다음에 있을 행위는 충분히 짐작 가능하기 때문이다. 하지만 지금 이 감정은 뭐라고 설명하기도 힘들고, 굉장히 조심스러운 데다, 과거에 언젠가 내가 겪었던 것만 같다는 생각을 지울 수가 없다. 나는 발렌티나에게 지금 현재 그녀의 기억에서 지워지지 않는 추억 혹은 희미한 기억 같은 것이 있는지, 혹은 과거에 비슷한 경험을 한 적이 있는지 물어본다. 그녀는 그런 적이 없으며, 추억할 일이 없다고 대답한다.

하지만 나의 경우에는 실제로 이런 일을 겪은 적이 있다. 우리는 서로 손을 포개고, 관자놀이를 맞댄 채로 침대에 가만히 누워 있었다. 우리 관계는 육체적인 것이 아니었다. 나는 심지어 침을 삼키지도 못했는데, 침 삼키는 소리를 그녀가 들을까 봐 부러 헛기침을 했다. 관절이 삐걱거리는 소리도 나지 않도록 조심했는데, 왠지 소리가 나면 우리의 으스러지기 쉬운 이 관계가 깨지지나 않을까 염려스러웠기 때문이다. 우리 관계는 육체적인 것과는 거리가 멀었다. 나는 그녀의 손목, 새끼손가락, 진주 표면처럼 매끈매끈한 분홍빛의 새끼손톱이면 충분했다. 나는 떨리는 손으로 노트에 무언가를 적어나간다. 기력이 쇠하고 열이 나기도 했지만, 감성이 충만하기 때문이기도 하리라. 그리고 어쩌면 지금 이 기억이 그 어느 때보다 소중하기 때문인지도 모른다. 그런데 이건 뭐였을까?

"이건 뭐였을까요? 왜 내 삶에서 행복한 순간은 단편적으로 기억나는 걸까요?"

나는 눈물을 흘리면서 발렌티나에게 소리를 지른다.

그러자 발렌티나는 차가운 입술을 내 이마에 댄다.

"어쩌면 그래서 행복은 그렇게 잡힐 듯 잡히지 않는 것이 아닐까요? 그런 것 같다는 생각이 들어서요. 아무튼 그 행복의 실체를 파악하려면 기억의 파편들을 모두 모으셔야 합니다."

수요일

나는 회상한다. 얼어붙은 강물 위에 전차 선로가 있다. 전차는 한쪽 강변에서 건너편 강변으로 달리고, 전차 안의 창가에 의자들이 늘어서 있다. 전차 운전사는 눈보라와 어둠을 뚫고 전면을 응시하지만, 건너편 강변은 아직 보이지 않는다. 희미한 가로등 불빛이 흔들리자, 전차 밑에 있는 울퉁불퉁한 얼음 표면이 마치 갈라지는 것같이 보인다. 전차 운전사는 자신이 마지막 희망이라는 것을 알기에 신경을 곤두세우고 있다. 차장 역시 정신을 바짝 차리고 있지만 이따금 휴대용 술통의 술을 마시는데, 추위와 달밤의 풍경에 위축되지 않고 용기를 내는 데 술이 도움이 되기 때문이다. 그는 꽁꽁 언 손가락으로 5코페이카*씩 하는 표를 한 장씩 끊어서 팔고 있다. 발밑에는 10사젠** 깊이의 물이 있고 전차 밖에는 눈보라가 몰아치지만, 그가 타고 있는 전차는 얼음 위에서 위태롭게 노란 불빛을 비추면서, 어둠 속에 가려진 거대한 뾰족탑인 목적지를 향해 달리고 있다. 이 뾰족탑도 이 강도 기억이 난다. 이제 나는 내가 어떤 도시에 살았는지 안다.

목요일

나는 상트페테르부르크를 늘 사랑했다. 다른 곳에 갔다가 페테르부르크로 돌아올 때면 짜릿한 행복감마저 들곤 했다. 내가 보기에 이 도시가 선사하는 조화로움은 어렸을 때부터 나를 겁주고 기분 상하게 했던 혼돈과 대치되기 때문인지도 모른다. 지금은 내 인생에 어떤 사건들이 일어났었는지 기억할 수 없지만, 혼돈의 파도가 나를 덮칠 때 이 파도가 부서지는 페테르부르크라는 섬에 대해 생각하기만 하면 이 혼돈으로부터 벗어났었다는 것만 기억할 뿐이다.

발렌티나는 지금 내 몸의 부드러운 곳에 주사를 놨다. 비타민 같다. 주사기가 몸에 꽂히고 비타민제가 들어갈 때는 약을 주사할 때보다 더 아프고, 훨씬 더 불쾌하다. 내가 어디까지 생각했는지 기

---

* 러시아의 동전 단위로, 1루블은 100코페이카이며 1코페이카는 현재 약 0.15원이다.
** 러시아의 길이 단위로, 1사젠은 약 2.13m에 해당한다.

억나지 않는다.

아, 맞다, 조화로움에 대해 생각했었지. 그리고 엄격함. 나와 부모님이 있다. 양옆에 두 분이 계시고, 나는 두 분 사이에 있으며, 나는 두 분의 손을 잡고 폰탄카강(江)에서 알렉산드린스키 극장까지 뻗어 있는 극장가의 정중앙을 따라 걷는다. 우리는 일종의 균형을 이루며 걷고 있다. 아버지는 집과 집 사이의 거리는 집들의 높이와 일치하며, 거리의 길이는 집들의 높이보다 열 배 더 길다고 말씀하신다. 극장이 가까워지면서 점점 더 커지고, 나는 겁이 난다. 하늘에는 먹구름이 서둘러 모여들고 있다. 맞다, 지금 생각해보니 뭔가 궁색한 이름으로 거리명이 바뀐 것 같다. 도대체 왜?

나는 또 화재가 나던 날의 일이 떠올랐다. 화재 자체가 아니라, 초가을 해 질 무렵에 차를 타고 넵스키 대로를 따라 불을 끄러 가던 날이 떠오르는 것이다. 앞에는 흑마를 탄 사람이 한 마리의 여치처럼 달리고 있다. 요한계시록에 나오는 천사처럼 입에는 나팔을 물었다. 그가 소방대원들을 태운 마차 행렬이 잘 지나갈 수 있도록 앞에서 나팔을 불자, 앞에 가던 사람들이 모두 길을 내준다. 마부들은 말에 채찍을 휘두르고 길섶으로 몰고 간 후에 소방 마차 쪽으로 몸을 반쯤 돌려 서 있다. 그러자 번화한 넵스키 대로의 비어 있는 도로를 따라 소방대원들을 실은 마차가 쏜살같이 달린다. 그들은 서로 등을 맞대고 기다란 의자에 앉아서 구리로 된 안전모를 쓰고 있으며, 머리 위로는 소방대 깃발이 바람에 펄럭인다. 깃발 옆에는 소방대장이 서서 종을 치고 있다. 소방대원들의 차분한 표정은 비극적이며, 그들의 얼굴에는 그들이 올 때까지 활활 타는 불길이 서려 있다.

불타고 있는 예카테린스키 정원에서 노란 나뭇잎들이 소방대원들을 향해 날아든다. 나와 엄마는 격자무늬로 된 무쇠 담장에 바짝 붙어서 가벼운 나뭇잎들이 소방대원들에게 날아가는 것을 지켜보는데, 대원들의 행렬은 날아드는 나뭇잎들을 천천히 걷어내며 넵스키 대로 위를 날아가듯 지나가고 있다. 끝이 휘어진 쇠꼬챙이와 호스를 감는 기계와 수직 사다리를 실은 마차가 그 뒤를 따르고, 증기를 이용한 양수기(본체에서는 수증기가 만들어지고, 연결된 파이프에서는 연기가 나간다)를 실은 마차가 이 마차를 뒤따르고, 그 뒤에는 화상을 입은 사람들을 치료하기 위한 구급차가 가고 있다. 나는 울고, 엄마는 나보고 무서워하지 말라고 달래시는데, 사실 나는 겁이 나서 우는 것이 아니라 감동을 받아서 우는 것이었다. 이분들의 용기와, 종소리를 듣고 멈춰 선 무리 옆을 행진하듯 지나가는 모습에 압도되었던 것뿐이었다.

나는 소방대장이 되는 것이 꿈이었고, 소방관들을 볼 때마다 조용히 나도 합류하게 해달라고 부탁하곤 했다. 임페리얼이라는 차를 타고 넵스키 대로를 지나가면서, 나는 늘 내가 불을 끄러 간다는 상상을 하곤 했다. 내 마음은 여전히 장엄한 기운을 느끼지만, 화재 현장이 어떤지 알 수 없어서 조금 슬프면서도 환희에 찬 시선들을 놓치지 않으며, 환영하는 한 무리의 사람들을 향해 고개를 옆으로 살짝 젖히고 눈인사를 했다. 여러 가지 정황들을 조합해봤을 때 내가 소방관이 된 것 같지는 않다. 그로부터 많은 시간이 지난 지금, 소방관이 되지 못한 일에 대해 후회는 하지 않는다.

토요일

어제는 하루 종일 검사를 받았다. 뭔가 기분이 묘했다. 아프지도 않고, 그렇다고 불쾌한 것도 아니었다. 새로운 장비들을 봤는데, 한 번도 본 적이 없는 장비였다. 장비 전문가가 아닌 내가 장비를 보고 말할 수 있는 거라고는 내 느낌 그 이상도 그 이하도 아니지만, 이 느낌이란 것이 좀 묘했다.

"제가 오랫동안 의식을 잃었었나요?"

이후에 나는 발렌티나 간호사에게 질문했다.

"새로운 장비가 개발될 정도로 오랫동안 의식을 잃었었나요?"

발렌티나는 대답 대신 내 옆에 누웠다. 그리고 내 머리카락을 쓰다듬었다.

언젠가 아나스타샤가 나를 이렇게 쓰다듬은 적이 있다. 이런, 그 이름이 떠오르다니. 그녀가 뭐 하는 사람인지는 기억이 나지 않고 왜 나를 쓰다듬었는지도 모르겠지만, 아나스타샤라는 사람이 있었다는 건 기억이 난다. 그녀의 손가락은 내 머리카락 속에서 이리저리 움직였고, 가끔은 사색에 잠긴 것인지 손가락이 움직이지 않고 멈춰 있다. 손가락은 볼을 따라 귀로 미끄러져 내려가서 바깥귀의 돌출된 부분을 부드럽게 어루만졌는데, 그럴 때면 놀라울 정도로 사각거리는 소리를 듣곤 하는 것이다. 아나스타샤가 자기 이마를 내 이마에 대고 자기 머리카락과 내 머리카락을 합쳐서 땋을 때도 있었다. 그러면 금발과 검은색에 가까운 머리카락이 섞이는 것이다. 우리 머리카락 색은 너무 많이 달랐고, 우리는 그게 재미있어서 한참 동안 그러고 놀았다.

"무슨 생각을 하세요?"

발렌티나가 나에게 묻는다.

"이제 말 편하게 하죠, 알았죠?"

"무슨 생각 하는데요?"

사실 난 아무 생각을 안 하고 있었다. 나는 기억하는 것이 없기 때문에 생각할 것도 없다. 아나스타샤와 관련해서도 이름 외에는 기억나는 것이 없다. 이름과 노란 밀밭 같은 머리카락 냄새도 기억 난다. 어쩌면 발렌티나의 머리카락 냄새와 그 기억 속 그녀를 혼동하고 있는지도 모른다. 아니면 발렌티나의 머리카락 냄새를 맡으면(발렌티나 역시 금발 머리를 갖고 있다) 오래전에 나를 행복하게 만들어준 무언가가 떠오르는지도 모른다.

일요일

가이거는 내게 《로빈슨 크루소》를 가져다주었다. 철자법이 간소화된 최신판이 아니라 혁명 전인 1906년에 출간된 책이었다. 그는 마치 알고 있었다는 듯 내가 어렸을 때 읽은 버전과 똑같은 버전을 가져왔다. 내가 어렸을 때 읽었던 《로빈슨 크루소》는 눈을 감고 만져보고 들어보기만 해도 알 수 있을 정도였다. 냄새는 아나스타샤의 머리카락 냄새와 흡사했다. 그리고 내 코는 이 책의 반짝이는 재질의 책장에서 나는 잉크 냄새를 영원히 잊지 못했다. 여기에서는 여행자의 냄새가 났다. 책장 넘기는 소리는 섬에서 로빈슨을 뜨거운 태양으로부터 보호해준, 미세하게 흔들리는 커다란 초록색 나뭇잎이 사락거리는 소리를 연상시켰다. 크리스털처럼 맑은 물방울 떨어지는 소리와 함께 들리는 소리 말이다. 책장을 한 장 한 장 넘기자 어렸을 때 읽었던 내용이 생각났다. 한 줄 한 줄 읽어나갈 때마다 할머니의 기침 소리, 부엌에서 칼이 떨어지는 소리, 부엌에서 부언가를 튀기는 냄새, 아버지의 담배 연기같이 기억 저편에 있던 것들도 같이 딸려 나왔다. 책을 읽으면서 함께 새록새록 생각나는 것들을 조합해보면 기억나는 모든 사건은 1906년 이전에 일어났던 일이라는 것을 알 수 있었다.

월요일

한 사람이 책상 앞에 앉아 있다. 문틈으로 누군가가 허리를 숙이고 칼로 콜바사를 일정한 간격으로 썰어서는 써는 족족 입에 넣고 있는 모습이 보인다. 조금 안쓰러워 보인다. 숨을 한 번 쉬더니 머그잔에 보드카를 따르고는 순식간에 입에 털어 넣고, 입술로 '쪽' 소리를 낸다. 이따금 그는 창밖을 바라본다. 회색빛의 나뭇잎들이 사선으로 우수수 떨어지고 있다. 바람만 아니었으면 나뭇잎들은 천천히 떨어졌을 것이다. 나는 어두운 복도에서 이 모든 것을 지켜보고 있다. 나는 문에서 조금 떨어져서 지켜보기 때문에 상대방은 나를 볼 수 없다. 나는 누군가가 자신을 지켜본다는 사실을 모르는 사람이 하는 행동이 궁금하다. 그런데 그는 콜바사를 계속 동그랗게 잘라 먹으면서 한숨 섞인 보드카만 마실 뿐이었다. 그리고 머그잔을 들기 전에 손가락을 신문에 문질렀다. 특별할 것 없어 보이는 일상이었다. 언제 그리고 어디에서 있었던 일일까?

벌써 며칠째 내 체온은 37.5도를 넘지 않는다. 몸도 전보다 나아졌고, 기력도 점점 회복하고 있다. 피곤하지 않을 때면 가끔 침대에 앉아 있기도 하지만, 여전히 피로감은 빨리 느끼는 편이다. 사람을 다리가 땅에 닿지 않는 높이의 길고 가느다란 막대기나 폭이 좁은 벤치에 앉혀놓는 고문이 있다. 잠을 잘 수도 없고, 몸을 숙일 수도 없다. 두 손은 무릎에 얹어져 있다. 밤이고 낮이고 다리가 부을 때까지 앉아 있게 만드는 것이다. 이것을 '좁은 막대기 위에 앉히기'라고 한다. 갑자기 고문이 떠오르질 않나, 도무지 예측할 수 없는 기억력이다.

차라리 우리가 리고보*에 있는 폴레자옙스키 공원에 있을 때 일을 얘기하는 편이 낫겠다. 때는 6월이었다. 거기에는 '리고브카'라고 하는 굉장히 작은 개울이 있는데, 공원 안에서는 호수처럼 굉장히 넓어 보인다. 입구에는 사륜마차가 엄청나게 많이 있었기 때문에 나는 아버지에게 도시에 있는 모든 사람이 공원에 온 것이냐고 질문했다. 아버지는 내가 정말 궁금해서 묻는 것인지 아니면 반어법인지를 잠시 저울질한다. 그런 후에 그는 도시에 있는 사람들이 모두 모인 것은 아니라고 조심스럽게 대답한다. 사실 내가 이런 질

---

* 상트페테르부르크에 있는 지역 이름.

문을 한 이유는 사람이 많이 모이는 것을 너무 좋아하기 때문이었다. 그때만 하더라도 좋아했다.

풀 위에 펼쳐진 식탁보 위에 사모바르*와 축음기가 놓여 있다. 우리 집에는 축음기가 없기 때문에 나는 옆에 앉아 있는 사람들이 축음기의 손잡이를 돌리는 모습을 바라본다. 앉아 있던 사람이 누구인지는 기억이 나지 않지만, 지금까지도 손잡이가 돌아가던 모습은 눈에 선하다. 잠시 후에 갈라진 목소리로 누군가가 노래 부르는 소리가 들린다. 누군가가 노래를 부르는 음반이었던 것 같다. 감기 걸린 듯한 어린 친구들이 노래하는 목소리로 가득한 그 상자를 나는 무척 갖고 싶어 했었다. 내가 축음기를 갖고 있었다면 추운 겨울에는 난로 옆에 두면서 애지중지했을 거고, 그리고 무엇보다도 익숙한 물건을 다룰 때처럼 열심히 사용했을 것이다. 손잡이를 돌리는 것이 어려워 보이지는 않았지만, 또 한편으로는 이것은 단순히 손잡이를 돌리는 것을 넘어서서 아름다움을 창조하기 위한 하나의 도구 같은 느낌이었다. 손잡이를 돌리는 이 동작에는 뭔가 모차르트 같은 느낌과 침묵하던 악기를 깨워서 멋진 음악을 연주하게 만드는 지휘자가 흔드는 지휘봉을 연상시키는 무언가가 있었는데, 이 땅의 법칙으로는 설명하기 힘든 것이었다. 이따금 나 혼자 있을 때 내가 어딘가에서 들었던 멜로디를 흥얼거리며 지휘하는 흉내를 냈고, 나름 소질도 있는 것 같았다. 만약 내 꿈이 소방대장이 아니었다면 나는 분명 지휘자가 되고 싶어 했을 것이다.

---

* 러시아의 가정에서 물을 끓이는 데 사용하는 주전자.

때는 6월이었고, 우리는 그날 실제로 지휘자를 봤다. 그가 휘두르는 지휘봉의 움직임에 복종하는 오케스트라와 지휘자는 서서히 호숫가에서 멀어지고 있었다. 이 오케스트라는 공원에 속한 오케스트라도 아니고 브라스밴드도 아니며 심포니 오케스트라였다. 오케스트라가 어떻게 자리를 잡고 탔는지는 알 수 없지만 뗏목을 타고 있었고, 오케스트라가 연주하는 음악은 물을 따라 흘러내리고 있었다. 뗏목 주위에는 보트와 오리들이 헤엄을 치고 있었고, 노를 저으면서 삐그덕거리는 소리, 오리가 꽥꽥거리는 소리가 들렸지만, 이 모든 소리는 오케스트라의 연주와 잘 어우러져서 지휘자는 이 소리를 듣고 흡족해했다. 지휘자가 음악가들에게 둘러싸여 있긴 하지만, 이 직업에는 뭔가 이해할 수 없는 비극적 요소가 있기 때문에 그는 알 수 없는 고독에 휩싸인다. 물론 그가 하는 일은 활활 타는 불길과 연관이 있는 것도 아니고, 외부적 요인에 의해 큰 영향을 받는 일도 아니어서 겉으로 티가 나지는 않지만, 어쩌면 그렇기 때문에 그의 가슴은 더 뜨겁게 활활 불타오르는지도 모를 일이다.

화요일

배급증을 받는 사람들은 네 가지 범주로 분류된다. 첫 번째 그룹은 노동자들이다. 그들은 하루에 빵 1푼트*씩 지급받았다. 그 정도면 충분히 하루를 버틸 수 있는 양이다.

두 번째 그룹은 공무원이었으며, 하루에 1/4푼트의 빵을 배급받

왔다.

공무원이 아닌 인텔리겐치아가 세 번째 그룹에 속했으며, 그들은 겨우 1/8푼트의 빵을 배급받았다.

그리고 네 번째 그룹에 속한 사람들은 부르주아들이었다. 그들역시 1/8푼트의 빵을 배급받기는 했지만, 그들은 그걸로 이틀을버텨야 했다. 그나마도 그들은 선심 쓰듯 주는 빵을 거절할 수 없었다…….

나는 가이거에게 요즘도 배급증이라는 것이 통용되는지 물었다. 그는 지금은 사용하지 않는다고 말했다. 얼마나 다행인지 모른다. 배급증을 주고 물건을 받아 오는 일이 썩 유쾌한 일은 아니었는데, 비누나 등유로 바꾸는 일은 특히 더 그랬다.

나는 바실리옙스키섬 8번 라인과 스레드네로 대로에 배급증을들고 가면 물건을 교환해주는 장소가 새로 생겼다는 것을 알게 되었다. 생긴 지 얼마 안 돼서 입소문도 나지 않아 줄도 길지 않았다. 나는 페트로그라츠카야 역에서 출발해서 천천히 걸어갔다. 핀란드만으로부터 바람이 부는 데다 싸락눈이 내리고 있어서 귀가 시리다 못해 아팠다. 집에서 나올 때 모자 위에 두르라고 할머니가쓰시던 숄을 받아서 나오긴 했지만(할머니는 돌아가시고 안 계셨다), 나는 바보처럼 창피하다는 이유로 그걸 두르지 않고 걸었다. 그리고 급기야 투치코프 다리 위에서 하마터면 바람에 날아갈 뻔했다. 그제야 나는 서류 가방에서 숄을 꺼내 머리를 칭칭 감았다.

---

* 러시아의 무게 단위로, 1푼트는 약 407.7g에 해당한다.

거리를 걷는 동안 사실 눈보라가 너무 심해서 한쪽 팔을 뻗은 자리에 뭐가 있는지 보이지도 않았기 때문에 이런 상황에서 할머니의 숄을 두르고 있는다 한들 창피할 이유는 없어 보였다. 설사 내가 숄을 두르고 있는 모습을 누군가가 본다 한들 나를 알아볼 리도 만무했다. 그래도 8번 라인에 도착했을 때 나는 결국 숄을 벗었다.

그리고 나는 줄을 섰다. 펠라게야 바실리예브나 씨가 나한테 말한다.

"내 이름은 펠라게야 바실리예브나고, 지금 당신 바로 앞에 서 있지만, 바람이 너무 세게 불어서 바람이 덜 부는 벽감 쪽으로 가서 서 있으려고 해요."

"네, 그럼요, 그렇게 하세요, 펠라게야 바실리예브나 씨. 그렇게 하고 싶으시면 그렇게 해야죠."

나는 대답한다.

"계속 줄을 서실 건가요? 만약 당신도 줄 서다 지치면, 내가 저기 벽감(그녀는 손으로 그쪽을 가리킨다) 쪽에 있을 테니 와서 미리 말해줘요."

나는 고개를 끄덕여 보이지만, 그녀는 여전히 그 자리에 서 있다.

"내가 열만 안 났어도 여기에 서 있을 텐데 말이에요. 열이 나고 나서 몸 상태가 어떻게 변할지도 모르겠고요. 그렇다고 등유를 포기하자니 등유 없이는 음식을 만들 수가 없으니, 원."

그녀가 말한다.

그러자 니콜라이 쿠지미치 씨가 다가온다.

"펠라게야, 제발 걱정 말고 저기 가 있어요, 내가 대신 서 있을게요."

그녀는 그에게 자기 자리를 넘겨주고 간다.

"니콜라이 쿠지미치 씨가 맡아준다면야 안심하죠."

줄 서 있는 사람들의 모자, 어깨, 속눈썹에 눈이 수북이 쌓인다. 그 중 몇 명은 상대방에게 발차기를 한다. 벽감 쪽에 있는 펠라게야는 못 미더운 듯 니콜라이 쿠지미치가 있는 쪽을 쳐다본다. 그러자 니콜라이는 펠라게야의 시선을 눈치채고 나무라듯 고개를 내젓는다.

"니콜라이, 고마워요."

이렇게 말한 후에 그녀는 벽감 쪽으로 사라진다.

처음 한 시간 동안 사람들은 농담을 하고, 등유 없이 사는 것이 얼마나 힘든지에 대해 말한다. 좀 더 구체적으로 말하면 등유와 장 작은 생활에 꼭 필요한 것이다. 세 시간이 다 되어갈 무렵에 나와 일면식이 있는 스크보르초프라는 사람이 다가온다. 그리고 사람들 의 대화에 스스럼없이 끼어들어서는 1919년은 자기 인생에서 가 장 힘든 시기였노라고 말한다.

"그러는 너는 인생을 얼마나 오래 살았는데? 고작 19년 정도밖 에 안 돼 보이는데? 아니면 20년? 지금까지 살면서 얼마나 많은 일 을 겪었지?"

"뭐, 우선은……."

스크보르초프는 대답하면서 마치 자기가 처음부터 나와 함께 줄 을 서 있었던 것처럼 자연스럽게 행동한다. 그의 목소리는 안정적 이지만, 줄 서 있는 사람들은 그런 그가 못 미덥다.

"이 사람은 처음부터 여기서 우리와 같이 줄을 서 있었다는 것을 기억하고 있어요."

니콜라이 쿠지미치가 나를 가리키면서 말한다.

"펠라게야 바실리예브나도 내가 그녀 대신 줄을 서고 있기 때문에 기억하고 있어요(벽감 쪽에 들어가 있는 펠라게야 바실리예브나가 잠시 자기 모습을 보여준다). 미안하지만, 당신은 기억이 안 나는군요."

스크보르초프는 어깨를 들썩였고, 그러자 그의 어깨에 쌓여 있던 눈이 떨어졌다. 그리고 잠시 후에 그는 눈보라와 함께 흔적도 없이 사라졌다. 마치 그가 온 적이 없는 것처럼 조용히 소란 피우지 않고 그렇게 그는 사라졌다. 그리고 나는 그 후로 그를 본 적이 없었고, 그는 그렇게 내 인생에서도 영원히 사라진 것 같다.

수요일

법학부를 졸업한 기념으로 아버지로부터 선물받은 테미스 신 조각상이 장식장 안에 있다. 내가 아직 젖먹이일 때부터 부모님은 내게 "테미스야"라고 말씀하시면서 보여주시곤 했다. 그리고 손님들이 보는 앞에서 내게 "테미스 어디에 있어?"라고 물어보시곤 했다. 그러면 나는 손으로 테미스를 가리켰단다. 그때는 테미스가 누군지도 몰랐고, 그냥 장식장 안에 있는 별 볼 일 없는 물건 중 하나일 거라고 생각했다. 테미스를 좋아했지만, 테미스가 들고 있는 저울은 움직이지 않아서 싫어했다. 참고 참다가 일곱 살 무렵에 저울이 움직이도록 만들려고 저울을 구부리고 망치로 두드렸다. 나는 뭔가에 걸려서 움직이지 못하는 것이라 생각하고 그렇게 하면 움직일 거라고 확신했었던 것 같다. 저울은 물론 망가졌다.

목요일

오늘은 아침 회진 후에 가이거가 병실에 그대로 있었다. 그의 한쪽 손이 곡목으로 만들어진 의자를 미끄러져 내려갔다.

"발렌티나 씨한테 선생님이 얼마나 오랫동안 의식을 잃었는지 물어보셨다죠?"

그는 두 손으로 의자를 짚고 나를 쳐다봤다. 나는 이불을 턱 밑까지 잡아당겼다.

"이것도 비밀인가요?"

"아니요, 그럴 리가요. 선생님의 재활 치료는 성공적으로 진행되고 있고, 제 생각에는 몇 가지 정도는 선생님께 설명해드려도 된다고 생각합니다. 물론 이것은 선생님의 과거 중 극히 일부에 불과하며, 한꺼번에 많은 이야기를 해드릴 수는 없습니다."

마치 그가 이 말을 하길 기다렸다는 듯이 이때 발렌티나가 3인분의 찻잔을 쟁반에 담아서 병실 안으로 들어왔다. 나는 그녀의 한쪽 다리가 문지방을 막 넘었을 때부터 그녀가 들고 있는 것이 커피라는 것을 깨달았다. 커피 향이 좋았다. 제대로 끓인 커피를 언제 마지막으로 마셨는지 기억이 가물가물했다. 두 사람은 내가 몸을 일으키는 것을 도와줬다. 잠시 후에 우리 모두는 앉아 있었는데, 나는 침대 위에, 그 두 사람은 각각 의자에 앉아 있었다.

"실은 말입니다, 선생님은 상당히 오랫동안 의식을 잃었고, 그동안 세상에는 많은 변화가 일어났습니다. 저는 저대로 선생님께 조금씩 이야기해드릴 테니, 선생님은 선생님대로 과거에 선생님한테 일어난 일을 기억해내려는 노력을 계속해서 해주세요. 우리의 과제는 저의 이야기와 선생님이 기억해내는 이야기가 충돌 없이 잘 어울리도록 만드는 것입니다."

커피는 향만큼이나, 아니, 어쩌면 향 그 이상으로 맛있었다. 가이거는 우주를 정복한 일에 대해 이야기하기 시작했다. 우리와 미국인들은 이미 오래전부터 우주로 비행을 하고 있었다고 한다. 사실 콘스탄틴 치올콥스키*의 가설을 떠올리면 충분히 예상 가능한 일이기도 했다(커피에 뭔가가 부족한데, 아, 맞아, 설탕이 부족하군. 나는 설탕을 구할 수 있는지 묻는다. 하지만 가이거는 포도당이 내 몸에 들어갔을 때 어떤 반응을 보일지 알 수 없다며 고민한다). 그의 말에 따르면 우주에 제일 처음 간 사람은 러시아인이지만, 달에 처음 간 사람은 미국인이라고 했다. 나는 우주라든지 달에 대해 아는 게 별로 없지만, 내 생각에는 거기 가서 할 일은 딱히 없어 보인다.

"사람들은 가장 깊은 바다의 바닥에도 갔답니다."

가이거는 이야기를 계속했다.

---

* 구소련의 물리학자(1857-1935). 우주비행이론의 개척자이자 로켓과학 및 인공위성 연구의 선구자이다.

나는 고개를 끄덕인다.

"선생님이 살던 시대에 이런 일들이 일어날 것이라고 상상을 했을까요?"

발렌티나가 질문한다.

"네. 그때도 이 비슷한 일들이 일어날 거란 가설 같은 것들은 있었죠."

나는 대답한다.

그리고 나는 그때 당시에 '오스트레일리아인'이라는 장난감을 시장에서 팔았다는 이야기를 한다. 풍선처럼 동그랗게 생긴 유리 안에 역시 유리로 만든 작은 사람이 돌출된 눈으로 전면을 응시하면서 물이 채워진 그 안에서 헤엄을 치는 장난감이었다. 위쪽은 고무로 만든 막 같은 것으로 고정을 한 상태였다. 이 막을 누르면 오스트레일리아인이 자신의 축을 중심으로 돌면서 바닥으로 내려간다. 그리고 장난감 파는 사람은 "오스트레일리아인이 인류의 행복을 찾아서 해저 바닥으로 내려갑니다!"라고 소리 질렀다. 그 사람은 한쪽 다리를 절었는데, 바닥에 다리를 질질 끌면서도 놀라울 정도로 빨리 시장 안을 돌아다녔고, 그의 목소리는 멀어지는가 싶다가도 어느 순간에 바로 옆에서 들리곤 하는 것이었다. "오스트레일리아인이 내려갑니다……." 그리고 그곳 사람들은 인류의 행복을 찾는 길이 상당히 독특했다. 게다가 이들은 상당히 활동적이었다. 오스트레일리아인들과 달리 러시아인들은 그렇게 빠른 속도로 돌줄 몰랐던 것이다.

가이거의 한쪽 손이 발렌티나의 한쪽 어깨에 얹혀 있다. 손가락은 기계적으로 그녀의 머리카락을 만지작거린다. 그 손가락들은 나를 가리킨다. 그리고 가이거는 관객을 향해 큰 소리로 속삭이는 배우처럼 그녀의 귀에 대고 속삭인다.

"행복을 탐구하는 것은 자연재해를 정복하는 것 그 이상인데 말이죠……."

"행복을 찾고자 투쟁하는 일에는 별로 관심 없으신가 보죠?"

발렌티나가 나에게 묻는다.

"그렇게 해봐야 남는 건 상처뿐이니까요."

나는 말한다.

발렌티나는 자신의 어깨에 얹힌 가이거의 손을 애써 거부하지 않는다. 그녀는 웃는다. 두 사람 사이에 뭔가 있는 걸까? 가이거는 마치 애인이라도 되는 것처럼 거리낌 없이 행동하고 있다.

가이거는 이외에도 나에게 기계 관련해서 이야기를 더 해줬지만, 다 기억하지는 못했다. 맞다, 요즘 사람들은 글을 쓸 때 볼펜을 사용하는데(펜 안에 볼이 들어가 있었다), 발렌티나가 며칠 전에 나한테 숨기려고 했던 게 바로 그 볼펜이다. 그들은 내가 새로운 것을 접하고 충격을 받을까 봐 나를 보호하려고 한 것 같았다. 솔직히 말하면 나는 그런 일로 충격을 받지 않았다.

저녁이 되자 열이 더 올랐고, 발렌티나는 《로빈슨 크루소》를 소리 내어 읽어주었다. 그녀는 어떤 부분을 읽어주길 원하는지 물었고, 나는 책을 펼쳤을 때 저절로 펼쳐지는 부분을 읽어달라고 부탁했다. 나는 어차피 이 책을 외우고 있기 때문에 어떤 부분을 읽든 상관이 없었다. 책을 펼쳤을 때 로빈슨이 자기가 타고 온 배에 있던 짐을 옮기는 부분이 나왔다. 그는 여분의 돛대를 이용해서 뗏목을 만들고, 조심스럽게 한 발 한 발 내디디면서 배에 있던 비상식량, 목수용 공구, 캔버스 천, 밧줄, 소총, 화약을 비롯한 많은 물건들을 꺼내서 바닷가로 옮겼다. 뗏목에 궤짝을 내려놓을 때 궤짝의 무게 때문에 뗏목이 흔들렸고, 독자들은 로빈슨이 갖고 있는 모든 것은 하나씩밖에 없기 때문에 하나라도 물속에 떨어뜨리지나 않을까 조마조마한 마음으로 책을 읽는다. 그가 태어난 시간은 어딘가 먼 곳에 남아 있고, 어쩌면 영원히 사라져버렸는지도 모른다. 그는 옛 경험과 습관을 고스란히 간직한 채로 다른 시간에 존재하고 있어서 과거에 그가 경험한 것들을 버리거나 그가 상실한 세계를 다시 만들지 결정해야 하지만, 그 어느 것 하나 쉬운 것이 없다.

가이거와 발렌티나는 함께 일하는 동료 그 이상도 그 이하도 아닌 것 같다. 그들은 서로를 스스럼없이 대하지만, 그 이상으로 발전하지는 않는 것 같다. 의사 특유의 서글서글함이라고나 할까.

금요일

시베르스카야*에서 별장을 임차하고 있을 때였다. 사람들은 상트페테르부르크-바르샤바 구간 철도를 따라 열차의 이등칸에 타고 연기와 수증기를 내뿜으면서 도착했다. 기차는 대략 두 시간을

---

* 레닌그라드주(州)에 위치한 마을로, 별장이 밀집된 마을로 유명했다.

달리는 동안 우리 별장이 있는 시베르스카야를 비롯하여 알렉산드롭스카야 마을, 가치나 시(市), 수이다 마을까지 총 네 번 정차했다. 이 지명들은 상트페테르부르크 외에 내가 처음으로 접한 지명이었고, 덕분에 다른 곳에도 사람이 산다는 것을 알게 되었다. 당시에 나는 모스크바라는 도시가 어딘가에 존재한다는 것은 알고 있었지만 파리에 대해서는 전혀 아는 바가 없었고, 시베르스카야에 대해서는 잘 알고 있었다. 부모님의 말씀에 따르면 나는 두 살 때부터 상트페테르부르크-바르샤바 구간에 있는 철도역의 이름을 줄줄이 외우고 있었다고 한다.

시베르스카야에 도착한 기차는 날숨을 깊게 내쉬었는데, 이것은 기차의 마지막 날숨이기도 했다. 기차는 정차한 후에도 잠시 '칙칙' 하며 식식댔고, 이 소리는 계속해서 길을 떠날 힘은 없지만 지금까지 달리던 여운을 한순간에 멈출 수 없다는 것을 의미했다. 경주 후에 경주마들이 숨을 고르면서 식식대듯이 말이다.

열차가 역에 멈춰 서면 우리는 짐칸에 있던 솜털이나 깃털로 채운 이불이나 해먹, 그릇, 공, 낚싯대와 같은 짐을 꺼내서 짐마차에 다시 옮겨 실었다. 우리는 승합마차를 타고 갔고, 짐마차는 우리 뒤에서 천천히 따라왔다. 물레방아용 댐을 따라 오레데시강을 지날 때 우리는 이따금 멈춰 섰다. 그곳에서 우리는 마부가 강가에 있는 높은 언덕 위로 올라갈 때 시베르스카야 역 부근에 사는 사내들을 모아서 마차를 들어서 밀도록 시키는 모습을 지켜봤다. 사실 모았다기보다는 선별했는데, 그 사내들은 기차에서 내린 사람들이 마차를 타고 지나가면 마차를 밀어야 하는 상황이 생긴다는 것을 알고서 물레방아용 댐 근처에서 기다리고 있었던 것이다. 그들은 마차를 밀어주고 최소한 20코페이카씩 받았고, 그 돈으로 그들은 맥주 두 병씩은 마실 수 있었다.

시베르스카야 기차역 플랫폼에 서서 나는 시베르스카야 특유의 공기를 코로 들이마셨다. 당시에 나는 어려서 시베르스카야의 공기가 어떻게 다른지 표현할 줄 몰랐지만(지금도 어떻게 표현해야 할지 모르겠다) 그때도 나는 상트페테르부르크의 공기와 시베르스카야의 공기는 하늘과 땅 차이라는 것 정도는 알고 있었다. 이건 어쩌면 공기라기보다는 뭔가 걸쭉하고 향긋해서, 코로 들이마신다기보다는 입으로 마실 수 있는 것 같은 것이었다.

풍경도 색감도 소리도 뭔가 달랐다. 뭔가 소란스럽고 초록빛을 띠었다. 갈색빛을 띠고, 굉장히 깊고, 뭔가 계속 찰싹거리는 모양이었다. 화창한 날 낮에는 풍광이 하늘색으로 바뀌었다. 댐에서는 물이 떨어지면서 포효했고, 금속으로 된 난간에 물이 떨어지면서 흔들렸으며, 물이 튕기면서 무지개가 만들어졌다. 댐의 한쪽 면은 뭔가 가득 차 있어서 사색에 잠긴 느낌이라면, 다른 한쪽 면은 끓어넘치고 뭔가를 살짝 찢는 것 같은 분위기였다. 그리고 이 위에는 이글거리는 주황색 절벽과 이른바 데본기 때부터 존재했을 법한, 그 지방의 페치카*를 만들 때 벽돌 사이사이에 바르는 진흙이 있었다.

이 진흙을 데본기 때 진흙이라고 부르는 사람은 없었다. 사람들은 이것을 그냥 빨간색 진흙이라고 말했고, 그들은 진흙을 벽돌과

---

* 러시아식 벽난로.

벽돌 사이에 발랐다. 삽도 빨간색이고, 작업복도 빨간색이고, 빨갛게 변한 손가락을 대고 풀어대는 코도 빨겠다. 네 살 된 나는 마도로스 복장을 입고 이제 막 짓고 있는 사우나 시설 옆에 서서 페치카 장인이 진흙에 벽돌을 쌓는 모습과 삽의 손잡이로 리드미컬하게 벽돌을 툭툭 치는 모습을 바라봤다. 그럴 때면 그는 나한테 농담을 했고, 나는 그의 농담을 듣고 웃었다. 나는 아름다운 선율을 만들어내는 손동작이야말로 페치카를 만드는 데 있어서 가장 어려운 부분이며, 이를 통해 그가 얼마나 훌륭한 장인인지 알 수 있을 것 같았다. 나는 페치카 장인에게 삽을 달라고 해서 그가 한 것처럼 두드려봤는데, 그가 한 것처럼 잘하지도 못했고 아름다운 선율을 만들어내지도 못했지만, 대충 선율 비슷한 음은 만들어냈다. 덕분에 내 옷소매는 온통 진흙투성이였지만 말이다.

집은 오레데시강 위쪽에 있었다. 집의 아래쪽에는 강이 굽이쳐 흐르고, 우리는 그 위쪽에 있었다. 우리는 두 그루의 소나무에 고정시킨 해먹 위에서 흔들리고 있다. 더 정확히 나는 누워서 해먹 끝에 앉아 있는 여자아이를 쳐다보는데, 그 아이가 해먹을 흔들고 있다. 나는 일곱 살쯤 됐고, 이 정도의 리듬감 있는 흔들림 정도로 겁을 먹지는 않는다. 우리는 출렁이는 파도 위에 있는 보트에 타고 있으며, 우리 아래에 있는 강은 위로 올라가는가 싶다가 어느 순간 소나무 꼭대기로 변하면서 사라진다. 해먹이 위로 올라갈 때마다 풀어헤친 여자아이의 머리카락이 내 얼굴에 닿으면서 내 눈과 볼, 입술을 따라 미끄러져 내려가고, 그럴 때마다 나는 고개를 돌리지 않고 그 아이의 원피스 뒤쪽 어깨뼈 사이에서 젖은 얼룩이 커지는 모습을 지켜본다. 나는 얼룩이 져 있는 부분에 한 손을 댔고, 여자아이도 싫지 않은지 내 손을 거부하지 않았다. 내 손이 왼쪽으로 움직이자 여자아이의 심장이 뛰는 것이 느껴진다. 심장은 빠르면서 강하게 뛴다. 이것은 나와 그 아이가 간직한 축축한 비밀이자 내 첫사랑에 관한 기억이었다.

토요일

오늘 나는 먹던 약과 다른 약을 받았는데 꿍장히 썼다. 나는 그 약을 먹으면서 내가 난생처음으로 보드카를 마시던 일이 떠올랐다. 이날은 성녀 엘리자베타의 명명일이었고, 축하 파티는 모호바야 거리에 있는 넓은 아파트에서 있었다. 불이 환하게 켜져 있는 홀과 나무로 만든 커다란 통에 꽂혀 있던 이국적인 화초도 기억난다. 하지만 엘리자베타가 누군지는 기억이 가물가물하다.

스크보르초프가 나에게 다가온다. 그의 눈이 반짝인다.

"나 오늘 밤에 참전해. 그러니까 한잔하지."

그는 이렇게 말하면서 프록코트 자락을 살짝 들더니 바지 주머니 밖으로 튀어나와 있는 술병의 주둥이를 보여준다.

"보드카 '메르잡칙*' 가져왔어."

---

* '나쁜 놈'이라는 뜻으로, 제정 러시아 시대부터 50ml들이 작은 병에 담아 판매하던 보드카 이름이다. 현재는 더 이상 생산하지 않는다.

나는 스크보르초프를 바로 30분 전에 엘리자베타의 집에서 처음 만났다. 그의 제안을 거절하기 힘들었던 이유는 누군가가 전쟁 터에 떠나기 전에 부탁을 한다면 그것이 그의 마지막 부탁일 수도 있기 때문이었다. 그래서 나는 그의 청을 받아들였다. 하지만 한편으로 단 한 번도 보드카를 먹어본 적이 없었기 때문에 이것을 인정하는 것이 부끄러워서 조금 망설여졌다. 스크보르초프는 나를 층계참으로 데리고 가서 거기에서 보드카를 꺼낸다. 그런 다음 그는 조심스럽게 문을 닫는다. 문에 등을 기대고는 허리를 숙여서 입술을 병에 갖다 대고 한참 동안 그대로 병을 물고 있다. 나는 보드카를 마시는 방법을 모른다.

병 속에 있던 액체는 줄지 않고 거품조차 생기지 않는다. 대신에 병 속에 어떤 침전물이 떠다니고, 나는 그 침전물이 보드카를 마시는 사람의 입에서 나온 것이라는 인상을 지울 수가 없다. 스크보르초프는 술 좀 마셔본 사람처럼 신음하면서 술병에서 입을 떼어내는데, 아무래도 그는 술을 마시는 시늉만 한 것 같았다.

"인노켄티, 우리 둘 다 20세기와 함께 태어났으니 책임을 져야 하지 않겠어? 그래서 나도 전쟁에 참전하는 거고. 내 말뜻 알아들어? 이제 네 차례야."

스크보르초프는 휘청거리는 척하면서 서서 나한테 병을 넘겨준다.

20세기와 함께 태어났다는 말도 명언이다. 살면서 여러 번 들었던 말 중에 하나인 것 같다. 스크보르초프의 말은 듣기 싫은 정도를 넘어서서 역겨울 정도다. 그가 방금 입에 대고 마신 보드카병을 받아서 마시는 것도 역겹지만, 안 마시면 내가 보드카 마시는 것을 두려워한다고 생각할까 봐 거절할 수도 없다. 나는 어정쩡하게 보드카병을 받아 든다.

"보드카 마시는 법에 대해서 하는 말이 틀린 게 하나 없다니까. 왜 그러잖아, 한번 털어 넣으면 반병이 없어진다고 말이야."

스크보르초프는 나를 재촉하듯 말한다.

나는 그가 나에게 제안한 것보다 훨씬 적은 양의 보드카 한 모금을 삼켰는데도 목이 타들어가는 것 같다. 나는 깊게 심호흡을 하기 위해 술병을 입에서 떼어낸다.

"숨을 들이마시지 말고, 계속 마셔야 해!"

스크보르초프가 신경질적으로 소리 지른다.

한 모금을 더 마시자 스크보르초프의 침 생각이 난다. 보드카병에 그의 침이 엄청나게 많이 섞여 있을지도 모른다는 생각이 드는 것이다. 그리고 갑자기 나는 속에 있는 것을 모두 게웠다.

"술을 마시고 나서 숨을 들이마셨기 때문이야. 숨을 들이마시지 말았어야 했어."

스크보르초프가 나한테 말한다.

그는 만족스럽다는 투로 말했다. 그는 나에게 입을 닦으라면서 자기 손수건을 건네지만 나는 거절한다. 손수건을 보는 것만으로도 한 번 더 토할 것 같은 생각이 들었기 때문이다.

며칠 후에 나는 넵스키 대로에서 스크보르초프를 봤다. 그는 멀리서 내게 한 손을 흔들어 알은체를 했다. 그러니까 그는 전쟁터는 고사하고 도시 자체를 떠나지 않았다는 것을 의미했다.

이제야 나는 내가 20세기와 동갑이라면 내가 1900년에 태어났다는 것을 깨달았다. 당연한 논리인데도 이상하게도 나는 이 두 가지를 바로 연결시키지 못했다.

"선생님, 제가 1900년에 태어났나요?"

나는 가이거한테 질문한다.

"네, 선생님은 20세기와 동갑입니다."

그가 대답한다.

"음……."

월요일

또다시 쿠오칼라에 대한 기억이다. 매일 아침 식사 후에 나와 세바는 해변을 따라 뛰어다니곤 했다. 그 무렵 우리는 아침마다 연을 날렸다. 내가 밧줄을 쥐고 비행기 모양의 연을 조종한다. 세바 역시 밧줄을 쥐고 있지만, 그는 밧줄을 짧게 해서 쥐고 있는 데다 아무것도 조정하고 있지 않아서 그가 줄을 쥐고 있는 것이 아니라 줄에 매달려 있다는 표현이 더 정확해 보였다. 그리고 세바가 연을 조정하려고 할 때마다 연은 빠른 속도로 떨어져서 수면 위에 힘없이 누워버리는 것이었다. 사실 이런 일은 연을 날리기 시작할 때 흔히 있는 일이어서 연을 다시 주워서 날리면 그만일 것이다. 하지만 신기한 것은 이런 일이 유독 사촌인 세바에게 자주 생긴다는 점이었다.

세바와 나는 동갑이지만, 우리 둘이 함께 있으면 뭔가 세바가 나보다 어리다는 생각이 든다. 물론 누군가에게 복종하는 것에 대해 기분 나빠하지 않고 오히려 그런 사람이 되려고 하고, 그것을 당연한 것처럼 받아들이는 사람들이 있긴 하다. 하지만 세바는 더 잘하지도 못하면서 누군가의 말에 복종하는 것을 힘들어한다.

예를 들어 세바는 겁이 많다. 겁쟁이라는 표현이 좀 과격하다면, 용기가 부족하다고 해두자. 낯선 사람, 창밖에 비춰진 실루엣, 벌, 개구리, 풀뱀 등을 그는 무서워한다. 나는 풀뱀에게는 독이 없다고 말하며 풀뱀의 머리 바로 아래 부분을 한 손으로 잡고 세바에게 건네주려고 하지만, 세바는 금세 얼굴이 창백해지고 입술을 파르르 떤다. 그러면 나는 그런 세바가 딱해지는 것이다. 그 즉시 나는 풀뱀을 놓아주고, 그러면 뱀은 빠른 속도로 사라진다.

저녁에 가이거가 병실에 찾아와서 앉아 있다가 갔다. 그는 앉아서 그와 발렌티나의 관계에 대해 내가 추측한 글을 읽었다. 그리고 내가 솔직하게 적었기 때문에 이 글은 훌륭하다고 칭찬했다. 가이거는 여러 가지 방법을 동원해서 내 잠재의식 속에 있는 것을 알아내는 데 성공하며, 나에게 생각과 감정을 숨김없이 표현하라고 말한다. 이런 식으로 말이다. 그리고 병실을 나가면서 말한다.

"저와 발렌티나의 관계가 선생님과 그녀의 관계에 걸림돌이 될 수는 없습니다."

그의 관계라······.

목요일

나는 며칠 동안 계속 침대에 누워 있었다. 글을 쓸 힘은 고사하고 몸을 일으킬 힘조차 없었다. 그런데 오늘은 초라한 내 기억 속에서 "당신의 그림은 아직 제대로 된 형태도 갖추지 못했기 때문에 아직 명암법으로 넘어갈 수 없습니다"라는 문장이 갑자기 떠올랐다.

그렇다면 나는 정말 화가였던 것일까? 하지만 그렇다면 머리뿐만 아니라(머리는 확실히 기억을 못 하는 것 같다) 손도 기억을 하고 있어야 옳다. 그런데 문제는 손도 그 일을 기억하지 못하는 것이다. 뭔가를 그려보려고 노력했지만, 내 뜻대로 되지 않는다.

그런데 이 문장이 내 의식에 붙어서 하루 종일 머릿속에서 맴돈다. "당신의 그림은 아직 제대로 된 형태도 갖추지 못했기 때문에……." 그러니까, 아직 갖추지 못했다는 것이다. 그렇다면 화가까지는 아니어도 인생을 묘사하는 사람 정도는 된다는 뜻이다. 가이거는 나를 이렇게 부르면서 뭘 얘기하고 싶어 한 걸까?

그리고 그가 말한 그와 발렌티나의 관계란 무엇일까?

금요일

가이거는 나에게 오레데시강이 이제 남성명사라고 말해주었다. 게다가 단어 끝에 있던 연음부호도 이젠 쓰지 않는다고 했다.

"그렇다면 강이 자기 성을 갈아 치웠다는 건가요?"

"강이 문제가 아니라, 사람도 자기 성을 바꾸는 세상인걸요. 하지만 선생님은 늘 하시던 대로 떠오르는 것들을 적으세요. 그러는 편이 더 아름답습니다."

오늘 그는 나에게 '컴퓨터'라는 것을 보여줬다. 비싼 장난감 같았다. 단추 하나를 누르면 작은 화면에 불이 들어온다. 또 다른 단추를 누르면 사진이 더 또렷하게 보인다. 신비한 가로등처럼 말이다.

1900년대 트로이츠키 다리 근처에 있는 카멘노오스트롭스키 대로의 모습이다. 전차 한 대가 지나고 있다. 사진 속에서 색깔을 구별하기는 힘들지만, 나는 마치 지금 눈앞에 있는 것처럼 색을 구별할 수 있는데, 이 전차들의 색은 빨갛거나 노랗다. 이유는 알 수 없지만 철도마차는 갈색으로 칠하고 전차는 원색으로 칠했다. 이 차들이 지나가던 소리는 지금도 기억에 선하다. 차장이 전차 뒤에서 벨을 눌렀고, 이것은 전차 운전수에게 출발해도 좋다는 신호였다. 전차 운전수 자리에도 벨이 있었는데, 승객들과 보행자들을 위한 것이었다. 그건 페달이었다. 벨을 누르기 위해 그는 페달을 밟았다. 어렸을 때 나는 그 페달을 밟아보는 게 소원이었다. 나는 운전수의 진지한 표정을 지켜보고, 그의 한쪽 발을 봤는데, 그의 발은 마치 잠시 페달을 밟기 위해 잠깐 동안 몸에 붙어 있는 것 같았다. 평범한 신발을 신고 그 위에는 고무로 된 덧신을 신었는데, 가끔 구멍난 덧신을 신고 있을 때가 있었다. 나는 전동 벨처럼 우아한 사물을 다룰 때 그런 신발을 신고 할 수 있다는 사실이 놀라울 따름이었다.

화면이 흐릿해지고 다른 사진이 갑자기 나타난다. 청소부

(1908년). 그는 긴 털 코트를 입고 손에는 엄지장갑을 끼고 있는 데……. 이 사람은 일반 청소부인 것 같은데, 이들은 거리나 아파트 마당에 있는 얼음을 제거하고 집집마다 땔감을 날라줬고, 이들에게 일을 지시하는 반장이 또 있었다. 그 사람은 양복 비슷한 것을 입고 다녔던 것 같다.

다시 시베르스카야로 돌아왔는데, 때는 20세기 초이며, 길은 풍차로부터 시작된다. 이런 맙소사, 이 길은 우리가 늘 오르락내리락하던 길이 아니던가! 저기 사진 속에 있는 건 혹시 우리가 아닌가? 우리는 금요일 저녁이면 일주일 동안 일을 하고 집으로 돌아오시는 아버지를 기차역으로 마중 나갔고, 일요일 저녁이면 일하러 떠나는 아버지를 배웅하곤 했다.

별장으로 떠나는 상트페테르부르크에 사는 가정의 가장들은 두 가지 유형으로 나뉘었는데, 첫 번째 유형은 별장형이었고, 두 번째는 샴페인형이었다. 별장형 남자들은 5월부터 9월까지 페테르부르크에 있는 아파트에서 살기를 거부하고(아파트 세가 상당히 비쌌다) 일이 끝나면 매일 가족이 사는 교외로 퇴근했다. 물론 출퇴근 시간도 오래 걸리고, 피곤한 일이었다. 샴페인형은 반대로 도시에 있는 아파트에 그대로 머물면서 주말에만 가족을 만나러 교외로 떠났다. 주중에 그들은 서로 만나서 카드놀이를 하고 샴페인을 마시는 것이 일과처럼 됐다. 우리 아버지는 주머니 사정으로 보면 별장형에 속해야 마땅했지만 샴페인형처럼 행동했다. 그 이유는 5월에는 가구를 창고에 옮겨다 놔야 하고, 9월에는 다시 아파트를 구하러 다니고 가구를 창고에서 이사한 아파트로 옮겨다 놔야 하는 수고를 싫어했기 때문이다. 물론 이런 일을 좋아하는 사람은 없을 것이다. 더 정확히는 이런 번거로운 수고를 좋아하는 사람은 없을 것이다. 하지만 그중에서도 아버지는 특히 더 싫어했다.

　나와 어머니는 저녁이면 기차역에 서서 아버지를 기다렸다. 물론 기차역에서 가족을 기다리는 이들은 우리 말고도 더 있었다. 시베르스카야 지역에 별장을 짓고 사는 많은 이들이 도시에서 도착하는 자신의 아버지를 기다리기 위해서 기차역에 오곤 했다. 그중 일부는 자신들이 타고 온 마차를 역사 건물 앞에 있는 광장에 두고 왔다. 시베르스카야 역에 도착하는 기차는 많지 않았기 때문에 내 기억이 맞는다면 저녁 7시 30분에 도착하는 기차를 기다리기 위해 가족을 기다리는 대부분의 사람들이 기차역에 모이곤 했다. 이들은 플랫폼에 서서 대화를 나누면서 서로의 몸에 붙은 모기를 때려 잡으며 기다렸다. 구두 굽으로 마룻바닥 위를 또각또각 걸어갔다. 얼마 안 있으면 도착할 그들의 아비들을 만날 기대에 부풀어 소리 내어 웃기도 했다. 어머니는 저녁이 돼서 날이 선선하다고 말씀하시고는 가방에서 톡톡한 군복 상의를 꺼내어 안 입겠다고 하는 내게 기어이 입히곤 하셨다. 그러면서 어머니는 지금 내가 추위를 못 느끼는 것뿐이라고 말씀하시곤 했다. 물론 어머니의 말씀은 옳았다.

　멀리서부터 기차가 보였고, 기차는 천천히 우리를 향해 다가왔다. 선로들이 하나로 합쳐지는 곳 위쪽에 기차의 모습이 보이기만 해도 마중 나온 사람들은 그쪽으로 고개를 돌려서 기차를 응시하곤 했다. 그러고 나면 기차가 그들의 시야에 완벽하게 들어온다.

그들은 여전히 시베르스카야 지역의 뉴스에 대해 서로 이야기하지만, 그때부터 이들은 애벌레 같은 물체가 눈 깜짝할 새에 기차로 변한 채 그들을 향해 기어 오는 광경에 시선을 빼앗긴다.

아버지는 올 때마다 다른 객차에 몸을 실었기 때문에 나는 아버지가 어느 객차에 앉아 계신지 모른 채 도착하는 사람들 틈 속에서 아버지의 모습을 찾으려고 안간힘을 썼다. 아버지는 플랫폼으로 내려와서는 먼저 나를 번쩍 들어서 뽀뽀해주고 그런 후에 엄마에게 뽀뽀를 했는데, 나는 매일 이 순간을 손꼽아 기다리곤 했다. 나는 아버지를 보고 나서 혼잣말로 "나, 행복해, 아, 행복해!"를 되뇌곤 했다. 우리는 함께 걸어서 강을 가로지르는 다리를 건너고, 물레방아 옆에 난 길을 따라 올라갔으며, 우리의 그림자는 여름의 뜨거운 태양 아래에서 아주 많이 길어지곤 했다. 행복한 시절이었다. 집에 들어가서 함께 저녁을 먹고 선물을 뜯어보고(아버지는 오실 때 꼭 선물을 갖고 오셨다), 자기 전에 책을 소리 내어 읽고는 잠이 들었고, 꿈을 꾸었다.

성인이 되어서야 나는 꿈에서 아버지를 보는 일이 잦아졌고, 대부분은 여름옷을 입고 계셨다. 아버지는 매부리코에 코안경을 끼고 이마가 벗겨져 있었다. 아버지는 흰 셔츠에 허리 부분이 넓은 밝은색 바지를 입고 계셨다. 주머니에는 회중시계의 은색 줄이 보였다. 플랫폼에서 자세히 살펴본 아버지의 모습이 내 기억에 선명하게 남아 있는지도 모를 일이다.

아버지의 몸동작도 기억한다. 아버지는 과장되고, 조금은 용맹스럽게 회중시계 체인을 잡고 회중시계를 꺼내곤 했다. 아버지는 누군가를 그리워하거나 뭔가가 의심스러울 때면 딸까닥하면서 시계 뚜껑을 열고, 너무 빨리 가는 시간이 야속하다는 듯 시계를 바라보곤 하셨다. 수줍어할 때도 시계를 봤는데, 이것은 그를 불편한 상황에서 구해주는 제스처 같은 것이었다. 아니, 어쩌면 이것은 제스처가 아니라 그가 은연중에 흘려보낸 불길한 예감 같은 것이었는지도 모른다. 1917년 6월의 어느 날에도 우리는 아버지를 마중 나갔지만(이때가 우리가 별장에서 보낸 마지막 해였다), 끝내 아버지를 만나지 못했다. 아버지는 그날 바르샵스키 기차역 부근에서 술에 취한 선원들에 의해 살해당했다.

그 후로 나는 지저분한 거리 위에 누워 계시던 하얀 피부의 아버지와 아버지 주위에 모여들던 호기심 많은 사람들, 그리고 이들의 과도한 관심을 경멸하고, 불편하지만 그들로부터 벗어날 줄 몰라 하던 아버지의 모습을 떠올리며 괴로워하곤 했다. 엄마는 경찰에게 아버지가 길에 오랫동안 누워 있었는지를 물어봤고(나중에 안 사실이지만, 아버지는 그렇게 오랫동안 길에 누워 계셨다), 마치 원인을 알고 나면 마음이 더 가벼워지기라도 한 것처럼 아버지를 죽인 이유가 무엇인지를 물어보셨으며(밝혀진 바에 따르면 특별한 살해 동기는 없었다), 그런 후에는 아버지를 죽인 선원들을 모두 찾아내어 자기 손으로 총살시키고 싶노라고 큰 소리로 소리를 질러댔다. 경찰들은 말없이 그런 그녀를 바라볼 뿐이었다. 슬픔에 젖은 어머니는 선원들을 총살하는 것은 파도나 번개를 총살하는 것과 다르지 않으며, 이것이 얼마나 끔찍한 참사인지 이해하지 못했다. 게다가 우리가 겪은 것은 아직 번개에 비할 바는 아니었으며, 이보다 더 끔찍한 일은 이후에 일어났다. 그때만 하더라도 그보다 더 슬픈 일은 일어나지 않을 것 같았다.

토요일

아버지가 그렇게 되시고 나서 나는 혁명이나 전쟁과 같은 역사적 비극에 관해 생각하게 되었다. 비극의 본질은 총을 이용한 학살이 아니었다. 기아도 있었지만, 이 역시 본질은 아니었다. 비극은 가장 저급한 열정이 해방된다는 것이었다. 그 전까지 법이라는 사슬에 묶여 있던 것이 밖으로 나온다는 것이었다. 왜냐하면 많은 이들은 율법만 따르기 때문이다. 하지만 그들은 새 언약을 인정하지 않는다.

일요일

로빈슨 크루소는 자기 목숨을 건진 곳 근처에 기둥을 하나 세워 두고, 거기에 일요일이 될 때마다 표시했다. 로빈슨은 일요일을 평일과 혼동하여 주의 날을 지나치게 될까 봐 두려웠다. 그는 기둥에 하루하루가 지날 때마다 선을 그어서 표시했는데, 일곱 번째 날엔 선을 더 길게 하고, 매달 1일에는 그보다 더 길게 선을 그었다. 그리고 그는 칼로 기둥에 큰 글씨로 '1659년 9월 30일에 내가 이곳

해변에 도착했다'라고 새겨놨다. 그런데 지금은 도대체 몇 년도일까?

컴퓨터라는 것은 재미있는 물건이다. 컴퓨터로도 타자기처럼 글씨를 타이핑할 수 있었다. 타이핑한 것을 수정할 수도 있다. 중요한 것은 타자기로 했을 때 다섯 개의 텍스트에 있는 오타를 일일이 힘들게 수정했다면, 컴퓨터로 수정할 때는 마치 오타가 없었던 것처럼 감쪽같이 손쉽게 수정할 수 있다는 것이었다. 과거의 타이피스트들이 봤다면 무척 부러워했을 것이다. 작성한 문서를 컴퓨터에 저장할 수도 있고, 컴퓨터에 저장된 문서를 컴퓨터 화면으로 읽을 수도 있다. 컴퓨터로 타자 치는 법을 배워야겠다.

가이거의 조언에 따라 나는 '복제'라는 기사를 하나 읽었는데, 허버트 조지 웰스가 쓴 소설을 연상시켰다. 나는 핵이라든지 난세포에 대한 내용은 이해하지 못했는데, 이를테면 무엇을 어디로 이식하는지에 대한 내용은 어려웠다. 하지만 양의 젖샘에서 만들어진 양의 복제에 대한 내용은 마음에 들었다. 과학자들은 자신의 풍만한 젖가슴을 늘 자랑하던 미국의 팝 가수 돌리 파턴을 떠올리며 복제된 양에게 '돌리'라는 이름을 지어주었다. 가이거는 기사에 묘사된 내용, 즉 양의 복제는 사실이라고 생각한다. 그는 내가 의식을 잃고 누워 있는 동안에도 세계에서 일어나고 있는 다양한 변화들을 내게 알려줬다고 말한다. 내 의식이 깨어난 후에 충격을 덜 받게 하기 위해서라고 했다.

그는 내게 냉동 보존술에 대한 기사도 읽으라고 줬는데, 이 역시 복제만큼이나 충격적인 것이었다. 나중에 해동시켜서 다시 살아나도록 하기 위해 냉동을 해서 보존한다는 내용이었다. 실제로 이렇게 냉동된 사람이 있고 없음을 떠나서 가설 자체만 보더라도 다소 불쾌한 느낌이 있었다. 기사에 따르면 꽤 많은 사람이 냉동 보존되고 있지만, 현재까지 해동돼서 다시 살아난 사람은 없다. 그럼에도 불구하고 이와 관련된 몇 가지 과학 실험은 성공적이라고 할 수 있다. 닭의 배아를 몇 달 동안 액체질소에 넣어서 보존했다가 해동했는데, 배아의 심장이 다시 뛰기 시작한 것이다. 쥐의 심장을 섭씨 영하 196도까지 얼렸다가 해동했는데, 심장이 또다시 뛰었다. 토끼의 뇌를 얼리기도 했다. 해동 후에도 토끼의 뇌는(그런데, 토끼에 뇌가 있었던가?) 생물학적 활동이 다시 활성화되었다. 그리고 마지막으로 아프리카에서 서식하는 노랑개코원숭이를 섭씨 영하 2도에서 냉동시켰다. 원숭이는 55분간 냉동돼 있었고, 해동 후에 원숭이는 얼리기 전과 동일한 상태로 되살아났다.

월요일

아나스타샤. 고대 슬라브어적 특성을 갖고 있는 이름이면서 모음 A가 세 개 있고, 자음 S가 두 개 있어서 발음하기 좋은 이름이기도 하다. 그녀는 말했다. "제 이름은 아나스타샤예요." 그녀는 새로 산 '핼리팩스' 스케이트를 신고 두 손을 머프에 끼우고 유수폽스키 공원 한가운데 서서 눈의 여왕처럼 나를 내려다보고 있었다. 처음에 그녀가 뭐라고 말했던가? 지금도 잊을 수 없는데, 그녀는 "정말 미안해요"라고 말했다. 그러고는 "다치지 않았어요?"라고 물었다. 그때 나는 얼음판 위에 두 손을 짚고 무릎을 꿇고 엎드려 있었다. 나는 그녀의 무릎과 코트 단과 코트 깃부터 아랫단까지 덮인 모피를 보고, 코트 아래로 손가락 두 마디 정도의 길이만큼 나온 다리를 보았는데, 그녀는 타이츠를 신고 있었다. 나는 넘어져서 머리가 어지러웠다. 하지만 코피가 얼음 바닥으로 방울방울 떨어졌고, 나는 정말이지 무척 창피했다.

그녀는 몸을 숙이고, 아니, 더 정확히는 쪼그리고 앉아 머프에서 손수건을 꺼내어 내 코에 대주면서 "나 때문에 넘어진 거예요, 정말 미안해요"라고 말했다. 얼음 위에 떨어진 코피가 바닥 위에 퍼졌고, 나는 창피해서 손으로 코피를 지워보려고 하지만 잘되지 않는다. 오케스트라는 여전히 음악을 연주하고 있고, 대부분의 사람들은 우리를 피해서 가고, 일부는 멈춰 서기도 한다. 손수건에서는 향수 냄새가 나는데, 손수건은 피로 더럽혀졌고, 나는 여전히 일어나지 못하고 있다. 난생처음 스케이트장에 온 나는 창피한 나머지 눈물까지 흘린다. 그녀가 머프에서 한쪽 손을 꺼내어 내 손을 잡았다. 한 손으로는 얼음으로 된 바닥을 짚고 있고, 다른 한 손은 그녀의 손안에 있는데, 따스함과 얼음장같이 차가운 것, 생명 있음과 생명 없음 등이 함께 공존하는 것을 느낀다. 나는 왜 그녀를 눈의 여왕에 비유했을까? 그녀의 아름다움은 따스함에서 비롯된 것인데 말이다.

사실 그녀가 나를 민 것이 아니라, 내가 그녀를 피하려다가 넘어진 것이었다. 그녀는 빠르고도 아름답게 스케이트를 탔고, 가끔은 혼자서, 또 이따금 다른 학생들과 함께 스케이트를 탔다. 학생이었던 것 같았는데, 학생이 아니라면 누구란 말인가……. 이따금 그녀는 양손을 십자형으로 엇갈리게 잡고 세 명씩 혹은 네 명씩 함께 스케이트를 타기도 했다. 그들은 날이 얼음을 가르는 소리를 내면서 당시에 스케이트장을 넓게 활보하며 너무나도 아름답게 스케이트를 탔다. 나는 스케이트화를 신을 때처럼 꼬박 한 시간 동안 얼음 위에 서서 스케이트를 타는 사람들을 넋 놓고 지켜봤고, 특히 그녀가 스케이트를 타는 모습을 넋을 놓고 봤다. 탈의실에서의 한기, 나무로 만든 벤치 냄새와 땀 냄새를 잇는 스케이트장 내부에 이는 차가운 바람, 사람들의 탄성, 웃음소리, 그리고 무엇보다 음악이 있어 좋았다. '국화꽃은 시들고'라는 곡을 오케스트라가 연주하는 동안 그녀는 정말 아름답게 춤을 췄다. 그녀는 함께 스케이트를 타던 남자 대학생보다 훨씬 더 잘 탔으며, 나는 그를 보지 않고 그녀만 보려고 노력했고, 그녀가 춤추는 모습을 보고 있노라면 심장이 멎어버릴 것만 같았다.

여자로 인해 넘어진 것이 이번이 처음은 아니었다. 얼마 전에 나는 흔들리는 해먹 위에 있었던 일을 적은 적 있다. 그 일을 잊을 수 없었던 이유는 그때 당시에 내가 그 일로 인해서 심하게 다쳤기 때문이다. 여자아이가 해먹을 너무 세게 흔든 나머지 내가 해먹에서 떨어져 내 뒤통수가 소나무 뿌리에 부딪쳤었다. 그때도 코피가 났고, 뒤통수를 꿰맸었다. 그 후로 나는 꽤 오랫동안 두통에 시달려야 했다.

그리고 이제야 드는 생각인데, 유수폽스키 공원에 있었던 사람

은 아나스타샤가 아니다. 내 기억이 맞는다면 나와 그녀는 1921년
에 처음 만났다. 1921년에 스케이트를 타다니, 말도 안 될 일이다!
그런데 왜 나는 거기에서 만난 사람이 아나스타샤라고 생각한 걸
까?

화요일

오늘 나는 올해가 몇 년인지를 추측해냈다. 올해 연도를 추측해
낸 내가 무척 대견했다.

발렌티나는 약을 가져올 때 보통 쟁반에 담아서 가져오는데 오
늘은 약을 어떤 상자에서 꺼냈다. 그리고 상자를 내 협탁 위에 두
고, 가져가는 것을 깜빡했다. 나는 독특한 포장지를 자세히 살펴보
면서 거기에 적힌 '조제일자: 1997년 12월 14일'이라는 것을 읽었
다. 오타라고 생각하던 찰나에 그 아래에 적힌 것도 읽었는데, 아
래에는 '유통기한: 1999년 12월 14일까지'라고 적혀 있었다. 상당
히 유용한 정보라 할 수 있었다.

간호사가 내게 유통기한이 지난 약을 가져온 것이 아니라면, 현
재는 1998년이나 1999년이라는 뜻이었다. 세기의 끝에 눈을 뜨려
면 도대체 어떤 사고를 당해야 하는 걸까? 아니면 손상된 기억으
로 인해 비롯된 것인가? 하지만 나는 이 숫자들 뒤에 단순하면서
도 합리적인 사실이 있을 것이라고 확신했다.

나는 침대에서 간신히 몸을 일으켜 병실 문 옆에 있는 거울 앞으

로 다가갔다. 깊이 들어간 눈 밑에는 다크서클이 껴 있었다. 눈은 회색이고, 다크서클은 파란색이었다. 팔자 주름이 입꼬리와 닿아 있지만, 팔자 주름은 주름이 아니다. 이것은 미소를 자주 지어서 생긴 흔적이며, 팔자 주름이 생긴 모양을 볼 때 과거에 나는 미소를 많이 지었다는 것을 알 수 있다. 머리카락은 어두운 갈색을 띠고, 흰머리는 하나도 없다. 창백하다. 창백하다는 것이 늙었다는 것을 의미하지 않는다. 20세기와 동갑인 사람이 1999년까지 살아 있다면 지금 이 모습은 절대 아닐 것이다.

가이거가 병실에 들어왔다.

"선생님, 올해가 1999년인가요? 아니면 1998년인가요?"

"1999년입니다. 2월 9일이죠."

그는 아주 차분한 톤으로 말했다. 그리고 약봉지를 빠르게 쳐다봤다.

"약봉지를 보셨나요? 사실은 이 정도의 힌트는 괜찮다고 생각해서 제가 발렌티나에게 약봉지를 두고 오라고 제안했습니다."

"그렇다면 다른 사실도 전부 다 얘기해주실 수는 없나요? 어떻게 해서 제가 여기에 왔고, 저에게 어떤 일이 생겼는지 말입니다."

가이거는 미소를 짓는다.

"제가 드릴 수 있는 건 어디까지나 힌트입니다. 전에 말씀드렸는데요. 지금 선생님의 상태는 단식 후의 위와 같아서 지나치게 많은 양의 정보를 드리면 생명이 위험할 수 있어요. 선생님도 눈치채셨을 테지만, 제가 도와드릴 수 있는 한도 내에서는 솔직하게 말씀드리고 있습니다."

"그렇다면 지금 러시아는 어떤 상황에 놓여 있는지 대략적이나마 말씀해주세요."

가이거는 잠시 생각하더니 입을 열었다.

"독재 시대가 가고 혼돈기로 접어들었습니다. 그 어느 때보다 도둑이 많습니다. 지금 권력을 잡고 있는 사람은 알코올 중독자입니다. 대략적인 상황을 요약하자면 이렇습니다."

그렇군……. 비행사 플라토노프, 이런 거였어.

금요일

이틀 동안 나는 가이거가 한 말에 대해 생각했고, 글이 써지지 않았다. 그리고 1999년에 대해서도 생각했다. 나는 아무 생각도 할 수 없었다. 그리고 내가 무언가를 이해했다고 생각하고 안정을 찾았다고 생각하고 잠에서 깼는데, 또다시 어지러웠다. 가이거의 말이 옳았다. 지금 내가 이 상태에서 새로운 내용을 더 알게 된다면 미쳐버릴지도 모를 일이다. 지난 일에 대해 생각하는 편이 나을 것 같다.

시베르스카야에 기다란 '교회 거리'라는 곳이 있었는데, 이 거리는 물레방아에서 시작되었고, 성 베드로와 바오로 성당을 지나 먼 곳에 있는 강을 가로지르는 다리까지 이어졌다. 이 거리는 오레데시강으로부터 올라가서 강 쪽으로 다시 내려가며 갈고리 모양을 이뤘다. 이 길을 따라서 우리 팀이 행진했다. 인원이 많지는 않왔지만 군기가 바짝 들어 있었고, 얼추 군인 같은 모양새를 갖추고 있었다. 앞에는 쌍두 독수리가 그려진 기치를 들고 가는 아이가 있고, 나팔수와 북 치는 아이가 그 뒤를 따랐고, 군기가 바짝 든 군인의 모습을 한 아이들이 그들 뒤에 있었다. 길의 표면은 전체적으로 고른 편이어서 그 위에서 행진하는 데도 큰 어려움은 없었다. 기치는 바람에 휘날렸고, 나팔수는 나팔을 불었으며, 북 치는 아이는 물론 북을 쳤다. 그리고 바로 내가 북을 치는 일을 했다. 시베르스카야 지역에서 행진할 때 쓰라고 아버지는 진짜 가죽을 북통에 씌워 팽팽하게 조인 북을 사주셨다. 장난감 북과 달리 이 북의 소리는 늘어지는 듯하면서도 쨀랑거렸고, 그러면서도 깊은 울림을 냈다. 그리고 북을 치면 '트람-타라람, 트람-타라람, 트람-타라람-팜, 트람-팜-팜'같이 소리가 잘 나면서도 듣기 좋은 소리가 났다.

멀리서부터 우리가 오는 소리가 들리면, 퇴역 장군들이 자기 별장의 담장으로 모여들었다. 그들은 우리를 향해 경례를 했다. 이럴 때면 장군들은 코케이드가 달린 빛바랜 군용 모자를 쓰고 와서 코케이드에 한쪽 손을 붙여 경례했다. 누빈 가운이나 손으로 뜬 조끼와 같이 군대와 상관없는 것들은 모두 담장 뒤로 숨긴 채로 말이다. 장군들은 우리가 지나가는 모습을 한참 동안 서서 바라봤는데, 그 이유는 우리들의 모습 속에서 자신의 젊은 시절을 떠올렸기 때문이다. 그리고 그럴 때면 그들의 눈가는 촉촉해지곤 하는 것이다.

우리는 어디로 가고 있었으며, 무슨 목적을 갖고 있었을까? 예나 지금이나 나는 대답을 알지 못한다. 함께 행진하는 데서 오는 행복감을 얻고 싶었거나 일종의 축제 리듬에 취해 있었는지도 모른다.

몇 명으로 이루어진 우리 팀이 행진을 계속할 수 있도록 앞에서 우리를 이끈 것은 나팔도 아니고, 기치도 아니고, 다름 아닌 북이었다. 북은 가슴속, 심장 속에서 울렸고, 가슴속에 커다란 울림을 주고 있었다. 북소리는 우리의 귀, 콧구멍, 7월의 따뜻한 바람과 소나무 숲 소리를 머금은 모공 속으로 들어왔다. 그로부터 많은 시간이 흐른 후에 나는 다시 시베르스카야에 가게 되었고(때는 늦가을이었고, 나는 정말 우연히 그곳에 가게 되었다) 나는 빗속에서 과거에 들었던 희미한 북소리를 들었다.

토요일

나와 아나스타샤는 실제로 1921년에 처음 만났다. 물론 우리가 처음 만난 곳은 스케이트장과는 거리가 멀었다. 우리 가족은 '페트로그라드 노동자 병사 대표 소비에트'로부터 살 집을 배정받았고, 우리가 처음 만난 곳은 볼쇼이 대로와 즈베린스카야 거리 모퉁이에 있는 집이었다. 어머니와 나는 이미 많은 사람들이 들어와 살고 있는 아파트에 방 하나를 배정받았다. 그 아파트에는 신학대학교 교수인 세르게이 니키포로비치 보로닌 씨와 그의 딸인 아나스타샤도 살았다. 아버지의 이름이 세르게이이니 아나스타샤의 부칭은 세르게예브나였을 것이다. 나는 항상 그녀를 아나스타샤라고 불렀고, 애칭인 나스챠라고 부른 적은 단 한 번도 없다. 그녀는 나보다 여섯 살이나 어렸기 때문에 나는 그녀를 애칭으로 불렀어야 하지만, 나는 늘 그녀를 부를 때 아나스타샤라고 불렀다. 어쩌면 아나스타샤라는 이름을 발음하는 것이 좋아서 매번 그녀를 그렇게 불렀을지도 모른다.

가이거는 자기도 나와 같은 상황에서 기억이 어떻게 돌아오는지 전혀 예측하기 힘들다고 솔직히 고백했다. 삶 속에서 일어나는 사건들이 반복해서 발생하면서 기억이 돌아오는 것일까? 혹은 아무런 논리적 순서 없이 뒤섞여서 떠오르는 걸까? 혹은 기쁜 일인지 슬픈 일인지에 따라 다른 걸까? 나쁜 기억은 기억 속 가장 깊숙이 숨겨두며, 기억이 사라지면 나쁜 기억은 가장 먼저 파괴될지도 모른다. 한편 기쁜 기억은 오래도록 남는 것이다. 아나스타샤만 하더라도 내가 의식을 되찾은 그 순간에 제일 먼저 떠올렸다. 물론 그녀가 뭐 하는 사람이며 내 인생과 어떤 연관이 있는지는 기억나지 않았지만, 중요한 것은 기억을 했다는 것이다. 어쩌면 그래서 그녀의 이름을 발음하는 것만으로도 마음이 편안해지는지도 모를 일이다.

아파트에서 보로닌 씨에게 남겨진 공간은 홀 하나밖에 없었다. 붙어 있는 방 두 개의 문이 하나는 왼쪽에 나 있고 다른 하나는 오른쪽에 나 있는데, 우리가 보는 데서 나무 막대기를 대고 문에 못질을 했다. 우아한 아르누보 양식의 문들을 표면이 거친 갈색의 막대기들이 덮었다. 이 문에 못질을 한 이는 청소부였고, 보로닌 씨와 그의 딸은 말없이 그를 지켜봤다. 나와 어머니도 서서 그 모습을 지켜봤다. 청소부의 망치질은 둔탁하면서 일정하며 날카로웠다. 청소부는 술에 취해 있었다. 그의 망치는 자주 머리 부분을 비켜 갔고, 못이 구부러지면 인정사정없이 널빤지 안으로 내리쳐서 밀어 넣었다. 마침 내 침대가 그가 못질한 문 쪽에 세워져 있어서 나는 저녁 무렵마다 널빤지에 박힌 못을 자세히 살펴보곤 했다. 볼 때마다 치가 떨렸다. 나는 이 널빤지들을 다른 것들로 바꾸고 싶었지만, 널빤지들을 떼어낼 결심이 서지 않았다. 널빤지 밑에서 너덜너덜해진 문을 보기가 겁났기 때문이다.

홀로부터 오른쪽에 있는 방에는 니콜라이 이바노비치 자레츠키라는 사람이 방을 배정받아서 살았는데, 그는 콜바사 소시지를 만드는 공장 직원이었다. 그는 조용한 사람이지만, 썩 유쾌한 사람은 아니었다. 그는 잘 씻지 않았고, 그에게서는 고약한 냄새가 났다. 양말은 닳을까 봐 염려되어서 되도록 안 빨았는데, 대신 그는 부엌에 나와서 자주 양말을 기웠다. 니콜라이 이바노비치가 부엌에서 주로 하는 일은 양말을 깁거나 그곳 사람들과 대화를 나누는 것이었다. 식사는 반드시 자기 방에서 했으며, 그는 주로 자기가 공장에서 가져온 콜바사 소시지를 먹었다.

홀에서 왼편에 있는 방은 나와 어머니에게 배정되었다. 우리 방 창문에서 보면 볼쇼이 대로와 즈베린스카야 거리의 일부가 보였는데, 이 거리는 페트롭스키 동물원으로 나 있었다. 나와 어머니는 이사 온 첫날 커다란 창가에 서서 두 개의 거리가 연결된 것을 바라봤다. 이것은 마치 두 개의 강이 합쳐진 것과 같았고, 이 강을 따라 사람들이 헤엄치고, 마차와 자동차들이 미끄러져 가고 있었다. 굉장히 흥미로운 광경이었고, 우리는 한참 동안 그 모습을 지켜봤다. 때는 10월이었고, 강한 바람이 불자 유리창이 들썩였고, 창문이 깨질 것처럼 위태로워 보였다. 나는 바람이 조금만 더 세게 불면 유리창이 더 이상 버티지 못하고 창틀, 바닥, 지나가는 행인들의 머리 위에 건조한 빗방울을 뿌려버릴 것만 같았다.

날이 점점 어두워졌지만, 우리는 여전히 서서 지나가는 차들이 전조등을 켜서 반딧불이 같은 모습으로 변하는 것을 지켜봤다. 나는 이제 우리 방 창문 밖 풍경이 달라졌고, 우리에게 이웃이 생겼다고 생각했다. 아니, 그냥 이웃이 아니라 여자아이다……. 전에는 무척 두려웠던 것이(우리는 단 한 번도 다른 사람들과 함께 같은 집에서 산 적이 없었다), 비록 그때는 내가 인지하지 못했지만, 어느새 기쁜 소식으로 변해 있었다. 아나스타샤와 같은 집에서 살게 되었다는 생각만으로도 내 몸이 따뜻해지는 것을 느꼈다. 우리 집 맞은편 1층에는 '생명'이라는 서점의 쇼윈도에 환하게 불이 켜져 있었다.

일요일

성당은 있지만, 예배는 없다. 뜨거운 열기에 의해 녹아내린 종도 달아오른 대들보로부터 떨어져 있었다. 가운데에는 금이 깊게 나 있는 커다란 종이 놓여 있다. 거기에 작은 종의 추가 고정돼 있고, 가장 작은 종은 없다. 종에 발이 달린 것도 아닐 텐데 말이다. 하지만 그 옆에 형체를 알아볼 수 없는 덩어리가 보이고, 이것이 바로 그 가장 작은 종이라는 것을 짐작할 수 있다. 오늘은 일요일이지만 예배가 없어서 나는 속으로 '주기도문'을 외운다. 성당 벽에는 화재의 흔적이 역력하다. 방금 불에 탄 것은 아니지만 아직까지 탄내가 난다. 성당으로 통하는 계단 옆에 불에 탄 책들이 산처럼 쌓여 있었고, 탄내는 여기에서 나는 것 같았다.

조심스럽게 다가가보니 몇 권은 불길에 휩싸이지 않아서 안에 적힌 내용을 읽는 데 전혀 무리가 없었다. "그리스도시여, 당신 종의 영혼을 고통도 슬픔도 탄식도 없이 영원무궁한 삶이 있는 곳에서 성인들과 함께 안식하게 하소서." 그럼 산 자가 죽은 자보다 더 괴로울 때는 어떻게 해야 하는가? 질병과 슬픔으로 고통받는 자가 있다면? 고통으로 몸부림치는 자가 있다면? 나는 사복음서를 발견한다. 반쯤 불에 탔다. 나는 손으로 재가 있는 부분을 쓰다듬은 후에 마치 입을 맞추는 듯이 손가락을 입술에 갖다 댔다.

"플라토노프, 입술이 왜 그렇게 시커멓지?"

누구의 목소리일까? 그 사람이 누구이길래 내 입술에 신경을 쓰는 걸까?

"그냥 어쩌다 보니 이렇게 됐어요. 살다 보면 이럴 때도 있잖아요."

주위를 둘러보니 너무나도 아름답다. 바다가 보이고, 해가 지고 있다. 산에 올라가면 이곳이 섬이라는 것이 보인다. 뭍의 일부가 하늘에 둘러싸여 있다. 수면은 거울처럼 매끈하고, 잔물결 하나 일지 않는다. 물 위에 길이 나 있고, 천사들이 날아다닌다. 하지만 이 길이 사라지면 모든 것은 어둠 속에 파묻히고, 아름다움이 자리하던 곳에 무엇이 나타날지 아무도 모른다는 생각을 하면 두려워지는 것이다. 천사들 대신에 무엇이 날아다닐지도 알 수 없다. 어쩌면 로빈슨 크루소 역시 낮에는 어찌어찌해서 지냈지만, 밤이 되면 두려웠는지도 모르겠다. 어둠 속에 갇힌다는 것은 생각만으로도 두려워서 심장이 조여드는 것 같고, 소리를 지르지 않으려고 몸부림치는 것이다.

내 비명 소리를 듣고 발렌티나가 병실에 뛰어 들어왔다. 들어와서는 나를 포옹하고 내 이마에 입을 맞추었다. 그러고는 주머니에서 손수건을 꺼내서는 내 눈물을 닦아주었다. 그리고 또 다른 손수건을 내 코에 갖다 댔다.

"코를 풀어보세요."

"우리 말 편하게 하기로 했잖아요."

"코 풀어요."

그제야 나는 코를 풀었다. 서로 존대하는 사이에 그 사람 손에 대고 코를 풀 수는 없으니까 말이다.

"악몽을 꾼 거예요? 꿈에 무서운 게 나타난 거예요, 말해봐요."

발렌티나가 눈도 깜빡이지 않고 나를 보면서 말했다.

"꿈을 꿨어요. 어쩌면 뭔가 기억이 난 건지 모르지."

"뭐가 기억났어요? 그건 중요하니까."

"섬. 뭔지 모르게 힘들었는데."

"어떤 섬요? 섬 이름 기억나요?"

"무인도. 나 피곤하니까, 옆에 눕지."

발렌티나는 내 옆에 누워서 내 머리카락을 쓰다듬는다.

"혹시 당신이 로빈슨 크루소가 된 꿈이에요? 그런 경우가 종

종 있으니까. 누군가가 살면서 겪은 인상이 적으면 생기는 일이랄
까……."

"그럴지도 모르지. 말 좀 그만하고……. 날 위해 조용히 기도나
해줘."

월요일

자레츠키는 저녁이면 콜바사 소시지를 안주 삼아 조용히 보드카
를 마셨다. 부엌에는 병 따는 소리, 신문지 까는 소리, 술이 출렁이는
소리가 들렸다. 한번은 술에 취한 자레츠키가 나한테 그가 콜바사를
타이츠 안에 숨기고 공장 현관을 지나는 방법에 대해 얘기해준 적이
있다. 셔츠 안 허리 쪽에 밧줄을 묶어놓는다. 그리고 이 밧줄 앞쪽에
콜바사를 실로 연결한 후에 타이츠 안에 집어넣는 것이다.

"만약 튀어나온 부분을 누르면, 잠지라고 하면 그만이니까. 사실
저녁 한 끼 먹을거리 정도만 가져가는 거니 뭐가 문젠가 말이야."

자레츠키는 키득키득 웃으면서 말했다.

그는 정말 '잠지'라고 말했다……. 자레츠키에게 정말 그게 달렸
을까? 아무 생각 없이 이런 말을 하는 사람들이 있긴 하다.

그가 콜바사를 공장에서 몰래 가져오는 방법에 대해 알게 된 이
후로 나는 그가 나를 저녁 식사에 초대할까 봐 노심초사했다. 보드
카를 잔에 따르고, 안주로 콜바사를 권하면 나는 그 즉시 속에 있
는 것들을 게울 것이다. 하지만 다행히도 그는 벨사살의 연회를 홀

로 열었고, 내 염려는 공연한 것이었다. 자레츠키는 단 한 번도 그 누구도 초대하는 법이 없었다. 여자들과 대화를 하면 목소리가 나긋나긋해지긴 했지만(나는 그의 이런 모습을 여러 번 봤다), 그들조차 자기 식사에 초대하는 법이 없었다. 자레츠키가 내 앞에서 그럴싸하게 흉내 냈던 인체의 기관을 그는 크게 필요로 하지 않는 것 같았다.

한번은 부엌에서 자레츠키가 스토브 옆에서 특유의 보드카, 콜바사, 안 씻은 몸에서 나는 악취가 섞인 냄새를 풍기며 축 처져서 앉아 있었던 것이 기억난다. 전등이 약하게 비추고 깜빡이고 있었다. 나는 이 사람이 부엌에 있으면 전등이 밝게 비출 수 없을 것 같았는데, 전등은 그가 있거나 없거나 부엌을 약하게 비췄다. 하지만 가끔은 전등이 수없이 깜빡이다가 완전히 나가기도 했는데, 그럴 때면 부엌에는 주위를 환하게 비춰줄 수 없는 토치 불꽃만 보일 뿐이었다. 잠시 후에 전등에 다시 불이 들어오면 스토브 옆에 자레츠키의 모습이 다시 나타났다. 한 손은 가스레인지 밸브에 대고 있는 채로 말이다.

그가 밸브를 조금 열면, 가스레인지 위에 있는 모든 것이 굉장히 느리게 끓기 시작하는 것이다. 그는 이런 식으로 등유를 아끼려고 했다. 아니면, 부엌에 더 오래 있을 이유를 만들었는지도 모르겠다. 그는 늘 외톨이였지만, 그런 그에게도 교제가 필요하긴 한 것 같았다. 우리 옆집에 사는 사람들과 비교해보면 자레츠키는 외톨이가 맞는다. 하지만, 나무줄기에서 사는 애벌레가 과연 외로울까? 그에겐 애벌레와 비슷한 무언가가 있었다. 유연하고 부드러운 특성이

랄까. 주변의 온도를 빨아들일 수 있는 능력이랄까.

월요일

가이거가 오늘 나에게 말한다.

"1941년부터 1945년까지 대조국전쟁 혹은 2차 세계대전이 있었습니다."

"제가 살 때는 대조국전쟁은 1914년에 발발했습니다만."

나는 대답한다.

"맞습니다. 지금은 그 전쟁을 1차 세계대전이라고 부른답니다."

가이거는 고개를 끄덕이면서 말한다.

그는 한참 동안 내게 대조국전쟁에 대해 이야기해줬다. 믿을 수가 없다……. 정말이지 믿기지가 않는다. 하지만 어떻게 생각하면 못 믿을 것도 없어 보인다.

화요일

시베르스카야에 꽃향기가 난다. 그곳에 있는 수많은 별장에 있는 꽃에서 나는 향기였다. 도시에 살던 이들이 별장을 임차하면서 화단을 만들어야 한다고 설득했고, 덕분에 주변은 아름다운 꽃향기로 가득했다. 저녁에 잔잔한 바람조차 잦아들면 공기는 달달한

꽃을 짜서 만든 주스같이 변하곤 했다. 강렬한 석양을 바라보면서 탁 트인 베란다에 앉아 우리는 정말로 공기를 마셨다(여름이 끝날 무렵 날이 어둑어둑할 때 즈음 양초를 손에 든 채로 말이다).

별장에 사는 사람들은 국화를 좋아했는데, 특히 아나스타샤 발체바가 국화에 대한 로망스를 부른 후에는 특히 더했다. 그녀는 이곳 시베르스카야에 있는 프레데릭스 남작의 대저택에서 노래를 불렀고, 나는 오레데시강 가에 앉아서 그녀의 목소리를 들었다. 그녀의 목소리는 저택의 불빛을 받으면서 자유로이 물을 따라 날아갔고, 나는 나대로 강가에 앉아서 음 하나하나를 따라가며 귀를 기울였다. 바람에 흔들리는 나뭇잎 사각거리는 소리가 들리거나, 추운 밤에 바람이 세차게 불거나, 이 바람이 새로운 감정으로 충만한 나를 흔들어놓을 때면 나는 우수에 젖곤 했다.

그해에 우리는 축음기를 사서 발체바의 노래를 아침부터 밤까지 들었고, 별장에 사는 사람들 대부분이 그녀의 노래를 들었다. 발체바 역시 시베르스카야에 별장이 있었고, 다른 사람의 별장 옆을 지나 산책을 하면서 자기 목소리를 들었다. 가끔은 따라 부르기도 했다. 국화꽃도 졌고, 여가수의 성인 발체바 역시 '시들었음'을 뜻해서 노래와 그녀 자신의 성이 모두 시들었음을 나타냈는데, 그래서 그랬는지 그녀의 노래를 듣고 울지 않은 사람이 드물 정도였다. 그녀의 목소리는 힘이 있었다.

'시듦'에 대한 이야기가 나왔으니. 아빠가 한번은 아스트라한이라는 도시에서 수박을 하나 사 오셨다. 우리는 꼭지도 달리고, 반짝이고, 줄이 그어진 수박을 잘 씻었다. 손가락으로 수박을 두드려

보자, '동동' 하는 맑으면서 탄성 좋은 소리가 들렸다. 좋은 수박 같았다. 수박 관련해서 우리 중 전문가는 없었지만, 맛없는 수박에서 그런 소리가 들릴 수는 없다고 생각했다. 아빠가 수박을 두 덩어리로 잘랐고, 우리가 예상했던 대로 수박은 빨갛고 풍부한 과즙을 보여주며 늦여름 냄새를 풍기고 있었다. 그런 후에 절반으로 자른 수박을 또다시 반달 모양으로 잘랐다.

수박을 다 먹고 초록색 껍질만 남자, 굉장히 예뻤다. 나는 껍질들을 버리지 못하게 하고 나중에 감상할 요량으로 현관 앞 계단 밑에 놔뒀다. 다음 날 껍질은 반짝임을 잃었고, 이틀이 더 지나자 쪼글쪼글해졌다. 그래도 나는 그것들을 버리지 못하게 했는데, 그 이유는 그것들이 아름다울 때를 여전히 기억하고 있었기 때문이다. 껍질은 그대로 그 자리에 좀 더 있었다. 하지만 어느 순간 파리가 꼬였다. 그래서 나는 아름다움이라는 것이 빨리 시든다는 것을 깨달았다.

볼쇼이 대로에서 나, 아나스타샤, 그녀의 아버지와 우리 어머니가 함께 수박을 먹은 적이 있다. 우리는 마침 보로닌 씨의 아파트가 당으로 넘어간 후로 그에게 남은 유일한 공간인 타원형 홀에서 수박을 먹었다. 그런데 페트로그라드는 당시에 빵도 구하기 힘들 때였는데, 수박을 먹었다는 것을 이해할 수는 없다……. 군용 외투를 입은 어떤 사람이 보로닌의 양손에 그것도 길 한가운데에서 수박을 쥐여주었다(당시에는 군용 외투를 입고 다니는 사람을 거리에서 흔히 볼 수 있었다). 그는 보로닌 씨에게 '맛있게 먹어'라는 뜻으로 윙크를 하더니 사람들 속으로 사라졌다. 보로닌 씨는 수줍은 미소를 지었지만, 우리에게는 어찌 된 영문인지 아무런 설명을 하지 못했다.

보로닌 씨가 가져온 수박은 시베르스카야에서 먹었던 수박과 달리 반짝이지는 않았다. 어쩌면 시대가 다른 탓일 수도 있다. 어머니는 보로닌 씨가 수박을 자르는 모습을 지켜봤는데, 그는 아버지만큼 잘 자르지 못했고, 칼은 종종 옆으로 엇나갔다. 나는 나대로 어머니를 지켜봤고 어머니도 그걸 알았는데, 우리 둘 다 같은 생각을 떠올리고 있었기 때문이었다. 그리고 나는 아나스타샤를 보면서 그녀 역시 언젠가는 시들 거고, 수박 껍질이 그랬듯이 싱싱하고 윤기 나는 얼굴에 주름이 질 것이라는 생각을 했다. 정말 그런 일이 생길까? 그리고 나는 스스로에게 그럴 리 없다고 대답했다.

수요일

오늘도 내 체온이 36.6도였다. 지금까지 잰 것 중에 가장 큰 변화였다. 가이거는 몸이 회복세로 돌아선 것 같다고 말했다. 물론 이것은 아침에 잰 체온이었고, 저녁에는 이보다 더 높은 37.1도였다. 미세한 변화였고, 수은이 한 칸을 더 가서 빨간 선 밖으로 나간 것이었다. 내가 섬에 있을 때, 특히 야전병원에서 나는 자주 고열에 시달렸다.

야전병원은 언덕 위에 있었다. 우리는 촘촘하게 설치된 판자로 만든 침상에 누워 있다. 침상 위에는 침구가 없이 판자만 덩그러니 있었다. 우리 역시 내복을 입지 않은 채 나체 상태로 누워 있다. 사실 많은 이들이 장티푸스를 앓고 있었고, 궁색한 침상마저도 모두 그들에 의해 더럽혀져서 침구를 씌우는 것 자체가 의미가 없을 정도였다. 몸을 돌리려고 하면 한쪽 손은 어김없이 방금 싼 똥이나 싼 지 오래돼서 딱딱해진 똥을 짚게 되었다. 내가 싼 것일 수도 있고, 남이 싼 것일 수도 있다. 한 손은 판자를 따라 미끄러져 내려간다. 용변이 마려워도 기력이 여의치가 않은 이들은 있는 자리에서 그대로 볼일을 보는 식이다. 그걸 봐도 욕을 할 힘조차 남아 있지 않았다.

언덕 위에 올라가면 섬 전체가 한눈에 보이는데, 멀리 바다가 펼쳐져 있지만 때는 2월이었기 때문에 시야가 닿는 곳은 얼어 있다. 옷을 홀딱 벗은 우리에게 사우나에 다녀오라고 등을 떠밀지만, 사우나는 2베르스타*나 떨어져 있다. 사우나를 한 후에 몸이 달궈진 상태로 다시 야전병원으로 돌아와야 했다. 하지만 밖은 영하 20도에 눈보라까지 치고 있었다. 그나마 바람은 불지 않아서 우리는 숲속을 걷는다. 맨발은 납작해진 눈 위를 미끄러져 가고, 한 명 두 명 그 위에 쓰러지지만, 눈에 미끄러지는 사람보다 기력이 쇠해서 미끄러지는 사람이 더 많다. 사우나를 하고 나오고 처음 몇 초 동안은 기분이 좋지만, 그 후에는 몸을 움직이기 힘들 정도로 몸이 얼어붙는다. 넘어진 사람들 중 몇 명은 그 자리에 그대로 누워 있

---

* 과거 러시아에서 쓰던 길이 단위로, 1베르스타는 약 1.067km에 해당하며 500사젠과 같다.

었고, 그러면 그들의 팔이나 다리를 끌고 갔다. 그러면 그들은 소리를 질러댔다. 우리는 그런 식으로 넘어진 사람들의 생사를 확인했다. 그들이 말없이 걸을 때면 발밑에서 뽀드득 소리만 들릴 뿐이었다.

우리 중 많은 이들은 자신의 한계를 인정하며 죽어나갔다. 우리 모두는 더 이상 삶의 끈을 붙잡고 있지 않았고, 사람은 누구나 이젠 죽어도 상관없다는 생각을 하는 순간 죽기 마련이다. 누군가 옆에 누워서 헛소리를 하거나 뭔가 이성적인 말을 하다가 갑자기 입을 다문다. 그를 돌아보면 그의 턱이 밑으로 처진 것이 보이고, 그러면 그가 죽었다는 것을 아는 것이다. 그는 한참 동안 누워 있을 수 있는데, 이곳에 걸어 들어올 사람은 없기도 하거니와 설사 그렇게 들어온다 하더라도 그를 꺼내려고 달려드는 사람이 있을 리 만무했다. 그는 누워 있지만, 소리를 지르거나 손을 흔들지도 않기 때문에 그 옆에 있어도 마음이 편안한 것이다.

나는 발렌티나를 불러서 차분한 목소리로 내 침대 옆에 앉으라는 손짓을 하고는 어떻게 지내느냐고 물었다. 그러곤 결국 울음을 터트렸다. 이러다가 내가 진짜 미쳐버리는 건 아닌가 하는 생각이 든다.

목요일

시베르스카야에는 '더운 나라들'이라고 하는 곳이 있었다. 붉은 진흙으로 된 절벽 아래에 있는 오레데시강 가를 일컫는다. 이곳에 있는 모든 것이 붉은색을 띠었는데, 페트로프봇킨의 붉은 말*도 바로 이곳에서 탄생한 것이다. 이 그림 속에서 다른 말은 있을 수 없다. 이것은 뜨거운 나라들을 나타내는 색이며, 로빈슨이 있던 섬도 모든 것이 이러했을 것 같다. 하늘색도 있고 초록색도 있었을 수도 있지만, 자세히 살펴보면 이 색감들은 시베르스카야에도 있었던 것 같다. 나는 이곳 '더운 나라들'에서 일광욕을 하면서 무인도에 대해 생각했다. 나는 한쪽 볼에 뜨거운 모래가 닿는 것을 느꼈다. 뜨거운 태양으로부터 자신을 지키기 위해 로빈슨은 염소 가죽으로 만든 옷을 입고 다녔다. 시베르스카야에 있는 별장에 사는 사람들 중에 그렇게 입고 다니는 사람은 없었지만, 그가 이 옷을 입고 시베르스카야를 활보한다 해도 아무도 놀라지 않을 것 같다.

한번은 이 '더운 나라들'에 누운 채로 고개를 들어보니 아무도 없는 것이다. 오레데시강 가에도 강 속에도 정말 아무도 없었다. 내 기억이 맞는다면 이런 적은 없었다. 나는 일어나서 가방을 들고 강가를 따라 걸었다. 강을 가로지르는 다리를 건너봤지만, 그곳도 상황은 마찬가지였다. 처음에는 사람들이 그냥 숨어 있는 것이거나 잠시 볼일을 보러 갔는지도 모른다고 생각했지만, 그렇다고 상황이 달라질 건 없었다. 나는 걸으면서 시간이 지나면 지날수록 사람들을 땅에서 사라지게 하는 어떤 일이 생긴 것이란 확신을 갖게 되었다. 최소한 시베르스카야 땅에서만큼은 사람들이 사라진 것이

---

* 러시아의 화가 쿠지마 페트로프봇킨의 대표작 '붉은 말의 목욕'에 등장하는 말이다.

확실해 보였다.

이것은 그냥 직감을 넘어서 확신에 가까웠다. 지나치게 많은 것들이 그곳에 사람이 없다는 것을 가리키고 있었다. 소나무 숲에서 부는 바람도 전과 달랐다. 오레데시강도 전과는 다르게 반짝이고 있었다. 어딜 봐도, 무엇을 봐도 사람의 흔적이라고는 느껴지지 않았다. 과거에 인간으로 인해 눌렸던 모든 것들이 이제는 마음껏 뜻을 펼쳤는데, 나무들은 푸르렀고, 하늘은 그 어느 때보다 파랬다. 강물이 굽이쳐 흐르고, 태곳적부터 존재하던 무언가가 보였으며, 오레데시라는 이름 자체에도 뭔가 태고의 신비 같은 것이 느껴졌다. 이런 이름은 사람들이 지어주는 이름이 아니며, 이러한 이름들은 강이나 호숫가에 널브러져 있는 휘어진 나뭇가지나 바람에 의해 깎인 절벽처럼 자연에 의해 스스로 만들어지는 이름들이다. 오레데시강은 이곳에서 사람들이 등장하기 전부터 존재했고, 이제 그들이 떠나고 난 후에도 여전히 흐르고 있다.

강은 나를 향해 굽이쳐 흘렀고, 모든 것은 끊이지 않고, 절벽은 강 위로 점점 더 높이 솟아올랐다. 걷는 동안 나는 이토록 아름다운 땅을 오롯이 나 혼자 소유하고 있다는 생각만으로도 벅차오르는 감정을 주체할 수 없었다. 오레데시는 어디로 흐를지 알 수 없었고, 그 위에서 부는 바람은 상쾌했다. 강가에 자라는 풀들이 바람에 나부끼는 이 모든 것을 나 혼자 소유한 셈이었다. 나는 내게 허락된 것들을 돌아서 갔는데, 나는 오직 딱따구리만이 먹이를 찾아 소나무를 부리로 쫄 수 있듯이 나 외에는 그 누구도 그들을 소유할 수 없다는 것과 내게 주어진 권력이라는 것이 지극히 제한적이라는 것을 너무나 잘 알고 있다. 강 전체와 부근에 있는 숲 전체를 통틀어서 사람은 나 혼자였고, 그 무엇도 나를 위협할 수 없었다. 나는 부자연스럽게 고개를 돌리고 이따금 멈춰 서서, 사람들에게 인사하는 퍼레이드의 리더처럼 그들에게 멋진 행진을 선보이고 그들 옆을 지나갔다. 무언가가 내게 가지를 흔들고, 휘파람 소리를 내고, 까악까악 울며 내게 대답했지만, 어떤 것은 내게 대답하지 않고 내 눈에 띄지도 않았다. 하지만 이제 나는 이곳에서 일어나는 일을 완벽하게 알고 있는 유일한 사람이었기 때문에 나의 모든 관찰은 가장 중요한 의미를 지니게 되었다.

강가에 난 길이 점점 올라가고 있었다. 그리고 어느 순간 강이 시야에서 사라졌고, 골짜기 바닥이 보였다. 아래쪽에 물 말고 땅도 있다는 것은 골짜기를 깎아지른 절벽을 간신히 넘는 나무 꼭대기를 보고 알 수 있었다. 내가 절벽 끝으로 다가갔다면 나무 꼭대기에 내 손이 닿았을 수도 있다. 하지만 나는 다가가지 않았다.

강 상류 쪽에는 여전히 집들이 있긴 했지만, 이제 이 집들은 절망적으로 텅 비어 있었다. 이 집들은 유럽 미꾸라지처럼 감겨 있고, 곳곳에 나무와 풀이 무성하게 자라면서 자연의 일부가 되어가고 있었다. 지붕도 눈에 띄게 낡아서 휘어졌고, 금방이라도 내려앉을 것 같았다. 잦은 바람에 열린 문들이 흔들리면서 삐거덕거렸다. 창문을 통해 들어오는 틈새 바람에 삭은 커튼이 흔들렸다.

나는 내 안에서 점점 커지는 공포를 느꼈는데, 이 공포는 고독에 기인한 것이었다. 강가는 또다시 내려가기 시작했다. 나는 아래쪽에 강을 가로지르는 다리를 발견하고 그쪽을 향해 돌진했다. 내 발밑에서 나무판자가 삐거덕 소리를 내기 시작했다. 나무판자들은 흔들리면서 서로 부딪히고, 그러면서 메아리를 만들어냈다. 마치 유일하게 자연에 흡수되지 않은 존재인 내 뒤를 투명한 군대가 뒤따라오기라도 하는 듯이, 내가 이미 강가에 도착했을 때도 그 소리는 여전히 들렸다. 두려움을 떨쳐내려는 것이 아니라 고독을 이겨내려고 나는 뛰어서 숲을 지나 집을 향해 달려갔다. 나는 가족이 기다리는 집으로 어서 속히 가고 싶었다. 커다란 세계의 끝이 보이기 시작했지만, 아직 완전한 끝은 아니었다. 나는 우리 가족으로 이루어진 작은 세계만큼은 건재하기를 간절히 바랐다. 나는 울면서 뛰었고, 눈물이 볼을 타고 떨어지고 호흡이 가빠지는 것을 느꼈다.

내가 집 앞에 도착했을 때는 날이 이미 어두워진 후였다. 불 켜진 창문에서 나는 아빠를 발견했다. 아빠는 다리를 꼬고 머리 뒤로 양손을 깍지 낀 채 앉아 계셨고, 그 어느 때보다 편안해 보였다. 엄지손가락으로는 목을 마사지했다. 엄마는 사모바르로 끓인 물을 따르고 있었다. 노란색 커다란 전등 갓 아래에 있는 이 모든 것은 뭔가 부자연스러운 것이 있었다. 빛바랜 사진을 보는 것 같았고, 그래서 그런지 이들의 행위는 소리를 동반하지 않았다. 하지만 아빠의 엄지손가락들은 분명 목을 누르고 있었고, 사모바르에서도 끓는 물이 나왔으며, 물에서 김도 올라오고 있었다. 단지 그 누구도 말을 하지 않을 뿐이었다.

엄마가 고개를 들었다. 그리고 말했다.

"이제 오니, 얘야."

아빠는 내 손을 찾아서 살짝 쥐었다.

얼마나 행복한 순간이었단 말인가! 그 순간이 내가 기억하는 한 내 인생에서 가장 행복한 순간이었다.

금요일

우리가 보로닌가(家)의 아파트에 이사 왔을 때 아나스타샤의 나이는 열다섯 살이었다. 아파트에 사는 세입자 모두에게 배급증을 위한 정보가 전달되었고, 덕분에 나는 그녀의 나이를 알게 되었다. 우리가 입주한 첫날이었던 것 같다. 여섯 살 차이라는 생각을 하는 나 스스로도 이런 생각을 하는 자신이 낯설었다. 그러니까 나는 나와 아나스타샤를 저울질했다는 것이고, 다시 말하면 그녀와 자신을 연결시킨 것이기도 했다. 그녀에 대한 이런 생각은 우연일까? 사실 나는 자레츠키의 나이와 내 나이를 비교한 적은 없다.

하지만 아나스타샤의 경우 발소리만으로도 알아차릴 정도였다. 그녀의 발소리는 부드러웠고, 그녀는 걸을 때 발볼부터 뒤꿈치가 모두 바닥에 닿았다가 떨어졌다. 보로닌의 경우는 다리를 질질 끌면서 걸었다. 자레츠키의 경우는 마치 목발을 짚고 걷는 것같이 걸었다. 아나스타샤의 발소리는 내 방에서도 들렸는데, 그녀가 걸을 때면 바닥에 있는 쪽마루가 조용히 삐거덕거렸다. 동선의 길이와 조명 스위치가 찰카닥하는 소리를 듣고 나는 그녀가 욕실, 화장실, 부엌 중에 어디로 가는지 알아맞히곤 했다. 욕실과 화장실은 상대적으로 더 가까운 곳에 있었고, 그곳에 있는 조명 스위치는 가벼운

'찰카닥' 소리를 냈다. 부엌은 가장 먼 곳에 위치하고 있었는데, 부엌에 있는 조명 스위치는 켜고 끌 때 가장 큰 소리를 냈다. 조명 스위치를 처음에 돌릴 때는 스프링이 힘들게 돌아가는 소리가 났고, 불을 끌 때는 둔탁한 총성 같은 소리가 났다. 이 총성을 들을 때마다 나는 부엌으로 나가고 싶었다.

그리고 가끔은 실제로 부엌에 갔다. 대부분 나는 아파트에 사는 사람들이 모두 잠든 밤에 부엌에 갔다. 그러면 물을 마시려고 부엌에 들어온 아나스타샤와 마주쳤는데, 그녀는 늘 잠옷 차림이었다. 캄무날카*에서는 모두 자기 방에서 먹고 마시지만, 보로닌가 사람들은 여전히 부엌에 나와서 식사를 했다. 다른 사람들은 부엌에 나올 때 잠옷 위에 가운을 걸치고 나왔지만, 그들은 여전히 잠옷 차림으로 나왔다.

나와 아나스타샤가 처음 마주쳤을 때 아나스타샤는 모두 자는 줄 알았다면서 잠옷 차림으로 나와 미안하다고 했다. 나는 조금 과장된 투로 괜찮다고 말했고 그녀는 나를 향해 놀란 표정을 지어 보였다. 우리는 그 후로도 자주 마주쳤고, 아나스타샤는 여전히 잠옷 차림이었지만, 그녀는 더 이상 내게 양해를 구하지 않았다. 그즈음 그녀는 우리가 마주치는 것이 우연이 아니라는 것을 눈치챈 것 같았다. 또 그녀는 가녀린 어깨에서 흘러내리는 실크 재질의 잠옷이 자신에게 잘 어울린다는 것 역시 깨달은 것 같았다.

그녀는 부엌 찬장에 등을 대고 두 손은 식탁을 짚고 있었다. 그

---

* 소련 시대의 공동주택.

106

러고는 손가락으로 갈색 나무를 쓰다듬었다(손가락이 참 길었다!). 이런 식으로 우리는 이따금 밤에 만나서 대화를 나눴고, 이때 나눈 대화가 내 인생에서 가장 조용한 대화였다. 우리는 다른 사람을 깨울까 봐 속삭이듯이 대화를 나눴다. 속삭이면서 대화를 나눌 수밖에 없는 대화의 형태가 특별했고, 한밤중에 나눈 대화라는 점이 우리의 대화를 더 특별하게 만들었다. 지극히 사소한 것들에 대한 대화도 한밤중에 속삭이듯 얘기하다 보면 전혀 다른 느낌으로 변하곤 했다. 우리는 특별한 것들에 대한 이야기를 나눴고, 그래서 더욱더 소중했다.

아나스타샤의 매끄러운 피부를 보면서 나는 또다시 수박 껍질이 떠올랐다. 그러고는 나는 불쑥 그녀에게 질문했다.

"늙는 거 안 무서워요?"

그녀는 놀라지 않았다. 어깨를 들썩이며 말했다.

"노년은 두렵지 않아요……. 죽음이 두렵죠. 존재하지 않는 게 두렵죠."

"그러면 죽지는 않고 계속 늙기만 해도 괜찮아요?"

"글쎄요. 그런데 죽음을 연장하려면 왜 꼭 늙어야 하죠?"

"음, 모든 일에는 대가가 따르는 법이니까요."

"선물처럼 대가를 지불하지 않아도 되는 것들이 있어요. 만약 내가 아무런 조건 없이 죽지 않는 선물 같은 걸 받을 수만 있다면……."

"그럼요?"

"그럼, 살겠죠!"

그녀는 웃으면서 거의 소리 지르다시피 큰 소리로 말했다. 그러곤 덜컥 겁을 냈다. 그래서 손가락을 입술에 갖다 댔다.

"사람들이 달려오면 어쩌죠……."

다행히 그 소리를 듣고 달려오는 사람은 없었다.

토요일

최근 사흘 동안 내 체온은 안정적이었고, 가이거는 병원 마당에서 산책을 하자고 제안했다. 나가기 전에 나는 한참 동안 많은 옷을 입어야 했다. 그리고 흥미로운 것은 난생처음 보는 것들을 입은 것이었다. 나는 알 수 없는 재질로 만들어진 잠바를 입었는데, 가이거는 그런 옷을 패딩이라고 부른다고 말해주었다. 북극이나 남극에 가는 사람들이 입는 옷과 비슷했다. 부츠에는 지퍼가 달려 있었다. 지퍼는 내가 살던 시대에도 있었지만, 그때만 하더라도 부츠에 지퍼를 달지는 않았다. 신기해서 몇 번이고 지퍼를 내렸다가 올리기를 반복했다. 가이거는 내가 감기에 걸리거나 다른 병에 감염이라도 될까 봐 무척 염려하는 눈치였다. 그의 말에 따르면 바로 이러한 이유로 내가 외부 세계와 접촉하는 것을 제한한다고 했다. 대신에 이번 산책이 성공적이면, 앞으로 매일 산책을 할 수도 있다고 했다.

마당에 나오자 바람이 너무 세서 하마터면 숨이 막힐 뻔했다. 눈물도 났다. 병원 창문에 비친 몇 쌍의 눈을 발견했는데, 그들 모두 나를 쳐다보고 있었다. 하지만 내가 그들을 보려고 고개를 들자 그들은 숨었다. 그러니까 여기에는 나 외에 다른 사람들도 있다는 뜻이었다.

발밑에서 눈이 뽀드득 소리를 내며 밟혔다. 입에서 김이 나온다. 나는 장갑을 벗고 눈으로 얼굴을 문지른다(가이거는 나에게 장갑을 끼라고 부탁했다). 내가 단풍나무 가지를 흔들자 눈이 우르르 떨어져 내렸다. 나, 가이거, 발렌티나 이렇게 셋이 서 있고, 우리 모두는 눈에 둘러싸여 있다. 우리는 웃는다.

사실 나는 눈을 좋아하지 않는다. 섬에는 1년 중 6개월가량 눈이 쌓여 있다. 얇은 밧줄로 칭칭 감은 걸레처럼 너덜너덜한 구두를 신은 채 섬을 돌아다니자면(당시에는 지퍼가 달린 부츠는 상상도 못하던 시절이었다!) 아무도 감기 걸리는 일 따위에 신경을 쓰지 않게 된다. 아무도 지나가지 않은 길을 앞서서 걸으면 눈이 허리까지 온다. 어제 이 길로 사람들이 다녔다 하더라도 밤새 눈이 쌓일 수는 있었다. 그럴 때면 어서 속히 그 길을 지나가기 위해 최대한 보폭을 넓게 해서 걸었다. 칠흑 같은 어둠이 깔리면 손이나 발의 감각에 의지해서 움직여야 했고, 그럴 때면 눈 속에 파묻힌 나무 그루터기에 발이 걸리기 일쑤였다. 두 손으로 대톱을 들고 있다. 한쪽 다리로 그루터기를 감고 톱과 함께 아래로 내려가면서, 이대로 하늘에서 눈이라도 오면 눈 속에 파묻혀서 봄이나 돼서야 나를 발견하게 될 것이라는 생각을 한다. 하지만 봄까지 남아 있는 것은 불가능하며, 내 몸의 어떤 부분이 얼마나 남아 있을지는 의문이다.

나는 봄이 돼서야 발견된 사람들을 봤는데, 사람들은 그들을 눈

풀꽃이라 불렀다. 그들의 눈은 동물이 파먹은 듯 사라지고, 귀는 무언가가 갉아먹은 듯이 떨어져 나가 있었다. 죽어서라도 군인들을 보지 않고 그들의 거친 욕설을 듣기 싫었던 것은 아닐까 하는 생각이 들었다. 한번은 동사한 사람을 시체가 쌓여 있는 참호까지 끌고 간 적이 있었다. 나는 그의 겨드랑이 밑에 손을 넣어(그 무렵에 나는 더 이상 결벽증을 갖고 있지 않았다) 고정했고, 그의 다리는 울퉁불퉁한 길 위에서 이리저리 뛰었다. 그를 끌고 가면서 이제 이승과 연이 끊어진 그가 조금은 부러웠다.

그때 우리는 숲에서 자주 추위에 떨곤 했다. 추위보다는 피로로 인해 더 괴로웠다. 자세를 살짝만 틀어도 힘없이 땅에 주저앉았고, 일어나서 일을 계속하는 것보다 그대로 주저앉아서 추위에 떠는 편이 더 나을 정도였다. 그렇게 우리는 잠도 충분히 못 잔 상태에서 앉아서 잠시 숨을 돌렸고, 그대로 잠이 들곤 했다. 그들은 쏟아지는 잠을 이기지 못하고 그대로 잠이 든 채로 죽어갔다. 그들은 금세 눈 속에 파묻혔고, 나중에는 흔적조차 찾기 힘들었다. 섬에서는 달리 도망갈 데도 없었고, 그들이 섬 안 어딘가에 꽁꽁 얼어 있으리라는 것을 알고 있었기 때문에 그들을 애써 찾으러 다니지도 않았다. 봄이 되면 찾을 수 있으리라는 것을 알고 있었기 때문이기도 했다.

가이거는 만약 이번 산책이 성공적이면 매일 밖으로 산책을 나오겠다고 말했다. 나는 그를 보면서 그도 나처럼 발렌티나와 같은 침대에 누울 거란 생각이 들었다. 물론, 절대로, 정말이지 절대로 나와 발렌티나처럼은 아니기를……. 병원에서 연애를 하면 좋은 이유는 침대가 많기 때문이다.

일요일

오늘 내 병실에 '텔레비전'이 설치되었다. 가이거는 내게 이것의 구조는 어떻고 어떻게 작동해야 하는지 한참 동안 설명해주었다. 나는 사용법을 상당히 빨리 터득했다. 내가 리모컨이라고 하는 것을 별다른 의심 없이 누르자 가이거는 조금 실망한 것 같기도 했다. 내가 많이 놀랄 거라고 생각한 것 같았다. 솔직히 적잖이 놀라긴 했다. 하지만 내가 살던 시대에 있던 영사기가 화면도 훨씬 더 큰 데다 훨씬 더 놀라운 기계였다. 소리는 나지 않았지만 말이다.

"말을 하는 거대한 장치."

내가 텔레비전을 보면서 말했다.

"티브이라고 부르세요."

그가 대답했다.

텔레비전은 뭔가 텔랴치*를 연상시키는데, 나는 아직 그렇게 말을 해도 되는지 확신이 서지 않는다. 나와 가이거는 함께 뉴스를 시청했다. 나는 텔레비전에서 나오는 단어, 음악, 사이렌 소리와 같은 소리에 집중하느라 대부분의 내용을 이해하지 못했다. 소리에 영상이라니, 신세계가 따로 없었다.

---

* 러시아어로 '송아지의'라는 뜻이다.

"디폴트가 뭐죠?"

나는 묻는다.

"지난해 여름에 루블화의 가치가 하락했습니다."

"그럼 이제 어쩌죠?"

"도둑질을 좀 덜 해야겠죠. 러시아에서 그게 가능할지는 모르겠지만요."

그로부터 도둑질에 대한 이야기를 듣는 것이 이번이 벌써 두 번째다. 사실 따지고 보면 1999년에도 그랬고, 1899년에도 그랬다. 도둑질은 늘 있었다. 특별할 것 없는 현상에 그토록 신경을 쓰는 이유는 자신이 독일인이기 때문일까? 적어도 독일인들은 우리처럼 도둑질을 하지 않기 때문에, 그들은 러시아인들이 앞뒤도 가리지 않고 도둑질하는 것을 보고 놀라는 것 같다. 우리 역시 놀라는 건 마찬가지지만, 그렇다고 도둑질을 멈추지는 않는다.

텔레비전 화면에 다양한 집이 나온다. 과거의 집처럼 뭔가 거대하고 웅장한 것은 찾아볼 수 없고, 뭔가 죄다 어떻게 지었는지 의심스러우리만치 가벼워 보인다. 유리도 많고 금속도 많다. 가끔은 유리가 너무 많이 보여서 건축가가 무슨 생각으로 건물을 건축했는지 궁금할 정도다. 가이거의 시선이 느껴진다.

"마음에 드나요?"

집에 대한 내 의견을 물은 것이다.

"벽돌로 지은 집에 익숙해서 말이죠. 경사가 완만한 지붕에 더 익숙하기도 하고요."

나는 대답한다.

"지금 보여주는 건 모스크바 모습이고요, 피테르*에는 예전의 모습이 많이 남아 있습니다. 밖에 나가기 시작하면 직접 보시면 됩니다."

나는 내가 언제부터 밖에 나가도 되는지 묻고 싶어졌다. 하지만 그러지 않았다. 나는 텔레비전 화면에 집중하는 척했다. 화면 속에 있는 자동차도 흥미로웠다. 내가 살던 때 봤던 차들과는 달라도 너무 다른 것이……. 사실 이제 나는 이 시대에 속했고, 가이거는 내가 이 시간 속에 적응하길 원했다. 그리고 그는 내 반응을 살핀다.

"기분이 어떠세요? 전혀 새로운 나라에 있는 기분 말입니다."

그가 내게 묻는다.

"여기에는 뭔가 또 다른 어려움이 있을 것 같은 생각이 드는군요."

나는 미소를 지으며 말한다. 가이거 역시 미소를 짓지만, 다른 대답을 기대했는지 조금 놀라는 눈치다.

"시대별로 어려움이 다른 법이니까요. 뭐가 됐든 극복해야죠."

"아니면 피하겠죠."

그는 내 얼굴을 빤히 쳐다본다. 그리고 들릴 듯 말 듯한 목소리로 말한다.

"선생님은 성공하지 못했지만……."

성공하지 못했다. 가이거는 사회성이 발달한 것 같다. 하지만 나는 아니다. 이 나라는 내 머리로 측량할 수 없고, 이 민족 역시 내가

---

* 상트페테르부르크의 줄임말이다.

헤아리기 힘들다. 나는 '사람은 헤아릴 수 있다'라는 말을 하려고 했지만, 문득 명언 같다는 생각이 든다. 사실 따지고 보면…… 삶의 경험이 녹아든 문장이야말로 진실된 명언이 아닐까? 물론 그럴 때가 종종 있긴 하다. 가이거가 읽고 판단하도록 적어놔야겠다.

그는 내가 다소 독특한 내용을 적는다고 생각하는 것 같다. 그의 말뜻을 정확히 이해하기는 힘들다. 그는 나한테 약간의 구시대적 억양이 섞여 있다고 말하지만, 만약 나에 대해 모르는 사람이라면 그걸 못 느낄 수도 있다. 얼마나 잘된 일인가. 나 역시 그와 발렌티나가 대화하는 것을 들으면 내가 예전에 하던 말과 다르다는 것을 느낀다. 표현이나 행동이 과거보다 훨씬 더 자유로워졌을 수도 있고, 어쩌면 억양이 잘못됐기 때문일 수도 있다. 그런데 그들의 억양은 꽤 매력적이다. 나는 한번 들은 것은 잘 기억하기 때문에 귀로 듣는 모든 것을 흉내 내려고 노력해본다.

월요일

오늘은 하루 종일 텔레비전을 봤다. '채널'을 이리저리 돌려봤다. 한 채널에서는 노래를 부르고, 사람들이 나와서 춤을 추는 채널도 있고, 사람들이 말을 하는 채널도 있다. 굉장히 시원시원하게 말을 했는데, 전에는 무엇보다도 그렇게 빨리 말을 할 줄 몰랐다. 특히 프로그램 진행자가 말을 빨리했는데, 그는 말을 문장 단위로 나누는 것이 아니라 호흡 단위로 나누는 것 같았다. 숨을 들이마시는 것만 빼고는 다 잘하는데, 만약 그가 숨을 들이마시지 않았다면 쉬지 않고 말을 했을지도 모른다. 언어의 마술사라고나 할까. 그는 걸어 다니는 입이었다.

발렌티나가 점심 식사를 들고 들어왔다.

"요즘은 춤을 이렇게 추나 보죠?"

나는 화면을 가리키면서 말한다.

"뭐, 그렇죠. 대체로 그런 것 같아요. 별로예요?"

발렌티나가 웃으면서 말한다.

"아니 뭐, 꼭 그렇다기보다는. 활기 넘치고 좋네요."

재미있는 건 시베르스카야에 있는 아마추어 연극인들을 위한 극장에서 이런 식으로 정신질환자들을 표현했다. 환자들은 같은 시간에 치료를 받았을 것이며, 그들은 춤을 춘 것이었다. 그러니까 그들의 춤은 치료의 필연성을 나타냈다고 볼 수 있다. 우리는 배우 중 한 명과 아는 사이였는데, 가끔 그는 우리 집에 커피를 마시러 들르곤 했다. 붉은 빛이 비추는 무대 위에서 보면 대단해 보이다 못해 무서웠는데, 우리 집 베란다에 있는 탁자 앞에서는 허영심에 들뜬 사람처럼 보였다. 그는 냅킨으로 이마에 맺히는 땀을 닦아내곤 했다. 이따금 그는 자기 몸에 붙은 모기를 죽여서는 이마를 닦던 냅킨 위에 놓았다. 갈 때는 엄마에게 트로피를 드리곤 했다. 그의 원래 직업은 경리였고, 그의 성은 '페첸킨*'이었다.

---

* '굽다'라는 단어에서 유래하며, 동물의 불그스름한 간처럼 가무잡잡한 피부를 가진 사람을 뜻한다.

"선생님은, 아니, 당신은 요즘 노래도 싫어하실 것 같아요."

발렌티나가 차를 따르면서 말한다.

사실 나는 요즘 노래를 들어봤고, 그녀의 말처럼 마음에 들지 않는다. 하지만 말했다가 괜히 촌스럽다는 말을 들을까 봐 입 다물기로 했다.

"예전에는 선율이 아름다운 곡들이 주를 이뤘지만, 지금은 리듬이 더 중요해요. 하지만 여기에도 나름의 매력이 있지 않을까요?"

얼마 전부터 그녀는 더 이상 수녀회 수녀처럼 보이지 않았다. 이제 그녀는 머리카락을 늘어뜨린 채로 다녔는데, 굉장히 잘 어울렸다. 사실 처음에 그녀를 봤을 때의 모습 역시 예쁘긴 했지만 말이다. 내가 그녀에게 이 얘기를 하자 그녀는 사실 가이거가 부탁해서 수녀 행세를 한 것이라고 말했다. 처음 한동안은 그들 둘 다 내가 새로운 현실에 맞닥뜨린 후에 충격을 받을까 봐 염려했다고 한다. 나중에야 안 사실이지만, 가이거가 쓰고 다니는 코안경을 비롯해서 오래된 체온계 등 오래된 것들 모두 수소문 끝에 겨우 찾은 것이라고 했다. 그런 다음에는 긴장이 풀리기도 했지만, 발렌티나의 말에 따르면, 내가 생각보다 너무 잘해줘서 더 이상 연극을 보여줄 필요성을 못 느낀 것이라고 했다. 실제로 발렌티나는 심리학부에서 박사과정을 밟고 있고, 논문을 쓰고 있다고 한다.

이제 나는 그녀가 어떤 자료를 활용해서 논문을 쓰는지 알 것 같다.

화요일

어느 '추모의 토요일'*에 나와 아나스타샤는 우연히 스몰렌스키 공동묘지에서 마주쳤다. 나는 돌아가신 할머니와 아버지를 찾아온 것이었고, 그녀는 어머니를 만나러 온 것이었다. 그녀는 막 떠나려던 참이었고, 나는 이제 막 도착했다. 그날따라 우리는 둘 다 혼자 왔다(보통 이런 날은 묘지에 올 때 가족 모두가 함께 오는데 말이다). 왜 우리 둘 다 혼자 왔는지는 기억이 나지 않는다. 아나스타샤를 보고 무척 기뻤던 것만 기억한다. 우리는 잠시 서 있다가 가로수 길을 따라 걷기 시작했다.

"어머니는 어쩌다가 돌아가신 거야?"

"폐렴으로. 오랫동안 앓다가 돌아가셨어. 아빠와 나는 엄마가 완치될 거라는 희망을 버리지 않았었지."

나는 그녀의 손을 찾아서 꼭 잡았는데, 손이 찼다. 그녀 역시 답례로 꼭 쥐는 것을 느꼈다. 우리는 함께 우리 아버지와 할머니 무덤에 갔다. 함께 무덤 위에 떨어진 마른 나뭇가지를 걷어내고, 무쇠로 된 울타리를 걸레로 닦았다. 그분들이 돌아가실 때만 하더라도 울타리를 주문해서 칠 수 있었다. 하지만 지금은 보통 묘지 입구에서 판매하는 잔디조차 살 수 없었다. 나는 풀을 뽑지 않으려고 했으나(뭐라도 자라도록 놔두고 싶었다) 아나스타샤는 벌초를 해야 한다고 고집을 부렸다. 풀이라는 것은 한 사람에 대한 기억이

---

* 러시아 정교회에서 죽은 신자들을 기리는 추모일로, 돌아가신 선조나 부모님을 기린다.

자란 것이어서 벌초해줄 사람이 있는 한 풀은 계속 자랄 거고, 망자도 우리 곁에 있다고 말이다. 사실 믿기지는 않았다. 내 생각은 좀 달랐다. 풀이야 물론 뽑았지만 말이다.

그런 후에 우리는 묘지 안을 거닐었다. 멀리 가로수 길에 떨어진 나뭇잎들은 치우는 사람이 없어서 쌓였고, 낙엽에서 곰팡이 냄새가 났다. 한쪽 발이 샛노란 나뭇잎 속에 빠졌고, 나뭇잎의 안쪽은 붉은색을 띠었다. 공기는 코가 시릴 정도로 상쾌했다. 그랬다, 그때 내 코끝에 콧물이 걸려 있었고, 아나스타샤가 콧물을 닦아주었다. 그녀는 웃었다. 정말 창피하면서도 또 한편으로는…… 기분이 좋았다. 이건 그러니까 거의…… 아무튼 그땐 그랬다.

하마터면 깜빡할 뻔했는데, 그때 우리는 자레츠키를 만났다. 그는 우리를 보고 말했다.

"나는 돌아가신 어머니를 뵈려고 왔어."

그는 한 손에 종이로 만든 분홍색 꽃 한 송이를 들고 있었다. 낡은 코트 주머니 밖으로 술병의 주둥이가 튀어나와 있었다. 병은 주머니 안에 쏙 들어갔지만, 주머니가 덜렁거리는 통에 병이 보였다. 내가 확신하건대 반대편 주머니에는 콜바사가 있었을 것이다. 당시에 나는 자레츠키에게도 어머니가 계시다는 사실을 알고 놀라워했던 걸로 기억한다. 어머니는 어린 그의 손을 잡고 데리고 다니셨을 것이다. 그보다 더 일찍 그의 어머니는 그를 자궁 속에 넣고 다니셨을 텐데, 정말 상상도 하기 힘들었다. 그가 세포 발아의 과정을 거쳐서 태어났다고 상상하는 편이 더 신빙성이 있어 보였다.

만약 이때가 정말 가을이었다면 나는 왜 잔디를 사고 싶어 했던 걸까? 추모의 토요일은 보통 언제 있는가? 추모의 토요일은 사순 대제 때 세 번, 초혼제* 때, 오순절 때 있다. 한편 드미트리예프의 토요일**은 11월에 있다. 그렇다면 그때가 11월이었단 말인가? 아니면 믿기지는 않지만 이때가 봄이었을까? 바깥 공기가 차가웠고, 머프에 손을 넣었는데, 왜 나는 이때가 가을이라고 생각한 걸까?

이제는 그때 우리가 나뭇잎 위를 걸어간 것이 아니라 눈 위를 걸은 것 같다. 군데군데 눈이 녹아 덩어리지고, 군데군데 바닥이 보이는 눈 위를 말이다. 질퍼덕거리는 소리를 내는 눈 위를 말이다. 스몰렌스크 성모 이콘 성당 옆을 지나면서 우리는 지붕 아래에 받쳐놓은 큰 통에 물이 졸졸 떨어지는 소리를 들었다. 그리고 우리가 말을 할 때면 입에서 김이 나왔다.

"상상이 가요, 우리 아이들과 손자들도 이곳으로 우리를 보러 오겠죠. 그들은 우리 위를 걸어 다니면서 대화를 나누겠죠. 우리는 아래에 누워 있을 거고요. 아무 말 없이 말이죠."

아나스타샤가 말했다.

그녀의 말을 들으면 마치 그들이 우리 두 사람의 자녀들이자 손주들인 것만 같다. 우리 두 사람이 말없이 나란히 누워 있을 것만 같기도 하다. 나는 걸으면서 그녀가 한 말을 곱씹으며, 내가 땅 밑에 누워 있는 모습을 상상했다. 내가 슬퍼하고, 사람들을 그리워할 때 즈음 누군가가 내 묘지에 온다. 그 사람은 죽은 사람들의 도시

---

* 고인에 대한 추모 의례로, 고대 슬라브인들의 추도 의식과 비슷한 형태를 갖고 있다.
** 쿨리코보 전투에서 희생된 병사들을 기리는 날이다.

에서 살아 있는 사람들이 사는 도시로 빨리 떠나고 싶어 하고, 저녁 시간을 상상하면서 행복감에 젖는다. 사실 나도 당시에 아나스타샤와 함께 집으로 가서(스몰렌카강 가를 따라 걸어서) 부엌에서 함께 뜨거운 차를 마실 상상을 했고, 상상만으로도 행복했었다. 할머니와 아버지가 땅 밑에 말없이 누워 계셨지만, 그분들은 내가 기뻐하면 함께 기뻐해주실 것이므로 상관없을 것 같았다. 게다가 그들 역시 차를 사랑한 것은 맞지만, 이제 우리 식탁에 그들의 자리는 없었다.

지금 다시 한번 곰곰이 생각해보니 나는 그때가 가을이었다는 것을 깨달았다. 때는 가을이었고, 묘지 근처에는 잔디를 팔지 않았으므로 나는 살 생각도 하지 않았다. 우리가 처음 만난 달은 10월이었다. 그리고 묘지에서 우연히 마주친 것은 우리가 서로 서먹하던 11월이었다. 돌아오는 길에 묘지 입구에서 우리는 거지나 바보를 만났다. 그는 나와 그녀에게 노란 나뭇잎을 하나씩 주고는 우리를 신랑과 신부라고 불렀다. 아나스타샤는 얼굴을 붉혔다. 나는 그에게 1000루블을 줬다. 100루블이었을지도 모르지만, 당시에 돈은 얼마든지 내도 좋을 것 같았다. 나는 내 나뭇잎을 오랫동안 간직했다.

수요일

"선생님은 10월 혁명의 원인이 뭐라고 생각하십니까? 선생님은 이 모든 것을 직접 보셨으니 잘 아시겠죠."

가이거가 나에게 질문했다.

예상하지 못한 질문이었다. 어쩌면 나중에 가이거가 역사소설을 쓰고 있다는 것이 밝혀질지도 모른다.

"사람들 안에 악이 많이 쌓였고……." 나는 적합한 단어를 고르려고 고민하면서 말한다. "그래서 해결책이 필요했던 거고요."

"흥미롭군요. 흥미로워요. 그러니까 선생님은 혁명을 당시 사회의 상황과 전제 조건 등과 연관 짓지 않으시는 거군요."

"전반적인 혼돈이 역사적 전제 조건이 아니고 뭔가요?"

가이거는 내 침대 앞에 의자를 옮겨놓은 후에 등받이를 앞쪽으로 향하게 하고는 앉았다.

"1917년의 혼돈에는 다른 이유가 있었는데, 전쟁도 있고, 사람들은 가난하고, 또 뭐더라……."

"그보다 더 힘든 시기도 있었는데, 그때는 혼돈 같은 건 없었어요."

가이거는 두 손을 등받이에 얹고 턱을 괴었다. 턱에 주름이 잡히면서 턱이 더 작아졌다.

"흥미로운 생각이군요. 뭔가 역사와는 거리가 있어 보이는 듯한데……."

가이거는 스스럼없이 내 얼굴을 빤히 쳐다보면서 생각에 잠긴다. 그는 자기 귓불을 잠시 꼬집었다. 그가 자기 귓불을 꼬집고 나서야 나는 그의 귀가 크다는 것을 눈치챘는데, 그러고 보면 세상에는 불필요한 제스처가 많은 것 같다.

그가 병실에서 나가자 나는 텔레비전을 틀어서 영어로 '토크 쇼'

라고 하는 것을 봤다. 출연자들이 모두 상대방의 말을 끊었다. 억양은 싸우는 것 같고 교양도 없고, 저속하기 그지없었다. 정말이지 이들이 나의 새로운 동시대인들이란 말인가?

목요일

나와 아나스타샤는 밤이면 여전히 대화를 나눴다. 우리는 등받이가 없는 의자에 앉아서 대화를 나눴는데, 가끔은 마주 보고 앉았고, 자주 벽이나 찬장에 기대서 나란히 앉았다. 우리가 나란히 앉아 있을 때면 우리 손이 닿았고 나는 그녀의 온기를 느꼈다. 사실 온기 그 이상의 전기 같은 것이었다. 나 혼자만 느낀 건 아니었다. 나는 우리 사이에 불꽃이 튀게 될까 봐 두려웠다.

창밖에 아래층에서는 늦은 시간까지 마차가 다녔고, 마차가 조용히 지나가는 소리를 듣고 있으면 왠지 마음이 편안해지곤 했다. 나는 어느 순간 마차가 대로를 따라 직선으로 갈 때와 마차가 즈베린스카야 거리 쪽으로 방향을 틀 때 소리를 구별하는 법을 터득했다. 이따금 자동차의 경적 소리가 한밤중의 고요를 깨웠고, 그럴 때면 우리는 아파트 안에서 자는 사람들이 깨지는 않을까 걱정됐다. 실제로 그 소리에 잠에서 깬 사람들이 있었다. 잠자던 이들은 사각사각하는 소리를 내면서 화장실까지 가곤 했다. 요란한 소리를 내면서 물을 내리고는 부엌 문지방에 서서 잠이 덜 깬 멍한 눈으로 우리를 뚫어지게 쳐다보는 것이었다. 하지만 우리에게 말을 거는 사람은 없었다.

한번은 아나스타샤가 독감에 걸려서 집에 혼자 있었다. 나 빼고 다른 사람들은 모두 일이 있어서 나갔고, 나에게는 아나스타샤가 그 누구보다 소중했기 때문에 집에 남아 있었다. 나는 그녀의 방문 밖에 서서 내 심장이 뛰는 소리를 들었다. 문을 두드린 후에 방에 들어갔다. 아나스타샤는 침대에 누워 있었다. 가까이에서 보니 그녀의 코와 눈꺼풀이 부어올랐고 빨갰다. 마치 방금 전까지 운 사람처럼 말이다.

"다가오지 마세요. 옮아요."

그녀는 감기에 걸려 쉰 목소리로 말했다.

하지만 나는 더 가까이 다가갔다. 그러고는 조심스럽게 침대 가장자리에 앉았다.

"얼마나 좋아요. 혼자보다는 함께 아픈 편이 기분이 더 좋으니까요."

"아파서 좋을 건 없어요. 책도 읽을 수 없는걸요."

그녀는 침대 이불 위에 놓여 있는 책을 가리키면서 말했다.

그녀가 앉고 싶어 했지만, 나는 그대로 있으라는 뜻으로 그녀의 어깨에 손을 얹었다. 손가락 네 개는 그녀의 잠옷에 얹혀 있었고, 다섯 번째 손가락은 잠옷 목둘레 경계선에 교묘하게 자리 잡았다. 새끼손가락이다. 그렇게 새끼손가락은 그녀의 살결에 닿았다. 그 작은 새끼손가락 안에 내 몸의 모든 장기가 들어가서 어느새 나는 거대한 새끼손가락으로 변한 것 같은 기분이 들었다.

"일어나지 마요……."

나는 그녀의 몸에 더 오래 손을 얹고 싶은 마음을 꾹 누르고 간신히 손을 떼어내면서 말했다.

"책 읽어줄까요? 내가 지금보다 더 어렸을 때, 내가 아프면 부모님이 책을 읽어주셨거든요."

아나스타샤는 호기심 가득한 눈으로 나를 바라봤다. 입으로 숨을 쉬고 있었다. 그리고 책을 한쪽으로 치워놓았다.

"그러면 부모님이 읽어주시던 책을 읽어주세요."

나는 내 방에 가서 부모님이 읽어주시던 책을 가져왔다. 책을 읽으면서 나머지 한 손을 더듬어서 이불 위에 있는 아나스타샤의 손을 찾았다. 시선은 여전히 책에 두고 있었다. 그리고 그녀에게 물었다.

"내가 당신 손을 잡고 있어도 될까요? 손을 통해 당신의 병을 몸밖으로 빨아들이려고요."

그녀는 그 대답으로 손을 가볍게 쥐었다. 나는 또다시 책을 읽었다. 문장 하나하나를 읽는 동안 나는 지금까지 단 한 번도 그 누구에게도 책을 소리 내어 읽어준 적이 없다는 생각을 했다. 나는 로빈슨이 병에 걸릴까 봐 두려워하는 대목을 읽으면서 아나스타샤의 얼굴을 한 번 힐끔 쳐다봤다. 그녀는 눈을 감고 있었고, 그래서 나는 그녀가 여전히 듣고 있는지 혹은 잠이 든 것인지 알 수 없었다.

이때 그녀는 내 손을 한 번 쓰다듬고 말했다.

"앉아 있으면 불편하고 허리도 아파요. 이불 위에 내 옆에 누워요."

그리고 그녀는 잠시 침묵한 후에 말했다.

"부탁이에요."

나는 이 '부탁이에요'에 하마터면 몸이 납작해질 뻔했다. 목에 뭔가 걸렸고, 갑자기 목소리가 나오지 않았다. 내가 슬리퍼를 벗어 던지고 눕자 침대가 삐그덕거렸고, 그 순간 내 관절도 그렇게 삐그덕거리는 것 같았다. 잠시 후에 목소리가 다시 돌아왔고, 나는 다시 책을 읽기 시작했다. 아나스타샤는 내 쪽으로 좀 더 가까이 다가와서는 내 가슴에 한 손을 얹었다. 목으로 그녀의 뜨거운 입김을 느꼈다. 호흡이 일정한 리듬을 갖게 되었을 때 그녀를 보니 자고 있었다. 나는 한편으로는 기쁘고, 또 한편으로는 마음이 편안해졌다. 나는 그 후로도 한참 동안 누워 있다가 문에서 열쇠 돌아가는 소리가 들릴 때에야 비로소 침대에서 몸을 일으켰다. 나는 아나스타샤의 뜨거운 이마에 키스한 후에 방에서 나갔다.

이틀 후에는 나도 독감에 걸렸다. 나는 시간이 지날수록 염증이 목으로 퍼지는 것을 느끼면서 일종의 행복감을 느꼈다. 드디어 아나스타샤가 앓았던 병을 공유할 수 있게 된 것이었다. 이제는 아나스타샤가 내 방에 와서 옆에 누워서는 책을 읽어줬다. 우리는 서로 병간호를 넘어서는 무언가가 우리 사이에서 일어나고 있다는 것을 이해하고 있었지만, 우리 두 사람 모두 말을 하지도, 이 감정을 정의 내리지도 않았다. 이 감정에 이름을 붙이는 순간 감정이 겁을 먹을 것 같았다. 이름을 붙이면 부서질 것 같았다. 그래서 우리는 이 감정을 있는 그대로 두기로 했다.

금요일

한번은 학교 졸업을 2년 정도 앞둔 시점에 내가 사는 페테르부르크 지역(그때는 페트로그라드 지역이었다)으로 세바가 찾아왔다. 뭔가 숨기고 있는 눈치였다. 그의 얼굴은 감정 표현을 자유자재로 표현하고 있었다. 때에 따라 그의 얼굴은 뭔가에 집중하는 듯하기도 하고, 교활하기도 하며, 뭔가를 이해하는 듯한 표정을 짓기도 하고, 슬픈 표정을 지어 보이기도 했는데, 이번에 그의 얼굴은 '비밀' 그 자체였다. 세바는 아무 말도 하지 않고 바로 내 방으로 들어왔다. 집에 누가 있는지 물은 후에(집에는 아무도 없었다), 그래도 안심이 안 됐는지 방문을 열쇠로 잠갔다. 이 열쇠로 말할 것 같으면 이미 수년째 문에 대롱대롱 매달려 있었고, 그 누구도 문을 잠그는 용도로 사용한 적이 없었다. 나는 열쇠가 망가져서 더 이상 돌아가지 않거나(열쇠가 문과 하나가 되어서 붙어버릴 수도 있으니까 말이다), 평소에 운이 없는 세바가 하필 열쇠를 돌렸기 때문에 잘 돌아가던 열쇠가 안 돌아간다 해도 전혀 이상한 일은 아니라고 생각했다. 다행히도 열쇠는 잘 돌아갔다.

세바는 고개를 옆으로 돌리고 멋있게 팔꿈치를 벽에 기댔다. 그의 배 위에 크지 않은 여행 가방이 올려져 있었고, 숨 가쁘게 몰아쉬는 호흡에 맞춰 가방의 측면이 오르락내리락하고 있었다. 호흡을 가다듬은 후에 세바는 가방을 열어서 종이 한 뭉치를 꺼냈다.

"자."

그는 똑같은 내용이 적힌 종이 한 뭉치를 주었다. 전부 전단지였다. 전단지에는 속히 정권을 교체해야 한다는 내용이 적혀 있었다.

"이거 어디서 났어?"

"학교 가는 길에 어떤 사람이 나한테 다가왔었어. 모르는 사람이었어. 나한테 이걸 주면서 학생들한테 나눠주라는 거야."

"그래서 뭐라고 했는데?"

"나눠주겠다고 말했지. 조국을 지키는 일에 대한 거잖아. 이런 상황이라면 내가 물론……."

가방 안에는 전단지 외에 와인도 한 병 있었다. 세바는 다소 과장된 동작으로 병을 식탁 위에 올려놨다.

"술병도 주던?"

"아니, 술은 집에서 슬쩍했어. 혁명의 시작을 기념하려고. 컵 가져와."

그는 평소와 달리 명령조로 말했다. 내가 컵을 가져왔다. 자신이 비밀스러운 행동에 동참하고 있다는 생각만으로도 한껏 들뜬 것 같았다. 우리가 술을 한 잔씩 마셨을 때 나는 그에게 도스토옙스키의 《악령》을 읽어봤냐고 물었다*. 세바는 비음 섞인 목소리로 다소 거만하게 말했다.

"저기, 우리 소설 얘기는 하지 말자, 알았지? 소설 속 이야기는 백 년도 전에 일어났던 일이잖아. 지금은 정권을 바꿔야 할 객관적 필연성이 생긴 거고……."

---

* 《악령》은 서구의 무신론과 허무주의를 따르는 무정부주의자들에 대한 이야기로, 도스토옙스키는 소설을 통해 과격한 사회주의 혁명을 비판했다.

"좋아, 소설 얘기는 안 할게. 쿠데타를 꿈꾼다는 거지. 그 정도면 최소 강제 노역 5년에서 잘못하면 10년 형을 구형받을 수도 있어. 학교도 못 갈 거고, 페테르부르크도 더 이상 못 보겠지. 너 그래도 괜찮겠어?"

그리고 그 순간 나는 내 사촌이 강제 노역형까지는 전혀 예상하지 못했다는 것을 눈치챘다. 내가 큰 소리로 웃지 않은 것은 순전히 그가 딱했기 때문이다. 와인을 마셔서 빨개진 세바의 얼굴은 눈에 띄게 창백해졌고, 그의 입술은 떨리기 시작했다.

"나는 그냥……."

나는 세바의 머리카락이 창문을 통해 들어온 바람에 흩날린다는 말을 할 수도 있었다. 표정을 보면 그가 무슨 생각을 하는지 알 수 있으므로, 아무래도 그 말을 해야겠다. 세바는 여전히 무언가를 두서없이 말했지만, 나는 그의 얼굴을 보면서 그가 하는 말은 흘려들었다. 그렇게까지 그를 겁줄 필요가 있었을까? 따지고 보면 학생을 누가 건드린다고 그의 열정을 꺾는단 말인가? 최악의 상황이라고 해봐야 빗자루로 체벌하는 정도일 텐데 말이다.

세바는 풀이 죽어서 가져온 와인도 남겼다. 그는 나에게 와인병과 전단지를 두고 가면서 둘 다 제거해달라고 부탁했다. 술과 혁명 모두 내 관심 밖이었기 때문에 나는 그것들을 모두 없애버렸다. 세바가 집에서 슬쩍씩이나 한 와인병은 그의 노력을 비웃기라도 하듯 와인이 남아 있는 그대로 쓰레기장에 갖다 버렸다. 전단지는 페치카에 던져 넣었고, 그렇게 해서 보물 같은 혁명 사상은 그대로 흔적도 없이 불타 없어졌다. 거기에 뭐라고 적혀 있었는지는 이제 기억조차 나지 않는다.

때는 9월의 어느 따뜻한 날이었고, 열린 창문을 통해 따뜻한 바람이 들어왔다. 가을에 창문을 열어두는 것은 흔치 않은 일이다. 장미와 백합 모양으로 조각한 화분 받침대 위에 있는 야자나무가 미세하게 흔들렸다. 햇빛이 책상 위에 비스듬히 내려앉았다. 햇빛의 초점 부분에는 책이 쌓여 있었다. 햇빛을 통해 가벼운 먼지가 날아다니는 것이 보였다. 역사책 위에는 무당벌레 한 마리가 있었다.

토요일

레라 암피테아트로바가 질문했다.

"날 원하냐고 묻잖아?"

당시 나는 열다섯 살밖에 안 됐었고, 레라는 처음 봤기 때문에 긍정적으로 답을 할 수밖에 없었다. 남녀 간의 교제는 보통 이것으로 귀결되기 마련이라지만, 사실 우리 사이에는 교제라는 것이 없었기 때문에 그녀의 질문은 가히 충격적이었다. 나는 단지 홀의 반대편 끝에 서 있던 젊은 여자를 몇 번 힐끔거렸을 뿐이었다. 그리고 그녀는 이 시선을 붙박아놓았다. 사실 이것은 시선보다는 호출에 훨씬 더 근접한 것이었다. 내가 그녀를 원했던가? 잘 모르겠다. 물론 내가 그녀를 원했을 수도 있다. 하지만 내가 그녀를 쳐다본 이유는 그녀가 특이했기 때문이다. 노출이 심한 원피스를 입은 그녀를 보고 나는 그녀가 여성해방주의자라는 것을 깨달았다.

여성해방주의자들에 대해서는 그들의 외모와 자유분방한 태도를 포함해서 수업 시간에 자세히 다뤘고(레라가 이 모든 특징을 갖고 있다는 것은 한눈에 봐도 알 수 있었다), 나는 그녀가 여성해방주의자라는 것을 쉽게 알아봤다. 그녀는 일반적으로 여성해방주의자들이 갖고 있는 특징을 모두 갖고 있었고, 그들과 다른 점이라면 머리를 짧게 깎고 높은 파 음을 냈다는 것이다. 나는 평범하기 이를 데 없는 나에게 그녀가 관심을 보였다는 사실이 놀라울 뿐이었다. 어쩌면 충분히 예측 가능한 일이었을지도 모른다. 진보적인 사람에게 자신의 진보적 성향을 보여줄 이유는 없지 않은가 말이다.

그녀는 내 손을 낚아채고는 음악 소리가 들리는 홀을 지나 출구로 향했다. 나는 우리가 음악에 맞춰서 움직이는 것 같았고, 우리의 리드미컬한 움직임으로 인해 나의 조금 남은 의지마저 마비되는 것 같았다. 나는 우리가 어떤 홀에 있었고 그때 우리가 들은 곡이 무엇이었는지 기억해내려 했지만 헛수고였다. 사실 이것들은 순식간에 사라져버렸다. 다만 밖에서 선선한 바람이 불었음에도 불구하고 레라의 손바닥에 땀이 찼던 것은 기억한다. 우리는 여자친구가 제공하는 집(그녀는 우리가 사는 곳이라 했다)을 찾아 우물 속 같은 건물 사이에서 헤맸던 기억이 난다. 언제라도 집어넣을 준비가 돼 있는 열쇠를 쥔 손을 우리가 걷는 방향을 향해 뻗은 채로 걸었다. 열쇠를 쥔 팔을 앞으로 뻗고 있었기 때문에 우리는 빨리 걸었고, 우리의 행위는 연극을 하는 배우들처럼 과장된 측면이 있었다.

우리는 군데군데 얽은 계단을 밟고 마지막 층까지 쏜살같이 뛰어갔다. 드디어 레라는 자기 열쇠를 현관문에 집어넣었고, 우리는 작은 방 안에 들어갔다. 가구라고는 침대, 의자, 책상이 전부였다. 의자 뒤에 크지 않은 문 하나가 더 있었는데, 그 문은 부엌으로 향하는 것 같았다. 레라가 내게 바짝 다가섰다. 그녀는 나보다 키가 조금 더 컸고, 나는 그녀의 축축한 호흡을 코로 들이마셨다. 그녀가 고개를 숙였다. 그리고 입술을 내 입술에 갖다 댔다. 혀로 내 입술을 핥았다. 그러고는 천천히 몸을 돌려서 나를 등지고 섰다.

"이제 원피스 끈을 풀어."

구불구불한 그녀의 갈색 머리카락이 그녀의 목을 감싸고 있었다. 나는 끈을 풀기 시작했다.

"뭐야, 설마 여자 원피스 끈 처음 푸는 거야? 설마 지금 하는 거 다 처음인 건 아니지?"

"다 처음인데……."

레라는 깊은 한숨을 쉬었다. 원피스의 끈이 풀리자 옷이 벗겨졌다. 원피스 안에는 얇은 블라우스가 있었고, 주름진 속치마가 있었다. 그리고 거들과 슬립이 있었다. 코르셋의 끈도 풀어야 했다(나는 또다시 레라의 한숨을 들어야 했다). 나는 스타킹에 있는 가터벨트를 풀려고 한참 동안 씨름을 했고, 결국 보다 못한 레라가 코르셋을 벗으면서 벨트를 풀었다. 그녀가 의자에 앉았다. 나는 쪼그려 앉아서 스타킹을 벗겼다. 내 손이 흘러내리는 검은색 스타킹과 함께 아래로 내려갔고, 그러자 그녀의 하얀 속살이 드러났다. 놀랍도록 하얀 피부였다. 당시만 하더라도 여자들은 일광욕을 하지 않았다. 우리가 침대에 누웠을 때 레라가 얼마나 많은 불만을 쏟아냈고, 한숨은 또 얼마나 늘었는지 말할 필요가 있는지 잘 모르겠다. 레라는 알 수 없는 누군가에게 소년에게 이것을 가르치는 것은 이번이 마지막이라고 약속하며 거침없이 내 것을 받아들였다. 얼마간 시간이 흐르자 레라의 한숨에서 화가 사라진 것 같았는데, 물론 확신할 수는 없다. 그녀의 나이가 몇 살이었던가? 내 생각에는 많이 잡아야 열여덟 살이었던 것 같다. 하지만 그때만 하더라도 그녀가 굉장히 성숙해 보였다.

그 후에 그녀는 의자에 앉아서 담배를 피웠다. 나체 상태로 다리를 꼬고 앉아 있었다. 그녀는 엄지손가락과 검지손가락으로 은색 담뱃대를 쥐고 조심스럽게 담배 연기를 뿜어내고 있었다. 나는 침대 위에 양반다리를 하고 앉아서 말없이 그녀가 하는 행동을 찬찬히 뜯어봤다. 여자의 나체를 실제로 본 건 처음이었다. 레라는 내가 목에 걸고 있는 십자가 목걸이를 가리키며 물었다.

"신을 정말 믿는 거야?"

"네."

"비행기가 하늘을 나는 시대에 신을 믿는 것은 창피한 것 같아. 나만 하더라도 아버지가 사제인데, 나는 신을 믿지 않아. 왜 아무 말이 없어?"

그녀는 담배 연기를 빨아들이면서 말했다.

"비행기가 죽음을 막을 수 있나요?"

레라가 웃으면서 말했다.

"물론이지!"

월요일

생각났다. 비행사에 대한 모든 것이 생각났다. 아버지가 비행기가 비행하는 모습을 보여주려고 나를 데리고 코멘단츠키 비행장에 데려가신 때는 내 나이 열한두 살 때였던 것 같다. 그로부터 2년 전만 하더라도 코멘단츠키 비행장 같은 것은 없었고 코멘단츠키 경마장만 있었고, 그곳에서 공중 집회가 열리곤 했다. 근처에 비행장이 생기고 나서는 집회는 비행장 안에서 열렸다. 가이거의 말에 따르면 요즘은 이런 것을 비행 쇼라고 부른다고 했지만, 나는 공중 집회라는 표현이 더 마음에 든다. 내 생각에 요즘 사람들은 쇼를 너무 좋아하는 것 같다. 일주일 내내 티브이만 본 사람으로서 말하는 것이다.

때는 7월이고, 날씨는 화창했다. 양산에 있는 레이스가 따뜻한 바람에 하늘거렸다. 많은 이들이 밀짚모자를 쓰고 있었고, 몇 명은 신문으로 만든 고깔모자를 쓰고 있었다. 우리는 아침 일찍부터 와서 관중석의 제일 앞에 서 있었다. 우리가 있는 자리에서는 비행기뿐만 아니라 비행사도 보였다. 비행사들을 본 순간 나는 비행사가 되겠다고 굳게 다짐했다. 소방대장도 아니고, 지휘자도 아니고, 비행사가 되는 거다.

나도 조수들에게 둘러싸여 먼 곳을 응시하면서 입으로 천천히 담배를 갖다 대고 싶어졌다. 콧수염 끝을 동그랗게 말 수도 있을 것이다. 비행기에 타기 전에는 한 손으로 헬멧의 목 지지대를 턱에 고정할 것이다. 조종사용 안경도 천천히 쓸 것이다. 하지만 이보다 더 흥미로운 것은 따로 있었다. 나는 '비행사'라는 단어만으로도 흥분이 됐다. 이 단어의 발음 안에는 비행의 아름다움, 모터의 포효, 자유와 힘이 응축돼 있었다. 실로 아름다운 단어였다. 조종사라는 단어는 좀 더 나중에 생겼고, 흘레브니코프*라는 자가 만들어낸 단어 같다. 이 단어 역시 나쁘지는 않지만, 뭔가 짧고 끊어지는 느낌이 참새 소리를 닮았다. 하지만 비행사는 크고 아름다운 새 같았다. 나는 바로 그런 새가 되고 싶었던 것이다.

비행사 플라토노프. 집에서만 부른 호칭은 아니었고, 이따금 다른 사람들도 나를 그렇게 부르곤 했다. 나도 싫지 않았다.

화요일

가이거가 나에 대해 역사적 관점에서 생각하지 않는다고 한 말은 맞는 것 같다. 역사적 관점은 모두를 역사적으로 위대한 사건들의 인질로 삼는다. 나는 사실상 정반대로 생각한다. 위대한 사건들은 개개인에게서 발생한다. 충격적인 사건의 경우는 특히 더 그렇다.

상당히 간단한 이치다. 모든 사람에게는 추악한 면이 있다. 만약 한 사람의 추악한 면이 다른 사람들의 추악한 면과 함께 공명을 일으키면 혁명, 전쟁, 파시즘, 공산주의 같은 것이 발생하는 것이다. 이 공명은 삶의 수준이나 지배의 형태와 별개이다. 연관이 있다 하

---

* 벨레미르 흘레브니코프(1885-1922). 미래파를 창시한 러시아의 시인이다.

더라도 간접적인 연관일 가능성이 높다. 이때 주목할 만한 사실은 누군가의 마음속에 있는 선한 마음은 전혀 다른 속도로 되돌아온다는 점이다.

수요일

나는 꼬박 일주일 동안 일기를 쓰지 않았다. 몸이 좀 안 좋았다. 발렌티나는 내가 산책하는 동안 추위를 느꼈기 때문이라고 생각해서 옷을 더 따뜻하게 입으라고 조언한다. 하지만 가이거의 생각은 달랐다. 그는 내가 아나스타샤와 함께 앓았던 병에 대해 너무 몰입해서 묘사를 한 나머지 병에 걸린 것이라고 생각했다. 가이거의 생각이 좀 더 사실에 근접한 것 같다.

사실 마음만 먹으면 일기를 쓸 수도 있었겠지만, 그럴 기분이 아니었고, 그래서 안 썼다. 기분이 계속 안 좋았다. 가이거는 자연스러운 현상이라고 말했다. 처음 몇 주 동안 나는 충격을 받은 데다 긴장을 해서 나에게 하는 모든 말이나 행동에 최대한 집중했지만, 어느 정도 익숙해지자 기운이 빠진 것이었다. 맞다, 그의 말처럼 나는 맥이 빠졌다. 사실 나도 이런 내가 싫다. 뭔가 비틀어지고 끊어진 이러한 삶의 궤적은 그동안 어디에 있다가 이제야 나타난 것이란 말인가? 그리고 이것은 나를 어디로 이끄는가? 텔레비전에서 나오는 그 이상한 삶으로? 나는 아직까지는 그러한 삶에 흥미를 느끼지 못한다. 가이거 역시 그런 것 같다.

일기와 관련해서 그는 나에게 매일 일기를 쓰라고 강요하는 사람은 아무도 없으니 염려하지 않아도 된다고 말했다. 강요하지 않는다니 듣던 중 반가운 소리다. 나도 매일 쓸 생각은 없다. 그리고 나는 가이거가 점점 더 마음에 든다. 감정 표현에는 인색하고 차갑지만 마음은 따뜻한 것 같다.

쥐처럼, 겉으로 봤을 때는 명랑해 보이지만 속은 그렇지 않은 그 반대의 경우가 더 고약한 법이니까. 지인 중에 알렉세이 콘스탄티노비치 아베리야노프라는 사람이 있었다. 왜소하고 머리는 벗겨졌는데, 머리는 커서 꼭 버섯 같은 사람이었다. 그가 여자와 사귀는 모습은 상상할 수 없었고, 따라서 포자로 번식을 할 것 같았다. 아니, 사실 여자들이 있긴 했지만, 그들 역시 그처럼 체구가 작은 사람들이었던 것 같다. 한두 시간 그와 함께 대화를 나누다 보면 그의 친절함, 호의에 반하게 된다. 그는 고개를 옆으로 기울이고 큰 소리로 호탕하게 음절을 끊어가면서 "하-하-하" 하고 웃는다. 그러던 어느 날, 그는 친절하지도 않고 호의적이지도 않으며, 병리학적으로 상대방을 시기하는 사람이며, 상대가 보지 않는 데서는 정반대의 말을 한다는 것이 밝혀지는데…….

이 아베리야노프라는 사람은 뭐 하는 사람이었을까? 나는 그가 무슨 일을 하는 사람이었으며, 내가 그를 어떻게 알게 되었는지 기억나지 않는다. 그런데 버섯 같은 그의 외모나 지렁이 같은 특징은 기억 속에 남았다. 또 나는 그의 안경에 있던 볼록렌즈와 그 렌즈로 인해 앞으로 튀어나온 것처럼 보이던 그의 눈도 기억한다. 내가 무슨 얘기를 하다가 그 사람을 갑자기 떠올린 걸까? 아, 맞다, 가이거는 그런 사람이 아니라는 얘기를 하려다가 그 사람이 떠올랐다.

"아베리야노프라는 사람이 떠올랐는데, 그의 성격이나 키, 심지어 그가 쓰고 있던 안경까지 생각이 났습니다. 그런데 그가 내 삶에서 어떤 의미를 지녔는지는 죽었다 깨어나도 모를 것처럼 생각이 나질 않습니다. 회상이라는 것은 왜 이런 형태로 떠오르는 걸까요? 학문적 측면에서 회상이라는 것은 무엇일까요?"

내가 가이거에게 묻는다.

"회상이라는 것은 중성자들과 뇌세포들이 일정하게 결합한 형태입니다. 만약 다른 중성자들이 들어오게 되면 선생님은 다른 회상을 보게 되는 것이지요."

"그러니까 다시 말하면, 현재 제가 가진 중성자들로는 아베리야노프를 완벽하게 기억해낼 수 없단 말씀이신가요? 뭔가 상당히 기계적이군요."

"너무 염려 마세요. 혹시 또 알아요, 나중에 아베리야노프란 사람이 누구인지 완전히 기억날지. 알고 나면 오히려 불편해질 수도 있고요. 게다가 만약 회상이라는 것들이 삶을 거울처럼 보여준다면 오히려 지루했을 것 같습니다. 회상은 선택적으로 이루어지고, 그래서 회상은 예술에 더 가까워질지도 모르지요."

가이거는 내 가운 윗부분에 있는 단추를 채워주면서 말했다.

사실 나는 아베리야노프란 사람에 대해 관심이 없다. 그에 대해 생각난 것만으로도 충분하다.

목요일

신기한 사실은 텔레비전 속에 있는 사람들은 끊임없이 무슨 게임인가를 한다는 것이다. 단어나 멜로디를 알아맞히기도 하고, 사람을 무인도에 보내서 살아남도록 한다는 내용도 어딘가에서 읽은 적이 있다. 다들 명랑하고, 영리하고, 또 내 생각엔 상당히 모자란 것 같다. 그러니까 그들은 섬에 한 번도 간 적이 없고, 살아남는 연습을 하려고 일부러 섬에 간다는 뜻이 된다. 꼭 그렇게까지 해야 할까?

토요일

나는 여전히 회상에 대해 생각한다. 내가 기억하는 모든 것은 정말 중성자들의 결합에 불과한 걸까? 크리스마스트리의 향, 틈새 바람이 불면 유리로 된 트리 전구가 부딪히는 소리도 중성자들이란 말인가? 4월에 열린 창문을 통해 아파트가 봄의 공기로 가득 채워질 때 창틀에 끼워놓은 문풍지가 갈라지는 소리도 중성자란 말인가? 그러면 창밖에서 사람들이 두런두런 대화하는 목소리가 들려왔다. 인도에서는 사람들의 구두 굽 소리가 또각또각 들리고, 밤에 유리 등피 주변에는 나방이나 하루살이 같은 곤충들이 윙윙댔다. 내가 감사하는 마음으로 내 생이 끝날 때까지 기억할 아나스타샤와 나눈 섬세한 감정도 중성자들이란 말인가? 웃으면서 말하던 그녀의 귓속말과 그녀가 내 옆에 누워 있을 때면 나던 그녀의 머리카락 향기를 나는 지금도 기억한다.

우리는 서로 함께 병을 앓고 난 이후로 나란히 누워 있는 일이 많았다. 특히 집에 아무도 없는 낮 시간에 우리는 주로 함께 누웠다. 누워서 안고 있었다. 가끔은 서로의 몸이 닿지 않도록 조금 떨어져 있기도 했다. 대화를 나눴다. 하지만 아무 말 하지 않고 누워 있는 적도 있다. 그리고 그러던 어느 날 나는 그녀의 한쪽 귀에 대고 속삭였다.

"나는 당신이 내 아내가 돼줬으면 좋겠어요."

아나스타샤는 평소에 잘 웃는 사람이어서 나는 이번에도 그녀가 웃을까 봐 걱정했다. 하지만 그녀는 웃지 않았다. 그리고 짧게 대답했다.

"저도 그랬으면 좋겠어요."

역시 귓속말이었다. 그녀의 따뜻한 입김이 내 귀에 닿았다.

우리는 끝내 말을 놓지 않았다. 나는 말을 놓는 것과 같은 사소한 행위로 인해 우리의 순결한 관계가 흔들릴지도 모른다고 생각했다. 아나스타샤는 성인이 되려면 1년이 채 남지 않았고, 나는 성인이 될 때까지 기다리겠노라고 굳게 다짐했다.

"힘드실 텐데…… 여자 없이요."

아나스타샤가 어느 날 말했다.

"나한텐 여자가 있는걸요. 당신요."

그러자 그녀는 얼굴을 붉혔다.

"그러면 내가 여자가 될게요…… 모든 면에서요."

나는 그녀의 이마에 키스했다.

"나는 우리가 결혼식을 올리기 전까지는 그러고 싶지 않아요."

가장 강렬한 감정은 불만족에서 비롯되며, 나는 당시에 그것을 그 어느 때보다 강하게 느끼고 있었다. 그리고 그때 나는 상대를 존대하면서 가장 강렬한 감정을 느꼈었다. 지금까지도 내 입술이 그 열기를 기억하고 있다. 이런 기억이 중성자들의 결합에 불과하다는 사실은 믿기지 않는다.

월요일

사람은 어디로 어떻게 던져지든지 고양이가 아니기 때문에 네 발로 착지할 수 없다. 사람은 보통 특정 역사적 시기에 속해 있기 마련이다. 만약 그가 그 시기를 상실한다면 어떤 일이 벌어질까?

화요일

오늘은 내가 처음으로 도시에 발을 디뎠고, 내겐 그런 의미에서 특별하다. 아침에 가이거는 회진을 끝낸 후에 물었다.

"시내 드라이브할래요?"

원하냐고? 몇 주 동안 병실에만 있었던 내가? 나는 바보처럼 활짝 웃었다. 내가 그런 제안을 받고 마지막으로 웃어본 적은 내가 어렸을 때인데, 집을 나가는 것 자체가 축제 같던 때였다. 하지만 지금도 밖에 나갈 생각을 하면 설렌다. 나는 어렸을 때부터 자주 봐온 차를 타고 가는 것이 아니라, 텔레비전에서만 보던 공기의 저항을 덜 받는 기계를 타고 가게 돼 있었다. 중요한 것은 이제 격리된 생활에 이별을 고하고, 새로운 삶에 빠져드는 것이다.

'빠져든다'는 단어가 가장 적합하다. 부모님은 해변에 있을 때 내가 감기에라도 걸릴까 봐 "물속에 들어가기만 하는 거다"라고 말씀하셨었다. 수영은 하지 말라고 말이다. 사실 당시에 나는 물속에 들어가는 것만으로도 행복했다. 가이거는 내가 아직 몸이 완전히 회복되지 않아서 세균에 감염이라도 될까 봐 나를 차 밖으로는 못 나가게 했다. 그러곤 가끔 차를 멈춰 세웠고, 창문을 내리고 창밖을 보는 것 정도를 허락했다. 내가 차 문에 있는 단추를 누르자 창문은 들릴 듯 말 듯한 작은 소리를 내면서 미끄러져 내려갔다. 그리고 나는 바깥 풍경에 마음을 빼앗겼다.

우리는 예르미타시 미술관 앞에서도, 청동 기마상 앞에서도, 그리고 성 이사크 성당 앞에서도 차를 세우고 창밖을 내다봤다. 내가 살던 시대와 비교했을 때 눈에 띄는 변화는 발견되지 않았다. 아스팔트 대신에 다른 포장재를 쓴 정도의 변화 정도랄까. 전신주도 나무로 만들어진 것이 아니라 뭔가 좀 달라 보이긴 했다. 우리는 바실리옙스키섬에도 갔는데, 거기서도 눈에 띄는 변화는 발견할 수 없었다. 우리는 페트로그라드 지역으로 향했다.

우리는 볼쇼이 대로와 즈베린스카야 거리 모퉁이에서 차를 세웠다(가이거는 끼익하는 소리를 내면서 차를 주차했다). 그리고 우리는 차에서 내렸다. 예전에 '생명'이라는 서점이 있던 곳에는 지금, 서점과는 다른 곳이 들어서 있었다. 뭔가 식료품점 같은 곳이 들어서 있었다. 그리고 볼쇼이 대로의 건너편에 있는 건물은 2층 정도가 더 낮았다. 나는 우리 집 창문에서 그 건물을 자주 봤고, 그 건물에 대해서는 손바닥 안을 들여다보듯이 잘 알고 있어서 지금도 또렷하게 기억한다. 그렇다면 증축했다는 뜻이다.

우리는 바로 그 건물로 향했다. 가이거는 손잡이 옆에 있는 단추들을 세 손가락으로 눌렀고, 문이 열렸다. 우리는 천천히 올라갔다. 계단은 사람들이 뱉은 침으로 얼룩져 있었고 담배꽁초가 널브러져 있었는데, 침은 특별할 것이 없지만 꽁초는 난생처음 보는 것들이었다. 전혀 다른 모양을 띠고 있었다. 한 집 앞에 멈춰 서서 가이거가 열쇠를 넣자, 문이 덜커덕 열렸다.

"여기는 내 친구들이 사는 아파트예요. 여기에서 보면 당신 집이 아주 잘 보이죠."

그는 무슨 연유에서인지 귓속말로 말했다.

집 안으로 들어갔다. 바닥이나 가구, 램프까지 모든 것이 낯설었다. 물건의 용도는 충분히 이해가 가면서도 뭔가 낯설었다. 볼쇼이 대로 쪽으로 나 있는 창문과 아파트 마당 쪽으로 나 있는 창문이 있었다. 가이거는 볼쇼이 대로 쪽으로 나 있는 창문 쪽으로 나를 이끌었다. 밖은 겨울이고, 이중창도 아닌 데다 창문도 굉장히 얇았다. 그런데도 집 안은 따뜻해서 나는 놀랐다.

내가 전에 살던 집 창문을 보면서 나는 아나스타샤와 함께 창문 틈새로 들어오는 바람을 막으려고 했던 일이 떠올랐다. 우리는 칼

끝으로 창문 틈에 솜을 박았고, 그 위에는 문풍지를 붙였다. 풀을 쑤어서 발랐다. 그 일이 있은 후에 나는 풀 쑤는 냄새만 맡아도 기분이 좋아지곤 했다. 가을의 쾌적한 느낌이 떠오르곤 했기 때문이리라. 밖에는 바람이 불고 추운데, 우리가 사는 아파트는 따뜻할 것이다. 아나스타샤가 나한테 풀 바른 문풍지를 넘겨줄 때 그녀의 곱슬곱슬한 머리카락이 볼을 스쳐 지나갔다. 내가 그녀의 손에 키스하면 그녀는 손을 재빨리 뺐다. 손에 풀이 잔뜩 묻었는데, 무슨 짓이냐면서……. 그 말을 하곤 내 손에 묻은 풀을 혀로 핥았다.

가이거는 서류 가방에서 쌍안경을 꺼내서 나한테 주었다. 그러자 나와 그녀가 서 있던 모습이 전부 떠올랐다. 그녀가 풀을 발라서 나한테 건네주면, 내가 붙였다. 나는 창틀에 있는 모든 틈에 문풍지를 바른 후에 열심히 문질러서 우는 곳이 없도록 했다. 종이는 축축하고 미끄러웠고, 우는 곳이 많았다. 문풍지가 소리 없이 찢어질 때면 나는 찢어진 종이를 솜씨 좋게 잘 연결한다. 나는 그 종이를 누를 뿐 평평하게 펴지는 않는다. 선조 세공만큼 정교함이 필요하다. 하지만 아파트는 더 따뜻해지지 않았다. 온기는 여전히 집에서 새어 나갔다.

목요일

나의 이 조심스러운 '존대'와 '아나스타샤'는 지금 생각해보면 뭔가 지나치거나 심지어 우스꽝스러운 구석이 있다. 하지만 이것은 그때 당시에 아나스타샤에겐 다가가면 안 된다는 일종의 확인 같은 것이었다. 어떤 면에서는 금욕주의의 상징이자 자신을 유혹으로부터 더 잘 지켜주는 캐속* 같기도 했다. 어쩌면, 오히려 그 반대로 캐속을 입고 있으면 유혹에 더 잘 넘어갈 수 있을지도 모른다.

우리 관계의 시작은 확신에 기반하고 있었지만, 이것은 조금 특별한 감정이었다. 시선과 특유의 억양, 의도하지 않은 스킨십에 기반한 감정이었고, 그래서 매번 특히 더 강렬한 감정에 사로잡히곤 하는 것이었다. 밤에 침대에 누워서 나는 낮에 우리가 대화했던 일을 떠올리곤 했다. 그녀가 한 말과 내가 한 말을 떠올리는 것이다. 제스처도 함께. 그리고 그 말과 제스처의 의미를 혼자 분석하고 또 분석하는 것이다.

판자에 못을 박은 문 쪽에 내 침대가 있었고, 어둠 속에서도 휘어진 못이 반짝이는 것이 보였다. 나는 손으로 못이 튀어나온 곳을 어루만져보았다. 그리고 문의 반대편에는 그녀의 침대가 있으리라 생각했다. 가끔은 삐그덕거리는 소리가 들릴 듯 말 듯 들릴 때가 있었다. 나는 우리가 가림막을 사이에 두고 같은 침대에서 자는 것 같은 기분이 들었다. 가림막이 사라질 날을 기대하며.

우리는 우리 관계를 철저하게 비밀로 했다고 생각했지만, 사실 같은 집에 살고 있는 세입자들은 모두 우리 관계를 알고 있었다. 한 지붕 아래 살다 보면 숨길 수 없는 것들이 있기 마련이다. 교수 특유의 산만한 성향을 갖고 있던 보로닌 씨조차도 뭔가 눈치를 챈

---

* 성직자들이 입는 어두운색의 옷.

것 같았다. 그는 이제 전과 달리 나를 조금 유심히 관찰했고, 다행히도 이것은 호의적인 관심이었다. 교수는 이따금 힘내라는 의미로 내 등을 툭 치거나 아무런 이유 없이 나에게 미소를 지어 보이곤 했다. 한번은 나와 아나스타샤에게 다가와서 우리 두 사람을 껴안은 적도 있다. 우리 둘을 축복이라도 하려는 듯이 말이다.

그 후로 몇 달간 나는 아나스타샤와 그의 아버지와의 우정을 쌓으면서 시간을 보냈다. 나는 거의 매일 저녁 그들의 방에 가서 셋이서 함께 차를 마셨다. 엄밀히 말하면 그것은 차가 아니라 여름 향기를 간직한 말린 풀과 베리류의 열매였다(당시에는 차를 구하는 것이 불가능했다). 이 풀과 열매는 아나스타샤가 따 온 것이었다. 그리고 아주 가끔 어머니가 내 설득에 못 이겨서 우리 대화에 합류하기도 했다. 하지만 어머니는 그들을 불편해했다. 어머니는 같은 공간에 살 때는 일정 거리를 유지하는 것이 굉장히 중요하다고 생각하는 듯했다. 나도 그러는 편이 맞는다고 생각한다.

아하, 내가 얼마 전에 떠올린 아베리야노프라는 사람도 우리와 함께 있을 때가 있었는데, 그는 렌즈가 두꺼운 안경을 끼고 한쪽 어깨에 고개를 떨군 채 앉아 있었다. 그는 보로닌의 방에 들어와서 안락의자에 몸을 묻었다. 말수가 적은 사람이었다. 미소도 지었지만, 소리 내어 웃는 경우가 더 잦았다. 그는 마치 넘치는 감정을 주체할 수 없다는 듯이 큰 소리로 웃곤 했다. 그는 보로닌과 같은 신학대학교에서 강의를 하는 교수였다. 그가 안락의자에 몸을 파묻은 모습을(그런 그의 모습은 컬러링 북 속에 있는 한 마리 귀뚜라미 같았다) 떠올리자 그에 대한 모든 일이 떠올랐다. 가이거의 표

현대로 중성자들의 연결 고리가 복구된 것이다. 그해 겨울에 보로
닌이 체포되었을 때, 그가 반혁명적 행위에 가담했다는 증거를 제
시한 사람은 다름 아닌 아베리야노프였다. 그를 밀고한 사람은 자
레츠키였지만, 그의 체포에 결정적 역할을 한 사람은 아베리야노
프였다. 적어도 자레츠키는 '반혁명적'이라는 단어를 입 밖에 내지
는 않았으니까 말이다.

토요일

어제 우리는 시베르스카야에 다녀왔다. 나는 기차로 가고 싶었
지만, 가이거가 반대했다. 기차에는 여러 종류의 바이러스가 있고,
내 몸의 면역체계가 약하다는 것이 그 이유였다. 아무래도 그는 걱
정이 지나친 것 같다. 하지만 엄청난 면역체계를 갖췄을 과거의 내
몸으로 판단하자면, 기차 타고 여행하는 정도는 일도 아니었을 텐
데 말이다. 하지만 결정권은 가이거가 가지고 있었다.

우리는 자가용으로 갔다. 이번에도 가이거가 운전대를 잡고 있
고, 내가 조수석에 앉았다. 안전벨트도 맸다. 현대식 오토모빌(가
이거는 '자동차'라고 부르는 편이 낫다고 조언해주었다)은 엄청나
게 속력을 낼 수 있다. 시내를 지날 때는 잘 모르지만, 차가 교외로
나가면 심장이 멎을 정도로 빨리 간다. 우리가 다른 차들을 추월해
갈 때 나는 나도 모르게 두 팔이 의자 팔걸이를 단단히 붙잡고 있
음을 깨달았다. 가이거 역시 눈치챘고, 속도를 줄였다. 러시아 사람

답지 않네요(그는 웃으면서 말한다). 나도 미소를 지어 보인다. 나는 우리가 이대로 속도를 줄이지 않고 계속 가다가는 날카로운 어딘가에 부딪쳐서 내 몸이 면역력을 갖고 있고 없음을 떠나 산산조각 나버릴 것만 같았다. 가이거 역시 예외는 아닐 것이다.

우리를 앞서가는 차들이 먼지 덩어리를 우리에게 끼얹으며 지나가는 통에 윈드실드가 종종 뿌옇게 변했다. 창문은 바람뿐만 아니라 빛도 차단하고 있었다. 솜씨 좋은 가이거는 윈드실드에 물을 뿌리며 와이퍼로 창문을 닦았다. 창문 여는 법을 익힌 내가 창문을 내리려고 단추를 누르려고 하는 즉시 차 안으로 회오리바람이 들이쳐서 나는 바로 창문을 닫았다. 가이거는 '그렇게 하는 편이 좋겠어요'라는 뜻으로 고개를 끄덕였다. '좋은 생각이에요'라고 말이다.

가이거는 차를 철도역 옆에 주차했는데, 내가 모르는 역이었다. 좀 더 정확히는 이제는 상점으로 변한 역사 건물 중 하나인 것 정도를 알아봤다고 하는 것이 맞겠다. 시베르스카야, 네가 이렇게 변했구나…… 우리가 차에서 내렸을 때 가이거는 나에게 거즈 마스크를 써달라고 부탁했다. 나는 어깨를 들썩였지만, 그가 하라는 대로 했다. 사실 나는 그의 말을 따라야 하고, 이제 나는 그의 말대로 하는 것이 몸에 배기도 했다. 거즈 마스크를 쓴 상태로도 나는 시베르스카야 공기가 예전과 많이 다르다는 것을 느낄 수 있었다. 단조로운 5층짜리 주택들이 늘어서 있는 거리를 따라 우리는 댐 쪽으로 향했다.

시베르스카야에서는 겨울이 끝나는 중이었다. 사방에는 여전히 눈이 쌓여 있는데 그럴 때 맡을 수 있는 특유의 봄 내음이 났다. 이

건 냄새라기보다는 푹신푹신한 공기 정도에 가깝다.

"프레데릭스 남작의 별장은 어디에 있죠?"

내가 마스크를 쓰고 있었기 때문에 내 말이 나무라는 투로 들렸을 수 있다.

"이제는 사라지고 없습니다."

"왜 보존하지 않은 거죠?"

가이거는 본인도 알 수 없다는 제스처를 보여줬고, 나는 그에게 이유를 묻는 것이 무의미하다는 것을 깨달았다. 우리는 댐을 향해 내려간다. 다 쓰러져가는 댐 근처에는 쓰레기 봉지가 잔뜩 쌓여 있었다. 우리는 우리 발아래에서 퍼지는 엄청난 거품을 바라보며 감상한다. 겨울에 이곳에 온 것은 이번이 처음이어서 그런지 모르겠지만, 마음이 좀 더 홀가분하다. 시베르스카야의 모습이 과거와 다른 것도 지금이 겨울이기 때문일 수도 있다. 여름이면 예전 모습으로 돌아와 있을 수도 있으니까 말이다. 프레데릭스의 별장을 포함한 모든 것 말이다.

바로 이 길인데, 우리는 댐을 지나서 이 길을 따라 올라가곤 했다. 빨간 절벽들이 있었다. 그때만 하더라도 아버지, 할머니가 살아 계실 때였다. 물론 어머니도 계셨다. 나는 요즘 계속 어머니 생각을 하는데, 어머니는 저기 먼 곳에서 잘 계시는지 알고 싶지만, 가이거한테 물어보고 싶지는 않다. 오래전에 돌아가신 것은 분명한 사실이지만, 이 얘기를 들을 용기가 나지 않았다.

우리는 이정표에 '붉은 거리'라고 적힌 교회 거리를 따라 걷기 시작했다. 만약 데본기의 진흙을 염두에 둔 명칭이라면 충분히 납득이 가는 이름이다. 얼마 안 있어서 나는 우리가 살던 집을 발견했다. 다른 색으로 페인트칠을 하고 지붕도 바꿔서 뭔가 더 낮아진 것 같은 느낌은 들지만, 그 집은 분명 내가 살았던 집이었다. 가이거는 내게서 조금 뒤처져서 걸었다. 나는 쪽문을 잡고 집을 자세히 살펴봤다. 그 집이 확실했다. 나는 가이거 쪽으로 몸을 돌렸고, 그가 고개를 끄덕였다. 창밖에 보이는 불빛도 예전처럼 누런색을 띠고 있었다.

집에서 한 노인이 나와서 쪽문 쪽으로 향했다. 나를 발견하고는 걸음을 늦췄다. 그리고 멈춰 섰다.

"예전에 우리가 여기에서 별장을 임차했었습니다. 굉장히 오래전 일이긴 합니다."

내가 상황을 설명했다.

그러자 그는 고개를 내저으면서 말했다.

"이 집은 아버님이 물려주신 집입니다. 그분도 그분의 할아버지도 이 집을 임대하신 적이 없습니다."

"증조할아버지는 가능하지 않을까요?"

그는 내가 쓰고 있는 마스크를 보더니 조심스럽게 물었다.

"혹시 이곳에 치료 목적으로 오신 건가요?"

"그렇다고 볼 수 있습니다."

그는 고개를 끄덕였다. 그러고는 밖으로 나가서 쪽문 안에 있는 빈틈에 손을 집어넣어서 빗장을 걸어 잠갔다. 그리고 댐이 있는 쪽으로 터벅터벅 걸어갔다.

그가 나가고 나서도 집 안에 불은 여전히 켜져 있는 걸로 봐서 집에 누가 또 있는 것 같았다. 우리 가족이 있을지도 모를 일이다. 내가 그 안에 들어가기만 하면 나는 나의 모든 친지들을 보고, 그들이 시간이 흘러도 여전히 식탁 앞에 앉아 있는 것을 제외한 모든 것이 꿈이고 유령이라는 것을 깨닫고, 내가 혼자 여행을 다니다가 돌아온 그때처럼 행복에 겨워 통곡할 것만 같았다. 하지만 나는 들어가지 않았다.

일요일

　작은 새 한 마리 흥겹게 뛰놀다
　슬픔으로 얼룩진 오솔길 따라
　앞으로 일어날 일일랑
　아랑곳하지 않고

오래된 노래의 후렴구가 갑자기 떠올랐는데 영문을 알 수가 없다. 나에 대한 노래는 아닐까?

월요일

겨울이면 우리는 6시에 일어났지만, 날은 정오나 되어서야 밝아오곤 했다. 아침은 하루 중 내가 가장 두려워하는 시간대였다. 온

몸이 쑤시고, 피곤하고, 추위에 떨더라도 저녁에는 쉴 수 있다는 희망이 있었다. 하지만 아침에 눈을 뜨면 어제와 똑같은 하루가 반복될 것이라는 생각을 하면서 눈을 떴다. 그래서 그런지 나는 아침에 일어나는 것이 무척 힘들었다. 눈을 뜨고 일어나긴 했지만(1분이라도 늦게 일어나면 몽둥이찜질을 당했다), 잠이 깨지지가 않았다. 작업장으로 이동하는 동안 대열 속에서 잠을 잤고, 걸으면서도 잠을 잘 수 있었다. 시간이 부족해서 세수는 하지 않았고, 가끔은 일터에서 눈이나 축축한 이끼로 얼굴을 문지르곤 했다. 우리에게 주어진 자유 시간은 자기 몫의 빵 한 조각을 먹고 물로 목을 축일 수 있는 시간 정도뿐이었다. 중대에 뜨거운 물을 가져오긴 했지만, 물을 한 명 한 명에게 나눠주다 보면 어느새 찬물에 가까울 정도로 식어버리기 일쑤였다. 사실 그 물에 탈 차도 없었기 때문에 우리는 뜨거운 물에 연연하지 않았다. 차를 마신다 해도 같이 먹을 디저트도 없었다. 그때 나는 배 터지게 먹고 실컷 자보는 게 소원이었다.

화요일

보로닌을 체포하러 온 때는 저녁 무렵이었다. 권력을 대변하는 사람들이 의례히 그렇듯이 그들은 인상을 잔뜩 쓰고 뭔가를 골똘히 생각하는 듯한 표정을 하고 있었다. 공무를 수행하러 온 자들 특유의 무언가 말이다. 그들은 그의 방을 천천히 수색했다. 손가락으로 책장을 넘기는 데 서툰 그들이 책 한 권 한 권을 살펴봤다. 그리고 책장을 넘기는 데 지친 그들은 책 표지를 두 손으로 들고 힘차게 흔들었다. 책 속에 있던 책갈피, 엽서 등이 떨어졌고, 한번은 혁명 전에 통용되던 10루블짜리 지폐가 팔랑팔랑 돌면서 바닥으로 떨어지기도 했다. 그들은 침대 커버도 열심히 살펴봤다. 나는 복도에 서서 그들의 손가락이 아나스타샤가 자던 침대보를 만지작거리는 모습을 봤다.

아나스타샤. 국가정치총국의 직원들이 신분증을 제시했을 때 그녀는 안락의자에 주저앉았다. 교수는 그들에게 뭔가를 확인했고, 아나스타샤는 미동도 않고 말없이 앉아 있었다. 나는 그녀가 그렇게 창백한 모습을 본 적이 없었다. 보로닌 역시 그녀가 염려되기는 마찬가지였다. 그는 그녀가 앉은 안락의자 앞에 쪼그리고 앉아서 그녀의 턱을 만지고는 다 잘될 거라고 말했다. 그들은 교수를 방의 다른 쪽 끝으로 데리고 갔다. 국가정치총국에서 온 직원 중 한 명이 아나스타샤에게 물을 갖다주었고, 그의 이러한 행동이 뭔가 인간적으로 느껴졌다.

이 모든 일이 자신의 밀고로 인한 것이라는 것을 자레츠키는 숨기지 않았다. 수색을 하던 중에 중요한 단서를 빼먹을까 봐 우려한 그는 심지어 경찰들을 보로닌의 찬장이 있는 부엌으로 데리고 갔다. 거기에서 그들은 채반, 채칼과 빈 병을 몇 개 찾아냈다.

그들이 찾는 것이 무엇인지는 아무도 몰랐으며, 경찰들 스스로도 몰랐을 가능성이 높았다.

"내 딸을 잘 부탁해요."

보로닌은 복도에서 내게 귓속말했다.

우리는 포옹했다. 그런 후에 그는 딸과 포옹했다. 아나스타샤에게 물을 갖다줬던 경찰이 보로닌의 목에 달라붙어 있던 그녀의 깍지를 풀었다. 물을 갖다준 행동이나 지금 한 행동 모두 그가 늘 하는 행동 중 하나인 것 같았다. 아나스타샤는 아버지가 보는 앞에서는 울지 않았다. 그녀는 그가 떠나고 나서야 울기 시작했다. 그녀는 통곡하면서 말했고, 단어 하나하나는 마치 속에 있는 것을 게워 내는 것같이 나왔다. 그녀는 그가 모든 일이 해결되는 낮이나 밤이 아니라 불안정한 저녁 시간에 떠난 일로 인해 겁을 냈다.

나는 자레츠키의 방에 다가가서 손잡이를 잡아당겼다. 문은 안에서 고리를 걸어 잠근 것 같았다. 나는 두 손으로 손잡이를 잡아당겼고, 그러자 고리가 풀어졌다. 자레츠키는 깍지 낀 양손을 책상 위에 올려놓은 채 의자에 앉아 있었다. 책상은 콜바사 하나 없이 깨끗했다.

"내가 당신 죽여버릴 거야, 미친놈!"

나는 목소리를 낮춰서 말했다.

"프롤레타리아를 죽이면 재판에 회부될 텐데."

자레츠키 역시 작은 목소리로 대답했다.

그의 말에는 도발보다는 슬픔에 가까운 감정이 서려 있었다. 그는 부동자세로 앉아 있었고, 광대뼈만 경련을 일으키듯 움직일 뿐이었다. 양서류 같았다. 슬픔에 잠긴 파충류 같기도 했다. 나는 그에게 바짝 다가섰다.

"쥐도 새도 모르게 당신을 죽여주지."

나는 그날 밤새도록 보로닌 씨네 방에 있었다. 아나스타샤는 안락의자에, 나는 그녀 옆에 바닥에 앉아 있었다. 새벽녘에 그녀는 잠이 들었고, 나는 그녀를 들어서 침대에 옮겨놨는데, 그녀가 눈을 뜨고는 말했다.

"그를 죽이지 마세요. 내 말 들려요, 죽이지 마세요."

잠꼬대 같았다.

나는 뭐라고 대답해야 할지 몰라서 잠자코 있었다. "알았어요, 안 그럴게요"라고 답을 할까? 아니면 "안 그러도록 노력할게요"라고 말해? 나는 그녀의 아버지가 체포되고 나면 우리 삶이 어떻게 변할지 생각했다. 아나스타샤를 쳐다봤는데, 그녀는 다시 잠이 들었다.

지금 나도 졸음이 쏟아진다. 손가락에서 볼펜이 빠져서 그 바람에 한 번 잠에서 깼다. 아무래도 내일 계속해서 써야겠다.

수요일

어제에 이어서 나는 계속해서 글을 쓴다. 교수님이 체포된 이후에도 삶은 마치 아무 일도 일어나지 않은 것처럼 계속되고 있었다. 나도, 어머니도, 아나스타샤도, 자레츠키와 부엌, 복도, 화장실 옆 등에서 수시로 마주쳤다. 게다가 놀랍게도 우리는 그와 인사도 했다. 제일 먼저 인사를 한 쪽은 어머니였고(어머니는 자레츠키가 밀고를 계속할까 봐 겁이 났고, 이렇게 함으로써 그가 이젠 침묵해주길 바라는 듯했다), 그런 다음엔 내가, 그리고 아나스타샤 순으로 인사를 했다. 어머니는 말을 하면서 인사를 했고, 우리는 고개인사를 했다. 그가 밀고할까 봐 겁이 났다기보다는 한 지붕 아래에 살면서 누군가를 투명 인간 취급하는 것이 힘들었기 때문이었다. 그가 설사 미움을 살 짓을 했다 하더라도, 그를 끊임없이 미워하며 사는 것도 힘들었을 것이다.

이따금 나와 아나스타샤는 나란히 누웠지만, 전과 달리 우리는 서로의 섬세한 감정을 나누지 않았다. 우리는 그녀의 아버지가 구금된 상황에서는 우리의 감정을 나눠서는 안 되며, 혹시라도 우리가 감정을 나눈 후 만에 하나라도 그에게 무슨 일이 생긴다면 그 책임은 우리에게 있다고 생각했다. 말로 설명하기는 힘들지만, 우리는 무슨 연유에서인지 그의 석방을 우리의 순결과 연관 지었다. 겨울이 끝날 무렵 아나스타샤의 나이가 열여섯 살이 되었을 때도 우리의 관계에는 아무런 변화가 없었다. 우리가 원하면 결혼식을 올릴 수도 있었지만, 당시에도 우리는 그럴 수 있는 상황이 아니었다.

한번은 자레츠키가 술에 취한 상태로 복도를 지나가면서 나한테 말했다.

"나도 내가 그때 왜 교수를 밀고했는지 모르겠어. 무슨 이유에서인지 그곳에 갔고, 밀고를 한 것 같아."

그는 화장실 쪽으로 몇 걸음을 가다가 뒤돌아서 덧붙였다.

"하지만 너희 가족은 밀고 안 할 테니 염려 마."

나중에 나는 그가 정말로 밀고를 한 이유가 무엇인지 여러 번 생각했다. 서운해서? 하지만 자레츠키를 의도적으로 서운하게 한 사람은 아무도 없었고, 우리는 단지 그가 오고 가는 것을 신경 쓰지 않았을 뿐이다. 음…… 어쩌면 그 점을 그가 가장 견디기 힘들어했는지도 모른다.

우리는 교수님과의 면회를 기대하면서 고로호바야 거리에 이따금 가곤 했지만, 단 한 번도 면회를 시켜주지 않았다. 물건조차 반입시켜주지 않았다. 아나스타샤가 그곳에서 일하는 직원들에게 미소도 지어보고, 낭랑한 목소리로 부탁도 해보고, 아첨도 떨어봤지만 전혀 도움이 되지 않았다. 그들의 얼굴은 철벽처럼 흔들림이 없었다. 나는 그들을 보면서 그들의 머리카락을 잡고 벽에다 찧어대는 모습을 상상해보았다. 있는 힘껏 내리치고, 신나게 그들의 머리를 벽에 내리치면, 그들의 더러운 피는 정부에서 지급하는 의자, 바닥, 천장에 튀길 것이다. 나는 그곳에 갈 때면 늘 이런 상상을 하곤 했다. 나는 그들도 충분히 눈치챘으리라 생각한다. 우리가 그곳에 마지막으로 간 때는 3월 26일이며, 이들은 우리에게 보로닌 교수님이 총살됐다고 말해주었다.

금요일

오늘은 발렌티나 간호사 대신 안젤라라는 간호사가 왔다. 젊긴 하지만, 발렌티나처럼 매력적이지는 않다. 외모만 보더라도 상당히 천박해 보였다. 가이거는 그녀가 몸이 안 좋아서 못 온 거라고 말했지만, 뭔가 내게 숨기는 것 같다는 인상을 지울 수가 없다. 이유는 알 수 없다.

156

나는 하루 종일 컴퓨터로 워드를 치려고 애썼다. 나는 내가 마치 인쇄술을 창시한 사람이라도 되는 것 같은 기분이 들었다.

토요일

며칠 전에 가이거는 먼 미래에 해동시키기 위해 죽은 자들을 냉동시키는 것에 대해 한 미국인이 쓴 책을 내게 갖다주었다. 그는 이 비슷한 것을 전에도 나한테 얘기한 적이 있다. 특히 병원 같은 데서 읽으면 흥미로운 책이다. 저자는 냉동인간의 선구자들이 맞닥뜨리게 될 몇 가지 문제들을 열거하는데, 그 문제라는 것이 단순하지 않다. 죽은 자가 냉동된 이후에 과부와 홀아비는 결혼을 해도 될까? 만약 냉동된 인간을 해동시켜서 다시 살아난 경우, 냉동되기 전에 자신의 배우자였던 사람의 배우자를 만나게 되면 어떻게 해야 할까? 친척이나 옆집 사람(이건 내 생각이다)을 냉동시킬 법적 근거가 있을까? 공식적으로 사망 선고를 받아서 냉동된 사람이 법적인 권리와 의무를 갖게 될까? 그는 과연 해동된 이후에 투표를 할 수 있을까? 마지막 질문이 가장 신선한 것 같다.

게다가 미국인의 생각에 따르면 어려운 것은 선거권 자체보다는 냉동과 해동에 있었다. 냉동을 할 때, 세포 내에서 수분이 빠져나와 크리스털처럼 얼어버린다. 물이 얼어서 팽창하면 세포를 손상시킬 수 있다. 게다가 얼음으로 변하지 않은 것은 고약한 염류 용액으로 변해 세포를 죽일 수 있다. 물론 전혀 방법이 없는 것은 아니어서, 빠른 속도로 냉동을 시키게 되면 세포액이 얼어서 생기는 크리스털의 크기와 염류 용액의 밀도가 줄어들 수는 있다.

냉동할 때 세포 손상을 막기 위해 글리세린을 사용하는데, 글리세린이 염류 용액을 중화시키기 때문이다. 이렇게 되면 해동할 때 가장 중요한 과제가 인체에서 글리세린을 없애는 것이다. 글리세린이 피가 하는 역할을 대신할 수는 없기 때문에 이 문제 해결이 선행돼야 한다. 물론 이것 외에 내가 궁금한 것들이 있는데, 이를테면 가이거는 왜 이런 책들을 나에게 가져다주며, 나는 왜 이것들을 읽는가였다.

"그러니까 선생님 말씀은 냉동을 잘 시키는 것도 중요하지만, 해동을 잘 시키는 것이 더 중요하단 말씀이신가요?"

나는 그에게 묻는다.

"그런 셈이죠."

"만약 제가 제대로 이해하는 거라면, 과학이 눈부시게 발전했지만, 지금까지 해동을 해서 다시 살려낸 사람이 단 한 명도 없다는 말씀이시죠?"

"사례가 있습니다."

그는 대답한다.

"설마 노랑개코원숭이인가요?"

가이거는 딱하다는 듯 내 얼굴을 보더니 다소 조심스럽게 말한다.

"선생님 말입니다."

목요일

　나는 요 며칠 동안 그가 한 말을 곰곰이 생각했다. 처음에는 아무렇지도 않게 받아들이는 듯싶었지만, 얼마 후에 이것은 마치 제2의 물결처럼 머릿속에 박혔다. 만약 나를 해동하는 데 성공했다면, 그전에 나를 냉동했었다는 뜻이다. 반박할 수 없는 명백한 사실인 것이다.

　생각에 집중할 수가 없었다. 원점으로 돌아가고 싶지만, 생각이 말을 듣지 않았다. 나는 네바강 안에 박혀서 얼어버린 통나무들이 떠올랐다. 봄이 되면 빈 병, 나무로 만든 그릇, 개의 사체와 비둘기들을 얼음물 속에서 건져내는 것이 여간 고역스럽지 않았다. 나는 꽁꽁 얼어붙은 비둘기 같은 모습이었을까? 아니면 잠자는 공주처럼 보였을까? 얼음 밖으로 핏기 없는 내 얼굴이 튀어나와 있었을까? 눈은 감고 있었을까? 아니면 얼음은 전혀 없었을까? 전에 내가 읽은 바로는 액체질소로 냉동하기 때문에 얼음은 없었을 가능성이 높다.

　언젠가 섬에 있을 때 냉동되길 바랐던 적이 있다. 나무 아래에 앉아서 잠이 들었으면 했었다. 당시에 나는 레르몬토프*를 떠올렸고, 모든 것을 잊고 잠이 들었으면 했는데, 나는 이런 상태가 어떤 상태인지 굉장히 잘 알고 있었다. 더 이상 춥지도 않고, 아무것

---

* 미하일 레르몬토프(1814-1841). 러시아의 시인이자 소설가로, 결투 중 27세의 젊은 나이에 사망했다.

도 하고 싶지도 않고, 사는 것조차 귀찮은 상태 말이다. 좀 더 정확히는 삶에 대해 생각하지도 않고, 그렇다고 죽음에 대해 생각하는 것도 아니어서 무서울 게 없는 것이다. 어떻게든 될 거라고, 무언가 일어나긴 하겠지만, 죽지는 않는 상태를 겪을지도 모른다고 기대하는 것이다. 하지만 그런 일은 일어나지 않았다. 봄이 되면 소나무 아래에서 자고 있는 이들을 발견했는데, 다소 충격적이었다. 게다가 나는 그들에 대해 전에 묘사한 적이 있는데, 그들은 겨울을 힘들게 났다. 나도 그들 중에 있었을까? 냉동을 잘 시키려면 글리세린이 필요하기 때문에 아마도 그럴 가능성은 낮아 보인다. 나는 거울 속에 있는 내 모습을 보고 솔직히 보존 상태가 나쁘지 않다고 생각한다.

가이거는 내 병실에 몇 번 와서 한 번씩 어깨를 툭툭 치고 갔다. 어깨를 치고는 아무 말 없이 나가는 것이다. 하긴, 무슨 말이 더 필요한가?

"그런데, 선생님은 저를 어떻게 해동시키신 거죠? 더 궁금한 건 제 몸에서 어떻게 글리세린을 제거하신 거죠?"

"전문가 다 됐네요……."

가이거의 표정에 존경심이 언뜻 비친다.

"글리세린 같은 건 없었어요."

"없었다니 그게 무슨 말씀이죠?"

나는 이해할 수 없다는 투로 묻는다.

"그냥 없었어요, 그게 다예요. 그러니까 신기한 거죠."

금요일

3월 말이다. 자레츠키는 3월 말에 죽었다. 그는 두개골에 손상을 입은 채로 그가 일하던 콜바사 공장 근처에 있는 즈다놉카강 가에서 발견되었다. 범죄수사부에서 트레시니코프라는 수사관이 우리 집에 왔는데, 나이는 마흔이고, 건장한 체구에 바다코끼리 같은 콧수염을 기른 사내였다. 트레시니코프는 누가 자레츠키의 죽음과 연관이 있는지 밝혀내려 했다. 그는 그에게 원한을 품고 있는 사람이나 그가 죽고 나서 그의 방을 차지할 친척이 있었는지 물었다. 그에게 원한을 품고 있는 사람이나 친척의 존재에 대해(수사부 사람들은 수사에 적합한 어휘도 잘도 찾아낸다) 우리는 아는 바가 없었다. 그는 전날 저녁에 우리 모두가 어디에 있었는지 물었는데, 그날 저녁에 우리는 모두 집에 있었다.

트레시니코프는 자레츠키의 바지 지퍼가 내려가 있었고, 허리에는 밧줄이 매달려 있었다고 설명해주었다. 그리고 이 밧줄의 끝은 타이츠 안에 들어가 있었다고 했다.

"혹시 이 밧줄의 용도에 대해 아시는 게 있나요?"

그는 물었다.

우리는 그가 이 밧줄로 콜바사를 묶었다는 것을 알고 있었지만, 우리 모두 무슨 이유에서인지 그 말을 하지 않았다.

"모르겠어요."

트레시니코프는 자레츠키가 변태성욕자여서 누군가를 성폭행하려 했을지도 모른다고 생각했다. 상대가 저항하는 바람에 그가 그렇게 된 것이라는 추측이었다. 하지만 우리는 그를 지켜본 바로는 그의 방에 여자들이 들어가는 것 자체를 본 적이 없다고 그럴 가능성을 부정했다. 그러자 트레시니코프는 그 점이 더 의문스러운 것 같았다.

"여자들을 안 만났다면 나쁜 징조군요."

그는 한숨을 쉬면서 말했다.

그 후에 나는 우리 아파트에 사는 세입자들을 대표해서 시신을 확인하기 위해 영안실에 갔다. 나는 그를 단번에 알아봤다. 대리석 선반 위에는 정말로 자레츠키가 누워 있었는데, 나체 상태인 그는 체구가 작았고, 얼굴에는 군데군데 사후반점이 퍼져 있었다. 그가 여자 성기라고 한 것은 생각 외로 굉장히 작았다. 한 번 보는 것만으로도 그가 누군가를 성폭행했다는 생각 따위는 떨쳐버리기에 충분했다.

자레츠키의 머리에는 상처가 전혀 없었고, 그의 두개골에는 뒤에서 누가 내려친 흔적이 보였다. 현장에서 살해 도구가 발견되지 않았기 때문에 트레시니코프는 누군가가 뒤에서 자레츠키를 밀었는데, 마침 강가에는 끝이 뾰족한 바위가 많이 있었고, 그가 앞으로 쓰러지면서 머리를 바위에 부딪쳤다고 추측했다. 트레시니코프는 누군가가 그의 뒤에서 그의 머리를 내려쳤을 가능성도 열어두고 있었다. 이 경우엔 자레츠키가 누군가를 덮쳤을 가능성이 낮았고, 오히려 그가 누군가의 공격을 받았다는 뜻이 된다. 그의 바지 지퍼가 내려가 있지만 않았어도 트레시니코프의 추측에 무게가 더 실렸을 것이다.

나는 물론 수사관에게 고인이 공장에서 콜바사를 타이츠에 넣어서 빼내 왔다고 말할 수도 있었다. 술에 취한 상태에서 그가 직접 이것을 설명해주곤 했는데, 공장 입구에서 나와서 강 쪽으로 나 있는 가파른 언덕을 따라 내려가면 그곳에는 사람이 없다고 했다. 그러면 그는 그제야 바지의 지퍼를 내리고, 밧줄에 붙어 있는 콜바사를 풀어서 그다음부터는 콜바사를 양손에 들고 갔다는 것이다. 콜바사를 바지에 넣은 채로 걷는 것은 불편했을 것이므로 충분히 납득이 가는 상황이었다. 만약 내가 이 말을 트레시니코프에게 했다면 그는 인적이 드문 곳에는 콜바사를 좋아하는 또 다른 사람이 있었다는 식의 단순한 결론을 내며 수사를 종결시켰을 것이다. 식료품이 풍족하지 않던 시기에 콜바사 공장 직원이 콜바사를 좋아하는 누군가에 의해 살해된 것이라는 식의 결론이다. 실제로 허리에 연결된 밧줄 끝에는 콜바사가 없었고, 이것은 누군가가 콜바사를 훔쳐 갔다는 의미였다.

하지만 나는 트레시니코프에게 이 말을 하지 않고, 자기 멋대로 자레츠키에 대한 사건을 추측하도록 내버려두기로 했다. 나는 과연 이런 식으로 그에게 복수를 한 것일까? 잘 모르겠다. 그를 불쌍하다고 생각하지는 않았던 것 같다. 트레시니코프는 나가면서 무슨 연유에서인지 자레츠키가 국가정치총국에 연락을 했었는지를 물었다. 나는 육감적으로 거짓말을 하지 않는 것이 좋다는 생각을 했고, 그가 그곳에 연락한 적 있다고 말했다. 이것이 의미하는 바는 무엇이었을까? 우리에게도 그를 죽일 동기가 있고, 그도 이것에 대해 알고 있었다는 것일까? 수사는 곧 종결되었다.

자레츠키는 주머니에 보드카를 꽂은 채 우리와 마주친 적 있는 스몰렌스키 묘지에, 자기 어머니 옆에 묻혔다. 장례식 비용은 콜바사 공장 측에서 댔다. 장례식은 상당히 간소했고, 사람도 없이 치러졌다. 어쩌면 공장 측에서 콜바사 생산에 차질을 우려해서 아무도 가지 못하게 했거나 직원들 중에 자레츠키의 장례식에 참석할 정도로 그와 친분이 있는 사람이 없었을 수도 있다. 사실 후자일 가능성이 높았다. 나와 아나스타샤 역시 장례식에 가지 않았다. 우리는 물론 그럴 만한 이유가 있었다.

토요일

'미술 스케치는 자신이 알고 이해하는 형태에 기초하며, 아무런 의미 없이 베껴서도 안 되며 사물을 보고 느낀 점에 의존해서도 안 된다.' 갑자기 이런 문장이 떠올랐다. '그림의 둘레에 공백이 생겨서, 형태가 그림 속에서 헤엄치지 않도록 형태를 판형에 맞게 그려 넣어야 한다'는 문장도 있다.

이런 문장은 화가들만 떠올리는 걸까? 아니면 누구나 떠올릴 수 있는 문장일까? 가이거 같은 사람 말이다.

월요일

오늘은 가이거가 일곱 살쯤 돼 보이는 사내아이와 같이 나타났다. 더 정확히는 가이거가 발렌티나의 서류를 가지러 들어온 것이었는데(그 서류들은 창가에 놓여 있었다), 소년은 문틈으로 병실 안을 들여다보고 있었고, 나도 그를 발견했다. 내가 가이거한테 발렌티나에게 무슨 일이 있냐고 물었을 때 문이 완전히 열렸다.

"임신 초기 입덧이래요. 그래서 저와 아빠가 엄마 짐을 좀 가지러 왔어요."

사내아이가 말했다.

소년 뒤에 머리를 짧게 깎은 가무잡잡한 남자가 가방을 양손으로 들고 있었는데, 발렌티나의 남편인 것 같아 보였다. 키는 발렌티나보다 작았다. 그는 사내아이를 문에서 떨어지게 한 후에 문을 세게 닫았다. 가이거는 두 팔을 벌린 채로 어깨를 들썩였다.

"발렌티나는 또다시 임신했는데, 저는 그녀의 임신과 아무 관련이 없습니다."

하지만 발렌티나의 남편이 문을 세게 닫은 걸로 봐서 남편의 생각은 좀 다른 것 같았다.

"저도 관여하지 않은 건 마찬가지입니다."

나는 농담조로 말했다.

"그래서 실망하신 건가요?"

가이거는 정색을 하고 물었다.

나는 대꾸하지 않았다. 나는 가이거가 그녀의 임신과 상관이 없다는 사실로 인해 기분이 좋아졌다.

삶을 묘사하는 사람으로서 나는 그의 말을 믿기로 했다.

화요일

가이거는 머지않아 내가 세상 밖으로 나갈 수 있을 것 같다고 말했다. 나는 이 말의 의미를 잘 알고 있었지만, 그래도 그 말의 뜻을 물었다. 나는 텔레비전을 시청하고 신문을 읽고 있다. 가이거는 늘 그렇듯 등받이를 앞으로 향하게 한 후에 말 타는 자세로 의자에 앉아서 내가 곧 '언론의 공간'에 들어가게 될 것이라고 설명해주었다. 요즘 표현대로 '뉴스 메이커'로서 세상 앞에 선다는 의미였다 (이런 단어도 있다). 언젠가는 일어날 일이기도 했다.

"실험을 하려면 돈이 필요하고, 대중의 관심을 받으면 돈도 따르는 법이죠."

가이거가 말했다.

나는 말없이 그가 말한 멋진 문장을 곰곰이 생각했다. 이 말을 한 장본인 역시 말이 없었다. 창밖에는 해가 비추고, 창틀에는 물이 뚝뚝 떨어지고 있었다. 가이거는 눈이 녹는 모습을 관심 있게 보고 있었지만, 그는 눈이 녹는 데에 관여하지는 않는다. 이것은 내가 해동될 때의 상황과 크게 다르지 않았다. 며칠 전에 가이거는 지금까지도 어떤 용액을 내 혈관에 투여했는지 모른다고 시인했다. 냉동 상태의 세포를 보존하는 데에 관여한다고 볼 수 없는 생리식염수가 혈관을 채우고 있었을 뿐이라고 했다. 물론 특정 화학 반응을 일으키는 물질이 더 투입되었고, 내가 냉동인간 상태로 있는 동안 사라져버렸을 것이라는 데에는 의심의 여지가 없다. 만약 그렇지 않다면 내가 이렇게 쉽게 해동되지는 않았을 것이다.

가이거는 나를 해동할 때 내 혈관 속에 생리식염수가 들어 있는 것을 발견하고, 생리식염수 대신 내 혈액형에 맞는 피를 주입했다. 가이거는 이 일이 그렇게 어려운 일이 아니었다고 했다. 나를 냉동 시켰을 때 내 몸에 주입했던 용액 성분은 천재적 발견의 결과물이 었지만, 이 발견의 성분은 여러 가지 이유로 인해 남아 있지 않았 다. 어떤 이유로 남아 있지 않는지에 대해 나는 관심이 없었고, 따 라서 자세히 묻지 않았다. 우리 나라의 특성을 알면, 뭔가 보존된 것이 있다는 사실만으로도 감사하게 되기 때문이다.

나와 가이거는 내가 죽지 않고 보존되었다는 사실을 위안 삼았 다. 이것이 엄청난 성과라는 데에 있어서는 우리 두 사람 모두 이 견이 없었다.

수요일

갑자기 생각만 해도 낯 뜨거운 일이 떠올랐다. 동시에 웃음이 터 져 나오는 일화이기도 하다. '나와 세바가 한 창녀한테 갔다 온 일' 이 이를테면 이야기의 제목인 셈이다. 갔다 왔다는 표현을 쓴 이유 는 정말 갔다 오기만 했기 때문이며, 당시 우리 둘이서 창녀 한 명 을 만났기 때문에 '한 창녀'라고 표현한 것이다.

창녀한테 다녀오자고 먼저 제안한 쪽은 세바였다. 사실 이것은 그의 제안을 넘어서 그의 오랜 바람에 기인한 것이었다. 그는 우리 가 돈을 모으면 이를테면 매춘소 같은 곳에 갈 수 있다고 여러 번 말한 적 있다. 그는 이 말을 할 때 종종 '이를테면'이라는 표현을 썼고, 그런 그의 모습을 보면 웃음이 절로 나왔다. '이를테면 서커스에 갈 수도 있고, 극장에 갈 수도 있다'라고 표현하는 것은 자연스럽지만, '이를테면 창녀들한테 갈 수 있다'라고 한 것은 뭔가 부자연스럽고 억지스러운 면이 있었다. 세바는 이렇게 표현하면 그의 노골적 의도를 조금은 숨길 수 있다고 생각하는 것 같았다. 그의 제안이 특별할 것 없는 제안 중 하나로 보이게끔 하려는 것 같았다. 하지만 그가 자주 이 제안을 언급한 것으로 보아 그는 정말로 그러고 싶어 하는 것처럼 보였다.

우리 용돈을 모아서 그곳에 가려면 꽤 오랜 시간이 걸릴 것 같았지만, 세바는 사실 알고 보면 큰돈이 필요하지는 않다고 말했다. 그의 계산대로라면 얘기만 잘하면 두 명을 구하는 것보다 둘이서 한 명이랑 하는 편이 훨씬 더 저렴할 수도 있었다. 우리가 어리기 때문에 아가씨는 침대에서 우리와 그것을 하는 것을 힘들어하지 않을 것이라고 생각할 테고(세바는 이때 넓적다리를 흔들면서 민망한 자세를 취했다), 우리는 우리대로 욕구를 마음껏 해소하면 된다는 식이었다.

한 학년을 끝낸 후에 우리는 거사를 하러 갔다. 우리는 볼쇼이 대로에서 축하 파티를 했고, 우리 모두는 부모님으로부터 학년이 끝난 기념으로 용돈을 받았다.

"오늘 창녀한테 가는 거야. 준비하고 있어."

세바가 귓속말로 말했다.

나는 아무 말도 하지 않았다. 그가 말한 '준비'가 뭘 의미하는지 물어보지도 않았다.

"볼샤야 푸시카르스카야 거리에 가면 걔네들을 만날 수 있대."

나는 잠시 망설인 후에 고개를 끄덕였다. 그는 틈만 나면 내게 이 얘기를 했고, 지금 세바를 혼자 보낸다면 배신자로 낙인찍힐 것이 뻔했다. 그리고 솔직히 나도 약간의 호기심이 있었다.

그래서 우리는 함께 가기로 했다. 가는 길에 세바는 나에게 여자랑 무엇을 어떻게 해야 하는지 이야기해주었다.

"우리 둘 중 하나는 오늘 잘 안 될 수도 있어. 너무 긴장하면 그럴 때가 있거든."

세바는 마침 생각난 듯 내게 말했다.

의심스러운 눈초리로 나를 쳐다보는 것으로 보아 나는 오늘 누가 제대로 못 할지 추측할 수 있었다. 세바가 나를 그런 식으로 쳐다보는 경우는 드물었기 때문이다.

아가씨들은 세바가 말한 장소에 정말로 있었고, 그에 대한 신뢰가 조금 상승했다. 세바가 그중 한 명에게 접근했을 때(내가 생각했을 때는 덩치가 가장 큰 여자인 것 같았다), 나는 멀찍이 떨어져 있었다. 그는 나를 멍하니 쳐다보기만 할 뿐 다른 제스처는 취하지 않았다. 세바는 자기가 선택한 여자한테 다가가서 그녀와 세부적인 합의를 봤다. 대화 도중 가끔 그는 나를 가리켰고, 그러면 여자는 어깨를 들썩였다. 그녀는 내 쪽으로는 쳐다보지도 않았는데, 정황상 중요한 건 내가 아니라 돈인 것 같았다. 세바는 결국 그녀와 합의를 봤고, 그녀는 우리 두 사람에게 자기 뒤를 따라오라고 말했다.

"두 시간으로 합의를 봤어. 한 명에 한 시간씩이야."

세바는 걸으면서 내게 귓속말로 말했다.

세바가 욕정을 채우려고 잔뜩 벼르고 있는 아가씨의 이름은 카 챠였다. 그녀는 물론 직업으로 보나 나이로 보나 아가씨와는 거리 가 있어 보였다. 카챠 옆에서 나란히 걸으면서 나는 그녀를 힐끔힐 끔 쳐다봤는데, 나이는 삼십대로 보였다. 집이 근처에 있었는지 머 지않아 우리는 그녀의 집에 도착했다. 카챠는 목조주택이 있는 마 당 쪽으로 발걸음을 옮겨서는 2층으로 올라갔다.

카챠의 집에는 빨간 커튼도 덮개가 씌워진 커다란 침대도 없었 고, 내가 상상하던 곳과는 완전 딴판이었다. 그곳은 고객을 내보내 고 나서 본인이 생활을 하는 가정집이었고, 집은 가난에 찌들어 있 었다. 카챠 자신도 창녀처럼 보이지는 않았다. 우리 앞에는 식탁에 팔꿈치를 괴고 있는 시들어가는 지친 여자가 서 있었다.

그녀와 함께 먼저 방에 들어간 사람은 물론 세바였다. 나는 부엌 에 남아서 신음 소리가 들리기 시작하면 바로 귀를 틀어막을 준비 를 하고 있었다. 하지만 신음 소리는 들리지 않았다. 30분 후에 세 바는 두 손을 바지 주머니에 꽂은 채로 방에서 나왔다. 얼굴이 가 재처럼 빨갰고(너무 열심히 해서 땀을 많이 흘린 건가?) 옷도 이미 입고 있었다. 그의 뒤 문지방에 카챠가 모습을 드러냈는데, 역시 옷매무새가 거의 흐트러지지 않은 상태였다. 그녀의 피로감은(못 된 놈, 실컷 하겠다더니 결국 진을 다 뺐군!) 들어가기 전보다 더 커져 있었다. 그녀는 내게 안으로 들어오라는 손짓을 했다. 그녀는 그다지 깨끗하지 않은 나의 밝은 갈색 머리카락을 쓰다듬었다.

"거봐. 내가 오늘 우리 둘 중 누군가는 못 할 거라고 했잖아."

세바가 갑자기 말했다.

그의 톤에는 여전히 자신감이 묻어 있었고, 나는 그가 나를 염두에 두고 하는 말이라는 의심을 떨쳐버릴 수 없었다.

"그래서 누군데?"

나는 정말 궁금하다는 투로 물었다.

"나……."

세바는 억지 미소를 지어 보였다. 눈빛은 한없이 슬프지만, 얼굴엔 미소를 짓고 있었기 때문에 내 배 속에서부터 웃음이 얼굴 쪽으로 올라오기 시작했다. 한계점에 다다르자 웃음은 경련을 일으키듯 터져 나왔고, 한번 터져 나온 웃음은 멈춰지지가 않았다. 카챠도 갑자기 웃기 시작했다. 그녀는 무례하고 악의적으로 육중한 몸을 흔들어가면서 웃었고, 피로는 온데간데없이 사라진 것 같았다. 세바 역시 마지못해 웃었고, 웃으면서 이따금 소리를 질렀다.

나는 물론 카챠와 같이 방에 들어가지 않았다. 우리는 그녀에게 한 사람분의 돈만 지불했다. 그녀는 돈을 받으면서도 웃음을 멈추지 않았다. 밖으로 나와서 우리는 한참 동안 그녀의 방 창문을 쳐다봤다. 6월의 어느 화창한 날이었다. 산들바람이 햇볕에 달궈진 나무 냄새와 자갈 깔린 길 위에 여기저기 흩어져 있는 말똥 냄새를 퍼뜨리고 있었다. 카챠의 창문에 있는 커튼이 움직이더니 커튼 뒤에 카챠가 서서(나는 그녀를 봤다) 우리 쪽을 보고 있었다. 그녀의 얼굴은 기억나지 않지만, 체취와 창문에 있는 커튼이 흔들리던 모습은 뇌리에 남았다. 햇빛을 받은 자갈길과 목조주택들은 불투명하게 반짝이고 있었다. 나는 카챠 집 근처에 있는 이 건물들에 카챠와 같은 여자들이 살고 있다는 사실을 나중에야 알았다. 얼마 전에 나는 가이거와 함께 푸시카르스카야 거리를 산책했는데, 그 건물들도 여자들도 더 이상 없었다. 수많은 땀과 정액을 흡수한 그녀들의 몸 역시 오래전에 사라지고 없었다.

목요일

가이거는 나의 생물학적 연령이 대략 서른 살이라고 했다. 액체 질소 속에서 나는 거의 늙지 않은 것 같았다.

토요일

자레츠키의 죽음과 관련한 수사가 종결되고 일주일이 지나서 우리 아파트에 가택수색을 하러 몇 사람이 왔다. 이번에는 범죄수사부가 아니라 국가정치총국에서 왔다. 그 무렵 나는 경찰과 비밀경찰을 모두 봤기 때문에 비교를 할 수 있게 되었다. 수사관들 대부분은 혁명 전부터 근무한 사람들이었다. 나는 그들을 이해할 수 있었다. 그들은 유머 감각도 있었고, 심지어 호감이 갈 때도 있었다. 하지만 국가정치총국에서 근무하는 사람들은 그들과 정반대였다. 그들은 늘 인상을 쓰고 뭔가를 골똘히 생각하며 농담을 즐기지 않았다. 내가 자레츠키를 확인하러 영안실에 갔을 때 내가 관찰한 것을 트레시니코프 수사관에게 얘기했다. 그는 웃으면서 수사관과 비밀경찰의 가장 큰 차이는 수사관은 사람을 찾고, 비밀경찰은 사람의 혐의를 밝히는 것이라고 말했다. 트레시니코프는 비밀경찰들의 직업적 특성과 관련해서 별다른 존경심을 갖고 있지 않았었다.

하지만 내 방을 수색한 사람들은 다름 아닌 비밀경찰들이었다. 나는 보로닌 씨의 방을 가택수색하는 모습을 이미 봤고, 그때와 크게 다르지 않아 보였다. 차이점이라고 하면 비밀경찰들이 만진 수많은 물건은 저마다 이야기가 있었고, 아버지와 어머니의 혼이 깃든 물건들이었다는 것이었다. 우리 곁에 더 이상 없는 아버지의 물건은 그런 의미에서 우리에게 더 소중했다. 그래서 그중에 한 명이 자기 팔에 아버지의 은시계를 차보고 귀에 대보는 모습을 지켜보는 것만으로도 괴로웠다. 그는 아버지가 한 것처럼 애정을 담아 시계를 열어본 것이 아니라 뭔가 원숭이처럼, 마치 땅에 떨어진 호두를 열듯이 시계 뚜껑을 열었다.

그들이 속옷과 침구류가 있는 옷장을 뒤지는 것을 보는 것 역시 힘들었다. 어머니에겐 결벽증이 있었고, 나는 타인의 손들이 우리가 쓰는 침구류와 잠옷을 만질 때 어머니의 기분이 어떨지 상상하고도 남음이 있었다. 아마도 속으로 이들의 체취가 모두 사라지도록 전부 다 박박 문질러서 빨아버릴 거라고 생각하고 있을 것이다. 어쩌면 생각할 힘조차 없을 수도 있다. 어머니는 몸을 움직이지 않으려고 애쓰면서 반졸도 상태로 앉아 있었다. 어머니는 지금 내 운명은 유난히 많이 흔들리는 저울 위에 올라가 있고, 저울의 무게중심이 나의 죽음 쪽으로 기울지나 않을까 노심초사하고 있는지도 모른다.

사실 저울이라는 것은 온전히 내 생각이었다. 그리고 앉아 있던 사람은 어머니가 아니라 아나스타샤였고, 나는 그녀가 의식을 잃지나 않을까 염려되었다. 어머니는 그들의 두 손을 잡고 나는 아무 잘못이 없다고 말했다. 그들은 혁명재판에서 판결을 내려줄 것이라고 말했고, 어머니는 여전히 두서없이 빠르게 뭐라고 계속 말을 했는데, 마치 그렇게 해서라도 내 비운을 되돌려보고 싶은 것 같았다.

나는 테미스 신이 세워져 있는 장식장을 보면서 그 누구도 일을 해결할 수 없으며, 일을 어떻게 해결하더라도 정의롭지 못할 것이라고 생각했는데, 그 이유는 테미스 신에겐 더 이상 저울이 없기 때문이다. 그날 저녁, 저울이 망가진, 청동으로 만든 작은 조각상은 내게 가장 무서운 존재였고, 내 속옷 속에서 흔들리는 이 물건들보다 더 강력하고, 어쩌면 그 이후에 나를 위협하는 것보다 더 무서웠을 수도 있다. 이 조각상의 모습은 작은 희망조차 허락하지 않았다. 그 순간 나는 지난 몇 년 사이에 옳고 그름의 개념이 사라졌다는 것을 불현듯 깨달았다. 위와 아래, 빛과 어둠, 인간적인 것과 짐승적인 것의 경계선 역시 사라져 있었다. 누가 무엇을 저울질할 것이며, 한다 한들 누구에게 필요한 것인가? 나의 테미스 신에게 이제 남은 것은 칼밖에 없었다.

나를 데리고 나갈 때 어머니는 비밀경찰 중 한 명을 붙잡고 귓속말로 몇 마디를 했다. 아버지의 시계에 관심을 보였던 자였다. 어머니는 그의 손을 잡고 손바닥 안에 뭔가를 쥐여주었다. 어머니가 그의 손에 쥐여준 것은 물론 시계였다. 시계를 좋아하는 자는 아무

말 없이 조소하듯 피식 웃었다. 시계를 쥔 손은 브리치스 주머니 속으로 미끄러져 들어갔다. 어머니는 그의 한쪽 어깨에 기댔지만, 그래봐야 소용없다는 사실을 알지 못했다. 이렇게 해서 어머니는 마지막으로 나를 안을 수 있는 시간을 나를 잘 봐주길 바라는 기대를 담아 그에게 써버렸다. 나는 내 옆에 있던 아나스타샤의 볼에 한쪽 볼을 갖다 댔고, 어머니가 나에게 달려들었을 때는 우리 사이를 무장경찰들이 가로막고 있었다.

나는 층계참에서 뒤를 돌아 밝은 직사각형 문을 한 번 쳐다봤다. 경찰들의 등 뒤로 나는 내게 소중한 이들을 봤고, 그대로 우리는 영영 이별하고 만다. 지금도 나는 마치 사진 속에 있는 얼굴을 보듯이 그들의 모습을 또렷이 기억한다. 나는 그들 역시 뒤돌아본 나를 봤다는 것을 알고 있다. 그들의 슬픔이 플래시가 되어 내 모습을 찍었고, 나는 영원히 그들의 그 모습을 잊지 못할 것이다. 내가 죽은 후에 두 장의 사진이 하나로 합쳐진다.

밖으로 나오자 누군가가 나를 밴에 밀어 넣었다. 내 뒤에 비밀경찰들이 탔고, 문은 쾅 하는 소리를 내며 닫혔는데, 그 소리가 내 인생에서 가장 절망적인 소리였다. 쇠창살이 천장 바로 아랫부분에 설치돼 있어서 나는 창문을 통해 나와 함께 탄 동행인들의 무표정한 얼굴들을 볼 수 있었다. 또 나는 창문을 통해 건물의 위층들과 지붕들을 봤다. 그중 일부는 내가 알고 있었고, 그래서 나는 우리가 어디를 지나가고 있는지 가늠할 수 있었다. 밖은 아직 어둡지 않던 것으로 기억한다. 저녁 시간이었지만, 백야가 다가오고 있었으므로 밖이 밝았다. 나는 도시와 작별 인사를 하면서 더 이상이 도시에 돌아오지 못하리라는 것을 직감했다. 그리고 내 예감은 맞았다. 지금 나는 전혀 다른 도시에 돌아와 있다. 과거의 모습은 온데간데없다.

월요일

어렸을 때 나는 도로포장 하는 모습을 지켜보는 것을 좋아하곤 했다. 그들이 마구리면으로 덮인 포장도로에 나무로 된 육면체 포장재를 까는 모습을 보는 것 말이다. 그들이 나뭇진을 포장재 틈에 붓고 모래로 문지르는 모습 말이다. 이렇게 만들어진 포장도로 위를 지나가는 바퀴는 소음도 없이 부드럽게 움직였는데, 나무는 소음을 흡수하는 습성을 지니고 있기 때문이다. 나는 아침에 가끔 학교 가기 전에 포장도로에서 튀어나온 마구리면을 교체하는 소리를 듣곤 했다. 그들은 육면체의 포장재를 짐마차에 싣고 오거나 그 자리에서 가져온 재료를 육면체 모양으로 잘라내고는 강력한 달굿대로 바닥을 다듬는데, 이때 둔탁한 나무 부딪치는 소리가 들리곤 했다. 잠결에 이 소리를 들어도 거슬리지 않았고, 오히려 일어나기 전까지 침대에 누워 있는 시간이 더 달콤하게 느껴졌는데, 그 이유는 그들은 벌써 오래전에 일어나서 일을 하고 추위에 떨면서 습한 바람을 맞으며 허리를 구부린 채 일을 하고 있는데 나는 따뜻한 침대에 누워 있었고, 이런 달콤한 시간은 내게 영원히 지속될 것만 같았기 때문이다. 청소부들이 날도 밝기 전에 삽으로 눈을 치우기 시작할 때 역시 비슷한 감정을 느끼곤 했다. 그들은 눈을 긁어모았다. 얼음을 깨는 소리도 들렸다. 낮은 목소리로 욕설을 내뱉기도 했다. 나와 달리 그들은 눈 내리는 것을 좋아하지 않았다. 가을의 중반부터 아침에 눈을 뜨면 눈을 치켜뜨고는 밤새 쌓인 눈이 천장에 반사되어서 천장이 환해지기를 간절히 바라던 나와 달리 그들은 눈을 기다리지 않았다.

지금은 나도 눈을 좋아하지 않는다.

지난주에는 크레타의 성 안드레아 《회개 카논*》을 읽었고, 오늘은 고난주간이 시작되었다. 나는 가이거에게 《회개 카논》을 가져다달라고 부탁할까 하는데 그가 그것을 가지고 있을지 의문이다. 발렌티나가 보고 싶다. 그녀는 돌아올까?

수요일

가이거는 나에게 사람을 냉동시킨다는 생각을 정부에서 한 것은 레닌이 죽고 난 이후라고 말해주었다. 그들은 레닌 역시 사후에는 일반 시민들의 경우처럼 같은 변화를 겪을 것이라는 것을 깨닫고는 고민하기 시작했다. 고민 끝에 그들은 과학이 생물학적 수명

---

* 카논은 교회법의 조문이나 성경 중 정경 선별 기준 외에도 예수와 성인들, 성경의 특정 사건에 헌정된 성가와 기도문을 실은 서적을 뜻하는데, 크레타의 성 안드레아 《회개 카논》은 사순대제 기간 정교회에서 봉독되며 이에 따라 응송하고 절하는 카논을 지칭하는 것이다.

을 연장시킬 수 있는 단계로 발전할 때까지 서기관의 몸을 냉동시키는 것이 좋겠다고 생각했다. 가이거는 레닌이 사후에도 존재하길 바라는 마음이 인간을 냉동하는 분야의 연구를 촉진했다고 말했다. 당시에는 세계적 프롤레타리아의 지도자를 냉동하는 것은 상상도 하지 못할 일이었고, 그의 몸을 방부처리한 것도 그의 몸이 이미 완전히 부패한 이후였다.

가이거는 과학 아카데미 회원인 무롬체프의 연구팀에 대해 언급했는데, 이들은 정부로부터 레닌 사후에 냉동인간 문제를 연구하도록 지시받았다.

"혹시 이 사람의 성에 대해 들은 적 있나요?"

"네. 들은 적은 있는 것 같습니다."

나는 자신할 수는 없다는 투로 말한다.

미국인이 쓴 책에 나와 있는 대부분의 내용은 이미 1920년대에 무롬체프가 달성한 것들이었다. 쥐와 토끼는 당시에 이미 그의 실험실에서 자유자재로 냉동과 해동이 가능했는데, 원숭이를 실험하지 못한 이유는 단순히 당시 레닌그라드에서는 원숭이를 구하기 힘들었기 때문이었다. 그의 실험실에서는 1924년부터 무롬체프가 체포되던 1926년까지 다양한 실험이 시행되었고, 결과는 모두 성공적이었다.

가이거는 1926년에 중앙위원회총회에서 두 시간 동안 연설을 한 후에 쓰러진 펠릭스 제르진스키*를 냉동시키라는 당의 명령을

---

* 소련 시대 비밀경찰 KGB의 창설자이다.

무롬체프가 단번에 거절했기 때문에 그가 체포되었다고 설명해주었다. 학자 무롬체프는 자신이 제르진스키를 냉동하기 싫은 이유에 대해 자기는 그렇게 복잡한 실험을 할 준비가 안 돼 있기 때문이라고 설명했다고 한다. 그는 실험 대상을 쥐에서 제르진스키로 전환하기 이전에 먼저 중간 단계를 여러 번 거쳐야 한다는 것을 수차례에 걸쳐서 증명해 보이려고 시도했으나 당에서는 그의 말을 들으려 하지 않았다.

결국 무롬체프한테는 직무 유기 혐의가 씌워졌다. 그에게 혐의를 씌운 사람들의 의견에 따르면 무롬체프가 제르진스키를 냉동시키지 않은 이유는 강철 같은 펠릭스가 먼 미래에 다시 해동되어서 깨어나길 바라지 않은 것 같다고 했다. 몇 주간에 걸친 심문 후에 학자는 정말 그렇게 생각했노라고 자백했다. 그는 미래에 제르진스키와 함께 살게 될 후손들이 딱했고, 그래서 소련 시대의 권력기관이 불멸하는 것을 막기 위해 냉동을 거부했다고 진술했다.

목요일

심문할 때 처음부터 나를 폭행한 것은 아니었다. 수사관 바부시킨은 심문할 때 진술서만 작성했다. 그는 또 내가 보로닌이 주도한 자레츠키 살해 모의에 가담했다는 사실을 시인하는지 물었다. 그는 내가 숨김없이 사실대로 말하기만 하면 힘든 일을 겪지 않도록 보호해주겠다고 말했다. 나는 모든 혐의를 부인했고, 바부시킨은 뭔가를 골똘히 생각하면서 내 말을 끝까지 들었다. 그날 그는 피곤한 기색이 역력했다. 그때 나는 문득 그의 행동이 그의 성과 일치하는 부분이 있다는 생각도 했다*.

심문이 끝난 후에 어둡고 역한 냄새가 나는 감방으로 끌려갔다. 내가 문지방에서 망설이자(내부는 그야말로 끔찍했다) 뒤에서 누군가가 나를 억지로 밀어 넣었다. 발이 뭔가에 걸려서 나는 바닥에 고꾸라졌다. 잠시 나는 얼굴을 아래로 향한 채 엎드려 있었다. 눈은 감고 있었고, 코로는 감방 내부에서 나는 악취를 들이마시고 있었으며, 손바닥은 부드럽다 못해 썩어버린 나무 바닥에 닿아 있었다. 마룻바닥은 한때 나무의 형태를 가졌지만, 불결함과 습기를 머금은 지금은 형태가 변했다. 나는 마치 이 모든 것이 꿈일 수도 있다는 희망을 여전히 간직한 채로, 이것이 생시가 되지 않도록 하기 위해서는 숨을 내쉬지도 움직이지도 말아야 하며, 무엇보다 가장 중요한 것은 지금 이 자리에서 절대로 잠에서 깨면 안 된다고 생각하면서 그대로 움직이지도 않고 엎드려 있었다.

하지만 나의 바람은 그저 바람일 뿐이었다. 결국 나는 자리에서 일어났다. 처음에는 네 발로 기었고, 그다음에는 두 발로 일어났다. 나는 같은 감방을 쓰는 사람들의 실루엣을 봤고, 나보다 키가 큰 사람은 없어 보였다. 그들 중 한 명이 무심하게 내 침대를 가리켰다. 나에게 질문을 하는 사람도 없었고, 나 역시 아무에게도 말을 걸지 않았다. 나는 침대에 누웠고, 이번에는 정말로 잠이 들었는데,

---

* '바부시카'는 러시아어로 할머니라는 뜻이다.

꿈도 꾸지 않고 단잠을 잤다. 한밤중에 누군가가 신음하는 소리에 깼다가 다시 잠이 들었다. 아침이 되어서 기상 시간이 되었을 때 나는 내가 어디에 있는지 이해하지 못했다.

두 번째로 심문할 때 바부시킨은 나를 폭행했다. 정말로 전날 그는 컨디션이 좋지 않았고, 두 번째 날부터 일을 제대로 하기로 결심한 것 같았다. 어쩌면 저녁에 중요한 일이 있었는지도 모를 일이다. 이번에 바부시킨은 힘이 넘쳤고, 느긋하게 행동했다. 나를 의자에 앉히고, 내 손과 발을 묶고는 셔츠 소매를 걷더니 있는 힘껏 따귀를 때렸다. 코피가 입술과 턱을 따라 흘러내리는 것을 느꼈다. 내가 의자와 함께 넘어지자 바부시킨은 구두를 벗기더니 발뒤꿈치를 곤봉으로 있는 힘껏 내리쳤다. 정말 아팠지만, 불구가 될 정도의 강도는 아니었다. 그가 일하는 기관에서조차 피고인을 불구로 만드는 것을 장려하고 있지는 않는 것 같았다.

바부시킨이 나를 묶고 셔츠 소매를 걷을 때는 두렵지 않았다. 그때 나는 그가 겁을 주려고 그러는 줄로만 알았다. 하지만 겁을 주지 않고 나를 그 즉시 때렸으며, 때리면서 일종의 쾌감마저 느끼는 것 같았다. 일체 말을 하지 않았다. 나 역시 아무 말도 하지 않았다. 이후에 살면서 나는 수많은 구타를 봐왔고, 구타는 종종 비명과 욕설로 얼룩져 있었지만, 이번 구타는 침묵 속에서 행해졌기 때문에 특이한 경험이었다. 바부시킨은 내게 질문하고 내가 대답할 때까지 때리기로 결심한 것 같았다. 사실 나의 침묵은 영웅심리와는 무관했다. 나는 정말로 아무것도 기억이 안 났고, 무슨 일이 일어나는지 이해하지 못하고 있었다.

내가 그의 질문에 대답하지 않자 그는 다음 질문으로 넘어갔다.

"당신은 어떻게 옆방에 사는 자레츠키를 죽였죠?"

바부시킨은 나를 폭행하면서도 꼬박꼬박 존대를 했다.

"자레츠키는 우리에게 쓴 편지에 당신이 그를 죽이겠다고 협박했다고 썼지만, 우리는 거기에 별다른 의미를 부여하지 않았습니다."

그는 이 말을 하면서 자레츠키가 쓴 편지를 내 앞에서 흔들어 보였다.

"그것이 우리의 실수였죠."

세 번째 심문을 하러 갈 때 경비원 두 명이 나를 끌고 갔다. 구타로 인해 두 다리가 너무 많이 부어서 스스로는 걸을 수 없었기 때문이다. 신발도 들어가지 않는 맨발이 돌로 된 복도를 따라 질질 끌려갔다. 이번 심문에서 바부시킨은 보로닌의 반혁명적 음모에 내가 어떤 역할을 했는지 자세히 적어놓은 진술서를 읽어나갔다. 이번 심문에서 나는 반혁명적 음모에 가담한 것과 자레츠키를 살해한 것 모두를 시인했다.

금요일

가이거는 내가 부탁한 《회개 카논》을 가져다주었고, 나는 그것을 하루 종일 읽었다. 천천히 그리고 중간중간에 멈춰가면서 말이다.

죄 많은 제 삶에 어디서부터 통곡해야 합니까?

주님, 저의 슬픔의 근원은 무엇입니까?

일요일

오늘은 부활절 주일이다. 밤에 나는 가이거와 함께 과거에 내가 가본 적이 있는 성 블라디미르 대공 성당에 다녀왔다. 처음에 가이거는 그곳에는 사람이 너무 많아서 내가 바이러스에 감염될 수 있다며 거부했지만, 내가 고집을 부렸다. 주차된 차들로 거리는 발디딜 틈이 없었고, 가이거는 차를 성당에서 한 블록 떨어진 곳에 주차했다. 사람이 정말 많았다.

성당 밖에서 경찰들이 혼잡한 상황을 통제하려고 애쓰는 동안, 우리는 간신히 안에 들어갔다. 성당 내부에도 사람들이 많았다. 공기도 탁했다. 변한 것은 하나도 없었고, 이콘화만 조금 더 어두운 색을 띠고 있을 뿐이다. 가이거는 양초 두 개를 샀고, 우리는 앞으로 가기 시작했다. 하지만 앞으로 가는 것은 생각보다 쉽지 않았다. 우리는 성큼성큼 앞으로 움직이는 한 무리의 사람들에게 합류했다. 몇 분간 서 있은 후에야 비로소 우리는 이들이 아주 느리게나마 앞으로 움직이고 있는 한 무리의 사람들이라는 것을 깨달았다. 촛농이 내 손가락으로 떨어졌지만, 델 정도는 아니었다. 냄새를 맡아보니 그것은 밀랍이 아니라 파라핀이었다.

그리고 그 순간 불현듯 나는 양초도 없이, 성당 안도 아니고, 야외에서 보낸 부활절이 떠올랐다. 우리는 구름 한 점 없는 광활한 하늘 아래 있었고, 하늘 위에는 오로라가 번쩍이고 있었다. 내 기억이 맞는다면 그날 딱 한 번 죄수인 우리들에게 잠시나마 자유가 주어졌고, 한밤중에 우리는 무덤에 위치하고 있는 성당에 모였다. 나는 단 한 번도 그런 부활절을 본 적이 없고, 앞으로도 그럴 기회는 없을 것 같다. 성당 안은 주교들로 가득 차서 사제들과 신도들은 들어갈 틈이 없을 정도였다.

우리는 눈이 조금씩 녹고 있는 무덤 사이에 서서 열린 문 밖으로 흘러나오는 예배드리는 소리에 집중했다. 봄 내음이 났고, 바람은 따뜻했고, 우리 발아래에는 구원받은 성도들이 누워 있었다. 수개월 동안 섬에 있으면서 우리는 처음으로 마음이 편안해지는 것을 느꼈다. 우리는 잠 못 이루는 밤이 지나면 힘겨운 노동이 다시 시작될 것이라는 것을 알고 있었지만 아무도 중대로 돌아가지 않았는데, 우리 모두에게는 우리 마음속 깊이 차오른 행복감이 더 소중했기 때문이다. 이제 막 수용소에 들어온 사람들조차 조만간 석방될 수 있다는 믿음을 갖게 되는 것이었다. 그들이 반짝이는 밤하늘에서 본 것은 분명 희망이었다.

화요일

드디어 어제 고대하던 기자회견이 있었다. 물론 내가 기다린 것도 아니고 내가 서두른 것도 아니었다. 나는 단지 사람들이 나를 어떻게 받아들일지 긴장했을 뿐이다. 기자회견 전날도 기자회견을 한 날도 나는 잠을 자지 못했다. 오늘 아침에야 비로소 나는 잠이 들었다. 이제 막 일어났는데 어느새 밤이 되었다. 창밖은 어둡고, 아늑하지 않다. 만약 다시 긴장을 하게 된다면 나는 또다시 잠을 이루지 못할 텐데 앞으로 어떻게 살아야 할지 걱정이다. 과거에 나는 눈 속에 파묻힌 것처럼 사람들 눈에 띄지 않는 무명인이었지만, 이제는 어떤가? 이제 내 얼굴을 모르는 사람이 없고, 나는 유명인이지만, 사실 내가 원했던 건 아니다. 만약 내가 과거에 살았더라면 기분이 좋았을 수도 있고, 유명세라는 물속에서 마음껏 헤엄쳤을 것이다. 하지만 지금 시대에서 나는 철저히 타인이기에 그들 사이에서 내가 인정받을 이유는 없어 보였다. 그들은 호기심 가득한 눈으로 나를 수족관 안에 있는 물고기 보듯 한다. 솔직히 나는 내가 누군지도 잘 모르겠다. 어렸을 때 사람들이 많은 홀 한가운데에 떠밀리다시피 들어가서 "두려워 말고 전진하라"라는 말을 들었을 때도 이런 기분이었던 것 같다.

긴장된다. 기자회견장에 들어가기에 앞서 문틈으로 안을 들여다보는데, 안에는 사람도 많지만 카메라도 여러 대 있다. 더 많은 사람들이 오려고 했지만, 그러지 못했다고 한다. 갑자기 이 홀을 어디선가 본 것 같다는 생각이 든다. 내가 대학교에 재학 중일 때 이 홀에 와본 것 같다. 만약 내가 이 홀을 기억한다면 내가 이 학교에서 공부했다는 뜻일까? 대학생다운 논리이며 질문이다. 하지만 다행히도 나는 이런 질문을 하지 않을 만큼의 사리 분별력은 있었다. 알고 보니 이곳은 대학교가 아니다. 내가 묻지도 않았는데 누군가가 나에게 우리가 있는 곳은 러시아 과학 아카데미 건물이라고 말해주었다. 그러고는 중앙 계단 위 로모노소프*가 만든 '폴타바 전투' 모자이크를 가리킨다. 과거에 혹시 내가 아카데미 회원이었을까?

내가 가이거와 과학 아카데미의 부총장과 함께 홀 안에 들어가자 모두가 박수를 친다. 부총장은 이 박수갈채를 러시아 과학 아카데미의 학문적 영향력과 나의 인간적 용기를 칭송하기 위한 것이라고 말한다. 그가 '용기'라는 단어를 말할 때 나는 고개를 떨구는데, 사실 내가 냉동되는 것과 관련한 모든 것이 안개 속에 갇힌 것처럼 모호했기 때문이다. 용기 역시 자신이 없긴 마찬가지였다.

가이거가 마이크를 잡고 나서야 대략적인 상황이 이해되기 시작했다. 그는 홀에 모인 사람들에게 나를 냉동한 사람들은 솔로베츠키 제도에 위치한 수용소에서 일한 과학 아카데미 회원인 무롬체프 연구팀이라고 발표한다. 내 시선은 가이거를 향하고, 그는 계속해서 말을 하면서 긍정의 의미로 내게 고개를 끄덕여 보인다. 그는 나와 대화를 할 때만 하더라도 솔로베츠키 제도에 대한 언급을 하지 않았었다. 물론 알려는 의지만 있었다면 나 혼자서도 추측이 가능한 부분이기도 했다.

가이거는 내 몸을 보존하는 데 있어서 중요한 점과 해동하는 것과 관련된 의학적 설명을 자세히 하면서 그 후로도 한참 동안 말을 하지만, 나는 어느 순간부터 그의 말을 듣지 않는다. 이제야 비로

---

* 미하일 로모노소프(1711-1765). '러시아 과학의 아버지'라 불리는 제정 러시아 시대의 과학자이자 시인, 언어학자이다.

소 내 기억 속에 있던 많은 것들, 즉, 섬이나 고통이나 추위가 제자리를 찾아가기 시작한다. 특히 추위는 실로 어마어마했고 고통스러웠는데, 점점 세지더니 결국은 그렇게 된 것이었다.

가이거는 내 건강에 해가 될 것을 우려해서 기자들에게는 나의 과거에 대한 질문을 금했다. 그래서 그들은 나의 현재에 대한 질문을 한다. 처음 몇 가지 질문에는 감기 걸린 것 같은 목소리로 대답을 하고, 이따금 목을 가다듬는다. 나는 체온이 정상이라고 말한다. 혈압도 정상이라고. 내 입술이 종종 마이크의 울퉁불퉁한 면에 닿고, 내 목소리가 남의 것처럼 낯설다. 내가 말을 잠시 멈추면 카메라의 플래시가 바쁘게 터졌다. 나는 짧은 문장으로 답을 하면서 이런 대답은 백은시대에 해동된 사람의 입에서 나올 법한 말이 아니라 해동된 원숭이의 입에서나 나올 법한 문장이라고 생각하며 이런 자신을 스스로 질책한다.

"해동 후에 처음 몇 주 동안은 건강상에 약간의 문제가 있었던 걸로 알고 있습니다. 지금은 컨디션이 어떠신가요?"

"나아졌습니다. 적어도 액체질소 안에 있던 때보다는 나은 것 같습니다."

내가 긴장을 풀려고 노력한다.

사람들은 해동이 된 후에 농담도 하는 내가 대견하다는 식으로 박수갈채를 보낸다. 얼굴이 후끈 달아오르는 것을 느낀다.

"혹시 블로크*와 대화를 나눈 적이 있으신가요?"

---

* 알렉산드르 블로크(1880-1921). 러시아의 상징주의 시인이다.

홀의 뒤쪽 열에서 누군가가 소리를 지른다.

가이거는 일어나서 나무라듯이 고개를 내젓는다.

"제가 부탁드리지 않았습니까?"

"시 낭송을 하는 자리에서 그분을 뵌 적이 있긴 합니다. 하지만 대화를 나누지는 않았습니다."

내가 대답한다.

"레미조프*와는 줄을 서 있는 동안 대화를 나눈 적이 있습니다. 당시에 그는 14번 라인에 살고 있었습니다."

"무슨 말을 하셨죠?"

가이거는 연필로 마이크를 툭툭 치면서 불만을 표현한다.

"기억이 안 납니다."

나는 웃음이 터져 나오려고 하는 것을 간신히 참는다.

"8번 라인에 식료품을 사러 갔는데, 그도 마침 8번 라인에 왔습니다. 그때 저는 그가 레미조프인지 몰랐고, 나중에 사진을 보고서야 그가 레미조프였다는 것을 깨달았습니다."

내 입술이 양옆으로 벌어지면서 미소가 지어지고, 홀 안에 있던 모든 사람들이 미소를 짓기 시작한다. 내가 "하하"거리고 웃으면 홀 안에 있던 사람들도 "하하"거리고 웃는다. 내가 통곡을 하기 시작하면 홀 안에는 정적이 흐른다. 가이거가 나를 향해 달려와서(그의 의자가 큰 소리를 내면서 넘어진다) 나의 양어깨를 잡고 비상구를 지나 건물 밖으로 데리고 나간다. 거기에는 우리 차가 대기하고

---

* 알렉세이 레미조프(1877-1957). 러시아의 소설가이다.

있었다. 오한을 느꼈고, 그때부터 지금까지 몸이 꽁꽁 얼어붙은 것만 같다. 난 이대로 영원히 몸을 녹이지 못할 것만 같다.

수요일

사실 나는 블로크와 무척 대화를 해보고 싶었다. 사실 기억하는 것이 많지 않은 내가 그의 시 '비행사'를 외우고 있다. 아래는 그 시의 도입부이다.

> 비행사가 자유를 향해 날아올라
> 프로펠러의 양 날개를 흔들어
> 바다 괴물처럼 물속으로
> 공기 속으로 미끄러지다

내가 그와 만나고 싶어 하는 것을 알고 누군가 나에게 블로크의 집 전화번호까지 알아봐줬지만 나는 결국 전화하지 않았다. 나는 이 번호를 밤낮으로 되뇌었다. 나는 지금도 그의 번호를 말할 수 있는데, 그의 전화번호는 6-12-00이다.

목요일

우리는 바지선 '클라라 체트킨'호를 타고 켐*으로부터 이송되고 있었다. 빛도 들어오지 않고, 공기도 통하지 않는 선창은 단단하게 닫혀 있었다. 죄수들 중 나는 거의 끝에 앉아 있었고, 내 자리는 출구 옆에 있는 계단이었다. 그쪽에는 사람들도 별로 없었고, 승강구 틈에서 바다 공기도 새어 들어오고 있었다. 덕분에 나는 목숨을 부지할 수 있었다. 하지만 선창 제일 안쪽에 들어간 많은 이들은 압사하거나 숨이 막혀서 죽었다.

우리가 켐에서 출발한 지 대략 한 시간쯤 지났을 때 폭풍이 점점 세졌다. 백해(百海)의 파도는 대양의 것보다 높이는 낮았지만 견디기 더 힘들었는데, 높이가 낮기 때문인지도 몰랐다. 맨 처음에 배가 가장 약하게 흔들리기 시작할 때부터 사람들은 토하기 시작했다. 사람들은 나무로 된 커다란 통 속에 들어 있는 청어들처럼 선창 벽에 이리 치이고, 저리 치이면서 자기 자신과 자기 주변에 있는 사람들에게 토사물을 쏟아놓았다. 이걸 보고 있으면 뱃멀미를 두려워하지 않던 사람들도 속이 안 좋아지는 것이다.

하지만 정말 끔찍한 일은 그다음에 일어났다. 갑판의 양쪽 끝이 번갈아가며 오르락내리락하면서 고통에 몸부림치는 비명이 들렸다. 이 소리는 갑판 옆에 서 있던 사람들이 죽으면서 내지르는 비

---

* 러시아 카렐리야 공화국의 항구도시.

명이었다. 1000푸드*에 달하는 사람들의 몸이 갑판에 있는 바지선의 녹슨 철제 손잡이를 압박하면서 그쪽에 있던 사람들이 압사한 것이었다. 나중에 엉망이 된 그들의 시체를 선착장 위로 끌어냈을 때 그들의 몸에서 묽은 혈변이 같이 흘러나왔다.

나 역시 속이 좋지는 않았지만 메슥거린 정도였다. 배가 파도에 흔들리기 시작할 때 나는 물에 빠질지도 모른다는 공포에 사로잡혔지만, 이내 공포는 사라졌다. 공포가 사라지자 더 이상 속이 울렁거리지도 않고 죽어가는 사람들의 비명 소리도 들리지 않는 투명하고 차가운 바닷속이 그려졌고, 더 이상 삶에 연연하지 않고 죽음을 두려워하지도 않게 되었다. 그곳에는 무장한 군인들도 없을 것이다. 그 무시무시한 순간에도 해저 깊숙이 떨어지더라도 우리는 변함없이 어둠과 악취로부터 벗어날 수 없을 것이며, 그곳에서조차 '클라라 체트킨'의 녹슨 승강구는 굳게 닫혀 있을 것이며, 우리는 자신의 대변과 토사물 사이를 영원히 헤엄칠 운명이라는 생각은 하지 않았던 것 같다.

솔로베츠키의 '번영의 만' 선착장에서 우리는 발길질에 떠밀려 배에서 내렸다. 스스로 몸을 움직일 수 없는 이들은 다른 죄수들이 끌고 가야 했다. 스스로 걸어서 움직이는 이들과 스스로 걸을 수 없는 이들 모두 비슷한 감정을 느끼고 있었다. 우리 중 그 누구도 '클라라 체트킨'의 배 속보다 더 끔찍한 것을 본 적이 없었기 때문에 우리는 살아남은 것만으로도 기뻐했다. 배 속에 있을 때만 하더

---

* 러시아의 무게 단위로, 1푸드는 16.38kg에 해당한다.

라도 우리는 다시는 뭍을 못 볼 줄 알았다.

우리는 선착장에서 열을 맞춰 선 후에 지휘관에게 인사하는 법을 배우기 시작했다. 우리는 "안녕하……"라고 부서의 지휘관, 중대장, 수용소 총책임자에게 소리 질렀다. 수용소 총책임자인 녹테프는 술에 취한 상태로 우리 앞에 나타나서 우리가 한목소리로 소리 지르지 않는다며 불만을 토로했다. 지옥 같은 일을 겪은 후라 우리 모두 기진맥진한 상태였다. 잠시라도 눈을 붙이고 싶었다. 나는 자유로운 세계의 일부였던 바다 공기를 깊게 들이마시면서 잠을 쫓았다. 그때 나는 이 세계를 다시 볼 수 있게 됐다는 것을 새삼 깨달았다.

우리는 수차례에 걸쳐서 인사말을 되풀이했다. 바람이 섬 전체에 우리 인사말을 퍼뜨렸지만, 그렇다고 해서 우리 인사말이 더 우렁차진 것은 아니었다. 녹테프는 우리의 "안녕하……"가 우렁차지 않다고 생각했는데, 실제로 그러했다. 사실 우렁찬 "안녕하……"를 하기엔 우리가 너무 지쳐 있었다. 도둑들, 아카데미 회원들, 주교들과 황실의 장교들이 다 같이 목청껏 소리를 질러봤지만, 이들의 목소리는 하나로 합쳐지지 못하고 흩어졌다. 나는 1열의 밀러 장군 옆에 서 있었다. 그는 대조국전쟁에 참전한 적 있으며 상당히 젊어 보였다. 우리 주위에 갈매기가 날아다녔고, 나는 갈매기가 우는 소리에 귀를 기울여 보았는데, 그들 역시 "안녕하……"라고 소리를 지르고 있었다. 갈매기 소리가 우리보다 더 우렁차게 느껴졌는데, 그 이유는 갈매기들은 녹테프의 질책을 듣지 않기 때문이라고 생각했다. 잠을 쫓으려는 나의 노력을 비웃듯 나는 깜빡 잠이 들었던 것 같다.

내가 눈을 떴을 때 녹테프가 우리 쪽으로 오고 있었다. 나는 나 때문이라고 생각했다. 군기 빠진 내 모습을 보고 화가 잔뜩 난 수용소 총책임자가 이제 나를 혼내주려고 온다고 말이다. 하지만 그는 나를 혼내주려고 오는 것이 아니라 타의 모범이 되는 군인이자 군기가 잔뜩 들어 있는 밀러 장군을 향해 오고 있었다. 노련한 녹테프는 자신이 아무리 노력해도 절대 될 수 없는 사람을 단번에 알아봤다. 그는 가죽 잠바를 걸치고 불한당같이 용수철이 튀듯이 걸으면서 다가왔다. 다가가면서 그는 나강 M1895*도 집어 들었다.

"이게 누구신가? 개새끼, 눈 내리깔지 못해!"

녹테프가 소리를 질렀다.

밀러는 녹테프의 얼굴을 차분하게 쳐다봤다. 그는 어깨에 지고 있는 배낭을 고쳐 맸는데, 분주함도 두려움도 묻어나지 않았다. 녹테프가 몸을 움직이자 가죽 잠바가 부딪치는 소리가 들리더니, 녹테프가 나강 M1895를 장군의 이마에 대고는 잠시 그대로 있었다. 이 순간 나는 그가 장군에게 총을 쏘지는 않을 것이라고 생각했다. 길게 찢어진 눈. 면도를 한 몽골인 특유의 광대뼈에 머리카락 한 올이 내려와 있었다. 이런 경우는 겁만 주는 걸로 끝나곤 한다.

하지만 녹테프는 방아쇠를 당겼다.

교도관 두 명이 죽은 이의 두 다리를 잡아끌고 초소까지 갔다. 그들은 그가 메고 있던 배낭도 가지고 갔다. 시체는 옆으로 누워서

---

* 러시아제 M1895 리볼버를 말한다.

한쪽 팔이 불편하게 꺾인 채 이상한 포즈로 누워 있었다. 눈은 뜨고 있었다. 장군은 예의 차분한 표정으로 바닷가에서 일어나는 일을 지켜보고 있었다.

그런 후에 제자리에서 회전하는 연습을 했다. 솔로베츠키 제도도 여름은 따뜻하기 때문에 우리는 따뜻한 여름 바람을 맞으면서 오른쪽, 왼쪽, 그리고 360도 도는 연습을 했다. 이 바람에는 송진 냄새가 섞여 있었고, 타이가 지역에서 자라는 베리류 열매 향이 바다 냄새와 섞였다. 백해는 남쪽에 있는 바다 냄새와는 달랐지만, 백해의 상쾌함은 우리 몸의 세포 하나하나에 스며들었다. 지평선 너머로 지지 않는 북부 지방의 태양은 벼슬 모양의 파도 위에서 반짝이고 있었다. 우리는 초소 쪽으로 등을 대고 서 있었지만, 우리가 턴을 하면 이 반짝임이 보였고, 나는 그게 너무 기뻤다. 이 반짝임은 1911년에 부모님과 함께 휴가를 보냈던 알루시타의 바다를 상기시켰다.

금요일

그렇다, 알루시타. 우리는 '교수 지역'에 있는 법률가 기아친토프 씨의 별장에서 묵었는데, 그분은 한때 아버지의 논문 지도교수였다. 1911년이었던 것 같은데 기아친토프 교수의 가족이 그해 여름을 니스에서 보내기로 하면서 교수가 예전에 그에게 논문 지도를 받은 학생에게 크림반도에 있는 자신의 별장에서 잠시 묵으라고 제안한 것이었다. 우리는 그렇게 해서, 맞다, 정확히 1911년에 알루시타에서 여름을 보냈다.

교수 지역은 역사에서 도보로 대략 30분 정도 되는 곳에 있었다. 10코페이카만 주면 기다란 마차를 타고 거기까지 갈 수 있었지만, 우리는 마차를 거의 이용하지 않았다. 역까지는 걸어갔고, 이것이 우리에겐 일종의 저녁 산책인 셈이었다. 우리는 사이프러스, 올리브나무, 향나무 관목을 지나면서 축축하고 향긋한 냄새를 들이마셨다. 상트페테르부르크의 공기 역시 습하긴 마찬가지였지만, 페테르부르크는 습하면서 춥고 불쾌해서 상냥하지 않다고 표현할 수 있다. 지금 내가 쓰는 것을 당시에는 표현할 줄 몰랐지만, 온몸으로 느끼고 있었다.

해변. 나는 해변을 무척 좋아했다. 해변에 파도가 부딪치는 소리는 축제 같고, 오케스트라 피트에서 들리는 베이스 음역대처럼 묵직한 느낌이 있었다. 젖은 발에 흙을 잔뜩 묻히고 걷다가 다시금 물에 들어가곤 했다. 귀에 물이 가득 찬 채로 결국 모래사장으로 나온다. 옆에는 사람들이 외치는 소리, 공 던지는 소리가 들린다. 그들은 귓속에 들어간 물을 흔들어보지만, 물은 나오지 않고 귀가 멍하다. 한쪽으로 누우면 막혔던 물막이 열리면서 물이 귀 밖으로 새어 나오는 것이다. 그러면 다시금 귀는 주위의 모든 소리를 또렷이 듣게 된다. 하늘 한가운데에 태양이 있다. 살짝 벌어진 손가락 사이로 해를 보고 있으면 손가락이 타서 구멍이 생길 것만 같다. 손가락 끝은 이미 발갛게 변했다.

해변에서 하던 모래성 쌓기 놀이도 빼놓을 수가 없다. 축축한 모

래가 중지에서 흘러내리고, 탑의 형태로 굳어버린다. 바다 쪽으로
는 자갈로 벽을 쌓는다. 파도 끝과 거품이 자갈로 만든 벽을 적신
다. 벽은 그렇게 잠시 파도와 대치하다가 벽이 더 높이 쌓이고, 벽
앞에는 참호를 깊게 판다. 성을 소유한다는 것은 참으로 손이 많이
간다는 것을 새삼 깨닫게 되는 것이다.

그 성의 주인은 두 명인데, 나와 모스크바에서 유명한 외과의사
의 아들인 미챠 도른이다. 우리는 바다 쪽에서 들이닥칠 적의 침
략에 대비하며 성을 단단하게 짓는다. 적은 잔인하며, 그들의 말
은 후두를 거쳐서 나오고 혐오스럽다. 식인종들 같으니. 기다란 카
약을 타고 오면서 마주치는 것은 죄다 먹어 치운다. 하지만 미챠와
나는 우리만의 초록색 섬 안에 있어서 안전하며 걱정이 없다. 높은
곳에 있는 감시 초소에는 사이프러스의 나뭇가지가 자라고 있으
며, 바람이 부는 방향을 따라 아름답게 흔들린다.

이따금 강한 파도가 몰아칠 때가 있다. 우리가 만들어놓은 단단
한 성 주위를 지나면서, 무너뜨린다기보다는 씻어서 성의 표면을
매끄럽게 만든다. 여기에서 멀지 않은 곳에 있는 풀숲에 숨겨진 알
루시타 요새처럼 수백 년은 더 돼 보이도록 만든다. 나는 혼자서
'알루시타'라고 발음하고는 이 단어의 전혀 새로운 특징을 발견한
다*. 얼마나 축축하고 반짝이는 단어인지 마치 태양 빛을 받고 있
는 아르부스**를 연상시킨다. 알루시타……. 미챠 도른은 내가 입

---

* '알루시타'가 그리스어 '사슬'에서 유래했다는 설이 있다.
** 러시아어로 수박을 의미한다.

술을 달싹거리는 모습을 관찰할 뿐 질문은 하지 않는다.

우리는 반바지에 셔츠를 입고 머리에는 파나마모자를 쓰고 해변으로부터 걸어간다. 우리는 어린이용 파나마모자를 쓰고 다니는 것이 창피하지만, 미챠의 아버지는 뭐라고 설명하시는데……. 내 머릿속에는 해변의 안개가 자욱하고, 피곤해서 그의 말이 들리지 않는다. 나는 손목뼈가 튀어나오고 털이 수북하게 난 그의 두 팔의 움직임을 관찰한다. 마치 수술용 메스를 사용하기 위해 만들어진 것 같은 기다란 손가락으로 그는 인간의 육체를 자르고, 자르고, 또 자르리라. 햇볕을 많이 받아서 탈색된 유럽인들의 손가락에 난 털은 물에 적셔야만 보인다.

옷이 물에 젖어서 소금기가 느껴지기 시작하고, 소금기 때문에 피부가 당기는 느낌이 든다. 고개를 아래로 떨구자 햇볕이 목을 내리쬔다. 물놀이를 하고 나면 햇볕이 몸에 닿는 느낌이 좋아서 나는 그렇게 고개를 아래로 떨군 채 걷는다. 발아래에는 조약돌과 사이프러스 나뭇가지가 밟히고, 이따금 딱정벌레와 애벌레가 기어가기도 한다. 내가 이 녀석들을 잡아서 손바닥 위에 올려놓으면 녀석들은 죽은 척한다. 나는 녀석들이 연기하는 것임을 알지만, 믿어주는 척하며 조심스럽게 다시 풀 위에 놓아준다. 이후에 나는 나 역시 그들처럼 풀 위에 올려놓아주고 더 이상 건드리지 않았으면 하는 마음으로 죽은 척하고 싶은 적이 한두 번이 아니었다. 하지만 사람들은 내 연기에 속아주지 않았고, 정말로 내가 죽기를 바랐다.

토요일

나는 벌써 몇 주 동안 텔레비전으로 미국인들이 세르비아인들을 폭격하는 모습을 시청하고 있다. 이유가 뭘까? 가이거가 오면 물어보기로 마음먹었지만, 가이거가 와서 발렌티나가 일을 완전히 그만뒀다고 말하는 바람에 그 질문을 하려고 했던 사실조차 잊어버렸다. 태어날 아이의 양육에 집중하길 원하는 남편 뜻을 따른 것이라고 했다. 나는 속으로 '가이거 따위는 잊으라고'라고 생각했다.

"박사논문은 어쩌고요? 나한테는 왜 단 한 번도 자기 가족 얘기를 안 한 걸까요?"

"질투하시는 건가요?"

아니, 사실 나는 질투하고 있는 것이 아니었다. 나와 가까운 이들이 나를 떠나는 것이 마음 아플 뿐이다. 과거에 나와 동시대에 살았던 모든 이들이 떠났는데, 이제는 발렌티나마저 나를 떠난 것이다.

가이거는 또 명예 회복에 필요한 서류를 준비하고 있다고 말했다. 그는 그게 뭔지 자세히 설명하기 시작했고, 나는 그의 설명을 흘려들었다. 가이거의 말에 따르면 명예 회복이라는 것은 내가 과거에 받은 형량이 소멸되도록 하기 위해 필요한데, 사실 가이거도 내게 명예 회복이 전혀 필요하지 않다는 것을 알고 있다. 명예 회복을 정말 해야 할까.

월요일

오늘 우리는 방송국에 갔다. 마법 같은 빛이 나오는 방송국은 카멘노오스트롭스키 대로에서 멀지 않은 페트로그라드 지역에 위치하고 있다. 수수께끼 같은 곳에 주소라니⋯⋯. 우리가 카멘노오스트롭스키 대로 위를 달릴 때 나는 20세기 초에 지어진 건물들을 발견했다. 보로닌 교수가 빌린 책을 돌려주기 위해 그중 한 건물에 들른 적이 있는데, 그 일이 있고 얼마 후에 나는 체포된다. 사람은 벌써 사라지고 없는데 책은 여전히 남아 있다는 사실이 너무 이상했다.

방송국에서는 먼저 내 얼굴에 분을 바르는 등 화장을 시켜주었고, 철로 된 통 안에 있는 왁스를 머리에 뿌렸다. 내가 살던 20세기 초만 하더라도 이런 것을 풀베리자토르(분무기)라고 불렀는데, 지금은 스프레이라고 부른다. '스프레이'가 더 짧다. 영어에는 탁구공처럼 작고 맑은 소리가 나는 이런 유의 단어가 많은데 편리한 데다 경제적이기도 하다. 하지만 전에는 단어의 길이를 줄이려는 노력은 하지 않았던 것 같다.

스튜디오에서 내게 마이크를 끼워주었다. 그리고 이 방송은 녹화방송이며, 생방송이(내가 이 단어를 막힘없이 술술 발음하다니!) 아니라면서 긴장 안 해도 된다고 말해주었다. 녹음이 대순가, 사실 나는 긴장이 되지 않았다. 많은 사람들에게 둘러싸여 그들의 관심이 나에게 집중되고, 기운을 북돋든지, 내가 하는 말을 끊는다면 긴장하겠지만, 지금 상황은 전혀 그렇지 않았다. 조용하다. 굉장히 차분한 분위기다. MC는 상냥하고, 다리를 꼬고 앉아 있다. 나는 그녀를 텔레비전 화면으로 여러 번 봤는데 볼 때마다 늘 저렇게 앉아 있다. 한 손에는 볼펜을 쥐고 있는데, 볼펜이 내부에 있는 축을 따라 저절로 돌아가는 것 같다. 투광기 빛이 이따금 번쩍인다. 기다란 손가락에 반지를 여러 개 끼고 있다. 이런 손가락으로 볼펜을 돌리면 잘 돌아간다.

"선생님은 매일 뭔가 새로운 것을 떠올리시나요?"

"그렇습니다."

"오늘은 뭘 떠올리셨죠?"

치마가 짧아서 무릎이 보인다. 나는 대답하면서 허리 아래로는 시선을 두지 않으려고 노력했다.

"카멘노오스트롭스키 대로에 있는 건물입니다. 차를 타고 지나갈 때 제가 그 건물을 알아봤습니다. 거기 계단 난간은 정말로 흥미로워요. 나선형으로 생겼죠. 철을 구부리고 두드려서 만든 백합도 있었는데, 너무 아름다웠죠. 제가 체포되기 며칠 전쯤 그 계단을 따라 올라가면서 손바닥으로 나무를 쓰다듬었어요. 지금까지도 제 손가락이 그 부드러운 감촉을 기억하고 있을 정도입니다. 저는 그 건물 안에 있는 어떤 아파트에 책을 돌려주려고 갔었어요. 그러고는 초인종을 눌렀죠. 삐그덕거리는 소리도 아니고, '끼이익' 하는 소리도 아니고, '찰카닥' 하는 소리가 들렸는데, 이런 소리는 일반적으로 단단한 문에 있는 자물쇠에서 나는 소리죠. 그 안에 들어가면 책이 많은 집에서 나는 특유의 냄새가 나죠. 절름발이 아가씨가 문을 열어줬는데, 저는 대번에 그 아가씨가 다리를 전다는 것을 알아봤어요……. 어쩌면 그전부터 알고 있었을지도 모르죠. 얼굴이 길쭉하고, 눈이 안으로 깊숙이 들어가 있었는데, 조금 흥미로운 얼굴이었죠. 어깨에 숄을 걸치고 있었어요. 다리를 저는 것을 부끄러워하지 않고 앞장서서 걸어갔어요. 어딜 가나 책이 있었고, 제가 그때 네다섯 권을 가져왔던 것 같아요. 저는 '고맙습니다'라고 말하죠. '전해달라고 하셔서요'라고 말해요. 제가 좀 말이 지나치게 많은 것 같은데요……."

"절대 아닙니다, 전부 너무 재미있어요."

그녀는 이 말을 하면서 볼펜을 더 빨리 돌린다.

"혹시 10월 혁명이 있던 날을 기억하고 계신가요?"

"사실 특별히 기억에 남는 일은 없습니다. 그날이 지나고 나서야 그날이 어떤 의미를 지니는지 이해하고는 기억을 더듬었습니다. 제 기억이 맞는다면 눈 섞인 비가 내리고 있었습니다. 더 정확히는 처음에는 비가 내렸고, 이 비가 나중에 축축한 눈으로 바뀐 것입니다. 저는 집에 목도리를 두고 나왔고, 눈송이가 제 목에 떨어지면서 녹아서 저는 뜨거운 제 피부에서 눈이 녹는 것을 느꼈습니다. 바람이 불었고, 이른 시간이지만 날이 벌써 어두웠는데, 아시다시피 상트페테르부르크에서는 이때가 가장 견디기 힘들죠……."

나는 뭔가 더 말을 했지만 가이거가 MC에게 사인을 줬고, 어느 순간에 왼쪽에서 가벼운 움직임이 포착되었다. MC가 나에게 마지막으로 질문 하나를 더 하고는 촬영을 중단했다. 다소 실망한 것 같은 표정을 짓고 있었는데, 가이거가 너무 일찍 방송을 중단시켰기 때문이거나 내 답변이 만족스럽지 않았을 수도 있다. 나는 그녀가 듣고 싶은 대답을 듣지 못해서 실망했을 가능성이 높다고 생각한다.

촬영이 끝난 후에 내가 갔던 집을 찾아낼 수 있냐는 질문을 받았다. 나는 질문의 의도는 이해하지 못했지만, 알아볼 수도 있을 것 같다고 말했다. 가이거는 질문의 의도를 물었다. 그들은 그에게 내가 과거와 조우하는 장면을 찍고 싶다고 대답했다. 방송 제목은 '과거와의 만남'이라고 붙이면 좋을 것 같다고도 했다. 가이거는 그렇게 저속한 제목이 붙은 방송에 나를 내보낼 수 없다고 말했다. 그러자 방송국 측에서는 가이거에게 제목은 얼마든지 바꿀 수 있다고 말했지만 가이거는 여전히 부정적이었다. 그는 그런 만남이 내게 득이 될지 확신하지 못하는 듯했다. 좀 더 정확히는 그런 만남에는 준비가 필요하다고 생각하는 것 같았다. 하지만 방송국 직원들은 그를 설득하는 데 성공했다.

우리가 현관문으로 다가갔을 때, 나는 문을 못 알아봤다. 참나무를 조각하여 만든 문이 있어야 할 자리에 나무 막대기를 촘촘하게 엮어서 만든 문이 걸려 있었다. 문은 틈새 바람에 흔들리면서 삐그덕거리고 있었다. 촬영기사 두 명을 동반했는데, 그중 한 명이 나무 문에 손가락을 튕겨보았다. 그리고 "얇은 원목이군"이라고 말했다. 그러고는 현관문 안쪽에 있는 어둠 속으로 사라졌다. 두 번째 카메라맨은 내가 문 쪽으로 다가가는 모습을 촬영하는 것이 어떨지 제안했다. 나를 먼저 집의 구석 쪽으로 데리고 가더니 다시 한번 문 쪽으로 다가가서 그 안으로 들어가달라고 부탁했다. 내가 문 쪽으로 다가가서 문을 열려고 했을 때, 갑자기 손잡이가 있어야 할 자리에 기다란 나사못이 튀어나와 있는 것을 발견했다. 과거와의 재회는 처음부터 우아함을 상실했고, 나는 잠시 주춤했다. 나는 엄지손가락과 검지손가락으로 나사못을 잡고 잡아당겼지만 열리지 않았다. 나는 내 손가락을 쳐다봤고, 손가락에는 나사못 자국이 선명하게 나 있었다. 나는 다시 한번 나사못을 잡고 힘을 줬다. 그러자 문이 열렸다.

현관문을 열었을 때 제일 먼저 맞닥뜨린 것은 코를 찌르는 오줌 냄새였다. 내부는 캄캄했고, 방송국 카메라에서 나오는 빛만 희미하게 비출 뿐이었다. 카메라에서 나오는 빛이 내 눈 쪽을 정면으로 비추는 바람에 나는 아무것도 볼 수 없었다. 계단도 잘 보이지 않아서 다리로 더듬으며 계단을 디디면서 올라갔다. 내가 올라가면 카메라 불빛도 같이 올라갔고, 내가 걸려 넘어지면 카메라 불빛 역시 흔들렸는데, 나와 카메라가 함께 망가진 계단을 따라 올라가고 있는 셈이었다. 나는 넘어지지 않기 위해 난간을 붙잡았다. 이것은 과거와의 재회에 아주 적합한 효과를 주긴 했지만, 아름답게 미끄러지듯이 올라가지지는 않았다. 내 손이 기억하고 있는 나무를 매끄럽게 조각한 난간 대신 철로 된 막대기가 내 손에 닿았고, 예전의 나무는 온데간데없었다. 사방이 어두컴컴해서 앞이 거의 보이지 않았지만, 내 두 다리는 나를 내가 가야 할 아파트 앞으로 인도했다.

가이거가 현관 벨을 눌렀고, 집 안에서 처음에는 아주 작은 소리로, 그런 후에는 점점 더 큰 소리로 발소리가 들렸다. 발소리가 가장 커졌을 때(아파트 안에서 발소리가 들렸다) 문이 열렸다. 구멍이 숭숭 뚫린 러닝셔츠를 입은 사람이 문지방에 나타났다. 머리는 벗어지고, 정신은 다른 데 두고 온 것 같았다. 카메라 불빛이 그를 향하자 그는 인상을 쓰면서 촬영의 목적을 물었다. 방송국 직원들은 그에게 내가 이 아파트에 1923년에 왔었고, 이 안에 다시 한번 들어가고 싶어 한다고 설명했다. 러닝셔츠를 입은 사내는 놀란 기색 하나 없이 오늘은 나를 들여보낼 수 없다고 말했다. 손님이 와 있다는 것이 그 이유였다. 그러면서 내일 오라고 했다.

거짓말을 하는 것 같지는 않았다. 게다가 80년 정도를 기다린 사람이라면 하루를 더 기다리지 못할 것도 없어 보였다. 나는 그의 손님들을 상상했는데, 그들 역시 러닝셔츠 바람으로 왔을 거고, 집에 온 지 오래됐을 것 같았다. 그리고 그들은 앞으로도 한참 더 있다가 갈 것이다. 나는 어차피 그 안에 들어간다 한들 과거에 살았던 사람들을 만날 수 있는 것도 아니어서 내일 이곳에 다시 오지 않으리라 결심했다. 그들은 내가 과거에 만났던 사람들의 아파트를 차지한 것처럼 내 기억 속에 들어와서 그들을 밀어낼 것이다. 나는 과거에 이 집에 살았던 사람들의 성을 기억해냈는데, 그들은 메세라코프 가문 사람들이었다.

건물에서 제일 먼저 나간 사람은 가이거였다. 다른 사람들이 모두 나갈 때까지 그는 손잡이 역할을 하는 나사못을 잡고 있었다. 그리고 그는 여러 나라에 갔었고, 전쟁과 혁명으로 몸살을 앓고 있는 나라에도 어딜 가든지 현관문에 낡은 손잡이 정도는 남아 있었노라고 이야기했다. 상트페테르부르크 역시 상당히 오래 옛 모습을 유지한 것 같았다. 손잡이를 나사못으로 고정하기 시작한 것도 얼마 되지 않은 것 같았다. 가이거의 말에 따르면 손잡이가 없어진 것은 정상적인 생활이 끝났다는 것을 단적으로 보여주는 예라고 한다. 점차적으로 미개한 시절로 돌아가는 시발점이라는 것이다.

이 사람은 손잡이에 지나칠 정도로 의미를 많이 부여하고 있는 것 같다.

화요일

기아친토프 교수의 별장이다. 크림반도의 무더위 속에서도 별장 안은 시원했다. 해변에서 별장으로 향하면서 어두운 별장에 들어가 햇볕에 달아오른 내 몸이 식을 생각을 하면 벌써부터 기분이 좋아지곤 했다. 이 집의 선선함은 상쾌함과는 다른 것이었다. 이것은 오래된 책들이 주는 향기와 법률가인 교수가 어떻게 구했는지 알 수 없는 수많은 외국 트로피들이 만들어내는 기분 좋은 눅눅함이었다. 책장 위에는 말린 불가사리와 진주조개, 거대한 거북이 등딱지(등딱지는 쇠로 만든 막대기로 가로 방향으로 고정돼 있었다), 황새치 주둥이와 실고기 바늘이 놓여 있어서 짭짤한 소금 냄새가 났고, 피스헬멧과 원주민들이 쓰는, 표면이 얼굴 모양으로 조각된 가면도 있었다. 원주민과 관련해서 나는 그들이 사는 땅에 대해 아는 바가 전혀 없다. 나는 단지 그들이 살던 땅이 로빈슨과 어떤 식으로든 연관돼 있을 것이라 짐작할 뿐이었다.

나는 바다가 선사한 것들을 조심스럽게 밀어두고는 책장에서 교수의 책들을 꺼냈다. 이것은 메인 리드*와 쥘 베른의 책들이었고, 이 책들은 법학과는 거리가 멀었다. 여기에는 이국적인 나라들을 묘사한 배를 타고 가는 여행에 대한 이야기들이 기술돼 있었다. 기아친토프 교수는 어렸을 때부터 꿈꿔왔지만 끝내 이루지 못한 것들을 크림반도에 있는 자신의 별장에 수집해놓은 것 같았다. 그러니까 이것들은 그의 삶과 무관한 것들이었고, 제정 러시아 시대의 법전 안에 들어가지 않은 것들이었다. 그의 가슴속 깊이 사랑한 나라들에서 가져온 것만큼은 법과 철저히 무관한 것 같았다.

나는 양반다리를 하고 회양목으로 만든 안락의자에 앉아서(집 안에는 덕분에 회양목 향기도 났다) 기아친토프의 책들을 읽었다. 오른손으로는 책장을 넘기고, 왼손으로는 버터를 바르고 설탕을 뿌린 빵을 꼭 쥐고 있었다.

입으로는 빵을 뜯어먹으면서 책을 읽어나갔다. 설탕이 내 이 사이에서 부서지는 소리가 들렸다. 이따금 나는 책에서 눈을 떼고 법률가가 되는 방법에 관해 생각했다. 그들은 어렸을 때부터 법률가가 되고 싶어 하는 걸까? 솔직히 믿기지는 않는다. 나는 어렸을 때 소방대장이나 지휘자가 되고 싶었고 법률가가 되고 싶다는 생각은 해본 적이 없었다.

그리고 창밖에 쿠데타와 지진이 일어나고, 설탕도 버터도 심지어 러시아 제국이 사라져도 나는 시원한 이 방에 영원히 남아서 책을 읽고, 읽고, 또 읽을지도 모른다는 상상을 하게 되는 것이다. 실

---

* 토머스 메인 리드(1818-1883)는 노예제와 식민지 정책 등을 묘사한 미국 소설가이다.

제로 그 후 몇 년 동안 버터와 설탕은 구하기 힘들었지만, 앉아서 책을 읽는 것은 쉽지 않았다. 새로운 삶은 내게 독서를 허락하지 않았기 때문이다.

또 한 가지 중요한 것은 장식장 중 하나에 우리 집에 있는 것과 똑같은 테미스 조각상이 있었는데, 기아친토프가에서는 아무도 그것을 망가뜨릴 용기가 없었는지 저울이 달린 채로 세워져 있었다. 지금 생각해보면 이 조각상을 아버지에게 선물한 분은 다름 아닌 기아친토프 교수 같다. 아버지 취향과는 거리가 멀었기 때문이다.

토요일

오늘 가이거한테 물었다.
"우리 어머니가 돌아가셨나요?"
"돌아가셨습니다. 1940년에요."
그는 대답했다.

일요일

오늘 나는 가이거와 함께 스몰렌스키 묘지에 갔다 왔다. 아침부터 우리는 스몰렌스크 성모 이콘 성당에서 예배를 드리고(내가 성당 안에서 예배를 드리는 동안 가이거는 밖에 앉아 있었다) 성 크세니야 공소*로 갔다. 크세니야는 얼마 전에 시성(諡聖)된 것 같았다. 나는 과거에 엄마와 함께 그 공소로 갔었고, 그곳에 온 사람들이 그곳에 쪽지를 두고 갔던 것으로 보아 그때 이미 사람들은 크세니야를 존경하고 있었던 것 같다. 엄마는 나한테 "너도 쓰렴"이라고 말씀하셨다. 그래서 나도 뭔가를 적었다. 그때 내가 무슨 소원을 빌었더라?

어느 봄날, 엄마가 숄로 얼굴을 너무 단단히 감고 있어서 얼굴이 근엄하다 못해 조금 험상궂은 모양을 하고 있었던 것을 지금도 생생하게 기억한다. 처음에는 날씨가 흐렸고, 시간이 조금 지나자 바람이 불었으며, 하늘 끝 어딘가에 파란색이 보였다. 우리는 아버지 무덤 옆에 있었고, 파란색은 아버지의 무덤까지 확장되더니 멈춰섰다. 그렇게 나와 엄마는 회색과 파란색의 경계선에 서 있었고, 하늘 위에서는 더 이상 아무런 변화도 일어나지 않았다. 나는 술잔에 보드카를 한 잔씩 따랐고, 엄마는 빵을 얇게 잘랐다. 그때 나는 처음으로 엄마의 손등을 지나가는 정맥을 발견한 것 같다. 어쩌면 이것이 엄마의 노화의 시작을 알리는 것일 수도 있었다.

"어머니는 왜 돌아가셨죠?"

나는 어머니의 무덤 옆에서는 아무것도 얘기하고 싶지 않아서 일부러 가는 길에 가이거한테 물었다. 언젠가 어머니는 내게 당사자가 있는 데서 그 사람을 삼인칭 단수 혹은 복수의 형태로 얘기하

---

* 공소는 상주하는 사제 없이 신도들이 공동체 예배를 드리지 않고 간단히 기도만 드리는 장소이다. 사제가 공소에 순회 사목을 오면 그때 예배를 드릴 수 있다.

지 말라고 하셨는데, 어머니의 무덤 안에는 어쨌든 어머니가 누워 계실 것이 아닌가. 그곳에서 어머니에 대한 질문을 했다면 나는 조금 불편했을 것이다.

"폐렴으로 돌아가셨습니다. 제가 들은 바로는 바로 이곳에서 감기에 걸리셨다고 하더군요."

가이거는 화장지로 코를 풀면서 말했다.

무덤은 길옆에 있었고, 무덤을 찾는 일은 어렵지 않았다. 어머니가 무덤 안에 들어가시고 난 후로 무덤 위에 변한 것은 아무것도 없었다. 무덤을 둘러싸고 있는 울타리는 두 사람을 묻으려고 생각하고 쳐놓은 것이었고, 가이거의 말에 따르면 어머니는 할머니 관 위쪽에 묻었다고 했다. 할머니가 돌아가신 후에 아버지가 세워둔 화강암으로 만든 십자가는 그대로 세워져 있었다. 아버지가 돌아가신 후에 그의 이름도 십자가에 새겨 넣었다. 어머니가 여기에 묻혔을 때는 아무도 십자가에 어머니의 이름을 새겨 넣지 않았는데, 단지 그렇게 해줄 사람이 아무도 없었기 때문이었다. 십자가에 이름도 없고, 무덤을 나타내는 언덕도 없었지만, 어머니가 이 아래에 누워 계시다는 것은 변함없는 사실이었다. 가슴으로 느낄 수 있었다.

가이거는 바지 주머니에서 힙 플라스크와 가죽 주머니 안에 있는 은으로 만든 술잔들을 꺼냈다. 힙 플라스크 안에는 코냑이 담겨 있었다.

"선생님의 어머니는 1940년에 선생님의 죽음에 대한 소식을 전해 들었습니다."

가이거는 술을 잔에 따르면서 말했다.

"흥미로운 것은 당신의 사인을 폐렴이라고 한 것입니다. 당신을 냉동시킨 후에 비상위원회 위원들은 당신의 죽음을 희화하기로 결심한 것이지요. 폐렴이라고 말하면서 말입니다. 차가운 액체질소 속에서 말입니다."

우리는 잔을 부딪치지 않고 한 잔씩 마셨다.

이 소식을 들을 즈음 어머니 옆에는 친지가 아무도 남아 있지 않았고, 어머니는 묘지 외에는 갈 데도 없어졌다. 어머니는 이곳에 몇 시간이고 앉아서 이미 세상을 떠난 이들과 대화를 나눴다고 한다. 그리고 내 사망신고서에 거짓으로 적어 넣은 병에 걸려 세상을 떠나고 말았다. 이 일은 우연의 일치일까? 어머니와 만나기 전까지는 알 수 없는 일이다. 어머니에 대해 생각하면서 나는 어머니가 도시가 봉쇄됐을 때 돌아가셨을 것이라고 짐작하며, 최근에 봉쇄와 관련된 자료들을 찾아서 읽었는지도 모른다*.

"이 묘지에는 제가 아는 다른 사람들의 무덤도 있습니다."

나는 가이거한테 말했다.

그는 고개를 끄덕였지만, 내가 할 다음 질문들을 예상했는지 아무 말도 하지 않았다. 나도 아무것도 묻지 않았다. 아무것도 말이다. 그리고 묘지에서 나오면서 나는 어머니가 도시가 봉쇄되기 전에 돌아가셔서 다행이라는 생각을 했다.

아나스타샤는 도시가 봉쇄된 것을 겪었을까?

---

* 2차 세계대전 때 독일군은 상트페테르부르크를 봉쇄하였다.

화요일

감기에 걸린 아버지는 욕실에서 가글을 하셨고, 나는 아버지 옆에서 등받이 없는 의자 위에 서 있다. 나는 목 안에서 물이 끓는 것 같은 그 신비스러운 소리와 입속의 물이 밖으로 흘러나오면서 꼬르륵꼬르륵하는 소리를 내다가 이내 신음하는 이상한 소리를 두 눈으로 관찰하고 싶었는데, 사실 이 소리는 흔히 들을 수 있는 소리는 아니었다. 용암이 분출되기 직전에 끓는 모습을 보겠다고 분화구에 가까이 다가가는 박물학자가 된 기분이었다. 나는 어머니한테 부탁해서 초를 건네받는다. 아버지의 입속에서 물이 부글부글 끓는 모습은 양초의 희미한 불빛을 받아서 보일 듯 말 듯 했고, 이 점이 호기심을 더 많이 자극하는 것 같았다. 나중에 내가 커서 아버지처럼 멋지게 가글을 할 수 있게 되었을 때 나는 가글을 할 때 꼬르륵꼬르륵 소리가 안 난다는 것을 발견했다. 할 수 있지만 아버지처럼 잘되지는 않았는데, 원인은 내가 숨을 더 길게 내쉬었고, 숨을 내쉴 때 힘이 더 많이 들어갔기 때문이었다. 소리가 나지 않는 가글은 힘도 없고 볼품없었다.

수요일

통나무들. 섬에서는 통나무를 막대기라고 불렀다. 교대하기 전까지 각자 열세 개의 막대기를 비상위원회 위원들에게 내야 했다.

두 명씩 짝을 지어서 일했기 때문에 둘이서 스물여섯 개의 막대기를 만들어야 했다. 전에 이런 일을 해본 적이 없는 사람에게는 무리한 작업량이었다.

먼저 나무를 쓰러뜨린 다음에 나무의 잔가지와 큰 가지를 제거해야 했는데, 그러기 위해서는 나무의 아랫부분을 찾아야 했고, 아랫부분은 눈 속 깊숙이 숨어 있기 마련이었다. 삽은 고사하고 엄지장갑도 없었던 우리는 맨손으로 눈을 파냈다. 언 손이 녹는 동안두 발로 눈을 긁어냈는데, 우리는 굵은 베로 만들어진 천으로 발을 감싼 후에 라포티*를 신었기 때문에 발 역시 맨발이었다. 나무줄기의 아랫부분에 있는 눈을 치운 후에 우리는 줄기 아래에다 양쪽에 손잡이가 달린 톱을 대고 톱질을 하기 시작했다. 처음에는 꽁꽁 얼어붙은 나무줄기에서 톱날이 미끄러져 나갔지만, 톱날이 소나무안에 들어가고 나면 그다음부터는 수월했다. 단조로운 리듬에 맞춰서 일을 하다 보면 시간은 금방 갔고, 잠시나마 현실을 망각하게 되었다. 우리는 쪼그리고 앉거나 무릎을 꿇고서 톱의 손잡이를 쥐고있는 한쪽 손이 얼기 전까지 톱질을 했다. 손잡이를 쥐고 있던 손이얼면 일어나 자리를 바꾸면서 톱질을 하는 손도 바꿨다. 얼어붙은다리를 녹이기 위해서라도 자리에서 일어나는 것은 필요했다.

다리는 자주 동상에 걸렸고, 동상 걸린 다리는 절단했다. 이로인해 솔로베츠키 제도에 있는 죄수들 중에 다리를 하나씩 절단한이들이 많아졌다기보다, 이런 이들은 보통 얼마 안 있어서 죽었기

---

* 구소련 시절에 신었던 참피나무 껍질로 만든 짚신.

때문에 그렇게 한 명 두 명씩 죽어나갔다. 그들은 야전병원에서 극심한 영양실조와 과도한 육체노동으로 죽거나, 동상 부위를 절단하는 과정에서 절단 부위를 더러운 천으로 감쌌기 때문에 감염으로 인해 죽기도 했다.

나와 같이 톱질을 하던 바샤 코로브코프 역시 그렇게 죽었다. 그는 정오 무렵부터 벌써 다리에 감각이 없다고 말했지만, 비상위원회 위원들 중 그의 말에 귀를 기울이는 사람은 없었다. 나는 바샤가 더 이상 톱질은 고사하고, 서 있지도 못하고 눈 위에 있는 나무줄기 옆에 앉아 있는 것을 봤다. 그가 톱의 반대편 끝에 걸려 있을 뿐 손조차 움직이지 못했기 때문에 나 혼자라도 톱질을 하려고 애썼다. 우리는 결국 막대기 열 개밖에 못 만들었고, 이것은 할당량의 절반에도 못 미치는 양이었다. 그들은 할당량을 채울 때까지 아침까지 일을 하라고 우리를 숲에 남겨두고 떠났고, 이것은 충분히 예측 가능한 상황이었다. 바샤는 울면서 비상위원회 위원들에게 중대로 돌아갈 수 있게 해달라고 간청했다. 그들은 그의 부탁을 거절했을 뿐만 아니라 개머리판으로 내리쳤고, 나도 덩달아 맞았다. 그들의 욕설은 눈보라 속으로 사라졌고, 흩날리는 눈발 속에선 맞아도 아픔이 거의 느껴지지 않았다.

우리는 밤새도록 숲에 있었지만, 막대기를 하나도 못 만들었다. 바샤는 처음에는 눈밭에 누워 있었고, 그다음에는 내가 그를 통나무 위에 눕히고 그의 발에서 짚신을 벗긴 후에 그의 두 발을 눈으로 문질러봤지만, 두 발은 마치 얼음처럼 차갑고 딱딱했다. 사방이 어두운 한밤중에 갑자기 눈보라가 그쳤을 때, 나는 달빛 속에서 바샤의 얼굴을 봤다. 눈물은 아직 볼을 타고 흐르고 있었지만, 그는 더 이상 울려고 하지도 않았고 고통스러워하지도 않았으며, 강추위 탓인지 얼굴이 움직이지 않았다. 이제 그의 얼굴은 울 수도 웃을 수도 없었지만, 그 얼굴엔 뭔가 많은 감정이 서려 있었고, 심지어 조금 들떠 있는 것 같기도 했다.

이따금 나는 언 몸을 녹이기 위해 이리저리 뛰었지만, 나 역시 기운이 별로 없어서 멀리 가지는 못했다. 다음 날 아침엔 잠도 못 자고 끼니도 걸렀지만 똑같은 하루가 시작되었다. 나에게 다른 파트너를 붙여줬고, 나는 또다시 일을 해야 했다. 죄수 두 명이 바샤를 야전병원에 데리고 갔고, 거기에서 그의 두 다리를 모두 절단했다. 하지만 하루가 지나서 그는 패혈증으로 죽고 말았다.

어느 날 내가 가이거한테 우리가 영하 40도가 되는 곳에서 따뜻한 옷도 신발도 음식도 없이 작업을 한 일에 대해 말하자 그는 나에게 그런 악조건에서 우리가 살아남은 게 신기하다고 말했다.

사실 그의 말대로 우리 중 대부분은 그곳에서 목숨을 잃었다.

목요일

나는 병원을 떠났다. 언젠가는 해야 할 일이고, 가이거는 내가 온실 속과 같은 병원에 계속 있는 것이 오히려 해롭다고 생각했다. 내가 병원에서 아파트로 이사를 가던 주에는 이사 준비를 하느라 바빠서 일기를 쓸 수 없었다. 일기를 쓸 수 없었던 이유 중에는 시간 외에 다른 이유도 있었다.

내가 이사 가는 곳은 다름 아닌 내가 예전에 살았던 아파트였기에 나는 잔뜩 들떠 있었고, 글이 손에 잡히지 않았다. 볼쇼이 대로와 즈베린스카야 거리가 만나는 그곳에서 나는 다시 살게 되었다. 의사들이 설득한 끝에(마치 가이거의 생각을 읽기라도 한 것처럼!) 상트페테르부르크 시 정부 측에서 예전에 내가 살았던 캄무날카를 매입해서 수리하고는 나를 입주시키기로 한 것이었다. 과거에 나와 엄마가 함께 살았던 방은 나를 치료하는 병원 직원이 쓰도록 돼 있었고(그 방은 주로 간호사 안젤라가 쓸 예정이었다), 홀은 내가 쓰고, 자레츠키가 쓰던 방은 가이거가 찾아오면 쓸 수 있게 비워뒀다. 이 모든 것은 내가 새로운 환경에 최대한 빨리 적응할 수 있도록 함이었다.

새 아파트에서 첫날은 나 혼자 보냈다. 이렇게 한 이유는 내 기억이 더 잘 돌아오도록 한 배려인 것 같았고, 나 역시 그들의 배려에 감사했다. 혼자서 이 방 저 방을 왔다 갔다 했다. 바닥, 문, 창틀할 것 없이 모든 것이 과거와는 완전히 달라져 있었다. 내가 입주하기 직전에 나를 위해서 일부러 구입한 낡은 가구조차 낯설었다. 부엌 개수대에 있는 수도꼭지를 틀었지만, 물이 흐르는 소리도 그때와 너무 달랐다. 1920년대만 하더라도 물은 주석으로 만든 개수대 위로 북을 치듯 쟁쟁한 소리를 내면서 떨어졌지만, 지금은 그소리가 아니었다. 개수대도 주석으로 만든 것이 아니었다. 과거와같은 것은 아파트 내부에 있는 방의 크기밖에 없는 것 같았지만, 이것 역시 장담할 수 없었다. 지난 수십 년 동안 그 건물의 아파트들이 면적을 바꾸고 내부를 얼마나 많이 리모델링을 했는지, 과거의 집과 공통점을 찾는 것이 아무런 의미가 없을 정도라고 했다.

그래도 공통점이 아주 없는 것은 아니었다. 방금 수리를 하고 오래된 가구를 새로 들여놓은 가운데서 과거와의 유사함이라는 것은 다소 독특하게 발현되었다. 예를 들면 창문에서 몇 걸음을 가면 문이 나오는지 내가 정확하게 알고 있는 것 같은 것이다. 눈을 감고도 창밖에 보이는 풍경을 상상할 수 있는 것 같은 것이다. 하지만 더 중요한 것은 눈을 감을 때마다 과거 이곳에 살았던 사람들의 목소리가 지금도 들리는 것 같다는 것이다. 그리고 나는 처음으로 이곳에 살았던 사람들을 영원히 잃어버렸다는 것을 확실히 깨달았다.

침대에 누워서 눈을 감았다. 나는 사라져서 더 이상 존재하지 않고, 또다시 냉동되고 더 이상 해동되지 않길 바랐다. 흐릿하고 끈적끈적한 꿈속에 빠져들었다. 꿈은 나를 점점 더 깊게 빨아들이고 끝이 보이지 않아서, 내가 아파트에 있는 시커먼 그림자들이 나오는 꿈속에 있는 것인지 혹은 생시인지조차 구별할 수 없었다. 이럴 때는 잠에서 깨기 위해 발버둥 쳐야 한다는 것을 알고 있었지만, 꿈과 생시 중 어느 것이 더 무서울지 몰라서 깨어나려는 안간힘을 쓸 결심이 서지 않았다. 이런 비슷한 감정은 섬에 갇혔을 때 느낀 적이 있었다.

누군가 현관에서 초인종을 누르는 소리에 잠에서 깼다. 가이거가 온 것이었고, 나는 그 어느 때보다 그가 온 것이 반가웠다. 가이거가 아니었으면 나는 영원히 잠에서 깨어나지 못했을지도 모른다. 그는 내가 잘 있는지 보려고 코냑 한 병을 들고 왔다. 가이거의 조용한 목소리를 듣고 코냑을 보자 나는 마음이 조금 누그러졌다. 그러자 나는 잠을 자기보다는 그와 대화를 나누고 싶어졌다.

　나는 우선 가이거에게 혼자 좀 다녀도 되는지를 물었다. 그는 되는 정도가 아니라 필요하다고 대답했다. 그는 주머니에서 장지갑을 꺼내서는 나에게 주었다. 그는 한참 동안 지폐의 장점을 설명하고, 어떻게, 무엇에 대해 돈을 지불해야 하는지를 설명했다. 하지만 나는 그가 말한 것의 대부분을 외우지 못했다. 우리는 새벽 2시까지 대화를 나눴고, 그런 후에 가이거는 집에 전화해서 우리 집에서 자고 가겠다고 말했다. 나는 그에 대해, 즉, 일 외에 그의 가족이라든지 그의 사적인 부분에 대해 아는 바가 전혀 없다는 생각을 했다. 오늘 우리가 이렇게 함께 앉아서 대화를 나누는 것은 일과 상관이 없는 것일까? 혹은 일의 연장선일까?

　가이거는 그가 오면 묵을 수 있도록 준비해둔, 자레츠키가 쓰던 방에 들어가서 누웠지만, 나는 낮에 잠을 너무 많이 잔 탓에 잠이 오지 않았다. 나는 앉아서 일기를 쓴다. 이따금 옆방에서 침대 스프링이 삐그덕거리는 소리가 들린다. 옆방에 있는 사람이 자레츠키가 아니라 가이거여서 다행이다.

금요일

죄 많은 제 삶에 어디서부터 통곡해야 합니까?
주님, 저의 슬픔의 근원은 무엇입니까?

토요일

 저녁에 나는 창가에 서 있다. 나는 가이거가 두고 간 코냑병이 그것도 열린 채로 창가에 있는 것을 발견했다. 창문 아래로 시선을 돌려서 달려가는 차들을 보다가 그런 후에는 하늘을 향해 고개를 들었다. 하늘 위에는 비행기들이 날고 있었지만, 복엽기와는 다른 모습을 하고 있었다. 나는 비행사 플라토노프이며, 가이거가 두고 간 코냑을 마시면서 이제는 존재하지 않는 코멘단츠키 비행장을 떠올렸다. 어떻게 그렇게 감쪽같이 사라질 수가 있단 말인가? 기쁨, 비극, 발견, 가끔은 기대, 무료함으로 점철된 삶과 세계가 송두리째 사라지는 것이 가능하기나 한 건지. 텅 빈 벤치를 두드리던 빗방울과 황량한 여름 들판 위에서 소용돌이치던 먼지들은 어디로 갔단 말인가?

 이 세계는 어디에 있단 말인가? 비행사들에게 꽃다발을 건네던 성장한 여자들은 어디에 있단 말인가? 코까지 내려오는 파일럿 모자를 쓰고 있던 남자들은 어디에 있단 말인가? 지팡이를 짚고 이에 담배를 물고 있던 남자들은 모두 어디에 있단 말인가? 비행장 끝에 서 있던 우리 모두는 아틀란티스와 함께 바닷속으로 사라졌단 말인가? 비행기를 내보내던 격납고에 커다랗게 쓰인 '러시아 항공 협회'라는 글씨는 어디로 사라져버린 것이란 말인가?

 나는 이 비행기들을 손가락 다섯 개처럼 훤히 꿰뚫고 있었다. 눈을 감고 모터 소리만 듣고도 어떤 비행기에서 나는 소리인지 구별할 수 있을 정도였다. 이를테면 루이 블레리오*가 만든 단엽기와 부아쟁**이나 파르망***이 만든 복엽기를 구별할 수 있었다. 나는 얼굴만 봐도 누가 아돌프 페구인지, 알퐁스 푸아레인지, 롤랑 가로스****인지, 네스테로프*****인지, 마체예비치******인지를 알아봤다. 그들을 직접 만나보지는 않았지만, 우리 집에는 그들의 초상화들이 걸려 있어서 나는 그들의 얼굴을 알고 있었다. 이 초상화들은 어디에 있는 걸까?

이 초상화들은 더 이상 없으며, 나는 바로 그런 이유로 코냑을 마셨다. 그가 남긴 코냑을 마시며 이 글을 쓰는 이유이기도 하다. 얼마 전에 나는 "당신이 아무런 이해관계를 따지지 않고 비행사가 되고 싶어 한 이유는 하늘을 날고 싶기 때문인가요?"라는 질문을 받은 적이 있다. 이런, 이런! 여기에는 하늘뿐만 아니라 헬멧, 안경, 그리고 멋진 콧수염같이 나를 흥분하게 하는 것들이 있었다. 비싼 담배도 빼놓을 수 없다. 털 달린 가죽 재킷과 바지도. 게다가 비행사들은 진정한 우상이며 엘리트 중의 엘리트가 아닌가.

---

* 프랑스의 항공기술자(1872-1936). 1907년 세계 최초로 단엽기를 발명했다.

** 가브리엘 부아쟁(1880-1973). 프랑스의 비행사이자 비행기 제작자이다. 1905년에 동생 샤를 부아쟁과 함께 비행기 제조회사 '아에로플란 부아쟁'을 설립했으며, 이후 회사를 고급 자동차 브랜드 '아비옹 부아쟁'으로 전환했다.

*** 앙리 파르망(1874-1958). 프랑스의 비행사이자 비행기 제작자이다. 1912년에 형제인 모리스 파르망, 리샤르 파르망과 함께 비행기 제조회사 '파르망 에이비에이션 윅스'를 설립했다.

**** 아돌프 페구, 알퐁스 푸아레, 롤랑 가로스는 프랑스의 비행기 조종사로, 모두 1차 세계대전 때 전투기 조종사로 활약했다.

***** 표트르 네스테로프(1887-1914). 러시아의 비행사이자 항공기 디자이너이다.

****** 레프 마체예비치(1877-1910). 러시아의 비행사이며 민족 해방 운동가이자 우크라이나 혁명당 공동 창립자이기도 하다.

물론 우상들도 약점을 갖고 있긴 하다. 이를테면 비행사들한테서는 모터에 바르던 피마자 오일 냄새가 났다. 특히 모피 코트를 입고 비행을 하던 사람들에게서 그 냄새가 더 진하게 났다. 하지만 상공에서는 춥기 때문에 많은 이들이 모피 코트를 입고 비행했다. 하긴, 모든 비행사가 상공으로 날아갈 수 있었던 것도 아니다. 나는 어떤 비행사가 비행장을 지나갔지만, 위로 올라가지 못한 것을 본 적이 있다. 그는 다시 한번 비행을 시도했지만, 결과는 마찬가지였다. 모두들 웃고 샴페인을 터트렸다. 네 번 시도 끝에 정비사들은 그를 향해 깃발을 흔들고는 그가 탄 비행기를 격납고에 넣었다.

그러니까 꿈 말이다. 물론 하늘을 날고 싶은 꿈이 있었다. 하늘과 비교하면 비행장에 있는 우리는 너무나도 작은 존재였다.

이곳 흔들리는 폭염 속에서
풀밭 위를 덮은 연기
격납고, 사람들, 땅 위의 모든 것
땅에 붙박였구나⋯⋯.*

그랬다, 우리 모두는 땅에 붙박여 있었던 것이다. 하늘에서 보면 모든 것이 달라 보이는 것이다.

---

* 알렉산드르 블로크의 시 '비행사'의 일부.

일요일

오늘 나는 처음으로 혼자서 집을 나섰다. 나는 볼쇼이 대로를 따라 투치코프 다리 쪽으로 갔다. 그런 후에는 지하도를 통해 알렉산드롭스키 대로를 지났는데, 과거에는 알렉산드롭스키로 불렸고, 현재는 도브롤류보프 대로이다. 말이 나왔으니 말인데 도브롤류보프 씨는 점잖은 사람이었고, 고대 러시아 문학 연구를 시작했는데……. 다리 위에 바람이 불어서 내 바바리코트(사실 이 코트는 가이거한테 받은 것이다)가 바람에 날렸다. 다리 한가운데서 멈춰 서서 다리 난간으로 다가갔다. 물이 시커멓고 다리의 교각 주위에서 끓어오르는데 그 모습이 70년 전쯤과 똑같다. 솔로구프의 아내 체보타렙스카야*가 죽고 난 후에 나는 이 물을 보려고 왔었는데, 섬뜩했다. 많은 사람들이 이곳에 다녀갔다.

나는 바실리옙스키섬에 있는 말리 대로로 나가서 '-라인'으로 끝나는 이 거리 저 거리를 횡단했다. 물론 변한 것도 있지만, 그래도 과거의 모습이 남아 있었다. 거리 17번 라인에서 오른쪽으로 돌아 한 블록을 지나가자 스몰렌스키 묘지가 나왔다. 다행히도 나는 아직까지도 그 길을 기억하고 있었고, 이곳에 오자 마음이 편안해졌다. 묘지 안으로 들어가자 심장이 뛰기 시작했고, 나는 잠시 멈

---

* 아나스타샤 체보타렙스카야(1876-1921). 러시아의 작가이자 여성운동가이다. 같은 작가인 표도르 솔로구프와 결혼했으며 정신질환으로 인해 투치코프 다리에서 몸을 던져 자살했다.

춰 섰다. 중앙 가로수 길을 따라 걸었고, 성당을 지나서 나는 또다시 멈춰 섰다.

나는 기억을 더듬어서 어디로 가야 할지 생각했다. 엄마의 무덤으로 가려면 직진하면 된다. 우리 엄마 말이다. 그러면 아나스타샤 엄마의 무덤은 어디로 가야 할까? 아나스타샤와 나는 이곳에 여러 번 왔다. 내 기억이 맞는다면 왼쪽으로 가야 할 것 같다. 나는 가로수 길에서 내려와 떨어진 나뭇가지를 바스락 소리를 내면서 밟으며 무덤 사이를 지나가기 시작했다. 묘비에 적힌 이름들을 읽었다. 솔로구프, 체보타렙스카야……. 맙소사, 방금 전에 체보타렙스카야에 대해 생각했는데 여기에서 이렇게 만나다니. 한편으로는 그리 놀라운 일이 아니기도 했다.

보로니나……. 너무너무 무서웠다. 나는 눈을 다른 데로 돌리고는 마치 방금 막 뛰어온 것 같은 자세를 취하고는 다시 봤다. 보로니나 안토니나. 미하일로브나. 'A'으로 시작하는 그녀의 이름 때문에 숨이 멎어버릴 것만 같아서 끝까지 읽지도 못했다. 나는 깊게 심호흡한 후에 끝까지 읽었고, 거기에는 '아나스타샤'가 아니라 '안토니나'라고 적혀 있었다. 아나스타샤는 여기에 없는 것 같았다. 이것이 의미하는 바는 무엇인가? 그녀의 이름이 없다는 사실 그 이상도 그 이하도 아니다. 단지 나는 이 묘지에 아나스타샤가 없다는 사실을 알아낸 것만으로도 기뻤다.

묘지를 떠날 때 묘지 입구 쪽에서 거지 한 명을 만났다. 이번에는 그의 손에 노란색 나뭇잎이 없는 걸로 보아 그때 그 거지는 아닌 것 같았다. 게다가 지금은 5월이고, 어디에서 노란색 나뭇잎을 구한단 말인가? 그래도 나는 고개를 돌리면 그녀가 내 뒤에 있을 것만 같았다……. 순간 덜컥 겁이 났고, 고개를 돌리지 못했다. 나는 거지에게 돈을 주면서 아나스타샤와 인노켄티를 위해 기도해달라고 부탁했다.

"건강을 빌까요, 아니면 평안을 빌까요?"

그가 내게 물었다.

빗방울이 조금씩 떨어지기 시작했다.

"글쎄요……. 두 가지 경우 모두 뭔가 모호하군요."

고개를 돌려볼 걸 그랬다. 불가능한 일도 일어날 것만 같은 순간이었기 때문이다.

월요일

1921년 5월의 어느 날에 나는 오스탑축과 함께 못질을 해서 나무판자들을 연결하고 있었다. 누가 그에게 질문했다.

"이름이 뭐죠?"

그러자 그가 말했다.

"오스탑축입니다. 이반 미하일로비치지요."

경리는 흔들리는 나무판자 중 하나에서 연필에 침을 묻혀가며 그렇게 적었다. 그녀는 지워지지 않는 연필을 갖고 있었고, 그녀의 입술과 혀가 보라색으로 변해 있었다. 금발 머리에는 빨간색 커치프를 쓰고 있었다. 이른 아침부터 해가 비추고 있었다. 특별할 것 없는 일들이 이상하게도 기억에 남는 경우들이 있다면 이런 때를 가리키는 것이리라.

우리는 선전 문구용 판자를 만들고 있었고, 이것들에 포스터를 붙일 예정이었다. 우리는 즈다놉스카야 강변로에 있는 목공소 마당에서 주어진 일을 하고 있었다. 우리는 우리가 만드는 나무판자 위에 어떤 선전 문구를 적어 넣게 될지도 몰랐다. 다만 엄청나게 많은 나무 중에서 낡은 나무판자들을 골라 광고판 크기에 맞춰 톱질을 한 다음 바닥에 조심스럽게 내려놓았다. 그리고 그 위에 가로로 판자 두 개를 올려놓고 그 밑에 놓여 있는 판자에 못질을 해서 붙였다. 그런 후에는 이것을 뒤집어서 사면의 끝에 얇은 판자를 대고 못질을 해서 틀을 만드는 것이다. 광고판은 이렇게 해서 만들어졌다.

오스탑축은 재킷과 셔츠를 벗었다. 나는 그에게 말했다.

"그러다가 감기 걸려요. 날이 아직 쌀쌀한데요."

"아니요. 햇볕을 받으면 감기에 안 걸려요. 이렇게 해를 보는 것도 오랜만이니 몸도 해를 좀 쬐어야죠."

오스탑축의 몸은 정말로 지나치게 하얘서 악마를 보는 것 같은 조금 혐오스러운 면이 있었다.

"재킷과 셔츠가 아깝기도 하고요. 일할 때 입고 하다가 옷이 상하기라도 할까 봐요."

그가 몇 분 후에 덧붙였다.

오스탑축이 입고 있는 옷은 지금도 충분히 낡아 보였기에 나는 그가 우려하는 이유를 이해하지 못했다. 하지만 생각을 입 밖으로 내지는 않았다. 나는 옷을 벗지 않았다. 이후에 수용소에 갈 때를 미리 대비하였는지는 모르겠지만, 나는 그때 이미 사람은 옷을 많이 걸칠수록 건강하다는 것을 막연하게나마 느끼고 있었던 것 같다.

쉬는 시간에 목공소에서 우리에게 빵 한 조각과 설탕 한 조각, 그리고 당근 차를 가져다주었다. 오스탑축은 자기 차를 따라버리고 나에게도 그렇게 하라고 했다. 나는 망설였지만, 그가 고집을 부렸다. 오스탑축은 자신이 하는 행동에 확신을 갖는 사람처럼 행동하려고 노력했다. 나 역시 잔에 들어 있던 차를 따라서 버렸다. 그러자 오스탑축은 판자들 위에 놓여 있던 배낭에서 불투명한 액체가 든 병을 하나 꺼냈다. 그가 실눈을 떴고, 나는 그에게 나도 동의한다는 뜻을 표현해야 한다는 것을 깨달았다. 당근 차라도 마시지 않은 후회는 접어두고 말이다. 사실 오스탑축과 가양주를 마시는 것이 썩 기분 좋은 일은 아니었지만, 나는 그에게 차를 따라버리길 잘했고, 나 역시 가양주를 마시고 싶다는 의사를 표현했다.

"아내의 친척들이 시골에서 보내준 술이에요."

그가 나에게 말했다.

"시골 사는 친척들 있어요?"

나에게는 그런 친척이 없었다. 물론 아내도 없었다.

오스탑축은 가양주를 한 잔씩 콸콸 따랐다. 잔에서 잔으로 술병을 옮기는 동안 병목을 들지도 않고 술을 한 방울도 흘리지 않았다. 가양주 냄새가 강하게 났다.

"선동의 성공을 위하여!"

오스탑축이 건배사를 말했다.

그의 찡그린 표정으로 봤을 때 말하는 그 역시 확신은 없는 듯했다. 우리가 잔을 부딪치자 양철이 부딪치는 소리가 들렸다. 술잔의 술을 홀짝홀짝 마시면서 매번 안주로 빵과 설탕을 먹었다. 오스탑축은 빵은 먹지 않고 설탕은 몇 번 핥더니 다시 조심스럽게 배낭에 넣었다.

남은 휴식 시간은 우리 둘 다 나무판자 위에 누워서 보냈다. 오스탑축은 자기가 살아온 이야기를 했고, 나는 하늘 위에 구름이 움직이는 모습을 보고 있었다. 구름은 굉장히 빨리 움직였고, 움직이면서 형태와 색깔마저 바꾸고 있었다. 목공소 벽에서 나왔나 싶다가 어느새 옆 건물의 지붕 뒤로 숨어버렸다. 평생 동안 풀코보 천문대에서 수위로 근무한 오스탑축과 달리 구름은 한자리에 머무르지 않고 빠르게 이동하고 모양도 수시로 바꾸고 있었다. 현재 그 천문대는 문을 닫았고, 그 역시 일자리를 잃었다.

5월의 어느 날 나무판자에서 나는 냄새가 났고, 심지어 오스탑축의 이야기를 듣고 있었지만, 나는 행복에 가까운 감정을 느끼고 있었다. 이날 내가 보고 느낀 모든 것은 삶이 이제 막 시작된다는 것을 알려주고 있었다. 인생에서 이렇게 단순한 사건들조차 기쁘고 싱그럽다면 앞으로 일어날 멋진 사건들은 어떨지 생각만 해도 설레는 것이었다. 그땐 그랬다.

화요일

세바가 나에게 말했다.

"볼셰비키당에 들어와!"

때는 6월의 어느 날이었다. 날씨가 화창했다. 페트롭스키 공원에 있는 참나무 잎사귀 사이사이로 해가 비추고 있었다. 우리는 오솔 길을 따라 걸으면서 바닥에 떨어진 도토리를 밟는다.

"거기에는 뭐 하러 들어가는데?"

"혁명을 준비하려고. 마르크스 혁명은 역사의 기관차라고."

나는 그때 처음 세바가 마르크스주의자라는 것을 알았다.

"만약에 역사의 기관차가 그쪽이 아닌 다른 쪽으로 움직이면? 어차피 그 수레 네가 끄는 것도 아니잖아."

세바는 그런 가능성은 생각조차 하지 않는 것 같았다. 그는 화난 표정을 지으면서 나를 쳐다봤는데, 언젠가부터 그가 그런 표정을 짓곤 했다.

"당이라는 건 말이야, 힘이라고! 우리 같은 사람이 몇 명인 줄 알 기나 해? 모두가 잘못된 길로 갈 수는 없는 거야!"

첫째, 가능하다.

둘째, 운전수도 얼마든지 실수할 수 있다.

셋째, 그가 말하는 행위는 다분히 의도적인 행위에 관한 것이다. 게다가 이 행위는 옳지 않을 수 있다.

나는 또다시 세바의 기분을 상하게 하고 싶지는 않기 때문에 이 말을 입 밖에 내지는 않았다. 다른 때라면 얼마든지 할 수도 있고,

실제로 말을 했겠지만, 지금은 그러고 싶지가 않다. 나는 화창한 여름날과 네바강 위를 지나는 유람선의 고동 소리와 우리가 길을 따라 걷는 이 순간이 소중했다. '당이라는 건 말이야, 힘이라고!' 하지만 나는 그와 나란히 걸으면서 세바가 약하다고 생각한다. 나는 그를 마치 내가 내 손으로 빚은 것처럼 잘 알고 있는데, 그는 자신이 약하다는 것을 알고서 나한테 화를 내는 것이다. 그는 그가 생각했을 때 강한 부류에 붙어서 그들이 갖고 있는 힘의 일부를 자기에게 떼어줄 것을 기대한다. 하지만 그들이 그에게 자신들이 가진 힘을 나눠줄 리 만무하다. 그리고 그 순간 나는 만약 세바가 폭군이었으면 제일 먼저 나를 없앴을 것이란 생각을 했다.

세바야, 넌 지금 어디에 있는 거니? 어떤 무덤에 있는 거야?

수요일

아침에 쓰레기를 버리러 나갔을 때 나는 컨테이너에서 쓰레기를 뒤지는 사람을 발견했다. '컨테이너'라는 단어가 아무리 멋있어도 그것이 쓰레기통이라는 사실은 변함이 없고, 사람들은 여전히 뻔뻔하게 쓰레기를 뒤졌다. 이 사람 역시 나를 봐도 부끄러운 기색이 없어 보였다. 그는 마음에 드는 물건들을 컨테이너 지붕 위에 올려놓고는 자세히 살펴봤다. 그는 나에게 내가 버리려고 하는 쓰레기를 보여달라고 부탁했다. 그는 내가 가져온 쓰레기를 다 보고 나서 뜻밖의 질문을 했다.

"해동되셨다고 하는데, 그게 사실인가요?"

나는 가이거에게 이 일에 대해 이야기해주었다.

"이런 걸 명성이라고 하죠."

그가 나에게 말했다.

"대중으로부터 인정받는 것이기도 하고요."

금요일

가이거는 오늘 나에게 안경을 가져다주었다. 아무도 알아보지 못하도록 하려고 안경테는 두꺼웠고, 안경알은 단순했다. 선글라스를 살까 하다가, 선글라스를 끼면 첫째, 불편하고, 둘째, 오히려 사람들의 관심을 끌 수 있다고 생각했다고 한다. 기자회견 이후에 길에서 나를 알아보는 사람들이 많아진 건 사실이었다.

"안경 낀 모습도 필요할 겁니다. 하지만 촬영할 때는 안경을 벗도록 하세요."

가이거가 말했다.

나는 그가 시킨 대로 할 것이다. 오후에 방송국 직원들이 나를 촬영하러 왔고, 나는 안경을 벗었다. 그들은 한참 동안 카메라와 조명을 설치하고 내 얼굴에 분칠을 했다. 인터뷰하는 데도 한 시간 반 정도가 소요되었다. 그동안 내내 나는 안경을 벗고 있었다.

"선생님은 선생님이 과거에 사셨던 시대와 요즘 시대의 차이가 뭐라고 생각하시나요?"

빛이 너무 강해서 기자의 얼굴을 바로 볼 수가 없었다. 상대방의 얼굴을 잘 보지 못하는 상태에서 말을 하기는 쉽지 않은 법이다.

"그게 그러니까, 그때는 밖에서 들리는 소리가 달랐어요. 말발굽 소리는 이제 완전히 사라졌고, 모터 소리만 하더라도 그때는 달랐어요. 그때는 배기가스를 내보내는 소리가 단조로웠는데, 지금은 몇 가지 소리가 섞인 소리죠. 경적 소리도 달랐어요. 참, 그리고 깜빡할 뻔했는데, 지금은 아무도 소리를 지르지 않아요. 하지만 전에는 중고품을 판매하는 사람도, 주석 도금을 하는 장인도, 우유 파는 여자도 모두 소리를 질러댔죠. 소리가 너무 많이 달라졌어요……."

"소리도 소리지만, 제 생각에는 어휘가 변한 것이 더 큰 것 같은데요. 그렇지 않나요?"

"그렇다고 볼 수 있죠. 어휘도 변했죠. 하지만 새로운 소리나 냄새보다는 새로운 어휘에 더 빨리 적응하는 법이죠."

"저는 역사적인 주제에 대해 얘기하려고 하는데, 선생님은 소리니 냄새니 하는 얘기만 하시는군요."

그가 소리 내어 웃는다.

피가 머리로 쏠리는 것을 느낀다. 그것도 아주 많이 말이다.

"이거야말로 가장 중요한 것이라는 걸 모르신단 말인가요? 그때 당시에 쓰였던 어휘에 대한 내용은 역사 교과서에서 얼마든지 읽을 수 있지만, 소리는 얘기가 다르지요. 선생님은 이 소리들을 갑자기 못 듣는 기분이 어떤지 아세요?"

나는 숨을 깊게 들이마신다. 내가 혼자 있거나 가이거와 단둘이 있을 때는 마음이 편안하다. 가이거는 내가 과거를 잃어버렸다는 것을 알고 있고, 그렇기 때문에 불필요한 말은 하지 않는다. 그리고 내가 히스테리를 부려도 참고 받아준다. 하지만 지금은 예의를 갖추고 있긴 하지만, 방송국 사람들이 어서 가쳤으면 하는 바람을 티 나게 표현하고 있다. 복도에서 이해할 수 없다는 듯 "우-우-우" 하는 소리가 들린다.

그들이 모두 가고 난 후에 나는 안경을 쓰고는 거울 앞에 서서 한참 동안 내 모습을 봤다.

토요일

나는 어떻게 해서 똑같은 성을 가진 두 사람이 서로 완전히 다른 성향을 가질 수 있는지 지금도 여전히 의문이다. 섬의 비상위원회 위원 중에 정말 고약한 성질을 가진 놈이 있었는데, 그의 성도 보로닌이었다. 어떻게 이럴 수 있단 말인가? 이 무슨 운명의 장난이란 말인가? 성과 그 사람의 성향이나 성격은 아무런 상관관계가 없단 말인가? 나는 일할 힘이 하나도 안 남았을 때 그가 벌을 받았으면 하고 바랐고, 그러면 이상하게 없던 힘이 생겼던 기억이 있다. 신에게 한번 들어가면 절대 지워질 리 없고, 용서받지도 못하는 목록에 그를 집어넣어달라고 부탁할까 하다가도 그와 같은 성을 가진 아나스타샤의 아버지도 해를 입을까 봐 그러지 못했다. 그리고 나는 자레츠키를 떠올리며, 그가 잘못되기를 바랐던 일과 결국 그가 죽은 일이 떠오르자 그런 생각을 한 나 자신이 원망스러웠는데, 사실 자레츠키는 보로닌에 비하면 그래도 인간적인 면을 가지고 있는 사람이었기 때문이다. 보로닌이 한 일은 자세히 묘사하지 않겠다.

수용소에서 내가 어떻게 살아남았는지에 대한 질문을 종종 받곤한다. 체력적인 부분뿐만 아니라 인간의 본성을 유지하는 정신적인 부분도 포함한 것이었다. 그들의 질문은 합당한 것인데, 그곳에들어온 사람들에게 수용소는 육체적인 고통보다 정신적인 피폐함으로 인해 더 끔찍한 곳이었다. 정신적인 피폐함으로부터 자신을지켜내기 위해서 우리는 상상으로나마 이 지옥 같은 수용소에 대해 잠시라도 잊으려고 노력했다. 잠시나마 천국에 대한 생각을 하는 것으로 버텼었다.

일요일

별장에서 다들 잠들어 있는 이른 아침에 잠에서 깰 때가 있었다. 그러면 아무도 깨지 않도록 조심조심 까치발로 베란다로 나간다. 아무리 조심해서 걸으려고 해도 마룻바닥에서 삐그덕거리는 소리가 난다. 하지만 이 삐그덕거리는 소리는 귀에 거슬리지 않으며, 자는 이들을 깨우지도 않는다. 조용히 창문을 열려고 노력해보지만 창틀이 뻑뻑해서 덜커덕 소리를 내고, 나는 이내 후회한다. 하지만 창문이 활짝 열리고 나면 기분이 좋아지는 것이다. 바람 한

점 없어서 커튼이 흔들리지도 않는다. 침엽수 잎의 진한 향기가 느껴진다. 창틀에 거미 한 마리가 기어간다. 창가에 턱을 괴고(오래된 페인트칠이 벗겨져서 살갗에 붙는다) 창밖을 바라본다. 풀에 물방울이 고여서 반짝이고, 아침이라 풀에 드리워진 그림자의 선이 분명하다. 조용해서 마치 천국에 온 것 같다. 나는 왠지 천국은 조용할 것만 같다.

그러니 바로 지금 이곳이 천국이 아닌가 말이다. 엄마, 아빠, 할머니 모두 잠들어 있다. 우리는 서로를 사랑하고 함께 있는 것이 좋고, 마음이 편안하다. 지금 이대로 시간이 멈췄으면 좋겠다. 아무 일도 일어나지 않은 이대로도 충분하기 때문이다. 왜냐하면 지금 이 상태에서 시간이 계속해서 흘러가면 내게 소중한 이들이 모두 죽을 것이다. 그러면 지금 이렇게 평화롭게 잠들어 있는 가족을 더 이상 볼 수 없게 된다. 우리의 행복이라는 것이 얼마나 위태로운 나락 위에 걸려 있는지도 모른 채 말이다. 이들은 잠에서 깬 후 그들이 겪어야 할 사건들을 모두 겪은 뒤에 각자 죽음을 맞이할 것이다. 그들의 삶의 종착역은 정해진 것이니까 말이다. 나 역시 예외는 아닐 것이다. 하지만 과거에 다른 사람들, 그러니까 할머니만 하더라도 나는 할머니의 눈에서 죽음에 대한 두려움 같은 것은 보지 못한 것 같다. 물론 할머니는 우리가 무탈한 것이 환영 같고, 영원하지 못할 것이라는 것을 짐작하고 계셨으리라.

천국이라는 것은 시간의 부재를 의미한다. 시간이 멈춘다면 더 이상 아무런 일도 일어나지 않을 테니까 말이다. 무로 돌아가는 것을 의미한다. 소나무는 남을 것인데, 아래는 갈색의 울퉁불퉁한 줄기가 있고, 위는 호박처럼 매끈매끈할 것이다. 얇은 담장 옆에 있는 구스베리도 사라지지 않을 것이다. 쪽문이 삐그덕거리고, 옆집 별장에서 아이가 나지막하게 울어도, 베란다 지붕에 빗방울이 떨어지기 시작하는 동안에도, 정권은 바뀌고 제정 러시아는 쇠락한다. 역사와 무관한 일은 시간과 무관하며, 따라서 자유롭다.

월요일

가이거가 왔다 갔다. 그는 가기 전에 갑자기 아나스타샤가 아직 살아 있다고 말했다.

아나스타샤가 살아 있다.

1999년 5월 24일 현재 말이다. 아나스타샤가 살아 있다.

화요일

뜬눈으로 밤을 지새웠다. 이른 아침부터 나는 가이거에게 전화해서 함께 그녀를 보러 가자고 말한다. 그러자 그는 잠시 목을 가다듬더니 목에 녹이라도 슨 것 같은 목소리로 대답한다.

"지금 병원에 있습니다."

"병원 이름은요?"

"87번 병원입니다. 중요한 건 그게 아닙니다. 어차피 지금은 너무 이른 시간이고, 병원은 지금부터 두 시간 후부터 전화를 받을 겁니다."

시계를 보니 새벽 6시였고, 나는 그제야 그가 쉰 목소리로 대답한 이유를 이해했다.

8시 30분에 그가 먼저 나에게 전화를 건다.

"오늘은 병원에 갈 수 없을 것 같습니다. 아나스타샤 세르게예브나가 아직 선생님을 만날 준비가 안 됐다는군요."

나는 그의 말에 대꾸를 하지 않는다. 사실 무슨 질문을 해야 할지 모르기 때문이다. 상대방은 87번 병원에 있으면서 나를 만나고 싶어 하지 않는다.

"아직 준비가 안 됐다더군요. 저기, 그분 입장에서는 그럴 수도 있을 것 같습니다만. 여성분이니까……."

가이거가 중얼거린다.

하지만 나는 이해할 수 없다. 비난하는 것도 아니고, 화가 난 것도 아니고, 그냥 이해가 안 가는 것이다. 나는 낮에 다시 한번 가이거에게 전화를 건다.

"나이가 93세나 됐으니까, 혹시 내가 그러니까 과거의 그 사람이라는 걸 모르고 있는 거 아닐까요?"

"기억을 못 하는 것이 많은 것은 사실입니다만……."

가이거는 또다시 중얼거리는 투로 말한다.

"선생님은 기억하고 계신 것 같았습니다."

그렇다면 나는 더더욱 그녀를 이해할 수가 없다. 부끄러운 것인가? 20년 혹은 30년쯤 후에 만나는 거라면 그렇다고 치더라도

60년도 더 지난 시점에 갑자기 부끄럽다니. 이 정도 세월이면 누구한 명은 죽어도 이상하지 않을 시간인데, 살아서 만날 수만 있다면 얼굴이 어떻게 보이든 무슨 상관인가 말이다. 게다가 그 정도 나이면 남자든 여자든 큰 의미는 없을 것이다. 하지만 아나스타샤는 그렇지 않은 것 같았다.

수요일

나는 아나스타샤가 근처에 있다는 것을 알지만, 그녀를 볼 수가 없다. 이런 경우 나는 어떻게 해야 하는가? 얼마나 더 기다려야 하는가? 그녀에 대한 생각을 떨쳐버리려고 하지만 잘되지 않는다. 전에 나는 책도 많이 읽었고, 새로운 현실이라고 하는 것을 연구하기 위해 텔레비전도 시청했다. 그런데 지금은 아나스타샤 생각뿐이고, 단순히 그때 그녀의 모습을 떠올려보려는 시도를 넘어서서 지금 그녀의 모습을 상상하려고 하는 것이다. 한편으로는 궁금하고, 또 한편으로는 두렵다. 내가 놀랄까 봐 걱정이 되는 것이 아니라, 그녀가 나를 보고 놀랄까 봐 염려되는 것이다.

나는 전에 그녀가 자기는 절대 죽지 않을 거라고 했던 말이 생각났고, 그 약속을 지키려고 했는지 그녀는 정말 아직 살아 있었다. 그녀는 그때 늙기도 싫다고 했는데, 혹시 노화도 비켜 간 것은 아닐까? 그럴 가능성은 희박하지만 말이다……. 가이거에게 그녀의 외모에 대해서는 일부러 아무것도 물어보지 않았다. 그녀는 지금 어떨까? 머리가 벗어졌을까? 아니면 이가 다 빠졌을까? 머리는 안 벗어졌을지도 모르지만, 이는 아마 다 빠졌을 것 같다.

과거에 아나스타샤의 머리카락은 실크처럼 부드러웠다. 실크에 대해 쓰고 싶었다기보다는 마침 머리카락 얘기가 나왔고, 다들 그렇게 쓰니까 써볼까 한다. 그녀의 머리카락은 정말로 실크처럼 부드러웠다. 그녀의 머리카락은 한밤중에 우리가 대화를 나눌 때 이따금 내 살결에 닿곤 하던 그녀의 실크 재질 잠옷 같았다. 실크는 튕겨져 내리는 성질이 있다. 아래로 흘러내리는 것이라고 볼 수도 있다. 내 머리카락은 억세서 곱슬거리고 헝클어지고 위로 올라갈 수도 있지만, 흘러내리지는 않는다. 왜냐하면 실크 같지 않기 때문이다. 나는 아나스타샤의 머리카락에 얼굴을 파묻고는 조용히 머리카락에게 어떻게 하면 이렇게 부드러울 수 있느냐고 귓속말로 질문하곤 했다. 어떻게 하면 이렇게 상쾌한 향을 풍기면서 조용히 어깨로 흘러내릴 수 있느냐고 말이다. 그때 나는 이제 이 머리카락은 내 것이니 내 머리카락의 습성인 것이냐고 물었었다. 그러자 아나스타샤는 이제 우리 각자가 가진 습성은 이제 우리 모두의 것이니 당연히 그렇다고 대답해주었다. 나는 실크같이 흘러내리는 머리카락 아래에 손바닥을 대고 그녀의 머리카락을 내 머리카락에 갖다 댔다. 이게 내 머리카락이라고 생각해도 되는지 물었다. 그러자 그녀는 당연히 그렇고 그럴 수밖에 없다고 대답했다.

그런 그녀가 지금은 87번 병원에 입원해 있다. 이 병원은 도대체 어디에 있는 걸까?

목요일

오늘 가이거는 나에게 그녀가 살아온 인생에 대해 이야기해주었다. 내가 먼저 부탁한 것도 아니고, 사실 알게 된다 하더라도 그다지 기쁘지 않을 것 같았지만, 나는 그의 이야기를 끊지 않고 들었다.

아나스타샤는 1932년까지 나를 기다리다가 발트해 공장의 책임연구원인 포즈제예프와 결혼했다고 한다. 이듬해인 1933년에는 아들 인노켄티가 태어났는데(가이거는 의미심장한 표정을 지으면서 나를 쳐다본다), 아들의 이름으로 보아 그녀는 그때까지도 나를 잊지 못한 것 같았다. 더 이상 기다리지는 못했더라도 말이다.

1938년에 포즈제예프는 외국 첩보요원들과 협력한 혐의를 받고 총살형을 구형받았다. 그리고 2차 세계대전 당시 도시가 봉쇄되고 처음 맞이한 겨울에 인노켄티가 죽었다. 후에 아나스타샤는 이 이름과 관련해서 두 사람을 잃었다고 말했다고 한다. 인노켄티가 죽고 나서 그녀는 투쟁은 고사하고, 살고 싶은 마음조차 없어서 자신도 죽기 위해 아들 옆에 누웠다. 나중에 사람들이 텅 빈 아파트에 있는 그녀를 발견하고는 병원에 입원시켰고, 그 후에는 카잔으로 피난을 보냈다고 한다.

종전 후에 아나스타샤는 곤충학자 오시포프와 결혼했다. 1946년에 아들 세르게이가 태어났지만(이번에 그녀는 아들에게 아버지의 이름을 붙여주었다), 그들의 결혼은 오래가지 못했다. 아나스타샤는 오시포프가 자신이 연구하는 대상처럼 쪼잔한 인간이라며 실망 섞인 투로 말했다고 한다. 결국 아나스타샤는 아들을 데리고 그를 떠났다.

부부 사이를 갈라놓은 갈등의 골이 어찌나 깊었던지 그녀는 아들에게 자기 성인 보로닌을 붙여주었다고 한다. 어쩌면 부부 사이의 갈등의 골이 깊었던 것보다 아버지를 향한 아나스타샤의 무한한 사랑에 기인한 것인지도 모른다.

세르게이 보로닌은 자신의 아버지를 어렸을 때 두세 번밖에 보지 못해서 그 기억조차 흐릿하다. 아이가 성인이 되었을 때 아버지 오시포프는 이 세상 사람이 아니었는데, 중앙아시아로 탐험을 떠났다가 갑자기 목숨을 잃었다고 한다.

세르게이 보로닌의 운명은 그가 잘 모르는 아버지의 운명과 비슷한 면이 있었다. 이상하게도(어쩌면 이상하지 않은지도 모른다) 그 역시 아버지처럼 곤충학자가 되었다. 그 역시 결혼을 늦게 했고, 얼마 안 있어서 이혼을 한다. 하지만 아버지의 삶과 다른 점도 있었다. 그중 첫 번째 차이점은 아버지와 달리 세르게이 보로닌은 딸을 낳았으며(1980년), 그는 딸에게 아나스타샤라는 이름을 지어주었다. 두 번째 차이가 본질적으로 가장 크다고 볼 수 있는데, 그는 자신이 연구하는 자료를 찾기 위해 중앙아시아로 가지 않았고, 그곳에서 죽지도 않았다는 점이다.

페레스트로이카 때에 그는 미국에 있는 대학으로 떠나서는 돌아오지 않았다. 전처는 여전히 상트페테르부르크에 남았지만, 딸은 그녀와 살고 싶어 하지 않았다. 열네 살 때(그날도 그녀는 엄마와 심하게 다툰다) 그녀는 할머니 댁으로 이사를 갔고, 두 명의 아나스타샤는 함께 살기 시작했다. 그리고 3주 전에 아나스타샤 1세가 병원에 입원한 것이다.

아나스타샤 1세라……. 우리가 헤어질 때 그녀의 나이는 열일곱 살이었고, 나는 스물세 살이었다. 지금 그녀의 나이는 93살이고, 나는 가이거가 말한 생물학적 나이에 따르면 서른 살인 셈이다. 내가 액체질소 속에 누워 있는 동안 그녀는 성인이 되었고, 활짝 피었다가 시들다 못해 이젠 노쇠했다. 성격이 고약해져서 직장 동료들과도 다투고(그녀는 어떤 일을 했을까?) 남편도 그래서 곤충 같다고 했는지도 모를 일이다. 곤충학자인 남편을 그렇게 불렀으리라. 하긴, 그럴 수밖에 없지 않은가?

그녀가 남편의 성을 따르지 않았다는 사실만으로도 나는 마음이 한결 가벼워졌다.

정말로 나는 그녀를 보고 싶은 걸까?

금요일

굉장히 보고 싶다.

나는 그녀를 무척 보고 싶다.

토요일

아침 일찍 일어나서 커피를 마셨다. 전화번호부에서 87번 시립 병원 전화번호를 찾아냈다. 그러고는 전화를 걸었다. 예상대로 병원은 시내에서 먼 변두리에 위치하고 있어 혼자 찾아가기가 쉽지 않아 보였다. 나는 택시를 불렀다. 오늘 그녀를 보러 가게 될 것 같은 기분이 들었지만, 가이거한테는 아무 말도 하지 않았다. 거기에는 나 혼자 가야 한다.

나는 차에 탔고, 차는 남쪽을 향해 달렸다. 옛 모습을 유지하고 있는 곳을 따라 드라이브를 하는 것은 좋았는데, 쿱치노까지 가자 마음이 저려왔다. 상트페테르부르크 같지 않은 지역이다. 우리는 그 지역처럼 허름한 병원 앞에서 멈췄다. 굉장히 낡은 건물이었다. 창틀에 금이 간 부분에는 길게 자른 종이에 풀을 붙여서 막았고, 군데군데 유리창 대신에 합판이 끼워져 있었다. 오래된 건물들은 이렇게 낡고 버려진 것 같아도 아직 쓸 만했다. 하지만 새로 지은 건물들은 견고하지 않고, 가짜 같아서 단번에 견고하지 않다는 것을 알 수 있었다.

차양 아래에서 흰 가운을 입고 있는 사람 두 명이 담배를 피우면서 가래를 땅에 뱉어내고 있었다. 꼭 두 마리의 낙타 같았다. 나는 그들 옆을 지나 안내 창구 쪽으로 갔다. 거기에는 줄 달린 안경을 쓴 노파가 앉아 있었다.

"아나스타샤 세르게예브나 보로니나는 몇 호실에 있나요?"

안경을 쓰고 있었다. 그 여자는 손가락에 침을 묻혀가면서 책장

같은 것을 넘겼다. 나는 그 순간 면회 시간을 전화로 묻지 않았다는 사실을 떠올렸다. 갈아 신을 신발과 가운도 물어봤어야 했다.

"4층 407호예요."

"면회 시간은 어떻게 되나요?"

"가고 싶은 때 면회하시면 됩니다."

그 여자는 내 쪽으로는 시선조차 두지 않고 말했다.

심지어 입술을 떼지도 않았다.

"지금 모습이 어떤가요?"

"누구요?"

"보로니나 말입니다."

그녀는 대답하지 않았다. 가운에 대해 질문하는 편이 나을 뻔했다. 신발에 대해서 물을 수도 있었을 것이다.

"참, 저기 낙타 두 마리가 서 있어요."

나는 입구 쪽을 가리키면서 말했다.

"저를 보지 마시고, 입구 쪽을 보세요."

그러고는 계단으로 올라갔는데(엘리베이터가 작동하지 않았다), 형광등이 하나 걸러 하나씩 켜져 있었다. 어두워서 하마터면 인조 화초에 부딪칠 뻔했다. 나는 해동된 이후에 이런 유의 화초를 공공기관에서 몇 번 맞닥뜨린 적이 있다. 예쁜 걸로 따지면 진짜 화초만 못하겠지만, 장점이라면 해를 볼 필요가 없다는 것이다. 오히려 빛을 적게 받으면 받을수록 더 오래간다고 볼 수 있었다. 이런 상황에서 인조 화초나 생각하다니 내가 생각해도 이해할 수 없다. 긴장한 탓인 것 같다.

지금 글을 쓰는 것도 전부 긴장한 탓이다. 내 기억이 왔다 갔다 해서 아직 완벽하게 해동이 안 된 것 같다는 생각도 든다. 나는 사실 오늘 아무 데도 안 갔는데, 왜 이런 걸 썼는지 모르겠다. 전화번호, 주소, 심지어 전화번호부에서 병원 사진까지 봤지만 나는 가지 않았다. 전화를 해서 병실 번호가 407호라는 것만 알아냈을 뿐이다. 아직 거기에 갈 용기는 나지 않았다.

일요일

어제와 똑같은 하루가 시작되었다. 아침 일찍 일어나서 커피를 마셨다. 택시를 부른 걸로 봐서 결국 간 것 같다. 병원 창틀은 틈새 바람이 새어 들지 못하도록 막아놓았고, 입구 쪽에 사진에서 본 것처럼 두 사람이 서서 담배를 피우고 있다. 안내 창구에 있는 마귀할멈 같은 여자도 줄 달린 안경을 쓰고 있었다.

나는 어느덧 4층에 와 있다. 복도를 따라 걸으면서 병실 번호가 적힌 마름모 모양의 번호판을 읽고 있는데, 번호판은 군데군데 훼손돼 있었지만 거의 다 왔다는 것을 느낄 수 있었다. 407호라는 번호는 문 위에 연필로 적혀 있었다. 문을 두드린다. 내 가슴도 쿵쾅거린다. 잠시 후에 여자 목소리지만 거칠어서 남자 목소리에 가까운 어떤 목소리가 들어와도 된다고 하는 소리가 들렸다. 손잡이를 돌려보지만 열리지 않았다. 좀 전에 들어오라고 했던 목소리가 더 세게 돌리라고 말한다. 문은 경련하듯 떨리더니 열린다. 내 몸도 떨렸는데, 글을 쓰고 있는 지금도 몸이 떨리는 것 같다.

안으로 들어가자 오줌 냄새가 코를 찌른다. 침대는 총 여덟 개이고, 2열로 세워져 있었다. 할머니도 여덟 명이 있었는데, 일곱 명은 누워 있고, 창가에 있는 한 명은 반쯤 앉아 있다. 나한테 들어오라고 한 목소리의 주인공인 것 같았다. 나는 그들 중 아나스타샤가 누구일지 알아맞히려 애쓴다.

"누구 찾아오신 거유?"

앉아 있는 할머니가 묻는다.

흔치 않은 목소리였다. 하지만 이런 목소리를 평생 듣는다고 생각하면······.

"아나스타샤 세르게예브나 씨한테 왔습니다."

"보로니나 말인가? 어떻게 되는데요, 손자? 아니면 그냥 친척인가?"

좋은 질문인 데다, 선택지도 있다. 나는 질문하는 사람을 본다. 빛을 등지고 있어서 얼굴은 안 보이고, 목소리만 들릴 뿐이다.

"그냥 친척입니다."

침대에 누워 있던 노파들이 움직이기 시작하고, 그중 몇 명은 팔꿈치를 괴고 몸을 조금 일으킨다. 그중 한 명의 협탁에서 양철로 된 머그잔이 떨어져 내가 집어 올려놓는다. 머그잔 끝부분, 입술이 닿는 부분에 빵으로 만든 죽이 말라서 붙어 있는 것이 보였다.

"친척이라면 가서 좀 돌봐주구려."

"벌써 이틀째 똥을 싼 채로 누워 있는데, 아무도 안 오고 있다우."

그리고 갑자기 목소리를 낮추고는 말한다.

"할머니들 몸은 아무도 씻겨주고 싶어 하질 않거든."

원치 않는다. 내 눈은 밝은 빛에 적응하고 내게 말하는 노파의 얼굴 윤곽이 눈에 들어오기 시작한다. 험상궂은 모습은 전혀 없다. 시골 사람들의 얼굴에서 의례히 볼 수 있듯이 코끝은 위로 올라가 있고, 코에서 입 쪽으로 팔자 주름이 나 있다. 머리에 두른 숄 아래로 흰머리가 튀어나와 있다.

"카챠, 너 괜한 소란 피우지 마."

다른 침대에 있던 노파가 말한다.

"처음 온 사람한테 그렇게 달려들면 되겠어?"

"전에는 어디에 있었수?"

카챠가 궁금하다는 투로 물어본다.

"전에 있었던 곳엔 제가 없지요(맞아, 바로 이거야!)."

"손녀는 어제 왔다 갔나?"

"왔다 갔지."

"간호사라도 닦아줄 수 있었을 텐데."

카챠는 간호사라는 또 다른 가능성을 저울질하는 듯이 입술을 깨물면서 말한다.

"간호사가 언제 올 줄 알고 기다려."

그녀의 목소리는 체념에 가까웠다.

"100루블이라도 쥐여주면 모를까. 지금쯤 사무실에 앉아서 수다나 떨고 있을걸."

그들이 대화를 나누는 중에도 나는 여전히 이 중에 누가 아나스타샤인지 알아맞히려 노력한다. 이들은 내가 그녀를 알 것이라고 생각하기 때문에 누가 아나스타샤인지 알려주지 않는다. 결국 카챠와 대화를 나누는 다른 노파가 한 침대 쪽으로 한 손을 흔들어 보인다.

"우리 말 듣지 마시구랴. 할머니한테나 가보세요."

나는 내가 어디로 가야 할지 알고 있고, 그쪽을 향해 한 발을 내딛는다. 사실 나는 병실에 들어온 그 순간부터 그녀가 어디에 있는지 감으로 알긴 했지만, 확인받기가 겁났다. 이제 내가 어디로 가야 할지 확실해졌고, 나는 그쪽으로 향한다. 나는 아나스타샤의 얼굴을 보지 않고 침대 옆에 붙어 있는 협탁을 자세히 살펴본다. 협탁 위에는 생수병 하나, 튜브형 크림 하나, 틀니가 들어가 있는 컵이 있었다. 아나스타샤의 틀니일 것이다.

아나스타샤. 그녀는 눈을 감은 채로 누워 있다. 입은 반쯤 벌리고 있다. 숨 쉬기가 힘든지 숨이 고르지 못하다. 이따금 숨을 쉴 때 입 밖으로 거품이 만들어졌다가는 금세 터져버린다. 왼손은 이불 위에 주먹을 쥔 채로 놓여 있었는데 마치 누군가를 협박이라도 하려는 것 같다. 그녀는 누구에게 화난 것일까?

그녀의 아버지를 죽이고 나를 액체질소 속에 넣어버린 볼셰비키 당원들? 아니면 삶 전체에? 나는 그녀의 손목을 잡고 내 입술에 갖다 댄다. 전에 나는 원 없이 그녀의 손을 잡고 닿을 듯 말 듯 거의 느껴지지 않을 정도로 내 입술에 갖다 대곤 했다. 보이지 않는 솜털을 느끼며, 손에 있는 굴곡 하나하나를 연구하듯 살펴보곤 했다. 하지만 지금은 다른 정도가 아니라, 완전히 다른 손이 돼 있었다.

내 눈물로 인해 젖은 손. 화를 내기엔 늦었다고 생각한 것인지 서서히 주먹이 펴진다. 사실 이제 화를 낼 대상도 사라진 지 오래다.

"이왕 왔으니 좀 씻겨주고…… 가시든지."

카챠가 말했다.

"전 준비됐어요. 그런데 어떻게 해야 하는지를 몰라서요."

"다들 처음엔 모르죠. 우리가 알려주리다."

솔로베츠키 제도에서도 살아남았을 것 같은 노파가 말했다.

매트리스 아래에서 방수 테이블보를 끄집어내서는 그것을 펼치라고 한다. 나는 아나스타샤의 한쪽 어깨를 잡고 몸을 옆으로 돌리고(그녀의 몸은 가벼웠다) 그 밑에 방수 테이블보를 깐다. 아나스타샤는 기저귀를 차고 있었는데, 텔레비전에서 아기들이 차고 있는 것을 본 적이 있는데 그 비슷한 것 같았다.

"겁먹지 말고. 처음이 힘들지 익숙해지면 별거 아니라오."

카챠가 명령을 내린다.

두렵지는 않다. 과거에는 아나스타샤의 나체를 보는 게 소원이었다. 나는 그녀 쪽으로 시선을 돌린다. 아나스타샤가 실눈을 떴지만 무슨 일이 일어나고 있는지 인지하지는 못하는 것 같다. 어쩌면 그러는 편이 나을 수 있다.

"이제 벗겨요. 손녀딸이 이것들을 살 생각을 한 건 잘한 일이에요. 처음 한동안은 이마저도 없어서 천 기저귀를 썼다우."

나는 기저귀를 펼친다. 찍찍이가 떨어지는 소리를 내면서 기저귀가 몸에서 떨어진다. 냄새가. 과장을 전혀 보태지 않더라도 그건 말 그대로 악취였다. 악취가 뭐 어떻단 말인가? 솔로베츠키 제도에서는 안 맡아본 악취가 없고, 별의별 더러운 것을 다 만져본 내가 아니던가. 게다가 지금 내 앞에는 유일하게 살아남은 소중한 사람이 누워 있고, 그의 상태가 어떻든 받아들여야 할 것이다. 내가 살아서 돌아올 때까지 살아 있어준 것만으로도 고맙고, 나는 행복했다. 나는 기저귀를 접어서 바닥에 조심스럽게 내려놓는다.

"이제 침대 밑에서 대소변을 받아내는 통을 꺼내서 방수 테이블보 위에 놓구려. 할멈의 허리를 살짝 들어서 엉덩이를 통에 붙여놓고."

카챠는 일어나서 발로 바닥을 더듬어 슬리퍼를 찾는다.

"손녀는 혼자서도 잘하는데. 자넨 아직 더 배워야겠어."

카챠는 병실에서 나가서는 잠시 후에 물뿌리개와 스펀지를 가지고 돌아온다. 물뿌리개 속에 담긴 물은 미지근하고, 물 색깔로 봤을 때 과망가니즈산칼륨을 탄 것 같다. 흥미로운 것은 카챠가 지휘관처럼 명령을 내리는 덕분에 내가 긴장의 끈을 놓지 않고 잘해내고 있다는 점이다. 왼손으로는 물을 조금씩 따르고, 오른손으로는 아나스타샤의 사타구니를 씻긴다. 스펀지로 조심스럽게 닦아낸다.

"다리를 더 넓게 벌려야 그 부분에 물이 닿지."

카챠, 좋아, 계속 그렇게 명령을 내려, 당신 목소리 없이는 불가능하니까. 물을 뿌리자 대소변 통에 똥 덩어리가 떨어져 들어간다.

나는 수건으로 아나스타샤를 닦아준다. 방수 테이블보도 닦아낸다. 나는 똥 기저귀와 대소변 통을 들고 나가서 기저귀는 버리고 통은 씻는다. 카챠가 피부 트러블이 생기지 않도록 거기에 크림을 발라주라는 명령을 내린다. 나는 튜브형 크림을 손가락 위에 짜서는 그녀의 사타구니에 바른다. 손이 떨리는 게 느껴진다. 한때 이것은 내가 간절히 바라던 꽃이었다.

월요일

오늘은 5월의 마지막 날이며, 내일이면 여름이다. 나는 6월 1일 새벽에, 그러니까 더 정확히는 여름에 일기를 쓰고 있는 셈이다. 낮에 아나스타샤에게 가면서 여름에 있었던 일을 떠올렸다.

나는 그녀를 카멘노오스트롭스키 대로와 볼쇼이 대로가 만나는 모퉁이에서 우연히 만난다. "어디로 가는 거예요?" "집에요." "저도 집에 가요." 우리는 그렇게 볼쇼이 대로 위를 걸어서 함께 간다. 햇살이 눈에 쏟아진다. 나무로 만든 그녀의 신발 밑창이 바닥에 닿으면서 메아리를 만들어낸다. 그녀는 소리가 나지 않도록 최대한 조심해서 걸어보지만, 신발의 특성상 소리는 계속해서 크게 들린다. 오르디나르나야 거리 모퉁이에서 갑자기 사륜마차가 튀어나온다. 나는 다급하게 한 손을 뻗어서 아나스타샤를 붙잡는다. 내 손이 그녀의 가슴에 닿는다. 그녀의 가슴에 내 손이 닿는 순간 내 안에 있는 무언가가 튀어나오는 것 같은 기분이 들지만, 그녀가 사륜마차 밑에 깔릴까 봐 염려한 두려움이 더 크다. 햇볕이 내리쬐는 낮이다. 발트해에서 따스한 바람이 불어온다. 그녀가 포장도로 위에 누워 있었으면 바람에 그녀의 원피스가 나풀거렸을 것이다. 두 다리는 불편하게 휘어져 있고, 나무로 만든 신발 밑창은 닳아 있었다.

나는 공기처럼 가볍고 바스러질 것만 같은 그녀에게 무슨 일이 일어나지나 않을지 늘 노심초사했다. 하지만 다행히도 그녀는 내가 생각한 것보다 강했다. 삶이 그녀를 그렇게 만든 것 같았다.

병실로 다가가면서 나는 나스챠와 마주쳤다. 계단에서부터 그녀를 보고는 그녀가 누군지 알아봤다. 나는 두 걸음 정도 떨어져서 그녀 뒤를 따라갔고, 어제처럼 가슴이 뛰었다. 그녀의 얼굴을 자세히 보지는 못했지만, 머리카락이나 발걸음 모두 아나스타샤와 닮아 있었다. 내 바람대로 그녀가 뒤를 돌아봤을 때 그녀는 정말로 아나스타샤와 닮았다. 문 옆에서 나는 그녀의 얼굴을 봤다. 인기척을 느끼고 뒤를 돌아봤던 것이다.

"인노켄티 씨 되시죠?"

나는 고개만 끄덕였다. 목소리가 갑자기 안 나올까 염려되었던 것이다.

"저는 나스챠라고 합니다."

그녀가 한 손을 내밀어 악수를 청했다.

"선생님을 텔레비전으로 보고 나서 선생님이 오실 거라고 직감했어요."

그녀는 미소를 지어 보였다. 그리고 그 순간 나는 여전히 그녀의 손을 잡고 있는 내 손을 발견했다. 손이 차다. 게다가 말라서 뼈 하나하나가 느껴질 정도다.

"아나스타샤 얘기는 의사한테 들었어요······."

"알아요. 제가 그 의사 선생님한테 얘기했거든요. 선생님께 중요할 수도 있을 것 같아서요."

그녀의 손이 내 손에서 미끄러져 내려간다.

'중요하다'고 말한다. 미소 역시 아나스타샤의 미소를 빼다 박았다. 아이들은 부모를 닮는 것이 아니라 할머니와 할아버지를 닮는다는 말이 있다.

병실의 악취는 어제처럼 코를 찌르는 정도는 아니다. 악취가 완화되었다기보다는 내 코가 무뎌진 것 같았다.

아나스타샤는 여전히 사물을 인지하지 못했지만, 그래도 어제보다는 나은 것 같아 보였다. 눈은 뜨고 있었다. 눈에 초점은 없었지만, 눈이 방을 이곳저곳 목적 없이 더듬으면서 움직이고 있었기 때문이다.

나는 나스챠와 함께 그녀의 머리를 감겨주었다. 먼저 베개를 치우고 목에 수건을 대서 물이 들어가지 않도록 했다. 그런 후에 나는 미지근한 물이 들어 있는 대야를 가져왔다. 우리는 대야를 베개가 있던 자리에 조심스럽게 놓고 머리를 감기기 시작했다. 나는 아나스타샤의 머리를 잡고 있고, 나스챠는 샴푸를 손바닥 위에 짠 다음 마사지하듯이 머리를 감겼다. 머리카락이 짧아서 고슴도치를 연상시켰다. 눈까지 깜빡이지 않으니 완전히 미쳐버린 것 같은 인상을 주었다. 머리카락에 남은 샴푸를 물로 씻어낼 때 나는 물뿌리개로 머리카락을 물에 적셨고, 그때 아나스타샤는 눈을 몇 번 깜빡였지만, 표정의 변화는 전혀 없었다.

"전에는 머리를 길게 길렀는데."

나는 갑자기 생각난 듯 나스챠에게 말했다.

"병원에서 감기 편하게 하려고 가위로 자른 거예요."

그런 다음에는 방수 테이블보와 수건을 깔고 몸을 스펀지로 씻겼다. 나스챠는 손톱과 발톱을 깎아주었다. 아나스타샤는 저항하지도 않았지만, 자세를 바꾸는 등의 도움을 주지도 않았다.

"며칠 전만 하더라도 괜찮으셨는데. 여기 병원에서도 괜찮으셨어요. 선생님을 만나기 싫다는 의사 표현도 하실 정도로요. 그런데 지금은 보시다시피……."

나스챠가 말했다.

병실에서 나왔을 때 우리는 기자들과 맞닥뜨렸다. 갑작스럽게 사진을 여러 번 찍어대는 바람에 나는 눈살을 찌푸렸다.

"수십 년이 지난 후에 사랑하는 여인을 만난 기분이 어떤가요?"

나는 눈을 더 꼭 감고는 그대로 감고 있었다. 어렸을 때도 가끔 이럴 때가 있었고, 덕분에 위기를 모면하곤 했다. 그리고 그날 나는 그 모습 그대로 몇몇 석간신문에 실린 내 모습을 봤다.

화요일

아침에 비가 왔다. 마치 누가 물줄기를 고의로 던지는 것처럼 빗줄기가 유리창을 세게 두드리고 있었다. 내 집은 모퉁이 쪽에 있어서 바람이 양쪽에서 번갈아가며 내 집 쪽으로 불었다. 침대에 누워서 가늘고 투명한 빗줄기가 유리창을 따라 흘러내리는 것을 보고 있었다. 물이 여러 빛깔로 반짝이기 시작하자 나는 호기심에 자리에서 일어났다. 아래쪽에 경찰차가 한 대 있었고, 사고가 난 것 같왔다. 그러자 나는 그 즉시 역시 비 오던 날 이 자리에서 짐수레 두 대가 충돌했던 일이 떠올랐다. 그때도 이렇게 창가에 서 있었는데, 그게 몇 년도였더라? 세상에서 일어나는 모든 일은 반드시 반복되는 법인데……. 나는 이마를 창문에 댔다. 차 두 대가 충돌한 것 같았다. 심하게 부딪친 것 같지는 않았고, 전조등이 조금 깨진 것 같았다. 두 사람이 비를 맞으면서 서 있었는데, 사고 이후에도 다친데는 없어 보였고, 양복에 넥타이까지 매고 서로 욕을 하는 것 같았다. 그때 수레를 끌던 마부들도 이들과 크게 다를 바가 없었다.

가이거는 집에 잠깐 들러서 돈만 주고 갔다. 그는 이전에도 돈을 여러 번 가져다줬는데, 나는 그 돈의 출처를 묻지 않는다. 나는 정부에서 주는 일종의 보상금이나 두마*, 그러니까 대통령이 하사하는 돈이겠거니 했다. 해동된 인간들을 관리하는 부서가 있을까? 그가 가져오는 돈이라는 것은 과거와 비교했을 때 뭔가 더 작고 장난감 같다. 언젠가는 돈의 출처를 물어보긴 해야 할 것이다.

간호사 안젤라도 와서 바닥을 닦고는 주사를 놓고 갔다. 그녀는 내 부탁대로 매일 오지 않기 때문에 그녀가 올 때쯤 바닥 청소도 할 때가 됐다.

그런데 주사의 경우는 규칙적으로 놓지도 않았기 때문에 내가 미워서 주사를 놓는 것 같다는 생각이 든다. 내 기를 조금 꺾어놓을 속셈으로 엉덩이에 주사를 놓는 것 같았다. 그도 그럴 것이 처음에 나는 그녀가 내 집에서 잠을 자는 것을 반대했고, 그런 후에

---

* 제정 러시아 시대의 국회.

는 집에 오는 횟수도 많이 줄여달라고 했으니 나한테 불만을 가질 만한 이유는 충분했다. 그런데 가이거가 그녀를 우리 집에 보내는 이유는 뭘까? 그녀가 너무 싫다.

낮 1시에 나는 택시를 불렀다. 오늘은 나스챠와 병원 입구에서 만나기로 약속했다. 대학교에서 수업이 끝나고 2시에 거기에서 만나기로 한 것이다. 나스챠는 경제학부에서 공부한다. 내 생각에 여자가 할 만한 전공은 아닌 것 같지만, 세상은 변했고 변해도 너무 많이 변했다. 게다가 누구에게 어떤 전공이 적합할지 판단하기에 나는 이 세상에 대해 아는 것이 턱없이 부족했다.

나는 1시 30분에 병원 앞에 도착했다. 나는 건물 주위를 산책하면서 아나스타샤의 병실 창문을 알아맞히려고 노력했다. 유리창에 금이 가 있었고 창틀에 난 구멍을 기다란 종이로 막아놓았던 것이 기억났다. 하지만 병원 창문에는 죄다 그런 종이가 덕지덕지 붙어 있었는데 어떻게 그녀가 있는 병실 창문을 구별한단 말인가? 그리고 그 순간 안데르센의 동화에 나오는 '분필로 표시한 십자가'가 떠올랐다. 할머니가 자기 전에 읽어주곤 하셨던 동화에 나오는 내용이다. 이야기가 깊어지면 질수록 억양이 사라지고 그다음에는 소리도 사라졌다. 그리고 우리 둘 중 할머니가 먼저 잠이 들곤 하셨다.

나스챠는 정확히 2시에 도착했고, 나는 그녀의 시간 엄수에 적잖이 놀랐다. 그녀에게서 낯설지만 좋은 냄새가 났다. 과거에는 여자들의 몸에서 다른 냄새가 났고, 문득 나는 아나스타샤에게서 풍기던 냄새가 떠올랐다. 물론 내가 시대에 뒤떨어지는 것일 수도 있지만, 그때 그 상쾌한 냄새는 그러니까……. 어쩌면 내 기억이 잘 못됐을 수도 있다.

내가 얘기하고 싶은 것은 바로 이것이다. 우리가 벤치에 앉아서 덧신을 신을 때 나스챠가 샌들을 잘 펴느라 고개를 뒤로 살짝 젖혔고, 그러자 그녀의 뒤통수가 내 얼굴에 거의 닿을 듯 다가왔는데, 나스챠의 미세한 향수 속에 아나스타샤의 머리카락 냄새가 배어나는 것이 아닌가! 나는 나도 모르게 그녀의 뒤통수에 더 가까이 다가갔고, 그 순간 그녀가 뭔가 이상하다는 것을 느꼈는지 뒤를 돌아봤으며, 나는 그대로 그녀의 얼굴을 아주 가까이에서 보게 되었다. 그녀가 뭔가를 느꼈고, 나는 그녀의 뒤통수에 거의 닿을 듯 있는 모습을 들켰기 때문에 얼굴을 붉혔다. 충분히 오해할 수 있는 상황이었다.

병원에 도착하자 우리는 아나스타샤를 1인실로 옮겼다는 것을 알고 놀랐다. 우리를 데리러 내려온 병원장이 직접 우리를 그 병실로 데리고 갔다. 머리는 크고 키는 작달막하지만 건장한 체구의 사내였다. 그리고 갑자기 그의 다리가 휘어지지 않은 것에 시선이 갔다. 스리피스 정장에 흰색 가운을 걸치고 있었다. 자기 진료실에 있으면서도 목에는 청진기를 걸고 있는 것 같았다.

"제가 이 병원 원장입니다."

그는 이 말을 하면서 가운에 '병원장'이라고 적힌 이름표를 매만졌다.

그의 몸에서는 커피 냄새가 났고, 방금 전까지 그가 커피를 마시다 온 것이라는 것을 알 수 있었다. 담배 냄새도 났다. 아마도 아래층에서 그에게 전화를 했을 때 서둘러 재떨이에 담배를 끈 것 같았다. 그런데 왜 그에게 전화를 한 걸까? 갑자기 그녀를 1인실로 옮긴 이유가 뭘까? 사진 속에서 내가 눈을 감고 있는 모습을 보고는 병원 측의 대우에 불만을 갖고 끔찍해하는 표정을 짓는다고 해석한 걸까?

"사실 쉬운 결정은 아니었지만, 저희는 아나스타샤 보로니나 여사께 1인실을 드리기로 결정하였습니다. 사실 이 결정은 당연한 것일지도 모르는데요, 그러니까……."

그는 주로 나를 보면서 말했고, 이따금 나스챠 쪽을 봤다. 나는 우리가 지나치는 문소리에 흘려서 고개만 끄덕할 뿐 그가 하는 말을 흘려듣고 있었다. 그중 하나가 열렸고, 우리는 그 안에 있는 아나스타샤를 발견했다. 그녀는 최신형 침대에 누워 있었는데, 침대라기보다는 이동식 기계 장치에 가까웠고 손잡이와 단추, 바퀴가 많이 달려 있는 기계였다. 침대보는 눈처럼 새하얬다. 침대는 병실 한가운데 있었다.

하지만 뭔가 상당히 부자연스러웠다. 아나스타샤가 악취가 진동하는 병실에 누워 있을 때 그녀는 일상의 일부였다. 그녀는 그러니까 슬프긴 하지만 자연스러운 일상 속에서 헤엄치고 있었다. 하지만 이제 그녀는 그 일상의 일부가 아니었다. 그녀는 일상에서 사라진 모든 물건처럼 일상과 단절된 모습을 띠고 있었다. 광장 중앙에 세워진 동상이나 성당 한가운데 있는 관처럼 말이다. 나스챠의 몸도 전과 달리 낯설었다. 나스챠가 깨끗한 수건을 꺼냈을 때 의사는 이제부터는 간호사들이 할머니를 씻길 것이므로, 그 부분도 걱정할 필요가 없다고 말해주었다.

'할머니'라고 했다.

수요일

아침에 일어나서 창밖을 보니 날이 화창하다. 창문을 열었더니 날씨가 따뜻하다. 11시쯤 나스챠가 전화해서 한 시간 후에 지하철역 '스포르티브나야' 앞에서 보자고 제안했다. 알고 보니 우리 집옆에 있는 성 블라디미르 대공 성당에서 멀지 않은 곳에 있는 지하철역이었다. 내가 밖에 나왔을 때 나스챠는 벌써 약속 장소에 도착해서 기다리고 있었다. 캔버스 천으로 만든 회색 가방을 어깨에 메고, 어깨가 훤히 드러나는 옷을 입고 있었다. 거의 1세기 전쯤에 한밤중에 아나스타샤가 부엌에 나올 때처럼 머리카락을 푼 상태였다. 나는 신사답게 나스챠의 가방을 들어줬고, 그러자 그녀의 한쪽어깨에 붉은색 줄이 남아있는 것이 보였다. 그 줄 근처에는 보일듯 말 듯 주근깨가 있었다. 아나스타샤의 어깨는 본 적이 없지만, 그녀의 어깨 역시 다르지 않을 것이라는 생각이 든다. 하긴, 그저께 보긴 봤다.

우리는 지하철 안으로 들어갔고, 나스챠가 지하철 토큰을 샀다.

"지하철은 한 번도 탄 적이 없어요……."

"앞으로 탈 기회는 얼마든지 있어요."

우리는 '달리는 계단'을 따라 내려가서 지하철을 탔고, 거기에서 내려서는 다른 기차로 갈아탔는데, 모든 것이 낯설었다. 나스챠의 말대로 기회는 얼마든지 있을 것 같다. 그중에서 어딜 가든 움직이는 광고가 있는 것이 눈에 심하게 거슬렸다. 포스터는 안 보면 그만이지만 소리는 그럴 수가 없다. 나는 귀를 막았고, 나스챠는 그런 나를 보고 웃었다.

지하철에서 나오자 우리는 사각형 모양의 콘크리트가 깔린 길로 나왔다. 이 길을 도보로 가는 것은 처음이었다. 왼쪽에는 페인트칠을 하지 않은 차고가 일렬로 쭉 있었고, 오른쪽에는 시들시들한 자작나무를 자로 잰 듯이 일렬로 심어놓은 공터가 있었다. 말라 죽은 자작나무 사이에는 자동차 바퀴 자국이 나 있는데, 이런 상태의 자작나무를 보면 눈살을 찌푸리게 된다. 자작나무들의 삶은 고통 그 자체였다. 그들의 궁색한 애교는 녹슨 차고보다 더 우울해 보였는데, 차고는 적어도 불만을 표출하지는 않았기 때문이다. 우리는 내게 여전히 낯선 페테르부르크의 거리를 따라 걸었다. 20분쯤 걸어가자 우리는 커다란 병원 건물 앞에 와 있었다.

아나스타샤는 예쁜 옷을 입고 있었지만, 여전히 아무런 반응이 없었다. 가끔 눈을 떴고, 그럴 때면 이제 곧 말을 할 것 같았다. 하지만 그녀는 말이 없었다. 굳게 닫힌 입은 어렵게 숨을 쉴 때만 열릴 뿐이었다. 처음 몇 분 동안(쟁반에서 유리와 금속이 달그락거리는 소리가 들렸다) 병실에서 간호사가 분주히 움직이더니 나갔다. 우리는 아나스타샤 왼쪽에 있는 의자에 앉아 있었다. 나는 그녀의 한쪽 손을 잡고 가볍게 쥐었다. 그러자 아나스타샤가 눈을 떴다. 그러고는 다시 감았다. 그녀의 손은 여전히 내 손 안에 있었다. 내 손가락들이 그녀의 손가락을 조심스럽게 훑었는데, 예전에 우리가 좋아하던 행위 중 하나였다.

모두가 집에서 나갔다는 확신이 들면 나는 아침마다 그녀의 방에 들러서 침대 옆에 앉았다. 그녀는 물론 내가 들어와서 의자를 옮기는 소리를 들었고, 나 역시 그녀의 눈꺼풀이 떨리는 것을 봤다. 나는 그녀가 깨어 있다는 것을 알았고, 그녀는 자는 척했으며, 우리 두 사람 모두에게 그녀의 파란 눈이 떠지는 그 순간이 소중했다. 우리 두 사람 모두 그녀가 제일 처음 보는 사람이 나이길 바랐다. 나는 몸을 숙여서 그녀의 눈에 키스했고, 그럴 때면 그녀의 속눈썹이 내 입술에 닿는 것이 느껴졌다. 그러면 아나스타샤는 이불 속에 있던 한 손을 꺼내서 아직 잠에서 덜 깬 것처럼 천천히 나를 향해 뻗는 것이었다. 깡마른 데다 파란 정맥이 비치는 그녀의 손은 침대 위를 기어 다니는 뱀 같았다. 그러면 우리 손가락들은 서로 합쳐지고, 서로의 손을 꼭 잡아서 이따금 뼈가 부스러질 것처럼 소리가 나기도 했으며, 엄지손가락만 자유로이 움직일 수 있었는데, 아팠고, 어쩌면 아프기 때문에 그 손으로 아나스타샤의 손을 부드럽게 어루만졌는지도 모르겠다.

"한번은 할머니가 비극이 자레츠키라는 사람 때문에 시작됐다고 말씀하신 적이 있어요. 그가 한 밀고가 모든 비극의 발단이 됐다고 말씀하셨죠."

나스챠가 낮은 목소리로 말했다.

"그렇다고 볼 수도 있고……."

말하는 동안 그녀의 시선이 느껴진다.

"그렇다면 다른 가능성도 있단 말씀이신가요?"

"나는 우리의 모든 비극이 어쩌면 그보다 훨씬 일찍 시작됐을 가능성도 있다고 생각합니다. 정확히 언제부터였는지 알 수는 없지만 말이죠."

지하철로 가는 길에 나스챠는 내 팔짱을 끼었다. 기분이 나쁘지 않았다.

목요일

나는 나스챠와 또다시 스포르티브나야 역 근처에서 만나서 병원에 갔다. 나는 안경 쓰는 걸 깜빡했고, 지하철 안에서 사람들이 나를 알아보고 알은체했다. 사인을 부탁한 사람들도 있었는데, 한꺼번에 몇 개씩 써달라는 사람도 있었다. 우리는 가장 가까운 역에서 하차했고, 나는 가방을 한참 뒤진 후에 겨우 안경을 찾아냈다. 우리가 병원에 도착했을 때 방송국 기자들이 와 있었는데, 나스챠가 멀리서부터 그들을 먼저 알아봤다. 나는 그들이 내가 안경 낀 모습을 보지 못하도록 안경을 벗었다. 우리가 그들 사이를 지나가는 동안 나는 한마디도 하지 않았다. 우리가 병원 안으로 들어갔을 때 우리 쪽으로 머리카락이 검은 한 아가씨가 마이크를 들고 다가왔다. 나는 그녀 역시 스쳐 지나갈 수 있었지만, 멈춰 섰다. 그녀의 얼굴을 보고 뭔가 끌렸던 것이다.

"선생님은 그분을 전과 똑같이 사랑하시나요?"

그녀가 질문했다.

참 매력적인 얼굴이다. 그리고 그녀는 자신의 얼굴에 어울리는 질문을 했다. 밖에 서 있던 사람들도 원무과로 들어와서는 우리를 둘러쌌다.

"사랑합니다."

정말 나는 그녀를 과거와 동일하게 사랑하는 걸까?

금요일

잠에서 깨는 순간부터 나는 내가 아프다는 것을 깨달았다. 관절 마디마디가 쑤시고, 광대뼈가 부러질 것처럼 아프다. 눈에서는 자꾸 눈물이 난다. 나는 가이거한테 전화해서 인플루엔자 바이러스에 감염된 것 같다고 말했다. 가이거는 '독감'이 맞는 것 같다고 했다. 그는 집 밖으로 나가지 말라고 말했다. 그러고는 40분쯤 지나서 약을 가지고 왔다.

"선생님은 요즘 전염병에 대한 면역력이 없으니 지하철을 타고 다니면 결국 독감에 걸리게 되죠. 하지만 이 역시 언젠가는 겪어야 하는 일이기도 합니다. 단지 당분간은 선생님과 아나스타샤 두 분 모두를 위해 병원에 안 가시는 것이 좋을 것 같습니다. 어쩌면 그분한테 더 치명적일 수 있어요."

나는 면역력이 없다고 하지만, 그녀에게는 이미 있지 않은가. 가이거가 가고 난 후에 나스챠에게 전화를 해보지만, 그녀는 집에 없었다. 약속한 시간에 나는 지하철 근처에 있는 예배당 앞으로 갔다. 나스챠는 서 있었고, 나는 한쪽 손바닥으로 입을 살짝 가리고 옆걸음으로 그녀에게 조심스럽게 다가갔다. 그녀는 먼발치에서 이미 나를 알아봤고, 내가 그녀에게 다가오는 모양을 보고 조금 놀란 눈치였다. 그녀는 엄지손가락으로(이해할 수 없다는 제스처) 머리카락을 꼬았다. 나는 두세 걸음을 남겨둔 지점에 서서 내가 왜 이렇게 행동하는지를 설명했다. 그러자 그녀는 이해했고, 우리는 나중에 전화하자고 하고 헤어졌다.

집에서 나는 철저히 혼자였다. 아침에 가이거가 온 것은 나를 의사로서 치료하고자 함이었기 때문에 열외였다. 물론 그는 자신의 일을 의무 이상으로 이행해서 친밀감마저 들긴 하지만 내가 과거에 독감에 걸린 아나스타샤의 침대 옆에 앉아 있었던 일과는 비교가 안 되는 것이었다. 그때 나는 심지어 그녀 옆에 누워 있었다. 내가 그녀에게《로빈슨 크루소》를 읽어주는 동안, 그녀는 내 손을 잡고 있었다. 현재도 영원 같은 시간을 지나 재회한 우리는 또다시 손을 잡았다. 아나스타샤는 그때처럼 지금도 침대에 누워 있었고, 아팠다. 물론 지금 그녀의 병은(병인가?) 그때와 달랐고, 아나스타샤 역시 많이 변했다. 그것도 아주 많이 말이다.

그럼에도 불구하고 나는 그녀가 여전히 살아 있어서 마음이 한결 가볍다. 그녀는 과거의 내 삶을 확인시켜주는 유일한 증인이기 때문이다. 지금도 침대에 누워서 눈을 감으면 아나스타샤가 나에게 다가와서 차가운 손으로 내 손을 잡을 것만 같다. 하지만 병원 침대에서 일어나 이곳으로 와서 내 손을 잡는 것은 상상 속에서나 가능한 일이다. 물론 살아 있는 한 불가능한 것은 없으며, 불가능이라는 것은 죽음과 함께 도래하는 것이다. 사실 죽음조차 어찌할 수 없는 상황도 있을 수 있지만 말이다.

일요일

어제는 하루 종일 몽롱했다. 가이거는 내가 독감을 이렇게 심하게 앓을 거라고는 예상을 못 했기 때문에 걱정하는 눈치다.

"수십 년 동안 아프지 않은 대가를 치른다 생각하세요. 적응하는 단계입니다."

그가 내게 말했다.

아름다운 말이군…….

하루에 세 번 우리 집에 간호사가 찾아온다. 안젤라 대신 지루하고 나이 많은 간호사가 왔고, 내 간절한 바람이 이루어진 것이었다. 그녀는 체온을 재고는 약을 준다. 주사를 놓을 때도 있다.

그녀는 우리 집에 올 때마다 가이거에게 전화한다(그가 수화기 저편에서 모기 소리로 속상해하는 소리가 들린다). 그는 매일 저녁 우리 집에 찾아온다.

냉동되기 전에 마지막으로 병에 걸린 건 섬에 있을 때였는데, 그때 치료는 지금과 판이하게 달랐다. 다른 정도가 아니었다. 저녁에 의사 조수가 체온을 쟀는데, 체온이 39.5도였다.

"부탁드립니다. 내일은 작업에서 제외시켜주세요."

"그럴 수 없습니다. 이미 작업에서 열외시킬 사람들은 정해져 있습니다."

그는 대답한다.

"조금 쉬운 일을 드릴 겁니다. 열이 39.5도이니, 제가 손을 좀 써 보지요."

아침에 겨우 몸을 일으켰는데, 막사의 램프 불빛이 흐릿하게 보였다. 때는 11월이었고, 사방은 어두컴컴했으며, 해는 다섯 시간 후나 돼서 뜰 테지만, 뜬다 한들 크게 달라질 것도 없었다. 당시 햇빛은 램프 불빛만 못했기 때문이다. 작업을 정할 때 내게 '도랑 파기'를 하라는 말을 듣고 나는 내 두 귀를 의심했다. 나는 정말이지 몸을 움직일 힘도 없었다. 항의할 힘도 없긴 마찬가지였다. 내 몸 상태는 장티푸스보다 조금 더 나은 정도로 상당히 안 좋았다.

나는 무릎 깊이의 물속에 서 있다. 짚신을 벗은 상태였는데, 신발을 신은 상태로는 일을 하기 힘들어서 보통 도랑에서 작업하기 전에 신발을 벗는다. 발은 시리고, 나머지 몸은 불덩어리다. 몸이 어찌나 뜨거운지 내 다리를 감싸는 물이 펄펄 끓을 것만 같다. 토탄층 진흙으로 이루어진 늪지대를 따라 발이 미끄러진다. 흙을 삽으로 퍼서 물 밖으로 꺼낸다. 진흙은 철퍼덕 소리를 내면서 땅에 떨어진다. 진흙은 그렇게 자신이 속한 환경에 이별을 고한다. 삽으로 검은 진흙을 계속 퍼낸다. 나는 더 이상 움직일 수가 없다. 어느새 도랑 끝에 누워 있다.

보로닌이다. 나는 보로닌이 리볼버 권총을 들고 오는 것을 발견했지만, 나는 더 이상 손 하나 까딱할 힘도 남아 있지 않다. 그는 조금 있으면 나를 쏴서 죽일 것이다. 그러면 참호, 아침 기상, 채소죽과도 이별할 것이다. 이런 일을 겪지 않은 자레츠키가 문득 부럽다. 둔기로 맞아 죽은 것이니 고통도 오래 느끼지 않은 셈이다. 하지만 나는 심문을 받고, '클라라 체트킨'호의 선창에서 숨 막혀 죽을 뻔했는데, 이 모든 것은 어쩌면 힘 빠진 나를 도랑 끝에서 죽이기 편하게 하려고 한 것인지도 모른다.

총알 한 발이면 나는 숨이 끊어질 테니까 말이다. 몸이 아플 때면 할머니가 책을 읽어주시던 일도, 시베르스카야에 있던 별장도, 아나스타샤에 대한 추억과도 이별할 것이다. 앞으로 얼마나 더 이렇게 살 수 있을 것인가. 이 모든 것은 어쩌면 내 머릿속이 아니더라도 세계 어딘가, 조용한 항구에 여전히 존재할 수도 있다.

보로닌은 다리로 나를 때렸지만, 놀랍게도 아픔이 느껴지지 않았다. 어쩌면 그 무렵에 이미 내 몸의 변화를 크게 느끼지 못했기 때문인지도 몰랐다. 아무튼 그가 나를 때렸는데…… 누군가 보로닌에게 내가 아프다고 말했고, 그는 나를 한 번 더 때렸다. 의식을 잃은 것처럼 보이려고 눈을 감았더라면 좋았을 테지만, 이상하게도 나는 눈을 감지 않았다. 아니면 나도 모르게 의식을 잃었을 가능성도 있었는데, 의식이 있는 상태에서는 현실 속에서 일어나는 일들을 받아들이기가 힘들었기 때문이다.

보로닌은 다른 사람들에게 하듯 나를 대했을 뿐이다. 그는 죄수 한 명을 때리면서 컵에 소변을 보라고 강요했다. 그리고 소변이 든 컵을 내 얼굴에 대고는 다 마시고 일을 안 하든지 안 마시고 일을 하러 갈 것인지 선택하라고 했다. 그는 권총의 공이치기를 당기고는 셋까지 셌는데…….

강제수용소에서 있었던 일에 대해서는 공소시효가 없다고 말한다. 나는 그때 상황을 검찰, 경찰서 혹은 고등법원까지 가서 보로닌에 대한 이야기를 할 것이다. 글을 쓰는 이 순간에도 나는 체온이 상승하는 것을 느낀다. 머릿속이 시끄럽다. 최후의 심판대까지 가서 보로닌이 사람들을 조롱하고 죽인 것보다 내게 가장 소중한 사람과 같은 성을 가진 그가 보로닌의 성을 더럽힌 것을 변론할 것이다. 과연 '그곳'에서 '보로닌'이라는 성에 의미를 부여할지 의문이다.

그때 나는 정말로 의식을 잃었다. 덕분에 나는 총살형을 면했고, 야전병원으로 보내졌다. 치료 후에는 노동을 거부했다는 이유로 세키르나야산에 있는 교도소로 보내졌다.

월요일

오늘 가이거는 나에게 안젤라 간호사는 더 이상 우리 집에 오지 않을 것이라고 말했다. 내가 바라던 바였다. 물론 나는 그녀를 우리 집에 보낸 이유를 알고 있었지만, 그 결정이 옳았다고는 생각하지 않는다. 나는 그렇게 저속한 간호사는 원치 않는다.

화요일

오늘 한 채널에서 나에 대한 영화가 나왔다. 영화는 최근에 나를 인터뷰한 내용들을 모아서 만든 것이었다. 인터뷰 사이사이에 슬픈 음악이 흐르는 솔로베츠키 제도에 대한 영화가 삽입되었다. 음악과는 거리가 먼 당시의 소리와 단어들 대신에 슬픈 음악이 깔렸다. 특히 단어는 음악으로 대체할 수 없는 것이었다.

완전한 진실이 아닌 것은 거짓이라고들 한다. 이 영화의 문제는 국가정치총국의 주문에 의해 제작되어 허위 사실을 담고 있다는 것 말고도 또 있었다. 야전병원에 있던 사람들 중 깨끗한 내의를 입은 사람도 없었고, 휴게실에서 신문을 읽거나 체스를 두는 사람도 물론 없었다. 다시 한번 말하지만, 이것은 문제의 본질이 아니다. 화면 위에서 분주히 움직이는 흑백의 사람들은 묘하게 진실을 왜곡하고 있었고, 그들은 진실이 퇴색된 기호에 불과했다. 사람과 동물을 표현한 동굴 속 벽화가 흥미롭기는 하지만, 당시 생활에 대한 정보를 알려주지 않는 것과 같은 이치다. 벽화를 보고 있으면 아프리카 들소는 네발로 걸었고, 사람은 두 다리로 보행을 했다는 것 정도를 알 수 있을 뿐이며, 이런 사실은 우리가 아는 정보와 크게 다르지 않다.

솔로베츠키 제도에서 들을 수 있는 소리라는 것은 교도관이 들어와서 죄수의 머리채를 잡고 침대에 내리치는 소리, 죄수가 지쳐 쓰러질 때까지 침대 모서리에 교도관이 그를 내리치는 소리, 서캐를 손톱으로 눌러서 잡는 '탁탁'거리는 소리였다. 냄새도 있었다. 그곳에서는 진드기가 짓이겨진 냄새가 났다. 우리는 매일 지칠 때까지 일하고 씻지도 않았기 때문에 몸에서는 악취가 끊이지 않았다. 이 모든 것은 절망의 냄새, 희망이 결여된 소리, 색깔과 함께 얽히고설켜 있었는데, 이것들은 마음속 깊은 곳에 숨겨져서 감각기관까지 전달되지 않을 것처럼 보였지만, 실제로는 그렇지 못했다.

물론 섬에도 숲에서 나는 소리, 양치식물들이 바람에 흔들리는 소리, 솔방울 냄새와 하늘은 있었다. 만약 손을 쌍안경 모양으로 만들어서 눈에 갖다 대고 주위에 있는 것들을 어둡게 한다면 이곳은 솔로베츠키 제도 위에 있는 하늘이 아니라 파리나 적어도 페테르부르크 위에 있는 하늘 정도라고 상상해볼 수 있었다. 이런 상상은 상황이 바뀔 수도 있다는(그런 희망은 보이지 않았다) 희망을 갖기 위함이 아니라 세상에는 아직 이성적인 요소들이 여전히 존재하며, 사람들에게서 발견할 수 없다면 자연 속에서라도 발견할 수 있다는 것을 확인하기 위해 필요한 것이었다. 이곳에도 바람이 불면 문이 삐그덕거리며(처음에는 소극적으로 삐그덕거리다가 어느 순간부터 갑자기 문이 힘차게 열리고 닫히기를 반복한다), 벌목을 해서 목재를 손질할 때는 모닥불 냄새도 났다. 모닥불을 보면서 나뭇조각을 하나둘 던지다 보면 마음이 잠시나마 편안해지는 것이다. 모닥불은 불이 붙었기 때문에 계속 타들어갈 뿐이다. 인간의 법은 폐지할 수도 있지만, 자연법칙은 그렇지 않은 것이다.

나는 영화 속 장면을 주시해서 봤고(영화 속에는 거슬리지 않을 정도로 잘 다듬어진 소음이 존재했다) 나는 많은 것을 알게 되었다. 나는 사원의 대문도 알아봤는데, 그곳에 처음 들어갈 때 내 심장이 덜컥 내려앉았던 일도 떠올랐다. 사실 배에서 섬으로 발을 내딛는 그 순간부터 수용소에 속해 있었으나 사원 안으로 들어가서야 비로소 나는 내가 그곳에 수감되기로 돼 있다는 사실을 인지했던 것이다. 실수로 불운이라는 단어를 적었는데 그 역시 나쁘지 않다. 나는 수용소 총책임자인 망할 놈의 녹테프도 알아봤다. 못된 놈들 얘기가 나와서 말인데 보로닌도 어딘가에서 언뜻 보인 것 같았다. 정말 보로닌이었을 수도 있고, 내가 잘못 본 것일 수도 있다.

보로닌 얘기를 하자면 그는 지금 어떤 일을 하고 있을까? 만약 그를 불태우지 않았다면 뼈만 산더미처럼 많을 것이다. 당시만 하더라도 무시무시한 존재였지만, 지금은 영화 속에 등장하는 회색빛 등장인물이고, 한 줌의 재이다. 지금도 그를 망할 놈이라고 기억하고 있는 걸 보면 나는 여전히 그를 미워하고 있는 것 같다. 하지만 지금 일어나고 있는 일에 대해 그를 미워한다면 지금 그의 모습을 미워하는 것이라지만, 문제는 그가 이 세상 사람이 아닐 가능성이 크다는 것이다. 그렇다면 지금 내가 미워하는 대상은 누구란 말인가? 내가 당시의 그를 여전히 미워하고 있다면 그가 여전히 살아 있다는 뜻일까? 보로닌은 어쩌면 내 기억 속에 남아서 내 몸의 일부가 되었고, 어쩌면 내 안에 있는 그를 미워하는지도 모른다.

수요일

나스챠가 전화해서 내 건강 상태를 물었다. 그녀가 건강을 물어봐줘서 기분이 좋다. 어느새 그녀를 그리워하는 나를 발견한다. 나는 나스챠에게 아나스타샤의 건강 상태가 어떤지 물었다. 나스챠는 그녀를 할머니라고 부르지만, 아무리 노력해도 '할머니'라는 단어가 입 밖으로 나오지 않는다. 나스챠는 할머니 건강 상태는 양호하다고, 그러니까 평소와 다르지 않다고 대답한다.

나스챠는 우리의 모든 불행이 자레츠키로부터 시작됐다고 말했다. 하지만 보로닌과 비교하면 자레츠키에 대한 내 감정은 미움이라고 볼 수는 없다. 경멸이 섞여 있을 수는 있지만, 나는 그를 불쌍하게 생각하고 있었다. 자기 방을 걸어 잠그고 혼자서 콜바사를 먹었던 자는 연민의 대상이지, 미워할 대상은 아니다. 단지 어리석은 그의 머릿속에 뭐가 들어 있었고, 무슨 생각으로 교수를 밀고했는지 알고 싶을 뿐……. 게다가 중요한 것은 그는 최소한 식인종은 아니었다는 것이다. 보로닌과 달리 말이다. 그런 그가 살해되었다는 것은 끔찍하다.

영화가 끝난 후에 인터뷰를 요청하는 전화가 오고 나는 거절한다. 이를테면 처음 나란 사람이 세상에 알려지고 나서 몇 주간은 인터뷰에 응했지만, 그다음에는 했던 말을 반복하고 있다는 것을 깨달았다. 나는 똑같은 말을 조금 다르게 포장하려고 노력했지만, 그러면 그럴수록 결과는 더 안 좋았다. 나는 가이거에게 이 얘기를 했다. 그는 똑같은 말을 반복하는 일이 절대 창피한 일이 아니며, 게다가 유명한 사람들은 모두 그렇게 해오고 있기 때문에 앞으로도 아무런 거리낌 없이 하던 대로 하면 된다고 대답했다. 그의 말에 따르면 요즘 언론은 광고의 원칙에 초점이 맞춰져 있으며, 따라서 반복을 많이 하면 할수록 오히려 더 유익하다는 것이다. 그리고 이론 하나를 예를 들어 설명했는데, 그 이론에 따르면 인간 안에 내재된 새로운 것을 추구하고자 하는 바람은 낡고 익숙한 것을 당해내지 못한다는 것이다. 특히 아이들에게서 이러한 현상은 도드라지는데, 이를테면 아이들은 새로운 것을 읽는 것보다는 읽었던 책을 읽고 또 읽는 편을 더 선호한다는 것이다. 어쩌면 그러한 이유로 나 역시도 다른 모든 신간보다 《로빈슨 크루소》를 더 선호하는지도 모를 일이다……. 그럼에도 불구하고 나는 번번이 인터뷰 요청을 거절했다.

나에게 전화로 인터뷰 요청을 한 사람들 중에 나는 한 여자의 인터뷰 요청에 응하는데, 그녀는 떨리는 목소리로 말했다. 남자들은 누군가가 목소리를 떨면서 말하면 약해지기 마련이다. 물론 조건은 인터뷰를 유선상으로 한다는 것과, 질문도 하나만 받는다는 것이었다. 고통스러울 정도로 오랜 기다림 끝에 그녀가 드디어 나에게 질문했다.

"선생님이 수용소에서 한 가장 중요한 발견은 무엇일까요?"

보통 질문에 '중요한' '가장' 등의 단어들이 들어가 있는 질문들이 그러하듯이 그녀의 질문 역시 본질적으로는 진부했다. 그토록 오랫동안 양처럼 떨리는 목소리로 뱉을 정도의 질문은 아니었다. 하지만 또 한편으로는 질문이 진부하면 할수록 대답하기가 더 어렵기도 하다.

"인간이 비열한 존재로 전락하는 데는 그리 많은 시간이 필요하지 않다는 겁니다."

목요일

오늘 나는 '냉동식품' 회사로부터 전화 한 통을 받았다. 광고 계약을 하고 싶어 했다. 나는 전화를 끊었다.

이번에도 나는 컴퓨터로 《로빈슨 크루소》에 있는 글을 몇 페이지 정도 타이핑했다. 아직은 손 글씨가 훨씬 더 빠르다.

금요일

벌써 일주일째 독감을 앓고 있다. 물론 나아가고 있는 중이긴 하다. 열도 37도 정도이니 높지 않지만, 극심한 피로감을 느끼고 있다. 아침에 가이거가 다녀가면서 계속 누워 있으라고 강권했다. 그의 말이 아니어도 일어날 힘이 없어서 계속 누워 있다. 내가 그에게 냉동식품 회사로부터 전화를 받았다는 말을 하자 그는 소리 내어 웃었다. 그는 현재는 실용주의의 시대인 만큼 충분히 생각해보고 거절해도 늦지 않다고 말했다. 그는 나가면서 한 번 더 광고 제의에 대해 신중하게 생각해볼 것을 권했는데, 표정만으로는 그가 농담하는 것인지 아닌지 알 수가 없었다.

나스챠로부터 전화를 받았지만, 전화를 받고 나서 더 외로워졌다. 대화에서 그녀가 나를 안쓰러워한다는 것이 느껴지기는 했지만, 나는 왠지 그녀가 예의상 전화를 한 것 같았다. 상대방이 대화하는 톤을 들어보면 느낄 수 있는 것이니까 말이다. 어쩌면 그것이 그녀의 최선일 수도 있었다. 그녀가 나에게 좀 더 특별한 관심을 가져주길 바란다는 뜻은 아니다. 다만 모두에게 나는 철저히 타인인 것 같다는 생각이 든다. 그들에게는 자신의 삶과 말하는 방식, 행동 방식, 사고방식이 존재한다. 그들은 다른 것들에 관심을 가지고 있다. 그들이 관심을 두고 있는 것들이 나의 것보다 더 못하거

나 우월하다기보다는 서로 다른 곳을 보고 있다는 생각이 드는 것
이다. 현재를 살고 있는 이들에게 나는 어쩌면 다른 대륙이나 다른
행성에서 온 사람쯤으로 받아들여지고 있는지도 모른다. 그들은
나를 박물관에 진열된 전시품 보듯 대하며, 늘 그만큼의 거리를 두
고 나를 대한다.

사실 고독이 도움이 될 때도 있다. 섬에 있는 동안 나는 사실 오
로지 고독만을 꿈꿨다. 일이 끝났다는 것을 알리는 종소리가 들리
고 나면 나는 침대에 쓰러져 바로 잠이 들었지만, 잠에 빠져들기
전 몇 분간의 몽롱한 순간에 이런 꿈을 꾸곤 했다.

나는 로빈슨 크루소가 바닷가 근처에서 배회하는 모습을 상상하
고는 재빨리 내가 머물던 섬에서 그의 섬으로 공간 이동을 했는데,
설령 그와 서로 섬을 바꾸지 않는다 하더라도(그가 나와 섬을 맞바
꿀 이유가 어디에 있는가?), 잠시나마 나는 그가 사는 축복받은 무
인도에 가 있다고 상상해보았다. 더워도 상쾌하고 눈도 내리지 않
아 겨울에도 푸르른 열대섬에서 발밑에는 나뭇잎이 카펫처럼 깔
려 있다. 물기 가득한 카펫은 발밑에서 바스락거렸다. 나는 국자를
닮은 거대한 나뭇잎들을 내 쪽으로 향하게 한 뒤에 밤새 비를 맞은
나뭇잎들로부터 물기를 온몸으로 흡수했다. 물은 입 외에도 코와
눈으로 들어갔고, 그럴 때면 촘촘하게 땋은 머리처럼 굽이치는 레
테강*이 떠올랐다.

---

* 그리스·로마 신화에 나오는 망각의 강으로, 이승에서 저승으로 건너가는 망자가 강물
을 마시면 모든 기억을 잊게 된다.

나는 앵무새하고만 대화를 나눴고, 그들도 내가 그들로부터 듣고 싶어 하는 말만 했다. 이곳에는 강제 노역도 교도관도 없었고, 인간의 모습과는 거리가 멀어서 보고 싶지 않은 짐승만도 못한 삶을 견디고 있는 함께 수감된 죄수들도 없었다. 솔로베츠키의 지옥이 만든 모든 것은 인간에게서 인간의 본성을 앗아 갔지만, 로빈슨은 오히려 그를 에워싸고 있는 모든 것에 인간적인 면을 부여하고, 자연을 자신의 일부로 만들었다. 그들은 문명에 대한 모든 기억을 파괴했지만, 그는 무에서 문명을 창조했다. 기억을 더듬어가면서 말이다.

월요일

처음에 그리스인들이 테미스를 묘사할 때는 얼굴에 붕대를 감지 않았다는 것을 어딘가에서 읽은 기억이 있다. 저울도 검도 없었다고 한다. 지금 우리가 알고 있는 것은 테미스의 뒤를 잇는 로마의 유스티티아 여신이다. 로마인이 만들었든지, 혹은 그것이 유스티티아 여신이든지 나는 테미스의 그 모습이 마음에 들었다. 들어 올린 한쪽 손에는 저울을(물론 우리 집에 있는 것은 저울이 없지만), 그리고 나머지 한 손에는 검을 들고 있고, 양쪽 눈에는 붕대를 감고 있다. 기다란 원피스에는 주름이 져 있고, 왼쪽 가슴이 살짝 보인다. 당시 나는 청소년기에 접어들었고, 그걸 보는 것만으로도 흥분되었다.

가끔 나는 장식장에서 이 조각상을 꺼내어 내 책상 위에 올려놓았다. 내 손가락 하나가 그녀의 매끄러운 몸을 따라 미끄러져 내려갔다. 한 손으로는 조각상을 들고, 나머지 다른 손은 그녀의 원피스 주름으로 미끄러져 내려갔으며, 그녀가 들어 올린 한쪽 팔에 내 손이 걸쳐져 있었다. 나는 조각상이 내 손 안에 꼭 들어오는 것을 보고 놀랐다. 손의 감촉에 닿는 완벽한 형태를 보며 감탄했다. 어쩌면 그래서 내가 화가가 됐는지도 모르겠다…….

그래, 화가야! 나는 오래전부터 이 생각을 해왔고, 한편으로는 떠올리려고 애썼고, 또 한편으로는 이 생각을 쫓아내려고 애썼다. 가끔 꿈에서 뭔가 떠오르면 이것이 사실인지 믿기지 않을 때가 있다. 그런데 지금은 갑자기 내가 화가였다는 것이 믿어지는 것이다. 물론 실제로는 화가가 아니었고, 화가가 되는 것이 꿈이었을지 모른다 하더라도 아무튼 그 꿈이 화가였다는 사실에는 변함이 없는 것이다. 과거에 내가 뭘 하는 사람인지에 대한 질문에 대한 해답은 결국 내가 테미스에 대해 생각한 지금 떠올랐다. 게다가 너무도 분명하게 말이다. 테미스. 형태. 완벽함. 나는 미대생이었고, 미술을 전공했다. 네바강 가에 있는 스핑크스상들. 꽃병, 발, 아폴론. 종이 위에서 연필이 사각거리는 소리가 들린다. 왜 나는 이 생각을 못 했을까?

지금 나는 연필을 찾아서 뭔가를 그려보기로 마음먹었다. 꽃병, 말……. 마음에 들지 않는다. 너무 긴장했기 때문이리라. 늦은 시간이었지만, 가이거에게 전화해서 내가 떠올린 새로운 사실에 대해 말했다.

"네. 선생님은 미대에서 공부했었습니다. 게다가 전도유망한 학생이었죠. 하지만 선생님도 알고 계시는 몇 가지 상황으로 인해 졸업을 못 하셨습니다."

그는 대답했다.

그의 목소리가 점점 작아지는 것으로 보아 나는 내가 자고 있는 그를 깨웠다는 것을 알았고, 미안함보다는 일종의 쾌감 같은 것을 느꼈다. 내가 과거에 어떤 공부를 했었는지 떠올린 후에 나는 기쁨과 원망을 동시에 느꼈다. 가이거가 이 사실을 알고 있었다면, 그는 나에게 이 정도는 귀띔을 해줬어야 한다고 생각했다. 그리고 나는 이 생각을 그에게도 전했다. 그러자 그는 잠시 쉬었다가 자기도 어떻게 해야 할지 몰랐지만, 결국 처음 생각한 대로 하기로 결정했다고 대답했다. 그리고 지금 내가 내 기억 속에 구멍 난 부분을 메운 것은 그의 말에 따르면 계획대로 잘되고 있다는 것을 확인시켜주는 것이며, 또한 내 인생에서 가장 중요한 것은 나 스스로가 기억해내야 한다는 것을 뜻한다고 했다.

좋다. 하지만 만약 끝내 기억이 안 난다면?

화요일

아침에 가이거는 수채화 물감과 종이, 그리고 족제비 털로 만든 붓을 가지고 우리 집에 왔다. 내가 한 전화 한 통 때문인 것 같았다. 그는 나를 꼼꼼하게 진찰하고는 외출을 허락했다. 나는 그 즉시 나스챠에게 전화했다. 우리는 스포르티브나야 역 근처에서 만나 함께 병원으로 갔다. 아나스타샤의 상태는 마지막으로 봤을 때와 비교했을 때 달라진 것이 거의 없었다. 내가 '거의'라고 표현한 이유는 이번에는 우리가 병실에서 나가려고 할 때 팔꿈치를 괴고 몸을 조금 일으켜서 나스챠의 이름을 불렀기 때문이다. 하지만 눈은 천장을 향하고 있었다. 그 눈이 나스챠를 봤는지는 알 수 없다.

돌아오는 길에 나는 나스챠에게 간단하게나마 함께 점심을 먹자고 제안했다. 우리는 지하철에서 나와서 현재는 '예카테린스키 운하'로 바뀐 곳으로 나왔다. 나스챠가 나를 데리고 간 작은 레스토랑은 카잔 성당 쪽을 향하고 있었다. 우리 앞에 위치한 운하의 화강암이 우리와 성당을 가로막고 있었고, 우리 발아래 어딘가에 보이지 않는 물이 흐르고 있었다.

"제 것까지 주문해주세요. 마지막으로 내가 레스토랑에 온 건 백 년 전쯤이었던 것 같으니까요."

내가 부탁했다.

"80년이 조금 넘었죠."

나스챠가 정정했다.

"지금 저 잘 보이려고 노력하는 거예요."

우리는 창가 자리에 서로 마주 보고 앉았고, 커다란 창문으로 성당이 한눈에 보였다. 성당은 과거에 나와 아나스타샤가 여러 번 산책하는 모습을 지켜본 터라 마치 우리를 나무라는 듯 쳐다보는 것 같았다. 그때 그녀와 나는 여름에도 차가운 화강암으로 된 계단에 앉곤 했다. 마지막으로 기억하는 장면은 가을이었고, 신문 하나가 성당 기둥 사이를 날아다니고 있었다. 어둠 속에서 신문은 중간 정도 크기의 유령 같아 보였고, 아나스타샤와 나는 그것을 말없이 지켜봤다. 우리도 성당도 당시에는 지금보다 80년 정도 젊었었다.

이제 성당은 내가 나스챠와 함께 있는 모습을 본 것이다. 성당에게 그가 생각하는 그런 관계가 아니라고 말할 수도 있을 것이다. 하지만 나는 말하지 않았다. 내 입은 나스챠가 주문한 비프스테이크로 가득 차 있었고, 어쩌면 비프스테이크는 핑계이며, 실은 나조차도 내게 어떤 변화가 일어나고 있는지 이해하지 못하는지도 몰랐다. 나스챠가 좋아진 걸까? 물론 호감은 있다. 그녀와 함께 있으면 마음이 편안하고 좋다. 이 두 가지 감정은 수용소에서 보낸 기간에도 느껴보지 못했고, 그 이후에 얼어 있던 수십 년 동안은 더더욱 그러했다. 나는 지금 아나스타샤 앞에서 떳떳하지 못한 걸까? 아니, 나는 그렇게 생각하지 않는다. 창가에 앉아 있는 동안 이런 생각이 떠올랐고, 그때는 마음이 굉장히 불편했지만, 집에 와 있는 지금은 마음이 편안하다. 나는 성당의 생각이 옳지 않았다는 것을 깨달았다.

내 시선은 가이거가 사 온 물감에 가닿았고, 나는 그가 오늘 언제 이 모든 것을 사 올 시간이 있었을지 문득 궁금했다. 하긴, 오늘 산 것이 아닐 수도 있다. 어쩌면 이 모든 것을 벌써부터 사놓고 적합한 때가 오기를 기다렸는지도 모른다.

수요일

쇼윈도는 캔버스 천으로 가려져 있다. 고대 조각상들의 석고상을 복제한 제품들이 보인다. 미켈란젤로의 노예상, 원반 던지는 사람. 앞과 옆으로 몸을 숙이고 있는 아폭시오메노스는 구도가 어렵다. 공, 큐브, 원기둥, 피라미드, 원뿔, 육각 프리즘, 삼각 프리즘. 다비드상의 일부인 코, 눈, 입술이 보인다.

어제 나는 새벽까지 물감으로 그림을 그렸다. 하지만 아무리 그려도 마음에 들지 않았다.

목요일

어떤 유명 잡지사에서 나에게 1919년도의 페테르부르크에 대한 기사를 하나 써달라고 연락이 왔다. 아주 시기적절한 요청인 것 같다. 그림은 잘 안 되지만, 글은 또 잘 써질지 누가 아는가? 게다가 원고료도 생각보다 많았다. 그 즉시 나는 편집부 측에 연락해서 내 글이 아니어도 알 수 있는 사건이나 사람들에 대해 쓰지는 않을 것이라고 미리 말해둔다. 대신 지극히 사소해서 현대인들이 당연하게 여기며, 관심을 가질 필요가 없다고 하는 것에 관심이 있다고 말이다. 이런 것들은 모든 사건과 함께 존재하다가 사람들의 관심을 끌지 못하고 사라진다. 이것은 마치 모든 일이 진공 상태에서 일어난 것과 같다.

그들은 내게 고개를 끄덕이면서 쓰고 싶은 것에 대해서 쓰라고 하지만, 나는 하던 얘기를 멈출 수가 없다. 그래서 나는 이것은 마치 한때 대양의 바닥이었던 암석에 수백만 개의 조개껍질이 남아 있는 것과 같다고 말한다. 우리는 이것들이 어떤 모습을 띠었을지 이해는 하지만, 물속을 비추는 선사시대의 햇볕을 보고 자란 흔들리는 수초 사이에 있던 모습을 상상할 수는 없다. 역사서에는 그때 이 물에 대한 기록은 없다고 말이다. 편집장은 웃으면서 "선생님, 알고 보니 시인이시군요"라고 한다. 나는 그의 말에 반대하며, 가이거가 말한 것처럼 삶을 묘사하는 사람이라고 말한다.

금요일

세키르나야산에 오를 때 나는 두 명의 교도관과 함께 갔고, 공포로 인해 배가 조여드는 것 같은 통증을 느꼈다. 솔로베츠키 제도에 이송될 때도 이런 공포감을 느끼지 않았기에 나는 내가 공포감을 느끼고 있다는 것이 창피했다. 교도관들은 차분하다기보다는 무심한 것 같았고, 수용소에 있었다면 가장 점잖은 축에 속했을 것이다. 그들은 나를 뒤에서 떠밀지도 않았고 욕도 거의 하지 않았지만, 그렇다고 내가 걸을 때에 도와주지도 않았다. 심지어 그들은 자기들끼리도 대화하지 않았다. 그들 역시 수용소 생활로 인해 지쳐서 힘을 아끼고 싶은 것 같았다. 수용소에서 지쳐가는 것은 비단 죄수뿐만은 아니었기 때문이다.

우리가 산 위에 올라갔을 때 우리 앞에는 말로 표현할 수 없을 정도로 아름다운 장관이 펼쳐져 있었다. 노란 숲들이 보였다. 파란 호수들도 보였다. 지평선 바로 옆 어딘가에는 납빛 바다도 보였다. 아니, 다시 생각해보니 숲이 완전한 노란색을 띤 것은 아니었다. 초록색 전나무 잎이 드문드문 점처럼 보였는데, 마치 누군가가 다른 색 물감을 그림에 떨어뜨리고는 섞지 않은 것 같았다. 나는 갑자기 마음이 불편해졌다. 이 아름다움이 마치 곧 맞닥뜨리게 될 죽음을 의미하는 것만 같았다. 이런 풍경은 죽기 직전에나 볼 수 있는 아름다움이라는 생각이 들었다. 교도관들도 마음만 먹으면 얼마든지 모습을 볼 수 있었겠지만, 그들은 다른 쪽을 보고 있었다.

그들은 나를 성당 안에 위치하고 있던 징벌방 앞까지 데리고 가서 소총의 개머리판으로 문을 두드렸다. 그러자 건물 안에서 마치 옛날이야기 속 늑대가 이빨로 문을 긁는 소리를 연상시키는, 자물쇠가 딸까닥하는 소리가 들렸다. 그러자 문이 나를 집어삼킬지도 모른다는 생각이 들었다. 안으로 들어가라는 명령이 내려졌고, 나와 함께 온 교도관들은 밖에 남아 있었다. 문지방을 넘어간 후에 나는 그들을 마지막으로 쳐다봤다. 나만 두고 가는 그들이 너무 야속했고, 순간 외로웠다. 마치 친지들에 의해 고아원에 맡겨지는 아이가 된 기분이었다. 죽음을 앞두고 있다고 생각하자 그들조차 내게 가족같이 느껴졌다.

나는 성당 안으로 끌려갔고, 신발을 벗고 옷은 내복만 남겨두고 다 벗으라는 명령을 받았다. 나는 시멘트 바닥을 보고 양말을 신게 해달라고 부탁했다. 그 말이 떨어지기가 무섭게 나는 얼굴을 가격당했다. 그렇게 나는 맨발에 내복 바지 차림에 얼굴에서는 피가 흐르는 상태로 새로운 감방 안으로 들어갔다. 맞길 잘했다 싶었다. 그러는 편이 마음이 더 편했기 때문이다.

토요일

오늘 나는 나스챠를 만나러 지하철역 근처로 갈 때 30분 일찍 도착했다. 사실 나는 집에서 나올 때부터 아직 이른 시간이라는 것을 알고 있었다. 나는 우리가 만날 장소 근처에 있는 난간에 앉아서 '그녀를 그렇게 보고 싶은 걸까?'라는 생각을 했다. 나는 심지어 어깨를 들썩였다. 아니, 나는 단지 집에 있는 시간을 줄이고 싶었을 뿐이다. 그곳에는 유령만 있어서 우울했다.

나는 도로에 아스팔트를 까는 모습을 지켜봤다. 지저분한 데다 술도 덜 깬 이들이 지저분한(한때 오렌지색을 띠었던) 조끼를 입고 뜨거운 아스팔트를 삽으로 퍼서 던졌고, 그런 후에는 로드롤러가 아스팔트를 평평하게 고르면서 지나갔다. 불만 가득한 그들은 인상을 있는 대로 쓰고 있었다. 과거에 나무 벽돌 포장도로를 깔던 사람들도 그런 표정을 짓지는 않았다. 비가 오기 시작했는데, 처음에는 보슬비가 내리더니 나중에는 비가 많이 왔다. 그러자 기름진 아스팔트 위에 물웅덩이가 고였다. 수증기 섞인 연기가 모락모락 피어올라 최악의 근무 조건을 만들었다. 비 오는 날 도로를 포장하고 나면 포장한 것이 얼마나 갈까? 게다가 저런 표정을 짓고서 말이다.

나는 멀리서부터 호리호리한 나스챠가 우산을 들고 다가오는 모습을 발견했다. 그녀의 몸은 조각상을 연상시켰는데(화가였다고 하니까 하는 말인데), 내가 여자는 좀 볼 줄 안다. 그녀는 나를 발견하더니 걸음을 빨리 걷는 것을 넘어서서 뛰다시피 했다. 내가 비를 맞고 있었기 때문이다. 수십 년간 냉동되어 있던 내가 이제는 비를 맞고 있는 것이다. 그녀는 내가 있는 곳까지 뛰어와서는 우산을 씌웠다. 주머니에서 냅킨을 꺼내서 내 얼굴을 닦아주는데 기분이 어찌나 좋던지! 그리고 그때 비도 마침 그쳤다. 찰칵 하는 소리를 내면서 나스챠가 우산의 단추를 누르자 우산이 작아졌다. 그녀는 그것을 마치 젖은 새를 대하듯이 날개 모양의 주름을 잘 접었다.

우리는 함께 지하철 안으로 내려간다. 나스챠가 알려준 덕분에 나는 에스컬레이터를 타고 내려갈 때면 남자가 여자보다 한 계단 아래로 내려가서 여자 쪽으로 몸을 향한 채 서 있어야 한다는 것을 안다. 그녀의 머리카락에서 물방울이 반짝인다. 가방 밖으로 젖은 우산 자국이 새어 나온다.

"나스챠, 저기, 나 전에 뭘 했는지 기억이 났어요."

나는 잠시 뜸 들인 후에 말한다.

"화가였어요. 그것도 이제 막 시작하는 화가 지망생요."

그녀는 호기심 섞인 눈으로 나를 바라본다. 그녀는 내가 이것을 기억해내는 데 얼마나 오랜 시간이 걸렸는지 알지 못한다.

"그때 작업하신 작품들도 찾아내셨어요?"

나는 부정의 뜻으로 고개를 내젓는다. 나스챠는 내리는 쪽으로 내 몸을 돌려주고, 우리는 에스컬레이터에서 내린다.

"걱정 마세요, 그림은 또 그리시면 되죠. 그리실 거죠?"

그녀가 내게 미소를 지으면서 말한다.

"지금은 다 까먹었어요. 나스챠, 정말이지 하나도 기억이 안 나는걸요……."

일요일

어제는 하루 종일 기사를 어떻게 써야 할지 머릿속으로 생각하면서 시간을 보냈다. 별다른 고민 없이 생각이 저절로 머릿속으로 들어왔다. 나는 화가이고, 화가는 사학자와 다르다. 나에게는 사건의 순서가 중요한 것이 아니라 그 사건들이 존재했었다는 사실만 중요할 뿐이다. 논리는 생각하지 않고 머릿속에 떠오르는 순서대로 메모해 나간다.

새 옷이나 물건은 없었고, 모두들 낡은 옷이나 낡은 것을 걸치고 다니던 시절이었다. 여기에는 나름의 매력이 있었는데, 힘든 시기에 입버릇처럼 하는 명언 같은 것 말이다. '힘들 땐 새 옷이 있더라도 입지 말고 헌 옷을 입고 다녀라'는 힘든 시기를 견디는 법을 알려준다. 그때는 모두 알뜰함이 몸에 배어 있었다.

신문은 판매하지 않았고, 건물 모퉁이에 붙였다. 그러면 노동자 무리가 그것을 읽었다. 그렇게 유대감을 형성했다.

식료품은 비밀리에 거래되었다. 매매는 공식적으로 금지돼 있었기 때문이다.

물은 고층까지 올라가지 못하는 일이 잦았다. 고층에 사는 사람들은 물을 욕조에 받아놓고 썼다. 욕조 가득 물을 받아놓고 씻을 때는 대야를 이용해서 씻었다.

다시 옷으로 돌아와서 말하자면, 당시 추운 계절에는 모두들 옷을 입고 자고, 다시 그 옷을 입고 일터로 갔기 때문에 다들 옷이 쭈글쑤글했다.

전기는 하루에 두어 시간만 공급되던 시절이어서 집 안은 대부분 어두웠다. 필요한 경우 등유 램프를 켰다.

겨울에는 하수관이 얼기 일쑤였다. 사람들은 집 안에 있는 화장실을 이용하지 않고 건물 밖에 위치한 변소를 이용했으며, 그보다 더 자주 집 안에 있는 요강을 이용했다. 건물 밖에 변소가 없는 곳도 있었기 때문이다.

전차 역시 잘 다니지 않아서 자주 걸어 다녀야 했다. 어쩌다 마주친다 하더라도 이미 사람들로 가득 차 있곤 했다.

겨울인데 굴뚝에서 연기가 나가지 않는 것은 납득이 가지 않는 풍경이라고 할 수 있다. 그 이유는 난방에 쓸 땔감이 없기 때문이다. 사람들은 목조주택에 있는 나무를 해체해서 땔감으로 썼다. 한번은 아나스타샤가 몸이 아파서 내가 청소부에게 장작 50개를 빌린 적이 있는데, 그 후에 그걸 갚을 생각에 한 달 동안 골머리를 앓았던 적이 있다. 결국 나는 할머니의 유품인 은으로 만든 조미료통을 주는 것으로 빚을 갚았다. 아까웠지만 달리 도리가 없었다.

배급 카드들이 있었다. 설탕 카드, 빵 카드. 노동에 대한 대가로

받은 배급 카드로 나는 장화를 구했다.

등유를 구하려고 페트로그라드 노동자 코뮌에 가서 몇 시간씩 줄을 서곤 했다.

감자 껍질로 레푚시카*를 만들어 먹었다. 당근 차 혹은 자작나무 잎 차 등을 우려내서 마셨다. 한번은 볼사야 모르스카야 거리와 넵스키 대로가 만나는 모퉁이에 말의 사체가 있었고, 사람들은 말의 등부터 꼬리에 붙어 있던 고기를 떼어 갔다.

1919년에 가장 인기 있는 선물은 봉랍, 종이, 볼펜, 연필 같은 것이었다. 나는 아나스타샤에게 당밀 한 병을 선물했다.

나는 영원히 사라져버린 그 세계를 재현하려고 노력하지만, 조각조각 우울한 기억만 떠오를 뿐이다. 또 한 가지가 있는데, 이걸 어떻게 표현해야 할지는 잘 모르겠지만……. 당시 우리는 서로 너무 다르고, 낯설고, 종종 서로가 서로에게 적이었지만, 지금은 뭔가 다들 서로를 아끼는 것 같다. 하지만 나는 그들과 같은 시기를 겪었고, 이것은 엄청난 유대감을 의미한다. 함께 힘든 시기를 겪으며 우리는 서로를 향해 일종의 유대감을 가지고 있었다. 하지만 지금은 그 누구에게도 친밀감을 느끼지 못하는 현실이 두렵기만 하다. 아나스타샤와 가이거만 빼고 말이다. 과거에는 내가 동시대인들 모두에게 유대감을 느꼈다면, 현재는 내 편이 두 사람밖에 없는 셈이다.

---

* 우즈베키스탄, 키르기스스탄 등지에서 먹는 납작한 빵.

월요일

나는 오늘 가이거한테 내가 화가였던 사실을 기억하는 데 왜 그토록 오랜 시간이 걸렸는지 질문했다. 그리고 지금은 아무것도 그릴 수 없는 것은 어떻게 설명할 수 있는지도 물었다(이 질문을 할 때 갑자기 목소리가 안 나왔다).

"이 부분을 담당하는 뇌세포에 뭔가 문제가 생긴 것 같습니다. 아마도 해동 후에 그 부분이 회복되지 못한 것 같습니다."

가이거가 말했다.

"다른 것도 아니고 제 본업과 관련된 것인데 말입니다……."

"어쩌면 바로 그런 이유로 이 세포들이 회복되지 못한 것일 수도 있습니다."

그는 잠시 침묵한 후에 다시 말을 이었다.

"대신에 글은 잘 쓰시잖아요. 요즘 표현을 쓰자면 '크리에이티비티(creativity)'가 채널 하나를 잃은 대신에 다른 채널을 발굴한 셈이죠. 선생님의 글재주도 회화와 연관이 있지 않나요?"

참으로 훌륭한 답변이 아닐 수 없다.

화요일

오늘 나는 다시 또다시 세키르나야산에 대해 생각했다. 여기에서는 미술 재능도 글재주도 무의미하다. 아침부터 밤까지 이어지는 혹독한 추위를 무슨 수로 글로 표현한단 말인가? 배고픔은 또 어떠한가? 모든 이야기는 완결된 사건을 전제로 하지만, 여기에는 영원한 반복만 있을 뿐이다. 한 시간, 두 시간, 세 시간, 열 시간이고 추위에 떨게 된다. 그리고 추위와 허기는 아무리 겪어도 익숙해지기 힘든 법이다. 징벌방의 2층에 있는 사람들은 맨발에 내복 바지 하나만 입고, 바닥에서 떨어져 있는 나무 막대기 위에 앉아 있다. 난방이 될 리 만무하다. 말을 하는 것도 몸을 움직이는 것도 금지돼 있다. 벤치 의자는 높아서 다리는 바닥에 닿지 않는다. 몇 시간 후면 다리가 퉁퉁 부어서 그 다리로는 일어서지도 못한다. 고문은 끝도 없이 지속되고, 끝을 알 수 없기에 절망한다. 이런 고문을 글로 어떻게 묘사할 것인가? 고문에 대해서 묘사하려면 고문당한 시간만큼 글을 써야 할 것이다. 몇 시간이 될 수도, 며칠이 될 수도 있고, 몇 달 동안 이어질지 알 수가 없다.

수개월을 버티는 사람들은 드문데, 대개는 미쳐버리거나 그보다 더 자주 죽어나갔다. 아침부터 앉아 있자면 자신이 나무 위에 매달린 발바닥이 된 기분이 들고, 발바닥으로는 시멘트 바닥에 깔린 틈새 바람이 느껴진다. 나무판자는 대퇴골 사이에 끼어 있다. 어느덧 다리에 감각이 없어지고 온몸이 아프고 더 이상 앉아 있는 것 자체가 불가능해진다. 허벅지 밑에 몰래 손바닥을 넣고 조금이라도 움직일 수 있도록 나무로부터 몸을 살짝 떨어뜨려놓으려고 시도를 하기도 한다.

하지만 문에 나 있는 창문에 교도관의 눈이 수시로 보인다. 그들은 죄수들의 손바닥에 힘이 들어가는지, 무릎을 굽힌 누군가의 다리가 다른 죄수들의 다리보다 조금이라도 더 높이 올라가 있지는 않은지를 감시한다. 조금이라도 요령을 피우는 것이 발각되면 교도관이 곤봉을 들고 들어온다. 그는 곤봉으로 죄수의 머리와 어깨를 내려친다. 그러면 죄수는 기다란 의자에서 굴러떨어지면서 머리를 바닥에 세게 부딪치며 감방이 떠나갈 정도로 비명을 지른다. 그 순간 그는 마치 자신이 고통받는 몸으로부터 분리되는 것 같은 기분을 느끼게 된다. 짐승 같은 비명도 자기 것이 아닌 것만 같다. 정말 자신의 입에서 나오는 비명인지 의심하게 된다. 달려온 경비원이 때리고 밧줄에 묶는 것이 정말 자신의 손발인지 실감이 안 나는 것이다. 팔을 꺾고 손과 발을 등 뒤로 꺾어서 묶는다. 그러면 그는 더 이상 사람이 아니며, 하나의 바퀴가 되는데, 교도관들은 왜 그를 굴리지 않는가?

그러고는 계단을 따라 위로 끌고 올라가서 '등불' 쪽으로 끌고 들어간다. '등불'이라는 곳은 성당 꼭대기이며, 그곳은 과거에 등대로 사용되던 곳이다. 지금 그곳에는 램프도 없고, 창문에 끼워져 있던 유리도 없다. 언덕 위에서 불어대는 강력한 바람만 있을 뿐이다. 죄수는 잠시 그 바람에 저항해보지만, 이내 바람에 몸을 맡긴다. 그리고 물리적 시간이 사라지고, 펜으로 묘사하기 힘든 순간이 찾아온다. 바람에 몸을 맡기면 바람이 그의 상처를 치유하며 그가 가야 할 방향으로 그를 데려갈 것이다. 그렇게 그는 비행을 하게 된다.

목요일

오늘 우리가 병원에 있을 때 아나스타샤가 '인노켄티'라고 말했다. 지난번에 나스챠의 이름을 부를 때처럼 인지 능력이 없는 상태에서 발음한 것이었다. 인지 능력이 거의 없다 해도 희미하게나마 무언가를 인지하고 있었고, 어떤 사건은 기억도 하고, 누군가는 그 사건 안에 등장하기도 할 것이다. 이를테면 나와 나스챠 같은 사람들 말이다.

금요일

아나스타샤는 또다시 내 이름을 불렀다.

나는 그녀 쪽으로 몸을 숙이고는 말했다.

"나 여기 있어요, 아나스타샤."

나는 이 말을 몇 번이고 천천히 그리고 알아듣기 쉽게 또박또박 말했다.

그러고는 질문했다.

"무슨 말을 하고 싶은 거예요?"

그녀는 눈을 감고 누워 있었다. 숨소리가 거칠다.

내 말을 들은 걸까?

토요일

카를 마르크스를 닮았지만, 차이가 있다면 안경을 꼈다는 것뿐이다. 물론 오른손은 지팡이 위에 얹혀 있고, 왼손으로는 끝에 분필이 달린 기다란 금속 막대기로 칠판에 그림을 그리고 있다. 눈의 구조. 눈알은 위아래로 눈꺼풀에 의해 당겨진다. 보이지 않는 모든 선은 마치 보이는 선처럼 그리고, 형태는 투명하게 그린다.

순간 마르크스와 수많은 그의 추종자들이 그림을 그렸다면 더 잘 그렸을 것이라는 생각이 들었다. 미켈란젤로의 다비드상을 베끼고, 마른 빵으로 불필요한 흑연을 지우고, 플료스*에 습작을 하러 갔을 것이다. 슬픔에도 덜 노출될 것이다. 그림 그리는 사람은 뭔가 그림을 그리지 않는 사람보다 더 우위에 있고, 유연하다. 그는 세상을 다각도로 평가할 줄 안다. 그리고 그는 세상을 아낄 줄도 안다.

나는 이 생각을 가이거에게도 말했다. 그는 말없이 입술을 리본처럼 뾰족하게 앞으로 내밀었다. 그는 내 이론에 대해 동의하기는 힘들다고 대답했다. 그는 유년기에 화가였던 세계적으로 유명한 악당 한 명을 안다고 했다. 그의 경우도 그렇게 말할 수 있을 것인가? 회화의 영향력에도 한계는 있는 법이다.

---

* 볼가강 유역에 위치한 도시.

월요일

오늘은 나스챠가 마지막 시험을 준비한다고 해서 나 혼자 아나스타샤를 보러 병원에 갔다 왔다. 전화로 택시를 불러서 갔다. 이제는 안경을 끼고 있어도 사람들이 알아보기 때문에 지하철을 타고 가는 것은 여간 불편한 일이 아니다. 내가 탄 택시의 기사도 나를 알아봤다. 그는 나를 룸미러로 한참 동안 보더니 질문했다.

"죄송한데요, 얼음 안에 계실 때 뭐든 느껴지던가요? 아니면 뭘하고 싶다든가."

"어서 해동해주길 원했습니다."

어색한 침묵이 흐른다.

"충분히 이해합니다."

아나스타샤는 내가 들어가는 순간에도 같이 있는 동안에도 아무 말을 하지 않았다. 그녀의 한쪽 손은(피부에 누런 반점이 피어 있었다) 침대 아래로 축 처져 있었다. 나는 침대 옆에 있는 의자에 앉아서 그녀의 손바닥을 내 손바닥에 포갰다. 나는 그녀의 손바닥이 반응을 하면서 살짝 내 손을 잡은 것 같았다. 어쩌면 일반적인 반사작용인지도 모른다. 단순히 근육이 수축되는 것 말이다.

나는 아나스타샤의 귀 쪽으로 몸을 숙이고 우리의 손이 닿았던 그 감촉을 기억하는지 물었다. 과거에 우리가 나눴던 교감 말이다. 그녀의 눈꺼풀이 한 번 떨렸지만, 눈은 뜨지 않았다. 나는 그녀에게 우리가 함께 트리를 장식하던 일을 자세히 이야기하기 시작했다. 내가 트리 장식을 상자에서 꺼내어 장식을 싸놨던 종이를 바스락거리면서 펼쳤었다. 장식에 달린 실을 잘 펴서 아나스타샤에게 건네 기도했다. 모두가 보는 데서 내 손이 그녀의 손에 닿았었다. 우리는 함께 트리를 장식했기 때문에 이런 유의 스킨십은 자연스러웠다.

때는 저녁이었다. 하지만 다음 날 아침에 내가 보로닌 씨 방에 들어갔을 때 트리는 완전히 달라져 있었다. 트리(비를 연상시키는 트리 장식과 다양한 트리 장식)는 12월의 흐린 햇빛을 받으면서 반짝이고 있었다. 환기창이 열려 있었고, 앵두 전구들은 조용히 잘랑잘랑 소리를 냈다. 나는 아나스타샤의 한쪽 손을 잡고 한쪽 귀에 대고 "세상에는 사실 그 어떤 소리와도 닮지 않은 소리가 존재하는 법이에요"라고 속삭였다. 예를 들면 유리로 만들어서 불면 깨질 것처럼 얇은 앵두 전구가 틈새 바람에 흔들리면서 내는 소리를 아나스타샤는 기억할까? 나는 이 소리를 너무 좋아해서 자주 떠올리곤 한다.

나는 아나스타샤의 귀에 대고 낮은 목소리로 그 외의 다른 소중한 것들에 대해서도 상기시켜주었다. 내 운명을 보고 싶다며 그녀가 내 손을 잡은 일 같은 것 말이다. 그녀는 손끝으로 내 손바닥 위에 여러 개의 선이 만나는 지점을 가리키며 뭐라고 말했는데, 그때 내 온몸에 소름이 돋았었다. 그때 나는 그녀가 하는 말에 집중할 수 없었다. 그 순간만큼은 아나스타샤의 손가락 하나가 미끄러져 내려가는 내 손바닥만 존재했고, 나의 모든 관심은 손바닥에 집중돼 있었다. 가장 긴 선은 생명선이었다. 내가 냉동되리라는 것이 반영된 것일까?

목요일

내가 눈을 떴을 때 나는 야전병원에 있었다. 전에 갔었던 허물어져가는 막사가 아니라 밝고 깨끗한 방 안에 있었다. 바닥, 천장, 책상, 의자, 침대 모두 흰색이었고, 그래서 나는 세키르냐야산에서 구타를 당한 후에 내가 곧장 천국에 온 것이라고 생각하게 되었다.

하지만 이곳에 있는 물건들은 천국에서 봄 직한 물건들이 아니었고, 물론 천국이 아니었다. 나무를 구부려서 만든 비엔나식 의자는 과감하게 흰색으로 칠해져 있었고, 침대 모퉁이에 있는 쇠로 된 장식은 페인트칠이 흘러내린 상태로 굳어 있었기 때문에 천국식 페인트칠과는 거리가 멀어 보였다. 방은 전체적으로 흰색이었지만, 이 생의 것이 분명했다. 침대로부터 몸을 아래로 늘어뜨리고 있던 나는 드디어 흰색이 아닌 물건을 발견했는데, 그것은 빨간색 걸레가 담긴 하늘색 양동이였다. 양동이에는 빨간색으로 'ЛАЗАРЬ(라자리)'라고 적혀 있었고, 글씨에서 페인트가 아래로 흘러내린 것이 보였다.

자세히 보니 흰색이 아닌 것들이 또 있었다. 바닥이 그랬다. 자세히 보니 바닥 색은 밝은 갈색이었다. 나는 누워서, 1분 전만 하더라도 바닥이 다른 색으로 보였던 것이 떠올라 의아했다. 색깔만 돌아온 것이 아니라 냄새도 달라졌다. 방에서는 뭔가 약품 냄새가 났고, 비밀스러운 단어가 적힌 양동이에서는 염소 냄새가 났다. 뭐가 됐든 천국에 있을 법한 것들은 아니라는 것은 알 수 있었다.

방에 간호사가 들어왔고 나는 얼굴을 찡그렸다. 수용소에 있을 때부터 생긴 습관인데 나는 이런 식으로 내가 없는 척했다. 누군가 움직이는 소리만 들려도 그 즉시 동작을 멈췄다. 그렇게 나는 어둠과 섞였다. 그렇게 나는 아무것도 보이지 않는 척, 내가 마치 투명인간인 척했다.

간호사는 바닥을 닦고는 걸레가 들어 있는 양동이를 들고 나갔다. 남자의 발소리가 들렸다. 나는 속눈썹 사이로 아직 축축한 바닥 위를 걸어오는 구두를 발견했다. 수용소에 있을 때 마지막으로 구두를 본 게 언제인지 기억조차 나지 않았다. 구두 위로 바지 주름이 얌전히 덮여 있었다. 검은색 바지의 아랫부분은 위로 올라가면서 가운의 흰색 안으로 숨었다. 병실에 들어온 남자는 침대 위로 몸을 숙이더니 내 이름을 불렀다.

그가 병실에 처음 온 모습은 가이거를 처음 봤을 때와 같았는데, 아니, 사실 정확히 그 반대였는데, 가이거를 보고 그 사람을 떠올렸다는 표현이 더 정확할 것이다. 사실 전에도 그래왔지만, 시간은 앞으로도 가고 뒤로도 갔다. 중요한 건 내가 그때 눈을 떴다는 것이다. 낯선 남자는 나를 말없이 쳐다봤다. 의대 교수 특유의 턱수염에 안경을 쓰고 있었다. 나 역시 말을 하지 않았는데, 그 이유는 그가 먼저 말을 해야 한다고 생각했기 때문이다. 잠시 후 그가 말을 했다.

"인노켄티 페트로비치 씨, 선생님에게 주어진 첫 번째 과제는 건강을 회복하는 것입니다."

이것이 내가 이행해야 할 첫 번째 과제라면 두 번째 과제도 있을 터였지만, 나는 두 번째 질문에 대해서는 묻지 않았다. 단지 양동이를 보면서 물었다.

"'라자리'라는 것은 '라자레트*'의 줄임말인가요?"

"이것은 다른 약자입니다."

그는 미소를 지으면서 말했다.

"이것은 '**Лаборатория по замораживанию и регенерации**(냉동 및 재생 실험실)'의 약자인데, 아마 처음 들어보실 겁니다."

들어봤냐고? 그럴 수도 있고, 아닐 수도 있다. 솔로베츠키 제도에는 실험실이 몇 개 있었지만 그곳에서 뭘 하는지, 혹은 그 실험실의 명칭이 뭔지조차 알려진 바가 없었다. 하지만 내가 언젠가부터 알게 된 사실은 수용소에서 이 실험실 중 한 군데에 있는 사람들을 바로 '라자리'라고 부른다는 것이다. 한번은 궁금해서 누군가에게 왜 사람들을 라자리라고 부르느냐고 물어본 적이 있는데, 당시에는 답변을 듣지 못했다.

나는 선착장에서 몇 번 이 라자리들을 본 적이 있었다. 그들은 소형 쾌속정에서 내려서 수용소에 수용된 사람치고 뚱뚱했고, 필요한 물건들을 모두 공급받았으며(나는 언젠가부터 그들을 정확히 구별하는 법을 터득했다), 구타를 당하지 않는 선망의 대상이었다. 내 동료와 달리 라자리들은 구두를 신고 다니지 않았지만 그들이 신는 부츠 역시 풍요의 상징이었다. 또 나는 솔로베츠키 제도에 있는 볼

---

* 라자레트(лазарет)는 러시아어로 야전병원이라는 뜻이다.

쇼이 솔로베츠키섬에 오는 라자리들은 안제르*라는 섬에서 온다는 사실이 떠올랐다. 그리고 그들은 다시 안제르로 돌아가곤 했다.

"우리는 지금 안제르에 있는 건가요?"

내가 물었다.

그는 놀란 얼굴을 하고 대답한다.

"네, 안제르 맞습니다."

토요일

이날은 이른 아침에 나스챠로부터 걸려온 전화로 시작되었다. 그것도 새벽 6시에 걸려왔으니 이른 정도를 넘어섰다고 볼 수 있다. 방금 병원에서 전화가 왔는데(그 순간 내 심장이 덜컥 내려앉는 것 같았다), 아나스타샤가 인지능력을 회복했다는 것이다. 나스챠는 택시를 타고 가서 나를 데리러 갈 테니 20분 후에 현관 앞에서 기다리라고 했다. 나는 10분 후에 내려가 있었다. 볼쇼이 대로에는 지나가는 행인이 거의 없었다. 차도 거의 다니지 않았다. 건물들의 위층에는 페트로파블롭스크 요새 뒤에서 뜨고 있는 태양빛이 반사되어 비추고 있었다. 전에도 본 적이 있는 풍경이었다.

때는 여름이었고, 1911년쯤의 이른 아침에 우리는 기차역으로 향하는 마차를 기다리는 중이었다. 해도 건물의 위층들도 선선한

---

* 솔로베츠키 제도에서 두 번째로 큰 섬.

아침 바람도 모두 그대로였다. 나는 반바지 차림에(허리에는 멜빵을 달고 있었다) 다리에는 닭살이 돋아 있었다. 사실 그렇게 춥지는 않았지만 나는 마치 몸을 녹이려는 듯 제자리에서 뛴다. 사실 추위보다는 두려움이 앞섰다. 나는 마차가 오지 않아서 우리가 알루시타에 못 갈까 봐 걱정이 됐다. 내 샌들이 포장도로 위를 뛰면서 철퍼덕 소리가 난다. 시간이 지나면서 이 소리는 점점 말발굽 소리에 묻힌다. 나는 작은 목소리로 "아싸, 아싸!" 하고 외친다. 마차가 도착한 것이다.

택시가 도착했다. 나는 나스챠와 함께 뒷좌석에 앉는다. 비르제보이 다리, 드보르초비 다리, 세나츠카야 광장, 모스크바 대로. 지금 우리는 알루시타에 가는 것은 아니지만, 그때처럼 남쪽으로 향하고 있고, 차 안은 점점 따뜻해진다. 나는 창문을 내리고 창틀에 팔꿈치를 괸다. 팔에 힘을 주고 있지 않아서 손가락은 바람의 흐름에 따라 수초처럼 힘없이 우울하게 나풀거린다. 아나스타샤에게 가서 뭐라고 말할까? 그녀는 나에게 무슨 말을 할까?

병실 바로 앞에서 간호사가 우리를 멈춰 세웠다. 제정신으로 돌아온 후에 아나스타샤가 사제를 불러달라고 부탁해서 지금 병실 안에서 고해성사를 하고 있다고 했다. 10분쯤 후에 사제는 성찬기를 두 손으로 안고 나왔다. 그런 후에 병실에 간호사가 들어갔다. 간호사는 병실에 들어갔다가 나오면서 우리한테 최대 5분밖에 시간을 줄 수 없으며, 그 이상은 환자가 버티지 못할 것이라고 했다. 나는 나스챠를 한 번 쳐다봤고, 그녀가 고개를 한 번 끄덕였다. 그녀는 내가 두려워한다는 것을 느끼고 있었다. 그녀는 문 바로 앞에서 나를 병실 안으로 살짝 밀었다. 나는 문을 열었다.

아나스타샤의 시선이 나를 맞이했다. 나는 마치 어둠 속에서 가로등을 의지하듯이 그녀의 시선을 향해 조금씩 걸어갔다. 어깨에는 나스챠의 손바닥의 여운이 남아 있었지만 도움이 되지 않았다. 오히려 방해가 된 것 같았다. 애초에 나는 이 병실에 혼자 들어와야 했다. 목소리가 목에 걸려서 침대에 다가가서도 한마디도 하지 못했다. 무릎을 꿇고 앉았고, 이마가 아나스타샤의 한쪽 손에 닿았다. 뒤통수에는 솜털처럼 가벼운 그녀의 다른 손이 느껴졌다. 그 손이 움직였다. 그 손은 과거에 그랬던 것처럼 내 머리를 쓰다듬었다. 볼쇼이 대로에 있는 아파트에 우리 모두 살아 있을 때, 그러니까 우리 엄마, 보로닌 교수, 그리고 심지어 자레츠키도 살아 있을 때였다. 그도 역시 살아 있었다. 마침 모두 일이 있어서 집에서 나가고 나와 아나스타샤 단둘이 집에 남아 있었다. 아나스타샤가 몸이 안 좋아서, 내가 병문안을 온 것이었다. 나는 그녀의 손이 닿는 곳에 이마를 댔고, 그녀가 내 머리를 쓰다듬는다. 나는 이것을 마치 지금 눈앞에 보고 있는 것처럼 생생하게 상상한다고 생각했지만, 어느덧 그때 일을 말하고 있는 자신을 발견한다. 아나스타샤, 나스챠, 그리고 간호사까지 그들은 모두 내가 하는 말을 말없이 듣고 있다. 갑자기 아나스타샤가 침묵을 가르고 말한다.

"자레츠키."

쪽문이 삐그덕거리는 것 같은 소리가 들린다. 못으로 유리를 긁는 것 같기도 하다. 외모만 달라진 게 아니라 목소리도 변한 것이다. 나는 고개를 든다. 아나스타샤는 간호사를 보면서 말한다.

"자레츠키는 나 때문에 그런 거예요."

간호사는 고개를 끄덕이지만, 예의상 그러는 것 같다. 자레츠키
가 누군지 알 리 만무했기 때문이다.

"할머니, 무슨 말씀을 하시는 거예요?"

나스챠가 질문하지만, 대답을 듣고자 하는 질문은 아닌 것 같았다.

"나는 그를…… 지금은 이걸 뭐라고 하지? 사주했어. 그래, 맞아,
사주했어! 그게 발단이었어."

"할머니!"

"그러니까 네 할머니가 이런 사람이야. 슬픈 일이야……."

아나스타샤는 숨을 거칠게 들이마시더니 갑자기 기침을 한다.
간호사가 그녀의 등을 살짝 두드리고 베개를 몇 개 대고는 몸을 살
짝 일으킨다. 그리고 아나스타샤 몰래 우리에게 나가라는 신호를
준다. 사실 아나스타샤는 그렇지 않아도 앞을 잘 보지 못했기 때문
에 간호사의 행동은 과장된 측면이 있다. 그녀는 숨을 힘들게 쉬면
서 눈을 감은 채로 반쯤 누워 있다. 우리는 병실 밖으로 나간다.

몇 분 후에 아나스타샤를 이동용 침대에 눕혀서 데리고 나온다.
침대는 병원용 침대답지 않게 엄청난 속도를 내면서 달리지만, 우
리 역시 그 뒤를 바짝 따라붙는다. 마주 오는 사람들은 우리를 피
해 복도 벽으로 쏜살같이 붙는다. 그리고 활짝 열어젖힌 응급실 안
으로 침대는 바람처럼 사라진다. 우리 바로 앞에서 문이 닫힌다.

한 시간 후에 응급실에서 응급의학 전문의가 나와서 아나스타
샤가 뇌사 상태에 빠졌다고 말한다. 우리는 여전히 응급실 문 옆에
서 있다. 얼마 후에 병원 측에서 우리에게 의자를 가져다주고, 우

리는 그렇게 저녁까지 앉아서 기다린다. 10시쯤 병원 방침을 운운하며 우리에게 집으로 가달라고 부탁한다. 나는 밖이 밝아서 시간이 벌써 10시나 된 줄 몰랐다. 나와 나스챠는 병원 규정은 구실이고, 우리가 딱해서 그런 것이라는 것을 알고 있다. 우리는 떠난다.

일요일

아침에 우리는 병원에 다녀왔다. 상황은 어제와 다르지 않았다. 저녁에 가이거한테서 전화가 왔다. 어제가 내가 의식을 찾은 지 반년이 되는 날이었다고 한다.

아나스타샤도 의식을 되찾게 될까?

월요일

상황은 어제와 동일했다. 어쩌면 우리에겐 이것이 희소식일지도 모른다는 생각이 든다.

수요일

어제와 오늘 우리는 병원에 갔었다. 복도에 있는 의자에 앉아 있었다. 병원 측에서는 어차피 응급실에 우리를 들여보내주지도 않을 텐데 앉아서 기다리는 의미가 있냐고 물었다. 우리는 이렇게나마 그녀 옆에 있고 싶어서 이러는 것이라고 말해준다.

어제는 병원장이 우리를 자기 집무실로 불러서 병원 의사들이 최선을 다하고 있노라고 말했다. 그는 우리에게 코냑을 대접했다. 코냑을 마시고 나자 그의 얼굴에 붉은 기가 돌면서 뭔가 행동도 자유로워진 것 같았다. 그는 다시 의식을 되찾을 희망은 전혀 없다고 말했다. 그는 나와 나스챠에게 전에 이어서 두 번째로 명함을 하나씩 건넸다. 그는 우리를 배웅하면서 어깨에 걸친 가운의 매무새를 가다듬었다. 나스챠는 그가 가운 안에 비싼 양복을 입었다고 말했다. 하지만 가운에 달린 단추를 다 채워놓아서 양복은 보이지 않았다. 가운 안에 입은 그의 양복을 보자 나는 과학 아카데미 회원이던 무롬체프가 떠올랐다. 그것이 그 두 사람을 연결하는 유일한 공통점이었다.

무롬체프. 양복, 구두, 가장 중요한 사람을 대하는 자세, 이 모든 것이 솔로베츠키 제도와는 어울리지 않았다. 그는 하루에 한 번 나를 진찰했고, 가끔은 의사로서, 가끔은 개인적으로 나와 대면했다. 그리고 조금씩 나는 그의 관심이 개인적인 것이며, 의사로서의 의무감은 일부만 섞여 있을 뿐이라는 것을 깨달았다. 하지만 내가 그의 이런 관심을 깨닫는 데에는 적잖은 시간이 소요되었다. 한번은 무롬체프가 간호사에게 우리 둘만 있도록 나가달라고 부탁을 한 후에 나에게 상황을 설명해주었다.

제르진스키의 시신을 냉동하는 것을 그가 거절한 후에(1926년에 있었던 일이다) 냉동 및 재생 실험실인 '라자리'의 직원들은 모두 체포되어 레닌그라드에서 솔로베츠키 제도로 압송되었다. 사람을 냉동한 경험이 없다는 설명을 해보았지만 소용이 없었다. 무롬체프는 소련 공산당 중앙위원회 측에 보내는 편지에 쥐를 냉동시킨 결과를 자세히 설명하고 제르진스키를 냉동할 수 없는 이유를 적어서 보내봤지만 이 역시 도움이 되지 않았다. 무롬체프를 심문했던 수사관의 말에 따르면 편지를 보고 스탈린이 직접 결의안에 서명을 했고, 결의안에 따르면 무롬체프의 결정은 오판이라는 것이다. 해당 결의안에는 제르진스키의 시신으로 실험을 할 때, 시신을 커다란 쥐라고 생각하고 과거에 그가 사용했던 방법을 그대로 사용해도 좋다고 명시돼 있었다.

한편 무롬체프가 그에게 보낸 편지는 스탈린에게 강렬한 인상을 준 것 같았다. 무롬체프의 생각에 따르면 이 편지 덕분에 냉동 및 재생 실험실인 '라자리'에 근무하는 직원들의 운명이 바뀌었다는 것이다. 그들은 총살형을 면했을 뿐만 아니라, 수용소의 기준으로 봤을 때 상당히 인간적인 대우를 받게 되었다. 솔로베츠키 제도에 도착하고 나서야 실험실 직원들은 결의안을 쓴 스탈린이 그들이 하게 될 실험에 개인적인 관심을 보이고 있다는 사실을 알게 되었다. 스탈린은 적을 완전히 소탕한 것은 아니었지만 반드시 적을 소탕할 것이며, 그런 후에는 불멸에 대해 생각할 수 있는 때도 오리라 생각한 것이다.

그러던 어느 날 스탈린은 학자 무롬체프에게 전화해서 이러한 자신의 뜻을 숨김없이 드러냈다. 그는 실험에 사용된 쥐들 중 살아

남은 쥐가 있는지 물었다. 긍정적인 답변을 들은 후에 스탈린은 사람들을 대상으로 계속해서 실험하라고 제안했다. 서기장이 자신의 실험에 학문적 관심을 갖고 명령을 내리고 있다는 사실에 신선한 충격을 받긴 했지만, 학자 무롬체프는 인간은 냉동할 경우 죽기 때문에 혈관에 피를 빼고 용액을 채울 때 그가 살아 있는지 죽었든지 차이가 없는 데다, 어디에서 실험에 쓸 살아 있는 사람들을 구할 것이냐고 반박했다.

스탈린은 입을 다물었다. 수용소에는 여전히 사람이 많았기 때문에 그는 그가 말한 문제는 충분히 해결 가능하다고 생각했다. 서기장은 학자에게 부탁해서 수용소 총책임자에게 수화기를 넘겨주라고 하고는 그에게 살아 있는 사람들을 찾아내라고 명령을 내렸다. 한편 죄수들에게 제공하는 열악한 조건으로 인해 처벌을 받을 것을 염려한 총책임자는 기어들어 가는 목소리로 살아 있는 사람들을 찾아내겠다고 약속했다. 다행히도 그의 우려는 기우에 불과했고, 그는 처벌을 받지 않았다.

세키르나야산에 있는 징벌방에는 살아 있는 이들이 있었다. 수용소 책임자의 생각에는 이들은 어떤 일이든 할 수 있는 사람들이었다. 하지만 그들이 앞으로 얼마나 더 살 수 있을지에 관해서는 그들 스스로도 큰 기대를 하고 있지 않았다. 다른 사람들에 비해 그들의 장점은 냉동 실험에 그들이 자원했다는 점이었다. 냉동 실험 대상자들은 인간이기 이전에 실험 재료였기 때문에 좋은 실험 결과를 이끌어내기 위해서는 구타를 면했다. 세키르나야산에서 안제르라는 섬으로 이송된 이들은 처음 몇 달간은 좋은 음식을 먹었고, 그런 후에는 실험에 사용되었다.

무롬체프는 이외에도 많은 이야기를 해줬지만(이후에도 그는 산책할 때 나를 여러 번 데리고 갔다), 시간이 가면 갈수록 그의 이야기에 대한 나의 흥미도 점점 떨어졌다. 나는 그와 나란히 바닷가를 거닐면서 그가 잠시 하던 말을 멈출 때면 고개를 끄덕였고, 그가 소리 내어 웃으면 나도 따라 웃었지만, 속으로는 딴생각을 했다. 때론 아무 생각 없이 바닷가에 날아드는 지저분한 거품 덩어리를 바라보기도 했다. 파도가 안제르섬의 바닷가에 있는 날카로운 바위들에 부딪혀 바닷속으로 사라지는 모습을 보기도 했다. 무롬체프와는 친밀한 관계를 형성했고, 우리는 어떤 의미에서는 함께 무언가를 이루어가고 있었다고 볼 수 있었지만, 또 한편으로는 그로부터 점점 멀어질 수밖에 없는 상황이 존재했다. 이 상황의 본질은 무롬체프는 살아남는다는 것이다. 하지만 나는 죽음을 준비하고 있었다.

금요일

오늘은 병원에 다녀온 후에 나스챠가 나를 자기 집에 초대했다. 엄밀히 말하면 그곳은 아나스타샤의 집이었는데, 즈나멘스카야 성당이 있는 곳에서 멀지 않은 곳에 있는, 지어진 지 오래되었지만 넓은 아파트였다. 하지만 그 성당은 놀랍게도 더 이상 존재하지 않았다. 지하 세계가 천상의 세계를 이긴 것인지 지하철은 있었다.

나스챠는 내가 올 때 즈음 점심 식사를 준비해놓았다. 전채 요리로는 보르시*가 나왔고 메인 요리로는 와인을 넣고 졸인 돼지고기 요리가 나왔는데, 정말 맛있었다. 물론 나는 의식을 회복한 이후로 지금까지 몇 달 동안 가이거의 지시에 따라 도시락 통에 담긴 균형 잡힌 음식을 제공받아왔지만, 그 음식이 아무리 맛있어도 나스챠가 정성껏 만들어준 음식에 비할 바는 아니었다. 그 음식은 정부에서 제공하는 것이고, 나스챠의 음식은 가정식이니……. 음식 얘기를 너무 자세히 해서 조금 민망하다는 생각이 든다.

"정말로 나를 위해 특별히 만든 음식이에요? 전부 다 당신이 요리한 거예요?"

내가 질문했다.

'당신'이라는 단어가 무척 거슬린다. 그녀는 미소를 지으면서 정말 그렇다고 말했다. 나를 위해 특별히. 그녀가 식탁에서 다 먹은 접시를 치울 때 그녀의 한쪽 다리가 내 넓적다리에 닿았다. 내가 그녀를 부를 때 쓰는 '당신'에는 한때 아나스타샤와의 사이에서 느껴지던 설렘이 없었다. 과거에 소중하게 여겨지던 것이 지금은 거창하고 불편할 수 있는데, 시대가 변한 탓이리라. 어떤 방식으로든 나스챠와 말을 편하게 해야 한다. 하지만 어떻게 한다?

나는 선반에 있는 책들을 자세히 살펴보던 중 무언가를 발견했는데…… 바로 테미스였다. 어렸을 때 내가 자주 보던 저울이 망가진 그 테미스였다. 그 순간 테미스가 진열된 그 선반은 나머지 선

---

* 비트 뿌리를 넣고 끓여 붉은색을 띠는 러시아식 수프.

반으로부터 떨어져서 방 안을 따라 유영하기 시작했다. 방금 숟가락으로 보르시를 떠먹었는데, 그 뒤에 테미스가 서 있을 줄은 몰랐다. 나는 테미스를 향해 한 손을 뻗었다가 손을 얼른 치웠다. 나스챠가 그런 나를 발견했다.

"할머니가 남겨두신 조각상이에요. 옛날 물건 중 몇 안 남은 물건 중 하나죠. 알아보시겠어요?"

테미스 옆에 내 사진이 세워져 있었다. 어머니는 돌아가시기 전에 아나스타샤에게 몇 가지 물건들을 남겨주신 것 같았다. 어머니가 이 모든 것을 줄 수 있는 유일한 사람이 아나스타샤였을 것이다. 사진을 찍고 얼마 안 있어서 아버지가 돌아가셨다.

때는 1917년이며, 우리는 시베르스카야에 있고, 나는 다리 난간에 기댄 채 서 있다. 팔짱을 끼고, 아버지의 부탁대로 시선은 먼 곳에 닿아 있다. 내 발밑에는 오레데시강이 빠른 속도로 흐르고 있었고, 물줄기에 휘말려 수초들이 춤을 춘다. 한참 동안 그 모습을 쳐다보고 있다 보면 강물에 서식하는 뱀(이런 게 정말 있을까?)들이 강물의 흐름을 따라 위로 올라가고 있는 것처럼 보인다. 물과 소나무 냄새, 깊은 숲속에서부터 들려오는 뻐꾸기 소리.

"왜 먼 곳을 봐야 하죠? 마치 내가 사진기를 든 아빠를 보지 않는 것 같아서 부자연스러운걸요!"

내가 아버지에게 말한다.

"아니."

아버지는 삼각대 뒤에 몸을 숨기면서 대답한다.

"사진은 너의 현재와 과거, 혹은 미래까지도 포함하기 때문에 이것은 영원을 향한 시선인 거야." 그의 설명은 물론 교훈적이었지만, 가끔 그는 허리를 꼿꼿하게 펴고 뭔가를 골똘히 생각하는 표정을 짓고 나를 바라봤다. 마치 그 표정은 웃음에는 한계가 있어서 고결한 것을 표현할 수 없기 때문에 파토스를 부끄러워하면 안 된다고 말하는 것 같았다.

그런 다음에 아버지는 사진기의 위치를 조정해서 이번에는 내가 다리 위에 서서 먼 곳을 응시하는 아버지를 찍도록 했다. 물론 그의 시선에는 나보다 더 많은 영원성이 자리 잡고 있었다. 영원으로 이동하기까지 아버지에게 남은 시간은 몇 주였다. 바르샵스키 기차역에는 사실상 모든 것이 준비돼 있었다.

토요일

나의 경우 영원으로의 이동은 솔로베츠키에서 이루어질 예정이었다. 무롬체프와 대화를 나누면서 나는 냉동 후에 내가 살아날 가망이 없다는 것을 깨달았다. 우리가 함께 산책을 나누는 동안 그는 나에게 변함없이 친절했지만, 이 친절은 그가 나에게 사적으로 친근감을 갖고 있어서라기보다는 이번에는 누가 냉동될 것인지를 생각하고 있었을 가능성이 컸다.

내가 기독교인이라는 것을 안 그는 나에게 냉동에 동의하는 것은 자살이 아니라고 말했다. 그는 내가 세키르나야산에 있는 형무소로 돌아가려고 결심하는 것이 오히려 훨씬 더 자살에 가깝다고

308

생각하는 듯했다.

"우리에겐 두 갈래의 길이 있고, 이 길은 모두 죽음으로 향합니다."

무롬체프는 단조로운 톤으로 말했다.

최소한 그는 솔직했다. 나는 어깨를 한 번 들썩였다.

"모든 길의 끝은 죽음과 맞닿아 있습니다."

"만약 당신이 실험 대상이 되기로 결심한다면, 몇 달간 굉장히 안락한 삶을 누리게 될 겁니다. 내 생각에는 죽더라도 배불리 먹고 잘 살다가 가는 편이 낫다고 보는데요. 물론 결정은 당신에게 달려 있습니다."

그리고 나는 결정을 했다. 결국 실험 대상이 되었다.

일요일

아나스타샤가 죽었다. 나는 나스챠가 나를 기다리는 병원으로 간다.

아나스타샤가 죽었다.

월요일

오늘 우리는 장례식을 치를 준비를 했고, 잠시나마 그녀의 죽음을 잊고 있었다. 나와 나스챠가 무언가를 주문하고 합의를 보는 동안 아나스타샤는 살아 있지도 않았지만 아직 완전히 죽지도 않은 상태 같은 느낌이었다. 그녀는 말없이 우리의 대화를 듣고 있었고, 어쩌면 그래서 우리의 대화가 그녀 주위를 맴돌았는지도 모를 일이다.

어제 아나스타샤와 직접적으로 연관이 있는 또 하나의 사건이 발생했다. 병원을 나와서(아나스타샤의 시신은 더 이상 병원에 없었다) 우리 집으로 갔다. 나스챠는 내 건강이 걱정된다며 나를 집까지 바래다주겠다고 말했다. 정말로 나는 힘들어하고 있었다. 아나스타샤의 죽음은 예상했던 일이고 얼마든지 일어날 수 있는 일이었기 때문에 나스챠에겐 슬프면서 한편으로는 기쁜 사건이었지만, 나는 전혀 다르게 반응하고 있었다.

나는 충격에 휩싸였다. 나는 큰 소리로 말했고, 두서가 없었으며, 내 목소리는 내 의지와 다르게 나왔고, 이따금 나도 모르게 큰 소리로 소리를 지르기도 했다. 병원 마당을 벗어나자 조금 안정을 찾는 듯하다가도 택시에서 또 발작을 해서 운전기사에게 한참 동안 큰 소리로 말하는 것이었다. 놀라운 것은 내가 운전기사에게 소리를 지르는 순간에도 나중에 이 일을 두고두고 후회할 것이라는 것을 포함해서 그날 일어났던 일 하나하나를 기억한다는 것이었다.

집에 도착해서 나는 안락의자에 앉아서는 울기 시작했다. 아나스타샤는 나를 과거와 연결시켜주는 마지막 실이었고, 그 실이 끊어진 것이었다. 나스챠는 의자 팔걸이 위에 앉았다. 나는 그녀의 손이 내 머리 위에 얹혀 있는 것을 느꼈다. 나는 그녀의 한쪽 손을 잡고 키스했다. 그것도 여러 번. 하지만 나스챠는 손을 조심스럽게 뺐다.

"이러지 마세요. 선생님에게 필요한 사람은 할머니잖아요, 안 그래요?"

나는 그녀마저 잃어버릴지도 모른다는 공포에 사로잡혔다.

"나는 당신이 그녀가 되어줬으면 좋겠어요."

이렇게 우리는 첫날밤을 함께 보냈다. 나스챠의 안으로 들어가면서 나는 그녀가 오늘 꼭 임신할 것 같았다. 그렇게 생각하자 욕정이 끓어올랐고, 이 욕정은 참을 수 없을 만큼 강렬해졌고, 내 몸이 뚫리고 갈기갈기 찢어지는 것 같았다. 내가 그녀 안으로 솟구쳐 들어갔고, 내가 소리를 지르기 시작했다. 그 순간 나는 그녀가 나스챠인지 아나스타샤인지 혼란스러웠다. 그리고 그날부터 나는 나스챠와 말을 편하게 했다.

제2부

금요일 [가이거]

며칠 전에 인노켄티가 내게 일기를 안 쓴 지가 벌써 2주는 된 것 같다고 말했다. 그것도 지나가는 말로 말이다.

실은 나도 알고 있는 사실이다. 단지 2주가 아니라 거의 한 달이 다 되어가지만, 시쳇말로 누가 그걸 일일이 세고 있는단 말인가?

나는 결국 그에게 사실은 한 달이나 됐다는 말을 해줬다. 그러자 그는 "하하하, 독일인들이란"이라고 말하는 것이다. 그런 다음에는 웃으면서 칭찬한 거라고 말했다. 나도 웃으면서 "아프게마흐트(저도 동의합니다)"라고 말했다. 그러면서 나도 칭찬한 거라고 말했다.

중요한 건 나는 우리가 나눈 이 대화가 자꾸 신경이 쓰여서 그에게 일기를 계속 쓰라고 말했다. 그리고 이를 위해 일기는 나스챠도 쓰도록 하겠노라고 약속을 해야 했다. 나도 하겠다고 했다. 인노켄티의 표현을 빌리자면, 자기 혼자만 일기를 쓸 경우 자기가 마치

'실험용 쥐'가 된 기분이라고 했다. 그는 자신을 그렇게 느끼고 있었던 것이다.

앞으로 우리는 각자 자기 컴퓨터로 일기를 쓸 것이다. 다 쓴 후에 이 일기들을 연결해볼 것이다.

그런데 나는 무슨 연유에서인지는 모르겠지만, 인노켄티가 일기 쓰는 일을 즐기는 것 같다는 생각이 든다. 뜻대로 되지 않는 그림 대신인지도 모른다. 최근 들어서 일기를 쓰지 않는 이유는 삶이 예술보다 더 중요하기 때문일 것이다.

하지만 나의 경우는 좀 다르다. 나는 말을 잘 못한다. 글도 잘 못 쓴다. 삶이든 창작이든 모두 학문 연구하듯 한다는 게 문제이다. 사실 인노켄티에 대해 내가 써야 하는 모든 것은 관찰 일기에 들어간다.

어쩌면 전부까지는 아닐 수도 있다.

금요일 [나스챠]

모두 일기를 쓰라니! 처음에는 이 제안이 조금 이상하게 여겨졌지만, 다시 한번 생각해보니 못 쓸 것도 없어 보였다. 세 명이 각자 일기를 쓴다는 것은 흥미로운 일일 테니까 말이다.

제일 먼저 써야 하는 것, 제일 처음 쓰기에 가장 좋은 것은 뉴스일 거고, 지금 가장 큰 뉴스는 내가 임신했다는 것이다. 내 생각에 이 일은 나와 플라토노프가 함께 보낸 첫날밤에 이루어진 것 같다.

그날따라 그는 꽤 신경질적이었고, 나는 그런 그가 걱정되었다. 그리고 그날 하루 동안에만 그가 한두 번 의식을 잃었던 것 같다. 사실 그의 나에 대한 사랑은 이중적이었는데, 즉, 그는 나와 나의 할머니를 동시에 사랑했기 때문에 충분히 그럴 수 있다고 생각한다. 나는 서운하지 않다. 오히려 정반대이다.

사실 내가 염려하고 신경이 쓰인 것은 따로 있었는데, 그것은 내가 처녀가 아니라는 것이다. 요즘 사람은 대수롭지 않게 여길 수 있지만, 내가 사랑하는 사람은 특별하기 때문이다. 그는 나와 첫날밤에야 비로소 말을 편하게 했고, 할머니와는 평생 존대했다. 가이거는 플라토노프의 경우를 부닌*의 말을 인용해서 "구세대 사람"이라고 했다. 구세대에는 혼전 순결을 엄격하게 지켜야 한다고 생각했다. 하지만 그이는 이와 관련해서 질문조차 하지 않았다. 하긴 질문을 하지 않아도 알 수 있는 일이라는 것이 존재한다면 바로 이 경우를 두고 한 말일 것이다. 몸으로 느꼈을 테니까 말이다.

내가 볼쇼이 대로에 위치한 그의 집에서 살기 시작한 이래로 그는 내게 사랑한다는 말만 했다. 사실 전에도 나는 그가 나에 대해 어떤 감정을 갖고 있는지 짐작은 했지만, 당시에는 그가 드러내놓고 말하지 않았다. 그런데 지금은 말을 한다. 나도 그를 아주 많이 사랑하고 있기 때문에 나도 그에게 사랑한다고 말한다. 플라토노프는 똑똑하고 다정다감하다. 그리고 해동된 사람이라고는 믿기지 않을 만큼 침대에서도 굉장히 잘한다. 나는 그에게 늘 "잘생겼다"

---

* 이반 부닌(1870-1953). 1933년에 노벨문학상을 수상한 러시아의 소설가이다.

고 말해준다. 그러면 그는 내게 답례로 미소를 지어 보인다. 미소도 참 예쁜 사람이다.

자기야, 웃어!

토요일 [인노켄티]

아무튼 나는 다시 메모를 적기 시작한다. 좀 더 정확히는 이것은 더 이상 메모가 아니다. 이제부터는 컴퓨터로 쓰라고 한 만큼나는 '메모 타이핑'이라는 단어를 만들어냈다. 그리고 이 단어를가이거와 나스챠에게 말하자 그들은 애써 고개를 몇 번 끄덕일 뿐이다. 그들은 내가 만들어낸 단어가 그냥 마음에 안 드는 정도가아니라 아주 마음에 안 드는 모양이다. 아름답다고 생각하지도 않는 것 같다. 나도 솔직히 내가 만든 신조어가 마음에 들지는 않지만 내색하지 않는다. 나는 다만 그들의 인내심의 한계를 시험하고싶을 뿐이다.

아직은 내 말을 들어주고 있다. 가이거로 말하자면 내가 거의 한달간 글을 쓰지 않다가, 산업화 이전 시대 표현을 빌리면, '내가 다시 펜을 잡은 것' 자체만으로도 기쁜 것 같았다. 글 쓰는 일에 조금지쳐 있었던 내가 글을 쓰지 않을 것처럼 한동안 안 쓰다가 가이거에 의해 다시 일기를 쓰기 시작하는 것이다. 솔직히 좀 망설였다.

가이거는 일기라는 것은 오래된 장르이고, 그래서 나에게 적합하다고 설득했다. 사실 나는 이반 부닌의 표현대로 '구세대 사람'

이니까 말이다. 게다가 반년 동안 아주 잘 써온 일기를 계속 쓰지 못할 이유도 없어 보였다. 그는 내가 처음 일기를 쓰기 시작할 때도 '현시대'에 대해 말한 적 있다. 특이한 표현이어서, 기억에 남았다. 사실 부닌의 소설은 초기 작품만 읽어서 그 표현이 어떤 작품에서 언급되었는지 기억하지 못하지만, 가이거의 동기 부여는 이해한다. 그에게는 내 머릿속에서 일어나는 것을 문서화하는 것이 중요하다. 하지만 나는 왜 써야 할까? 가이거의 말대로 나는 꼬박 반년 동안 일기를 썼는데, 이걸로는 부족한 걸까?

나는 그에게 내가 메모를 쓰는 동안 뭔가 특별한 존재, 그러니까 실험 대상처럼 느껴진다고 말했다. 그러니까 실험용 쥐처럼 느꼈는데, 지금 나는 새로운 삶을 받아들이고 있으며, 게다가(나는 부자연스럽게 키득거렸다) 나에겐 어린 아내가 있어서 밤마다 일기를 쓸 여유가 없다. 가이거는 일기를 쓸 줄 아는 쥐는 없으며, 아무도 내가(그는 나스챠를 힐끔 쳐다본다) 새로운 삶을 받아들이는 것을 방해하지 않을 것이라고 말했다. 그는 솔직히 고집이 좀 센 사람이다.

가이거는 내가 회복되는 과정은 학계에 기록으로 남겨야 한다고 설득했다. 내가 실험용 쥐라는 표현을 쓰자, 그는 나스챠와 자기 자신까지 포함하여 모두 똑같이 일기를 쓰도록 하겠노라고 제안한 것이다. 그의 의견에 따르면 그렇게 할 경우 우리에게 일어나는 사건들을 세 가지 시선으로 볼 수 있으니 이 사건들에 대한 시선도 좀 더 입체적일 수 있다는 것이다. 이제 우리 세 사람 모두 일기를 쓰게 되자 나는 일종의 동질감이 느껴졌고, 마음도 좀 편안해진 것 같다. 아무튼 나는 가이거의 설득에 넘어갔다.

그리고 마지막으로 가장 중요한 것은 나스챠가 임신했다는 것이다.

월요일 [가이거]

인노켄티는 나스챠를 어떻게 받아들이는 걸까? 그녀는 나 외에 그의 삶에 등장한 유일한 사람이다. 그것도 아주 시기적절하게 등장한 셈이다. 뭔가 정말로 좋은 것은 인위적으로 만들어지지 않는다. 저절로 발생하는 것이다.

나스챠 얘기를 하자면 이렇다. 우선 그녀는 그를 사랑한다. 그것도 그의 모든 것을 사랑한다. 아나스타샤를 향한 그의 사랑, 수용소에서 그가 실험 대상이었던 것, 그리고 현재의 유명세까지 모두 끌어안는 사랑이다.

내 생각에 나스챠는 그가 유명한 것이 무척 마음에 드는 것 같다. 그녀는 그의 유명세 안에서 헤엄을 치는 중이다. 나스챠는 사실 너무 어리고, 그 나이 때는 충분히 그럴 수 있다.

그녀는 멍청하지 않다. 인노켄티 같은 사람에게는 중요하다. 하지만 감성적이다. 어떨 때는 지나치게 감성적이어서 거슬릴 때도 있다. 하지만 인노켄티의 배우자로서 이런 성향은 오히려 긍정적으로 작용할 수 있다. 인노켄티는 적극적인 나스챠 덕분에 자신의 새로운 세계 안으로 흡수되는 중이다.

러시아 여자들은 놀라울 정도로 생기가 넘친다. 독일인인 나는 그들의 그런 성향이 마음에 든다.

나스챠는 또 실용적인 사고를 하는 사람이다. 인색한 것도 아니고, '슈파르잠(알뜰한, 절약하는)'도 아니고, 실용적인 사고를 하는 것이다. 독일 사람 얘기가 나왔으니 말인데, 이것은 물론 독일인 특유의 성향이다. 그녀의 이런 성향은 사소한 것들과 그녀가 쓰는 문장에서 드러난다.

한번은 우리가 수박 파는 노점을 발견한 적이 있다. 인노켄티는 언제나 그렇듯 그 즉시 수박을 사고 싶어 한다. 나스챠는 근처에 있는 슈퍼마켓에 가면 더 좋은 수박을 살 수 있다고 말한다. 가격도 더 저렴하다고 한다. 하지만 문제는 그가 수박을 지금 바로 이곳에서 사고 싶어 한다는 것이다. 그는 삶 자체가 그의 앞에 자신의 풍요로움을 활짝 열어 보이는 것이 좋은 것이다. 하지만 슈퍼마켓은 미안하지만 다르다. 여기에 있는 것은 '발견하는 것'이지만, 거기에 가면 '획득하는 것'이 있을 뿐이라는 것이다.

그녀의 '실용적 성향'은 물론 절대 해로운 것이 아니다. 하지만 그녀의 나이를 감안하면 그녀의 이런 성향은 다소 이질적인 면이 있는 것이 사실이다. 이것은 그녀의 감성적 성향과 어떻게 조화를 이룰 것인가?

어쩌면 이것은 이 시대 특유의 성향일까? 법률가와 경제학 전문가가 많은 세대 특유의 성향일지도 모른다.

그렇다면 꿈은 도대체 어디에 있는 것일까?

비행을 향한 꿈은?

화요일 [인노켄티]

아나스타샤가 죽었을 때 나는 나스챠를 향한 내 감정이 변절인지를 스스로에게 물었다. 남자와 여자 간의 관계를 떠나서 인간 대 인간으로서 그녀를 향한 진실된 마음 말이다. 솔직히 말하면 아나스타샤가 죽기 전에, 그리고 나스챠를 사랑하기도 전에 이 의문을 갖게 된 것인데, 그때는 다만 질문을 하기 두려웠을 뿐이다. 나 스스로에게조차 말이다. 그때 나는 삶이 어떤 방향으로 갈지 어렴풋이 짐작만 하고 있었다. 하지만 이 질문을 스스로에게 던지고 나서 아나스타샤가 죽고 처음 몇 주 동안은 더 이상 미룰 수 없다는 것을 알고 있으면서도 이 질문에 대해 대답하는 것이 두려웠다.

가끔은 이런 경우 종이 위에 글로써 표현하는 편이 더 마음이 편할 때도 있다. 혹은 내 경우를 빌리자면 컴퓨터로 글을 쓰는 것이다. 내가 나스챠와 함께 사는 것이 아나스타샤를 변절하는 것인지를 묻는 질문에 나는 단호하게 아니라고 대답했다.

가장 중요한 증거는 바로 나스챠의 임신이다. 나와 아나스타샤 사이에 아이가 있었어야 하지만 우리는 아이를 가질 수 없는 상황이었다. 그렇기 때문에 나스챠가 아나스타샤의 씨를 배 속에 품고 있으며, 그 아이는 우리의 아이이며, 그러니까 어떤 점에서는 아나스타샤의 아이이기도 하다. 러시아 역사가 그렇게 비극적이지만 않았어도 지금쯤 나스챠는 아나스타샤와 나의 손녀쯤 됐을 것이다. 하긴, 이것이 전적으로 역사의 탓일까? 이 모든 일의 책임을 역사에 떠넘겨도 되는 걸까?

그리고 이제 나는 러시아 사람들은 역사에 만약이 없는 것과 관련된 경구를 사랑했다는 것을 깨달았다. 내가 살았던 과거나 지금이나 다양한 명언들이 발생하며, 사람들은 다양한 명언을 시기적절하게 혹은 문맥에 전혀 어울리지 않게 끊임없이 사용한다. 역사는, 아시다시피, 갖고 있지 않다……. 역사가 때론 마치 두 번째 시도를 하는 것 같을 때가 있다. 한편으로 보면 이미 일어났던 일을 재현하는 것이면서 또 한편으로 보면 전혀 새로운 일인 것이다.

그렇다면 내가 이생에서 한 번 더 살 수 있는 기회가 주어진 것은 어떻게 설명한단 말인가? 그러니까 솔직히 말하면, 내가 부활한 것 말이다. 아나스타샤가 오랜 세월 수없이 많은 날들을 지나 나와 만날 때까지 살아 있었던 것은? 내가 사랑하고 나를 사랑하는 나스챠를 만나게 된 것은? 정말로 이 모든 일은 서로 연관이 없으며, 우연일까? 물론 아니다. 나와 나스챠는(아나스타샤도 함께) 하나의 모자이크의 조각들을 가지고 있는데, 수많은 우연들이 하나의 그림을 만들어내며, 이것은 하나의 법칙을 이룬다.

아나스타샤의 무덤에 갈 자신이 없다. 나는 아직 그녀가 죽었다는 것을 받아들일 마음의 준비가 안 돼 있다.

수요일 [인노켄티]

지금은 삶이 조금씩 정상궤도에 진입하고 내가 무엇을 하든 지극히 평범한 일상 속에서 행복을 느낀다. 내가 가고 싶은 곳에 갈 수 있고, 내가 읽고 싶은 책을 읽는 등의 일상이야말로 행복이 아닌가……. 그냥 살아 있는 것 자체만으로도 말이다. 하지만 지금 현재 나의 가장 큰 행복은 나스챠와 우리의 아이를 기다리는 것이다. 저녁이면 나와 나스챠는 자주 소파에 앉아 있고, 그럴 때면 나는 그녀의 배를 쓰다듬곤 한다. 아직은 배가 많이 안 나와서 티가 거의 안 난다. 나스챠는 티가 난다고 느끼는 것은 내 상상력의 결과라고 한다. 사실 내가 아무리 뭐라 해도 자기 배는 나스챠가 더 잘 알 것이다.

나는 끊임없이 우리 아이 생각을 한다. 지금 내가 '아이'라고 하면서 마치 아이가 남자라는 것을 안다는 듯이 형용사의 '남성형'을 썼다. 사실은 그렇지 않다. 나는 오히려 태어날 아이가 딸이었으면 좋겠다. 그러면 아나스타샤, 나스챠*로 이어지는 가계의 전통을 이을 수 있을 테니까 말이다. 하지만 아이에게 어떤 이름을 붙여줘야 할지는 아직 모르겠다. 하지만 한집안에 있는 여자들의 이름이 똑같다면 좀 불편할 것 같기는 하다.

수요일 [나스챠]

아이는 플라토노프가 좋아하는 대화 주제이다. 조금은 의외이다.

---

* 나스챠는 아나스타샤의 애칭으로, '아나스타샤'는 그리스어로 부활을 의미한다. 소설에서 나스챠는 아나스타샤가 부활한 것으로도 볼 수 있다.

남자한테 그렇게 강한 모성애가 있을 줄은 몰랐다. 물론 부성애라고 불러야겠지만, '부성애'는 뭔가 좀 어색하다. 저녁이면 내 배를 쓰다듬어서 간지럽다. 그는 자기가 내 배를 만질 때 내가 왜 긴장하는지 묻는다. 나는 간지러워서 웃으면 그가 언짢아할까 웃지 않으려고 노력하다 보면 그렇게 된다고 말하려다 어깨만 들썩였다. 또 나는 방귀를 뀌지 않으려고 애쓰는 것이다. 임신을 하고 나서부터 배에 가스가 잘 차는데, 저녁을 먹고 난 후에 특히 더 심했다. 내 생각에는 배에 가스가 차서 배가 더 커지는 것 같은데, 플라토노프는 배 속에 있는 아이가 더 커져서 그런 것이라고 생각하는 모양이다.

우리는 요즘 들어서 내가 살던 아파트와 플라토노프의 아파트 중 어떤 아파트에 사는 편이 더 좋을지를 놓고 계속 고민했다. 결국 우리는 플라토노프의 집에서 살기로 결정했다. 이것은 나와 가이거의 결정이었고, 내 사랑 플라토노프는 그 결정에 개입하지 않았다. 가이거는 해동된 사람은 그에게 익숙한 곳에서 사는 것이 좋다고 말했다. 해동된 사람들의 생리에 대한 문제는 그가 전문가 중에 전문가이므로 나는 그의 의견을 전적으로 존중한다. 게다가 볼쇼이 대로에 있는 그의 아파트가 더 낫고 편하기도 하다. 내 아파트는 비워두기 아까우니 세를 주면 된다. 지금까지는 가이거가 힘들게 정부 지원금을 받아내긴 했지만, 이제는 지원금만으로는 생활하기가 버거울 것이다. 정부 지원금이 매우 적기 때문이다.

플라토노프는 유명 인사인 만큼 돈 쓸 일이 많을 것이다. 이러저러한 파티에 많이 초대받을 것이며, 많은 사람들이 그를 가까이에서 보고 싶어 할 것이다. 나는 그가 그들 중 가장 멋졌으면 좋겠다.

쿤스트카메라 박물관*에 진열된 전시품이 아니라 진짜 성공한 사람 말이다. 물론 나와 아이는 그가 우리와 함께 있어주는 것만으로도 충분할 것이다.

목요일 [가이거]

나는 달력에 있는 날짜는 선형시간이고, 요일은 순환시간이라는 것을 방금 읽었다.

선형시간이라는 것은 역사적이며, 순환시간이라는 것은 자기 안에 갇힌 시간이다. 시간이라고 말할 수도 없다.

영원에 더 가깝다.

우리 세 사람이 지금 각자 기술하는 역사는 절대 서두르지 않는다. 가장 믿을 만한 역사인 셈이다.

어쩌면 역사가 아닐지도 모른다.

금요일 [인노켄티]

마르크스. 그는 그림을 가르쳤다. 이 점은 상당히 인상적이며, 그가 《자본론》을 쓴 저자와 동일인이라는 점은 이질적이지 않다. 그

---

* 상트페테르부르크에 위치한 민속학·인류학 박물관.

326

는 미술을 가르치는 교수였으므로, 이것을 모를 리 없었다. 이런 일을 하는 사람은 새로운 정권이 건드리지 않으리라고 기대한 것일까? 농담한 걸까? 항의한 걸까? 그의 이름이 떠오르지 않아서 나는 그를 그냥 마르크스라고 부르기로 한다.

그는 흔들거리면서 이젤 옆을 지나간다. 쪽모이 세공을 한 마루 위에서 삐그덕 소리가 난다. 그는 도톰한 손가락으로 이따금 턱수염을 쓰다듬는다. 그러고는 말한다.

"종이 위에서 형태가 흔들리고 있어요. 모든 사물의 크기를 정확히 파악하고 그 안에서 세상을 만들어야 합니다."

'세상을 만든다'고 했다. 목소리는 마치 배 속에 있는 태아처럼 울린다. 마치 이 사람 안에 또 다른 사람이 앉아서 그에게 지시를 하고 있는 것 같다.

토요일 [가이거]

오늘 나는 플라토노프 내외의 집에 갔었다. 아직 그들은 공식적으로 부부 관계는 아니지만 나는 그들 두 사람을 앞으로 그렇게 부르려고 한다. 좋은 성이다. 플라톤이라는 성을 가진 사람은 왠지 현명할 것 같다.

이 둘은 과연 그러한가? 어떤 면에서는 그런 것 같기도 하다. 인노켄티는 그가 살아온 환경으로 인해 그렇다고 볼 수 있다. 그가 겪은 다양한 사건들에 근거하면 그러하다. 한편 나스챠는 그런 성향을 타고난 것 같다.

나스챠는 여자라서 현명하다고 말하기는 조금 어색하다. 나는 단지 그녀가 그들의 삶을 현명하게 일구어간다는 말을 하고 싶다. 여자들 특유의 지혜로움이 있는 것 같다.

사실 현명함이라는 것은 무엇보다 경험에서 비롯된다. 물론 의미가 부여되는 경험을 의미한다. 살면서 얻게 되는 온갖 종류의 상처와 멍은 의미가 부여되지 않는다면 무의미하다.

내가 이 말을 인노켄티에게 하자, 그는 의미 부여라는 것은 멍이나 상처 없이 얻을 수도 있는 것이라며 내 말에 반박했다. 그토록 많은 것을 겪은 사람이 하는 말이니 권위가 느껴진다. 하지만 만약 상처가 없다면 무엇에 의미를 부여할 것인지가 의문이다. 인노켄티가 이 부분까지 설명하지 않았지만, 나는 구태여 물어보지 않았다.

대화 후에는 정말 맛있고 훌륭한 저녁 식사가 나왔다. 식탁에 양초까지 장식돼 있었다. 나스챠는 자기 집에서 가져온 촛대 두 개에 양초를 꽂은 후에 불을 붙였다. 그녀는 할머니의 유품이라고 설명하고는 인노켄티에게 알아보는지 물어봤다. 그러자 그는 애매한 제스처를 취했다. 내 생각에 나스챠는 그가 할머니의 촛대 두 개를 알아봐주길 간절히 바라는 것처럼 보였다.

물론 알아봤을 수도 있을 것이다. 저녁 식사에 대한 감사의 표시로라도 말이다.

저녁 식사 후에 그들은 소파에 앉았다. 나는 안락의자에 앉았다. 인노켄티는 앉아 있는 동안 내내 나스챠의 배에서 손을 떼지 않았다. 그래서 나는 나스챠가 임신했다고 확신했다. 나는 그들에게 농담하듯 정말 그런지 물어봤다. 그들은 정색하면서 그녀가 정말로 임신했다고 말했다.

기쁘다. 그것도 아주 많이 말이다. 나는 그들을 축하해주었다.

인노켄티가 로또 게임*을 제안해서 우리는 함께 게임을 했다. 그가 살던 시대 때 하던 게임이었다. 지금은 하지 않는 게임이지만, 그러면 어떤가? 알고 보니 굉장히 즐거운 게임이었다. 그리고 아늑했다.

게임을 하는 동안 나는 인노켄티야말로 세상 그 누구보다 이러한 아늑함을 누릴 자격이 충분히 있다고 생각했다.

또 나는 만약 내가 대통령이었다면 러시아 시민들에게 저녁마다 로또를 하라고 강요했을 것 같다는 생각을 했다. 지금 현재 정권이 내리는 모든 결정 중에서 이것이 가장 좋은 결정이 될 수도 있을 것 같다.

일요일 [인노켄티]

어제는 가이거와 함께 저녁 시간을 잘 보냈다. 그는 나스챠가 임신한 사실을 알고는 매우 기뻐했다. 하긴, 그와 같은 박물학자는 자기가 돌보는 환자가 번식하는 것을 언제나 반기는데, 이것은 그 환자가 혈기왕성하다는 것을 의미하기 때문이다. 농담이다. 가이

---

* 숫자가 들어간 3×9 격자무늬 판에 칩을 올려서 먼저 한 줄을 덮는 사람이 이기는 게임.

거와 나는 우선 인간적으로 친하며, 의사와 환자 간의 관계 등이 뒤를 잇는다. 내가 병원에서 퇴원한 후로는 이것이 더 분명해졌다. 나는 그를 가까이서 봤기 때문에 안다. 인상은 좀 차가운 편이다. 하지만 알고 보면 꽤 따뜻한 사람이다.

물론 가이거는 누구나 인정하는 진실을 갈구하는 사람이긴 하다. 좀 더 정확히는 공식이나 심지어는 명언 같은 것을 좋아한다. 이를테면 '커피를 마시고 나면 혈압이 올라간다'든지, 아니면 '죄를 지으면 벌을 받는다' 같은 것이다. 사실 며칠 전에 나는 커피를 마시면 항상 혈압이 오르는 것은 아니라는 것을 어딘가에서 읽었다. '죄를 지으면 벌을 받는다'는 것은 차치하고라도 말이다.

얼마 전에 가이거가 나스챠에 대해서 그녀가 또래에 비해 상당히 실용적 사고를 하는 경향이 있는데, 요즘 젊은이들이 성숙하기 때문인 것 같다고 했다. 내가 가이거를 잘 몰랐다면 칭찬이라고 받아들였을 것이다. 그는 나스챠의 성격을 자세히 살펴보고는 패러독스가 있다고 생각하는데, 문제는 그가 패러독스를 좋아하지 않는다는 것이다. 그는 패러독스와 적대 관계에 있다. 나는 심지어 그가 어떤 유의 문장들을 싫어하는지 알 것 같은데, 이를테면, '젊은이들은 낭만적이다' 같은 문장이다. 하지만 이런 로맨틱한 성향이 뛰어난 업무적 능력과 결합할 수 있다는 것은 그의 마음속 깊은 속에서 심하게 거슬리는 것 같다.

가이거는 규칙을 좋아하는 사람이다. 그가 특정 명언을 좋아하는 이유도 그것이 특정 규칙을 형성하기 때문이다. 규칙 안에 있을 때 그는 강하지만(그는 천하무적이다) 동시에 이것이 그의 약점이

기도 한데, 왜냐하면 그는 예외를 두려워하기 때문이다. 내가 확신하건대 가이거는 삶이 온갖 종류의 다양한 도식보다 복잡하다는 것을 이해하면서도 이 도식들을 높이 평가한다. 그에게 있어서 이것은 세계질서와도 맞닿아 있다. 하지만 러시아인들의 삶에서 예외란 규칙이라는 것을 가이거는 이해하지 못한다. 받아들이지 않는다는 편이 더 정확할 것이다.

어제 대화의 주제는 반드시 경험을 동반하는 혹과 멍이었다. 그는 우리가 겪은 일 중 의미가 부여되는 것은 경험이 된다고 말했다. 하지만 나는 그와 생각이 다르다. 그러니까 멍이 난 후에 경험을 얻게 될 수도 있다. 하지만 멍이 났다고 해서 반드시 경험을 얻게 되는 것은 아니다. 예를 들면 나의 경우만 하더라도 몸을 거쳐 간 멍의 개수만 해도 어마어마하지만, 나의 중요한 기억들은 멍과는 상관이 없다. 그러니까 맞거나 넘어져서 생기는 멍 말이다.

월요일 [나스챠]

오늘은 할머니의 아파트를 임차하겠다는 사람이 생겨서 계약 조건을 합의했다. 정말 순식간에 일어난 일이다. 나는 플라토노프에게 가격을 올리지 않았고 그 덕분에 세입자를 빨리 찾은 것 같다고 말했다. 그는 내 코에 키스했다. 시선은 허공을 향했는데, 아파트 임대와 관련된 자세한 내용에 관심이 없는 것 같았다. 나는 코로 그의 턱을 문질렀다.

"바보, 이렇게 되면 이제부터 우리 형편이 더 나아진다고요."

"중요한 건 살아 있는 거고, 나머지는 어떻게든 되겠죠."

그가 대답한다.

"어떻게든 되도록 하려고 해도 노력이란 게 필요한 법이에요."

결과적으로 우리 두 사람 중 생계를 책임지는 사람은 나였다. 그래서 나는 속상할까? 절대 그렇지 않다. 만약 플라토노프까지 생계를 꾸려나가기 위해 노력했다면 오히려 끔찍했을 것이다. 나와 그는 서로 다르고 서로의 부족한 점을 보완해주면서 살기 때문에 둘이 힘을 합치면 강해지는 것이다. 이런 걸 이상적인 결혼이라고 부른다. 나는 그의 삶이 편안하도록 노력하고, 그는 그가 냉동돼 있던 기간에 놓친 것들을 채우는 것이다.

그는 책을 많이 읽는다. 우리 침대에는 책이 두 줄로 쌓여 있는데, 그가 눕는 쪽에는 책이 수북하고, 내가 있는 쪽에는 책이 별로 없다. 어제 나는 플라토노프가 쌓아놓은 책들을 봤는데, 거기에는 역사, 철학, 문학책들이 있었다. 죄다 진지한 책들이다. 내 옆에 쌓아둔 책들은 말하기도 민망하다. 추리소설과 연애소설이 몇 권 있을 뿐이다. 모두 여자들이 좋아하는 책들이다. 정말이지 *대단하다*.

내 책들은 언제든 한쪽에 치워두거나 아예 버릴 수도 있지만, 플라토노프의 책은 그럴 수가 없다. 아…… 질투가 난다. 나는 그의 허벅지에 손을 집어넣고는 속삭인다.

"인노켄티 페트로비치 씨, 지금 많이 바빠요?"

그는 웃는다. 양해를 구한다. 그것도 상당히 흥분한 상태에서 용서를 구하고, 나는 앙탈을 부리는 척한다. 바닥으로 떨어지는 책보다 내가 더 흥미로운 것 같다. 책은 책 표지가 위로 올라간 채로 납작 엎드려서는 우리가 절정에 이르기까지 관찰한다. 나는 책을 본다. 그리고 내가 높은 파 음을 낼 때 내 눈이 책에 적힌 아널드 토인비와 마주친다. 그러면 살짝 흥분이 식는다. 잠시 후 플라토노프가 내 몸 위를 기어가서 책을 집어 들고 또다시 독서를 하는데 그 모습이 그렇게 사랑스러울 수가 없다. 지금 내가 이 일기를 쓰는 동안도 그는 소련이 우주를 비행하는 것에 대한 책을 읽고 있다. 조금은 의외다.

임신한 내가 이렇게 격하게 움직여도 되는 걸까? 의사와 상의를 해야겠다.

화요일 [인노켄티]

오늘 나는 솔로베츠키 제도에 대한 책을 읽었는데, 거기에는 켐에 있는 임시 감옥에 대해 묘사돼 있었다. 그런데 이곳은 내가 마지막으로 내 사촌 세바를 본 곳이다. 이곳에 대해서는 왠지 쓰고 싶지 않다.

수요일 [가이거]

인노켄티는 나에게 '벨코프'라는 사람한테서 전화가 왔는데, 그는 정부 관계자라고 했다고 한다. 그는 그자와 꽤 오랫동안 통화를 했다.

아마도 젤트코프였을 것이다. 누구나(인노켄티만 제외하고) 아는 사람이다. 젤트코프는 필요한 지원을 아끼지 않겠다고 했다. 인노켄티에게 도움이 필요할 경우 전화할 수 있도록 전화번호도 남겼다. 그는 피테르에 가게 되면 차를 마시러 잠깐 들르겠다고도 했다.

제어 데모크라티슈(상당히 민주적이다).

수요일 [나스챠]

정부 관계자인 젤트코프란 사람한테서 전화가 왔다. 젤트코프가 직접 전화를 한 것 같았다. 그는 플라토노프에게 필요한 지원을 아끼지 않겠다고 했다. 사실 '필요한 지원을 아끼지 않겠다'는 표현은 지극히 형식적이므로 전적으로 믿어서는 안 된다고 말한 사람도 있었다. 하지만 내 생각에 플라토노프는 도움이 전혀 필요치 않으며, 따라서 젤트코프가 그에게 제안하는 것은 사실상 무의미하다고 생각한다.

플라토노프는 그의 전화에 상당히 멋있게 응대했는데, 그는 감정의 변화 없이 상당히 차분한 톤으로 대화를 이어갔다. 과장된 기쁨을(감탄사 '아!'를 섞어가면서 말이다) 표출하지도 않고, 쉽지 않았겠지만 흥분하지도 않으며, 매우 차분하게 대화를 이어갔다. 그가 전화를 하는 동안 나는 그의 앞에서 손을 흔들어서 정신 차리라고 사인을 줬다. 하지만 속으로는 정부 관계자한테서 전화가 와서 대화를 하는데 침착하게 대화를 나누는 그가 무척 자랑스럽다. 진정한 남자다!

목요일 [인노켄티]

사실 가이거는 내가 며칠 전에 쓴 것처럼 그렇게 직선적인 사람은 아니다. 그때는 그가 나스챠의 실용주의에 대해 숨김없이 말했기 때문에 그렇게 썼다. 그는 이제 내가 그런 유의 말을 들으면 기분이 상한다는 것을 이해하고 그런 말은 하지 않는다. 가이거 씨, 계속 그렇게 입을 다물어주면 좋겠어……. 아무튼, 내가 일기에 쓴 내용 중 어떤 부분은 과장됐을 수도 있지만, 큰 틀에서는 틀리지 않았다. 가이거는 똑똑하고 섬세한 사람이며, 그가 말하는 다양한 슬로건과 상당한 연민을 자아내는 문장에 드러나는 사회적 이상을 믿는 사람이기도 하다. 가이거는 이런 유의 슬로건을 많이 알고 있는 것 같았다. 이런 말들을 겉으로는 큰 의미를 부여하지 않는 듯이 내뱉지만, 마음속으로는 굉장히 높이 평가하는 것 같다.

하지만 그는 현실은 슬로건에 지치며, 결국 이런 말들 안에 있는 현실은 사라진다는 사실을 이해하지 못하는 것 같다. 그리고 원래 기대했던 의미와는 다른 뜻으로 사용되는 문장만 남게 된다. 이를테면 과거에 내가 살던 시대에는 인민에게는 평화를 주고 농민들에게 땅을 주자는 슬로건이 유행했었다. 그래서? 당시 사람들은 평화 대신 내전을 겪었고, 땅 대신 수확한 곡물의 일정량을 정부에 바쳐야 했고, 그마저도 나중에는 아예 집단농장인 콜호스가 생겼다. 가이거가 당시에 살았다 하더라도 그 역시 일이 그렇게 될 줄은 상상도 못 했을 것이다. 만약 그가 당시에 살았더라면 그는 과연 자신이 좋아하는 슬로건과 현실의 상관관계를 어떻게 이해했을까?

그와 논쟁한 '경험'에 대한 이론도 마찬가지인데, 나는 계속 그 생각으로부터 벗어나질 못하고 있다. 어쩌면 그의 말대로 멍은 실제로 어떤 경험을 만들어낼 수 있을 수도 있지만, 나는 이것이 본질은 아니라고 생각한다. 예를 들면, 나는 어렸을 때 성당에서 고인들을 많이 봤고, 이것도 일종의 '멍'이라고 볼 수 있다. 하지만 지금도 생생하게 기억나지만, 고인들을 보고 나서 내 안에 공포가 만들어지지는 않았다. 나는 그들의 얼굴을 자세히 살펴봤고, 심지어는 손으로 만져본 적도 있다. 한번은 어떤 노인의 이마를 쓰다듬었는데, 이마는 차갑고 까칠까칠했다. 그것을 본 엄마는 깜짝 놀라서 나에게 달려와 나를 시신으로부터 떨어뜨려놓으려고 했지만, 정작 나는 엄마의 행동을 이해하지 못했다.

죽음이 무엇인지 깨닫고 겁을 먹은 것은 그 후로부터 수년이 지나서 내가 좀 더 성숙했을 때인데, 이것은 내가 그때 고인들을 많이 본 기억과는 무관했다. 죽음에 관한 발견은 내적 자아가 성장해서 발생한 논리적 사고와 맞닿아 있었다.

토요일 [가이거]

인노켄티는 '경험'에 대한 주제를 진지하게 받아들이는 것 같다. 이와 관련해서 또 한 번 대화를 나눈 적이 있다. 인노켄티는 자기의 인격 형성에 영향을 준 것은 수용소에서의 구타가 아니라고 말했다. 전혀 다른 것들에 영향을 받았다고 말이다. 이를테면 시베르스카야에서 들었던 여치가 우는 소리라든지, 혹은 사모바르가 끓을 때 나는 냄새 같은 것이다.

나는 그에게 이것도 포함된다는 것을 이해시키려고 노력했다. 결국 모든 행위는 특정 배경하에서 발생하기 마련이니까 말이다. 하지만 그는 양손을 내저었다. 그는 여치는 경험을 유발하는 배경이 아니라 경험 자체라고 말한다. 사모바르 역시 마찬가지라는 것이다.

"좋아요. 그러면 역사란 무수히 많은 사건들이 고리로 연결돼 있는 것이라는 건 인정하는 건가요?"

나는 묻는다.

"그건 인정하죠. 단지 여기에서 중요한 건 역사 속에서 발생하는 행위들 중 어떤 것을 사건으로 볼 것인가겠죠."

인노켄티가 대답한다.

인노켄티가 말하는 역사라는 것은 특정 시대라는 틀에 국한되지 않는다. 그가 말하는 역사의 또 한 가지 특징은 바로 역사가 사건으로 이루어진 것이 아니라 현상들로 이루어져 있다는 것이다.

혹은 세상에서 일어나는 모든 일이 역사적 사건이라고 볼 수도 있다. 이 안에는 물론 여치와 사모바르도 포함된다. 왜일까? 왜냐하면 이 두 가지 모두 평안함과 평화를 널리 퍼뜨리기 때문이다. 그의 말에 따르면 이것이 바로 이것들의 역사 속 역할이라는 것이다.

월요일 [나스챠]

오늘은 아침부터 기분이 안 좋았다. 우리 집에 이사 오겠다고 한 세입자들이 갑자기 전화해서는 이사를 못 하겠다고 했기 때문이다. 나는 이유를 물었고, 그들은 사적인 문제 때문이라고 대답했다. 나는 이 사실을 플라토노프에게 말했고, 그는 아무렇지도 않은 것 같았다. 하지만 나는 아쉽다. 오랫동안 힘들게 겨우 아이 없는 부부를 찾았는데, 결과적으로 이렇게 된 것이었다. 처음부터 다시 시작할 수밖에 없었다. 삶의 낙을 잃어버린 것 같았다. 그리고 그 순간 나는 플라토노프가 젊었을 때 유행하던 호주 사람에 대한 시가 떠올랐는데, 그 호주 사람이 바다 깊숙이 바닥으로 내려가서 인간의 행복을 찾는다는 내용이다. 우리에게 필요한 사람은 바로 이런 사람이다.

흥미로운 것은 우리가 마침 오늘 저녁에 호주 영사관에서 초청한 리셉션에 다녀왔다는 것이다. 나는 외국 공사에서 초청한 리셉션은 처음이라 신기했다. 처음에는 영사가 나와서 호주 사람들을 대표하여 참석자 모두를 환영한다는 환영사를 했다. 연사 중에는 호주 사람이 아닌 이도 있었는데, 그는 연설 중 갑자기 세르비아를 폭격할 수밖에 없었던 이유를 설명하기 시작했다. 가장 흥미로운 것은 그의 눈은 인형에 박힌 눈처럼 툭 튀어나와 있었고, 그가 한 말은 사실 플라토노프*의 시를 요약한 것에 불과했다는 점이다.

그다음에는 만찬이 나왔다. 그리고 내 사랑 플라토노프에게 사람들이 계속 다가와서는 그의 용기에 감사를 표했다. 그러면 그는 들고 있던 타르틀레트를 옆으로 치우고는 공손하게 감사를 표했다. 그리고 당시 그에겐 선택의 여지가 없었을 뿐이라고 말했다. 그러면 나는 점잖고 친절한 그의 행동에 매료되었다. 하지만 우리는 왜 그를 리셉션에 초대했는지 끝내 이해하지 못했다. 어쩌면 이날은 용감한 행위를 한 사람들이 초대되었는지도 모른다.

화요일 [가이거]

인노켄티가 변했다. 그가 살던 시대에 없던 것을 대할 때면 생기던 공포가 더 이상 그에게서 보이지 않는다. 사실 그는 현재에도 속한다. 그는 새로운 시대에 잘 적응하고 있다.

확신에 차 있다기보다는 침착하다. 그리고 그는 이제 대중의 관심에 익숙해진 것 같다.

많은 사람들이 그를 초대하고, 어딜 가든지 그는 환영받는다. 그

---

* 안드레이 플라토노프(1899-1951). 러시아의 시인이자 작가이며, 공산주의 체제에 비판적인 작품을 썼다.

가 통화하는 것을 들은 적이 있는데, 그는 "감사합니다……" 혹은 "제 일정이 적힌 달력을 봐야 할 것 같습니다"라고 말했다.

인노켄티에게는 정말로 달력이 있었다. 나스챠의 아이디어였다.

사실 누구보다 이런 삶을 즐기는 사람은 바로 나스챠였다. 나스챠는 너무 행복해서 날아갈 것 같고, 이런 감정을 애써 숨기지도 않는다. 흥미롭다. 그리고 이따금 자신이 임신했다는 사실을 떠올릴 때면 피곤한 표정을 짓는다. 하지만 그때도 행복감으로 인해 얼굴에서 빛이 난다.

나도 기쁘다. 이런 긍정적인 에너지를 갖고 있는 사람은 사실 일부러 찾으려고 해도 어렵다. 그리고 내 환자에겐 이런 사람이 무척 필요하다.

목요일 [인노켄티]

안제르는 아마도 내가 솔로베츠키 제도에서 보낸 기간 중 가장 인간다운 대우를 받았던 곳일 것이다. 하지만 이때를 행복했던 기간이라고 부를 수 없는 이유는 내 몸이 점점 건강해지면 질수록 내가 세상을 떠날 날이 다가왔기 때문이다. 그러니까 내가 죽는 날(나는 나 스스로에게 속삭인다), 나도 다른 실험 대상도 냉동의 결과에 대한 그 어떤 환상도 갖고 있지 않았다. 무롬체프는 우리가 안제르에 머무르는 기간을 조금이라도 더 늘리려고 최선을 다했지만, 선물처럼 연장된 몇 주 후에는 결국 죽을 것인데 그 몇 주가 무슨 의미가 있단 말인가?

우리는 죽이기 전에 먹을 것을 실컷 얻어먹는 동물이 된 것 같은 기분이 들었는데, 동물과 다른 점이라면 우리는 우리가 죽는다는 것을 알고 있다는 것뿐이었다. 실제로 동물적인 것이 존재했는데, 이것은 우리가 절망에 빠지지 않도록 하는 헛된 희망에 가까운 어리석음이었다. 마치 누군가가 머리를 잡고 물속에 집어넣었는데, 어느 순간 갑자기 잡고 있던 손을 놓아서 숨을 쉴 수 있게 해주면, 그는 고개를 들어 입으로 숨을 들이마시면서 그다음 일은 생각하지 않는 것과 같다. 그 순간 숨을 쉴 수 있다는 사실만으로도 기쁜 것이다.

무롬체프가 손을 써준 덕분에 실험 대상들은 섬 안에서 자유롭게 돌아다닐 수 있었다. 특별 통행증이 발급된 것이다. 아침 식사 후에(배불리 식사를 한다) 나는 산책을 나가곤 했다. 나는 양털로 만든 반코트에 늑대 털로 만든 모자를 쓰고, 장교들이 신는 부드러운 가죽으로 만든 부츠를 신고 갔다. 산책 가는 길에 나는 얼마 전 내 모습처럼 옷을 거의 벗다시피 한 죄수들이 수레를 끌고 가는 모습을 마주하곤 했다. 그들은 말없이 눈인사를 했는데, 실험 대상과 대화를 나누는 것은 엄격하게 금지돼 있었기 때문이다. 나는 바다 쪽으로 나갔고 해변을 거닐었다.

섬 깊숙이, 특히 나무가 울창하게 우거진 숲속에는 아직 눈이 쌓여 있었지만, 탁 트인 바닷가에는 눈이 거의 없었다. 드문드문 관목을 덮은 눈이 보이긴 했지만, 이마저도 모래와 섞여서 눈에 잘 띄지 않았다. 안제르섬의 모래사장은 정말 훌륭했다. 부츠를 신고 있었지만, 모래 위를 밟으면 폭신한 모래가 느껴지면서 마치 남쪽 해변에 있는 착각이 들어 파나마모자의 축축한 챙과 땀나는 손가락 사이로 흘러나오는 모래를 떠올리는 것이다.

물은 아직 차가워 보였기 때문에 보지 않으려고 애썼다. 바다 위에 걸린 하늘은 하늘색을 띠지 않았고, 따라서 하늘로부터 색을 가져오지 못한 바다는 어두운색을 띠고 있었다. 하지만 모래는 여름 해변을 연상시켰다. 모래는 차가웠던 것 같고, 나는 모래를 만지지는 않았다.

나는 우주에 대한 책을 읽고 있다. 우주에 처음 보내진 대상이 개들이라는 것은 흥미롭다.

금요일 [가이거]

오늘 인노켄티는 냉동식품 광고를 계약했다. 그 회사에서 걸려온 전화를 나스챠가 받은 덕분에 이뤄낸 일이었다.

인노켄티는 언젠가 그들이 건 전화를 받은 이야기를 해준 적이 있다. 몇 마디 나눈 후에는 전화를 끊었다고 한다. 나라도 그랬을 것이다.

하지만 나스챠는 끊지 않았다. 그녀는 그들과 광고료를 포함해서 계약에 관한 이런저런 대화를 나눴고, 그러자 계약을 하고 싶어졌다.

그녀를 비난할 생각은 없다. 인노켄티를 돌보는 비용으로 나오는 정부 지원금이라는 것은 터무니없이 모자랐다. 게다가 그마저도 비정기적으로 지급되고 있었다. 모자라는 비용을 충당하기 위해서 나 역시 환자들로부터 진료비를 받을 수밖에 없었다. 이것은 편법이라고 볼 수 있었다. 하지만 이렇게 해서 얻은 수입으로 나는 내 환자인 인노켄티를 돌볼 돈을 벌 수 있었다.

나스챠가 이야기해준 계약 건은 흥미로웠다. 뿌듯해하는 것 같기도 했다. 하지만 인노켄티는 이 일에 대해서는 아무 말도 하지 않았다. 마음이 불편한 걸까?

만약 냉동식품 회사와의 계약이 계속 이어진다면 나는 유료 진료를 하는 수고를 덜 수도 있을 것이다.

금요일 [인노켄티]

나스챠가 좀 변했다. 아나스타샤가 죽기 전의 모습과 조금 달라져 있다. 매일 그녀의 새로운 모습을 발견하는 것이 즐겁다.

그녀는 아나스타샤를 얼마나 닮은 걸까?

토요일 [나스챠]

다음 주에 뉴스 에이전시에서 대규모 기자회견이 있을 예정이다. 처음에는 에이전시 측에서 제안한 거라고 생각했지만, 그들이 실수로 이번 기자회견은 냉동식품 회사 측에서 돈을 미리 지불했다고 말해버렸다. 그것도(어머!) 플라토노프가 광고하는 냉동식품 회사란다. 채소를 판매하는 회사가 자신이 판매하는 양배추뿐만 아니라 그 채소를 광고하는 사람도 홍보한다는 사실은 무척 흥미롭다. 사전에 생각해둔 것 같았다.

말이 나왔으니까 말인데 내 사랑 플라토노프로 말할 것 같으면, 관련 광고 영상 몇 건에 대한 계약을 해낸 사람이다. 계약서에 서명하기가 무섭게 첫 번째 광고 영상 촬영을 위해 회사 측에서는 그를 스튜디오로 데리고 갔다. 그는 옷도 그렇고 촬영할 준비가 안 돼 있다고 거절해보지만, 그들은 마침 옷을 벗고 하는 촬영이라서 괜찮다고 말했다. 나는 그에게 오늘 그가 입고 온 속옷은 새것이라서 걱정할 것 없다고 귓속말로 말했다. 그래도 긴장이 풀리지는 않는 것 같았다.

우리는 스튜디오에 도착했다. 백여 개의 대갈못이 박히고, 특수 재질로 만들어진 은색의 커다란 용기가 서 있다. 용기의 윗부분에는 얼음 모양으로 솜을 붙여놓았고, 용기 바닥에서는 차가운 질소를 연상시키는 가스가 올라오고 있었다. 질소가스는 풍성한 거품 모양으로 용기 주위를 에워싸고 있었다. 플라토노프를 팬티만 남기고 다 벗긴 후에 그 용기 안으로 들어가게 한다. 사실 용기 안에 들어간 그는 머리와 어깨만 겨우 보일 뿐이다. 영상 밖에서 플라토노프에게 질문한다.

"선생님이 수십 년 동안 냉동 상태로 버티는 데 도움이 된 것은 무엇인가요?"

그는 냉동 채소 한 봉지를 꺼내서는 자기 머리 위로 들어 올리면서 말한다.

"바로 이겁니다!"

스튜디오에 있는 모든 스태프들이 배를 잡고 웃는다.

하지만 나는 그런 그가 갑자기 안쓰럽다.

일요일 [가이거]

인노켄티와 나스챠가 나에게 광고 영상을 어떻게 촬영했는지 설명해주었다.

한편으로는 우스꽝스럽다. 하지만 또 한편으로는 광고 영상으로 인해 인노켄티의 비극이 희화되는 것 같아 마음이 편치 않다. 우선은 본인 눈으로 직접 그때 그 상황을 마주하는 것 말이다.

그는 수십 년 동안 커다란 통 안에 들어가서 누워 있었다. 아무 걱정 없이 냉동식품을 먹으면서 버틴 것이 된다.

얼마나 저속한가! 슈레클리히(끔찍하다).

월요일 [인노켄티]

며칠 전에 나는 광고 영상을 촬영했는데, 이 일은 전적으로 나스챠가 회사 측과 몇 건의 광고 영상 촬영 건에 대해 합의를 본 것이다. 이 이야기는 다시 입 밖에 내기도 민망할 정도로 미친 생각 같긴 하지만, 그들이 제안하는 금액이 기상천외하다. 나는 단 한 번도 이런 일로 이렇게 많은 돈을 벌게 될 거라고는 생각해본 적이 없다.

지금 나는 내가 체포되고 난 후에 우리 나라에서 일어난 일에 대해 읽고 있다. 책을 쓴 저자들은 종종 당시 나라 전체가 하나의 거대한 수용소 같았다고 기술한다. 나도 당시에 수감된 죄수들로부터 들은 내용도 있고, 수도에 위치한 정부 측과 계속 연락하던 무롬체프 덕분에 알게 된 것도 있었다. 하지만 그것만으로 실제 공포 정치의 규모를 가늠하는 데는 한계가 있었다.

무롬체프. 그는 진실한 사람이었고, 다소 태평한 성격을 갖고 있는 사람이었다. 그가 큰 화를 면할 수 있었던 것은 그가 그 시기에 솔로베츠키 제도에 있었기 때문인 것 같았다. 그는 태풍 한가운데 위치하고 있었고, 아이러니하게도 태풍의 눈이 가장 안전한 이치와 같다.

그가 나와 함께 산책하는 동안 내게 이야기해준 내용만 보더라도 서른 번은 족히 총살을 당하고도 남음이 있을 정도였다. 나 역시 액체질소에 들어가려고 준비하는 기간 동안 무롬체프를 포함하여 내가 만나는 모든 사람들에게 내 생각을 거침없이 말했다. 내 말은 수용소 총책임자의 귀에 들어갔을 테지만, 그들은 그 말을 듣고도 아무런 조치를 취하지 않았다. 그들은 내가 하는 모든 생각 역시 나와 함께 냉동될 것이라는 것을 알고 있었기 때문이다. 그리고 절대 해동되지 못하리라는 것도.

하지만 다른 실험 대상자들은 수용소에 있는 다른 수감자들처럼 입조심을 했고, 나는 그 점이 정말 의아했다. 설마 그들은 먼 미래에 누군가 그들을 해동시켜줄 것이며, 그러면 그들이 과거에 했던 발언으로 인해 처벌받을지도 모른다고 생각하는 것일까? 나는 그들이 느끼는 공포감으로 인해 마음이 무거웠다. 그들은 정말로 먼 미래에도 볼셰비키 당원들이 만들어놓은 지옥으로부터 벗어날 수 없다고 생각한 걸까?

이따금 무롬체프는 나를 자기 아파트에 초대해서(그에게는 숙소가 따로 제공되었다!) 커피에 코냑을 넣어 대접했다. 그의 입술이 커피 잔에 닿으면 끝이 뾰족한 콧수염이 굉장히 낮게 아래로 드리워졌다. 그때 나는 아카데미 회원이었던 무롬체프의 콧수염이 굉장히 관리가 잘되고 있다는 것을 깨달았다. 이외에도 길지 않은 턱수염이 그의 얼굴을 장식하고 있었고 얇고 동그란 안경도 멋지게 반짝였지만, 무롬체프의 얼굴에서는 콧수염이 가장 아름다웠다. 이 콧수염은 커피와 코냑과 함께 희망을 불러일으켰다. 이런 외모를 갖고 있는 사람이 존재하는 동안은 정상적인 삶이 돌아올 수도 있을 것 같았다.

한번은 여느 때처럼 나와 대화하던 무롬체프가 나에게 말했다.

"진짜 공포정치는 이제 곧 시작될 겁니다."

"그럼, 지금은 진짜가 아니란 뜻인가요?"

내가 물었다.

"그렇게 조소할 일이 아닙니다. 진정한 공포정치는 두 가지, 즉 준비된 사회와 그들을 지휘할 리더가 있을 때 가능합니다. 사회는 이미 준비되었습니다. 이제 사소한 일만 해결하면 됩니다."

"그럼 이들을 지휘할 리더는 누구죠?"

무롬체프는 잠시 침묵했다.

"가장 강한 사람이지요. 사실 그분이 저한테 전화를 하신 적이 있는데, 그 힘이라는 것이 수화기 저편으로부터도 느껴지더군요. 비인간적인, 뭔가 짐승적이랄까."

무롬체프는 쥐를 대상으로 실험을 해본 사람이기 때문에 나는 그의 직감을 믿었다.

화요일 [나스챠]

아침에 젤트코프한테서 전화가 왔고, 전화는 내가 받았다. 좀 더 정확히는 그의 비서가 전화한 것이었고, 플라토노프가 집에 없다고 답하자 젤트코프가 직접 대화에 끼어들어서는 차라리 잘됐다고 말했다.

"남편 몰래 소규모 티파티를 기획하는 겁니다. 모든 게 준비되면 그를 초대하는 것이지요."

"선생님은 지금 페테르부르크에 계신가요?"

내가 질문했다.

"그러시는 그쪽은요?"

수화기 너머에서 호탕하게 웃는 소리가 들린다. 나 역시 웃기는 하지만, 우스워서라기보다는 상대가 민망하지 않도록 예의상 웃는 것이었다. 우리는 저녁에 만나자고 하고 전화를 끊었다. 젤트코프는 멋진 사내다. 유머 감각도 있고, 붙임성도 좋다. 물론 젤트코프의 말을 빌리자면 인노켄티 페트로비치는 이런 유의 티파티를 오래전부터 하고 싶어 해서 그에게 부탁하다시피 했는데, 드디어 이렇게나마 열게 된 것이라고 했다. 하지만 사실과 다르다고 하더라도 문제 될 건 없었다. 오히려 이로 인해 젤트코프에 대한 호감도가 어느 정도 올라갈 수 있는데, 그의 말에 따르면 우리 모두 사람이고, 필요한 경우에는 거짓말도 할 수 있다는 것이다. 그런 것도 없으면 너무 인간미가 없다나.

플라토노프와 나는 제과점에서 파이와 다양한 동양식 디저트를 샀다. 저녁 6시에 초인종이 울렸다. 우리는 문을 열었다. 경호원 두 명이 먼저 들어오고(귀에 이어폰을 꽂은 채로), 그들 다음으로는 '노르드'라는 제과점 유니폼을 입은 사람들이 들어왔고, 그 뒤에 젤트코프가 모습을 드러냈다. 젤트코프 뒤에는 대략 10여 명의 사진기자 및 텔레비전 방송국 기자들이 들어왔다. 마지막으로 경호원 두 명이 더 들어왔다. 당황한 우리는 뒷걸음질 쳐서 큰 방으로 들어갔고, 손님들은(이것은 적의 침략에 가까운 것이었다) 우리가 가는 쪽으로 함께 움직였다.

티타임은 영상 촬영분이 나올 만큼 지속되었고, 우리는 대략 10분 정도 차를 마셨다. 물론 따뜻한 담소는 기대하기 힘들었다. 모두 식탁에 앉으라고 권했지만, 나와 플라토노프, 젤트코프 세 사람만 앉은 상황에서 허심탄회한 대화를 어떻게 기대한단 말인가? 나머지 사람들은 벽 옆에 서서 카메라 셔터를 눌러댔고, 무전으로 대화를 나눴다. 우리는 차를 한 모금씩 마셨고, 티타임 후에 이들 모두는 시끄러운 발소리를 내면서 떠났다. 우리 집에 '러시아 연방 정부로부터'라는 글씨가 적힌 티 포트와 노르드의 케이크 세 개를 두고 갔는데, 우리는 그중 한 상자만 열어봤다.

그는 늘 이런 식으로 차를 마시는 걸까?

화요일[가이거]

나스챠한테서 전화가 왔다. 그녀는 오늘 저녁에 그들의 집에 갑자기 젤트코프가 들렀었다고 이야기했다.

사실 나도 알고 있는 일이었다. 텔레비전에서 전부 다 보여줬기 때문이다. 방송은 인노켄티 플라토노프와 해동된 사람들의 비호자 젤트코프에 맞춰져 있었다.

사실 전화한 이유는 따로 있었다. 나스챠는 전화로 집에 맛있는 파이와 케이크가 있는데, 먹을 사람이 없다고 말했다. 그러면서 내일 차를 마시러 들르라고 했다.

물론 들를 것이다.

수요일[가이거]

우리는 함께 차를 마셨다. 나는 젤트코프가 아니어서 빨리 마시고 일어날 수 없었다. 결국 나는 새벽 1시 30분까지 앉아 있다가 택시를 타고 집에 갔다.

인노켄티는 독재와 공포정치에 대한 자기 생각을 얘기했고, 나는 조금 놀랐다. 그는 이것이 러시아 국민들에게 얼마나 큰 비극인가에 대해 말했다(나스챠는 이때 나를 보면서 말없이 파이를 가리켰다).

그러고는 그는 뜬금없이 독재는 결국 대중의 결정이며, 스탈린은 대중의 뜻을 따른 것일 뿐이라고 말했다.

"죽길 원하는 대중은 없습니다."

나는 그의 의견에 반박했다.

"이것을 집단자살이라고 합니다. 그렇다면 해변에 죽은 고래 떼가 출몰하는 이유가 뭐라고 보십니까?"

나는 생각해본 적이 없다.

"그렇다면 선생님은 스탈린이 단지 집단자살의 도구였을 뿐이라고 말씀하고 싶은가요?"

"그렇습니다. 일종의 밧줄이나 면도칼이죠."

"악당이 사실은 밧줄에 불과하다면 그는 자신이 저지른 일의 책임으로부터 자유로울까요?"

인노켄티는 고개를 저었다.

"아니요, 악당은 자신이 저지른 일의 책임을 져야 합니다. 다만 악행이 일어날 수밖에 없는 상황이었다는 점은 감안할 수 있겠지요. 민중이 기다렸기 때문이죠."

기다렸다고?

금요일 [나스챠]

오늘 아침에 나는 플라토노프보다 먼저 잠에서 깼다. 침대 위에서 양반다리를 하고 앉아 자고 있는 남편을 자세히 살펴봤다. 그의 얼굴에는 평안함보다는 고통이 서려 있었다. 입술과 눈꺼풀이 살짝 떨렸다. 뭣 때문에? 인생이 선사한 여러 가지 충격과 상실 후에 이렇게 해피엔드를 맞이했는데? 그는 대중의 관심(관심 정도가 아니라 엄청난 명성을 갖게 되지 않았는가!), 돈, 심지어 잃어버린 아나스타샤를 내 얼굴에서 찾아내지 않았던가?

그를 깨우고 싶은 강렬한 충동을 억제하느라 힘들다. 만약 깨운다면, 그가 꿈속에서 '어쩌고저쩌고한 것 같아서' 그랬다고 변명을 늘어놓아야 할 것이다. 하지만 이런 변명도 그에게 충격을 줄 수 있다. 가이거도 틈만 나면 나에게 그를 대할 때 조심해달라고 당부하고 있으니까 말이다. 그래서 나는 그를 깨우지 않고 그가 자는 모습을 보기만 한다. 한 손은 이불 위에 있는데, 피부 안쪽에 있는 정맥 혈관이 보였고, 뭔가 아이 같은 천진함이 묻어났다. 이게 백 살 된 사람의 손이라니! 나에게 애정을 표현하는 손이기도 하다.

한 여성잡지 인터뷰에서(내가 인터뷰를 다 하다니!) 인노켄티 페트로비치를 남자로서 높이 평가하느냐는 질문을 받은 적이 있다. 물론 무례하기 그지없는 질문이다. 나는 무례한 질문이라고 답한 후에 참지 못하고 결국 인노켄티 페트로비치는 정말 끝내주는 남자라고 말했다.

나는 한참 동안 앉아 있다가 다시 이불 속으로 들어갔다. 그리고 이런저런 생각을 하기 시작했다. 어제만 하더라도 어떤 광고 회사에서 연락을 받았는데, 가구 콘체른 하나를 소개했다. 그러고는 현재 다른 가구 회사의 가구 가격은 하늘 높은 줄 모르고 치솟고 있는데, 그 회사 가구만 벌써 3년째 마치 냉동시킨 것처럼 가격이 오르지 않고 있다는 것을 플라토노프가 대중에게 전해줄 것을 부탁했다. 이들의 생각은 시청자들이 방송이 나가는 즉시 활기를 띠고 그들의 가구를 구매하기 시작할 것이라는 것이다. 플라토노프가 지나가는 말로 해주기만 하는 대가로 그들이 제시한 금액은 냉동 채소 회사보다 1.5배 높았기 때문에 솔깃했다. 게다가 가구가 채소보다는 더 훌륭하지 않은가 말이다.

토요일 [인노켄티]

마르크스는 지팡이로 이따금 바닥을 치면서 나에게 말한다.

"선을 긋는 일이 가장 기본입니다. 당신은 형태를 만드는 일을 끝내지 못했기 때문에 명암을 넣어서 사물을 그리는 것은 아직 이릅니다."

나는 그런데 명암으로 넘어간 것 같다. 그런데, 왜 그랬을까?

토요일 [가이거]

나스챠를 통해서 인노켄티가 협동조합을 하나 만들어주길 바란다는 제안이 들어왔다. 그것도 냉각기를 만드는 공장에서 말이다. 나스짜가 나한테 이야기해준 내용이다. 그러면서 내게 조언을 구했다.

나는 그녀의 양쪽 어깨를 잡고 속도를 줄이라고 조언했다.

나스챠도 반대하지 않았다. 그녀의 말에 따르면 그녀도 조금 의심스러운 제안이라는 생각이 들어서 나한테 조언을 구한 것이라고 했다.

그런 생각이 들었다니 얼마나 다행인 줄 모른다. 왜냐하면 나스챠의 적극적인 성향이 이제 슬슬 우려스러워지기 시작했기 때문이다. 인노켄티는 이런 내 마음을 짐작하고 있는 듯하다.

"선생님은 나스챠가 지나치게 실용적으로 행동한다고 생각하시는 것 같은데……."

그가 나에게 며칠 전에 말했다.

"러시아어로는 이런 걸 '사리사욕에 눈이 어둡다'라고 하죠."

"아니요, 그렇지 않습니다. 제 생각에는 유아적 성향이 있는 것 같습니다. 단지 요즘 방식으로 표출되는 것뿐입니다."

인노켄티는 나를 한참 동안 쳐다봤다.

"사실 저도 같은 생각입니다."

우리 둘 다 웃었다.

웃을 수 없는 상황이 있긴 했다. 이를테면 텔레비전에서 인노켄

티가 출연하는 광고를 볼 때다. 텔레비전을 보려고 틀었다기보다
는 저녁을 먹는 동안 잠시 텔레비전을 튼다. 대개는 저녁 뉴스 시
간이었다. 그런데 갑자기 뉴스가 끝난 후에 커다란 통 안에 들어있
는 인노켄티를 본 것이다. 액체질소와 채소들과 함께 말이다. 이상
한 문구도 곁들여서……

나는 나스챠와 진지하게 대화를 해보고 싶었다. 하지만 잠시 후
에 나는 어쩌면 나스챠가 옳은 것일지도 모른다는 생각을 했다. 돈
은 정말 필요하니까 말이다. 돈. 겔트(돈).

월요일 [인노켄티]

가이거는 나스챠의 행동이 많이 거슬리는 것 같다. 하지만 정작
나와 대화하는 동안 그는 이것을 가리켜서 유아적이라고 정의했
다. 그의 말이 전적으로 옳으며, 이러한 그녀의 성향은 유아적이다.
이런 식으로 주변을 바라보는 시각은 나에게도 도움이 되는데 나
역시 나스챠의 행동이 다소 이질적이라는 것을 저울질할 수 있기
때문이다. 하지만 나스챠의 유아적 성향이 어떤 방식으로 표출되
든지 나는 그녀의 그런 성향이 사랑스러워서 가끔은 눈물이 날 지
경이다. 하지만 이따금 나와 내 경험과는 다른 세계에 속한 그녀의
행동으로 인해 겁이 날 때도 있다.

내가 전에도 언급한 적 있듯이 나의 경험은 나를 형성하는 데 도
움이 되지 않았기 때문에 나는 아무래도 우리가 절대로 서로를 이

해하지 못할 것 같은 생각이 든다. 나의 경험은 오히려 나를 죽이려 들었다. 요즘 나는 소련 시대에 대한 책을 많이 읽는데, 샬라모프*의 글이었던 것 같다. 수용소에서 끔찍한 일을 겪고 난 후에는 이 일에 대해 이야기해서는 안 되는데, 그 이유는 그들이 겪은 일들은 인간의 한계치를 넘으며, 이런 일을 겪고 나서는 차라리 세상에 존재하지 않는 편이 낫다는 것이다.

나는 내 안에서 나를 불태운 것들을 봤지만 이것들은 말로 표현할 수 없는 것들이다. 포로수용소로 압송되는 여자 포로들은 수용소에 들어가는 즉시 경비원들로부터 강간을 당했다. 그리고 그들 중 누군가가 임신을 하면, 그들은 일명 '줄리엣의 섬'이라고 불리는 자야츠키섬**으로 보내졌다. 내가 일기를 쓰는 동안 한때 사람이었던 그림자들이 내가 써놓은 글 위를 배회한다. 단어들이 유해가 되어 흩어지고, 이 유해는 무슨 연유에서인지 사람이 되지 못한다.

단어들이 다시 힘을 가지려면 묘사할 수 없는 것을 묘사해야 한다. 국가정치총국 직원들의 침 묻은 입술 아래에 있던 스몰니 귀족학교 여교사들의 선이 가는 얼굴들. 그리고 그들의 더러운 손. 이 쓰레기 같은 놈들에게서는 땀 냄새와 탄내가 났고, 이들은 바닥을 닦는 용도로 제일 예쁜 여자들만 불러냈는데, 이들은 이놈들의 명령에 불복할 수 없었다.

---

* 러시아의 작가이자 언론인(1907-1982). 강제수용소에 오랫동안 수감되었다가 석방되었다.
** 솔로베츠키 제도에 있는 섬.

남편이 총살당하고 통곡하는 여자에게서 다섯 명의 아이를 빼앗고 여자는 솔로베츠키 제도로 보내졌다. 거기에서 그녀는 강간을 당하고 몹쓸 병에도 걸렸다. 의사가 그녀에게 병명을 알려주었다. 야전병원 입구에서 그녀는 차가운 땅 위를 이리저리 굴렀다. 처음에는 때리지 않고 일어나라고 명령을 내렸다. 하지만 그 후에는 부츠 신은 발로 점점 더 심하게 차면서 나중에는 짐승적인 쾌감까지 느끼는 것이다. 그녀는 가느다란 목소리로 크게 비명을 지르다가 명치끝을 맞고 나서는 잠시 침묵했다. 그녀의 비명에서 가장 무서운 것은 그녀의 목소리 속에 있는 힘이 아니라, 그녀의 가녀린 비명의 끝은 늘 남성의 베이스 같은 저음으로 마무리되었다는 것이다.

나는 그것을 봤다. 그때부터 나는 이 기억으로부터 벗어나려고 노력하지만 잘되지 않는다. 나는 이 기억과 함께 살고 있고, 이 점이 나와 나스챠가 다른 점이며, 그래서 우리는 서로 다른 행성에 속한 사람일 수밖에 없다. 우리가 서로 이렇게나 다른데 어떻게 함께 살 수 있단 말인가? 그녀에게는 봄의 정원이 있지만, 내 가슴속에는 이런 심연이 있다. 나는 삶이 얼마나 무서울 수 있는지 안다. 하지만 그녀는 알지 못한다.

화요일 [나스챠]

오늘은 플라토노프의 기자회견이 있었다. 기자회견을 하는 내 남편은 전보다 훨씬 더 확신에 차 있었다. 기자회견장에서 기자회

견하는 모습을 보면서 든 생각인데, 저녁 뉴스 시간에 다시 한번
더 보면서 확신이 들었다. 기자회견은 '저녁 뉴스' 시간에 대대적
으로 방송되었기 때문에 기자회견을 자세히 설명하는 것은 의미가
없다고 본다.

화요일 [가이거]

저녁에 장시간에 걸쳐서 진행된 인노켄티의 기자회견을 봤다.

그는 광고판 앞에 앉아 있었다. 이로 인해 회견이 상당히 상업적
인 성격을 띤다는 것을 알 수 있었다.

인노켄티는 좀 더 자신감이 붙은 것 같았다. 질문에 차분하게 대
답했다.

그러면서 한 손으로는 연필을 돌리고 있었다. 나중에 나스챠가
연필은(얼린 당근이 아닌 게 얼마나 다행인가) 채소 광고 회사에
서 가져다준 거라고 했다. 신뢰감을 주기 위한 소품이라는 것이다.
물론 나스챠 같은 사람은 그런 게 필요 없을 것이다.

우리 인생에는 이렇듯 사랑스러운 연기가 필요한 법이다. 인
노켄티가 정부 지원금 규모에 대한 질문에 대답할 때(홀 안에서
실망한 듯 웅성거리는 소리가 들렸다) 카메라가 광고판에 있는
'LLC(유한책임회사)' '조국'이라고 적힌 부분을 비췄다.

애국심이 있는 회사에 관심을 보인 건 카메라 감독만은 아니었
다. 한 신문사의 리포터가 인노켄티에게 광고판을 가리키면서 그

에게 있어서 조국이 정말로 'LLC'인 것 같지 않느냐고 질문했다. 하지만 농담은 갈 곳을 잃었다. 인노켄티가 약자의 의미를 몰랐기 때문이다.

옆에 있는 사람들이 약자의 의미를 설명해줬지만, 그는 여전히 웃지 않았다. 그는 그 어느 때보다 진지하게 조국의 책임이 유한한 것이 절대 나쁘다고 생각하지 않는다는 것을 설명하기 시작했다. 모든 사람은 자기 스스로의 행동에 책임을 져야 한다는 것이다. 개개인의 책임만이 무한할 수 있다는 것이다.

또 그는 자신의 불행을 정부의 탓으로 돌리는 것은 아무런 도움이 되지 않는다는 말을 덧붙였다. 역사의 탓으로 돌려서도 안 된다고 했다. 불행에 대한 책임은 자신이 져야 한다고 말했다.

기자들은 풀이 죽었다. 그중 한 명이 질문했다.

"선생님은 정말로 선생님이 수용소에 가게 된 것에 대해 정부를 원망하지 않으시나요? 선생님을 거대한 얼음 덩어리로 만들었는데도요? 알 수 없는 이유로 선생님의 삶을 벌했는데도요?"

"이유 없는 벌은 없습니다."

인노켄티가 대답했다.

"잘 생각해보면 정답을 구할 수 있을 겁니다."

흥미로운 논리가 아닐 수 없다. 그의 논리는 묘하게도 국가정치총국의 논리와 맞아떨어진다. 그들은 죄수들이 해답을 찾도록 도와주는 일을 했다.

화요일 [인노켄티]

나는 여전히 나스챠가 아나스타샤를 닮았는지 스스로에게 묻는다. 우리가 처음 만났을 때는 둘이 닮은 것 같았다. 이제는 아닌 것 같다. 나는 나스챠에게 벌어진 변화가 구체적으로 무엇인지 알 수 없다. 좀 더 대범해진 걸까? 자신감이 더 붙은 걸까? 여자의 본모습은 결혼을 해봐야 알 수 있다고들 한다. 시쳇말처럼 일상생활에서 자주 쓰이는 말인 것 같은데 옳은 말일 수도 있다는 생각이 들었다.

우리가 따로 살 때만 하더라도 나스챠는 지금과는 달랐다. 하긴, 환경이 달라졌는데 예전 방식을 고수하는 것이 더 이상하지 않은가? 스스럼없이 서로의 몸을 보여주는 지금, 예전에 쓰던 단어들을 쓴다면 이상하지 않은가? 단지 나와 아나스타샤는 이 단계까지 못 갔을 뿐이고, 그녀와 이 단계까지 갔다면 그녀 역시 변했을 것이다. 그리고 이제는 나스챠와 아나스타샤를 비교하는 것도 관둘 때가 됐다. 나스챠는 복제양 돌리도 할머니의 복제품도 아닌 독립된 인격체이다. 왜 나는 자꾸 그녀를 다른 잣대에 대고 평가하려는 걸까?

수요일 [나스챠]

한밤중에 나는 누군가가 조용히 흐느끼는 소리에 잠에서 깼다.

무드 등을 켜보니 플라토노프가 울고 있었다. 그는 꿈속에서 울고 있었고, 그의 얼굴은 눈물범벅이 돼 있었다. 입을 벌리지 않은 채 뭔가 말하려고 했고, 목소리는 조금 가늘어서 아이 소리 같았다. 그래서 그가 흐느끼는 것처럼 느껴졌는지도 모르겠다. 보통 눈을 감고 있는 사람에게서는 표정을 읽을 수 없는데, 그에게서는 이상하게도 엄청나게 커다란 슬픔이 느껴졌다. 얼굴이라기보다는 지난 생에서 겪은 비극을 표현하는 탈 같다. 깨울까? 말까? 지금 그가 꾸고 있는 슬픈 꿈으로부터 깨어나게 해주고 싶었지만, 오히려 더 힘들게 하는 꼴이 될까 걱정된다. 플라토노프의 눈에 입술을 갖다 대자 짠맛이 느껴졌다. 그가 그 순간 눈을 떴지만, 깨지는 않았다. 그는 또다시 눈을 감았고, 그 후에는 신음하지 않고 잠을 잤다.

하지만 나는 더 이상 잠을 이룰 수 없었다. 낮에 있었던 쓸데없는 일들이 머릿속에 떠올랐다. 오늘 드디어 세입자와 내 아파트 임대와 관련해서 최종 합의를 보고, 선금도 받았다. 나는 이제 아파트에 무엇을 두고 올지를 생각하기 시작했는데, 가구와 식기와 갖가지 잡동사니를 두고 올 것이다. 그리고 좋아하는 책과 내 물건과 할머니 물건들은 가지고 나올 것이다. 이런 경우 대개 목록을 작성하지만, 나는 플라토노프를 깨울까 봐 일어나지 않았다.

목요일 [인노켄티]

국가정치총국 직원 몇 명이 진료실에서 한 아가씨를 성폭행했다. 나는 나무로 된 벽을 사이에 두고 누워 있어서 전부 다 들었다. 일어날 수는 없었다. 의사를 큰 소리로 불러봤지만, 의사가 없었다. 벽을 두드렸지만, 전혀 반응이 없었다. 그래도 나는 계속 벽을 두드렸다. 여자를 성폭행하던 사람 중 한 명이 나와서 나를 바닥으로 끌어내리고는 부츠를 신은 발로 몇 번 발길질을 했다. 나는 의식을 잃었다.

나는 옆방에서 누군가 우는 소리에 잠이 깼다. 몇 가지 도구가 달그락거리는 소리와 의사 목소리가 들렸다. 잠시 후에 의사가 나한테 왔다.

"저는 아까 그 방에 있었던 국가정치총국 직원 중 한 명을 지목할 수 있어요. 그가 들어와서 나를 때려서 누군지 똑똑히 기억해요."

내가 말했다.

의사는 내가 침대에 눕는 것을 조심스럽게 도와줬다.

"정말로 기억하는 건가요?"

그리고 문지방에서 뒤돌아보면서 말했다.

"제가 당신이라면 최대한 빨리 잊으려고 노력할 겁니다."

놀랍게도 나는 벽 너머에 누가 누워 있는지 알고 있었다. 이 사람은 페트로그라츠카야 지역에 있는 아파트에서 내가 본 바로 그 유령이었다. 계단에는 우아한 철제 난간이 설치돼 있었고, 아파트에서는 책 냄새가 났다. 그녀가 내 앞에서 걸어갔었다. 그녀는 다리를 절었다. 나는 그녀 뒤를 따라서 책장을 따라 천천히 움직였다. 그랬다, 그녀는 다리를 절었다. 머리카락은 묶어서 뒤로 넘기고 어깨에 숄을 두르고 있었으며, 주변이 온통 책이어서 도서관 사서 같은 분위기를 풍겼다. 나는 보로닌 교수가 그녀 가족에게 빌린 책 몇 권을 더 가져왔다. '메세랴코프'라는 성은 주소와 일치했고, 그래서 기억에 남았는지도 모른다. 메세랴코프가(家). 어떤 가족일까? 나는 끝내 알아내지 못했다.

사실 나는 그녀의 이름도 몰랐다. 알고 싶지 않았던 걸까? 미스터리한 존재는 이름을 가질 수 없다고 생각한 걸까?

우리는 도서관 안으로 들어갔다(사실 그곳에 있는 방은 모두 도서관이었다). 동그란 탁자 양쪽으로 안락의자 두 개가 있었다. 그녀는 뒤돌아서 멀리 떨어져 있는 안락의자 뒤에 서서 의자 등받이에 양손을 얹었다. 나는 그때 처음으로 그녀를 자세히 살펴봤는데, 그녀는 도서관 사서가 아니었다. 절대로.

"여기요. 전해달라는 부탁을 받았습니다."

내가 책을 내밀면서 말했다.

그러고도 그녀는 여전히 말이 없어서 내가 말했다.

"고맙습니다."

그러자 미소를 지었다. 상당히 놀라운 얼굴을 갖고 있었는데, 고딕 양식을 연상시켰고, 눈은 안으로 깊숙이 들어가 있었다. 그리고 가녀린 목을 정맥이 감싸고 있었다. 그리고 절름발이…… 그녀가 대답했다.

"천만에요."

그녀는 나에게 차를 권하지 않았는데, 물을 등유 램프에다가 끓일 수도 없는 노릇이라는 듯 분위기가 뭔가 차와 어울리지 않아 보였다. 앉으라고도 하지 않았다. 여왕이 따로 없었다. 나는 서서 그녀를 쳐다봤다. 그녀와 함께 있는 행복한 상상을 했다. 행복이 아니라 뭔가 다른 것이었는데, 그런 여자와 행복은 있을 수 없으며, 함께 나눌 수 있는 것이라면 아픔 정도라고 생각한다. 그녀는 특별했고, 이 특별함으로 사람을 매료시켰다. 그것도 모든 사람들을. 짐승 같은 국가정치총국 직원들이 진료소에서 그녀를 덮친 것만 봐도 알 수 있다. 전통 춤을 추는 앙상블의 솔리스트들은 더 이상 그들의 흥미를 끌지 못했다. 개새끼들은 뭔가 유령 같은 존재를 원했다.

일이 있던 날 밤 모두가 떠났을 때 그녀가 나에게 왔다. 조금씩 절뚝거리면서 왔다. 기어서 왔다. 그녀 역시 페테르부르크에서 나를 보고 기억하고 있었고, 이곳에서 나를 알아본 것이다. 그녀는 내 침대에 앉더니 잠시 후에 누웠는데, 앉아 있을 힘도 없었기 때문이었다. 나는 그녀의 양팔을 쓰다듬었다. 머리카락도 쓰다듬었는데, 피가 머리카락에 엉겨 붙어서 철사 줄처럼 억셌다. 말은 하지 않았다. 나도 그땐 그녀와 있을 때는 말을 안 하는 편이 좋다는 것을 직감으로 알고 있었다. 게다가 우리의 스킨십은 백 마디 말보다 더 깊었다. 새벽녘에 그녀는 내 귀에 입술을 바짝 붙이고는 말했다.

"고마워요……."

나도 그녀에게 대답을 하고 싶었지만, 그녀가 손바닥으로 내 입을 막았다.

"당신 아니었으면 아마 전 지금 여기에 없었을 거예요."

그녀의 손바닥에서 약 냄새가 났다.

내 옆에 누워 있는 동안은 그녀가 아나스타샤였다. 그녀가 떠나고 나서 나는 내가 그놈을 잡아 죽이고 싶다는 것을 깨달았다. 그러자 마음이 편안해졌고, 곧 나는 잠이 들었다.

금요일 [가이거]

어제 나는 스몰니*로부터 전화 한 통을 받았다. 나와 인노켄티를 시장이 관저로 초대하고 싶어 한다고 했다. 인노켄티의 집에 대한 문제는 시장 선에서 해결하는 문제이므로, 나는 인노켄티에게 같이 가자고 부탁하겠노라고 대답했다.

그리고 그에게 전화를 걸었다. 그도 찬성했다. 놀란 기색도 전혀 없었다.

오늘 우리는 12시쯤 관저에 도착했다. 시장이 누군가를 만나는 중이라 우리는 기다려야 했다. 우리가 응접실로 들어갔을 때 거기에는 벌써 기자가 몇 명 와 있었다. 우리는 원형 탁자 앞에 둘러앉았다.

시장은 종이에 써 온 몇 문장을 읽어나갔다. 그가 말한 말들 중

---

* 여성을 위한 귀족학교였던 스몰니 건물은 1917년 10월 혁명 전후로 볼셰비키당의 본부로 쓰였으며, 이후 시청 및 의회 등으로 사용되었다. 1996년 이후로는 상트페테르부르크의 시장 관저로 쓰이고 있다.

마지막 문장만 기억에 남았다. 그 문장의 내용은 인노켄티는 민주주의와 독재정치의 차이를 그 누구보다 더 잘 이해하고 있으리라는 것이다.

인노켄티는 감사를 표했다. 내가 이해하기로는 그것만으로도 충분했지만, 그는 대답을 하기로 결심했다. 하긴, 못 할 것도 없지 않은가?

인노켄티는 악의 정도는 전 시대를 통틀어서 동일하다고 말했다. 단지 악이 가진 형태가 다양할 뿐이라는 것이다. 가끔 이 악이라는 것은 무정부 상태와 범죄의 모습을 띠며, 이따금 권력의 모습을 한다. 누구보다 오래 산 그는 두 가지 경우를 모두 봤다고 했다.

시장은 잠시 생각한 후에 인노켄티의 건강이 어떤지 물었다.

이번에도 대답은 형식적인 데서 그치지 않았다. 그는 시장에게 체온과 혈압의 변화에 대해 자세히 설명했다. 돌발 상황이었다. 아 베어 쉔(하지만 아름답다).

토요일 [인노켄티]

어제 어떤 정당으로부터 전화 한 통을 받았는데, 나한테 입당을 하라는 제안을 했다. 나는 망설였다. 그쪽에서는 야당 쪽인 만큼 내가 뭔가를 이루길 원한다면 도움이 될 수도 있다고……. 나한테는 나스챠가 이미 있는데 뭘 더 바란단 말인가? 나는 감사를 표하고는 전화를 끊었다. 그런 다음에 가이거한테서 시장이 나를 초대한다는 전화를 받았다. 나는 그 즉시 그와 함께 가기로 했는데, 정당에서 온 전화 얘기는 무슨 이유에서인지 하지 않았다. 어쩌면 시장이 오라고 한 시간과 일치해서 그랬을 수도 있다. 그들은 나한테서 뭘 원하는 걸까? 광고? 내가 채소를 들고 찍은 광고 영상이 마음에 들었나 보지?

오늘 내가 시장을 만났을 때, 나는 가까이서 그를 살펴보고 권력을 지닌 자가 어떻게 생겼는지 눈으로 확인할 수 있었다. 그런데 솔직히 그는 전혀 초인적인 외모가 아니었는데, 머리는 심하게 벗어지고 관리를 잘 받았지만, 살짝 구겨진 듯한 얼굴에 피부에는 검버섯이 군데군데 있었다. 나는 그를 보면서 그의 옆에 있는데도 마치 텔레비전 속에 있는 사람을 보기라도 하듯이 전혀 긴장되지 않는다는 생각을 했다. 맞다, 정확한 비유다. 관찰 대상은 옆에 있고 잘 보이지만, 그와 대화는 단절돼 있으니 그는 화면 안에 있는 것이다.

내 삶은 화면 밖에 있다.

일요일 [인노켄티]

아무래도 사촌 세바에 대해 써야 할 것 같다. 세바는 켐에 있는 임시 감옥에서 만났다. 세바는 가죽 잠바에 빨간색 별이 박힌 간부용 모자를 쓰고 있었다.

우리 죄수들은 벌써 세 시간째 열 맞춰 서서 우리의 운명을 결정할 총책임자가 오기를 기다리고 있었다. 좀 더 정확히는 우리의 '운명들'인데, 우리 각자에게 주어질 운명이 서로 다를 것이기 때문이었다. 총책임자가 등장했고, 그는 다름 아닌 세바였다. 그를 보고서 처음 1초 동안은 놀랐을지 모르겠지만, 그렇게 놀라운 일은 아니었다. 본질적으로 그라면 그럴 수 있었다. 그는 그가 찾던 커다란 힘을 찾아냈고, 이제 그 힘이 명하는 대로 행동했다.

그는 나를 단번에 알아보지는 못했다. 먼저 그는 책상 앞에 앉아서 유리병에 있는 물을 따랐다. 그리고 단숨에 다 마셨다. 그런 후에 눈을 치켜떴고, 나와 눈이 마주쳤다. 나는 그가 미소를 지은 것처럼 느껴졌지만, 그건 내 생각일 뿐이었다. 그것은 미소라기보다는 일종의 경련이었다. 그는 그 즉시 눈을 내리깔고 책상 위에 있는 종이를 응시했다. 코를 긁더니 종이에 적힌 성과 이송되는 장소를 읽어나가기 시작했다. 엄격해지려고 노력했지만, 그의 목소리는 떨렸다. P라는 글자가 다가옴에 따라 그의 목소리가 더 커졌다.

"플라토노프!"

세바의 얼굴에는 공포와 간절한 바람이 서려 있었다. 그는 자기가 나와 친척이라는 것이 밝혀지면 자신이 난처해질까 봐 염려하는 것 같았다. 반혁명 방해 공작 대처를 위한 국가특수위원회 요원들이 그 즉시 상부에 보고할 것이라고 말이다.

"네, 접니다!"

내가 대답한다.

나와 세바 우리 둘은 비행사들이다. 당시보다 더 북쪽에 있는 바다에 있었다. 단지 이제는 그가 조종을 하고, 모든 것은 그에게 달려 있다는 점이 다르다. 우리 비행의 목적지는 어디일까?

"내가 지시를 내리기 전까지는 포포바섬에 있도록!"

그는 갑자기 허스키한 목소리로 말했다.

"네, 분부대로 하겠습니다!"

나는 바닥을 응시한다. 나무판자에 칠해져 있던 페인트칠이 벗겨져서 낙타처럼 울퉁불퉁 올라온 상태로 바닥에 덮여 있었다. 따뜻한 곳에 사는 낙타가 부럽다. 그들은 주변 상황에 전혀 연연하지 않을 테니까 말이다. 나는 세바의 표정을 보지 않고도 내가 그와 아는 사이라는 사실을 밝히지 않은 걸로 인해 그가 안도할 것임을 느낌으로 안다. 나는 임시 감옥은 누군가를 알은체하기에 적합하지 않은 장소라는 것을 깨달았다.

그때부터 나는 그가 나를 수용소에서 꺼내줄 것이라는 희망을 갖게 되었다. 혹은 수용소에 그대로 있더라도 편하게 있게 해주리라. 나는 그가 오늘내일 중으로 나를 찾아내거나 그냥 호출할 거라 기대했다. 우선은 기운을 북돋아주고, 그다음은 혹시 또 아는가? 내 수용소 생활을 더 편하게 해줄지.

하지만 이건 내 착각이었다. 그는 나와 만날 때도, 내가 자주 그의 옆에 있었음에도 불구하고 내게 관심을 두지 않았다. 그는 내게 특별대우를 해주는 것이 자신에게 위험할 수 있다고 생각하는 듯했다.

세바가 기다리라고 한 명령은 열두 시간 후에 떨어졌다. 나는 특별히 솔로베츠키 제도 중에서도 13중대로 보내졌다. 이곳은 솔로베츠키 제도 중에서도 가장 혹독한 장소 중 한 군데였다. 나를 죽일 셈이었을까? 잘 모르겠다. 다만 그가 그 명령을 내리면서 괴로워했을 것이라는 정도를 짐작할 수 있을 뿐이었다. 어쩌면 우리가 함께 나눴던 역사의 기관차에 대한 논쟁을 떠올렸을 수도 있다.

화요일 [가이거]

시장은 나스챠를 초대하지 않았다. 시간이 조금 흐른 후에 인노켄티가 나에게 불만을 제기했다.

처음에 그는 아무 말도 하지 않았다. 따라서 불만을 제기한 쪽은 인노켄티가 아니라 초대받지 못한 나스챠라는 것을 알 수 있었다. 인노켄티는 이렇게 초대받을 일이 있을 때 나스챠도 언급해달라고 부탁했다.

그녀는 요즘 얼굴이 창백하다. 임신으로 인해 힘들어하는 것이 느껴진다. 그래서 더 신경질적이기도 하다.

그건 그렇고, 시장을 만나러 갔을 때로 돌아가보자. 우리가 그를 기다리는 동안 인노켄티는 나에게 며칠 전에 우주 영웅들에 대한 책을 마저 읽었다고 이야기했다. 수많은 영웅들 중 흥미롭게도 그가 가장 인상 깊게 느꼈던 영웅은 벨카와 스트렐카였다. 그는 이 개들에 대해 말할 때 흥분했다.

화요일 [나스챠]

플라토노프와 가이거는 시장한테 다녀왔지만, 나는 초대받지 못했다. 사실 시장을 보고 싶었다기보다는 최소한 초대받은 남성의 부인은 그와 동행하는 것이 맞는 것 같았기 때문이다. 가이거는 생각을 못 했을 수도 있지만, 인노켄티 페트로비치는 생각을 했어야 한다고 생각한다. 처음에는 내가 이 일에 대해 어떤 생각을 하는지 말하지 않았지만, 나중에 우리가 섹스를 할 때 말했다. 그는 상황이 그렇게 민망하게 됐고, 자기도 처음에는 이해를 못 했고, 그럴 생각조차 못 했다고 말했다.

생각을 못 했다니 안타까운 노릇이 아닐 수 없다. 오늘은 더 이상 일기를 쓸 기분이 아니다.

목요일 [인노켄티]

나는 그녀를 강간했던 국가정치총국 직원의 동선을 알아냈다. 사실 수용소를 자유롭게 돌아다니던 그를 따라다닐 수는 없었기 때문에 동선을 알아냈다기보다는 단지 그들이 지나다니던 정비소 근처에서 내가 작업을 했기 때문에 그를 봤다는 쪽이 더 정확할 것이다. 국가정치총국 직원 놈은(나는 그의 성을 꽤 일찍 알아냈다) '파노프'라는 비교적 발음하기 쉬운 성을 갖고 있었다. 그의 동선의 경우는 단순해서 정비소 뒤에 있던 지휘관들을 위한 사우나로 이어졌다.

파노프는 보통 토요일에 교대를 하러 왔고, 간혹 주중에 오기도 했다. 처음에 나는 이놈이 거기에서 여자들을 만난다고 생각했는데, 알고 보니 여자는 집에서 만나는 것을 선호했다. 파노프가 그렇게 자주 사우나에 오는 이유는 증기 쐬는 것을 좋아하기 때문이었다. 물론 육체의 쾌락 역시 좋아하기는 했지만, 사우나에서 뜨거운 증기를 쐬는 것은 그가 가장 좋아한다고 해도 과언이 아닐 정도로 좋아했다. 우리의 동선이 겹치는 것은(이런, 이런!) 내 생각에 우연이 아닌 것 같았다. 따라서 나는 내가 앞서 결심했듯이 그를 결국 죽이게 되리라는 확신을 갖게 되었다.

그는 종종 내 옆을 지나다녀서 나는 그를 힘들게 찾으러 다닐 필요도 없었고, 나는 정비소의 희뿌연 창문을 통해 그를 볼 수 있었다. 한번은 내가 걸레가 든 양동이를 들고 창문을 닦고 있었다. 다들 웃었는데, 나는 그 웃음의 영문도 몰랐다. 나는 유리가 지저분한 걸 못 참겠다고 말했다. 집에 있을 때부터 생긴 습관이라고도 말했다. 만약 집에 있는 유리라고 생각한다면 또 다를 수도 있겠다 싶었지만 그들은 여전히 웃음을 멈추지 않았다. 하지만 그 덕분에 파노프가 이리저리 움직이는 모습이 잘 보였다. 사우나를 갔다가 나올 때 그는 이따금 혼자 나왔는데, 따라서 나는 그런 경우에 그가 제일 마지막에 사우나에서 나온다는 것을 추측할 수 있었다.

한번은 그가 지친 몸을 이끌고 움직여서 창문 옆을 지나갔고(고개를 숙이고, 손가락 하나를 코에 꽂고), 나는 정비소의 비상구로 나와서 바로 사우나 안으로 들어갔다. 탈의실 불은 꺼져 있었다. 사우나 안으로 들어가는 문은 열쇠로 잠겨 있었다. 열쇠는 문 옆에 있는 나무로 된 격자무늬 칸막이 아래에서 금세 찾아냈지만, 그 자리에 그대로 두었다. 중요한 것은 파노프가 혼자 사우나에 가곤 한다는 사실과 수용소 규정상 사우나 문을 닫고 잠가야 되는 시간 이후에도 그곳에 있었다는 사실을 내가 알아냈다는 것이다. 직원들은 그와 약속한 장소에 열쇠를 두고 갔고, 그는 사우나 문을 마지막으로 잠그고 나왔던 것이다. 칸막이 사이사이에 있는 나무가 심하게 벌어져 있었다. 나는 바지에서 쇠톱을 하나 꺼냈다. 쇠톱의 한쪽은 날카로웠고, 다른 한쪽은 거친 천에 싸여 있었다. 나는 칸막이 사이에 있는 틈에 톱날을 집어넣었고, 톱은 잘 들어갔다. 그런 후에 두 손가락으로 그의 갈비뼈를 눌러봤다. 갈비뼈는 칸막이 틈 안으로 완전히 들어가 있었고, 그의 코끝은 손만 뻗으면 닿을 것 같았다. 그에 대해 몰랐다면 그가 그곳에 있다는 것을 몰랐을 것이다. 그에 대해 알고 있는 사람은 나밖에 없었다. 그리고 이 비밀로 인해 이후에 마음이 편안해졌던 기억이 있다.

금요일 [가이거]

크렘린으로부터 전화를 받았다. 격앙된 목소리로 나와 인노켄티가 모스크바에서 훈장을 받을 것이라고 알려주었다.

그 순간 나는 그들로부터 두어 달쯤 전에 전화를 받았던 일이 떠올랐다. 그때 나는 나 외에 또 누가 용감한 과학 실험으로 인해 상을 받을 자격이 있는지에 대한 질문을 받았었다. 나는 그때 우선 내가 훈장을 받을 자격이 있는지 모르겠다고 대답했다.

그러자 그들은 예의를 갖춰 내 말을 끊고는 나에게 그래도 한번 생각해봐달라고 제안했다. 반진(미친 짓)…….

누가 실험에 용감하게 참여했는지를 묻는다면, 단연 인노켄티일 것이다. 나는 그의 이름을 말했다.

하지만 나와 대화를 나누는 이들은 이에 대해 이의를 제기했다. 그들은 인노켄티는 어떤 점에서 보면…… 일종의 실험 대상이라며 우려 섞인 말을 했다.

"아닙니다."

나는 갑자기 흥분해서 말했다.

"아니요, 절대 그렇지 않습니다."

나는 그야말로 그 누구보다 실험의 주체였다고(그들이 이런 표현을 좋아하는지는 모르지만) 말했다. 그는 스스로 실험에 참여할 의사를 밝혔고, 따라서 그는 실험의 주체라고 말이다.

다행히도 나와 대화한 크렘린 직원들은 상대방의 말에 귀를 기울일 줄 알았다. 결국 훈장은 나와 인노켄티 두 사람 모두에게 주었다. 다만 나에게는 명예 훈장이, 그에게는 용맹 훈장이 각각 수여되었다. 나는 이에 대해 그와 통화하면서 용맹 훈장은 반드시 사람들의 존경을 받는다고 말했다.

인노켄티는 이 소식을 듣고 전혀 놀라지 않았다. 그는 단지 훈장 수여식에 나스챠도 초청받았는지만을 물어봤을 뿐이다. 하지만, 유감스럽게도 그렇지 못했다. 내가 어떻게 해볼 수 있는 상황도 아니었다.

금요일 [인노켄티]

가이거가 전화해서는 나한테 무슨 훈장 어쩌고저쩌고하는 이야기를 했다. 내가 그의 말을 못 믿는다기보다는(해동되고 나서 온갖 흥미로운 일들을 다 겪었던 내가 아니던가!) 뭔가 나와는 멀게 느껴졌다. 게다가 가이거가 알아본 바에 따르면 크렘린 측에서 인노켄티의 가족은 초대하지 않았다고 했다.

나스챠는 또다시 언짢아할 것이다. 아니면 훈장이니 뭐니 하는 말에 가이거가 속아 넘어갔을지도 모를 일이다. 그런 사례를 어딘가에서 읽은 적 있다.

금요일 [나스챠]

내일이면 내 아파트에 세입자가 이사를 온다. 오늘 나는 훈장을 수여받은 두 사람을 데리고 마지막으로 집 정리를 하려고 갔다. 이렇게 해서 우리는 택시에 탔고, 뒷자리 오른쪽에는 '명예 훈장' 수여자가, 그리고 왼쪽에는 '용맹 훈장' 수여자가 앉아 있었고, 앞자리에는 누군지 정체를 알 수 없는 내가 앉았다. 뭐, 모성애 훈장이라는 것이 있다면 내가 받을 수도 있지 않았을까 싶다. 훈장 수여식 같은 거 없이 말이다.

그들은 내가 훈장 수여식에 초대받지 못한 것으로 인해 미안해했고, 나는 할 수 있는 만큼 최대한 그들을 위로하려고 노력한다.

EMSK*에는 정말 가고 싶지 않다. 아이를 가진 몸으로 시장 관저에 가는 것과 낯선 도시의 교통체증에 시달리는 것은 전혀 다른 문제라고 설명했다. 그리고 이번에는 내 생각을 먼저 해줘서 기분이 좋다고도 말했다. 가이거는 조금 지루하긴 하지만, 나는 두 사람을 너무 사랑한다.

집을 어느 정도 치워놓고, 남이 살게 될 집에 두기 싫은 물건을 싸다 보니 가방이 네 개가 됐고, 우리는 그 가방들을 볼쇼이 대로에 있는 우리 집으로 싣고 갔다. 그중에서도 나는 플라토노프의 어머니가 우리 할머니께 남기고 가신 테미스 조각상이 가장 소중한 것 같았다. 테미스 조각상은 저울이 망가졌는데, 들은 바에 따르면 우리 남편 짓이라고 했다. 나는 일부러 그가 보는 데서 다소 과장된 동작으로 천천히 테미스 조각상을 꺼냈지만, 그는 아무런 반응을 하지 않았다. 내가 그 조각상을 식당에 있는 진열장에 넣었을 때도 그는 시큰둥하게 고개를 끄덕일 뿐이었다.

"세상에서 '정의'보다 더 중요한 것은 없을 거예요!"

나는 그의 관심을 끌어보려고 일부러 큰 소리로 말했다.

그는 잠시 생각하더니 말했다.

"아마 사랑스러움이 아닐까."

가이거가 떠나고 그는 나에게 머리가 아프다고 말했다. 머리가 아프다면, 정의에 신경 쓸 여유가 없을 것이다.

---

* 러시아의 화물 및 운송회사.

토요일 [나스챠]

어제 플라토노프는 정말로 몸이 안 좋았다. 그는 자리에 눕기가 무섭게 잠이 들었다. 잠시 후에 나는 그의 몸 상태에 대해 말하기 위해 가이거에게 전화를 걸었다. 그리고 그가 어렸을 때 좋아하던 장난감을 봐도 이제 좋아하지 않는다는 말도 했다.

"그가 쓴 글에 따르면 이 조각상은 그가 그림을 그리기 시작할 때의 기억과 연관이 있는 것 같습니다."

가이거가 기억난 듯 말했다.

"이 조각상이 그가 그림을 그릴 때 일종의 영감을 준 것 같아요. 그런데 이제 뭔가 막힌 것 같아요. 그래서 아마 테미스 조각상을 봐도 예전만 못한 것일 수 있어요."

"그럼 이 조각상을 이제 어쩌죠?"

"그냥 놔두세요. 그의 막힌 부분을 뚫어줄지도 모르니까요."

생각지도 못한 대답이었다. 그렇다면 그냥 두는 수밖에.

월요일 [인노켄티]

나는 지금도 내가 어떻게 그때 파노프를 죽일 결심을 했는지 이해할 수 없다. 수용소에서는 그런 유의 감정은 빨리 사라지기 마련이다. 힘이 없다기보다는(사실 힘이 없는 것은 사실이다) 이런 유의 복수는 의미가 없기 때문이다. 게다가 감정은 증발한다. 이런 감정은 거의 남지 않으며 이 감정은 궁극적으로 자기 보존을 목적으로 한다. 내가 안제르섬에서 냉동되기를 기다릴 때 나는 더 이상 고통도 억울함도 느끼지 못했다. 나는 수많은 구타와 조롱과 고문을 겪었다. 그저 쉬고 싶었다.

유난히도 조용했던 그날 저녁, 나는 사우나 입구 쪽에 있는 병풍에 톱을 숨기고 나서 안도의 한숨을 쉬었었다. 그런 물건을 지니고 다니는 것은 상당히 위험했기 때문이다. 게다가 불필요하기도 했다. 톱은 바로 이곳에서 필요했고, 이제는 적합한 때가 오길 기다리는 일만 남았다.

그 순간은 왔지만, 나는 결국 파노프를 죽이지 못했다.

그날 밤도 조용했고, 나는 그가 지금 혼자 사우나실에 있다는 사실을 알고 있었다. 이상하게도 파노프와 관련된 모든 일은 조용한 저녁에 일어나곤 했다. 정비소에서 미끄러져 나온 나는 사우나실에 접근했다. 멀리 탈의실에서 새어 나오는 불빛을 보고 다리를 절던 아가씨를 강간하던 날 밤을 떠올렸다. 나는 손이 스스로 그를 내리칠 수 있도록 그때 느꼈던 그 감정에 자신을 이입시키려고 노력했다. 내리친다기보다는 찌르고 칼로 난도질하는 것이다. 파노프의 갈비뼈 사이를 좁은 톱날로 섬세하고 우아하게 찌르는 것이다. 나는 그가 고통스러워하는 것보다는 그가 이 세상을 떠나기를, 그래서 이제 그만 구린내 가득한 자신의 삶을 그만 살기를 원했다.

나는 병풍을 조용히 들고는 내 톱을 꺼냈다. 해가 자신의 마지막 빛을 내뿜을 때 나는 톱의 날카로운 날과 날의 반짝임을 보면서, 다양한 크기의 칼날 가는 줄로 마지막 날까지 얼마나 날카롭도록 갈았었는지 떠올렸다. 그리고 나는 정비소에 있던 모든 사람들이 못 보게 숨겨두었었다. 플라토노프……. 나는 사람들의 관심을 다른 쪽으로 끌며, 팔짱을 끼고 톱을 벽 쪽으로 가져간다. 플라토노프, 자넨 누구를 위해 이 톱날을 가는 것인가? 물론 아무도 나에게 물어본 사람도 없었고, 그 누구도 나를 벌한 사람도 없다. 그리고 운명의 그날 나는 파노프가 나를 발견할지도 모른다는 우려는 하지 않은 채 날카로운 날을 감상했다. 나는 당시에 굉장히 흥분했기 때문에 그는 나로부터 도망치지 못했을 것이다.

문을 열기 전에 나는 탈의실 창문 쪽으로 다가갔다. 탈의실에 있는 기다란 의자 위에 파노프가 미동도 하지 않고 누워 있었다. 양손은 몸에 붙이고 있었고, 몸은 시체처럼 하얗고, 창백해서 살아 있는 사람처럼 보이지 않았다. 나는 배의 움직임을 주시하면서 숨을 쉬기 위해 배가 조금이라도 움직이는지를 봤지만, 움직임은 포착되지 않았다.

창문을 통해서 이 장면을 보면서 내가 영안실에서 자레츠키의 시신을 봤을 때가 떠올랐다. 나는 자레츠키를 떠올리며 정의가 결국 이겼다는 생각이 들었다. 하지만 나는 이러한 승리가 기쁘지 않았다. 오히려 나는 자레츠키가 살아 있기를 간절히 바랐다.

파노프의 한 손이 움직이더니 가슴을 긁었다. 나는 숨을 깊게 들이마셨다. 그때 내가 기쁨과 실망 중 어떤 기분을 느꼈는지는 모르겠다. 한 가지 분명한 사실은 나는 파노프를 죽이지 않으리라는 것이었다.

화요일 [인노켄티]

오늘 낮에 우리는 비행기로 모스크바에 도착했다. 가이거는 나에게 우리가 복엽기를 타고 날아온 것이 아니라 비행기로 온 것은 자명할 것이므로 '비행기'라는 단어는 빼는 편이 낫다고 알려주었다. '전화로 통화를 하다'라고 하지 않고, '통화하다'라고 표현하는 것도 같은 이유라고 했다. 우리는 호텔 레스토랑에서 저녁을 먹고 각자 호텔 객실에 와 있다.

의사 가이거와 달리 비행사 플라토노프는 오늘 처음으로 비행을 했는데, 나는 특별한 비행사였다. 비행을 남용하지 않은 비행사라고 할까. 심지어 오늘 나는 처음으로 비행을 했지만, 비행을 남용하지 않았다. 비행기가 이륙을 준비하면서 활주로를 따라 달릴 때 나는 가슴이 답답하고 속이 메슥거렸다. 가이거는(내가 심하게 창백하다고 말했다) 내 자리 위에 있는 선풍기를 틀었고, 그러자 좀 나아졌다. 비행기가 고도에 오르자 답답함과 메슥거림이 완전히 가셨다.

그리고 나는 아버지와 마지막으로 코멘단츠키 비행장에 함께 갔던 일이 떠올랐다. 때는 8월 말이었다. 에어쇼가 있었고, 비가 와서 모두들 우산을 들고 있었다. 많은 비행기들 중 우리 쪽에 가장 가까운 비행기는 비행사 프롤로프가 타는 복엽기였다. 사람들은 그의 비행을 손꼽아 기다렸는데, 그 이유는 오늘 그가 사람들에게 전에 보여주지 않은 고난이도의 곡예비행을 보여줄 것이라고 발표했기 때문이다.

프롤로프는 자기가 탈 복엽기의 날개 아래에 서 있고, 불을 안 붙인 담배를 입에 물고 있다. 그는 성냥을 찾으려고 자신이 입고 있는 점프수트에 있는 수많은 주머니를 분주하게 뒤진다. 그리고 찾는다. 그리고 성냥을 긋는다. 하지만 비 때문에 성냥이 젖는다. 그리고 나는 그 순간 프롤로프 비행사가 오늘 사고로 죽는다면(고난이도 곡예비행은 위험을 동반하기 때문에), 본질적으로 지극히 소박한 그의 바람을 끝내 이루지 못하고 죽을지도 모른다는 생각을 한다.

그런 생각을 하자 그가 딱했다. 나는 아버지에게 부탁해서 성냥을 받아 활주로를 지나 그에게 뛰어간다. 금지된 행동이었고, 공항 관리자가 나에게 호루라기로 신호를 주지만 나는 그에게 성냥을 전해주고 싶어서 뛴다. 그는 어찌어찌해서 상황 파악을 하고는 나를 마중 나온다. 그가 내게 미소를 짓는다. 나는 앞으로 뻗은 한 손에 성냥갑을 쥐고서 여전히 뛴다. 우리는 만난다. 비행사는 성냥을 받아서 담배에 불을 붙인다. 담배를 한 모금 빨자 그의 얼굴이 담배 연기에 휩싸인다. 그는 나와 작별 인사를 하면서 내 손을 꽉 잡는다. 그가 너무 세게 쥔 나머지 나도 모르게 비명을 지를 뻔하지만, 잘 참아낸다. 역시 비행사의 악수는 뭐가 달라도 다르다는 생각을 하는 것이다. 나는 사람들이 있는 곳으로 돌아가면서 또다시 활주로를 지나가지만 이번에는 공항 직원이 내게 호루라기를 불지 않는다. 그는 뒤돌아 서 있다.

나는 아버지 옆에 서서 활주로를 바라본다. 프롤로프의 차례가 온다. 아까 피우던 담배는 진즉에 다 피우고 지금 그는 조종석에 앉아 있다. 프로펠러가 움직인다. 여덟 명의 공항 직원들이 잡고 있는 비행기 기체가 흔들린다. 비행사가 사인을 보내면 공항 직원들이 비행기를 놓고 땅으로 떨어진다. 드디어. 비행기는 결국 땅으로부터 자유로워진다. 바퀴를 번갈아가며 돌리면서 비행기는 활주로 위로 길지 않은 거리를 뛰다가 하늘 위로 날아오른다. 그러고는 갑자기 하늘 높이 날아오른다.

비행이다. 비행기는 마치 커다란 한 마리 새처럼 하늘 위를 유영한다. 하지만 나는 어떻게 해서 비행기가 그렇게 떠 있을 수 있는지 이해하지 못한다. 물리학의 법칙이나 비행기의 구조에 대한 이야기는 이해한다. 하지만 막상 비행기가 공중에서 외로이 비행하는 것을 보고 있노라면 어떻게 저렇게 날 수 있는지 이해할 수 없는 것이다. 경이로울 따름이다. 그리고 비행기 안에 타고 있는 사람은 보기만 해도 무섭다.

하지만 내 예감이 맞았다. 불길한 예감 말이다. 어려운 곡예를 끝낸 후에 일이 터졌다. 높은 상공에서 프롤로프의 비행기는 착륙을 준비하고 있었다. 원을 그리며 부드럽게 착륙을 준비하던 비행기는 갑자기 통제를 벗어났다. 당시 모든 일간지를 떠들썩하게 한, 총에 맞은 새에 빗대던 그 비유가 지금까지도 가장 적합한 비유인 것 같다. 그 비유가 지나친 낭만주의적 성향을 띠었는지는 모르지만, 오른쪽 날개가 새의 날개처럼 휘어지고 비행기는 자리에서 빙글빙글 돌면서 아래로 떨어지고 있었기 때문에 나는 그 비유가 내가 본 것과 맞아떨어진다고 생각했다.

그런 후에 신문에는 복엽기의 두 날개를 연결하는 밧줄이 끊어졌고, 비행기가 무게중심을 잃었으며, 사고 당시에는 불길한 예감 외에는 아무것도 이해할 수 없었다고 적혀 있었다. 물론 날개 하나가 망가져서 비행기에 덜렁덜렁 매달려 바람에 흔들리지만 않았어도 조종사가 고난이도 곡예를 선보이고 하산을 하리라는 희망을 가져볼 수도 있었지만, 그조차도 희망을 걸 수 없는 상황이었다.

공항에 모여 있던 사람들은 일시에 숨을 죽였다. 모두들 비행사가 자신의 죽음을 향해 질주하고 있다는 사실을 알고 있었기 때문이리라. 그가 탄 비행기는 상당히 오랫동안 회전을 했고, 그 모습이 너무 우스꽝스러워서 공포가 배가되었다. 그가 탄 비행기가 우리 쪽으로 향할 때마다 조종석에 앉아 있는 프롤로프의 모습이 보였고, 그때마다 그의 양손은 제각각 다른 곳에 위치하고 있었는데, 아마도 그는 비행기를 소용돌이로부터 빼내보려고 필사적으로 노력하는 듯했다. 그가 비행하는 순간은 점점 길어지고, 나는 그동안 그의 삶도 지연되는 것이며, 지금은 그가 살아 있는 모습을 보지만 잠시 후면 그는 죽을 것이며, 이것은 나나 그리고 비행기를 필사적으로 조정하려고 하는 그나, 숨죽이면서 이 모습을 지켜보고 있는 그곳에 모인 모든 사람들이 알고 있다는 생각을 한다…… 나는 생명에서 죽음으로 바뀌는 무시무시한 순간을 포착하려고 하지만, 실패하고 만다.

비행기가 코를 아래로 하고 땅에 고꾸라졌을 때(비행기의 나무로 된 부분이 갈라지는 소리가 났다) 사람들의 침묵은 순식간에 천 명이 내지르는 비명이 되어 폭발한다. 사방에서 사람들이 비행기를 향해 달려들고, 마치 식탁보 위에 쏟은 커피처럼 활주로를 에워

싼다. 사람들은 뛰어갈 준비가 돼 있었는데, 비행기가 땅 속에 코를 박으며 그들에게 사인을 준 셈이었다. 나도 그들과 함께 비행기를 향해 달려들었고, 망가진 날개 위를 올라가면서 비행사의 상태를 가늠해보려 애쓴다. 나는 뛰어가면서 소리를 질렀지만, 나도 모르는 사이에 걸음이 느려져서 나는 1열에서 물러나 사람들 무리 깊숙이 들어가 있었다. 나는 그렇게 제일 먼저 비행사의 상태를 보고 싶어 하는 사람들로부터 멀어져 있었다. 내 발걸음이 느려질수록 마치 절망적인 비명으로 1열에 서지 못한 내 미안함을 메우기라도 하려는 듯이 나는 점점 더 큰 소리로 비명을 질렀다.

그리고 내가 드디어 프롤로프를 봤을 때, 그의 모습은 내가 생각했던 것만큼 심각하지는 않았다. 이마에 상처가 났고, 입에서 핏줄기가 흘러나왔고, 한쪽 팔은 부자연스럽게 꺾여 있었다. 내가 주는 성냥을 받았던 손이었다. 이 손으로 내 손을 아플 정도로 세게 쥐었었다. 하지만 이제 이 손으로는 악수 자체가 불가능해 보였다. 후에 내가 블로크의 유명한 시를 읽었을 때 나는 이 손을 떠올렸다.

이미 늦어버렸다. 평원에 풀 위
휘어진 두 날개
기계의 복잡한 전선 속에
손은 레버보다 더 생명이 없구나…….

'손이 레버보다 더 생명이 없는'의 의미를 나는 잘 안다.

수요일 [나스챠]

나는 크렘린에서 하는 훈장 수여식을 텔레비전으로 시청했다. 두 사람 덕분에 나도 기분이 좋아졌다. 플라토노프는 수여식 중에 벨카와 스트렐카 이야기를 했는데, 굉장히 시기적절했고, 자연 친화적인 이야기라고 생각한다. 가이거도 멋있었는데, 그는 단상으로 걸어가면서 "감사합니다"라고 한마디 하고는 다시 자리로 돌아갔다. 그는 국가원수의 얼굴을 쳐다보지도 않았다. 그는 자신이 대통령을 별로 좋아하지 않는다는 것을 숨기지 않았는데, 가만 생각해보면 그를 사랑할 이유는 없을 듯싶다. 아무튼 나는 훈장을 받은 그 두 사람이 자랑스러웠다.

수요일 [가이거]

인노켄티와 나는 지금 모스크바에서 집으로 돌아가는 중이다. 돌아갈 때는 기차로 갈 결심을 하고 침대칸에 타고 있다.

그가 비행을 힘들어했기 때문이다. 그는 비행기 안에서 사고로 죽은 어떤 비행사를 떠올린 것 같았다. 심지어 그는 그의 죽음을 목격했다고 했다.

나는 일기를 쓴다.

인노켄티는 우리가 받은 훈장을 살펴보고 있다. 그는 자기 앞에 훈장이 들어 있는 상자 두 개를 놓았는데, 하나에는 명예 훈장이,

다른 한 상자에는 용맹 훈장이 들어 있다. 그는 사색에 잠긴 듯 입술을 깨문다. 그는 뭔가 이해할 수 없다는 표정을 짓고 있다. 그런 그의 모습은 흥미롭다.

오늘 아침에 크렘린궁 측에서 우리를 스타라야 광장에 모았다. 훈장을 받게 되는 사람들은 거의 다 내가 아는 사람이다.

얼마 후에 우리 모두를 버스에 태우더니 크렘린으로 데리고 갔다. 훈장 수여식은 천장이 낮은 홀에서 하게 돼 있었다. 우리는 조각 케이크를 먹고 차를 마셨다. 의전 책임자가 홀을 이리저리 왔다 갔다 했다. 그는 대통령께 드릴 선물이 있으면 자기한테 달라고 제안했다. 대통령께 선물을 직접 드리는 것은 금지돼 있었다.

그는 우리한테도 다가왔지만, 우리는 어깨를 한 번 들썩거렸다. 우리는 올 때 선물을 하나도 가져오지 않았다. 그러자 책임자의 얼굴에 실망하는 표정이 언뜻 비쳤다.

그가 모두에게 훈장을 수여받으러 오라고 했을 때 인노켄티는 화장실에 있었다. 책임자는 아까보다 더 많이 실망한 것 같았다.

우리 둘 중 인노켄티가 먼저 호명되었다. 대통령은 들고 있는 종이를 한 번 들여다보더니 그의 용맹을 칭찬하고 그를 가가린에 비유했다.

"가가린과의 비교는 제게 너무 과분하다고 생각됩니다."

인노켄티는 슬픈 듯 대답했다.

"왜냐하면, 가가린과 달리 저는 용맹할 것을 강요받았기 때문입니다. 제가 가진 용맹은 저와 마찬가지로 명령을 이행할 수밖에 없었던 벨카와 스트렐카의 용맹에 더 가까운 것 같습니다. 그래서 비교를 하신다면 벨카와 스트렐카와 비교하시는 것이 옳을 것 같습니다."

홀 안에 있던 사람들은 박수를 쳤지만, 대통령은 조금 불편한 미소를 지어 보였다. 그리고 대통령 역시 사람들과 함께 박수를 쳤다. 그 자리에서 벨카와 스트렐카에 대한 얘기를 듣게 될 줄은 예상하지 못한 것 같다.

인노켄티는 지금 훈장 두 개를 달았다. 생수병 너머로 그의 가슴에 달린 훈장들이 보인다. 어울린다.

금요일 [인노켄티]

어제 나와 가이거는 모스크바에서 돌아왔다. 인상 깊은 여행이었다. 크렘린 안을 걸으면서 나는 내가 만약 여기에 20년대와 30년대에 왔다면 그때 그들 중에 한 사람을 만날 수도…….

우리의 모든 희망, 미움은 마치 수증기처럼 세계의 정상인 이곳으로 향하고 있었다. 이곳에서는 이 감정들의 온기로 몸을 녹이고, 이 감정들을 코로 들이마셨다. 만약 그때 내가 정말 크렘린에 갔더라면 나는 우리 삶을 좌지우지하려 했던 모든 일에 대해 이야기해 줬으리라! 물론 한마디도 못 하는 것은 고사하고 입도 못 열 것이며, 그들을 향해 시선을 던지는 것이 최선일 상황에서 이 얼마나 우스운 상상인가. 실제로는 그들을 한 번 쳐다보는 것 자체도 힘들 것이다. 심장이 터져서 죽더라도 한번 보고 싶다.

하지만 지금의 대통령을 봤을 때 내 가슴은 터질 것 같지 않았다. 심지어 쿵쾅거리지도 않았다. 그가 나쁜 사람이어서라기보다는 단지 이 시대는 내가 속한 시대가 아니며, 지금 이 시기에 나는 이방인이라는 것을 느끼기 때문이었다. 이 시대가 나는 여전히 낯설다. 나에게 일어나고 있는 일에 대해 나는 막연한 관심을 가지고 있을 뿐이다. 마치 짐바브웨 대통령에게 나를 소개한 것과 같은 기분이었는데, 대통령이라고 하니까 호기심은 발동하지만 그 이상도 그 이하도 아닌 것이다. 하고 싶은 말은 전부 다 얘기해도 좋지만 그러고 싶지 않은 것이다. 관심이 없으니까.

훈장 수여식이 있고 나서 주최 측에서 샴페인으로 건배 제의를 했다. 나는 크렘린에서 대접하는 샴페인을 마시면서 이것이 권력의 술이라는 상상을 했다. 난 늘 혼자서 이런저런 상상을 하는 걸 좋아한다. 나는 샴페인이 내 목으로 들어오면서 막강한 힘을 얻게 되며, 무엇보다 한 사람의 공무원을 한 나라의 통치자로 변화시킨 나라에 대한 책임감을 입으로 흡입하며, 그러면 나라의 일이 그의 사적인 일이 되며, 나라 자체도 자기 자신의 일부가 된다는 상상을 했다.

나는 술에 대한 내 상념을 가이거와 나눴지만, 그는 내 생각에 동의하지 않았다.

"훌륭한 공무원이 있는 곳에는 통치자가 필요 없는 법이죠."

멋진 생각이다. 유럽 사람다운 시각이다. 나는 내 잔을 가이거의 잔에 가까이 댄다.

"러시아 어디에서 훌륭한 공무원을 보셨죠?"

우리는 술잔을 부딪쳤고, 순간 술잔이 내 손에서 미끄러졌다. 나는 마치 느리게 돌아가는 영화 속 화면에서처럼 술잔이 날아가는 것을 지켜보고, 잠시 후면 술잔이 샴페인을 사방으로 흩뿌리고, 결국 바닥으로 떨어지며 잔의 파편을 사방으로 퍼뜨리게 될 것을 알고 있는데, 정말 내가 상상했던 그대로 이루어졌다. 나는 어떤 특이한 시간의 증인이 되었는데, 현재도 아니고 과거는 더더욱 아니며, 어쩌면 미래일 수도 있는 시간과 마주했다. 나는 무한한 시간 너머, 샴페인 잔이 떨어질 장면을 미리 상상했기 때문이다. 직원 몇 명이 급히 달려와서는 나한테 걱정하지 말라고 말한다. 사실 나는 아무렇지도 않은데 말이다.

토요일 [가이거]

나는 줄곧 인노켄티와 함께 모스크바에 다녀온 일을 생각하고 있다.

그중에서도 샴페인을 마시면서 그와 나눈 대화를 계속 생각하는데, 그는 그 샴페인을 권력의 술에 비유했다. 정말 이상한 상상력이 아닐 수 없다! 이 술이 평범한 공무원을 통치자가 되게 해준다니.

나는 현재 대통령이 어떤 술을 마시는지 모르지만(아무래도 샴페인은 아닐 것 같다), 그는 공무원도 통치자도 아닌 것 같다…….

그것보다 나는 인노켄티가 걱정된다. 그렇게 끔찍한 일을 당하고도 그렇게 쉽게 '통치자'라는 말을 하다니 이해할 수 없다. 운글

라우플리히(믿을 수가 없다)…….

그가 손에서 잔을 놓친 이유와 무관하지 않으리라.

일요일 [인노켄티]

컴퓨터에 오타를 즉각 수정해주는 편집 프로그램이 있다. 이따금 나는 이 에디터가 자신의 일에 몰입한 나머지 뭔가를 추가하기도 하고, 반대로 뭔가를 지우는 등 필요 이상으로 수정하는 것 같은 묘한 기분에 사로잡히곤 한다. 그리고 나는 점점 그 에디터가 자신의 본분을 망각하고 선을 넘는 것 같다는 확신을 갖게 된다. 그리고 이 프로그램 때문에 나는 늘 제삼자가 나와 함께 있는 것 같은 기분이 드는데……. 내가 이 얘기를 가이거한테 하자, 그는 웃으면서 그는 신경도 쓰지 않던 일이라고 말했다. 그리고 그는 이것이 흔한 컴퓨터의 뻔뻔함이라고도 했다.

월요일 [나스챠]

가이거가 며칠 전에 나한테 종이 뭉치를 가져다주었다. 플라토노프가 새 생명을 얻고 처음 반년 동안 노트에 적은 것을 워드로 쳐서 출력한 것이었다. 그의 말에 따르면 그는 내가 남편을 더 잘 이해하는 데 도움이 될 수도 있을 것 같아서 가져왔다고 했다. 사실 나는 그게 없어도 남편을 이젠 꽤 잘 이해하고 있다. 하지만 거기에 적힌 내용 중에 정말 놀라웠던 것은 그가 사소한 것까지 다 묘사하고 있다는 것과 오래된 일일수록 더 많은 애정을 가지고 썼다는 것이다. 내가 그에게 이 말을 하자, 인노켄티는 세계 재건 프로젝트를 작성하는 중이라고 대답했다. 농담도 잘하지.

그런데 어떤 프로젝트에서 플라토노프의 회상이 다른 사람들, 이를테면 나의 회상과 동등한 가치를 지닐까? 하긴 내가 지닌 오래된 기억을 필요로 할 사람이 있기나 할까? 역사적인 측면으로 봐도 아무짝에도 쓸모없지만, 내가 가진 '오래된 기억'이란 건 사실 아직 과거도 아니며, 현재진행형이다. 이걸 가지고 내가 뭘 더 얼마나 잘 묘사한단 말인가?

예를 들어서 유치원에서의 아침 풍경이 감옥이나 군대 같다고 묘사한다 치자. 슬픔 가득한 아침 식사. 세몰리나* 죽의 덩어리들을 보면 토하고 싶고, 강한 틈새 바람이 불 때면 화장실에서 소독약 냄새가 심하게 난다. 결국 나는 식탁 앞에 앉아서 죽에 드문드문 보이는 덩어리를 숟가락으로 걸러내지만 이따금 숟가락이 거르지 못한 덩어리가 입에 들어가면 혀로 덩어리를 더듬는다. 그런 순간이면 나는 토하곤 한다.

하지만 내가 이 일을 자세히 묘사할 때 애정을 느끼지는 않으며, 다른 사람도 마찬가지일 것이다. 하지만 누군가는 이 일을 애정을 가지고 묘사해야 세상에 대한 기록이 완전해질 것이다. 혹시 나도

---

* 듀럼밀로 만든 밀가루로 파스타, 시리얼 등을 만드는 데 쓰인다.

냉동됐다가 백 년쯤 후에 해동되면 이런 기억에 대한 가치를 깨닫고 후손들에게 그때 일을 전해줄 수 있을까?

월요일 [가이거]

인노켄티의 명예를 회복시켜줄 문서가 도착했다. 문서에는 '범죄에 연루되지 않음에 대하여'라고 적혀 있었다. 그러니까 그는 반혁명 음모에 가담하지 않았고, 자레츠키도 죽이지 않았다는 뜻이었다. 사실 이 문서가 아니어도 그가 그런 짓을 하지 않았다는 것은 자명한 사실이었다.

하지만 문서는 지니고 있는 편이 나을 것이다. 러시아같이 관료주의가 팽배한 나라에서는 자신이 낙타가 아니라는 것을 증명할 준비가 언제든 돼 있어야 할 테니까 말이다. 인노켄티의 경우는 굉장히 단순한데, 국가가 잘못을 했다면 문서에 서명을 해서 남겨둬야 한다는 것이다.

인노켄티는 이 문서를 보고도 별다른 반응이 없었다. 심지어 그의 표정에서 불만이 언뜻 스쳐 지나간 것 같기도 하다. 정부를 너무나도 경멸하는 나머지 명예 회복조차 받기를 원치 않는 것일까? 아니, 내가 아는 한 그는 그럴 사람은 아니다.

어쩌면 그가 그토록 오랫동안 고통받은 대가로 종이 한 장을 준 것이 너무 가볍게 느껴졌을지도 모른다.

그래서 그에게 물었다.

"선생님은 현 정부가 선생님의 무죄를 발표할 자격이 있다고 보십니까? 그렇지 않다고 하더라도 이해는 갑니다만."

그는 어깨를 들썩일 뿐이었다.

"나의 무고를 밝힐 분은 오직 신뿐이라고 봅니다. 그러니 국가가 뭘 하든 그건 중요하지 않습니다."

나는 관점의 차이라고 본다.

화요일 [인노켄티]

냉동인간 실험 대상인 사람이라면 딱 한 번 수면제 주사를 맞고 냉동을 하러 보내질 때가 온다. 이 주사는 무롬체프가 실험 대상자들에게 행하는 마지막이면서 비밀스러운 배려였다. 상부에서는 살아 있는 비수면 상태의 사람들을 냉동시켜야 한다고 생각했다. 하지만 무롬체프는 잠도 삶의 한 형태라고 생각해서 상부의 명령을 따르지 않았고, 실험 대상자들은 그에게 고마운 마음을 가지고 있었다. 그리고 무엇보다 절대 영도의 왕국에는 수면 상태에서 가는 편이 더 수월하다. 실험 대상자들은 주사를 맞기 전에 '잠은 죽음을 방해하지 못한다'라는 러시아의 격언을 떠올리곤 했다. 무롬체프가 하려고 하는 행위를 지적하는 것처럼 들리긴 했지만, 격언을 듣고 무롬체프는 오히려 수면제를 투여하는 결심을 더 굳히게 되었다.

잠이 들면서 나는 나사로에 대해 생각했다. 그의 운명은 현재로서는 내게 유일한 희망이었다. 죽은 지 나흘이 돼서 고약한 냄새가 나는 시체를 살리는 것이 가능하다면, 모든 규칙을 지켜서 냉동시킨 사람을 부활시키는 것도 가능하지 않느냐고 말이다. 내가 해동된다 해도 살아 있을 확률은 없지만, 최소한 절망감을 안고 이 세상을 떠나고 싶지는 않았다. 예수는 죽은 지 나흘 된 나사로를 부활시켰다. 나는 언제 다시 살아날 것이며, 그런 날은 과연 올 것인가? 나는 희망을 가지고 싶었다.

내 해동에 대해서 생각하는 지금 나는 내가 잃어버린 수십 년을 돌아보며 나를 해동시키는 것이 한 세대 전체를 해동시킨 것과 같은 것은 아닌지 나 스스로에게 묻는다. 사실 내가 지금 기억해내는 모든 일들은 그것이 사소한 것일지라도 한 시대에 일어났던 일이 되기 때문이다. 어쩌면 중요한 것은 그것이 사소한 일이 아니라, 그 시대 전체를 아우르는 일이 아닐까? 어쩌면 우리 모두가 내가 살았던 무시무시한 시대에 우리가 겪은 일들을 다시 한번 되짚어보기 위해 내가 부활된 것은 아닐까? 나는 이 얘기를 나스챠에게도 한다. 어쩌면 이 모든 것이 내가 그 시대의 산증인이 되도록 하기 위해 계획된 것일지도 모르지 않느냐고 말이다. 나는 그때 일을 두 눈으로 봤고, 전부 다 기억하기 때문이다. 그리고 이제는 내가 기억하는 것들을 자세히 기록하고 있다.

목요일 [나스챠]

최근 내 컨디션은 특실에 준하는 호텔방 같은 상태이다. 속이 메슥거리고, 아무것도 하기 싫고, 하루 종일 일어나지 않고 누워 있고 싶다. 하지만 할 일은 너무 많았고, 가장 중요한 것은 플라토노프의 식사를 챙겨야 했다. 그는 식성이 까다롭지 않아서 빵 껍질만 줘도 불평을 안 하겠지만, 그래서 그런지 더 신경이 쓰인다. 그가 한번은 말했다.

"광고에 사용된 냉동 채소가 이제 꿈에도 나와. 내가 벌어들인 돈이면 가정부 한 명 정도는 고용할 수 있지 않나?"

물론 가능하다. 하지만 나는 우리 두 사람 말고 우리 집 안에 또 다른 사람이 있는 것이 싫은 데다 음식이라면 내가 직접 만드는 편이 덜 번거로웠다. 사실 '덜 번거로웠다'기보다는 나는 그를 위해 음식을 만드는 것을 아주 좋아한다. 게다가 플라토노프는 길에서 어쩌다 마주친 그런 남자가 아니라 20세기와 함께 태어났기에 특별하고 세심한 돌봄을 필요로 했다. 잘 돌봐줘야 한다.

그리고 그에겐 특유의 연약함이 있는데, 그걸 생각하면 나도 모르게 웃음이 난다. 어제만 하더라도 그는 욕실에서 미끄러져 넘어졌다. 욕조가 플라스틱으로 만들어져서 다행히 내가 겁먹는 정도에서 그쳤지만, 만약 무쇠로 만들어진 것이었다면 상상만 해도 끔찍하다. 나는 그 순간 재빨리 몸을 날려서 그를 보는데, 그는 욕조에 누워 있었다. 그러고는 배시시 웃는 것이 아닌가.

"한쪽 다리가, 내가 욕조에 한쪽 다리를 넣는 동안 나머지 다리가 미끄러진 거야."

그가 말한다.

어머나! 한쪽 다리를 넣는다니, 이런 말은 한창 혈기 왕성한 남자의 입에서 나올 말은 아니지 않은가! 엄밀히 말하자면 남편은 99세이지만 외관상으로는 전혀 그렇게 보이지 않는다. 나는 가이 거에게 이 말을 했고, 그러자 그는 눈살을 찌푸렸다. 그러고는 나에게 플라토노프를 좀 더 세밀하게 돌봐달라고 부탁했다. 이보다 더 어떻게…….

사실 가이거는 훈장까지 수여받은 플라토노프의 명예 회복을 위해 애쓴 이유는 그 일이 그에게 중요할지도 모르기 때문이라고 말했다.

그는 문서가 그렇게 빨리 올지 몰랐고, 아마도 플라토노프가 유명하기 때문인 것 같다고도 했다. 하지만 본인은 정작 문서를 보고도 아무런 감흥이 없는 것 같았고, 그 점이 좀 이상하긴 했다. 나는 그가 자신의 명예가 회복되기를 기다리지 않는다는 것을 알고 있었고, 이 문서가 그가 겪은 고통의 천분의 일만큼의 가치도 없지만, 그렇다고 그의 기분을 상하게 할 수 있는 내용이 적힌 것도 아니었다. 심지어 그는 가이거를 향해 화난 표정을 지어 보였다.

금요일 [인노켄티]

며칠 전에 나는 욕실에서 넘어졌고, 다시 생각해도 민망하다. 그것도 '쿵' 하는 소리를 내면서 말이다. 겁먹은 나스챠가 그 즉시 달려왔고, 괜찮다는 표정을 지어 보이긴 했지만 사실은 다리를 삐었다. 나는 그녀에게 바닥이 미끄러워서 한쪽 다리가 미끄러졌다고 말하긴 했지만, 사실 문제는 바닥이 아니었다. 다리에 힘이 갑자기 빠지면서 다리가 접히면서 넘어진 것이었다. 게다가 문제는 이번이 처음이 아니라는 것이다. 지난주에 길을 건널 때 한쪽 다리가 인도에서 횡단보도로 내려가다가 걸려서 하마터면 넘어질 뻔했다. 다음 날에는 우유를 사러 가다가 가게 안에 있는 계단에서 넘어졌었다.

젊은이가 손을 흔들어대면서 겁먹은 표정을 짓고 넘어진다는 것은 뭔가 상당히 민망하다. 노인은 나이를 많이 먹어서 그럴 수 있다지만, 젊은이는 다르지 않은가! 사람들이 달려와서 일으켜주려고 하고, 다들 딱하게 생각하는데, 무엇보다 사람들의 관심이 집중되는 것을 참을 수가 없다. 아마도 이런 내 성향은 아버지로부터 물려받은 것 같다. 나는 무슨 이유인지 상점 계단에 누워 있는 순간에 바르샵스키 기차역 옆에 누워 계시던 아버지를 떠올렸다.

내가 넘어지자 주위에서 걱정하기 시작했는데, 크렘린에서는 샴페인 잔을 떨어뜨리기까지 했다. 가이거에게 이 말을 해야 할지 모르겠다. 안 그래도 그는 나를 과잉보호하는데 이 말까지 하면 이런저런 검사를 받아야 할 것이고, 해서는 안 되는 일도 많아질 테니 일상생활에 많은 제약이 따를 것이 뻔하다.

그런데 나는 이 모든 일이 테미스 조각상을 아파트에 가져온 때부터 시작된 것만 같다. 그걸 보고 있으면 그림을 잘 못 그리는 일이나 내가 체포되기 직전에 있었던 가슴 아픈 사건들이 떠올랐다. 물론 정신적인 문제일 수도 있다. 가이거도 우리가 앓는 질병의 절반가량은 정신적인 문제에서 기인하는 것이라고 말한 적 있다. 질병의 치료 역시 마찬가지다. 병의 치료는 본인이 마음먹기에 달린 것이다. 극복할 수 있도록 노력해봐야겠다.

[나스챠]

훈장을 받은 우리 남편에게 새로운 꿈이 생겼다. 그는 그가 냉동된 이후에 잃어버린 시간을 되찾고 싶어 한다. 이제 우리는 1930년대부터 1980년대에 나온 책과 영화를 수집한다. 주로 영화들이었는데, 소련 시대의 영화는 본질적으로 큰 의미는 없지만, 당시 생활상은 엿볼 수 있었다. 당시 패션도 볼 수 있었는데, 당시에는 드레인파이프 팬츠가 유행했고, 셔츠 소매는 걷어 올렸다. 60년대에는 드레인파이프 팬츠와 끝이 뾰족한 구두가 유행했다. 플라토노프가 내 옆구리를 찌르면서 말한다.

"사람들 얼굴 좀 봐, 50년도 채 안 지났는데, 얼굴이 달라도 너무 달라."

"조금 다르긴 한데, 그 정도는 글쎄…… 그럼 지금 얼굴은 어떤데요?"

내가 질문한다.

"그 차이를 모르겠어? 뭔가 신경질적이고, 화가 나 있고, '나 건드리면 알지?'라는 표정을 짓고 있잖아. 전부 다까지는 아니어도 많은 사람들의 얼굴이 그런 것 같아."

"그럼 당신은 소련 시대의 정돈된 아름다움이 더 마음에 들어요?"

내가 그의 귀를 살짝 깨물면서 묻는다.

그는 어깨를 들썩일 뿐 대답이 없다. 아무래도 마음에 안 드는 것 같다.

월요일 [가이거]

인노켄티는 지금 옛날 영화와 연대별 사건을 기록한 다큐멘터리 영화를 본다. 그는 그의 시간에 있는 구멍을 메우고 싶다고 한다.

어제 나는 그들과 함께 50년대에 일어난 사건들을 영상으로 봤다. 흥미롭다. 마치 다른 행성에서 일어난 일이라도 되는 것처럼 현실감이 없다.

콤소몰*의 한 여성 당원의 모습을 확대해서 보여줬을 때, 그가 비디오 영상을 멈췄다. 정말 얼굴 표정이 살아 있었다. 나는 남자들의 얼굴보다 여자들의 얼굴에 시대상이 더 잘 묻어난다는 것을 깨달았다. 어쩌면 여자들의 표정이 더 풍부해서 그럴지도 모르겠다.

"수용소에는 수백만 명이 수용돼 있었는데, 얼굴에는 거짓 없는 행복감이 묻어 있었어. 거짓이 없는 행복감 말이야!"

인노켄티가 화면에 더 가까이 다가갔다.

"왜 그녀는 열악한 조건하에서도 행복할까?"

나스챠는 인상을 찌푸렸다. 정말로 여자들의 표정 변화는 다양

---

* 1918년에 조직된 소련의 청년 정치조직.

하다.

"왜 마약 중독자는 범죄 소굴에 있을 때 악취에 둔할까요? 왜 현실보다 유토피아를 더 선호할까요?"

내가 말했다.

"저는 사실 유토피아를 더 선호하지 않았습니다."

인노켄티는 리모컨을 들고 비디오에서 텔레비전으로 전환했다. 여러 채널이 나타났다가 사라지기를 반복했다.

"지금은 사실 모든 사람이 자유로운 삶을 누리고 있는 듯한데, 그들은 뭔가 불만이 있는 표정들을 짓고 있잖아요! 저는 자유가 주어지면 기뻐할 거라 생각했거든요."

"그러니까 자유롭지만 슬픈 삶을 사는 것보다는 유토피아에서 행복한 삶을 사는 편이 더 나은 거네요."

나스챠가 말했다.

인노켄티가 양팔을 벌리고 어깨를 으쓱했다. 그러자 리모컨이 '쿵' 하는 소리를 내면서 바닥에 떨어졌다.

처음에는 인노켄티의 건강이 걱정된다는 것을 쓰고 싶지는 않았다. 건강에 뭔가 문제가 있는 것 같다. 동작과 연관된 기관에 뭔가 문제가 생긴 것 같다. 정확한 원인은 아직 알 수 없다.

나스챠는 플라토노프가 욕실에서 넘어졌다고 말했다. 나도 크렘린에서 그가 술잔을 떨어뜨리는 것을 봤다. 물론 실수로 넘어질 수도 있고, 술잔도 리모컨도 실수로 떨어뜨릴 수는 있지만, 뭔가 신경이 쓰인다.

나는 인노켄티의 행동을 좀 더 주의 깊게 보기 시작했다. 그의 다리도 예전보다 힘이 빠진 것 같다. 자세히 보지 않으면 못 보고 지나칠 수 있을 정도지만, 전과는 다르다.

화요일 [나스챠]

어제는 튜린이라는 비즈니스맨으로부터 전화 한 통을 받았다. 튜린이라는 사람이 직접 자신을 비즈니스맨이라고 소개를 했다. 석유 관련 사업이었던 것 같다. 플라토노프는 내가 대화 내용을 들을 수 있도록 스피커폰으로 해놓고 통화했다(우리 플라토노프의 페이 기준은 날짜가 아니라 시간이다). 튜린은 저녁에 옐라긴섬*에서 불꽃놀이를 할 계획인데 플라토노프가 꼭 참석해줬으면 한다고 했다. 그리고 나는 그 순간, 맙소사, 그가 〈포브스〉 명단의 열 명 중 한 명이었던 것이 떠올랐다. 그는 모스크바 사람이었고, 상트페테르부르크에는 그런 사람이 없다. 그가 석유를 뽑아내는 시베리아에도 그런 사람은 없다. 만약 애향심을 무시한다면, 모든 돈과 커리어와 기타 모든 것이 모스크바에 집중된다. 이것은 논쟁의 대상이 아니라 사실로 받아들여야 하며, 나처럼 글로 쓸 필요조차 없는 것이다.

아무튼 비즈니스맨 튜린은 오늘 페테르부르크에 잠시 들렀고, 저녁에 아무런 준비도 없이 즉흥적으로 불꽃놀이를 하고 싶었다고

---

* 상트페테르부르크에 위치한 네바강 삼각주에 있는 섬.

한다. 그리고 한 번도 본 적이 없는 그가 우리에게 난데없이 나타나도 기분 상하지 않겠느냐고 물었다. 플라토노프는 그가 낯선 이라는 데에는 동의했지만, 기분은 상하지 않는다고 말했다. 튜린은 우리 인생은 자연스럽게 흘러가야 하는 것이며, 오늘 그것도 옐라긴섬에서 불꽃놀이를 하고 싶고, 실제로 그렇게 할 것이라고 말했다. 만약 이 말을 우리 집 근처 쓰레기장에서 쓰레기를 뒤지던 노숙자가 들었다면 어땠을까. 그가 삶의 방향성을 알았다면 그 역시 옐라긴섬에서 불꽃놀이를 했을 것이다.

플라토노프는 튜린과의 대화에 별다른 관심을 보이지 않았지만, 나는 그에게 그래도 그가 해야 할 일이라는 사인을 적극적으로 보냈다. 물론 나도 옐라긴섬에서 불꽃을 쏘아 올리는 일은 다분히 상업적이고 계산적이라는 것을 알고 있지만, 그래도……. 나는 굉장히 그곳에 가고 싶다. 나는 '나 거기에 굉장히 가고 싶어요'라고 종이에 적어서는 플라토노프의 눈앞에 갖다 댔다.

"좋습니다. 아내와 함께 가도록 하겠습니다."

플라토노프가 그에게 말했다.

우리는 그쪽에서 보내는 리무진을 기다리기만 하면 됐다……. 지금 내 남자는 내 뒤에서 나에게 다가왔다. '리무진'이라는 단어를 읽고는 웃었다.

"그만해. 리무진 얘기는 이제 그만 쓰지."

그가 말한다.

자기, 당신 말이 맞아요, 당신이 옳아요……. 하지만, 두 가지만 말해야겠어요.

불꽃놀이가 끝나고 예포가 이어졌는데, 게다가 일제사격으로 이름을 새긴 것이다. 첫 번째 사격은 물론 튜린을 위한 것이었고, 두 번째 사격은 플라토노프를 위한 것이었다. 게다가 더 놀라운 것은 그다음이었다. 나는 튜린이 끼고 있는 환상적으로 아름다운 다이아몬드 반지를 봤다. 나는 그의 기분을 좋게 할 생각으로 모두가 보는 데서 그에게 반지 얘기를 했다. 그러자 그는 반지를 빼고 플라토노프에게 내밀면서 그에게 더 잘 어울릴 것 같다고 말했다. 그리고 나에게 윙크를 했다. 플라토노프는 거절했지만, 튜린은 반지를 그의 손에 쥐여주었다. 기자 중 한 명이 굉장히 인상적인 제스처이며, 왕 같다고 말했다(이 장면이 찍힌 사진을 나는 오늘 몇몇 신문에서 봤다). 물론 앞에서도 언급했듯이 튜린은 왕보다는 장사꾼에 더 가까운 사람이었다. 반지는 정말로 아름다웠고, 오늘 나는 아침 내내 그 반지를 이리저리 살펴보며 시간을 보냈다. 하지만 바보 같은 플라토노프는 그 반지를 끼고 싶어 하지 않는다.

[인노켄티]

그나저나 '라자리'는 내가 나흘 동안 누워 있지 않았다고 해도 정말이지 너무나도 적합한 약자가 아닐 수 없다*. 나는 죽은 나사

---

* '냉동인간 실험 대상'의 약자인 라자리와 나사로의 러시아 철자는 'ЛАЗАРЬ'로 동일하다.

로가 다시 살아나는 이콘화를 봤는데, 그는 무덤으로 쓰이는 지하 동굴에서 나오고 그의 옆에 서 있는 사람들은 코를 잡고 있었다. 뭐……. 가이거의 설명에 따르면 그가 나를 액체질소에서 꺼낼 때 나 역시 그렇게 깔끔한 상태는 아니었다고 한다. 냄새는 안 났지만 말이다.

나사로가 처음 죽을 때 그는 병을 앓다가 죽은 것이므로 그의 죽음은 갑작스러운 것이 아니었다. 내가 냉동된 것 역시 갑작스러운 것이 아니었다. 그러니까 우리 두 사람 모두 죽음 혹은 수면을 준비할 시간이 있었던 셈이다. 그리고 우리 두 사람 모두 죽기 직전에 같은 생각을 했을 수 있다. 나사로를 살려주신 분은 그리스도인데 그는 이것을 어떻게 받아들이고 살았을까? 나에게 생명을 다시 되돌려놓은 사람은 고작 가이거라는 의사일 뿐이어서 나는 나에게 일어난 일의 규모가 얼마나 대단한 것인지 아직까지도 이해할 수가 없다. 내가 할 수 있는 유일한 생각은 가이거의 손을 빌려서 그리스도가 나를 해동시켰다는 것밖에는 없다.

나사로는 죽음에서 다시 살아난 이후에 어떻게 살았을까? 내가 기억하는 바로는 그는 그 이후로도 30년을 더 살았고, 키프로스에 있는 한 도시에서 주교로 일했다고 하지만, 나는 사람들이 소위 말하는 그 사람의 전기를 말하는 것이 아니다. 내가 알고 싶은 건 이 생에서 한 번 떠난 후에 그가 무엇을 느꼈는지가 궁금한 것이다.

사람이 부활할 때는 그가 돌아오는 곳이 어디든 간에 분명 이유가 있는 법이다. 이것은 이미 내려진 결정을 번복하는 것이거나 사건의 자연스러운 흐름에 역행하는 것이기 때문이다.

누구든지 혹은 무엇이든지 돌아올 때는 확실한 이유가 있어야한다. 그렇다면 사람이 단순히 어떤 장소에 갔다가 돌아오는 것이아니라, 저세상에 갔다가 돌아온다면 그는 특별한 임무를 갖고 돌아오는 것이다. 나흘 만에 다시 산 나사로는 그리스도의 전지전능함을 증명했다.

그렇다면 나는 무엇을 증언할 것인가? 결과적으로 동일할 것이나. 하지만 그 외에도 물론 내가 처음에 속했던 시간에 대한 증언도 하게 될 것이다. 당시 사람들은 후손들에게 무엇을 증언해야 할지 몰랐고, 수십 년 후에는 무엇이 필요할지 알지 못했다. 하지만나는 안다. 내 증언이 실질적인 도움이 되지는 못하겠지만, 제한적이나마 도움이 되는 부분이 있을 것이다. 그래도 내 증언이 당시시대를 불완전하나마 재현해낼 수만 있다면 좋겠다.

요즘 들어서 나는 점점 더 자주 부활에 대해 생각하는 것 같다. 나스챠의 이름을 봐도 그렇다. 가끔 나는 아나스타샤가 나스챠의몸으로 부활한 것 같다는 생각이 드는데, 그 이유는 두 사람이 한몸이고, 서로 다른 두 시대에 속한 두 사람 모두 나를 위해 존재하는 것 같기 때문이다. 이따금 이런 생각을 할 때면 각각의 삶이 지닌 고유한 특성을 부정하는 것 같아서 정신 나간 생각처럼 여겨진다. 다만 내가 확신할 수 있는 것은 내가 두 사람 모두를 사랑한다는 사실이다.

목요일 [나스챠]

플라토노프는 가스 회사에서 여는 파티의 주최 측에 합류해달라는 제안을 받았다. 그는 거절했다. 하지만 그들이 제안하는 페이를 들었을 때 솔직히 말해서 나는 흥분했다. 플라토노프는 남자이고, 결정도 그가 해야 하는 것이므로, 그의 기분을 상하게 할 생각은 없었다. 하지만 가스 회사 사람들은 잡은 고기를 놓치려 하지 않았다. 나에게 연락을 해서 그들이 북극에서 보어홀 시추를 시도하고 있는 상황을 설명하고 이런 상황에서 인노켄티 페트로비치의 도움이 절박하다는 것이었다. 만약 주최 측에 합류하기 힘들다면 손님으로라도 참석해달라고 했다. 어떤 형태로든 그가 참석하기만 하면 지불하기로 한 비용은 그대로 지불하겠다고 했다. 인노켄티 페트로비치가 해야 할 일은 용맹 훈장을 걸고 나타나서 회사 회장님(과 사모님)을 위해 건배사를 말하고 가스 시추를 성공적으로 할 수 있도록 행운을 빌어주는 것이 전부였다. 이렇다면 얘기가 좀 달라진다. 물론 회장을 위한 건배사는 좀 우습긴 하지만, 별로 어려운 일도 아니고 창피한 일도 아니니까 말이다. 플라토노프는 동의했다.

나는 플라토노프에게 이번 일의 결정은 나와 상관없는 것이라고 가이거에게 말해달라고 부탁했는데, 그 이유는 만약 가이거가 알게 되면 나를 가만두지 않을 것 같았기 때문이다. 가이거 역시 돈이 필요하다는 것은 알지만 돈을 버는 방법에 대해 말하면 그는 인상을 찌푸리고 "나스챠, 그게 그러니까……"라는 식의 말을 늘어놓기 일쑤였다. 나 역시 우리 중 가장 계산적인 사람이 되기 싫고, 에마 해밀턴* 같은 사람이 되고 싶지만, 우리 중 누군가는 우리가 살 궁리를 해야 한다. 독일인이 나서지 않으니 내가 나설 수밖에 없다.

결국 우리는 이 행사에 참석했다. 파티 장소는 모이카 궁전이었고, 입구와 계단에는 제복을 입은 흑인들이 서 있었고(와우!) 생화로 가득했다. 홀에는 이사회의 이사들, 국회의원들, 영화배우들, 양아치들, 소련식의 좀비들, 모델들, 기자들, 전문 파티어들까지, 한마디로 가스를 좋아하는 사람들이 모두 모여 있었다.

우리를 마중 나온 사람은 광고 회사 대표인 바딤이란 사람이었다. 그는 우리 어깨를 살짝 끌어안고는 다짜고짜 큰 소리로 속삭였다.

"저는 여기서 잡첸코라는 여기자가 가장 마음에 듭니다. 초대는 분명 구체적으로 그녀 한 사람만 했단 말입니다. 그런데, 그녀가 어떻게 했는 줄 아세요? 나 원 참."

"모르겠는데요."

우리 둘 다 한목소리로 대답했다.

"초대장은 남편에게 전달하고, 자기는 30분 후에 나타나서는 자기는 명단에 있다고 말했다는 겁니다. 여권까지 내밀면서 말입니다. 경비원은 물론 명단을 확인하고 그녀를 들여보냈죠."

"남편 성도 잡첸코인가요?"

---

* 18세기 영국 사교계의 중심 인물로, 뛰어난 외모와 언변을 지녔으며 허레이쇼 넬슨 제독과 불륜 관계였고 화가 조지 롬니의 작품에 큰 영향을 준 것으로 유명하다.

플라토노프가 확인차 물었다.

"그러게나 말입니다. 그런 상황에서 누가 이니셜까지 확인하겠어요? 약은 넌! 죄송합니다……."

바딤은 미소가 참 매력적이었다. 잠시 후에 그는 다른 사람과 대화를 나누고 있었다. 우리에게 샴페인 잔이 들렸다. 나는 플라토노프에게 샴페인을 마시면 건배사를 말할 때 방해되지 않겠느냐고 농담 삼아 물었다. 그는 웃으면서 자기 재킷 주머니를 한 번 쳤다. 거기에 바딤한테 전달받은 건배사가 적힌 종이가 있었다. 얼음의 포로에서 풀려난 사람이 잔을 들어서 북극에서 얼음과 사투를 벌일 샵첸코 부부 내외인 비탈리와 류드밀라의 건강을 위해 건배사를 외쳤다. 물론 그 두 사람이 넵스키 대로를 벗어나지 않은 채 얼음과 사투를 벌일 것이라는 것을 모르는 사람은 없었지만, 이건 어디까지나 건배사에 사용된 문학적 비유에 불과했다.

모이카 궁전에 있는 플라토노프는 조금 지쳐 보였다. 물론 미소를 짓고 있었고, 정말 미소가 잘 어울리는 사람이긴 했지만, 뭔가 부자연스럽고 힘들어 보였다. 그는 물론 술을 많이, 아니, 더 정확히는 지나치게 많이 마셨지만, 그의 피로는 술과 연관이 있는 것 같지는 않았다. 그는 연회 장소에 온 그 순간부터 지쳐 있었다.

예를 들면, 스무 명의 웨이터들이 홀을 따라 구운 새끼 돼지 요리를 접시에 담아서 나르고, 그 뒤를 이어서 철갑상어를 접시에 내오고, 그 외에도 내가 모르는 수많은 요리들이 나오는 동안 그의 표정에는 변화가 없었다. 내가 플라토노프에게 혹시 아픈 거 아니냐고 물었을 때 그는 컨디션이 약간 안 좋을 뿐이라고 말했다.

우리와 같은 탁자에 마음씨 좋은 퇴역 제독이 앉아 있었는데, 그는 건배를 한 후에 모두가 잔을 비우는지를 예의 주시하고 있었다. 30분 후에 플라토노프는 그에게 그 당시가 퇴역한 제독 같았느냐고 물었다. 그러자 제독은 정말 그러했노라고 대답했다. 그는 하얀 의치를 드러내며 웃었다. 곧 플라토노프는 이 질문을 한 번 더 했고, 그런 후에 또 했지만, 제독은 마치 그가 처음 하는 질문에 답할 때처럼 불평 없이 친절하게 대답해주었다.

약속한 건배를 파티가 시작할 때 했더라면 플라토노프의 상태가 가스 회사 사람들이 계획했던 상태에 좀 더 부합했을 텐데 그 점이 좀 아쉽다. 하지만 건배사는 파티의 정점에 해야 했으므로, 건배사는 파티가 끝날 무렵에 하게 되었다. 플라토노프가 얼음과 사투를 벌일 '잡첸코' 내외를 위해 건배하자는 제안을 했을 때 홀 안에서는 크게 반대하는 사람이 없었다. 나는 홀 안에 있는 모든 사람이 그의 건배사를 들었는지조차 의심스러웠다. 흥미로운 사실은 홀의 끝에 앉아서 가장 큰 소리로 소리를 지르던 잡첸코 내외가 건배사를 들었다는 것이었다. 그들은 연회에 오면서 그들이 벌인 소란이 있고 나서도 그들을 위해 건배를 하는 것을 듣고 놀라지 않았다. 그들이 얼음과 사투를 벌여야 한다는 말을 듣고도 놀라지 않는 기색이었다. 그들은 일어나서 몇 번이고 몸을 숙여 인사했다.

하지만 우리는 결국 약속대로 페이를 받았다.

[인노켄티]

과거에 살았던 아파트에 살면서 나는 이따금 마치 타인의 삶으로 이루어진 바다 한가운데에 떠 있는 섬에 있는 것 같은 기분이 들곤 한다. 불쌍한 로빈슨 크루소.

[가이거]

인노켄티의 건강 상태가 점점 더 안 좋아지는 것 같아서 걱정이다. 몸에 힘이 점점 더 빠지는 것 같다. 이따금 나는 그가 걸을 때 누군가 그를 어딘가로 데려가는 것 같은 느낌이 들 때가 있다.

자세히 보지 않으면 보이지 않는 것이다. 하지만 나는 자세히 살펴본다. 나는 앞으로 어떻게 될지를 미리 예측하려 애쓴다.

하지만 문제는 몸의 움직임뿐만이 아니었다. 그의 기억력에도 문제가 생기기 시작한 것 같다. 그가 대화 도중 잠시 딴생각이라도 하면 그는 자신이 조금 전에 했던 얘기를 금방 잊어버리는 것이다.

아직 이 얘기를 두 사람과 하고 싶지는 않다. 겁을 먹을까 염려되기 때문이다. 시간이 지나면서 자연스럽게 해결되었으면 하는 마음도 있다.

가스 회사에서 연 연회 얘기를 좀 해야겠다. 나는 플라토노프가 사장 내외의 성을 헷갈린 것은 술을 너무 많이 마셨기 때문이라는 것을 이해한다. 그래도 나는 이 상황이 여전히 마음에 안 든다. 어떻게 전날 저녁 내내 외운 것을 잊을 수가 있단 말인가?

그리고 그 파티에 참석하는 것은 나스챠의 생각이었을 것이다. 두 사람이 아무리 이 일이 나스챠와 아무런 상관이 없다고 말해도 내 촉이 나스챠를 향하고 있다.

머리라도 한 대 때려주고 싶지만, 참고 있다. 아무튼 나스챠는 연구 대상이다.

일요일 [인노켄티]

오늘 우리는 알렉산드로 넵스키 수도원에 위치한 공동묘지에 가서 좀 걸었다. 나는 원래 공동묘지에서 산책하는 것을 좋아한다. 하지만 나스챠는 좋아하지 않는다. 한번은 산책을 하는데 나스챠가 우리의 행복이 언젠가는 끝날 것이라는 생각을 하면 괴롭다는 말을 했다. 나는 물론 이 행복이 언젠가는 끝날 것이며, 세상일이라는 것은 원래 우리가 예측하기 불가능하니 이별의 순간이 생각보다 빨리 올지도 모른다고 대답했다. 하지만 그렇게 말해놓고 후회했다. 나스챠는 울기 시작했다. 평소 그녀의 모습과는 사뭇 달랐다.

어제는 9월의 따스한 햇살이 쏟아져 내렸고, 군데군데 노란 점이 박힌 나뭇잎도 땅 위에 떨어져 있었고, 참 좋았다. 나스챠는 팔짱을 끼고 자기 한쪽 볼을 내 어깨에 대고 걸었고, 그래서인지 내 발걸음이 느려졌다. 우리는 묘비에 적힌 글을 자세히 살펴봤다. 오래된 묘비는 요즘 부자들의 묘비보다 더 아름다웠다. 묘비에 적힌 글은 훨씬 더 아름다웠는데, 옛 철자법은 요즘 철자법과 달리 영혼이 깃들어 있다. 우리 문학의 황금기도 바로 그때 그 시절의 철자법과 연관이 있었다.

나는 19세기에 속하지 않지만, 내 어린 시절과 유년기는 그 철자법과 연관이 있었다. 플라토노프(코안경 위로 눈을 치켜떠서), 단어의 어근에 언제 'Ѣ(야츠)*'를 붙이는가? 그녀의 얼굴, 몸매, 목소리는 기억에서 사라졌지만, 코안경 위로 나를 바라보던 그때 그 시선은 잊을 수가 없다. 하긴, 그 사람이 여자라고 단정 지을 수 있는 근거가 있는가? 아니, 프록코트 주머니에 코안경 줄이 나와 있었던 걸로 봐서 남자임이 확실하다⋯⋯. 나는 Ѣ(야츠)는 'б Ѣжать, б Ѣдный, блѣдный, в ѣко, вѣкъ***' 등 고대 러시아어에 어원을 둔 단어들에 쓴다고 대답한다.

우리 앞에 우뚝 선 화강암으로 만들어진 묘비에 뭔가 익숙한 것이 보이지만, 나는 아직 그것이 무엇인지 확실히 알지는 못한다. 아니, 이해한다. 거기에는 이름이 적혀 있다. 거기에는 '테렌티 오시포비치 도브로스클로노프, 1835-1916'이라고 적혀 있다. 그리고 '두려워 말고 전진하라'라는 문구! 그 문구는 묘비에 적혀 있지 않은데, 어차피 묘비에 적을 수 있는 글자는 한정적이기 때문이다.

테렌티 오시포비치, 하늘나라로 '두려워 말고 전진하시오!' 입구

---

* 1918년 문자 개혁 이후에 사라진 글자이다.
** 현대 러시아어에서는 각각 бежать(뛰어가다), бедный(가난한), бледный(창백한), веко(눈꺼풀), век(세기)를 뜻한다.

쪽에 박제된 곰이 있고, 나는 방 복도를 지나가서 한껏 고양된 채로 시를 낭독한다. 이론적으로는 동명이인일 가능성을 배제할 수 없지만, 내 가슴은 이 사람이 바로 그때 그 사람이라고 말한다. 그는 그러니까 모든 비극이 시작되기 바로 직전에 죽은 셈이었다. 그것도 바로 1년 전에 죽은 것이니 테렌티 오시포비치 씨는 운이 좋은 셈이다. 그는 앞으로 다가올 변화를 마주하지 않고, 가족들 품에서 그들 역시 슬픔 없는 삶을 살길 바라면서 아무 근심 걱정 없이 죽었을 것이다.

1916년에 묻혔으니 벌써 83년이 지난 것이고, 테렌티 오시포비치 씨한테서 남은 것은 해골, 결혼반지, 그가 걸친 화려한 군복 상의의 단추(어쩌면 군복 상의도 멀쩡할 수 있다!)와 양 갈래로 나뉜 턱수염 정도가 남아 있을 수 있다. 물론 남아 있는 것이 아주 미미하지만, 남아 있다면, 여섯 살 때 내 인생에서 힘든 순간에 나에게 용기를 북돋워준 그 테렌티 오시포비치의 일부인 것이다. 나로부터 지하 2미터 남짓 떨어진 땅속 깊숙이 묻혀 있는데…….

"이 무덤을 파보면, 내가 1905년에 마지막으로 본 사람을 볼 수 있을지도 몰라."

나는 나스챠에게 말한다.

나스챠의 집요한 시선을 온몸으로 느낀다. 그녀는 조용히 표정으로 말한다. 자기는 테렌티 오시포비치의 무덤을 파내고 싶지 않다고 말이다.

"이분이 내 어린 시절을 증언해줄 몇 안 되는 증인 중 한 분이시기 때문이야."

내가 설명한다.

"아버지가 당시 나에게 이분의 풀 네임을 알려주셨고, 딱 한 번 듣고 외웠어. 내가 생각해도 놀라워. 이 이름은 내 기억에 남아 있는 몇 안 되는 내 동시대인의 이름이야. 그리고 오늘 이렇게 갑자기 이 이름과 마주하게 된 거라고, 상상이 가?"

"이보다 더 놀라운 만남은 없겠군요."

나스챠는 내 어깨에 댄 자신의 볼을 더 세게 누른다. 그제야 그녀는 나를 포함한 그 누구도 테렌티 오시포비치의 무덤을 파헤치는 일은 없으리라는 것을 이해한 것 같았다.

[나스챠]

오늘 있었던 일을 나는 '이상한 산책'이라고 부르고 싶다. 우리는 알렉산드로 넵스키 수도원에 위치한 니콜스키 공동묘지에서 산책했다. 플라토노프는 이런 유의 산책을 좋아했고, 우리가 공동묘지 안을 산책한 것도 이번이 처음은 아니다. 산책 자체가 괴롭다기보다는 공동묘지가 아무리 좋다 하더라도 디즈니랜드와는 비교할 수 없을 것이므로, 기분이 좋아진다고 볼 수는 없었다. 현재 나는 임신 중이어서 산책을 하긴 해야 했지만 말이다.

그리고 우리가 공동묘지 안을 돌아다니던 중 플라토노프가 갑자기 한 묘지 앞에서 멈춰 섰다. 이름이 테렌티 오시포비치 도브로스클로노프라는 독특한 이름이어서 듣자마자 외웠는데, 그 사람이 무덤 속에 누워 있다고 했다. 이 테렌티 오시포비치라는 사람은 내 남편이 어렸을 때 남편에게 '두려워 말고 전진하라'라고 말한 장본 인이라고 했다. 물론 그 표현이 테렌티 오시포비치라는 이름만큼 이나 좋다는 데는 이견이 없지만, 플라토노프가 이 무덤으로부터 받은 인상은 말로 표현하기 힘들 정도로 엄청난 것이었다.

그는 나에게 이 표현과 관련된 이야기를 자세히 해주고 나서 만 약 테렌티 오시포비치 씨의 무덤을 파헤치면, 해골과 군복 상의 말 고는 남아 있는 것이 없을 것이라고 말했다. 흥미로운 것을 발견하 지 못하리라는 그의 말에 나도 동의한다. 그는 잠시 생각하더니 어 쩌면 턱수염도 아직 남아 있을지도 모른다고 말했다. 뭔가 금속으 로 만들어진 것이 더 남아 있을 수도 있다. 그리고 나는 그 순간 그 가 이 말을 할 때 뭔가 진심을 담아 말하는 것 같은 기분이 든다. 그리고 잠시 후에 그가 이 무덤을 파헤쳐서 자신이 말한 이 모든 것을 무덤에서 꺼낼지도 모른다는 생각이 들었다. 우리는 무덤 옆 에 한 시간가량 서 있었다.

하지만 슬펐던 건 우리가 수도원으로 들어갈 때 플라토노프가 한쪽 다리를 삐었다는 것이다. 입구 쪽 바닥에 조약돌이 깔려 있었 는데, 자기가 이제 아스팔트 도로에 익숙해져 있어서 그런 것 같다 고 말했다. 고개를 끄덕이긴 했지만, 속상한 마음에 그의 손을 꼭 잡았다. 그리고 고개를 그의 어깨에 대면서 그와의 거리를 완전히 좁혔다. 그의 발걸음은 지나치리만치 조심스러웠다. 이 말을 가이 거에게 해야 할지 모르겠다. 그러면 지나치게 염려한 나머지 그에 게 이런저런 검사를 받게 할 텐데, 플라토노프는 병원이라면 신물이 난 상태이다. 좀 더 지켜봐야겠다.

화요일 [인노켄티]

강의실에서는 어떤 자리를 차지하느냐가 중요하다. 가장 흥미로운 자리는 앵글의 끝에 앉아 있는 것이다. 예를 들어 한참 아래쪽에서 몸을 옆으로 사분의 삼만큼 틀어서 보면 미켈란젤로의 '죽어가는 노예'라는 그림을 가장 잘 볼 수 있다. 그렇지 않아도 그의 머리는 심하게 뒤로 젖혀져 있는데, 만약 앞에서 세 번째 열까지의 자리를 잡으면 평소에는 보이지 않던 턱의 아랫부분과 콧구멍이 보인다. 한쪽 눈이 코보다 더 낮게 내려와 있고, 이마는 보이지도 않는다. 이런 지점에서는 원근법을 적용해서 복잡한 형태를 만들 수 있고, 비율을 보고 그대로 재현할 수 있는 사람들이 그 자리에 앉아 있으려고 했다.

참, 그건 그렇고, 마르크스의 이름이 알렉산드르 바실리예비치 포스폴리타키라고 치자. 나는 미술 아카데미에 대한 책을 읽을 때 그를 찾아낸다. 나는 교수들 사진에서 그를 알아보고 사진 밑에 적힌 성을 보고 찾아냈다. 그는 백해 운하에서 죽었다. 그의 모습은 내 뇌리에 강렬하게 자리 잡았다. 1910년대에 유행했던 것은 1930년대에는 유행이 완전히 지나 있었다. 알렉산드르 바실리예비치는 유행의 변화에 덜 민감한 셈이었다.

[가이거]

지난 몇 달 동안 인노켄티가 쓴 일기를 읽으면서 그의 사고방식에 조금은 익숙해진 것 같다.

이따금 그의 시선에서 사물을 바라볼 때도 있다. 마치 그의 귀를 달고 있는 것처럼 주변 소리에 귀를 기울이기도 한다.

용기의 바닥에 무언가가 떨어지면서 쨍그랑한다. 붕대가 찢어지는 소리가 들리기도 한다.

바닥을 닦고 나면 레몬 냄새가 났고, 이따금 딸기 냄새가 날 때도 있다. 인위적인 냄새만 아니라면 기분이 좋아진다.

이것은 일종의 변화의 냄새였다. 그 냄새를 맡으면서 나는 내 삶에 얼마나 큰 변화가 생겼는지 깨달았다. 전에는 소독약 냄새가 났었고, 나 역시 그때 그 냄새를 기억한다.

레지던트 기간에 나는 아르바이트로 조무사 일을 겸했고, 그때 나는 바닥을 소독약이 들어 있는 물로 닦았었다. 그때는 분명 역한 냄새였지만, 그래도 그 냄새와 내 유년기가 연결돼 있었다. 그때 이후로 소독약 얘기만 들어도 가슴이 더 빨리 뛰었다.

끔찍했던 냄새와 연관된 추억조차 가슴을 따뜻하게 하고, 시간이 지나면 그리워하게 되는 법이다. 아름다운 것을 추억하는 것은 오죽하겠는가.

나의 시간은 한 번도 끊어진 적이 없지만, 과거를 그리워하고 있다.

마치 커다란 강에서 서로 마주 보는 강가처럼 두 개의 삶을 살고 있는 인노켄티의 경우는 어떻겠는가? 현재 그가 서 있는 강가에서 그는 자신의 과거를 바라본다.

게다가 그는 이 강을 건너본 적이 없다. 과거에는 강 자체가 없었기 때문이다. 잠에서 깨어나보니 자기 뒤에 물이 있었을 뿐이다. 과거에 길이었던 곳이 이제 강의 바닥이 돼 있었다. 이 길 역시 가본 적이 없기 때문에 낯설다.

그리고 어느 날 그는 내게 자신이 살아보지 못한 시기가 그립다고 말했다.

목요일 [인노켄티]

나는 바흐친*이 쓴 책을 읽었다. 가이거는 교양 있는 사람이라면 조금이라도 알아둬야 할 책들을 내게 가져다주고 있다. 그는 내가 냉동돼 있던 기간에 나온 다양한 분야의 서적들 중 가장 훌륭한 책들을 가져다주고 있다. 나는 이 책들을 읽으면서 로빈슨은 지은 죄가 많아서 섬에 버려지고 자신의 고향 땅으로부터 단절되었다는 생각을 했다. 나 역시 지은 죄로 인해 내가 속했던 시간을 상실했다. 나스챠만 아니었다면……

그녀 역시 바흐친의 책을 읽은 것 같았다. 그녀는 상실한 시간

---

* 미하일 미하일로비치 바흐친(1895-1975). 러시아의 철학자이자 문학평론가이다.

과 공간을 '크로노토프*'라고 불렀다. 가이거는 나스챠를 탐탁지 않게 생각했지만 인정하는 부분이 없지는 않았고, 그녀의 말을 듣고 웃을 때도 있었다. 하지만 나는 웃지 않았다. 나는 내가 잃어버린 시간과 단절된 공간에 대해 생각하자 망자가 떠올랐다. 그러니까 결과적으로 나와 로빈슨은 절반은 죽은 사람이나 다름없는 셈이다. 어쩌면 우리가 전에 살던 시간과 공간을 기준으로 본다면 우리 두 사람 모두 죽은 사람이나 다름없을지도 모른다.

토요일 [가이거]

인노켄티의 집에 전화하자 나스챠가 받았다. 인노켄티는 스몰렌스키 묘지에 갔다고 했다. 그리고 그녀는 그와 함께 몇 번 동행했지만 이 묘지 저 묘지를 산책하는 일이(그녀가 이 말을 할 때 수화기 너머에서 색색거리는 소리가 들렸다) 힘들다고 말했다.
"여러 묘지를 산책한다고요?"
"네, 여러 묘지를 번갈아가면서 산책해요. 그이의 새로운 취미죠."
잠시 침묵한 후에 말했다.
"자기가 예전에 만났던 지인들을 찾는 것 같더라고요."
나도 스몰렌스키로 갔다. 나는 그의 어머니 무덤이 있는 곳을 기

---

* 바흐친이 처음 사용한 용어로, '문학작품 속에서 표현된 시간과 공간의 연관성'이라는 뜻이다. 바흐친은 시간과 공간이 분리될 수 없으며 서로 연관되어 있다고 보았다.

억해내서 그쪽으로 갔다. 잠시 후에 가로수 길 끝에 있는 인노켄티를 발견했다. 내가 조언한 대로 사람들의 이목을 끌지 않기 위해 선글라스를 끼고 있었다. 물론 그런다고 사람들이 못 알아본 건 아니지만 말이다.

그는 이따금 다리를 절면서 걸었다. 양손에는 신문으로 뭔가를 둘둘 말아서 들고 있었다. 〈베체르카〉 신문이었다. 돌돌 말은 형태가 좀 독특해서 처음에는 신문을 보느라 그가 다리를 저는 것에 관심을 두지 않았다.

그와 인사를 한 후에 묘지에 오면서 뭘 그렇게 둘둘 말아서 가지고 왔는지 물었다. 인노켄티가 얼굴을 붉혔다. 만약 그가 내 질문을 듣고 그렇게 당황할 줄 알았다면 애당초 묻지도 않았을 것이다.

"얘기하기 싫으면 안 하셔도 됩니다."

내가 웃으면서 말했다.

"숨기려고 한 건 아닙니다."

인노켄티는 둘둘 만 것을 폈다. 테미스상이 나왔다. 아니, 이럴 수가. 묘지에서 테미스상이 웬 말이란 말인가? 여기에서 어떤 정의를 구현하고 싶었던 것일까?

웃음이 나오려는 것을 간신히 참았다. 왜, 왜 그런 걸까……. 아나스타샤를 찾아다니지는 않았으니 아마 어머니에게 보여드리려고 가져온 것이리라. 그들의 삶이 테미스와 연관이 있는 것 같다. 아무 이유도 없이 얼굴을 붉히지는 않았으리라…….

우리는 가로수 길을 따라 천천히 출구 쪽으로 갔다. 나는 고개를 숙이고 걸었다. 사색에 잠긴 것처럼 말이다. 그리고 그의 다리를 관찰했다.

그는 정말로 다리를 절고 있었다.

조만간 정밀검사를 해봐야 할 것 같다. 그에게는 아직 아무 말도 하지 않았다.

[나스챠]

플라토노프는 우리 두 사람에게도 '묘사'를 하라고 강요했다. 그는 요즘 들어서 부쩍 "더 많이 묘사하세요!"라는 말을 입버릇처럼 말한다. 그래서 나는 요즘 들어서 부쩍 특정한 사건이나 일을 어떻게 하면 더 잘 묘사할지를 궁리하는 일이 잦아졌다. 가이거 역시 뭔가 시각적으로 묘사하려고 한다고 들었다. 하긴, 가이거라고 못 할 건 없지 않은가? 사실 그가 예술에 소질이 없다고 판단할 근거는 없었다. 그건 그렇고 '가이거'라는 단어는 독일어로 '바이올리니스트'이다.

일요일 [가이거]

예를 들어 학교나 유치원에서 하던 '아침 연극*'의 합창단이 있다.

---

* 실제로 아침에 하는 연극으로, 어린 시절이 인생에서 아침에 해당하기 때문이라는 설이 있다.

내가 다니던 학교에 합창단이 있었다. 형편없는 내 음감으로 합창단에서 노래를 불렀을 리는 만무하다. 하지만 명절이 있을 때 자주 하던 아침 연극에 참석할 때면 나는 넋을 놓고 합창단의 노래를 듣곤 했다.

내가 매년 손꼽아 기다리던 아침 연극은 새해 기념 연극이었다. 합창단원들은(가벼운 몸동작을 곁들여서) 지금은 정확한 명칭이 어떻게 되는지 정확히 기억나지 않는 나무로 만든 구조물에서 열을 맞춰서 섰다. 무대에 설치된 기다란 의자는 3열로 돼 있었다.

합창단을 지휘하던 여자분의 말에 따르면 이 구조물은 합창단의 음악성을 가장 잘 표현할 수 있도록 만들어진 것이라고 했다. 합창단원들은 그 안에서 흩어져 섰고, 그들이 내는 소리는 특이한 형태로 날아가서 사람들의 가슴에 감동을 선사했다. 최소한 내 마음은 움직였다.

여자아이들의 목소리가 단연 돋보였는데, 그들의 목소리는 가장 잘 정제된 은 같았고, 그들의 목소리에 따라 연극 공연의 성공 여부가 결정되었다. 나는 그들의 목소리를 '아침의 목소리'라고 불렀다.

나는 매일 차에서 음악을 듣는데, 그 안에는 합창곡도 있다.

요즘은 그때 들었던 그 '아침의 목소리'를 들을 기회가 거의 없다.

잘 다듬어진 가수의 목소리는 있지만, 그 안에 마성이 없다. 아침 말이다.

[나스챠]

1993년 나와 어머니는 튀니지에 있다. 우리는 처음으로 해외에서 휴가를 보내게 된다(그것도 단둘이서 말이다!). 처음으로 아버지 없이 말이다. 물론 아버지가 미국에서 보내온 돈으로 떠난 여행이긴 했지만 말이다. 공식적으로 그는 우리 곁을 떠나지 않았고, 일을 핑계로 그곳에 머무르긴 했지만, 우리는 상황이 지금보다 더 나아지지 않으리라는 것을 알고 있었다. 한번은 그가 우리 집에 왔을 때 그의 뒷모습을 창문으로 바라보다가 우리 집 마당에서 그를 기다리고 있는 어린 여자를 봤다. 그녀를 숨길 필요성을 못 느꼈다기보다는 그럴 생각 자체를 안 한 것 같았다. 그러니까 우리 중 누구든 그런 그들을 볼 수 있다는 것을 생각도 못 한 것 같았다. 그들은 함께 키스를 하고 새끼손가락을 깍지 끼고 갔는데, 당시만 하더라도 우리 나라에서는 그렇게 행동하는 사람이 드물던 때였다. 그 후에 나는 그 두 사람과 도시에서 우연히 마주쳤는데, 아버지는 당황한 기색이 역력했다. 그 여자는 미국 사람이었고, 그와 함께 와서 호텔에 묵었다. 내 기억으로 그는 대부분의 시간을 그녀와 함께 호텔방에서 보냈다.

내가 무슨 얘기를 했었지? 맞다, 튀니지. 나는 내가 기억하는 가장 강렬한 추억 중 하나인 튀니지를 묘사하고 싶었다. 멸망한 카르타고와 그 상원의원인가 하던 그 남자, 이름도 기억나지 않지만…… 해변. 바깥은 타는 듯한 무더위가 기승을 부렸지만, 호텔 안으로 들어가면 시원했다. 여행 상품 안에 아프리카산 과일과 채소도 모두 포함돼 있었다. 첫날 저녁(이 역시 여행 상품에 포함돼 있었다) 나는 최고의 대접을 받았다.

호텔에서 보낸 저녁들은 어떤 특별한 노래 같았다. 우리는 그곳에서 놀랍도록 상쾌하고 기분 좋은 밤들을 보냈다. 뭔가 아프리카답지 않은 묘한 매력이 있었다. 어쩌면 다름 아닌 그들이야말로 이 땅에 다양한 사람들을 끌어들이고 있었는지도 모를 일이었다. 그들은 우리 어머니를 포함해서 다양한 인종의 침략자들을 끌어들이고 있었다. 끊임없이 어머니와 말다툼하는 데 지쳤지만, 항공권을 바꿀 수 없었기 때문에 나는 떠나는 날까지 떠날 날만을 손꼽아 기다렸다. 사실 원인 제공자는 어머니가 아닌데, 이 이야기를 왜 쓰는 것일까?

사실 원인은 플라토노프에게 있었다. 나는 뭔가 기분 나쁜 일이 일어나고 있는 것을 느끼고 있었고, 그래서 불안하다. 가이거에게도 말했고, 그 역시 불안해하는 눈치다. 그것도 아주 많이 말이다. 솔직히 그와의 대화가 무척 불편하긴 했다. 나는 그가 말한 것 중에서 절반도 이해하지 못했지만, 이해한 내용만으로도 내가 충격에 빠지기엔 충분했다.

[가이거]

우리 컴퓨터를 수리하는 사람이 말하기를, 프로그램이 모든 메모에 요일을 표시하는 것은 아니라고 말했다.

나는 컴퓨터에서 사라진 요일들을 복원할 수 있는지 물었다. 그는 가상 세계에서 불가능한 것은 없다고 말했다. 문제는 얼마나 많은 시간과 노력을 기울이느냐에 달려 있다고 했다.

나는 순간 '과연 그럴 필요가 있을까?'라는 생각을 했다.

화요일 [인노켄티]

나스챠가 수업을 들으러 갔을 때, 나는 또다시 니콜스키 공동묘지에 갔다. 나는 이곳이 도둑들에 의해 파헤쳐지기 전의 모습을 기억하고 있었기에 지금 그 모습을 보는 것이 괴로웠다. 이곳에는 내가 어렸을 때 무덤 앞에 세워져 있던 대리석으로 만든 아름다운 묘석이 더 이상 없었다. 묘석을 도둑질한 이유는 뭐였을까, 재활용이 목적이었을까? 도로를 포장할 목적이었을까? 사람들은 무슨 생각으로 자신의 무덤을 파헤치는 것일까? 이것은 우리에게도 일어난 일이다.

추도식 때 나와 부모님은 이곳에 묻힌 친척 중 한 사람의 무덤을 찾았다. 나는 이곳에 오는 것을 좋아했는데, 여기에는 풀과 연못이 있어서 무덤이 아니라 공원 같았고, 교외로 떠나는 여행처럼 여겨졌기 때문이었다. 게다가 넵스키 대로에서도 멀지 않았다. 그곳에서는 슬픔이 전혀 느껴지지 않았다. 죽음조차 느껴지지 않았다. 이 공동묘지에 대한 기억 덕분인지 나는 죽음이 두렵지 않았다. 물론 전혀 두려워하지 않은 건 아니지만, 뭔가 다른 사람보다 더 차분하게 받아들였던 것 같다.

후에 그 섬에 갔을 때도 죽음은 두렵지 않았다. 니콜스키 공동묘
지와 달리 그곳에는 도처에 죽음의 기운이 도사리고 있었다. 죽음
은 우리들의 목숨을 거둬 갈 목적으로 우리 막사에 왔다기보다는
막사에서 우리와 함께 살고 있었다. 당시 우리에게 죽음은 너무나
일상적인 것이어서 우리는 어느 순간부터 죽음에 무뎌졌다. 막사
안에 있던 사람들은 공포조차 느끼지 않고 죽어나갔다.

죽은 사람은 관 속에 넣지도 않은 채 그대로 땅속에 파묻었다.
시체는 야전병원에서 꺼내다가 짐마차 속에 있는 상자에 던져 넣
었다. 상자 안에는 보통 시체 네 구가 들어갔고, 시체가 담긴 상자
는 나무판자로 만든 뚜껑으로 덮었다. 하지만 만약 시체를 넣을 공
간이 부족할 경우, 간호병이 시체를 덮은 뚜껑 위로 기어 올라가서
시체를 발로 뭉갰다. 시체는 미리 파놓은 구덩이 쪽으로 가져가서
거기에 던져 넣었다. 구덩이는 시체의 수에 따라 깊이를 달리했다.
이런 종류의 구덩이는 많았고, 이따금 나는 그 옆을 지나가곤 했
다. 하지만 나는 그 구덩이를 보고도 무서움을 느끼지 못했다.

두려움을 느낀 적이 한 번 있었는데, 시체 중 한 구가 움직였을
때였다. 나체 상태로 여기저기 널브러져 있는 시체 중에서 한 구
가 정말로 움직이기 시작했다. 나는 그가 움직이는 것을 두 눈으
로 보고도 그가 살아 있을 수 있다는 생각은 하지 않았다. 그의 모
습은 산 사람의 모습과는 너무나도 거리가 있어 보였기 때문이다.
그런데 그가 갑자기 내가 있는 쪽으로 한 손을 뻗어서는 자기소개
를 했다.

426

"저는 사파놉스키⋯⋯."

그는 왼쪽 눈꺼풀이 퉁퉁 부어서 눈을 뜰 수 없는 것 같았다.

오늘 나는 테렌티 오시포비치 씨의 무덤 앞에 서서 과거에 그가 얼마나 멋지게 나를 도와줬는지를 떠올렸다. 정말이지 당시 그의 표현은 정말 시기적절했다. 그는 나로부터 2미터 아래에 누워 있었고, 따지고 보면 그렇게 멀리 떨어져 있는 것도 아니었다. 그의 무덤은 손으로 만든 언덕 사이에 들어가 있어서 마치 파도치는 바다 한가운데에 떠 있는 보트 같았다.

지난번에 나스챠는 내가 정말로 그의 무덤을 파려고 한다고 생각한 것 같았다. 정말 나는 그러고 싶은 걸까? 그럴 가능성은 낮아 보였다. 그의 무덤을 판다 해도 무서울 것은 없어 보였지만 말이다. 솔로베츠키 제도에 있는 구덩이 속에서 시체 같은 무언가가 살아서 움직이는 것을 봤을 때보다는 덜 무서웠을 테니까 말이다. 게다가 테렌티 오시포비치 씨는 생전에도 머리가 해골 같아서 시체와 생전의 모습이 크게 다르지 않았을 것이다. 솔직히 나는 그를 무척 보고 싶었다. 내가 만약 2미터 아래로 내려갈 수만 있었다면 나는 정말 그렇게 했을 것이다. 그가 만약 2미터 아래에서 나에게 '두려워 말고 전진하라!'라고 말을 한다면 나는 정말 그의 조언대로 겁 없이 아래로 내려갔을지도 모른다.

[가이거]

어서 속히 인노켄티의 MRI 촬영을 해봐야겠다. 우리 병원에 있는 단층촬영기가 고장이 나서 다른 병원에 가서 검사를 받을 수밖에 없다.

이 도시를 통틀어서 총 두세 개 정도의 촬영기가 있다. 그렇다 보니 늘 촬영기는 예약이 차 있다.

나는 검사를 필요로 하는 사람이 얼마나 중요한 인물인지 열심히 설명했다. 병원 측에서는 안타깝다는 뜻으로 고개를 끄덕였다. 예약이 6개월까지 차 있다고 했다. 가장 빨리 받는다 해도 4개월은 기다려야 한다는 것이다. 그나마도 냉동됐던 인간에 대한 예우 차원이라고 했다. 오, 마인 고트('Oh, my god'을 뜻하는 독일어)……

그래서 나는 300달러를 주고 모레로 검사 날짜를 잡았다.

[인노켄티]

내 기억력에 뭔가 문제가 있는 것 같다. 단기기억이 사라지는 것이다.

아침 기도 시간에 성모마리아에게 '나를 수많은 괴로운 기억으로부터 구해주옵소서'라고 기도하듯이 나도 그렇게 기도한다. 다만 내 건망증은 조금 독특해서 이따금 나는 1분 전에 내가 하려고 했던 것을 잊곤 한다.

428

하지만 괴로운 기억은 남아 있는 것이다.

목요일 [나스챠]

플라토노프는 〈역사서 서고〉라는 잡지의 구독을 신청했다.

"거기 가서 뭘 찾으려고요?"

내가 묻는다.

"내 동시대인들."

"사실 나도 당신 동시대인인데. 나 말고 또 누가 더 필요한 거죠?"

내가 웃으면서 말한다.

하지만 그는 웃지 않았다.

"그냥, 다양한 사람들이지. 물론 당신만큼 중요한 사람들은 아니지만, 내 인생을 증언해줄 별 볼 일 없는 증인이랄까."

그가 말한다.

내가 그에게 몸을 기대자 그가 내 이마에 키스했다. 나는 그가 내이마에 키스를 해주는 것이 좋다. 다른 부위에 해주는 키스도 좋지만, 이 키스에는 뭔가 형제애나 우정 같은 뭔가 특별한 느낌이 있다. 가장 사이가 좋은 연인 관계에서도 종종 결여된 것이기도 하다. 이제야 나는 할머니가 왜 그토록 그를 사랑했는지 알 것 같다. 사실 할머니의 인생을 자세히 들여다보면, 할머니는 평생 이 사람만을 사랑했다는 것을 알 수 있다. 나도 할머니 못지않게 그를 사랑한다. 전에는 이런 말은 혼자 있을 때도 입 밖에 내뱉지 않았다. 오늘은 잠자리에 들기 전에 그에게 말했다. 그를 향해 몸을 반쯤 틀어 선 채로 말이다. 그는 내 어깨에 양손을 얹더니 자기 쪽으로 내 몸을 돌렸다. 그 상태로 우리는 꽤 오랫동안 서 있었다. 말없이 말이다.

내일은 그의 MRI 촬영이 있다. 왠지 불안하다.

금요일 [인노켄티]

오늘은 인노켄티의 MRI 촬영이 있는 날이고, 가이거가 예약을 미리 해놓았다. 그는 내가 하는 행동들이 마음에 안 드는 눈치이고 (사실 나도 그가 썩 달갑지는 않다) 그래서 우리는 이곳 상담센터에 와 있다. 가이거는 오늘따라 뭔가 특히 더 들떠 있다. 그는 내 상태가 어떤지 밝혀내야 한다고 말한다. 나는 내 상태가 이미 오래전부터 좋지 않다고 말한다. 하지만 이번 내 농담은 성공적이지 못한 것 같았다. 가이거는 웃지 않는다. MRI 촬영기에 몸을 바짝 붙인 채로 웃는 사람은 없다.

검사를 하기에 앞서 의사는 내게 밀실 공포증이 있느냐고 물었다. 사실 나는 냉동된 상태로 수십 년을 갇혀 있었던 사람이었고, 그런 공포증 정도는 극복하고도 남을 것 같았다. 하지만 흥미롭게도 의사로부터 질문을 받은 그 순간 나는 어쩌면 내게도 그런 공포증이 있을지도 모른다는 의구심이 들었다. 신발을 벗으면서 고민했다. 기다란 침대에 누우면서도 나는 어떻게 대답을 해야 할지 몰랐다. 사실 난생처음으로 듣는 질문이었다. 결국 그 질문에 나는

"아니요"라고 대답했다.

내 위에 있는 뚜껑이 닫히고 나와 기다란 침대가 어떤 파이프 속으로 들어가기 시작했을 때 공포증이 있다고 대답했어야 할지도 모른다는 생각을 했다. 이 모습은 한 텔레비전 프로그램에서 보여 줬던, 화장장에서 관이 움직이는 모습과 너무도 흡사했기 때문이다. 내 몸을 덮던 뚜껑 역시 관과 너무도 흡사했다. 의사가 나에게 눈을 감으라고 했던 이유가 이제야 이해가 됐다. 눈은 왜 뜨고 있었을까?

통 안에 들어가면서 내가 마지막으로 본 것은 의사가 철로 만든 문 뒤로 사라지는 모습이었다. 철로 만든 문 뒤로 말이다! 게다가 통 안에서는 몸을 움직일 수가 없다. 만약 사람들이 고골*에 대해 이야기하는 말이 정말이라면 나는 고골이 느꼈을 법한 감정을 상상했다⋯⋯. 그러자 조용히 공포감이 엄습해오기 시작했다. 서둘러 눈을 감았다. 그리고 머리 위에 별이 쏟아지는 하늘이 펼쳐져 있다고 상상했다. 그러자 마음이 한결 편안해졌다. 뭔가 윙윙거리는 소리가 들리고 머리가 깨질 듯이 아프더니 잠잠해졌다. 잠시 후에 또다시 윙윙거리는 소리가 들렸다. 똑똑한 기계가 내 뇌를 촬영하고 있었다. 이 착한 기계는 요즘 들어서 내 다리가 왜 말을 안 듣는지, 또 내가 요즘 들어서 왜 자주 깜빡깜빡하는지 원인을 밝혀줄 것이

---

* 니콜라이 고골(1809-1852). 러시아의 극작가이자 소설가이다. 1931년에 고골이 묻힌 수도원이 폐쇄되어 유해를 이장할 때, 관에 손톱 자국이 있었고 머리가 반대편으로 꺾인 채 누워 있었다고 하여 생매장설이 돌았다.

다. 기계는 발견한 모든 것을 차분하고 정확하게 보고할 것이다.

나는 통으로부터 나왔다. 신발 끈을 매는 동안 가이거가 의사로부터 촬영 필름을 받아서는 빛에 대고 보는 모습을 봤다. 가이거의 표정만 봐서는 그가 결과에 만족하는지 여부를 알 수 없다. 그가 작별 인사를 하고는 자기 병원으로 갔다. 촬영 결과는 겨드랑이에 낀 채로 말이다.

[가이거]

큰일이다.

인노켄티가 보는 데서 어떻게 티를 내지 않을 수 있었는지 신기할 정도다. 병원에서 촬영 필름을 대충 보는 것만으로도 상황이 얼마나 안 좋은지를 짐작할 수 있었다.

우리 병원에 돌아와서 촬영 필름을 자세히 들여다본 후에 나는 절망적으로 머리를 양손으로 감쌌다. 죽은 세포 수가 어마어마했다.

가장 끔찍한 것은 세포가 죽은 직접적인 원인을 내가 전혀 모른다는 사실이었다.

물론 큰 틀에서는 그가 냉동 상태로 있었던 것이 원인일 수 있지만, 그렇다면 어떤 메커니즘이 작용한 것일까? 지금 일어나고 있는 현상에는 구체적으로 어떤 메커니즘이 작용하고 있는 것일까? 적절한 치료를 하기 위해서는 원인 규명이 선행되어야 한다.

처음에는 모든 것이 '성공적인 케이스'처럼 보였는데 말이다…….

그를 해동했을 때는 모든 것이 완벽했다. 의식도 없는 인노켄티에게 MRI 촬영을 했었다. 그때만 하더라도 MRI는 일상이었다.

이제 플라토노프 내외에게는 뭐라고 한다?

아니면 말하지 말까? 말을 한다면 두 사람 모두에게 말해야 할까? 아니면 둘 중 한 명에게만 말할까? 만약 둘 중 한 명에게만 말한다면, 누구에게 말해야 할 것인가?

[인노켄티]

오늘 나는 고문서를 보러 갔었다. 그곳에서 나를 어찌나 극진히 대우하던지 민망할 정도였다. 나 스스로가 고문서나 다름없기 때문에 뭔가 친밀감 같은 것을 느끼고 있는 것 같았다. 직원들은 내가 어떤 역사적인 시기에 관심을 가지고 있는지 궁금해했다. 하지만 내가 알고 싶은 것은 특정 역사적 시기에 관한 내용이 아니라 그 시대 사람들이다. 또한 소리나 냄새, 그 당시 사람들이 쓰던 어휘나 표현, 다양한 제스처와 동작 같은 것이 궁금하다. 지금까지도 기억이 나는 것이 있지만, 이제는 기억에서 사라진 것들도 있다. 복구가 불가능한 것처럼 말이다. 내가 그들에게 이 말을 하자, 그들은 잠시 헛기침을 하고는 미소를 지었다. 내가 아직 완벽하게 해동되지 않았다고 생각하는 듯했다. 그들은 구체적으로 어느 시기가 궁금한지를 물었다. 나는 뭐, 이를테면 1905년부터 1923년까지라고 말한다. 상트페테르부르크의 경우라면 말이다. 솔로베츠키 제도의 경우라면 1923년부터 1932년까지가 궁금했다. 야신이라는 성을 가진 빨간 머리 직원이 문서 상자를 가지러 서고에 갔다.

상자 안에는 고문서가 잔뜩 들어 있었다. 야신은 이런 상자 몇 개를 가져왔고, 그 안에는 서로 다양한 시기의 자료가 들어 있었다. 상자 안에는 서류 목록이 있었다. 나는 첫 번째 상자의 문서 목록을 펼쳐서 그것을 자세히 살펴봤다. 거기에는 다양한 기관명과 그곳에서 일한 직원 명단이 있었고, 행정기관 문서, 권력기관의 다양한 명령서들과 심지어는 신문 기사를 발췌한 것들도 있었다. 이 모든 것을 가져온 야신이라는 직원은 나에게서 멀찍이 떨어져 서 있었고, 나는 내 뒤통수로 그가 나를 딱한 눈으로 지켜보고 있다는 것이 느껴졌다.

빨간 머리를 한 그는 진심으로 나를 딱하게 느끼는 것 같았다. 결국 그는 나에게 다가와서 도움을 자청했다. 그는 내가 어떤 이름들에 가장 관심이 있는지를 물었다.

"들으셔도 모르실 거예요……."

내가 말을 꺼냈고, 야신이 내 말을 끊었다.

"사람들 목록과 이들이 살았을 법한 시기를 적어주세요. 먼저 열 명의 명단을 만들어보죠."

테렌티 오시포비치 씨가 활동하던 시기는 언제인가? 사실 테렌티 오시포비치 씨의 인생 여정은 니콜스키 공동묘지에서 끝났으니 대략적으로 유추가 가능하다. 그렇다면 나의 이상한 지인인 스크보르초프는 어떤가? 그는 굶주림에 지친 페트로그라드에서 줄

서 있던 중에 쫓겨났었다. 그 역시 20세기와 동갑이다. 비상위원회 위원인 보로닌은 어떤가? 그의 적극적 성향은 나를 구성하는 모든 세포가 느꼈다. 서로 다른 두 마리의 새와 같은 스크보르초프와 보로닌은 내 인생 옆을 날아서 지나갔다……. 나는 열 명의 이름을 적어서 야신에게 건넸다.

화요일 [나스챠]

나는 여전히 플라토노프의 건강에 대해 생각하고 있다. 솔직히 걱정된다. 낮에는 이런 염려가 다소 우습게 여겨지다가도 밤이 되면 또다시 걱정이 엄습한다. 이 걱정의 근거는 무엇이란 말인가? 전혀! 전혀 근거 없는 걱정이다. 몇 가지 우려되는 점이 있긴 하지만, 별일 아니길 바란다. 사실 그것 때문에 내가 겁을 먹은 것이기도 하지만 말이다.

오늘 아침에는 양치질을 핑계로 욕실에 들어가서는 문을 닫고 조용히 흐느꼈다. 물을 틀어놨기 때문에 소리가 밖으로 새어 나가지는 않았으리라. 울면서 콧물이 나왔지만, 조용히 콧물을 닦았다. 사실 울지 않고도 코는 훌쩍일 수 있지만 말이다.

[인노켄티]

야신이 전화해서 오스탑축에 대한 정보를 찾아냈다고 말했다.

"메모하세요."

"네, 말씀하세요."

[이반 미하일로비치 오스탑축. 1880년생. 1899년부터 1927년까지 풀코보 천문대에서 수위로 근무함.]

(그리고 나는 1921년에 즈다놉스카야 강변로 11번지에서 그가 나와 함께 선전 문구를 붙일 판자를 못질해서 연결했었노라고 적었다. 함께 아내의 친척이 보냈다는 불투명한 가양주를 마시고 판자 위에 누워 있었다는 것도 적었다.)

그리고 1927년에 그는 사건이 일어나는 디벤스카야*로 떠났는데, 이곳은 마침 시베르스카야에서 가깝기도 했다. 나는 그가 테러의 위협을 느껴서 떠나는 것이라고 생각한다. 오스탑축은 테러의 위협은 시골에서 견디는 편이 더 낫다고 생각하는 것 같았다. 만약 그가 정말 그런 생각으로 그곳으로 떠난 것이라면 그의 판단은 틀렸다.

몇 달 후에 그는 그곳에서 반소련 선전 행위를 했다는 혐의를 받고 체포된다. 그가 이러한 행위를 했다는 유일한 증거라면 그가 1921년 5월의 어느 화창한 날 망치질을 해서 선전 문구를 쓸 판자를 만들었다는 것이 유일했다. 이후에 알게 된 사실이지만, 이 판자에는 반소련적인 내용이 적힌 글이 걸렸다고 한다. 사실 그들의

★ 레닌그라드주(州)에 위치한 간이역 이름.

수사망에는 그 판자를 만드는 데 동참한 나도 걸려들 수 있었지만, 어떤 이유에서인지 나는 수사 대상에서 제외되었다. 어쩌면 그때 당시에 나는 이미 살인 혐의를 받고 수감 중이었기 때문인지도 모른다. 물론 가능성은 낮아 보이지만 말이다. 사실 살인자야말로 반역 행위를 할 가능성이 가장 높은 사람이므로 내가 만약 수사관이었다면 두 가지 사건을 연결시켰을 것이다.

이제부터 가장 중요한 것은, 반소련 선전 행위에 가담한 오스탑축이 1932년에 솔로베츠키 제도에 가게 되었다는 것이다. 우리 둘은 그곳에서 마주친 적이 있을까? 만약 오스탑축이 냉동 및 재생 실험실에 보내졌다면 충분히 만날 가능성이 있었을 것이다. 하지만 그는 그곳에 가지 않았고, 우리의 운명은 또다시 갈라지게 되었다. 1935년에 레닌그라드로 돌아와서 죽음을 맞이하는 1958년까지 그는 자신이 예전에 일하던 풀코보 천문대에서 일을 했다.

야신은 오스탑축과 관련된 모든 인적 사항을 풀코보 천문대에 남아 있는 자료를 통해 알아냈다. 그리고 이 자료들에는 이반 미하일로비치 오스탑축이 묻힌 곳에 대한 정보도 있었는데, 그가 묻힌 곳은 세라피몹스키 공동묘지였다. 천문대 측은 자신의 일을 성실하게 수행한 직원을 높이 평가해서 그가 죽은 후에도 그의 무덤을 돌봤다고 한다. 야신의 말에 따르면 현재까지 남아 있는 영수증을 자세히 살펴보면, 천문대 측에서는 묘비뿐만 아니라 심지어 고인의 무덤에 가져온 화환이나 꽃에 대한 비용도 지불했다는 사실을 알 수 있다고 한다. 5년에 한 번꼴로는 은색 페인트 비용을 지불한 영수증까지 있어서 이를 통해 무덤을 둘러싸고 있는 칠이 벗겨진 울타리를 주기적으로 칠했다는 사실을 알 수 있다. 묘비의 오른편 구석에는 오스탑축이 알 리 없는 라틴어로 'Per aspera ad astra(역경을 헤치고 별이 되다)'라고 적혀 있다.

[가이거]

오늘 나스챠와 얘기를 좀 했다. 현재 상황을 모두 설명해줬다. 사실 나 역시 아는 것보다 모르는 게 더 많았기 때문에 내가 할 수 있는 한도 내에서 설명을 해줬다는 표현이 더 정확하다.

의학적 관점에서 현 상황을 적고 싶지는 않다. 요즘 들어서 계속 그의 병력을 기술했기 때문에 그 얘기를 또다시 반복하는 것은 어리석은 행위 같아 보이기 때문이다. 게다가 병력을 묘사하는 데 있어서 무수히 많은 의문이 남는 지금 상황에서는 더더욱 그러하다.

나스챠는 이것을 직감하고 겁에 질렸다. 그녀는 먼저 내 손을 꼭 잡았다. 그녀는 극도로 예민해진 상태였다.

어쩌면 다행인지도 모른다. 걱정을 속으로 삭이는 것보다 나으니까 말이다. 그런 상태에서 헤어 나오는 것이 훨씬 더 힘들 테니까 말이다.

기분이 끔찍했다. 의사는 환자에게 정이 들면 안 된다. 두 사람 모두에게 득이 안 된다.

다만 인노켄티는 내게 환자 그 이상이다. 내가 그를 액체질소에서 꺼낸 후에 그는 내게 아들 비슷한 존재가 되었다. 뭔가 파토스적으로 들리긴 하지만, 사실이다. 아들이 없어서 더 그럴지도 모른다. 사실 내겐 딸도 없다.

그런데 나스챠는 인노켄티의 뇌에서 일어나고 있는 변화를 그에게 말해줄까? 나는 그녀에게 아무것도 금하지는 않았다. 나조차도 그에게 이 말을 해주는 편이 좋을지 결심이 서지 않는다.

만약 그가 먼저 물어본다면? 그가 먼저 물어본다면, 그렇다면……. 그래도 모르겠다. 그를 잘 알고 있다고 생각했지만, 막상 그가 어떤 반응을 보일지 짐작할 수는 없다. 만약 그가 알게 된다면 나스챠를 통해 듣는 편이 나을 것 같다는 생각만 들 뿐이다.

이제 보니 그녀가 아까 손을 너무 세게 쥐었기 때문에 생긴 멍이 보인다. 최소한 마음만큼은 진심이다. 머리가 좀 비어 보이기는 하지만 말이다.

목요일 [나스챠]

가이거와 얘기를 좀 했다. 사실 나는 그가 먼저 말해주기를 기다렸다. 좋은 소식은 기대하기 힘들 거라는 것 정도는 나도 짐작하고 있었다. 가이거가 나한테 말한 내용을 자세히 떠올리기는 힘들지만, 그가 말한 내용의 요점은 상당히 끔찍하다. 상당수의 뇌세포가 '꺼져가기' 시작했다고 했다. 가이거는 '꺼져간다'는 것은 뇌세포가 죽는 것이 아니라, 기능이 현저히 떨어지는 것을 의미한다고 말했다. 그리고 이 중 상당수의 뇌세포가 죽고, 극소수만 회복되고 있는 중이라고 한다. 그는 일부나마 뇌세포가 회복되고 있다는 것은 플라토노프가 오른쪽 다리를 더 이상 절지 않는 것으로 판단할 수 있다고 했다. 하지만 그의 전반적인 상태는 악화되고 있으며, 그 속도 역시 빠르단다. 조만간 가이거는 플라토노프의 척수도 연구할 텐데 그쪽에도 문제가 있어 보이기 때문이라고 했다.

지금이야 이 모든 걸 침착하게 말하지만, 가이거로부터 그 말을 들을 때만 하더라도 나는 제정신이 아니었다. 이제 나는 그때 그렇게 행동한 내 자신이 부끄럽다. 그는 원래 나를 대할 때 상당히 조심하는데(설마 내가 그걸 모를까), 이제부터는 나만 보면 피할 것 같다. 나는 가이거에게 이 말을 플라토노프에게 전부 하는 편이 좋을지 묻지 않았고, 얼마간 시간이 지난 후에 내가 말을 할지 말지는 내가 결정해야 할 일이라는 것을 깨달았다. 한편으로 보면 환자인 그에게 이렇게 무거운 이야기를 해도 될까 싶다가도 어차피 우리가 그에게 뭔가를 숨기고 있다는 것을 결국에는 알게 될 텐데, 그렇게 되면 그가 더 큰 충격을 받게 되지 않을까 하는 걱정이 든다. 고민에 고민을 거듭했지만, 결론을 내리지 못했다. 하지만 저녁에 그를 보고는 대성통곡했고, 그에게 전부 말해버렸다. 물론 전부 다 말하지는 못했다. 내가 말하기로 결정을 했다는 가정하에 말하려고 했던 내용만큼만 말해주었다. 그리고 뜻하지 않게 나는 나도 모르게 결정을 내려버린 것이다.

그는 내 말을 끝까지 침착하게 다 들었다. 그러고는 그도 예상하고 있던 상황이라고 말했다. 수십 년 동안 액체질소에서 보냈는데 아무 일도 없는 것이 더 이상하지 않느냐고 말이다.

그리고 우리가 침대에 누워 있을 때에야 비로소 나는 그에게 말했다.

"우리는 그 어떤 어려움도 극복해낼 거예요. 희망의 끈만 놓지 않으면 돼요."

그가 나를 안았다. 그러곤 자기 입술을 내 콧등에 댔다.

그리고 속삭였다.

"그럼, 그래야지. 내가 평생 하고 있는 일인걸."

[인노켄티]

나스챠는 나한테 MRI 검사 결과를 말해주었다. 약자 말고 차라리 '자기 공명 영상법'이라고 풀어서 발음하는 편이 조금 덜 무서울 것 같다는 생각이 든다. 검사 결과라고 말하는 것도 나쁘지 않고 말이다.

오늘 나는 세라피몹스키 공동묘지에 다녀왔다. 고문서를 읽고 나는 오스탑축의 무덤이 묘지 안에 있는 성당 옆에 있다는 것을 알게 되었다. 그리고 나는 어렵지 않게 그의 무덤을 찾아냈고, 멀리서도 묘비에 적힌 *Per aspera ad astra*'라는 글자가 눈에 띄었다. 갈색 바위 위의 글씨는 무덤을 둘러싼 담장을 칠했던 바로 그 페인트로 다시 쓴 것이었다. 흥미로운 사실은 그날 오스탑축은 많은 이야기를 했지만, 별에 대해서는 말하지 않았다는 것이다. 그날은 우리가 만난 날이자 작별 인사를 나눈 날이기도 했다.

그때만 하더라도 나는 그와 마지막으로 한 번 더 볼 수 있을 것이라고 생각했지만, 이 만남을 끝으로 우리가 만나지 못했다 하더라도 이 만남은 내가 영원히 기억하기에 부족함이 없었다. 오스탑축과 만났다는 사실에 커다란 감명을 받았다기보다는 그를 더 이상 볼 수 없다고 생각하니 마음이 무거웠던 것 같다. 이 생각은 머릿속에 자리 잡지 못했지만 무서웠는데, 이것은 사람이든 사물이든 무언가를 상실한다는 것은 죽음의 일부와 맞닿아 있기 때문이다. 게다가 죽음은 모든 것의 상실이다.

이곳 세라피몹스키 공동묘지에서 나는 예기치 않게 가양주를 머그잔에 따라주던 오스탑축과 마주하게 된다. 모순으로 직조된 그는 싸구려 술 냄새로 인상을 쓰면서도 가양주를 무척이나 반긴다. 오스탑축은 옷이 닳을까 봐 상의를 벗고 있다. 그는 자기 무덤을 에워싼 난간에 앉아서 손가락으로 코를 막고는(독주니까 말이다) 턱을 위로 들고 술을 털어 넣는다. 오스탑축의 목울대가 움직인다.

이제 내 차례이다. 나는 가져온 보드카를 집에서 가져온 은잔에 따랐는데, 1921년만 하더라도 이런 잔은 상상만 할 수 있었기 때문에 더 잘됐다 싶다. 우리는 함께 마시는데, 이 자리에서는 이렇게 술을 마셔야 할 것 같았고(이곳에서 나무판자를 못질하고 있을 수는 없지 않은가), 오랜만에 오스탑축과 술 한잔하고 싶기도 했다. 물론 지금 그는 나로부터 2미터가량 떨어져 있고, 게다가 그는 땅 밑에 있긴 하지만, 어쨌든 같은 공간에 있지 않은가. 땅 밑에서는 모든 것이 빠르게 부패하기 때문에 그가 마지막 순간에 입는 것을 주저하지만 않았다면, 이번에는 군복 상의 내지는 또 다른 단장을 하고 있을지도 모른다는 생각을 해본다.

　오스탑축과 함께 있다고 생각하니 별로 무섭지 않았다. 내 MRI 결과가 아무리 끔찍하다 해도 그와 달리 나는 아직 살아 있고, 앞으로도 얼마간 더 살 것이다. 나는 원하는 곳으로 이동할 수도 있고, 이를테면 사부시킨 거리를 따라 전차를 타고 공동묘지 정문까지 가서 보드카를 사는 등의 행위를 할 수 있으며, 무엇보다 이곳 공동묘지에서 살아서 나갈 수 있다. 예쁜 묘비 아래에 밤낮으로 누워 있는 오스탑축과는 다르다. 만약 묘비에 적힌 글이 맞는다면, 한밤중에 차가운 별빛 아래에서 그는 열심히 자신이 일하던 직장으로 향했을 것이다.

토요일 [나스챠]

　어제 플라토노프는 술에 취해서 집에 왔다. 내가 그에게 질문한다.

　"비밀이 아니라면 어디에서 마셨는지 물어봐도 돼요?"

　"비밀은 아니라오, 내 사랑. 세라피몹스키 공동묘지에서 오스탑축과 함께 마셨소."

　"오스탑축이란 사람이 누군데요?"

　"오스탑축은 말이오, 고인이라오."

　그는 나에게 키스를 한 후에 한 시간 반쯤 더 컴퓨터 앞에 앉아 있었다.

[가이거]

나는 현재 일어나고 있는 일들에 관해 이해하는 것이 별로 없다. 나는 지금 일어나고 있는 일에 영향력을 행사할 재주도 없다. 두렵다.

오늘 엄청난 속도로 달리는 자동차가 꿈에 나왔다. 운전은 내가 하고 있었다. 하지만 유감스럽게도 핸들이 없었다. 브레이크조차 없었다. 이 꿈을 이해하기 위해 꿈 해몽자를 찾아갈 필요는 없어 보인다.

나는 사실 세포가 죽는 것은 과냉각의 결과라는 것을 알고 있다. 하지만 이것만으로는 문제를 해결할 수 없다. 나는 이 모든 것이 구체적으로 어떤 과정을 거쳐서 일어나는지에 대한 해답을 알지 못한다.

해동되고 반년이나 지나서야 세포 감소가 발생하는 이유는 무엇일까? 만약 세포가 냉동시킬 당시에 이미 훼손된 것이라면, 이 세포는 아예 해동되지 말았어야 한다. 하지만 세포는 해동되는 데서 그치지 않고 반년간 무척 왕성하게 활동했단 말이다!

만약 세포 수의 감소가 해동 즉시 시작되었지만, 눈치채지 못하다가 최근 들어서야 눈에 띌 정도로 감소하는 것이라면? 아니, 그럴 가능성은 없는데, 그 이유는 해동 당시엔 세포에 아무런 문제가 없었기 때문이다. 인노켄티의 인체에서 일어나는 모든 변화는 내가 철저하게 관리하고 있었기 때문이다.

재활 치료 방식을 바꿨기 때문에 세포 수가 감소할 수도 있다.

하지만 치료 방식은 바뀌지 않았다. 치료 방식도 문제가 없단 뜻이었다!

머리가 터질 것 같다.

[나스챠]

플라토노프는 잡지 〈브레먀*〉에서 올해의 인물로 선정되었다. 잡지 이름도 그와 어울리고 타이틀도 뭔가 있어 보이지만, 예상대로 전혀 기쁘지 않다. 일주일 전만 하더라도 기뻐서 축하 파티라도 했을 테지만 말이다, 아…….

잡지 표지뿐만 아니라 옥외 광고판, 기둥 광고에 있는 플라토노프가 우리를 쳐다본다. 〈브레먀〉 잡지사의 광고는 그야말로 최고다. 그들은 광고용으로 멋진 사진을 찾아냈는데, 사진 속에 있는 그는 자신이 찍히는지도 모른 채 누군가와 대화를 하면서 미소를 짓고 있다. 물론 흑백사진이지만 그를 비추는 조명이 너무 좋고, 무엇보다 나는 그가 미소 지을 때 드러나는 그의 주름이 너무 좋다. 사진 속에 있는 플라토노프는 마치 배우 같다.

나는 키오스크 근처에 가면 걸음걸이를 늦춘다. 어쩜, 어쩜 이렇게 잘생겼을까! 나는 이런 사람에게 무슨 일이 생길 리 없다고 생각한다. 모든 사건에는 일련의 논리가 있을 테니까 밀이다. 흐리멍

---

* 러시아어로 '시간'이라는 뜻이다.

덩한 눈동자에 세파에 시달린 늙은이와 얼핏 봤을 때 플레이보이를 연상시키는 이 사람이 같은가 말이다(어차피 그는 플레이보이가 아니니 상관없다). 누가 봐도 브래드 피트 같은 남자의 세포가 죽는다는 건 아무래도 믿기지가 않는다.

[인노켄티]

《로빈슨 크루소》를 읽고 그 후에는 복음서를, 그러고는 돌아온 탕자에 대한 비유를 읽었다.

나는 나스챠에게 자비가 정의 위에 있다고 말한 적 있다. 그런데 지금은 자비가 아니라 사랑인 것 같다는 생각이 든다. 그러니까 정의 위에 있는 것은 사랑이라고 말이다.

[가이거]

일이 끝나고 나는 인노켄티의 집에 잠깐 들렀다.

인노켄티 혼자 집에 있었다. 그의 몸 상태에 관한 슬픈 소식을 알리고 나서 처음으로 단둘이 있게 된 것이었다. 나스챠가 있는 편이 더 낫다는 생각이 든다. 그녀는 슈프라흐프로이디게스 메첸(수다스러운 여자)이었으니까, 최소한 어색한 침묵이 흐르도록 놔두지는 않았을 테니까 말이다.

하지만 단둘이 있게 되자 우리는 침묵으로 절반의 시간을 흘려보냈다. 우리 둘 다 연구 결과에 대해 얘기하고 싶지는 않았기 때문이다.

[인노켄티]

우리는 넵스키 대로에 있다. 비행사 프롤로프의 장례식에 와 있다. 나와 세바는 용감한 비행사를 마지막으로 배웅하러 왔다. 부모님 역시 비행사의 죽음을 애도하시지만, 이곳에 계시지 않고 집에 계신다. 사람들 보는 데서 눈물을 흘릴 것이 두려워 오시지 않은 것이다. 하지만 나와 세바는 서슴없이 운다. 당시 열두 살이었던 나는 뭐라도 보려고 창피한 것도 잊고 세바의 어깨에 앉아 있는데, 나 같은 아이들이 많이 있었다. 먼저 내가 세바 어깨 위에 앉아 있다가 그다음에는 세바에게 내 어깨를 빌려주기로 했으나 결국 세바의 차례는 오지 않았다. 잊어버린 것이었다. 세바의 턱 아래에 양손을 깍지 끼고 있었던 탓에 세바의 눈물이 손에 떨어지는 것을 느꼈다.

그리고 또다시 장례 행렬이 우리 옆을 지나간 것 같다. 당시 나는 그 행렬을 아주 주의 깊게 봤고, 이후에도 기억 속에서 꽤 자주 이 장면을 떠올렸기 때문인지 그때 장례식 장면은 수차례에 걸쳐서 일어난 일 같다. 마치 필름을 되감기 하듯 장례 행렬이 넵스키 대로가 시작되는 지점으로 빨리 돌아가고 성대한 장례 행렬이 다시 출발하는 것 같았다.

장례 행렬의 선두에 선 이들은 십자가, 예수그리스도의 형상이 그려진 깃발과 화환을 들고 걷고 있다. 십자가를 든 이들은 가운데에서, 예수그리스도의 형상이 그려진 깃발을 든 이들은 행렬의 양쪽 끝에서, 그리고 화환을 든 이들은 그들의 뒤에 서서 걷는다. 그들 뒤를 고인의 훈장과 메달을 들고 있는 이들이 2열 종대로 행진한다. 그리고 마지막으로 차체가 높아서 모든 장례 행렬 위에 우뚝 솟아 있는 장례 마차가 뒤따른다. 장례 마차에는 고인의 관이 있다. 그리고 그 관 안에는 우리 모두가 애도하는 고인이 누워 있다. 화환 중 하나에 '이카로스'라고 적혀 있었다.

이 모든 것이 우리를 향해 다가오고 있었다. 비명 소리와 대화 소리가 잦아든다. 장례 마차를 메고 행진하는 말들의 발굽 소리만 들릴 뿐이다. 나는 세바의 머리카락을 빨아 먹지만, 그는 모르는 눈치다. 나는 이콘화를 쥔 양손을 가슴에 포개고 이마에는 종이로 만든 화관을 쓴 채 관 속에 누워 있는 프롤로프를 상상해보려 애쓴다. 창백한 얼굴을 하고 있다. 그의 입술에서는 그가 즐겨 피우던 담배 냄새가 난다. 내가 피울 수 있도록 도와줘서 그가 마지막으로 피운 담배 향 말이다.

우리는 고스티니 드보르* 쪽으로 등을 대고 서 있고, 우리 옆을 바다처럼 거대한 한 무리의 사람들이 알렉산드로 넵스키 수도원 쪽으로 흘러가고 있다. 풀처럼 걸리적거리는 모든 것, 즉 말이 끄

---

* 상트페테르부르크에 있는 백화점 이름.

는 전차, 마차, 가로등 할 것 없이 닥치는 대로 덮어버리는 바다 말이다. 그것이 무엇이든지 간에 이 급류에 휩쓸리는 것은 모두 예외 없이 멈춰버린다.

　나도 드디어 세바의 어깨에서 내려오고 우리도 그 무리에 합류해서 떠밀리다시피 함께 니콜스키 공동묘지로 향한다. 우리는 넵스키 대로를 따라 예카테린스키 정원을 지나 아니치코프 다리 위를 지나고, 즈나멘스카야 광장을 지난 후에는 수도원에 도착한다. 나는 왜 니콜스키 공동묘지에 있는 비행사 프롤로프의 묘에 갈 생각을 못 한 걸까?

　내가 기억하는 당시 상황은 대략 이렇다. 어떤 계절에 일어난 일인지는 기억이 안 난다. 넵스키 대로의 경우 눈이 안 덮여 있었다면 계절을 알 길이 없다. 나무라고는 찾아볼 수 없고, 모두들 계절과는 무관한 옷차림을 하고 있다. 사실 따지고 보면 계절이라고 할 것도 없지만 말이다. 이곳에서 계절이라고 하면 겨울과 겨울이 아닌 나머지 계절이 존재할 뿐이다.

[나스챠]

　며칠 전에 플라토노프는 정교회 의식에 따라 결혼했으면 한다고 말했다. 나는 그가 한 말의 의미를 이해했다. 그는 우리의 관계를 영원이라는 영역으로 옮겨놓고 싶어 한다. 시간은 영원하지 않으니 시간을 신뢰해서는 안 된다고 생각하는 것이다. 그에게 주어진 시간이 많지 않다고 말이다. 물론 그가 그렇게 말한 적은 없지만, 다양한 상황에서 그의 입에서 나온 문장들을 조합해보면 이런 의미를 나타내는 모자이크가 만들어지는 것이다. 나는 그와 늘 함께 있기 때문에 그가 만든 모자이크는 내 눈에만 보인다. 어쩌면 가이거 눈에도 보일지도 모른다. 정말이지 가이거라면 볼 수 있을 것 같다는 생각이 든다.

플라토노프가 내게 청혼을 한 것은 모를지라도 플라토노프의 몸 상태는 누구보다 잘 알고 있으니까 말이다. 게다가 나는 가이거가 어떤 감정을 갖고 있는지 느낄 수 있다. 그는 우리 못지않게 괴로워하고 있지만, 플라토노프와 나 우리 둘 중 그 누구와도 병에 대해서는 일체 말을 안 하고 있다. 나는 그가 위로해주길 기다렸지만, 그는 끝내 위로해주지 않았다. 처음에는 이 일이 상당히 신경 쓰였지만, 시간이 지나자 그 이유를 알 것 같았다. 가이거는 이성적인 사람이며, 동시에 독일인답게 정직하다. 그는 플라토노프에게 일어나고 있는 변화를 모르기 때문에 어떻게 위로를 해야 할지 모르는 것이다. 그는 사실에 근거를 두지 않는 위로는 의미가 없을 뿐만 아니라 부도덕한 행위라고 생각하는 것 같다. 하지만 나는 그와 생각이 다르다.

플라토노프 역시 아무 말을 안 하지만, 침묵의 이유는 다르다. 그는 용감한 사람이고, 모든 짐을 자기 혼자 지려고 하기 때문이다. 내가 상처받을까 걱정하고 있을 것이다. 가이거가 상처받을까 염려하는 것 같지는 않지만, 두 사람 모두 스스로 이해하지 못하는 일에 대해 거론하는 것은 의미가 없다고 생각하는 데에서는 의견이 일치하는 듯했다. 이런 이유로 모두 침묵한다. 내가 이 말을 꺼내려고 하면 두 사람 중 그 누구도 내 말에 동조하지 않는다.

하긴, 젤트코프가 전화해서 플라토노프가 올해의 인물로 선정된 것을 축하해주긴 했다. 나는 플라토노프가 그와 통화를 하는 동안 손짓으로 '집에 와서 차 마시자고 해요. 그런 거 좋아하는 사람이 많아요'라고 사인을 보냈다. 하지만 그는 결국 젤트코프를 초대하지 않았다.

[인노켄티]

젤트코프는 이번 주에만 벌써 두 번이나 우리 집에 전화를 했는데, 한 번은 나스챠가 집에 있을 때였고, 나머지 한 번은 나스챠가 집을 비웠을 때였다. 나는 나스챠가 없을 때 그로부터 전화가 왔었다는 사실에 대해서는 나스챠에게 말하지 않았다. 그는 그때 나를 위해 흥미로운 정치적 프로젝트를 하나 마련했노라고 말했다. 그는 나같이 구시대적인 사고를 갖고 있는 사람이 필요하다고 말했다('구시대적인 사고'란 내가 액체질소 안에 들어가 있었던 사실을 암시하는 것일까?). 나는 그의 말허리를 잘랐다. 무엇보다도 나는 정치와는 거리가 먼 사람이라고 말했다.

"하지만, 내 프로젝트의 핵심이 뭔지 끝까지 듣지도 않았잖소!"

그는 내 말에 이의를 제기했다.

"끝까지 안 들어서 얼마나 다행인지 모릅니다. 그것이 국가 기밀이라도 되는 날이면 나는 거절을 하고서도 그 비밀을 누설할까 노심초사하면서 남은 인생을 살 테니까 말입니다."

"뭘 또 그렇게 거창하게 기밀이라뇨."

그가 중얼거렸다.

"그럼, 우리 프로젝트는 없던 일로 합시다. 그냥 차나 마시자고
요, 그건 괜찮죠?"

그는 차를 마실 때처럼 호탕하게 웃으면서 말했다.

나스챠는 왜 이 사람의 웃음이 진실되다고 생각하는 걸까?

[나스챠]

오늘 플라토노프는 가이거의 병원에 피 검사를 하러 가고, 나는
성 블라디미르 대공 성당에 갔다. 나는 과거에 성당 공동묘지였던
공원을 지나갔다. 길 위에 드문드문 단풍나무 잎과 사시나무 잎이
떨어져 있었다. 나는 문득 가을이 성큼 다가왔다는 것을 깨달았다.
아직은 미미한 쇠락이었다.

전에는 그와 함께 이 성당에 왔었지만 오늘 나는 이곳에 혼자 왔
고, 갑자기 가슴이 죄어오는 것 같은 기분이 들었다. 내가 이곳에
혼자 다닐 날이 정말 올까? 이런 생각뿐이었다면 어떻게든 떨쳐낼
수 있었겠지만, 모두가 떠나고 쇠락하는 가을이 성큼 다가와 있었
다. 내가 성당 정문 앞에 있는 거지들을 지나칠 때, 그들조차 내가
슬퍼 보였는지 나를 쳐다보기만 할 뿐 나를 귀찮게 하지 않았다.

정확한 명칭은 모르겠지만, 저녁 예배 중이었다. 성당 안은 양초

만 켜져 있어서 제법 어두웠다. 성당 안에 들어가서는 대순교자 성 판텔레이몬 치유자의 이콘화가 있는 왼쪽 제단으로 향했다. 이콘화 옆에는 성자에게 비는 기도문이 걸려 있었고, 나는 그 기도문을 읽었다. 그런 후에는 이콘화를 덮고 있는 유리에 이마를 대고 한참 동안 서 있었다. 나는 판텔레이몬에게 플라토노프 이야기를 했다. 그가 지금까지 사는 동안 얼마나 많이 괴로워하고, 얼마나 많이 고통스러운 일들을 겪었는지. 하지만 지금 무엇보다 중요한 건 곧 아이가 태어날 거란 이야기를 했다. 내 옆에 다른 사람들도 다가와서 이콘화에 얼굴을 대고 있었고, 내 이마 아래 유리는 더 이상 차갑지 않았지만, 나는 내 이야기를 멈추지 않았다. 조용히 입술을 움직이면서 말이다. 내 이마로 인해 유리가 따뜻해진 것이지만, 나는 마치 판텔레이몬의 온기가 내게 전해진 것 같은 생각이 들었다. 나는 다른 이들이 나지막이 기도하는 소리를 들었고, 그 기도 소리를 듣자 마음이 편안해졌다.

그 후에 나는 구세주 옆에서 애통하는 모든 이들의 기쁨인 성모마리아를 표현한 이콘화 옆에 서 있었다. 전에는 이콘화와 이런 대화를 나눈 적이 없었지만, 지금은 신기하게도 대화가 됐다. 물론 나혼자 말을 하긴 했지만, 내겐 진짜 대화 그 이상이었다. 절망에 빠져있던 내게 마치 내 물음에 답하기라도 하는 듯이 희망이 찾아왔다.

집에는 플라토노프보다 더 늦게 도착했다. 그가 내게 어디 갔었냐고 물었을 때, 내키지는 않았지만 말해주었다. 성당 갔었다고 하면 그의 몸 상태가 얼마나 심각한지 일깨우는 결과를 초래할까 두려웠기 때문이다. 결국 그가 깨닫게 될까 두려웠다. 하지만 나는 뜻하지 않게 큰 기쁨을 얻었고, 나도 모르게 그와 이 기쁨을 나누고 싶어졌다.

그가 내게 말했다.

"당신한테서 빛이 나. 만약 나한테 무슨 일이 생기면, 지금 당신을 비추는 이 빛이 전혀 다른 모습을 띠게 될까 봐 걱정돼."

전혀 예상치 못한 반응이었다.

"당신은 내가 당신을 위해 기도해주길 바라면서, 동시에 그런 일이 일어날 수도 있다는 것을 믿지 않기를 바라는 거예요? 체호프의 단편 중에 비가 오지 않기를 바라면서 우산을 가지고 나간 신부 이야기 기억나요?"

"우산은 생각하지 말고. 그냥 날 위해 기도해줘."

그리고 그는 내 이마에 키스했다. 그의 말은 틀렸다. 틀렸다고!

[인노켄티]

나스챠를 싣고 갈 구급차가 도착했다. 며칠째 그녀는 배가 아프다고 했지만 의사를 부르지 못하게 했고, 오늘은 상태가 더 나빠져서 병원에 전화를 할 수밖에 없었다. 의사를 설득한 끝에 임신 초기부터 다니던 넵스키 산과 병원*에 갈 수 있었다. 나는 왜 이 지경

---

* 러시아에서는 임신과 신생아, 해산은 산과 병원에서, 부인병은 부인과 병원에서 다룬다.

이 되기 전에 그녀를 설득해서 병원에 데리고 가지 않았는지 스스로가 원망스럽다……. 한편으로는 그런 그녀를 이해할 것도 같다. 그녀는 나를 혼자 두고 가는 것이 겁이 났던 것이다. 나 역시 겁나기는 마찬가지였다. 하지만 이젠 어쩐다? 이 생각을 하자 마음이 불안해진다. 그럼에도 불구하고 내가 고집을 부렸어야 옳다. 억지로라도 병원에 데리고 갔어야 했다.

우리가 산과 병원에 도착했을 때, 나는 속이 심하게 매스꺼웠다. 나는 그녀의 병실에 가서 옆에 앉게 해달라고 하고 싶었지만, 그럴 수 있는 상황이 아니었다. "무슨 말씀을 하시는 거예요, 밖이 캄캄한 거 안 보이세요?" 마치 우리가 일부러 늦게 오기라도 한 것처럼……. 더 이상 면회도 시켜주지 않았다. 나스챠를 이동 침대에 눕혀서는 병실로 데리고 가버렸다. 소중한 사람을 이동 침대에 눕혀서 데리고 가는 장면을 보는 것은 무척 괴롭다. 아.

나는 면회실 근처에 있는 소파에 한 시간가량 더 앉아 있었다. 내가 앉아 있는 소파 앞으로 병원 직원들이 죄다 몰려든 걸로 봐서 나는 그들이 나를 알아본 거라는 생각이 들었다. 나를 알아본 건 맞지만, 그들 중 누구도 나스챠와 내가 함께 있도록 도와주지는 않았다. 정말이지 그 누구도 도와주지 않았다. 결국 밤에는 병원 문을 닫아야 한다며 나가달라고 해서 소파에서조차 쫓겨나는 신세가 되었다. 한마디도 못 한 채 나는 병원을 나왔다. 물론 내가 심적으로 괴롭다는 말을 그들에게 할 수도 있었겠으나 적합한 표현이 떠오르지 않았다.

몇 분 후에 나는 어느덧 넵스키 대로에 서 있었다. 지하철을 탈까 하고 토큰까지 샀지만, 지하철을 타지는 않았다.

"타실 거예요?"

당직인 여자가 물었다.

"문이 닫힙니다."

닫으시든지. 나스챠가 집에 없다는 생각을 하자 지하철을 타고 싶은 생각이 없어졌다. 지하철에서 나와서 나는 잠시 앉아 있을 생각으로 모스크바 기차역 쪽으로 갔다. 사실 텅 빈 밝은 역을 생각하고 간 것인데, 사람들이 조금 있는 정도가 아니라 많았다. 나는 그들을 보고 싶지도 않고 물론 얘기도 하고 싶지 않았다. 그들이 그곳에 있다는 것도 알고 싶지 않았다. 나스챠와 그렇게 헤어지고 나니 사람들이 그냥 사라져버렸으면 했다. 사람들 사이에 있으니 외로움이 더 사무쳤다. 기차역에 한 시간 반쯤 더 앉아 있었다.

성당과 천재적인 동상이 있는 걸로 기억하는 즈나멘스카야 광장으로 나왔다. 나는 알렉산드르 3세가 돌로 만들어진 자신의 몸을 이끌고 자기 자리로 돌아오는 모습을 상상해봤다. 그의 앞에는 뜻밖의 상황에 경찰차들이 사이렌 소리를 내면서 황제가 지나가는 도로를 차단하고 나섰다. 그가 탄 말은 천천히 걷고 있고, 말발굽 소리가 크게 들리며, 아스팔트 위에는 섬광이 인다. 만약 내가 이렇게 살아 돌아왔다면, 황제라고 못 돌아올 것이 무엇이란 말인가? 우리 둘 다 역사 속으로 사라진 사람들 아닌가 말이다.

나는 알렉산드로 넵스키 수도원 쪽으로 터벅터벅 걸어갔다. 피곤해서 다리에 힘이 빠졌다. 한 건물 옆에 누군가가 밖에 내놓은 싱크대가 세워져 있었다. 나는 그 싱크대 위에 앉았다. 두 다리로 싱크대 문을 가볍게 두드리자 둔탁한 북소리가 났다. 넵스키 대로에 이렇게 앉아보기는 처음이었다. 그것도 싱크대 위에서 말이다. 그렇게 잠시 쉬고 나서 나는 다시 걷기 시작했다.

놀랍게도 수도원 정문이 열려 있었다. 정문 앞에 서 있던 사람들은 뭔가를 기다리는 것 같았다. 잠시 후에 '수도사업'이라고 적힌 차 한 대가 모습을 보이더니 천천히 정문을 통과했다. 나 역시 서두르지 않고 천천히 차 뒤를 따라갔다. 내가 '수도사업'이란 회사의 직원처럼 보였는지 나를 막는 사람은 없었다. 어쩌면 뭔가 사색에 잠긴 듯한 표정으로 인해 그렇게 단정 지었는지도 모르겠다. 물과 관련된 일을 하는 사람들은 자주 사색에 잠긴 듯한 표정을 짓고 있으니까 말이다.

잠시 망설인 후 나는 니콜스키 공동묘지에 들어갔다. 그 차 역시 공동묘지로 향하고 있었다. 차는 마치 어두운 길을 바퀴로 더듬듯이 천천히 가면서 전조등으로 어둠 속 나무와 동상들을 비추었다. 그러자 이것들은 실제보다 더 커지고 자동차 전조등 불빛 속에서 모습이 수시로 변했다.

니콜스키 공동묘지에서는 무언가 열심히 작업 중이었다. 강력한 탐조등이 굴삭기 두 대를 비추고 있었고 굴삭기들은 굉음을 내면서 작업을 하고 있었는데, 무덤에 있는 흙을 빈 공간에 쌓고 있는 것처럼 보였다. 아니, 무덤에 있는 흙이 아니었다. 내가 더 가까이 다가가서 보니 차들은 도로 위에서 작업 중이었는데, 양쪽 끝에서 구덩이를 파고 있었다. 도랑 위에는 흙 외에 땅 위로 들어 올려진 관도 몇 개 보였다. 몇 열로 세워져 있던 무덤은 수년이란 세월 동안 무질서하게 세워져 있었고, 몇몇은 도로의 절반가량을 차지하고 있었다. 이런 무덤은 파낼 수밖에 없었다.

나는 테렌티 오시포비치의 무덤 역시 파낸다는 것을 기억하고 있었고, 비밀스러운 구덩이에 관을 넣기 위해서는 관이 흔들릴 수밖에 없을 거란 생각이 언뜻 스쳤다. 두 번째 굴삭기 뒤에 길게 파낸 구덩이 주위를 걸은 후에 나는 테렌티 오시포비치의 관이 벌써 신선한 흙으로 만든 언덕 위에 있는 것을 보고는 나 역시 땅속에 파묻힌 것처럼(상당히 적당한 비유다) 멈춰 섰다. 물론 관 속에 테렌티 오시포비치 씨가 누워 있다고 장담할 수는 없었지만, 관은 그의 무덤 바로 위에 있었기 때문에 그가 아닌 다른 사람이 그곳에 누워 있을 가능성은 희박해 보였다.

나는 관에 바짝 다가갔다. 관의 옆에 있는 나무판자 하나가 떨어져 나왔지만, 탐조등의 빛이 닿지는 않았다. 그 틈 속은 캄캄해서 아무것도 안 보였다. 관 뚜껑을 열지 않고는 관 속에 있는 사람이 테렌티 오시포비치라는 것을 확신하는 것이 불가능했다. 하지만, 관 뚜껑은 또 어떻게 연단 말인가?

내가 이런저런 생각에 잠긴 사이에 호스 하나가 방금 도착한 차에서 나왔다. 이 호스는 어마어마하게 큰 고리에서 기어 나왔고, 갑자기 가느다란 소리를 내면서 돌았다. 수도관은 모두 잠든 밤에 공동묘지 안에 깔렸다. 수도관은 구덩이 바닥에 조심스럽게 놓여졌다. 모두들 도시 공무원들이 살아 있는 사람들을 위해 수도를 공급하고 망자들의 무덤을 정리하는 모습을 감상하고 있었다. 나는 다른 사람들 몰래 관 쪽으로 한 걸음 더 다가가서 반쯤 썩은 관 뚜껑에 한쪽 손을 갖다 댔다. 그리고 반쯤 삭은 나무를 만져봤다. 관과 뚜껑을 연결하는 자리에 크지 않은 틈이 있었다. 그 안에 손가락 하나를 넣고 힘주어서 관 뚜껑을 위로 들어 올렸다.

큰 힘을 들이지 않고도 관 뚜껑은 쉽게 들렸다. 나는 다시 한번 주변 사람들을 살펴봤지만, 다행히도 다들 수도관을 설치하는 데에 정신이 팔려 있었다. 나는 한 번에 관 뚜껑을 들어 올려서 뚜껑을 관 가장자리 쪽으로 밀어놓았다. 위쪽에서 비추는 탐조등 불빛이 관 속을 비췄고, 관 속에 누워 있는 사람의 모습이 보였다. 그 사람은 다름 아닌 테렌티 오시포비치였다. 나는 그를 한눈에 알아봤다.

두개골에 흰 머리카락이 달라붙어 있었다. 그가 입고 있는 군복 상의는 특별한 행사가 있을 때만 입는 옷인데, 거의 상하지 않은 상태였다. 그가 살아 있을 때 입던 그 군복과 크게 다르지 않았다. 코는 물론 없었고 눈이 있던 자리에도 검은 구멍 두 개가 움푹 파이긴 했지만, 전반적으로 테렌티 오시포비치 씨의 모습이 남아 있었다. 그리고 나는 어느 순간부터인가 그가 '두려워 말고 전진하라'라고 말해주기를 기다리다가 이제 그에게는 말을 하기 위해 필요한 입이 없다는 것을 발견했다.

[가이거]

나스챠가 지금 병원에 있다.

인노켄티는 오늘 병원에 갔지만, 면회를 시켜주지 않고 내일 오라고 했다고 한다. 그가 나한테 전화해서 얘기해주었다. 또 그는 나에게 비행기 '파르망-IV'에 대한 정보를 찾아달라고 부탁했다.

내가 그에게 묻는다.

"그건 왜 필요한 거죠?"

그러자 그는 대답한다.

"우리는 어차피 과거의 전체 그림을 복구하는 중이니 가지고 있어서 나쁠 건 없죠. 비행기에 대한 정보도 과거에 대해 쓴 다른 글들에 추가하세요."

물론 추가하는 거야 어렵진 않다. 백과사전 같은 노트를 펼쳐서 쓰면 그만이니까 말이다.

하지만, 뭔가 마음이 불편하다. 그가 시작한 이런 유의 일에 가담할 필요가 있을지 의문이다.

할 수 없지 뭐. 다 잘될 거라고 생각하는 수밖에.

아무튼, 파르망-IV은 두 개의 날개가 나란히 겹쳐진 복엽기이다. 2인승이다. 1910년부터 1916년 사이에 생산되던 기종이다. 엔진은 65마력이며, 프로펠러 지름은 2.5미터이다. 무게는 400kg에 달하며, 180kg까지 수송이 가능했다. 비행기의 동체는 소나무로 만들었고, 날개와 핸들은 연노란색 캔버스 천으로 고정되었다. 제어 라피니에트(굉장히 강력하다). 프롤로프가 타고 있던 비행기도 파르망이다(뭔가 시적인 느낌이 있다). 하지만 그가 탄 이 비행기는 유감스럽게도 추락했다.

뭐 하러 이 모든 것을 쓰는지 알 수 없다. 쉽지도 않은데 말이다. 그래도 인노켄티를 검사한 결과에 대해 쓰는 것보다는 쉽다.

[인노켄티]

어젯밤 나는 글을 쓰다가 책상에 앉은 채로 잠이 들었다. 프롤로프의 비행기가 꿈에 나왔다. 꿈속에서도 나는 비행기의 이름인 '파르망-IV'를 기억해냈다. 숫자 4까지 기억하다니, 맙소사! 꿈속에서 그가 탄 비행기는 속력을 높여서 달렸지만, 끝내 날지는 못했나. 비행사는 자신의 구두 아래에 있는 풀, 꽃 그리고 어떤 나뭇잎 같은 것들이 하나의 거대한 초록색 물체로 변하는 모습을 본다. 어쩌면 날지 못하는 편이 더 나은지도 모르겠다……. 실컷 달리는 것도 나쁘지 않은가 말이다. 울퉁불퉁한 노면이나 비행기 날개를 이용해서 점프를 해도 좋을 테니 말이다.

이것은 물론 우리가 그를 사랑한 이유와는 거리가 있다.

[ ]

나는 집에 가지 않고 인노켄티의 집에서 자고 가기로 했다. 우리는 새벽 3시경까지 대화했다.

그가 보드카 한 병을 꺼냈고, 그걸 다 마시자 한 병을 더 꺼냈다. 이 상황에서 반대한다는 건 말이 안 되는 것 같아 그대로 두었다. 결국 우리는 두 병을 모두 비웠다.

사실 나는 그가 자기 건강에 대해 꼬치꼬치 캐물을까 봐 겁이 났다. 다행히 그런 일은 일어나지 않았다.

그는 지금 나스챠의 건강을 훨씬 더 많이 걱정하고 있다. 그는 아이가 죽을까 봐 마음을 졸이고 있다.

그러다가 우연히 지금 사회의 모습을 이야기하게 됐다. 인노켄티는 이것을 무정부 상태라고 불렀다. 나는 보통 무정부 상태 다음에는 보통 권위적인 통치가 뒤를 잇는다는 것을 알고 있다. 하지만, 정말 그렇게 된다면 굉장히 슬픈 일이다.

하지만 남의 가게에서 일을 봐주는 사람과 진배없는 인노켄티는 무정부 상태보다 권위주의가 있으면 악도 덜할 거라고 말했다.

그는 한 나라에 사는 사람들을 물속 깊은 곳에 살고 있는 물고기와 비교했다. 깊은 바닷속에 살고 있는 물고기들처럼 이들 역시 높은 압력을 받으면서 살아야 한다는 것이다.

나는 그가 술을 너무 많이 마셔서 하는 말이라고 치부한다.

불쾌한 발견인 셈이다. 우리가 함께 앉아 있는 동안 인노켄티는 몇 번이나 사레들렸다. 목으로 뭔가를 삼키는 데 분명 문제가 있는 건데 목보다 좀 더 근본적인 문제가 있는 것이 분명하다. 아무래도 뇌와 연관이 있는 것 같다.

[인노켄티]

오늘 나스챠를 보러 갔었다. 몸이 안 좋아서 그런지 얼굴이 창백하다 못해 초록색을 띠고 있었다. 지금까지 그렇게 창백한 모습은 본 적이 없다. 밤늦게까지 있다가 병원 측에서 나가라고 해서 나왔다. 점심때는 나스챠가 음식을 먹지 못해서 내가 그녀 몫의 음식을 다 먹다시피 했다. 나스챠의 담당 의사 말로는 임신중독 때문인 것 같다고 한다.

솔직히 말해서 병원 음식은 메트로폴 호텔* 음식과는 거리가 멀었다. 이곳에 있는 요리사들이 음식을 일부러 맛없게 만들 리는 없다고 생각한다. 다만 넣어야 할 것을 안 넣는, 그러니까 쉽게 말하자면 식자재를 훔칠 수는 있다. 우리 나라 사람들이 이렇다. 어쩔 수 없는 현실이다.

하지만 가이거는 그 누구도 그 무엇도 강요해서는 안 된다고 말한다. 우리는 어제 새벽 늦게까지 민주주의의 장점에 대해 열띤 논쟁을 벌였다. 나는 그의 설명이 아니어도 민주주의의 장점이 뭔지는 잘 알고 있다. 민주주의의 장점이라는 것이 어딘가에서는 자연스럽고 잘 맞을지는 모르겠지만, 우리와는 상관없는 장점인 것이다. 가이거의 조상이 살던 땅에서는 그럴지 모르겠지만, 우리 나라는 아니다.

문제는 우리 개개인에게 책임 의식이 없다는 것이다. 한 명, 한 명. 개별적인 책임 의식 말이다. 만약 우리 각자에게 이 책임 의식이 결여돼 있다면, 개인을 통제할 만한 어떤 조치가 취해져야 한다. 만약 누군가가 척추에 통증을 호소한다면, 그는 허리를 단단하게 지지해줄 만한 벨트를 착용해야 한다. 하지만 이 벨트라는 것은 척추가 몸을 지탱하지 못할 때 몸을 지탱해주는 것이다. 가이거

---

* 모스크바에 있는 5성급 호텔.

에게 그렇게 말해야겠다. 지난번에는 물고기에 비유했으니 이제는 의학적인 예를 들어야겠다.

[가이거]

며칠 전에 인노켄티를 진찰하면서 그의 팔과 다리를 봤는데 살이 좀 빠져 있었다. 근육량이 줄었기 때문이다. 이것은 척수에 문제가 있다는 것을 의미한다.

오늘 나는 인노켄티의 PET 검사를 했다. 결과가 썩 기쁘지는 않다. 그나저나 나는 왜 뇌에만 문제가 있다고 생각한 걸까? 그의 몸 전체를 냉동시켰기 때문에 몸 전체가 영향을 받는다는 것은 충분히 추측 가능한 상황이다. 척수 역시 예외는 아니다. 하지만, 어떻게, 도대체 어떤 식으로 영향을 주는 것일까? 이걸 알 수만 있다면 좋으련만……

[ ]

오늘 나스챠가 퇴원했다. 나스챠가 병원에서 치료를 받는 동안 초음파 검사도 받았다. 퇴원할 때 우리는 중요한 소식을 듣게 되었는데, 여자아이가 태어날 것이라고 했다. 딸 말이다. 나는 오늘 하루 종일 이 생각만 한다. 나는 왠지 사내아이일 거라고 생각했다.

아들을 기다렸다기보다는 누가 얘기해주지 않아도 알 수 있을 것 같은 것들이 있을 뿐이고, 이번이 그 경우에 해당한다고 생각했다.

한편으로는 아들일 경우 내가 지나온 인생 여정이 험난했기 때문에 해줄 말이 많았을 것이다. 또 한편으로 생각하면 내가 겪은 일은 거의 백 년 전에 일어났던 일이기도 했다. 그때 겪은 일들이 지금 도움이 될 가능성은 낮아 보인다. 따라서 내가 겪은 경험을 나누는 것과 관련해서는 아들이든 딸이든 상관이 없는 셈이다. 내가 남자이기 때문에 물론 딸이 더 좋긴 하다. 그리고 내 인생을 가만히 들여다보면 여자와 관련된 모든 것이 더 좋았다.

내가 써놓은 걸 지금 다시 읽어보니 얼굴이 화끈거릴 정도로 민망했다. 하지만 이런 상황에서 추상적인 사색은 어울리지 않을 것이다. 사실 사랑하면 아들이든 딸이든 무슨 상관이란 말인가. 실제로 아이가 태어나면 더 이상 추상적일 수는 없을 테니 그때가 되면……. 그런데 나에게 '그때'가 오긴 할까?

[ ]

집에 돌아왔다. 다시 그와 함께 집에 있다니! 방금 나는 딸을 임신했다는 사실을 알게 됐고, 우리는 이제 딸과 함께 셋이서 있게 되었다. 왜 이제야 알려준 걸까? 잘못될까 봐 걱정했던 걸까? 결말이 좋지 않을까 봐 우려했던 것일까? 아니면 단순히 소련 시대부터 뿌리 깊게 자리하던 시샘에 기인한 것일까? 이것이 무엇이든

간에 추측하는 것이 의미가 없기도 하거니와 재미도 없다.

나는 내 딸이 우리 두 사람 모두, 즉 나와 그를 이 수렁에서 끄집어내줄 것만 같다. 우리가 택시를 타고 병원에서 집으로 가는 동안 나는 그에게 말했다.

"플라토노프, 여보, 두 여자가 당신만 바라보고 있어요. 이제부터는 우리 둘을 생각해서라도 힘을 내야 해요."

그는 내 말에 미소까지 지어 보이긴 했지만, 그 미소가 너무 고통스러워서 나는 하마터면 통곡할 뻔했다. 솔직히 미소를 짓지 않는 편이 더 나았을 것 같다는 생각이 들었다. 나는 그에게 기대서 그의 한쪽 어깨에 머리를 대고 그를 그러안았다. 택시 기사가 룸미러로 우리를 쳐다봤지만, 우리는 그대로 집까지 서로를 끌어안은 채 갔다.

[인노켄티]

야신이 전화해서는 내가 관심 가질 만한 흥미로운 것을 가지고 있노라고 말했다. 내가 그가 있는 곳에 도착했을 때 그는 나에게 사촌 형제 세바에 관한 서류철을 가져다주었다. 검찰 측에 요청까지 해서 야신의 손에 들어온 것이니만큼 공들여 구한 자료임에 틀림없었다……. 먼저 그의 능력에 감탄했다. 종이를 한 장 한 장 숙련된 동작으로 꺼냈다. 본인 머리카락 색은 빨간색인데 흰 장갑을 낀 채로 말이다. 제일 처음 꺼낸 서류에 13중대에 배정받은 사람들의 명단이 있었고, 나는 그 명단에서 내 이름을 발견했다. 명단 뒤에는 세바의 서명이 있었다. 이 중 두 사람의 성에 특별히 더 엄격하게 다뤄야 한다는 표시가 돼 있었다. 이 두 사람 중 한 명은 나였다. 세바는 내가 그렇게 싫었던 걸까?

나는 앞에 타고 그는 뒤에 타는 상상을 하며 수도 없이 하늘에 띄운 연은 아무 의미가 없었단 말인가? 세바가 나를 임시 수용소에서 앞쪽에 앉히지 않음으로써 나는 총살형을 면했고, 그는 자기 손에 내 피를 묻히지 않았다. 대신 그는 내가 자연사하도록 내버려 두었는데, 물론 아사를 자연사로 볼 수 있다면 말이다. 우리는 함께 뛰었고, 세바가 숨을 헐떡이는 모습을 보고 내가 속도를 줄였다. 우리는 축축한 모래 위를 철퍼덕거리고 넘어지면서 걸었지만, 연은 자연재해가 닿지 못할 정도로 바다 위로 멋지게 날아올라서 우리도 함께 날고 있는 것 같은 착각이 들었다. 우리가 축축한 모래와 사투를 벌이는 동안 우리 비행기는 바닷물 속에 가라앉고 있었지만, 눈에 띄지 않아서 다른 방향으로 틀어 다른 쪽으로 날아가고 있는 것처럼 보였다.

세바가 도대체 어떻게 했길래 그가 탄 비행기가 그렇게 아래로 곤두박질친단 말인가? 야신이 가져온 문서에 따르면 내 사촌인 세바는 1937년에 총살되었다. 문서에 고문에 대한 언급은 직접적으로 없었지만, 조사서 군데군데 들어가 있는 비명으로 짐작할 때 고문을 받았다는 것을 알 수 있었다. 더 정확히는 세바로부터 나오는 불규칙적인 심박수에 기초한 정보를 분석하면 알 수 있다. 제대로 된 대화는 첫 번째 심문에서만 가능했다. 그 이후에 있었던 심문의 경우 세바는 잘못이 없었으므로 수사관에게 할 얘기가 없었고, 따라서 그들의 기대를 충족시켜주려 애쓴 세바의 노력은 수사관들에게 실망만을 안겨주는 꼴이 됐다.

통상 조사서에는 글자 수가 많지 않지만, 이번 조사서는 세부적인 내용도 놓치지 않았다. 거기에는 세바가 큰 소리로 여자처럼 통곡하면서 수사관의 부츠에 입을 맞추려고 달려드는 등 그가 어떻게 목숨을 구걸했는지에 대해 자세히 적혀 있었다. 그러던 그가 정신이 온전치 못한 상태가 되자 스스로 우즈베키스탄의 사막 지역에서 살도록 자신을 풀어달라고 제안을 했다. 그리고 그는 10년 후에 그가 사막에 있는 정원에서 키운 과일을 먹으러 오란 말도 했다. 세바는 폭염이 없어서 숨을 쉬기가 편안해지는 저녁 시간이면 그들 모두가 차를 마시는 모습을 자세히 설명했다. 조사서에 상세하게 적힌 내용으로 봤을 때 세바의 말이 수사관들의 마음을 상당히 움직인 것 같았다. 어쩌면 심문에 지친 수사관들도 오래전부터 정원에서 보내는 안락한 삶을 꿈꿨는지도 모를 일이다. 신기한 것은 나도 이 조사서를 읽는 동안 마음이 더 편안해졌다는 것이다.

[ ]

오늘 나와 인노켄티는 처음으로 그의 건강에 대해 진지한 대화를 나눴다. 그는 '불건강(不健康)에 대한 이야기'라며 내가 한 말을 정정했다. 농담을 하고 있다는 것은 좋은 징조다……

나는 갈비 사이에 칼이 꽂힌 채로 병원에 실려 온 사람에 대한 일화가 떠올랐다. 의사가 "많이 아파요?"라고 묻자, 환자는 "웃을 때 좀 아픈 거 빼고는 별로 안 아파요"라고 대답했다는 것이다.

나는 이 일화를 인노켄티에게 이야기해주었다. 그는 고개를 끄덕였다. 자기 이야기 같다는 말을 중얼거린 것 같다. 그러고는 고개를 들었는데, 눈가가 촉촉했다.

사실 시작은 인노켄티가 한 것이었다. 그가 먼저 자기 몸의 변화에 대해 이야기하기 시작했다. 내가 알기로 인노켄티는 의학 서적을 읽고 있지 않는데, 만약 그랬다면 나는 그가 책에서 읽은 뇌손상으로 인한 증상을 인용한 것이라고 생각했을 것이다.

여러 가지 정황상 그의 기억 기능에 장애가 있을 가능성이 높아 보였다. 그는 방금 일어난 일들을 기억하지 못한다. 그나마 다행인 것은 기억하는 일도 있다는 것이지만 말이다.

그런데 세기 초에 일어났던 사건들은 쉽게 기억해내고 있다.

또 한 가지 주목할 만한 점은 나도 눈치챌 정도로 히스테리를 부릴 때가 있다는 점이다. 나와 대화를 나누는 중에 그는 일상을 기록하는 일이 더 이상 의미가 없는 것 같다고 말했다.

"'더 이상'이라뇨? 지난 몇 달과 비교했을 때 변한 게 뭐죠?"

내가 물었다.

"제 삶이 앞으로 어느 방향으로 흘러갈지는 선생님이 누구보다 더 잘 아시잖아요."

"저는 잘 모릅니다. 유감스럽게도 그 누구도 장담할 수 없어요."

그는 내 얼굴을 빤히 쳐다봤다. 그러고는 나를 노려보면서 말했다.

"선생님이 학위 하나를 더 받도록 도우라 그 말씀인가요?"

인노켄티는 단 한 번도 나에게 그런 식으로 말한 적이 없다. 나는 무슨 말을 해야 할지 몰라서 입을 다물고 있었다. 그러던 그가 나에게 다가와서는 나를 와락 끌어안았다. 그러면서 말했다.

"용서해주세요, 가이거 선생님. 제가 너무 무례했습니다."

사실 나는 받을 수 있는 학위는 이미 다 받아놓은 상태였다.

[]

나는 세바와 관련된 문서를 보기 위해 또다시 고문서 보관소에 왔다. 사막에 위치한 정원의 목가적 풍경은 세바의 기력이 쇠하면서 이따금 수사관에 대한 저주로 바뀌다가 소련 정부 전체에 대한 저주로 치닫곤 했다. 흥미로운 것은 이렇게 힘들게 하루하루를 버티던 어느 순간 그가 역사의 기관차에 대해 나와 함께 나눈 대화를 떠올렸다는 사실이다. 그는 이 수레바퀴 이야기를 자신을 괴롭히던 사람들 앞에서 말했다.

"나는 이 기관차가 나를 이곳으로 데리고 올 것이라고는 생각지도 못했어요. 인노켄티가 저보고 '걸어다녀'라고 할 때 들었어야 했는데."

그다음 심문은 인노켄티의 운명을 밝히는 것과 관련된 것이었다. 자신의 사촌인 나를 세바가 직접 절망적인 곳으로 보낸 사실은 굉장히 영악한 행위이면서 동시에 범죄적 행위라고 볼 수 있었다.

세바를 다시 한번 겁주었을 때 그는 하나가 아니라 무려 세 가지 방안을 제시했는데, 이 세 가지 중 그 어느 것도 당시 세바가 알 리 없는 내가 처한 상황에는 적합하지 않았다.

나를 냉동시켰다는 사실을 알게 된 그는 네 번째 계획을 제시했다. 이 계획은 나를 죽인 수정주의 바이러스를 냉동이라는 방법을 통해 공산주의적 미래에 부활시키자는 것이 그 핵심 내용이었다. 세바가 이 말을 입 밖에 내뱉었을 때는 이미 상처투성이인 몸만 있을 뿐이었다. 그의 몸은 이제 고통으로부터 벗어나기를 간절히 바라고 있었다. 그의 몸은 더 이상 살고 싶어 하지도 않았는데, 그 이유는 자료에 명시된 허위 자백이 그대로 반영될 경우 총살형을 면치 못할 것이기 때문이었다.

자기 자신과 나에 대해 새로운 사실을 계속 알게 되면서 불쌍한 내 사촌은 심지어 나를 해동시켜서 강도 높은 심문을 해달라는 요구까지 했다. 이 일과 관련해서 자료에 붙은 몇 장의 또 다른 서류에는 이런 유의 고문이 자행되었다고 적혀 있었다. 하지만 이 고문으로 수사관은 별다른 성과를 얻지 못했다. 누구의 지시로 나를 냉동하는 실험을 하게 됐는지 밝혀진 후에 나를 해동하려는 시도는 수정주의적인 것으로 간주되었고, 나는 그대로 해동되지 않은 채로 남게 되었던 것이다. 하지만 수사관들은 나와 달리 법의 심판을 받았다.

[ ]

플라토노프와 나는 우리 관계를 신과 사람들 앞에서 인정받기로 결심했다. 먼저 사람들 앞에서 인정받기를 원했는데, 정교회식으로 예식을 하려면 여권에 혼인 도장이 찍혀 있어야 한다. 일반적으로는 혼인신고를 하는 기관인 호적 등록소에 대기자가 많아서 오래 기다려야 하지만, 우리는 가이거의 도움을 받았다. 그가 과거에 치료해준 환자가 여권청에 근무를 하고 있었던 것이다.

"그분도 여권청에 근무하기 전에 냉동됐었나요?"

내가 가이거에게 질문했다.

"그 반대지요. 여권청에 온 후에 냉동됐었어요. 하지만 가끔 해동을 하는데, 두 분 혼인신고를 해드리고 또 냉동될 겁니다."

가이거에게는 유머 감각이 있다. 그와 우리의 관계는 지금 그 어느 때보다 좋다.

그런 후에 나는 성 블라디미르 대공 성당에 가서 결혼식 날짜를 정하고 왔다. 성가대 찬양을 넣을 것인지 뺄 것인지를 물었고, 당연히 성가대 찬양을 넣겠노라고 답했다. 성가대 없이 어떻게 결혼식을 한단 말인가? 저녁에 나는 플라토노프에게 가이거 덕분에 혼인신고를 빨리 하게 된 것까지 해서 하루 동안 있었던 일을 전부 이야기해주었다. 그러자 그는 다음과 같이 말한다.

"가이거가 그렇게 서두른다면 내 몸 상태가 심각한 거야. 우리 중 내 몸 상태를 가장 잘 아는 사람은 가이거니까."

나는 가이거는 절대 서두르지 않는다고 말하려는데 이때 전화벨

소리가 울렸다. 상대는 플라토노프에게 인터뷰를 요청했다. 그는 거절하고 전화를 끊었다. 그는 전화가 오기 전에 나눴던 대화는 더 이상 기억나지 않거나 대화를 계속하고 싶지 않았을 수도 있다. 이미 지난 일이 된 셈이었다. 가끔은 그와 함께 있는 것이 힘들다.

[인노켄티]

나는 내가 한 행동을 후회한다. 내 옆에 있는 두 사람을 괴롭히고 있다는 사실로 인해 두려움을 느낀다. 나는 왜 그렇게 행동하는 걸까? 이렇게 행동하는 나도 마음이 무겁기는 마찬가지다. 나는 떠나지만 그들은 남게 되리라는 사실로 인해 화를 내는 것일까 봐 두렵다. 만약 이것이 사실이라면 내 행동은 두 배나 부끄러운 것이다. 감정 조절을 좀 더 잘해야겠다.

며칠 전에 가이거에게 더 이상 메모를 하지 않겠다고 말했다. 하지만 이제는 내가 글을 쓰고 싶어 한다는 것을 깨달았다. 딸을 위해서 말이다. 만약 내가 살아 있는 동안 그 아이를 만날 수 없다면 글의 형태로만 그 아이 앞에 설 수 있을 것이며, 그렇다면 내가 쓴 종이 한 장 한 장이 그 아이의 인생에 동반자가 될 것이다. 어떤 유명한 사건은 내가 쓴 글이 아니어도 알 수 있을 테니 이런 사건에 대해 쓸 필요는 없을 것이다. 내 글은 역사 속에 자리하지는 않지만 인간의 가슴속에 영원히 각인될 내용이어야 한다.

예를 들어 협궤 열차가 지나가는 간이역 같은 것 말이다. 간이역도 협궤도 모두의 기억에서 사라져버렸다.

이 간이역은 어디에 있는 것이며 이 협궤는 어디로 연결돼 있었는지, 연결은 되어 있었는지조차 기억이 나지 않는다. 녹슨 협궤가 풀 사이사이에 길게 펼쳐져 있었지만, 이젠 거의 보이지도 않는다. 내가 어떤 아이들과 함께 플랫폼 아래에서 놀 때 판자 사이에 생긴 틈으로 햇빛이 비쳤었다. 바람에 풀이 나부끼고, 메뚜기 우는 소리가 들리는 무더운 여름날이었다. 그런데 나무판자로 만든 바닥 아래엔 시원한 바람이 불었다. 플랫폼이 높아서 우리 모두는 그곳에 서 있을 수도 있었다. 우리는 둘씩 서로의 등을 대고 앉아 있었다. 플랫폼 아래에도 풀이 듬성듬성 자라고 있었고 이끼 비슷한 것도 있어서 우리는 부드러운 그곳에 앉아 있는 것을 좋아했다. 사내아이 한 명은 짝이 없었다. 그래서 그는 이렇게 말했다.

"이러다가 폭풍우라도 내리치면 우린 모두 끝이야."

폭풍우 같은 것은 오지 않을 것 같았지만, 우리가 보지 못한 활엽수림으로부터 정말로 시커먼 먹구름이 우리 쪽으로 다가오고 있었다. 폭풍우가 올 수도 있다고 경고한 사내아이와 달리 우리는 노는 데 정신이 팔려서 아무것도 보지 못하고 있었다. 이후에 나는 외로운 사람들의 경우 감각이 더 발달했고, 다가오는 변화를 다른 사람보다 더 빨리 눈치챈다는 사실을 알게 되었다. 아무튼 이 먹구름은 비, 천둥, 번개, 심지어 우박까지 동원하며 눈부신 햇살을 덮어버렸다. 우박은 보통 비둘기알에 비유된다. 어쩌면 정말로 비둘기알 정도 크기였을지도 모른다. 비둘기알을 본 적은 없지만 그때 우박은 정말로 컸다. 우박이 플랫폼에 깔린 나무판자를 어찌나 세게 두드려대는지 나무판자가 우박을 오래 버티지 못할 것만 같았다.

게다가 천둥이 번쩍이고 번개가 쳤다. 번개가 쳤다기보다는 하늘이 쩍쩍 갈라지는 무시무시한 소리를 내고 있었다. 마치 하늘이 딱딱해서 크기가 서로 다른 두 부분으로 나뉜 것 같은 생각이 들 정도였다(우리 시야에서 먼 곳에는 아직 해가 비추고 있었다). 나는 물론 이전에도 뇌우를 무서워했지만, 그전에 내가 본 뇌우에는 번개와 천둥이 시간차를 두고 왔다. 그럴 때면 나는 엄마와 함께 번개와 천둥 사이의 몇 초를 세곤 했다. 그런데 지금은 천둥과 번개가 동시에 내리쳤고, 그래서 더 무서웠다. 우리는 여전히 등을 대고 앉아 있었지만, 이제 우리를 하나로 연결하고 있는 것은 우정 같은 감정이 아니라 공포였다. 플랫폼을 이루는 나무판자 사이로 물이 새서 우리가 입고 있는 셔츠 깃을 적셨고, 몸 전체에 차가운 물이 흘러내렸다. 그리고 짝이 없어서 혼자 앉아 있던 사내아이는 번개가 잠깐 멈춘 틈에 다음과 같이 외쳤다.

"하늘 전기다!"

그러자 나는 그가 너무 딱했고, 안쓰러운 마음이 공포라는 감정을 넘어섰다. 나는 그때 즈음 거의 한 몸이 되다시피 한 아이로부터 등을 떼고, 소리 지른 아이에게 내 자리를 양보했다. 하지만 소리 지른 아이는 꼼짝도 안 하고 그대로 있었다. 그는 자기 고독이 주는 괴로움에 젖어 있었다. 먼저 알게 된 자로서의 자부심을 만끽하고 있는지도 몰랐다.

[ ]

나는 태어날 우리 딸의 이름을 정하기 위해 성인 축일표를 봤다. 의사가 말한 예정일은 4월 13일이었다. 이날은 성 안나의 축일이다. 플라토노프에게 말하자 그는 기뻐했다. 그는 이 이름이 내 이름과 할머니 이름을 연상시킨다고 했다. 우리 집에는 이미 두 명의 아나스타샤가 있는 데다, 안나는 예쁜 이름이어서 나도 기뻤다. 나는 이날 또 어떤 성자의 축일인지 보기로 했다. 알고 보니 이날은 시베리아와 아메리카의 계명자* 성주교 인노켄티(1797-1879)의 축일이기도 했다. 놀라웠다.

우리는 계속 결혼식을 준비하는데, 우리 두 사람 모두 요란한 예식이 싫었기 때문에 주로 마음의 준비를 했다. 결혼식에는 가이거만 초대하기로 했다. 플라토노프는 그에게 결혼식 날에 대해 짧은 글을 써달라고 부탁했다. 가이거는 잠시 망설였지만, 플라토노프 역시 그의 부탁으로 반년 이상 글을 쓰고 있기 때문에 거절할 수는 없었다.

중요한 것은 혼인신고를 했다는 것이다('혼인신고'라니 소련 시대도 아니고 말이다!). 우리는 페트로그라드 지역에 있는 호적 등록소에 스웨터와 청바지 차림으로 가서 혼인신고를 했다. 나이 많은 여자가 나오더니 우리를 환영한다는 의미로 입술을 붙여서 리

---

* 계명자(啓明者)는 보통 생전에 피선교지에 처음 선교한 성인들을 일컫는 말로, 그리스도 복음의 빛으로 그 땅을 밝혔다고 하여 계명자라고 부른다.

본처럼 만들어 보였지만, 플라토노프가 그런 그녀의 행동을 저지했다. 그는 그런 환영은 필요 없다고 차분하게 말했다. 그녀는 그의 말을 이해했고, 서운해하는 기색도 없어 보였다. 그리고 "여기에 사인하세요"라고 말했다. 우리 둘 다 그곳에 사인했다.

그러고는 근처 펍에 가서 맥주를 마셨는데, 나는 무알콜 맥주를 시켰고, 그는 독일제 언필터드 맥주를 주문했다. 최근 플라토노프의 기분이 조금 나아진 것 같긴 하다. 아니, 나아졌다기보다는 변했다는 표현이 더 정확하다. 좀 더 즐거워 보인다기보다는 좀 더 차분해졌는데 그래도 전보다는 긍정적인 상태라고 볼 수 있다.

[ ]

아까 하던 이야기를 계속하자면 폭풍우는 짧았고, 해가 다시 모습을 드러냈다. 플랫폼을 구성하는 나무판자 사이로 흘러내리던 물줄기도 점점 가늘어졌다. 나는 하늘 전기라고 외쳤던 아이의 모습을 살짝 봤다. 그는 양손을 깍지 낀 채로 슬픈 예언자의 얼굴을 하고 앉아 있었다. 그에겐 뭔가 내세적인 것이 있었다. 그는 과연 누구였으며 그에게 무슨 일이 생겼을까?

또 우리는 얼마 동안 아래로 흘러내리는 물의 반짝임을 관찰했다. 가느다란 물줄기도 거의 사라진 상태였다. 처음에 물은 비닐봉지처럼 나무판자 사이에 생긴 빈틈을 덮었지만 금세 이 비닐봉지 같은 물은 여러 갈래로 흩어져서 똑같은 크기의 커다란 물방울로 변했다. 우리는 플랫폼 아래에서 나왔고, 무지개를 발견했다. 우리가 위치한 협궤가 무지개 아래쪽에 나 있는데 마치 다리 밑에 협궤가 들어가 있는 것 같았다.

[ ]

오늘은 성 블라디미르 대공 성당에서 인노켄티와 아나스타샤가 결혼했다.

결혼식 전날 인노켄티는 결혼식에 대한 설명을 글로 남겨달라고 부탁했다. 나는 영상을 촬영하자고 제안했다. 하지만 그는 내 손을 잡고는 말했다.

"아니요, 글로 남겨주세요. 끝까지 남는 것은 글이니까요."

논란의 여지가 있는 말이긴 하다. 하지만 묵묵부답으로 대답을 대신했다. 하지만 내가 그에게 글을 써달라고 부탁했기 때문에 그의 부탁 역시 거절할 수 없다.

사실 문제는 나한테는 글재주가 없다는 것이다. 게다가 나는 정교회 예배를 잘 모른다. 루터교 역시 생각보다 잘 알지는 못한다. 세례는 루터교에서 받긴 했지만 말이다.

그러니까 그들의 정교회식 예식은 이랬다. 예식은 40여 분간 진행되었는데, 이것이 내가 확실하게 말할 수 있는 유일한 부분이기도 하다.

그러니까 예식 일부의 의미는 몇 가지를 제외하고는 이해할 수 없는 것들이 대부분이었다. 예를 들면, 사제가 두 사람 모두에게 본인의 의지에 따라 결혼을 희망하는지를 묻는다. 혹은 두 사람 모두 같은 잔으로 술을 마신다. 무척 인상적이다.

나스챠가 술을 마시는 모습을 인노켄티는 굉장히 놀랍다는 표정으로 바라봤다. 적당한 단어가 떠오르지 않는다. 뭔가 감명을 받은 것 같다고 할까. 맞다, 감명받았다는 표현이 정확하겠다.

이 모습을 멋지게 사진으로 찍어둬도 좋을 것이다. 인노켄티는 또렷하게 보이고 나스챠의 얼굴은 살짝 흐릿하게 보이도록 말이다. 어쩌면 누군가 이런 사진을 찍어줄 수도 있다. 어떤 기자들이 사진을 찍은 것도 같다.

그런데 나는 여전히 바보 같은 생각을 떨쳐버릴 수가 없다. 인노켄티는 1900년생이고, 나스챠는 1980년생이다. 나이 차이 같은 거 말이다.

인노켄티는 내가 쓴 이 글을 마음에 들어 할까?

나는 쓰면서 과연 그들의 결혼식 이후에 인노켄티가 우울증으로부터 벗어날 수 있을지를 생각한다.

[ ]

결혼식을 한 날 밤에 우리는 눕지 않았다. 서로에게 기댄 채 침대에 앉아 있었다. 그리고 아무 말도 하지 않았다. 단 한마디도. 서로 양손을 잡고 같은 감정을 느꼈다. 그러고는 새벽 나절에야 누웠다. 그리고 바로 잠에 빠져들었다.

그리고 낮에 플라토노프는 텔레비전을 보면서 갑자기 이런 말을 한다.

"어떻게 드라마나 멍청한 쇼나 광고 같은 데에 소중한 단어들을 낭비할 수가 있지? 우리가 쓰는 단어는 삶을 묘사하라고 있는 거라고. 아직 표현되지 못한 것을 표현하는 데 쓰라고 있는 거란 말이오, 내 말뜻 이해해요?"

"그럼요."

나는 대답했다.

나는 정말로 그의 말을 이해한다.

[ ]

내가 그녀를 만난 것은 얼마나 큰 행운인가!

[ ]

차를 마시면서 나는 인노켄티와 역사 속 개인의 역할에 대해 이야기를 나눴다. 늘 의학 얘기만 할 순 없으니까 말이다.

그러자 그는 자기가 좋아하는 지도자들에 대한 생각을 다시 한번 말했다. 국민은 순간순간 자신에게 필요한 사람을 찾는다고 말이다.

내가 조심스럽게 말을 꺼낸다.

"그렇다면 1917년에도 모든 사람이 똑같은 사람을 필요로 했던 걸까요? 늙은이나, 젊은이나, 똑똑한 사람이나, 어리석은 사람이나, 옳은 사람이나, 잘못을 저지른 사람 모두 말입니다."

"누가 똑똑하다는 거죠? 옳은 사람은 또 어디에 있고요?"

'냉정하군.' 나도 한때 푸시킨의 영향을 받아 보편적 책임론에 끌렸던 적이 있다. 잘못한 사람과 옳은 사람을 모두 찾아서 양쪽 다 벌하라는 식이다.

그의 이러한 사고방식은 지금 그의 상태와 연관이 있다. 악화되는 상태 말이다.

[ ]

가이거와 논쟁을 했다. 그는 매번 누군가 위에서 우리를 구해주기 위해 밧줄을 던져준다는 생각을 하고 있고, 나는 그런 그의 생각을 이해할 수 없다. 우리 스스로 밧줄을 꼬지 못한다는 것이다. 러시아 국민의 편을 드는 사람이라니……. 한때 나는 내가 바라는 것에 대해 이야기한 적이 있는데, 나는 소련 정권이 물러나면 마음 편히 살 수 있을 것이라 생각한 적이 있다. 하지만 지금은 어떤가, 정말 생각대로 되었는가? 소련 정권이 물러난 지 오래된 지금 상황이 많이 좋아졌느냐 말이다.

그리고 소련 정권이 권력을 잡은 것도 우연은 아니며, 나는 그때 그 상황을 잘 기억하고 있다. 지금은 볼셰비키들을 '음모를 꾸미는 집단'으로 부른다. 하지만 '음모를 꾸미는 집단' 정도가 어떻게 천 년의 역사를 가진 러시아 제국을 무너뜨릴 수 있었겠는가? 그렇다면 볼셰비즘은 우리 밖에 있는 것이 아니라는 뜻이다.

하지만 가이거는 멸망으로 향하는 단체 행동을 믿지 않으며 이 때 합리적 이성에 근거한 원인이 있을 수 있다는 것을 이해하지 못한다. 물론 원인이라는 것이 비합리적일 수도 있다. 멸망으로 이끄는 모든 것/죽음의 심장에 숨겨져/표현할 길 없는 쾌락이여*. 물론 늘 모두가 멸망을 향해 가는 것은 아니지만(이 부분에 있어서는 가이거의 말이 옳다), 최소한 많은 사람이 여기에 해당한다는 것은 사실이지 않은가! 한 나라를 지옥으로 바꿔놓기에 충분한 인원 말이다. 내 사촌은 오프리치니키**가 되고, 내 이웃은 보로닌 교수를 밀고하러 간다. 보로닌에게 치명적인 증언을 한 사람은 보로닌의 동료인 아베리야노프라는 사람이었다. 왜 그랬을까?

내 사촌의 경우는 힘이 없었기에 충성을 증명하고 싶었을 것이다. 아베리야노프의 경우는 보로닌의 동료로서 그를 시기하는 마음에서 그랬을 수 있다. 하지만 자레츠키는 왜 보로닌을 밀고한 것일까? 원칙을 지키기 위해서? 하지만 그에게는 원칙이라는 것이 없었다(이성적으로 뭔가를 판단할 수 있는 사람도 아니었던 것 같

---

* 푸시킨의 시 '역병 속의 향연'의 일부.
** 이반 4세의 공포정치 '오프리치니나'를 실행한 친위대 세력이다.

다). 돈? 하지만 그에게 돈을 준 사람은 없다. 술김에 자기 입으로 나한테 자기도 왜 그때 밀고를 했는지 잘 모르겠다고 했다. 어쩌면 그의 몸속에 똥이 지나치게 많이 찼고, 그래서 그런 짓을 했을 수도 있다. 이 똥이라는 것이 그의 몸속에서 자라서 몸 밖으로 빠져나갈 사회적 조건을 기다린 것이다. 그리고 그 조건이 맞는 날 몸 밖으로 나온 것뿐이다.

다른 한편으로 보면 그가 그날 아나스타샤 아버지를 밀고한 것은 그의 잘못이 아닐지도 모른다. 그때 마침 그를 그렇게 몰아간 사회적 조건이 잘못을 저지른 걸까? 가이거는 그렇게 생각하는 것 같다. 하지만 실제로 행동에 옮긴 사람은 자레츠키가 아니란 말인가? 그렇다면 범죄를 저지른 사람은 자레츠키이며, 그가 머리를 맞은 것은 그가 저지른 죄에 대한 벌이란 말인가? 이 일에 대해 아는 사람은 별로 없지만, 악당이 그를 벌한 셈이다. 누가 그의 머리를 내리쳤는가 하는 문제는 물론 이보다 더 복잡하다. 그렇다면 그는 악당일까, 아니면 정의를 구현하는 도구일까? 아니면 둘 다일까? 이 모든 것을 안나에게는 또 어떻게 설명한다?

인노켄티는 컴퓨터 앞에 앉아서 나에게 질문했다.

"인터넷의 내용은 어디에 있죠?"

처음에 나는 질문을 이해하지 못했다.

"어디라니, 무슨 뜻이죠? 인터넷에……."

"인터넷에 있는 내용이 구체적으로 어디에 보관돼 있는지 말해 주실 수 있을까요? 아니면 이것은 전산망 여기저기에 동일하게 흩어져 있을까요?"

"정보를 저장하는 컴퓨터가 있고, 이런 컴퓨터는 컴퓨터 센터들에 있긴 합니다만……."

그는 내가 하는 말을 끊고 말했다.

"그러니까 신비주의 같은 것은 없고 정보를 보관하는 구체적인 기계들이 존재한단 말씀이시죠?"

그제야 깨달았다. 나는 그가 놀라는 이유를 이해하지 못했다.

[ ]

가이거는 나에게 인터넷의 작동 원리를 설명해주었는데, 인터넷에 들어가 있는 내용은 수많은 컴퓨터 안에 흩어져 있다는 것이었다. 곰곰이 생각해보면 그럴 수밖에 없는 것도 같지만 그래도 나는 컴퓨터를 조정하는 어떤 시스템이 따로 있다고 믿고 있었다. 컴퓨터와 컴퓨터를 연결하는 사실에 기초한 무언가 특별한 현실이 있는 것이라고 거의 확신하고 있었다.

지금 나는 이것이 일종의 사회생활의 한 모델이라는 생각이 문득 들었다. 본질적으로는 삶이나 생명이 아니라 유령 같은 것 말이다. '인터넷'이라는 수영장에는 물이 없을 가능성이 농후하기 때문에 이 안에 들어가는 것은 위험할 수 있다. 인간과 관련된 삶이나 현실 속에는 좋은 뿌리도 있지만 나쁜 뿌리도 있다. 모든 것은 인간의 정신 문제와 직결돼 있다. 이런 일은 사제만 할 수 있을지도 모른다. 어쩌면 화가까지는 가능할지는 모르겠다. 하지만 나는 못 하겠다.

[ ]

플라토노프는 자기는 늘 안나 생각뿐이라고 말한다(안나는 우리 딸 이름이다). 나는 아직 이르기 때문에 되도록이면 생각 안 하는 편이 좋다는 걸 알지만, 그 아이가 벌써 우리 삶 속에 들어온 이상 우리도 어쩔 도리가 없다. 이를테면, 우리는 벌써 딸아이가 어떤 성격을 갖고 있는지 느낄 수 있다. 아이가 한 발로 내 배를 차면 우리는 아이가 굉장히 전투적이라고 생각한다. 플라토노프는 아이가 이렇게 내 배를 발로 찰 때는 자기를 불러달라고 부탁했다. 한번은 우리 두 사람 모두 안나가 배를 발로 차서 배가 움직이는 모습을 봤다.

그는 안나가 그에 대해 모든 것을 알기를 원한다. 그래서 그는 예전보다 더 열심히 글을 쓴다.

내가 그에게 말한다.

"너무 무리하지는 말아요. 아이가 좀 더 크면 직접 이야기해주면 되니까요."

"아니. 난 글로 남길 거야. 종이 위에 글을 쓰는 것이 더 믿을 만하니까. 입 밖으로 내뱉는 이야기들은 시간이 지나면 기억에서 사라지지만, 글로 쓴 것은 변하지 않는다고. 그리고 글로 쓴 건 다시 읽을 수도 있고."

하지만, 나는 그가 글을 쓰는 이유를 알고 있다. 맙소사, 누가 봐도 알 수 있는 이유이다. 그는 딸의 얼굴도 못 보고 죽을지도 모른다고 생각한다.

한번은 시베르스카야에서 잔디 정리가 잘 안 된 들판에서 비행기 한 대가 날아오르는 모습을 본 적이 있다. 도로에 움푹 파인 곳을 피해서 속도를 높이다가 흙무더기들 위에서 갑자기 점프를 하더니, 오, 맙소사! 어느새 비행사는 하늘 위에 떠 있었다. 경련을 일으키듯이 들판 위를 움직이는 비행기가 뜰 것이라고 생각한 사람은 솔직히 아무도 없었다. 하지만 비행사는 하늘 위로 떠올랐다. 울퉁불퉁한 들판과 그를 비웃는 관객들을 지나 그의 앞에는 어느새 군데군데 구름이 흩어져 있는 하늘이 눈앞에 펼쳐져 있었고, 날개 아래에는 마치 형형색색의 천을 기운 것 같은 지상의 모습이 보였다.

언젠가부터 이 그림은 올바른 인생의 상징처럼 떠오르곤 한다. 성공한 사람들은 주위 사람들로부터 영향을 적게 받은 것 같다. 독립성이라는 것이 물론 목적이 될 수는 없겠지만 이것은 목표를 이루는 데에 도움이 되는 것이다. 하늘 위로 날아오르고 싶지만 확신이 적은 상태에서 인생이란 길 위를 달리면 모두들 그를 딱한 눈으로 쳐다볼 것이며, 그에 대한 가장 후한 점수가 그와 그런 그의 행동에 대한 몰이해 정도일 것이다. 그런데 하늘 위로 올라가면 땅위에 있는 모든 사람들이 점처럼 보이는 것이다. 순식간에 작아졌기 때문이 아니라 위에서 아래를 내려다보면(기초 미술 강의에 따르면) 그를 바라보는 수많은 사람들의 얼굴이 점처럼 보인다는 것이다. 마치 입을 벌리고 서 있는 것처럼 보인다. 한편 비행사는 특정 방향으로 날면서 하늘 위에서 상공을 가르며 그가 좋아하는 그림을 그리는 것이다. 이때 땅 위에 있는 사람들은 감탄하지만(어쩌면 조금 부러워할지도 모른다), 이것은 하늘 위에 있는 사람만 할 수 있기 때문에 그저 바라보기만 할 뿐이다. 그리고 그들은 고독하지만 멋진 비행사의 비행을 감상한다.

[ ]

플라토노프는 나에게 시베르스카야에서 본 어떤 비행사의 비행에 대해 이야기해주었다. 이야기할 때의 톤으로 판단했을 때, 나는 이 이야기가 비행사에 대한 것이라기보다는 플라토노프 자신에 대한 이야기라는 것을 단번에 깨달았다. 그는 다른 사람과 자신에 대해 다양한 방식으로 이야기하는 경향이 있다. 계속 말을 하던 그가 갑자기 생각에 잠겼다.

"무슨 생각 해요?"

내가 묻는다.

"내가 어떤 흙덩이에 발이 걸려 넘어진 걸까? 왜 날아오르지 못한 걸까? 무엇 때문에 나는 갑자기 그림을 못 그리게 된 걸까?"

나는 그에게 소질이라는 것이 그렇게 쉽게 사라지지는 않으며 반드시 다시 그림을 그리게 될 것이라고 설득하기 시작했다. 그리고 이건 단순한 위로가 아니라 나 스스로도 그렇게 믿고 있었다. 비행사에 비유하는 것은 물론 아름답기는 하지만, 플라토노프에 적용하기에는 절름발이 같다. 그는 나를 끌어안고는 자기가 다리를 전다고 말했다. 그런 후에 우리는 한참 동안 말없이 앉아 있었다. 몸을 살짝 흔들면서 말이다.

인노켄티는 딸을 위해 글을 쓰기로 결심했다. 자기 인생을 묘사하기로 한 것이다.

그리고 나와 나스챠에게 그가 글 쓰는 걸 도와달라는 부탁도 했다.

"어떻게요? 누군가가 자신이 지나온 삶을 기록하는 것을 다른 사람이 어떻게 도와줄 수 있다는 거죠?"

"내 인생 자체가 아니라, 인생 옆에 있는 샛길 같은 것들 말입니다. 혼자 다 못 쓸까 봐 걱정이 돼서요."

결국 인노켄티가 우리가 무엇을 쓰면 될지 말해주기로 했다.

우리가 써야 할 내용은 개인적인 생각이 아니다. 누구나 수긍할 수 있는 객관적인 내용이어야 한다.

예를 들면 시베르스카야에 있는 모기 같은 것 말이다.

또 뭐라고 했더라? 그는 또 미용실에 갔던 얘기를 했고, 해변가를 따라 자전거를 탔다고 했는데…….

내가 알기로 그는 뭔가 중요한 큰 그림을 구성하는 글을 쓰는 것 같다. 그리고 그는 그의 그림에 배경을 만들어줄 조력자를 필요로 한다. 그리고 이 조력자들은 그의 스케치에서 부차적인 내용을 그려 넣을 것이고…….

"도와주기 싫어서라기보다는, 글 쓰는 실력이 형편없어요. 글재주가 없단 말이죠."

내가 말한다.

"선생님, 저는 오히려 선생님의 간결함과 글을 쉽게 쓰시는 점을 높이 평가합니다."

"그럼 나는 어떤 점을 높이 평가하는 거죠?"

나스챠가 질문했다.

인노켄티는 잠시 생각한 뒤 말했다.

"당신의 경우는 정반대지."

거절하면 안 되는 상황이라는 걸 안다. 하지만 나는 그가 글을 쓰는 의도를 어떻게 이해할지 잘 모르겠다. 그가 글을 써야만 하는 이유가 뭘까? 독특한 행동의 결과인가? 아니면 악화되고 있는 병세로 인한 것인가? 후자일 가능성이 가장 높아 보이지만, 지금 당장 결론을 내릴 생각은 없다.

이상한 일이다. 플라토노프는 나와 가이거에게 그가 글을 쓸 때 도와달라고 부탁했다. "그래요, 그래"라고 우리는 대답한다. 하지만 솔직히 말하면 나는 그의 이 부탁을 어떻게 받아들여야 할지 잘 모르겠다. 그에게 이런 부탁을 하는 이유를 묻는다면 서운해할 것이다. 하지만 나는 궁금증을 참지 못하고 다음 날 그에게 물어봤다. 하지만 우려와 달리 플라토노프는 서운해하는 기색이 전혀 없었다.

"삶을 묘사하는 거라고 생각해요."

그가 말했다.

"누구의 인생? 당신 인생?"

"내 인생이 우선이지만. 큰 틀에서 인간의 삶도 포함되지."

내가 삶을 묘사하는 걸 도와달라고 두 사람에게 부탁했는데, 두 사람 모두 놀라는 눈치였다. 그게 왜 이상한 부탁일까? 두 사람 모두 내 부탁에 고개를 끄덕이긴 했지만, 표정은, 얼굴은 영……. 물론 이런 행동의 이유는 실제로 있을지도 모르는 뇌장애 같은 상황과 맞닿아 있을 수는 있지만 말이다. 하지만 그들은 정말로 내가 부탁한 이유를 모른단 말인가? 물론 사람은 누구나 자신만의 추억이 있긴 하지만, 누구나 겪고 똑같이 회상하는 것들도 있기 마련이다. 이를테면 정치, 역사, 문학은 각자 받아들이는 방식에 따라 차이가 있다. 하지만 빗소리, 한밤중에 들리는 나뭇잎이 바스락거리는 소리 등과 같은 수많은 것들은 우리 모두 똑같이 느끼거나 보는 것이다. 우리는 이런 일로 목이 쉬도록 논쟁하거나 머리가 터지도록 싸우지는 않을 것이다. 이런 것들은 모든 일의 기본이 되기 때문이다. 그래서 이런 것들에 대해 써달라고 나에게 소중한 이들에게 부탁하는 것이다. 그렇게 되면 내가 묘사한 글 속에 그들의 목소리도 들어갈 것이다. 그렇게 함으로써 그들은 내가 쓴 글 속에 있는 내 목소리를 왜곡하지 않고 오히려 더 풍성하게 만들 것이다.

내가 하는 일은 바로 과거로 가는 길을 찾는 것인데, 증인들의 도움을 받거나(하지만 마지막 증인인 아나스타샤가 죽었기 때문에 그들의 도움은 기대할 수 없다), 회상을 활용하거나 나와 같은 시대에 살았던 사람들이 묻힌 묘지의 도움을 받을 수 있다. 나는 내가 겪은 과거의 본질이 무엇인지 이해하기 위해 다양한 방식으로 과거에 다가가려고 노력한다. 나와는 상관없는 것인지 혹은 지금까지 내가 살아온 삶인지를 이해하기 위해서 말이다. 내가 차가운 꿈을 꾸기 전까지도 나에게 과거는 존재했지만, 이제껏 단 한 번도 지금처럼 이렇게 하나하나 와닿았던 적은 없다. 지금까지 내가 내 과거에 관해 기억해낸 모든 것은 나와 과거를 연결시켜주지 않았다. 내게 과거는 잘려 나갔다가 다시 봉합된 팔을 연상시킨다. 움직이기는 하지만, 내 의지대로 움직여지지는 않는 팔 말이다.

냉동되기 전과 비교하면, 액체질소 속에서 시간은 멈춰 있다. 시간이 문제를 악화시킬 수는 있지만, 과거나 지금이나 문제는 늘 존재해왔기 때문에 세월이 변해도 없던 문제가 새로 생기지는 않는다. 본질은 현재로부터 떨어져서 잘려 나간 과거는 더 이상 현실과는 아무런 연관이 없다는 것이다. 삶이 더 이상 현재가 아닐 때 삶은 어떻게 변하는가? 삶은 내 머릿속에서만 존재하는 걸까? 하루에만 몇 만 개의 세포가 죽고 심지어 가장 가까운 이들에 대한 것조차 헷갈리는 그 머리 말이다. 내 머릿속에 살아 있는 사람들에 대한 기억과 내 기억, 그리고 그들이 어떤 이들이었는지를 지금 당장 주입시켜야 한다……. 우리 모두가 가지고 있는 기억을 되살리고 나면 내 기억도 돌아올지 모른다.

1900년대에 시베르스카야는 러시아에서도 별장이 많이 밀집된 지역이었다. 모기들의 주요 서식지이기도 했다. 특히 6월에 심했다. 그곳을 '코마로보*'라고 이름을 바꿔도 될 만큼 지금도 여전히 그곳에는 모기가 많다. 지금은 스프레이나 매트형 모기향이나 모기 퇴치용 연고도 있지만 말이다. 그때는? 바르는 연고 정도는 있었을 수도 있다. 대부분은 장작불을 지펴서 모기를 퇴치했던 것 같다. 사람들은 연기가 많이 나는 낡은 걸레, 나뭇잎과 온갖 종류의 다양한 가구를 넣고 불을 지폈다. 다만 플라토노프는 기술적인 부분은 관심을 갖지 않는다.

그는 이를테면 곤충이 조심스럽게 혹은 다소 헬리콥터처럼 한쪽 팔에 착륙하는 모습에 대해 자세히 알고 싶어 한다. 모기는 파리가 아니어서 한쪽 팔 위에서 이리저리 움직이지 않는다. 모기는 착륙한 곳에서 일을 한다. 모기는 무방비 상태의 피부에 침을 꽂고 피를 빨아먹기 시작한다. 만약 모기가 피를 빨아먹는 중에 모기를 손으로 죽이면, 피부에 피가 묻는다. 어렸을 때 나는 모기를 범죄 현장에서 바로 죽이면 물린 자리가 간지럽지 않다고 들었다. 내 생각에는 어른들이 그렇게 말한 이유는 죄를 지으면 응당 벌을 받아야 한다는 걸 가르치기 위해서 다소 부풀려서 말한 것이라고 생각한다. 범죄 현장에서 범죄를 저지르는 그 즉시 말이다. 이를테면 피로 그 죗값을 치르는 것이다.

가장 끔찍한 것은 한밤중에 귓가에 들리는 모기 소리이다. 이것

---

* 러시아어로 '모기의'라는 뜻이다.

은 모기가 무는 것보다 더 끔찍하다. 드릴과 유사한 점이 있는데, 아직 피부에 찌르기 전이라 얼마나 아플지 알 수는 없지만, 드릴 소리만으로도 벌써 몸을 관통하는 것 같은 기분이 드는 것이다. 잠결에 모기를 쫓거나 아니면 이불을 머리까지 뒤집어쓰게 된다. 하지만 얼마 후에는 숨쉬기가 힘들어서 다시 이불 밖으로 나오게 된다. 방 안은 더운데 창문은 모기 때문에 또다시 잠겨 있는 것을 발견하게 된다. 모기와 더위라는 이중고를 겪는다. 결국 그는 이불을 걷어차고 자기 몸을 모기에게 내어주는 것이다. 그렇게 하면 최소한 더위는 피할 수 있다. 그런데 흥미로운 사실은 모기가 맨살에는 또 덜 달려든다는 것이다. 어쩌면 제스처가 커져서 놀랐는지도 모를 일이다. 어쩌면 맨살이 갑자기 너무 많아져서 충격을 받았는지도 모른다.

플라토노프는 내가 쓴 이 글을 좋아할까?

갑자기 그림이 너무 그리고 싶어졌다. 나는 테미스를 책상 위에 세워놓았다. 책장에 있던 책들을 치우고 책상에 있던 램프를 가져다놨다. 램프를 켜자 그림자가 생겼는데 나쁘지 않았다. 이젤을 세우고, 거기에 종이를 놓고, 그래파이트 연필을 들고 그림을 그리기 시작했다. 아직 종이 위에 그려진 것은 많지 않았지만, 나는 결국 어떤 형태로든 그림이 그려질 거라는 기분이 들었다. 과거에는 그렇게 많이 시도해도 되지 않았는데, 오늘 갑자기 손이 동작을 기억해낸 것이다. 종이 위에 그려지는 스케치 선이 하나둘 늘면서 느낌은 확신으로 바뀌었다. 나는 더 이상 미술 기법에 대해 생각하지 않았고, 손 스스로 그리도록 내버려두었다.

　그림이 완성되었을 때 나는 불이란 불은 전부 켜고 그림을 자세히 살펴보기 시작했다. 아직 많이 부족했지만, 그런 건 중요하지 않았다. 해동되고 수개월이 지난 지금에서야 나 스스로 무언가를 그려낸 것이다. 가장 거슬리는 것을 꼽으라면 그림자이다. 나는 그림자를 검은색으로 칠하면 안 되고, 종이의 숨구멍을 연필로 채우지 않아야 한다고 배웠다. 그림이 그려진 부분조차 빛이 통과할 수 있어야 한다. 존경하는 카를 마르크스에 따르면 넘치는 것보다는 모자라는 것이 더 낫다고 했다. 예술 전반에도 이것을 적용하면 좋을 것 같다.

　나는 이젤에 올려진 종이를 집어다가 책상 위에 올려놨다. 부엌으로 가서 빵 저장통을 열었다. 신선한 빵 옆에 나스챠가 비둘기에게 주려고 버리지 않고 둔 마른 빵 조각들이 보였다. 운 좋게도 시커멓게 마른 빵 조각들 사이에 마른 흰 빵 조각 하나가 섞여 있었다. 나는 그걸 집어다가 그림 위에 놓고 잘게 부쉈다. 나는 그걸 살짝 눌러가면서 원을 그리며 연필심 색이 묻을 때까지 그림 위에서 굴렸다. 시커먼 색을 띠게 된 빵 조각들은 커다란 붓으로 쓸어서 바닥에 떨어뜨렸다. 가장 작은 조각들은 입으로 불어서 없앴다.

　선은 남아 있었지만, 훨씬 더 옅어졌다. 나는 연필을 들고 그림 위에 덧칠했다. 그러자 그림의 포인트가 달라지면서 그림이 조금 다른 모습을 띠게 되었다.

　그 그림이 더 마음에 들었다. 나는 기뻤다. 그리고 생각이, 아니, 죽어버린 수많은 내 세포들 중의 일부가 다시 살아난 것 같은 기분마저 들었다.

1913년 7월.

덥지 않은 저녁노을이 미용실을 비춘다. 노을빛에 먼지가 공기 중에 떠 있는 모습이 보인다.

첫 번째 이발사는 젊지 않은 데다 머리가 벗어진 남자이고, 역시 젊지는 않지만 머리가 벗어지지 않은 사람의 머리를 커트하고 있다. 그가 허공에 대고 몇 번 연습 삼아 가위질을 해본다. 그리고 그는 바로 손님의 머리를 손질하고, 이번에는 정말로 머리카락이 잘려 나가는 소리가 들린다.

두 번째 이발사 역시 젊지 않고 머리가 벗어진 사람이다. 그는 알코올램프에 불을 붙여서 날카로운 면도칼을 그 위에 놓고 달군다.

콤플렉스를 가지고 시기할 수 있는 대머리 미용사에게 자신의 머리를 맡길 수 있을까? 의문이다…….

두 명의 고객은 이 문제를 긍정적으로 해결한다. 첫 번째 고객은 면도만 하러 왔기 때문에 위험이 상대적으로 적다. 이 경우 외모적으로 커다란 피해를 보는 것은 불가능하다. 볼에 상처가 나는 정도가 전부일 테니까.

이발사들끼리 서로 대화를 나눈다. 그들은 아마도 하루 종일 식료품 가격에 대한 이야기를 나눌 것이다. 그들은 그 대화에 고객들을 끼워주지 않지만, 간혹 구체적인 식료품들이 오갈 때 고객들이 자신의 의견을 말하기도 한다. 하지만 이발사들과 대화를 처음부터 끝까지 같이할 수는 없다.

그들은 상대방이 한 단어나 심지어 문장도 따라 한다. 사색에 잠긴 듯 몇 번씩 반복하는 식이다.

하지만 고객들은 그렇게 반복할 수 없다. 그렇게 하려면 그들은 커트할 때 생기는 특유의 리듬을 타야 한다. 커트할 때 특유의 편안한 리듬 말이다. 하지만 이런 리듬은 전문가나 가능한 리듬이다.

지금 내가 이것을 쓰는 동안 고문서 보관소에 있는 야신한테서 전화가 걸려왔다. 그는 보로닌이 살아 있다고 말했다.

처음에 나는 누구에 대한 이야기인지 이해를 못 했다. 그리고 보로닌이 누구인지 깨달았을 때는 내 귀를 의심했다. 수용소의 몹쓸 인간인 보로닌이 살아 있다는 것이다. 희대의 악질이 살아 있다는 것이었다!

야신은 인노켄티에게 전화하기 전에 먼저 나에게 전화했다. 그는 의사인 내가 먼저 상황을 판단해주었으면 한다고 말했다.

특수한 상황이긴 했다. 그리고 이 상황을 어떻게 해결해야 할지 역시 감이 오지 않았다.

가이거에게 정기검진을 받았다. 그는 눈을 감고 양팔을 뻗어달라고 했고, 손가락 끝이 코에 닿도록 해달라고 했다. 잘 안 됐다. 결국 되긴 했는데, 되는 데 시간이 좀 걸렸고, 나는 이것은 실패한 걸로 간주된다는 것을 알고 있다.

"이렇게 하면 안 되는 거죠?"

내가 묻는다.

그는 억지 미소를 짓는다. 내가 긍정적인 사고를 하고 있다는 점을 높이 평가하는 것이다. 그는 이런 긍정적 사고는 히스테리적일 지도 모른다고 생각하지만, 실은 그렇지 않다.

"*죄 많은 제 삶에 어디서부터 통곡해야 합니까?*" 나스챠는《회개 카논》을 소리 내어 읽었다. 거기에는 이렇게 놀라운 구절도 있다. "*하느님께서는 원하시는 곳에서 자연의 법칙을 초월하신다.*" 우리 는 이 구절을 여러 번 반복해서 읽었다.

나는 인노켄티와 함께 신의 정의에 대해 말했다. 그는 이 표현을 좋아한다.

이를테면 인노켄티에게 자레츠키를 살해한 혐의를 씌워서 솔로 베츠키 제도로 보냈다. 나는 이런 상황에서 신의 정의라는 것이 구 현되는지를 묻는다. 그러자 그는 신의 정의의 관점에서 보면 불합 리한 벌은 존재하지 않는다고 대답한다.

아름답기는 하지만, 그다지 논리적인 것 같지는 않다. 마치 "둘 다 벌해……"*처럼 말이다.

앞에서 이미 적었다시피 며칠 전에 나는 갑자기 국가정치총국 요원이었던 악질 중의 악질인 보로닌이 생각났다. 그는 온갖 종류 의 악행을 저지른 인물이다.

알고 보니 그는 백 세까지 무병장수를 하고 있었다. 과거에 그는 장군으로 은퇴했고, 고액 연금**을 받고 있다. 현재 그의 집은 카멘

---

* 푸시킨의 소설《대위의 딸》에 나오는 대사이다.
** 국가적으로 뛰어난 업적을 남긴 사람이 받는 연금을 의미한다.

노오스트롭스키 대로에 있는 키롭스키 빌딩에 위치해 있다.

그나저나 인노켄티가 이 사실을 알게 되면 뭐라고 말할까? 신의 정의와 관련해서는 뭐라고 할까? 인노켄티는 그와는 정반대로 건강이 심하게 악화되고 있다.

내가 하는 모든 일은 그의 몸에서 일어나는 변화와 직접적인 연관이 있다. 유감스럽게도 그의 몸에는 많은 변화가 관찰되고 있다. 그것도 지나칠 정도로 많이 말이다.

만약 병세가 이 정도로 속도를 유지한다면…….

물론 인노켄티에게 약을 주긴 한다. 이 약들이 통증을 줄여주기는 할 것이다. 하지만 근본적인 치료제는 되지 못한다. 질병의 원인은 여전히 밝혀내지 못했다.

왜 세포가 죽는 것일까? 왜 이제 와서 죽는단 말인가? 그것도 전체 세포가 아니라, 특정 그룹만 죽는 이유는 무엇일까? 이 질문에 대한 대답은 아무도 모른다.

인노켄티 말처럼 오직 신만이 알 것이다. 나는 하늘 쪽과 별로 친하지 않아서 그쪽 의중이 나한테는 전달이 잘 안 되는 것 같다.

하느님께서는 원하시는 곳에서 자연의 법칙을 초월하신다. 플라토노프는 내게 《회개 카논》을 읽어줬고, 덕분에 우리는 멋진 진리를 발견했다. 아니, 진리라는 말로는 이 문장의 가치를 다 표현하지 못한다. 기쁨과 소망이 가득한 문장이다. 나는 이미 오래전부터 이 문장의 의미를 알았지만, 다시 봐도 너무 멋진 문장이다. 물론 의사가 가이거밖에 없는 건 아니지만, 나는 가이거에게 희망을 걸

고 있고, 그보다 더 의학, 가이거, 나와 플라토노프의 운명을 주관하는 저 위에 계시는 그분에게 더 많은 희망을 걸고 있다.

믿음으로 우리는 그분의 도움을 받을 수 있으니 문제는 우리가 얼마나 간절히 그분께 부탁하는지에 달려 있다. 그러니까 여기에는 완치되고자 하는 바람과 믿음이 같이 연결돼 있어야 한다. 이 둘은 환자뿐만 아니라 그와 가까운 이들 역시 갖추고 있어야 한다. 내 생각에 그와 가까운 이들은 건강하기 때문에 이 두 가지를 충분히 갖고 있지만, 정작 환자는 의기소침한 상태이다.

이제 다른 얘기를 해볼까 한다. 갑자기 생각난 보로닌 얘기인데, 가이거는 벌써 그와 연락을 했다. 우선, 유감스럽게도 나와 같은 성을 가진 그는 정정했다. 게다가 내 확신과는 달리 그는 과거에 죄수였던 사람과 만나는 것을 반대하지 않았다. 가이거의 말에 따르면 그는 아무런 감정 없이 "오라고 하세요"라고 말했다고 한다. 이제 가이거는 플라토노프를 그와의 만남에 준비시키려고 한다. 이를테면, 보로닌이 살아 있다면 어떻겠냐고 조심스럽게 질문하면서 말이다…….

나는 플라토노프가 보로닌에 대한 소식을 알게 되면 어떤 감정을 느낄지 잘 모르겠다. 수없이 많은 감정이 가능하며, 최악의 경우 살의를 느낄 수도 있을 것이다. 발음하기도 두려운 '자연적 욕구' 말이다.

나는 아직은 내가 그린 그림을 아무에게도 보여주지 않기로 결심했다. 좀 더 연습한 후에 나스챠와 가이거가 평가를 할 만한 가치가 있는 그림을 그렸을 때 보여줘도 늦지 않으리라. 만약 그림 실력이 완벽하게 돌아온다면 자레츠키를 그리고 싶다. 콜바사를 향해 우울하게 몸을 숙이고 있는 사람의 초상화 말이다. 조롱하듯 묘사하는 것이 아니라 그에 대한 연민을 표현하고 싶다. 사랑이 힘들면 동정이라도 하고 싶다. 그를 불쌍히 여기는 사람은 아무도 없으며, 장례식에서도 그를 위해 눈물을 흘리는 사람은 아무도 없었다. 단 한 명도 말이다.

누군가를 진심을 다해 그리면, 그를 사랑하지 않을 수 없을 것 같다. 가장 나쁜 인간조차 자신이 창조하는 작품이 되고, 작품을 창작하는 이는 작품 속 모델을 자신 안에 받아들이고, 그에 대한 책임감을 느끼고, 그의 죄, 그러니까 어떤 의미에서는 그의 죄에 대한 책임감마저 드는 것이다. 화가는 그들을 이해하려고 노력하고, 가능하다면 그들의 죄를 변호하려 들게 된다. 또 다른 한편으로는 자레츠키 스스로도 자신이 저지른 행동을 이해 못 한다면, 다른 사람들의 이해를 기대할 수 있을까?

"선생님은 무신론자인가요?"

인노켄티가 나에게 물었다.

"아니요. 무신론자라고 생각하지는 않습니다. 나는 다만 학문적 지식을 신뢰하는 사람입니다. 만약 학문이 신의 존재를 증명한다면야⋯⋯."

"증명하려고 하지 마세요. 학문은 정작 가장 중요한 질문에는 답을 하지 못했습니다. 그중 어떤 질문에도 말입니다."

"이를테면요?"

"어떻게 해서 모든 것이 무에서 발생하게 되었을까요? 정신은 어떻게 발생하며, 어디로 향하나요? 무수히 많은 질문이 존재하며, 이 질문들은 모두 학문의 경계선 밖에 위치합니다."

"그럴 수 있죠. 그리고 나는 여전히 이 경계선을 넘는 것이 힘듭니다."

가끔은 경계선을 넘기도 하지만 말이다.

지금의 경우처럼 인노켄티와 관련된 문제일 때가 그렇다.

그는 교회 기도문 중 한 구절을 읽어주었다. 그 구절의 의미는 신은 인생에서 자연의 섭리가 승리하기를 원한다는 것이다.

인노켄티의 병과 관련하여 과학이라는 액자는 그 어느 때보다 더 작게 느껴진다. 그 액자는 갈비뼈에 걸려 있다. 그리고 신만이 그를 도와줄 수 있다고 나에게 종교적 생각을 강요하고 있다.

가이거와 신에 대해 대화를 나눴다. 그는 신을 부정하는 것은 아니지만, 다만 학문에 의해 증명되는 사실을 위주로 믿는다는 것이었다. 하지만 사실이라는 것은 믿을 대상이 아니라 기억하기만 하면 된다. 그런데 이런 사실은 너무 많은 데다 이것들 모두는 본질에서 벗어나 있다. 가끔은 이런 사실들이 본질을 흐리는 것 같다는 생각이 들기도 한다. 수백만 개의 작은 설명들로도 모든 것을 아우르는 것 하나를 만들지 못한다. 사실 이런 일이 일어날 수 없는 이유는 작은 설명들과 포괄적인 것 이 두 가지는 서로 다른 방향성 위에 위치하고 있기 때문이다. 따라서 가이거의 바람대로 수많은 사실이 본질이 되는 일은 없을 것이다. 이를테면 A는 B를 설명하고, B는 C를 설명하는 등 끝도 없을 것인데 이 끝도 없는 연결 고리 전체를 설명할 수 있는 것이 과연 존재할까?

무신론을 유행시킨 나와 동시대에 살았던 사람들은 수많은 발견으로 오히려 더 아둔해졌다. 그때 그들은 고속도로에 있는 무당벌레와 비슷했다. 수십 미터를 기어간 후에 그 무당벌레는 자신의 행위에 도취된다. 무당벌레는 세상 모든 것을 배웠고, 전부 이해한 줄 알았다. 하지만 무당벌레는 결코 고속도로가 어디에서 시작되고 어디까지 뻗어 있는지 알 수 없을 것이다. 나는 이 비유를 가이거와 나눴다.

그는 실눈을 뜨고 말했다.

"자기 능력을 지나치게 확신한다 해도 우리는 무당벌레를 '신의 젖소'*라고 하지 않소? 그러니 신은 어디에든 어떤 모습으로 존재한단 의미이죠."

교활한 독일인 같으니, 만만한 상대가 아니란 말이지.

"물론 신의 젖소라고 부르니까 날개도 달렸겠지요. 도로 전체를 보려면 무당벌레는 하늘 위로 날아가야 한단 말입니다, 제 말뜻 이해하시겠어요? 예전에 그런 동요도 있었죠."

"예전이라뇨? 지금도 있습니다."

그가 웃으면서 말한다.

---

* 러시아어로 무당벌레는 'божья коровка'로, 'бóжий(신이 창조한) коровка(젖소)' 즉 '신의 젖소'라고도 불린다.

가이거는 드디어 플라토노프에게 보로닌에 대한 소식을 얘기했다. 조금씩, 서두르지 않고, 그가 놀라지 않도록 준비시켜왔고, 결국 말해주었다. 플라토노프는 그를 향해 눈을 치켜뜨고 한참 동안 그를 쳐다봤다. 나는 그가 그 자리에서 바로 보로닌에게 달려갈 거라고 생각했지만(아니, 그럴까 봐 두려웠다), 그러지는 않았다. 그는 언제 보로닌의 집에 갈 건지 침착하게 질문했다.

처음에는 보로닌에 대한 소식을 듣고 플라토노프가 뭔가 이상하게 반응하는 것 같다는 생각이 들 수도 있다. 내 생각에 실제로 가이거는 그렇게 생각한 것 같았다. 하지만 내가 봤을 때 플라토노프는 가장 중요한 일은 오히려 말없이 조용히 받아들이는 것 같다. 하긴, 어쩌면……. 가이거는 나가면서 그에게 한쪽 손을 뻗었다. 그는 플라토노프가 우리 모두를 충격에 빠뜨린 소식에 대한 결론을 내려주길 원했던 것 같다. 하지만 플라토노프는 갑자기 이렇게 말한다.

"가이거 선생님, 부탁인데 시베르스카야 역에 세워져 있는 무기를 좀 묘사해주세요. 이 무기들은 이동식 플랫폼 위에 분산돼 있었습니다. 1914년 가을이었어요. 안개가 비로 변하고 있었습니다."

1914년 가을. 안개가 비로 변하고 있다. 총신 부분이 위를 향하고 있다. 어두운 초록색 물체가 회색 기계에서 서서히 모습을 드러낸다. 사색에 잠긴 듯 하늘과 그 위에 떠 있는 매트의 반짝임을 조준한다.

그 매트를 따라 무거워진 물방울이 떨어져 내린다. 빗방울은 금속으로 된 플랫폼과 레일과 닿는 면이 반짝이는 바퀴를 따라 흘러내린다.

움직이지 않는 금속으로 이루어진 왕국이 움직일까 봐 조바심이 난다. 이 왕국은 지나가는 군용 열차에 흔들림으로 응답하며 묵직한 소리를 낸다.

언젠가는 플랫폼의 앞부분에 열차 정차 장치가 설치되고 증기기관차가 도착할 것이다. 모든 것이 활기를 띨 것이다. 서유럽을 따르려는 슬픈 동작 말이다.

이 단단한 금속 전체는 인간 몸의 부드러움과는 대조를 이룰 것이다. 그의 몸이 하나가 되지 못할 것이다. 그 몸은 조각조각으로 나뉘어서 흩어질 것이다.

무기가 자신의 사색적 성향을 상실하고 어쩌면 말라버릴지도 모른다. 그리고 쉴 새 없이 목표를 향해 쏠 것이다. 사실 대포는 젖은 상태로도 쏠 수 있다.

나스챠는 대학교에 가고 나는 책을 읽었다. 그런 후에 나는 텔레비전에서 나오는 뉴스를 보고 빨리 꺼버렸다. 서랍장에서 보로닌 교수의 사진을 꺼내서 자세히 살펴봤다. 사진 속에서 교수는 다리를 꼬고 안락의자에 앉아 있다. 한쪽 팔꿈치를 책상에 괴고 있었는데, 책상 위에는 책이 쌓여 있다. 한 손에는 지팡이를 들고 있다(하지만 그는 단 한 번도 집 밖에 나갈 때 지팡이를 가지고 간 적이 없다). 머리는 빗어서 뒤로 넘기고 아직은 전반적으로 검은색을 띠고 있는 턱수염에 흰 털이 대칭을 이루고 있다. 학자 특유의 우아함이다. 간혹 초창기에 찍힌 옛날 사진을 보면 뭔가 보이는 것이 있을 때가 있어서 나는 교수의 눈에서 미래에 겪게 될 고통을 찾으려 노력했지만, 보이지 않았다……. 정말로 예측을 못 했단 말인가? 아니면 그는 사진사의 기대에 부응하려고 자신을 그의 눈을 통해 봤단 말인가?

혁명 전 사진들에서 느껴지는 고통스러운 정지 동작. 나스챠는 자신의 증조할아버지가 어떻게 걸었는지 단 한 번도 본 적이 없을 것이다. 하지만 나는 본 적이 있다. 그리고 지금도 그 모습이 눈에 선하다. 나는 자유자재로 은색 사진 액자 안에 들어가서 교수가 지팡이를 한쪽에 치우고 천천히 안락의자에서 일어나는 모습을 관찰한다. 어쩌면 한숨을 쉬거나 관절에서 소리가 났을 수도 있다. 마치 그가 사진 속에서 움직이지 않고 1세기 동안 앉아 있는 사람처럼 말이다. 그의 걸음걸이는 안짱다리를 가진 사람과 조금 닮아 있고 나스챠 앞에서 그의 걸음걸이를 흉내 내 보일 수도 있지만, 아무래도 실제 그의 걸음걸이와는 다를 것이다. 내가 누구를 흉내 내고 무엇을 흉내 내든 그건 내 모습이 될 테니까 말이다.

책장에서 솔로베츠키 제도와 관련된 사진이 들어가 있는 앨범을 꺼낸다. 앨범의 77페이지를 펼치고(이 페이지를 지금까지 기억하다니!) 정확하게 교수의 성과 똑같은 보로닌이라는 성을 가진 사람의 사진을 본다. 나스챠에게 보여줬을 때 나스챠도 말했지만, 얼굴만 봐서는 잔인한 사람일 것이라는 생각이 안 든다. 옆모습을 봤을 때 이마는 사선으로 기울어지고, 송곳니가 있었으면 좋겠다. 그러면 그가 어떤 사람인지 더 잘 보일 테니까 말이다. 하지만 예상과 달리 이마는 넓고, 얼굴은 좌우대칭이 잘 맞고, 머리는 단정하게 빗었고, 면도도 매끈하게 잘돼 있다. 그리고 뱀파이어처럼 생명력이 강했다. 그의 외모는 초중고등학교 교감이나 클럽 회장에 더 적합해 보였고, 아무도 그가 사람을 잔인하게 죽이는 것을 즐기는 사람일 거라고는 상상하기 힘들어 보였다. 나 스스로도 내 침착한 반응에 놀라는 중이다. 어쩌면 보로닌에 대한 소식이 너무 비현실처럼 느껴졌기 때문인지도 모른다.

동일한 이름이 너무도 대조적인 성질을 가질 수 있다는 것을 알면 늘 놀라게 되는 것이다. 그러니까 보로닌이라는 성은 대조적인 두 가지 성향을 가지고 있는 것이 된다. 그는 도대체 어쩌다가 그런 사람이 된 걸까? 좋은 질문이다.

저녁에 나, 플라토노프, 가이거 셋이서 보로닌의 집에 갔다. 나는 다만 그들을 배웅하려던 것뿐이었고, 원래는 가이거와 플라토노프만 가기로 한 것이었다. 그리고 정부 기관에서 일하는 어떤 '치스토프*'라는 사람도 오기로 돼 있긴 했다. 보로닌은 이 치스토프도 꼭 와야 한다고 고집을 부렸다(무슨 첩보원의 별명을 연상시키는 성이다). 하긴, 그의 입장이라면 누구라도 그렇게 했을 것이다. 물론 그런 경우가 흔하지는 않지만 말이다. 그런데 이자는 이젠 쓸모없는 자기 목숨을 잃을까 봐 두려워하고 있다. 서캐만도 못한 놈. 자레츠키와 관련해서 할머니가 그를 사주했다고 했던가? 자레츠

---

* 형용사 '깨끗한'에서 유래한다.

키에 대해서 말한 할머니의 말씀은 신빙성이 없다고 본다. 하지만 만약 나라면 보로닌을 사주해서 끔찍한 일을 저질렀을 수도 있다. 물론 그렇게 말하면 안 되는 걸 알지만, 만약 할 수만 있었으면 그렇게 했을 것이다. 그가 플라토노프를 조롱하는 모습을 상상해본다…….

이렇게 해서 우리 셋이서 보로닌의 집에 간다(보로니나가 보로닌에게 날아가다니!*). 얼마 전부터 성이 플라토노바로 바뀐 것도 잊고서……. 그들보다 조금 뒤처져서 걸으면서 나는 그들이 가는 모습을 관찰했다. 바람이 불었는데 거의 허리케인급이었고, 온갖 종류의 몹쓸 인간들을 찾아가기 좋은 날인데, 하필 나도 함께하고 있다. 내 동행인들은 나뭇잎과 이젠 제법 굵어진 빗방울이 섞인 바람의 저항을 온몸으로 받으면서 몸을 숙인 채로 걷고 있었다. 그들의 바바리코트 옷깃은 그들의 손가락에서 흔들렸다. 물론 복수에 대한 말은 없었지만, 누군가를 복수하러 갈 때의 모습이 이럴 수 있겠다 싶었다.

아파트 1층 입구에서 치스토프가 우리를 기다리고 있었다. 우리가 아파트 안으로 들어갔을 때 그는 파일에서 종이 한 장을 꺼내어 플라토노프에게 서명을 해달라고 부탁했다. 이것은 플라토노프가 보로닌에게 원한을 품고 있지 않으며, 그를 괴롭힐 생각은 전혀 없다 내용을 담고 있는 각서였다. 치스토프는 주머니에서 비싼 만년필을 꺼내서 만년필과 그 종이를 파일 위에 얹어 플라토노프 앞에

---

* '보론'은 러시아어로 까마귀를 뜻한다.

내밀고는 그대로 잠시 서 있었다. 잠시 어색한 침묵이 흘렀다.

"인노켄티 페트로비치 선생님, 여기에 서명을 하시지 않으면 보로닌 씨에게 갈 수 없습니다."

치스토프가 상황을 설명했다.

인노켄티 페트로비치는 뭔가 골똘히 생각하는 듯한 표정으로 만년필을 집어 들었다.

"펜 안에는 뭐가 있죠?"

"잉크가 들어 있다고 생각하시면 됩니다."

치스토프의 말투에는 조금의 불만도 느껴지지 않았다.

플라토노프는 종이에 서명했고, 치스토프는 그 종이를 파일에 넣었다. 만년필 역시 주머니에 도로 넣었다.

"솔직히, 저는 당신이 어떤 감정을 느끼실지 압니다. 하지만 제 입장도 이해해주셨으면 합니다. 법은 법이니까요. 절대 흥분하시면 안 됩니다. 약속하시겠어요?"

"약속합니다."

플라토노프는 상당히 진지한 톤으로 대답했다.

그러고는 한 번 더 말했다.

"약속합니다."

그들 셋은 아파트로 올라가고 나는 1층 엘리베이터 앞에서 기다렸다. 나치 친위대였던 그가 플라토노프를 보고 죽을지도 모른다는 생각이 들었다. 그건 플라토노프의 잘못은 아닐 테니까 말이다.

보로닌과 만났다. 이상했다.

508

그를 만나기 전에 나는 다양한 시나리오를 예상했지만, 이건 없었다.

서로 저주를 할 수도 있겠다 싶었다. 아니면 화해를 할 수도 있겠다. 하지만 실제로는 화해도 저주도 없었다.

우리가 집에 들어갔을 때 보로닌은 안락의자에 앉아 있었다. 양손으로 찻잔을 쥐고 있었다. 따뜻한 스웨터와 바지를 입고 슬리퍼를 신고 있었다. 피부가 얼굴뼈에 붙어 있고, 볼 양옆에는 솜털이 나 있었다.

그가 찻잔을 양손으로 쥐고 있는 이유는 손을 둘 데가 없어서라고 생각했다. 상대에게 먼저 악수를 청했는데 거절당할 것이 우려됐는지도 모르겠다. 사실 나로 말할 것 같으면 나는 그 어떤 상황에도 그에게 악수를 청할 마음이 없었다.

어쩌면 거절을 두려워한 것이 아닐 수도 있다. 어쩌면 내가 그의 동작을 지나치게 확대해석했는지도 모른다.

우리 세 사람 외에 또 한 명의 민간인이 있었는데, 보로닌이 부른 사람이었다. 집에 들어온 후에 그는 창가에 걸터앉아서 그대로 투명 인간처럼 있었다. 이상적인 동행인이다. 그는 창가에 있었고, 나와 인노켄티는 문지방에 있었다.

"나는 자네가 부활한 걸 알고 있네. 자네 모습을 보고 싶었지."

보로닌이 바스락거리는 소리를 낸다.

목소리는 거의 안 나오지만, 여전히 말을 하고 싶은 눈치였다. 그의 의지는 가장 나중에 그를 버릴 것이다.

그는 죄수 플라토노프를 한번 보고 싶었고, 이렇게 그의 앞에 온 것이다. 그것도 여전히 감시를 받으면서 말이다. 그런 그가 말이 없다.

"내가 변했나?"

보로닌이 인노켄티에게 질문한다.

"네."

"자네는 하나도 안 변했군."

방에 한 여자가 들어와서 보로닌이 쥐고 있던 찻잔을 가져간다. 발뒤꿈치에서 발끝으로 무게중심을 옮겨가면서 여전히 서 있다. 그러자 발밑에서 쪽마루가 삐그덕거린다.

파리 한 마리가 창문 옆에서 윙윙거린다.

"치스토프, 가서 잡아."

보로닌이 작은 목소리로 그에게 말한다.

치스토프는 천천히 창문 유리를 손바닥으로 쓸면서 짧고 정확한 동작으로 손바닥으로 파리를 잡는다. 그리고 우리에게 설명한다.

"한쪽 손을 등 뒤로 숨기면 파리가 보질 못해요."

그는 잡은 파리를 가지고 방에서 나간다. 여자가 보로닌에게 말한다.

"뭐 더 필요하신 거 있으신가요, 드미트리 발렌티노비치 선생님?"

그녀의 물음에는 답을 하지 않은 채 그가 인노켄티를 뚫어지게 쳐다본다.

"참회는 기대하지 말게."

여자는 한숨을 쉬고 찻잔을 잠깐 쳐다본다.

"왜죠?"

인노켄티가 묻는다.

보로닌은 눈을 감고 조용하지만 또렷하게 발음한다.

"지쳤어."

피곤하다고 했다. 그러자 치스토프가 와서 우리에게 시계를 가리킨다.

우리는 그 집을 나온다.

우리 인생은 정말 흥미롭다. 보로닌은 내 삶을 증언해줄 유일한 사람이었다. 나는 고인들을 찾아다녔고, 말을 할 수 없다면 그들이 존재했었다는 사실만으로도 내 삶을 증언해주길 원했는데, 살아 있는 동시대인을 만나게 된 것이다. 범죄를 저지른 사람이자 내 삶의 증인이기도 하다. 이것은 그도 느끼고, 나도 느낀다. 우리 사이에 미움은 존재하지 않는다. 우리가 느끼는 감정은 연대감에 더 가깝다. 야만인과 무인도에 있다 보면 대화를 하게 되는 것과 같은 이치다. 나와 보로닌은 마치 섬에 둘만 있는 셈이다. 우리가 함께 살던 시대에서 살아남은 사람은 우리밖에 없다. 사실 그가 나를 증언하는 것이 고인들의 증언과 크게 다르지는 않더라도 말이다. 보로닌의 모습도 어떤 점에서는 망자를 연상시킨다.

그는 '참회는 기대하지 말게'라고 말했다. 나는 다시 한번 스스로에게 질문을 던진다. "왜?" 그가 백 세까지 살아남은 이유가 바로 참회를 위한 것은 아니었을까? 그는 큰 죄인이고, 전능하신 분이 그에게 생각할 기회를 주기 위해서 그의 떠남을 늦추는지도 모른다. 하지만 보로닌은 지쳤다고 말했다. 다들 이 말이 이제 그만 헤어지고 싶다는 신호라고 생각했다. 하지만 나는 더 이상 악의도 회개도 없는 그의 상태를 말한 것이라고 생각한다. 내 마음이 잠에 빠져든다.

때는 가을이고 실외 베란다에서 차를 마시고 있다. 한쪽 부츠로 사그라드는 숯불을 살리려 한다. 부츠는 아코디언처럼 부드럽다. 게다가 깨끗한데, 그렇지 않으면 식탁 위에 있는 것을 향해 흔들지 않았을 것이다. 부츠를 흔들어서 숯불을 살리는 것은 다른 곳에서도 가능하지만, 식탁 앞에 앉아 있는 사람들은 처음부터 끝까지 보고 싶어 한다. 사모바르는 크고, 물은 천천히 끓는다. 다들 첫 번째 수증기 줄기가 사모바르에서 나오는 순간만을 기다리고 있는데, 아직은 앉아서 기다리는 사람들의 입에서 나오는 입김이 전부다. 이제는 더 이상 그 누구의 몸도 따뜻하게 할 수 없는 차가워진 태양 빛 속에서 입김은 유난히 더 눈에 잘 띈다. 강 냄새와 소나무 냄새를 품고 있는 공기는 굉장히 차갑다. 담장 밖에는 개가 짖고 있고, 개 사슬이 개집에 부딪치는 소리도 들린다. 목줄을 매고 있으면 포기할 때도 됐을 텐데, 여전히 짖는 것을 보니 진정이 안 되는 것 같다. 흥분한 것이다. 개 역시 공동체 의식을 가지고 그들과 함께 하고 싶은 것이다.

다들 옷을 따뜻하게 입었고, 목에는 목도리를 둘렀다. 사모바르 쪽으로 손이 저절로 간다. 이젠 제법 따뜻하다. 타이타닉과 퍼디낸드 이야기로 이야기꽃을 피우고, 대화는 조용해졌다가 커지는 것을 반복하며 파도타기를 연상시켰다. 그러던 그들은 사모바르가 끓는 것을 발견하고 어느덧 중얼거린다(다들 조금 지쳤다). 이제 다 끓었다. 바로 차를 우려내는 찻주전자가 등장하고 사모바르의 뜨거운 물을 따른다. 차를 우려내기 위해서 잠시 타임아웃을 한다. 한 명씩 찻잔을 가지러 갔다. 앉은 사람들 모두 차를 마시는데, 마신다기보다는 음미하는 것에 더 가깝다.

때는 1914년으로 거슬러 올라간다. 혹은 1911년으로 말이다. 플라토노프는 글을 쓸 때 꼭 연도를 적어달라고 부탁한다. 내가 그 이유를 묻는다. 그러자 그는 주요 사건들은(즉, 베란다에서 차를 마시는 것 등) 언제든 일어날 수 있기 때문에 그 사건들이 발생한 때를 언급해주어야 한다고 말했다. 그의 말에 따르면 이런 논증은 정확하게 연도를 표시하는 데에 도움이 되면서 동시에 그 반대의 경우에 유용할 수 있다고 한다. 그러니까 결과적으로는 논증 역시 두 가지 경우 모두 적용할 수 있는 셈이 된다.

이를테면 1907년을 묘사하면 다음과 같다.

아이가 감기에 걸려서 기침을 심하게 한다.

그에게 《로빈슨 크루소》를 읽어준다.

기침이 워낙 심해서 독서만으로 치료를 하는 것은 역부족인 것 같다. 의사는 등에 뜨거운 병*을 붙일 것을 추천했다.

가족 전체가 아이를 치료하는 데 동원된다. 할머니는 책을 읽어

---

* 부항과 비슷하지만, 부항과 달리 작은 병 안을 불로 달군 후에 환자의 등에 붙인다.

주시고, 어머니와 아버지는 부항기를 침대 옆에 있는 탁자 위에 펼쳐놓고 심지를 준비한다.

아이의 등 위에 가볍게 원을 그리면서 바셀린을 바른다.

아이 등에 병을 얹는 일은 아버지가 할 것이다. 그는 가장 큰 책임감을 요하는 일은 늘 자신이 도맡아 한다.

아이는 일곱 살이고 겁을 먹고 있다. 등에 뜨거운 병을 얹는 것도 처음이다.

가장 무서운 순간은 알코올에 담갔던 심지에 불을 붙이는 순간이다. 환자가 어리지만 않다면 종교 재판 때 이단을 심문하는 일을 연상할 수도 있을 것이다.

불꽃을 바로 눈앞에서 보는 것은 항상 무섭다.

소년은 엎드리고 양손으로 베개를 끌어안는다. 베개에 얼굴을 파묻는다. 잠시 후에 등에 첫 번째 병이 얹어지는 것을 느낀다.

생각보다는 덜 아프다. 아버지 손의 움직임을 예의 주시한다.

아버지는 병 안에 불붙은 심지를 넣었다가 빼고는 그 병을 소년의 등에 붙인다. 물론 조금 뜨겁긴 하다.

병이 소년의 피부를 잡아당기는 느낌이 난다. 아버지가 윙크한다. 그러자 어머니가 병이 잔뜩 붙은 소년의 등을 이불로 덮어준다.

할머니는 여전히 《로빈슨 크루소》를 읽어주신다. 등에 병을 붙인 채 책 읽어주는 소리를 듣는 것은 감기 치료에 도움이 된다.

등에서 병을 떼어낼 때 또 한 번 무섭다. 소년은 이 병들이 너무 단단히 붙어서 몸에서 절대 떨어지지 않을 것만 같다. 이 병들은 작지만 사나운 물고기를 연상시킨다. 피라냐 같은 물고기 말이다.

아버지는 조심스럽게 병과 살이 닿는 부분에 검지를 집어넣는데, 그러면 병은 '뽕' 하는 소리를 내면서 떨어진다. 1학년짜리 학생의 등에서 들리는 열다섯 개의 '뽕' 소리.

걷는 것이 더 불편해졌다. 이끼 위를 걷는 것 같다. 넘어질까 봐 조심하면서 한쪽 다리를 조심스럽게 바닥에 내려놓는다. 하루에만 수천 개의 세포가 죽어서 이 일의 끝을 추측하는 것이 어렵지 않기 때문에 어디로 가는지는 더 이상 궁금하지 않다. 언젠가는 이 상실에도 끝이 올 테니까 말이다.

나는 나스챠는 물론이고 가이거에게도 불평하지 않기로 결심했다. 내 병의 원인을 아무도 모르는 이상 우리 모두 속상해할 수밖에 없기 때문이다. 게다가 그러니까……. 나는 전에도 이번 생을 떠난 적이 있다. 하지만. 수용소에서 죽은 것은 출구였고, 지금은 떠나는 것이다. 내가 사랑하는 사람으로부터 떠나는 것이다. 내가 좋아하는 것들과 헤어지는 것이다. 벌써 수개월째 쓰고 있는 내 회고록과 헤어지는 것이다.

오늘 나는 이른 아침에 잠에서 깼고, 밖은 아직 어두웠다. 나스챠를 깨우지 않으려고 그대로 움직이지 않고 좀 더 누워 있었다. 그리고 자동차 전조등이 천장에 어지러이 움직이는 모습을 관찰했다. 전에는 볼쇼이 대로에 철도마차 다음에 궤도전차가 다녔다. 나는 궤도전차가 스스로 움직이는 비밀을 알아내기 위해서 몇 시간이고 지켜봤다. 이유는 잘 모르겠지만, 나는 자동차의 움직임보다 전차가 움직이는 모습을 보는 것이 더 재미있었다. 어쩌면 크고 육중한 무게를 가진, 얼핏 봤을 때는 넓은 공간을 움직이는 것은 고사하고 많은 시민들을 실어 나르는 것도 힘들어 보이는 전차가 이동하는 모습이 신기했기 때문이다.

만약 이런 기계가 움직일 수 있다면 전차 같은 기계는 방위에도 사용될 수 있고, 어쩌면 공격용으로 더 적합할 수 있다. 나는 전쟁터에서 수백 대의 전차가 움직이는 모습을 상상해봤고, 무척 웅장했던 걸로 기억한다.

가끔 전차의 견고함을 실험하려고 레일 밑에 5코페이카짜리 동전을 놓곤 했다. 나에게 이 실험은 너무 중요해서 나는 아무런 근심 걱정이 없는 아이임에도 불구하고 가능한 상실을 마음속으로 미리 받아들이고 있었는데, 조금 더 정확히는 내가 겪게 될 손해를 생각하지 않으려고 애썼다. 상실에 대한 것은 내가 이런 유의 장난을 하는 것을 관두게 할 목적으로 아버지가 생각해낸 묘수였다. 아버지는 전차가 레일에서 벗어날 수도 있으며, 따라서 위험한 실험을 하기에 앞서서 먼저 가능한 손해를 미리 저울질해봐야 한다고 말씀하셨다.

아버지의 조언이 아니어도 명확한 상황이긴 했다. 그 무렵에 나는 벌써 5코페이카짜리 동전은 전차에 아무런 장애물이 되지 못하며, 전차는 그걸 보지도 못한다는 것을 알고 있었다. 나는 전차의 육중한 몸이 동전을 넘어가면서 위로 들리는지를 매번 관찰했지만, 단 한 번도 그런 적은 없었다. 아버지가 상실에 대비해야 한다고 하신 말씀은 옳았는데, 실험자가 어른인 경우도 예외는 아니라고 하신 말씀은 옳았다. 나는 그들이 몸집만 커다란 아이들이며,

불행한 조국의 역사를 봐도 알 수 있듯이 그들에게는 잘려 나간 인형 머리가 인간의 머리와 다르지 않다는 결론을 내렸다.

그래서 행복했던 내 어린 시절에 나는 전차에 눌려서 납작해지고 반짝이는 금속 덩어리를 잔뜩 갖고 있었다. 집게손가락 끝으로 그것들을 건드리면서 나는 여전히 동전에 있던 그림의 흔적을 느꼈고, 동전의 매끈매끈한 면을 만지면 여전히 기분이 좋았다. 찌그러졌지만, 여전히 매끈하고 심지어 여전히 광택이 나는 동전들은 내게 특별한 기억으로 남아 있다. 내 동심 속에서 매끈한 이 동전들을 나는 무척 좋아했다. 이 동전들의 놀랍도록 매끄러운 표면과 내 집게손가락은 서로를 위해서 창조된 것 같았다. 벌써 백 년도 더 지난 일이지만, 내가 전차 밑에 동전을 깔아둔 실험은 내가 한 여러 실험 중 초기 실험에 속한다. 그리고 이 실험들은 누군가를 맹목적으로 따라 한 것이 아니라 나 스스로 창의적으로 생각해 냈다는 점이 중요하다.

만약 이 모든 것을 글로 써서 남기지 않는다면, 흔적도 없이 사라질 것이다. 인류 역사의 측면에서 보면 이것은 커다란 손실일 테지만, 그보다 나는 내가 늘 생각하는 안나가 얻을 상실이 가장 크다고 생각한다. 그 아이를 위해 나는 이미 꽤 많은 내용을 글로 남겼지만, 모든 것을 다 쓰는 것은 불가능하다. 다행히도 이제는 나를 도와주는 이들이 있어서 글에 속도가 붙었다.

1910년. 때는 3월 초로 거슬러 올라간다. 철도역 근처에 있는 2층짜리 목조주택이다. 화창한 날에는 이 건물에 사는 모든 사람이 처마 끝에서 고드름이 녹아 떨어지는 소리를 듣는다. 얼음이 녹아서 떨어지는 물방울 소리는 얼어붙은 눈 위에 길을 만들어내고 얼음 위에 생긴 구멍의 크기에 따라서 다양한 소리를 낸다. 하지만 밤에는 모든 것이 다시 얼어붙기 때문에 다음 날 아침에 처마 끝에 매달린 고드름은 또다시 녹아서 거의 처음부터 다시 작업을 시작한다. 물론 3월의 눈은 깨끗하지 않다. 눈은 천연두에 걸린 얼굴처럼 울퉁불퉁하고 군데군데 개와 고양이, 까마귀를 포함해서 이 2층짜리 목조주택 밑으로 다니는 온갖 종류의 동물들이 헤집어놓은 흔적이 있다. 이 눈은 난로 재로 덮여 있고, 이 재는 새로 쌓인 눈 위로도 스며 나온다. 어쩌면 이건 이제 방금 나온 재인지도 모른다. 이 눈에 재가 뿌려지는데, 재는 내리쌓이는 눈 위로 계속 시커먼 속을 드러낸다.

철도 옆에 나 있는 제방을 따라 엄청난 물웅덩이가 여러 개 있는데, 이것은 웅덩이라기보다는 연못에 가까웠다. 이 웅덩이들도 밤에는 어는데, 너무 깊어서 바닥까지(바닥이란 게 있다면) 미처 얼지 못하고, 그 바닥이란 게 없을지도 모른다고 생각하게 되는 것이다. 정오까지는 나무에 살얼음이 얼어 있고, 그런 후에는 그 얼음이 녹는다. 한편 이 웅덩이들의 물은 차갑고도 시커멓다. 물론 이런 물속에 들어가고 싶지는 않다.

지옥에 떨어져도 지혜를 가지고 좌절하지 말라. 아토스산(山)에 관한 책을 뒤적거리다가 이 문장이 눈에 들어왔다. 나는 책을 한쪽으로 치우고 다른 일을 했지만, 이 말이 생각났고, 갑자기 마음에

와닿았다. 이 말은 사실 나에 대한 말이다. '지옥에 떨어져도'라는 상태는 사실 내가 벌써 몇 주째 빠져 있는 상태이다. 그리고 '지혜를 가지고 좌절하지 말라'는 내가 아무리 노력해도 잘 안 되는 것이다. 나는 책을 다시 집어 들었지만, 한참 뒤적거린 후에 이 부분을 찾았다. 이 말은 성산 아토스의 실루안의 묵시라고 돼 있었다. 나는 솔직히 아토스의 성자 실루안이 누군지도 모르고 내가 이 말의 뜻을 제대로 이해하고 있다는 확신도 들지 않지만, 이 문장은 내게 활력을 불어넣어주었다.

현재 나의 지옥은 이곳에서의 죽음이 섬에서의 죽음보다 훨씬 더 무섭다는 것이다. 물론 거기서도 살기 위해 발버둥을 쳤지만, 죽음 자체는 두렵지 않았다. 죽을 만큼 힘들었을 때 내게 죽음은 오히려 탈출구에 가깝게 여겨졌다. 나는 고통에 지친 내 육체가 얼마나 간절히 죽음을 원하는지 느꼈지만, 정신이 그 바람과 싸우고 있었다. 정신력 하나로 버티고 있었다.

지금 나는 그 어느 때보다 죽음이 두렵다. 지금 나는 가족, 돈, 나의 이상한 유명세 등 부족한 것이 없지만, 슬프게도 이 모든 것을 누릴 시간이 많이 남지 않았다. 죽음 앞에서 돈과 명성은 아무런 의미가 없다는 것은 너무도 명료한 사실이다. 다소 엉뚱한 나의 소중한 나스챠를 나는 평생 알고 지낸 것 같고 그런 그녀와 헤어지는 것이 두렵다. 그리고 그녀 배 속에 있는 내 분신 안나와 헤어지는 것도. 어쩌면 태어나는 것도 못 볼 수도 있는 내 아이 말이다. 이 모든 것을 이해하는 것이 바로 '지옥에 떨어져도 지혜를 가지고'일 것이다. 이 부분은 지혜에 해당하는 부분이다. 한편 지혜 외의 다른 것으로는 '좌절하지 말라'고 하는 것이다.

1916년. 비 온 뒤에 자전거 한 대가 흙으로 만든 도로 위를 달린다. 자전거는 조용히 쉬익쉬익 하는 소리를 내면서 달린다.

자전거 바퀴가 진흙을 묻힌 후에 그 진흙이 흙받기에 붙는다. 그러면 이 흙받기에서 진흙물이 땅으로 뚝뚝 떨어진다.

가끔 바퀴가 커다란 웅덩이에 빠질 때가 있다. 그러면 철퍼덕 소리가 난다. 자전거를 중심으로 물이 두 부분으로 나뉜다.

이따금 자전거가 나무뿌리 위를 지나갈 때 흔들리기도 한다. 그러면 자전거에 달린 공구를 넣은 작은 주머니가 짤그락거린다. 의자를 받치고 있는 용수철 때문에 자전거를 타고 있던 사람의 몸이 살짝 들린다.

어둠이 짙어진다.

자전거 타는 사람은 다이너모를 자전거 바퀴에 단단히 붙인다. 불이 들어오고 모기가 윙윙거리는 소리가 들린다. 불 들어온 바퀴가 길 위를 달린다.

1916년에 자전거용 전등이 있었을지는 의문이다. 잘 모르겠다. 있었던 것 같기도 하다. 아무러면 어떤가.

나는 1분 전에, 한 시간 전에, 그리고 하루 전에 일어났던 일들을 잊는 빈도수가 점점 많아진다. 아직까지는 자주 있는 일은 아니지만 나는 내 건망증을 나스챠가 알게 되는 상황이 민망하다. 이런 경우 나는 우리의 대화를 현재에서 아주 먼 과거, 이를테면 20세기 초쯤으로 끌고 간다. 귀가 잘 안 들리는 사람에게 질문을 하면 대답 대신 또 다른 질문을 하는 식이다. 어제도 화제를 전환하면서 나는 나스챠에게 학교 다닐 때 내가 참여했던 '검찰관'이라는 연극에 대해 이야기해주었다. 나스챠는 내 의도를 바로 이해했지만, 모른 척했다. 그녀는 이 이야기가 내 부탁으로 쓰기 시작한 글의 소재가 될 수 있다고 말했을 뿐이다. 나는 "당연하지, 아주 좋아"라고 대답했다. 하지만 속으로는 '이런 소재 없이도 그녀가 내 인생을 묘사할 수 있다면 좋으련만'이라는 생각을 했다. 만약 그녀가 실제로 내가 겪었던 일화를 찾는 법과 묘사하는 법을 깨우친다면, 내 삶은 내가 없이도 계속될 것이다.

학교에서 공연한 '검찰관' 연극이다. 마리야 안토노브나와 안나 안드레예브나는 근처에 있는 여학교에서 왔는데, 그들이 극장에서 가져온 드레스들에서 바스락거리는 소리가 난다. 무대 소품 보관소에서 학교까지 가져오는 동안 나프탈렌 냄새가 계속 나는데, 이 냄새는 신선한 공기를 쐬면서 약해지는 것이 아니라 오히려 더 심해지는 것 같다. 와인의 코르크 마개를 열고 따르면 온갖 다양한 향을 내면서 기분을 좋게 만드는 것처럼 말이다. 물론 옷걸이에서 벗긴 드레스 역시 그 정도의 효과를 내는지, 그리고 나프탈렌 향이 사람들을 얼마나 기쁘게 할 수 있을지는 의문이다.

무대 장식이라고 해봐야 교장실에서 가져온 대리석 책상과 그 위에 놓인 불붙인 양초가 전부이다. 책이 잔뜩 꽂힌 선반은 도서관에서 가져온 거고, 책들은 반세기쯤 된 낡은 책들이었다. 흘레스타코프는 안나 안드레예브나에게 다가간다. 그의 발아래에서 나무로 된 무대 바닥이 삐그덕거리는데, 1열에 있으면 이 소리가 잘 들리고, 이러한 이유로 인해 예술은 거리를 두고 감상해야 하는 것이다. 흘레스타코프는 "안나 안드레예브나"라고 말한다. 그러고는 그녀의 손을 터치한다. 손도 떨리고, 목소리도 떨린다. 원래 연극 주인공은 전혀 떨지 않지만, 두꺼운 재질로 만들어진 드레스 사이에 있는 그녀의 손에 그의 손이 닿자 주인공을 연기하는 소년은 떤다. 그는 아직 아무에게도 사랑을 고백한 적이 없고 연극을 빌미로 삼거나 좀 더 정확히는 이 텍스트 안에서 고백할 문구를 찾는 건지도……. 그런데 그는 구체적으로 뭘 찾는 걸까? 연습할 때 그는 감정을 잔뜩 실어서 자신의 대사를 읊었다. 어쩌면 자신이 읽는 대사에 도취된 것인지도 모를 일이다.

올해 여름은 유난히 더운 탓에 학교 홀에 있는 창문을 통해 더운 공기가 들어온다. 창밖에 털 있는 모든 것과 버드나무 꼭대기가 마치 그림 속에 있는 것처럼 바람에 흔들리지 않고 서 있다. 안나 안드레예브나의 이마에는 땀이 송골송골 맺혀 있고, 흘레스타코프 역시 마찬가지인데, 홀 안에 있는 모든 사람은 그들 사이에 묘한 기류가 흐르고 있다는 것을 이해했고, 서로를 팔꿈치로 찌르면서 어떤 결론이 날지 기다린다. 희곡 자체는 이렇듯 달달한 분위기가 아니지만, 누가 봐도 그들 사이에 뭔가 일어나고 있다는 게 이해가 되는 상황이다. 관객들은 눈치가 빨라서 그들에게 뭔가를 숨기는 것은 불가능하다. 그들은 관찰력이 뛰어나다. 관객들은 잉크가 잔뜩 묻은 손으로 박수를 친다. 흘레스타코프 모습 뒤로 내가 사랑하는 플라토노프의 모습이 보이지만, 1914년 무렵의 안나 안드레예브나는 내 생각에 재가 되어 사라진 것 같다.

밤에 나는 잠을 안 잤고, 푸시킨의 《그 한 발》이라는 작품이 떠올랐다. 그 작품 속에서 실비오는 결투를 6년 후로 미룬다. 그는 주인공이 결혼해서 행복한 삶을 살고 있을 때 나타나는데……. 섬에서는 죽음이 두렵지 않았다. 그때 나는 삶에 크게 연연하지 않았다. 죽음은 내가 기쁜 이 순간 보복을 하려고 돌아왔다. 그 인내심에 경의를 표한다. 이것은 과연 보복일까?

인노켄티의 기억력이 현저하게 나빠졌다.
나스챠가 이 말을 자주 하고, 그런 사례까지 얘기해준다. 나도 알고 있는 사실이긴 하다.
그는 시작한 생각을 잊곤 한다. 그리고 집 안에서도 자기가 어디로 가려고 했었는지를 기억 못 해서 멍하게 서 있는 자신을 발견하는 것이다.
늘 습관적으로 하는 행동도 기억 못 하곤 한다. 이를테면 이를 닦았는지, 약을 먹었는지 같은 행동 말이다.
나는 그에게 엄청나게 많은 약을 처방해준다. 하지만 큰 도움은 안 되는 것 같다. 그 약들을 복용해도 세포는 여전히 죽어나간다.
열 번이고 다시 생각해보고 다시 확인해봐도 소용이 없다. 최근 10년 안에 발표된 논문이나 자료를 봐도 헛수고이다.
단 한 번도 이런 무기력을 느껴본 적이 없어서 그런지 괴롭다.

인노켄티가 꺼져간다는 사실로 인해 괴롭다.

해외로 보내보면 어떨까? 뮌헨 같은 곳 말이다. 여기에서도 원인을 밝혀내지 못하는데, 거기 가면 뾰족한 수가 날까 싶지만, 그래도…… 새로운 각도에서 봐서 나쁠 건 없다.

그의 질병을 치료하는 주치의로서의 책임감이 조금 가벼워질 수도 있겠지만, 사실 정작 내가 원하는 것은 다른 것이다. 나는 그가 정말 좋아지기를 바랄 뿐, 다른 사람의 비난은 두렵지 않다.

문제는 이것이다. 그러니까 우리에겐 시간이 많지 않다는 것이다. 차이트, 차이트(시간).

그가 나에게 물었다.

"당신 요즘 왜 그래?"

내가 말했다.

"당신이 죽을까 봐 두려워요."

지금껏 단 한 번도 이런 말을 한 적은 없었다. 생각은 했을지라도 말이다. 나도 모르게 튀어나온 말이었다. 사실 그는 내가 뭔가 불평을 털어놓을 수 있는 가장 가까운 사람이자 유일한 사람이기도 했다. 그런데 바로 그가 세상을 떠나는 것이다. 불평 역시 그에게만 할 수 있다. 내가 끔찍한 짓을 저질렀다는 것을 깨달았다.

나는 울면서 그의 품에 파고들었다.

"죽음에 대해 말한 거 용서해줘요. 내 안에 있던 공포가 나도 모르게 튀어나온 거예요……."

"뭐, 첫째, 나는 아직 살아 있고……."

524

맙소사, 이런 상황에서 두 번째라는 것이 가능하긴 한가?

부쩍 야위고 창백한 얼굴을 한 그가 앉아 있었다. 나는 목소리가 잘 안 나왔다.

그가 말했다.

"죽음을 영원한 이별로 보면 안 돼요. 죽음은 잠깐 헤어지는 거라오."

그리고 그는 잠시 침묵했다.

"망자에게는 시간 자체가 없으니까."

망자에게라. 마치 터널 안에 부는 틈새 바람같이 들린다.

"그럼 남은 사람에게는요? 남은 사람에게는 시간이 있잖아요."

그가 미소를 지었다.

"기다리는 동안 뭐라도 하면 되잖소?"

얼마나 오래 떨어져 있어야 한단 말인가. 두렵다.

굉장히 어렵게 젤트코프와 연락이 됐다. 나는 인노켄티의 상태를 설명하고 도움을 요청했다.

젤트코프가 뭔가 천천히 웅얼거리며 말했다. 대화를 빨리 끝내고 싶어 하는 눈치였다. 그러니까 제가, 에…… 의학 쪽은 제가 잘 몰라서…….

나는 당황해서 해외에 가서 상담도 받고 비싼 검사도 해야 한다고 다시 한번 말했다. 다시 말해서 그 비용을 누군가 대야 했다. 게다가 그 비용은 막대했다.

하지만 젤트코프는 부탁을 들어줄 생각이 전혀 없어 보였다. 사실 예상 밖의 상황이었다.

설마 인노켄티가 그의 정치 프로젝트에 쓸모가 없어졌기 때문이란 말인가?

내가 알 만한 사람에게 이 이야기를 하자 그는 예상하고 있었다는 반응을 보였다. 젤트코프가 인노켄티에게 흥미를 잃었다면 그는 정말로 내 환자에 대한 내용은 기억에서 완전히 지웠을 거라고 말했다. 그리고 그는 이젠 젤트코프에게 전화 거는 것조차 힘들 거라고 말했다.

나는 조심스럽게 내 의견을 얘기한다.

"그렇게 쓰레기 같은 사람일 리 없어요!"

"이런, 이런! 얼마든지 그럴 수 있죠."

그가 말했다.

샤이세(젠장)…….

나는 나스챠에게 죽음은 잠깐 동안의 이별을 의미한다고 말했다. 실제로 나는 그렇게 믿고 있고, 사실 모든 일은 믿는 대로 되는 거니까. 누군가를 간절히 만나고 싶으면 언젠가는 만나게 되는 것처럼 말이다. 하지만 지금은 그 말이 큰 위안이 안 되는 것 같다.

거기 가면 사람들 말고도 있을까? 인생에서 사소하게 여겨지는 것이지만 어쩌면 그래서 더욱더 헤어지기 힘든 것 말이다. 이를테면 새해 트리에 장식돼 있는 양초가 타는 소리 같은 것 말이다. 전나무에서 날카로운 가시를 뽑아내고는 조심스럽게 불 쪽으로 가져간다. 전나무는 불에 타면서 모든 헤어지는 것들이 그렇듯 침엽수 특유의 강한 향을 내뿜는다. 저녁에 불이 활활 타고 나면 밤에는 커다랗고 시커먼 재가 남는다. 한밤중에 잠에서 깨면 제일 먼저 트리 생각이 나는 것이다. 그러고는 파자마 차림으로 트리에 힘들게 다가간다. 틈새 바람에 흔들리면서 들리는 미세한 소리가 나는 쪽을 향해 손으로 더듬으며 한 발 한 발 내디디면서 간다. 쪽마루 위를 걷는 맨발이 금세 언다. 맨발로 트리까지 다가가서 언 발을 녹이기 시작한다. 차가운 발을 따뜻한 종아리에 갖다 댄다. 트리에 붙어 있던 색종이 조각들을 뒤집어쓴다. 누군가 화장실에 가려고 일어나는 소리가 들린다. 넓은 트리 가지를 누르고 그 속으로 들어간다. 부엌에서 들리는 시끄러운 소리가 어서 끝나기를 기다리며 솜 속으로 들어가서 그대로 사라지는 것이다. 아침까지……. 나는 죽고 나서 한쪽 눈을 감고 트리를 보기 위해 일어났을 것 같다. 물론 그때도 내 눈이 남아 있다면 말이다.

음, 또 뭐가 있더라? 별장 베란다에 있던 산딸기가 들어가 있는 접시도 얘기할 수 있다. 햇빛이 흐릿해서 산딸기 색깔도 흐릿하다. 접시 끝으로 날개를 엉거주춤 겹치고 곤충 한 마리가 기어가고 있다. 딱정벌레도 아니고, 먹파리도 아니고, 개미도 아니다. 어디선가 본 적은 있는데 이름이 기억나지 않는 곤충이다. 이를테면 반평생 똑같은 자리, 그러니까 아파트 건물 입구나 책방에서 늘 마주친 사람이어서 그의 얼굴은 작은 주름 하나까지도 다 기억나는데, 정작 이름은 모르는 경우 같은 것이다. 살다 보면 이런 유의 인생의 동반자도 존재하는 법이다. 이런 동반자와 헤어지면 지극히 평범하고 소심한 겉모습, 겹쳐놓은 날개, 움직이는 모습 등을 그리워하게 되는 것이다.

혹은 해 질 녘에 본 장작불을 예로 들 수 있다. 장작불은 오레데 시강을 따라 피워놓았고, 달빛 비춘 길 못지않게 아름답다. 대화라 기보다는 마음을 편안하게 해주는 단어들을 열거하는 정도이다. 예를 들면 "장작 더 가져올게"라든지 아니면 "물이 끓기 시작해" 정도이다. 반쯤 탄 나뭇가지가 발에 밟히는 소리가 들린다. 냄비 안에 있는 물이 끓는 소리가 들리고, 가끔은 장작 타는 소리가 들린다. 댐 옆에 있는 강처럼 이대로 시간이 멈춰버렸으면 좋겠다. 더 밝아지지도 말고 더 어두워지지도 않은 채로. 아름다운 절벽들이 여전히 보였으면 좋겠는데, 절벽 이야기는 벌써 쓴 것도 같다. 데 본기 진흙도. 그 진흙도 '그곳'에 가면 있을까?

가끔 나는 인노켄티와 나 두 사람 중 누가 진짜 환자일지 생각해 본다.

나는 그가 부탁한 대로 이를테면 삶을 묘사한다……. 단 한 번도 한 적이 없는 데다 소질이 있다는 생각도 들지 않는다. 진단을 하거나 처방전을 쓸 때 필요한 말을 주로 해왔다.

하지만.

솔직히 말하면, 글을 쓰고 싶은 욕구가 시간이 지나면 지날수록 더 커진다.

지금 우리가 이렇게 함께 글을 쓰는 것은 후손들에게 우리의 경험을 전해주려는 시도라고 볼 수 있다. 인류 역사가 존재하는 동안 늘 하던 일이기도 하다. 다만 우리의 경험은 다소 특별하다고 말할 수 있다. 처음에는 이런 사실이 너무 싫었지만, 이제는 괜찮다.

인노켄티의 경우는 경험만을 전달하는 것은 아니다.

나스챠의 말에 따르면 그가 먼저 광고 회사에 연락해서 자기가 제공할 수 있는 서비스를 제안했다고 한다. 나스챠는 그들이 계약을 하러 왔을 때 우연히 알게 된 사실이라고 했다. 그들을 계단까지 바래다주고 남편에게 자초지종을 물었다.

그러자 그는 조용히 힘없이 안락의자에 앉는다. 그는 자기가 죽고 나면 어떻게 생계를 꾸려나갈 거냐고 묻는다.

그녀는 말없이 눈물만 흘린다.

인노켄티도 그녀에게 그런 식으로 말하면 안 된다는 것을 모르는 건 아니었다. 다만 적합한 표현을 찾을 힘이 없었을 뿐이다. 그래서 생각하는 대로 말한 것이다.

그는 자기가 완치될 수 없다고 생각한다. 환자에게 이것이 어떤 의미인지는 설명 없이도 알 수 있다.

가장 끔찍한 것은 나도 그에게 희망을 줄 수 없다는 것이다.

플라토노프의 건강에 대한 기사가 연일 나오고 있다. 나는 상관이 없지만, 그가 나가는 것은 신경이 쓰인다. 그는 키오스크 진열장에 진열된 황색 언론을 보는데, 거기에는 사진과 함께 「실험은 실패했다」「플라토노프가 불치병에 걸렸다」라는 제목이 보였다. 한 신문사에서는 그의 MRI 사진을 사서 신문 일면에 실었다. 「인노켄티 플라토노프의 뇌가 손상되고 있다」라는 제목과 함께 실렸다. 사실 그가 걷는 모습만 봐도 알 수 있는 사실이긴 했다. 다리에 힘이 빠져서 자꾸 주저앉는가 하면, 내 손에 의지해서 걷는 모습 말이다. 지팡이는 싫어하는데, 지팡이를 짚고 다니면 상황이 아주 안 좋다는 것을 인정하는 꼴이기 때문이란다. 누가 봐도 알 수 있는 사실을 다시 한번 확인시키는 것에 불과할 테지만 말이다. 한편으로는 그의 생각이 옳을지도 모른다. 누가 봐도 확실한 것을 인정하지 않는 한은 아직 결론이 난 것이 아닐 테니까 말이다.

나는 MRI 사진을 실은 신문을 가이거에게 보여줬다. 그는 소방차처럼 얼굴을 붉히더니 누군가에게 바로 전화를 걸었다. 3분 동안 수화기에 대고 욕을 해댔다. 결국 그는 상대방에게 불알이나 목에 걸리라는 악담을 하고는 전화를 끊었다. 물론 일어나기 힘든 일이긴 하다. 상대방이 뭐라고 대답했는지는 잘 모르겠다. 사실 가이거가 그럴 줄 몰랐는데, 솔직히 통쾌했다. 독일인들에게는 그런 점이 부족하다고 생각했던 것 같다.

하지만, 정작 플라토노프에게는 이 모든 것이 아무런 도움이 되지 않는다. 그는 지금 오로지 어떻게 하면 나와 딸을 위해서 돈을 더 많이 벌어다 줄지에 대한 생각밖에 없다. 그는 자기 자신에게는 미래가 없으니 자신에게 소중한 사람들의 미래라도 보장을 해주고 싶다고 말했다. 당연한 이야기를 한다는 듯이 차분하게 말했다. 며칠 전에는 광고 회사에 직접 전화를 했는데, 전에 내가 바보처럼 그를 대신해서 했던 일이다. 하지만 나는 나의 어리석음을 깨닫고, 그 일을 당장 관두었다.

나는 내가 미처 살지 못하고 건너뛴 시간이 무척 그립다. 일종의 환상통이다. 물론 당시에 나는 냉동 상태로나마 그 시대에 존재했다! 그렇다면 그 시대는 내가 살았던 시대이며 나 역시 그 시대에 대한 책임 의식을 가지고 있다. 나는 20세기를 하나도 빠짐없이 느낀다. 소련 시대 때 영화를 보면 이따금 영화 배경에 내가 있는 것 같다. 정말 우연의 일치일까? 아니다. 우연이라는 것은 내가 거기에 없는 것이며 묘사된 사건과 내가 무관한 것일 것이다.

"당신이 겪지 못한 사건들도 묘사하는 것이 허용되는 거 맞죠?" 가이거가 나에게 물었다.

"정확하게 이해하셨습니다. 어쩌면 겪지 못했다고 느껴질 뿐인지도 모르죠. 일어나지 않은 일이 마치 일어났던 것처럼 느끼는 것과 같은 이치랄까요?"

중요한 것은 이러한 사건들을 과대평가하지 않는 것이다. 나는 이 사건들이 인간 내면을 구성하는 본질적인 것이라는 생각은 들지 않는다. 이것은 한 사람을 정의하고 인간이 살아 있는 동안 육체에서 떨어나가지 않는 마음과는 다르다. 사건들은 서로 분리된다. 사건들이 인간의 일부를 만드는 것이 아니라, 반대로 인간이 사건의 일부가 된다. 사람이 기차 밑에 깔리듯이(물론 기차에 깔린 결과는 참혹할 테지만) 사람이 사건들 안에 들어간다.

그리고 나는 또다시 스스로에게 질문한다. 사건이라는 것은 무엇일까? 사건을 워털루 전투 같은 것이라고 생각하는 이들도 있고, 저녁에 부엌에 앉아서 나누는 대화라고 생각하는 이들도 있다. 이를테면 4월 말에 깜빡이는 흐릿한 전구가 달린 전등갓 아래에서 속삭이던 대화 같은 것 말이다. 창밖에 들리는 자동차 소리. 대화는 사라지고 문맥이 사라진 단어만 남는다. 하지만 마치 세상 모든 평안이 이날 저녁 그들에게 스며든 것처럼 마음을 편안하게 해주는 억양은 남아 있다. 내가 불안할 때면 나는 바로 그들과 4월에 나눴던 대화를 떠올리곤 했다.

아니, 아니다. 철도역에서 나눴던 대화도 떠올리곤 했는데, 몇 년인지는 모르지만 겨울이었던 것 같다. 1918년이거나 1922년일 수도 있는데, 이때만 하더라도 내가 아직 살아 있었을 때이다. 사실이 대화가 내가 없던 1939년 즈음에 있었을 가능성도 배제할 수는 없다. 그때가 언제가 됐든 나는 대화에 끼어들지 않았고 듣기만 했기 때문이다. 듣지도 못했다 하더라도 이 대화의 근본적인 성질은 변함이 없으며, 그 이유는 이 대화는 마음을 편안하게 만들어준다는 점에서 위에서 언급한 대화보다 못하지 않기 때문이다. 이 현상을 형이상학적으로 보면 이 대화는 오직 한 가지, 즉 마음을 편안하게 하기 위함이라는 것만 의미했다.

본질은 바로 이것이다. 얼핏 봤을 때는 워털루 전투는 세계사에 한 획을 그은 사건이고, 대화는 세계사와는 관련이 없는 것 같기 때문에 워털루 전투와 마음을 편안하게 해주는 대화는 비교 대상조차 되지 않을 것 같다. 하지만 대화는 한 개인의 역사이고, 그 개인의 역사에 있어서 세계사는 고작 서곡 정도에 해당하는 일부분에 해당한다고 볼 수 있다. 따라서 이런 상황에서 워털루 전투는 잊혀도, 좋은 대화는 영원히 잊히지 않을 것이라는 것을 알 수 있다.

플라토노프는 이상한 말을 한다. 하지만 나는 그의 말에 동의하기로 마음먹었다.

1939년, 1월. 철도역.

배경은 극지 탐험 기지이고 눈이 창문 높이까지 쌓이고, 고드름은 땅까지 닿는다고 상상해보라.

오후 4시밖에 안 됐는데 밖은 벌써 어둡다.

창문에 노란 불이 들어와 있다. 꽁꽁 언 창문 전체가 커다란 가로등을 연상시킨다. 등대는 철도로 향하는 사람들을 빠짐없이 비춘다. 하지만 이곳에는 기차가 잘 안 다니기 때문에 인적도 드물다.

대합실에는(사실 이걸 대합실이라고 할 수 있나?) 희미한 램프가 켜져 있고, 이 램프가 창문을 자신의 빛으로 채우고 있다. 구석에는 무쇠 난로가 있다. 인테리어는 엉망이지만 대신 무척 따뜻하다. 쪽마루 타일에는 녹아내린 눈 발자국이 있다.

벤치에는 두 사람이 앉아서 느긋하게 대화를 이어가고 있다.

매표소에 있는 여자가 자기가 있는 매표소 창문에서 그들의 대화에 귀를 기울인다. 가끔은 그들의 대화에 끼어들기도 한다.

한 시간에 한번 꼴로 화물차나 장거리 열차가 지나간다. 둘 다 역을 지나쳐 간다. 창문에 수증기를 내뿜은 후에는 단조로운 톤으로 열차 차량이나 탱크차를 두드리기 시작한다.

이런 순간에는 매표소 여직원의 의자 아래쪽이 흔들린다. 대화를 나누는 두 사람이 앉아 있는 벤치 아래쪽도 흔들린다. 그들은 잠시 하던 일을 멈추고 조금은 과장된 동작으로 인내심을 나타내면서 기차가 지나갈 때까지 기다린다.

그들의 무릎 위에는 얼어서 빨갛게 된 손으로 계속 만지작거리는 귀까지 덮는 털모자가 놓여 있다. 한 사람의 머리카락은 헝클어져 있고, 나머지 한 명의 경우는 반대로 머리카락이 머리에 붙어 있었다.

똑같이 귀까지 덮는 털모자를 써도 결과는 이렇듯 다른 것이다.

신은 왜 나사로를 부활시키셨을까? 어쩌면 나사로는 죽었던 사람만 이해할 수 있는 것을 알고 있기 때문일까? 그리고 그 덕분에 그는 다시 이 땅으로 돌아올 수 있었던 것이다. 그러니까 그에게 이승에 돌아올 기회가 주어진 것이다.

어쩌면 그는 엄청난 죄를 저질렀고, 그 죄를 사함받으려면 살아 있는 상태에서만 가능하고 이를 위해 부활된 것일까? 하지만 그런 사람이 그렇게 큰 죄를 지었을 리는 없어 보인다.

다만 나사로는 다시 살아난 후에는 단 한 번도 미소를 짓지 않았다고 한다. 그는 그곳에서 무언가를 봤고, 그에 비하면 이 땅에서 일어나는 일은 아무런 감정을 불러일으키지 않았기 때문인 것이다.

나 역시 생명이 멈췄었지만, 나는 그와는 달리 아무것도 못 봤다. 나는 정말로 죽은 것이 아니어서 그런 것 같다.

1958년. 어느 여름날 아침 폰탄카강 앞이다. 창문 유리를 두드린 태양이 날카로운 구석 아래로 들어가서 강을 향해 날아간다. 하얀 앞치마를 두른 청소부가 화강암으로 된 강변을 호스로 물을 뿌려서 청소한다. 그가 호스 분사기를 손가락으로 세게 누르면 물이 치익치익 하는 소리를 내면서 분홍색 울퉁불퉁한 표면을 평평히 고른다. 청소부의 일은 사실 생각보다 그렇게 단순하지도 않고 생각보다 안전하지도 않다. 청소부는 분사기를 내려놓고 빨갛게 변한 손을 멍하게 바라본다. 그런 후에 물과 의지가 결여된 물의 흐름을 바라본다. 그러고는 머리를 좌우로 흔든다. 그리고 또다시 분사기를 누르고 이제는 집중해서 물을 뿌린다. 물줄기가 처음에는 화강암으로 된 난간으로 향했다가 그다음에는 격자무늬 장식으로 향한다. 금속에 닿은 물줄기는 수백만 개의 물방울을 만들고 햇빛을 받으면 이 물줄기들은 무지개로 변한다.

물청소로 깨끗해진 널돌을 깔아 만든 노면 위로 오픈형 포베다 한 대가 달리고 있다. 바퀴가 부드럽고 축축한 소리를 내고, 차 뒤로 부채꼴 모양의 물방울이 만들어진다. 운전대를 잡고 있는 사람은 안경 낀 금발의 여자이고, 그녀는 미소를 띠고 있다. 그녀 옆 조수석에는 끈으로 묶은 파일이 놓여 있다. 교수. 여자는 교수일 가능성이 높다. 이를테면 지금 그녀는 대학교에 가거나 공공도서관에 가는 것이다. 우물 모양의 아파트 마당은 아침에 선선하다. 마당 안은 습하고 그곳 여름은 열린 창문마다 화분이 놓여 있는 꼭대기 층에만 있다. 아래쪽은 춥고 더럽다. '눈'이라는 말을 더 적을까 하다가 그건 사실이 아니라서 뺀다. 그냥 춥고 더럽다.

가족의 미래를 어떻게 하면 보장할까 하는 생각을 하다가 나는 앞으로는 가족에게 일어나는 일에 대한 증인이 되지 못할 것이라는 것을 깨닫는다. 그들이 속한 미래에 내 자리는 없을 것이다. 유일한 해결책은 나의 미래를 그들의 미래 속에 옮겨놓는 것이다. 혹은 나 스스로 그들의 미래에 들어가는 것이다. 우리가 서로 노력해서 다가가면 우리는 중간 지점에서 만날 것이며, 그러면 나의 미래는 우리 모두의 미래가 될 것이다. 나와 나스챠는 내게 남은 시간이 허락하는 한 공통의 견해와 사물이나 현상을 평가하는 잣대를 만들어야 한다. 우리 두 사람 중 누구 한 명이 없어져도 티 나지 않으려면 적어도 가장 중요한 문제들만이라도 평가할 때 쓰일 수 있는 잣대를 만들어놓아야 한다. 그렇게 되면 먼저 떠난 사람도 가장 옳은 방식으로 문제가 해결됐다는 것을 알고 마음이 편안해질 것이다.

나는 오늘 큰 충격을 받았다.

저녁에 플라토노프 부부 집에 잠깐 들렀을 때 인노켄티가 그린 그림을 봤다. 자레츠키의 초상화였다.

회화에서 정확히 어떤 기법이라고 부르는지는 모르지만, 석탄으로 그린 그림이라 치자. 윤곽선이 어떤 부분에서는 끊어지고, 어딘가에서는 있는 듯 없는 듯 흐릿하다.

그는 식탁 쪽으로 몸을 숙이고 있다. 펼친 손가락으로 머리카락을 헝클어트린다.

식탁 위에는 술병과 잔이 있고, 잔 속에 있던 보드카는 바닥까지 비어 있다. 끝부분을 뜯어 먹은 콜바사 한 조각이 있다.

그림에는 캐리커처의 그림자도 없다. 앉아 있는 사람의 얼굴에도, 턱을 괴고 있는 모습에도, 심지어 보드카병과 콜바사에도 그림자가 없다. 그림은 무척 비극적이다.

앉아 있는 사람은 뭔가(어쩌면 자기 삶일 수도 있다)를 애도하고 있고, 보드카와 콜바사가 유일한 증인이다. 얼굴선은 가늘다. 어깨는 구부정하다.

그가 침묵하는 동안 그의 모습은 고결해 보이는데, 어쩌면 이 그림을 그린 의도와 맞는지도 모르겠다. 자레츠키는 말이 없다. 양처럼 '매매' 하고 울듯이 내는 그의 말도, 험한 말도 들리지 않는다.

그리고 그가 지금 뭔가 고차원적인 것에 대한 생각에 몰입하고 있는 것 같다는 생각마저 든다. 그의 시선의 끝은 어딘가 이 방의 경계선 너머에 있는 것 같기도 하고, 어쩌면 가시 세계 전체 너머 어딘가에 머물러 있을지도 모른다.

자레츠키에 대해 아는 바가 없지만 이 그림은 굉장히 놀랍다. 이 그림은 그림 이상이다. 이 그림은 자레츠키를 해방시켜주고 있다. 이 그림은 무시무시한 역할, 즉, 공벌레 신세를 면하게 해준다.

이 그림은 인노켄티, 그리고 나와 나스챠가 위험한 순간 잡고 있는 지푸라기 같은 것이다. 그러니까 인노켄티를 묶고 있던 비밀스러운 창작의 능력이 다시 살아난 것이다. 그가 다시 그림을 그릴 수 있게 된 것이다. 그것도 엄청난 그림을 말이다!

내가 아는 지식이 맞는다면, 이것은 그의 세포 중 일부가 다시 살아났다는 것을 의미한다. 어떻게 해서, 그리고 왜 그런 일이 일어났는지는 아직 미지수이다. 나는 단지 사실을 얘기할 뿐 설명을 하고 싶지는 않다.

플라토노프는 천재다. 나와 가이거가 오늘 함께 본 이 놀라운 그림은……. 초상화에 대해서 뭐라고 말을 하고 싶었지만, 멋지게 표현할 자신이 없어서 그대로 멈춰버렸다. 마치 《전쟁과 평화》를 요약하는 것이나 교향곡 40번을 흥얼거리는 것과 다르지 않을 테니까 말이다. 한 가지만 말하자면, 할머니의 이야기를 듣고 어제까지만 해도 나는 자레츠키를 미워했다. 하지만 이 초상화를 보고 용서했다. 거의 용서했다. 플라토노프가 그를 그렇게 그렸기 때문이다. 물론 내가 그의 아내이기 때문에 내 말을 전적으로 신뢰할 수는 없을 것이다. 자기 남편을 천재라고 생각하지 않는 아내가 있을까? 그래서 나는 잠시 그와는 상관없는 남이 되어서 플라토노프는 천재라는 말을 전 세계 사람들이 들을 수 있도록 말하고 싶다는 강렬한 욕구에 사로잡힌다. 물론 이제 와서 그와는 상관없는 사람이 될 수는 없을 것이다. 나와 그는 정신도 육체도 하나로 연결돼 있으니까 말이다.

플라토노프에게는 힘이 없다. 그는 점점 집 밖을 나가는 시간보다 집에 누워 있는 시간이 더 많다. 집에서 텔레비전을 본다. 아니면 글을 쓴다. 가끔은 공포에 사로잡힌다. 그는 자신이 빨리 죽을까 봐 두려워한다. 혹은 자다가 작별 인사도 못 하고 죽을까 봐 두려운지도 모른다. 이제 바닥 등을 켜는 일이 더 잦은데, 어두우면 죽음이 임박한 것 같다고 했다. 함께 잠자리에 들면, 그는 나에게 한 손을 달라고 해서 그 손을 꼭 쥐고는 잠이 든다. 하지만 그가 가장 두려워하는 것은 이 넓은 세상에 우리 둘만 남기고 가는 것이다. 그는 벌써 우리를 고아라고 느끼는 것 같다. 욕실에 들어가 안에서 욕실 문을 잠그고 뜨거운 물과 찬물을 최대한 세게 틀어놓는다. 높은 압력 때문에 수도꼭지가 울부짖는다. 나도 운다.

나는 《지난 시대의 이야기》를 읽는다. 연대기 작가는 몇 년간에 걸쳐서 역사적 사건들을 나열한다. 이를테면 세상이 창조되던 해에 이러이러한 일이 있었고, 다음 해에는 이러이러한 일이 있었다고 쓰는 식이다. 그런데 어떤 해에는 '아무 일도 일어나지 않았노라'라고 적혀 있다. 이런 해를 '텅 빈' 해라고 부른다. 아무 일도 일어나지 않은 해들을 일컫는 말이다. 처음에 나는 이런 해들에 대해 언급하는 이유를 알고 싶어서 골머리를 앓았다. 하지만 얼마간 시간이 지난 후에 나는 이 사람들은 아주 작은 시간의 일부라도 연대기상에서 사라질까 봐 두려워했다는 것을 깨달았다. 영원과 같은 오랜 시간 동안 고난을 당한 사람들은 특히 더 시간을 소중하게 여겼다. 시간만큼 시간의 끊김이 신경 쓰였고, 그래서 시간은 끊기지 않아야 한다고 생각한 것인지도 모른다. 그들은 진정한 영원은 얼마 동안 열심히 산 시간 후에야 도래한다고 생각했던 것 같다. 나도 비슷한 감정을 느꼈다! 나는 수십 년 동안 냉동돼 있던 시기를 흘려보내면 안 된다는 것을 알고 있었다. 그리고 나는 옳았다.

전반적으로 삶은 내가 그것들을 하나로 연결하려고 노력해도 여러 부분으로 분해되고 있다. 분해되고 중단된다. "지옥에 떨어져도 지혜를 가지고 좌절하지 말라." 내가 무슨 생각을 하든지 내 지혜는 지옥으로부터 벗어나지 못한다. 절망 자체인 곳 말이다.

나는 인노켄티가 뮌헨에서 검사를 받을 수 있게 했다. 좀 더 정확히는 전에 나에게 치료를 받았던 환자들의 도움을 받았다.

꼭 필요한 경비 외에도 떠날 수밖에 없는 확실한 이유가 있는가 하는 것이 고려 대상이었다. 솔직히 지금에서야 깨달은 것이지만, 그가 떠날 수 있게 수속을 밟는 것은 어느 정도는 핑계라고 생각한다.

군이 해외로 나가야 할까? 솔직히 아직 확신이 서지 않는다.

내가 보낸 자료에 따르면 수술을 할 상황도 배제할 수 없는데, 수술에 대해서는 회의적이다.

조금씩 인노켄티에게 재활훈련을 시켰었다. 사실 나보다 더 그의 상태를 잘 아는 사람이 있을까?

하지만 또 다른 한편으로 보면 어쩌면 너무 잘 아는 것이 오히려 치료에 방해가 될 수도 있지는 않을까? 어쩌면 지금 이 상황에서는 오히려 새로운 시각이 필요하지 않을까?

그리고 마지막으로, 어쩌면 내가 그에게 정이 들어서 그를 환자 이상으로 가까운 사람으로 생각하기 때문에 옳은 결정을 내리지 못하는 것은 아닐까?

그에게 뮌헨 이야기는 떠나기 직전에 말해야겠다. 그전에는 말을 안 하는 편이 좋을 것 같다. 그와 나스챠는 이 일이 아니어도 충분히 신경이 곤두서 있는 상황이다.

1969년. 노동절 퍼레이드. 아침 공기는 선선하다. 아직 여름이 오기 전이어서 낮 기온 역시 따뜻하지 않다. 두 사람이 스티로폼으로 만들어진 거대한 체온계를 들고 있고, 그걸 보고 문득 온도에 대한 이런저런 생각을 하게 된 것이다. 체온계에는 36.6이라고 적혀 있었는데, 실외 온도는 아니라는 것 정도는 알 수 있다. 체온계가 가리키는 것은 누구의 체온일까? 정체를 알 수 없는 거인? 퍼레이드 전체와 관련이 있는 걸까? '소비에트들의 나라'*라고 적힌 글씨로 미루어 짐작할 때 36.6이라는 숫자는 이 '나라'와 연관이 있는 것 같다. 퍼레이드에 참여하는 사람들 중 누군가가 희망이 없는 나라는 병이 든 것이고, 이 나라에 온도가 적힌 체온계를 대는 것이라고 말한다. 작은 목소리로 거의 속삭이듯이 말한다. 아니, 속삭이는 것이 맞다.

형형색색의 깃발이 바람에 나부끼며, 대부분은 붉은색 깃발이다. 당과 정부 대표들의 초상화도 있지만, 바람에 나부끼지 않는다. 도착한 사람들은 자기 학교 자리에 일렬로 서 있는데, 이를테면 첫 번째 의대 같은 곳 말이다. 각 팀들은 행진이 시작되기를 기다린다. 누군가가 재킷 주머니에서 휴대용 물통을 꺼낸다.

"코냑 한 모금 하시겠어요, 마를렌 예브게니예비치 씨?"

"당연히 해야죠."

그는 병에 입술을 바짝 대고 크게 몇 모금을 마신다. 숨을 크게 내쉰 후에 입을 닦더니 또다시 술을 빨아 먹는다. 술을 권한 사람의 표정이 어두워진다. 그는 자기 술병의 술을 공갈 젖꼭지 빨아 먹듯이 마시는 모습을 보고 언짢아한다. 그리고 마를렌 예브게니

---

* 소련의 비공식 명칭.

예비치 씨가 입술을 바짝 대고 술을 마시고 나면 코냑의 맛이 조금 변질되지는 않을까 우려하고 있다.

"폴리나, 마저 마실래요?"

폴리나가 마시고 나면 그는 또다시 술병 주둥이에 입술을 대고 빨아 먹을 것이다.

"고맙지만, 안 마실래요."

폴리나가 말한다.

그녀는 술을 마다하지 않는 사람이었다. 그녀 역시 마를렌 예브게니예비치 씨가 더럽게 입술을 대고 마시는 모습을 본 것 같았다.

퍼레이드 줄이 천천히 움직인다. 선두에 체온계가, 그다음에는 깃발과 초상화들을 든 사람들이 있다. 이들은 레프 톨스토이 거리를 따라 마치 바닥에 흘린 잼처럼 움직인다. 키롭스키 대로에서 이들은 다른 팀들과 합류하며, 공통의 리듬과 공통의 기쁨에 흡수되었다. 사실 기쁨이라는 것은 이 리듬에서 비롯되는 것이다. 많은 수의 사람들이 이루는 리듬 말이다. 사실 기뻐할 이유는 전혀 없다. 정말이지 전혀 없다.

1975년 알루시타. 모래사장이다. 이 글을 쓰는 사람은 바다 표면을 응시하고 있다. 소형 쾌속정들, 트롤선들, 그리고 직사각형 모양의 거대한 배들도 있었는데, 일단 화물선이라고 생각하자. 이것들은 굉장히 멀리 위치해 있어서 뱃고동도 들리지 않아 배의 움직임은 무성영화를 연상시킨다. 혹은 연극 무대장식을 따라 흔들리는 합판으로 만들어진 배 같기도 하다. 이 배들은 정확히 지평선을 따라 움직이며, 위나 아래로 절대 기우는 법이 없다.

　나와 바다 사이에는 침구가 놓여 있는 것 같다. 이 침구는 태양이 있는 위치를 감안해서 펼쳐져 있고, 반쯤 바다 쪽으로 향하고 있다. 내가 지평선을 바라보는 동안 침구 위에 한 아가씨가 앉아 있다. 아가씨라기보다는 열여섯 살 정도 되는 소녀에 가깝다. 그녀는 바다에서 왔다. 뒤로 묶어 올린 머리에서 계속 바닷물이 떨어진다. 그녀 피부에 있는 습기는 마치 방금 막 깐 아스팔트 위에 비가 내리듯이 물방울 하나하나가 따로따로 튕겨진다. 시적인 비유가 아닐지는 모르겠지만, 이것이 내 머릿속에 제일 먼저 떠오르는 것이다. 한때 아스팔트 포장 공사를 보고 굉장히 커다란 감동을 받은 적이 있다.

　모래사장에 있는 모래로 만든 가방에서 그녀는 삼각뿔 형태의 종이를 꺼낸다. 그 안에는 체리가 들어 있다. 물놀이를 하는 그녀는 내 쪽으로 등을 보이고 양반다리를 하고 앉아 있다. 척추, 어깨뼈, 무릎선이 여치를 연상시킨다. 내 어깨 너머로 내가 쓴 글을 읽은 나스챠는 여치는 척추가 없다고 말한다. 나는 질투 나서 그러는 거 안다고 말한다. 나스챠는 내 말에 동의하며 내 정수리에 키스한다. 여치에 대한 언급은 그대로 두기로 한다.

　이 장면을 상상하자 갑자기 목이 마르다. 나는 지갑을 들고 해변에 있는 자판기에 다가간다. 이런 경우 시럽이 들어간 탄산수(3코페이카짜리)는 허용되지 않는다. 이런 경우에는 시럽을 넣지 않은 탄산수(1코페이카짜리)만 마셔야 한다. 탄산수가 컵에 따라지는 소리가 나고, 컵 속에서 탄산이 부글부글 끓는다. 투명한 탄산 거품은 위로 올라가려고 하고 현미경으로나 식별 가능할 정도로 작은 물방울이 튀기기 때문에 자판기 안에 있는 물이 차갑다는 것을 알 수 있다.

하지만 기대와 달리 물은 유감스럽게도 차지 않다. 하지만 내가 이곳에 마지막으로 왔던 1911년만 하더라도 자판기뿐만 아니라 많은 것들이 부족할 때였으므로 없는 것보다는 이런 자판기나마 있는 편이 낫다. 이곳에 있는 모든 것이 변했다고 볼 수 있다. 예나 지금이나 모래사장이 선사하는 위대한 기쁨은 남아 있다. 해변에 대한 생각만 하면 마음속에 기쁨이 차오르는 것이다. 이젠 그곳에 내가 있을 곳은 없고, 이보다 훨씬 슬픈 일들이 나 자신을 기다리고 있다 하더라도 여전히 마음속에 자리한 이 기쁨을 잊지 못한다.

1981년 레닌그라드, 쿱치노. 무더위가 기승을 부린다.

철근 콘크리트로 만들어진 주택에서 맞이하는 생일.

상트페테르부르크에서 무더위가 기승을 부릴 때는 이런 철근 콘크리트로 만들어진 주택에는 안 들어가는 것이 좋다. 솔직히 이런 집에서는 안 사는 편이 좋다.

상트페테르부르크의 무더위는 습하고 끈적끈적거린다. 철근 콘크리트로 만들어진 주택은 마치 거대한 오븐 같고 환기조차 불가능하다. 그리고 이 건물에 있는 아파트들은 좁은 공간에 서로 다닥다닥 붙어 있다.

이런 날 생일을 축하할 때는 술은 마시고 싶지 않다. 차가운 맥주라면 모를까. 정말로 맥주로 시작을 해서 끝은 늘 뻔하다. 슈레

클리히(끔찍하다).

"올리비예* 좀 드세요. 삭힌 청어를 밑에 깐 샐러드**도 드세요."

"지금은 '털 코트'라는 단어만 들어도……."

방 안에 있는 사람들 모두 웃는다. 오쿠자바***의 노랫소리가 들린다.

"한 분도 빠짐없이 안주 드세요."

다들 안주에는 손도 대지 않는다.

"세르이, 난 자네를 가라테에 등록시키겠네. 물론 오늘은 아니고."

손님 중 한 명이 건배를 할 생각으로 보드카에 손을 뻗는다. 그의 셔츠 옆 부분이 젖어 있다.

그는 자기 맞은편에 앉은 사람들에게 술을 따르기 위해 일어난다. 그러자 젖은 그의 등도 모습을 드러낸다.

그가 무언가 말을 하려고 허리를 펴자 그의 축축한 배에 모두의 시선이 향한다. 자기 자리에 가만히 앉아서 고래고래 소리 지르기만 했더라면 아무도 몰랐을 것이다.

"세르이가 욕조 안에 들어가 있을 때는 머리를 잡고 계세요. 꼭 목욕할 때가 아니어도 누군가 그의 옆에 앉아서 그의 머리를 잡고 있어야 해요. 안 그러면 기도로 음식물이 넘어가서 죽을 수도 있어

---

* 각종 채소를 마요네즈에 버무린 러시아식 샐러드.
** 직역하면 '털 코트 밑에 깔린 청어'라는 의미이다.
*** 불라트 오쿠자바(1924-1997). 러시아의 음유시인이자 작가이다.

요."

"그런 걸 사레들린다고 하죠."

"자네가 그렇게 잘났으면, 자네가 머리를 잡고 있으면 되겠네."

"내가 잘났다고?"

"아니, 자네 말고. 그냥 농담한 거야."

힘없는 몸싸움이 시작된다. 다들 몸싸움하는 이들을 떼어놓으려고 달려든다. 그들은 순순히 떨어진다.

플라토노프는 점점 더 이해할 수 없는 행동을 한다. 나와 가이거에게 더도 말고 덜도 말고 자레츠키의 죽음을 있는 그대로 묘사해달라고 부탁했다. 나는 우리가 그의 죽음을 본 적이 없는데 어떻게 묘사할 수 있냐고 그의 말에 반박했다. 그러자 그는 우리가 보지못한 많은 것들을 다 묘사해왔다고 말했다. 그러더니 한 손을 내저으면서 "아니, 안 해도 돼요, 그냥 혹시나 하고 말해본 거니까"라고 말했다. 그러자 가이거가 플라토노프가 눈치채지 못하게 나한테 사인을 했고, 나는 순간 입술을 살짝 깨물었다. 자레츠키로 인해 모든 불행이 시작되었기 때문에 자레츠키는 플라토노프에게 중요한 인물이다. 플라토노프가 그를 그린 이유이기도 하다.

그런 내가 경솔하게도 그의 제안을 거절한 것이다. 솔직히 우리가 묘사하는 글이 무슨 목적으로 필요한 것인지 이해할 수는 없지만, 만약 플라토노프가 중요하다고 생각한다면 질문조차 할 필요가 없는 것이다. 그가 완치될 수만 있다면 시위, 공원, 결혼식, 살해등 매일 얼마든지 글을 쓸 준비가 돼 있다.

오늘 나는 며칠 후에 뮌헨으로 가야 한다는 것을 알게 되었다. 그것도 뮌헨에 있는 병원에서 급행으로 보낸 서류철을 받고서야 알게 된 것이었다. 나는 이 일을 계획한 가이거에게 당장 전화했다. 그는 미리 얘기해서 나와 나스챠를 걱정시킬 필요는 없다고 생각했기 때문에 미리 말하지 않은 것이라고 했다.

하지만 그의 우려와는 달리 나는 굉장히 신경이 곤두섰다. 나스챠를 떼어놓고 혼자 가야 하는 것이다. 가이거는 지금 현재 자신의 병원 문제를 놓고 보건부와 실랑이를 벌이고 있기 때문에 병원에 매일 가야 하는 상황이었다. 그는 중요한 자문을 위해 하루 정도만 가 있을 예정이다. 나스챠의 경우는 의사들이 절대 아무 데도 가지 말라고 당부하고 있다. 산모와 아이 모두에게 위험할 수 있다는 것이다. 그녀는 의사들의 만류를 뿌리치고 나와 함께 떠나려고 하지만, 내가 허락하지 않을 것이다.

하지만 솔직히 혼자 떠나는 것이 두렵다. 겉으로 표현하지는 않지만, 난 정말로 너무 두렵다. 한번은 내가 어렸을 때 맹장 수술 때문에 병원에 간 적이 있다.

나는 흰색의 복도와 약품 냄새로 인해 겁을 먹었지만, 가장 끔찍한 것은 수술실에 부모님은 들어오실 수 없다는 것이었다. 나를 병원용 이동식 침대에 싣고 수술실로 데리고 가는 동안 상체를 뒤로 틀어서 복도 깊숙한 곳에서 나에게 우울하게 손을 흔들고 계신 두 분을 쳐다봤다. 나는 그 순간 외로움을 느꼈고, 나보다 더 심한 외로움을 느끼고 계실 부모님이 딱해서 눈물을 쏟았다. 부모님이 더 괴로워하실까 봐 소리 내서 통곡할 수는 없었지만 내가 갑자기 눈물을 너무 많이 흘리자 그 모습을 본 간호사들조차 당혹스러워한 기억이 있다.

이 장면은 내 기억 속에서 안개 속에서 불빛을 비추는 가로등처럼, 흐릿해진 얼룩같이 깜빡거리다가 갑자기 이렇게 또렷하게 기억난 것이다. 내가 어렸을 때만 하더라도 내가 부모님을 떠난 것은 일시적인 떠남이었고, 나는 나에게 소중한 이들과 또다시 만났다. 하지만 이번에는 병원 복도가 나를 어디로 이끌지 오직 신만 알 뿐이다. 저녁에 가이거가 우리 집에 와서는 마치 '빠른 말 놀이'를 하듯이 빠른 속도로 "뇌를 열어볼지도 몰라요"라고 말했다. '뇌'라는 단어와 건성으로 툭 내뱉는 투로 미루어 짐작하건대 그가 이 문장을 미리 연습하고 왔다는 것을 알 수 있었다.

1923년, 3월.
콜바사 공장에서 교대 근무를 마친 자레츠키는 집으로 향한다.

바지에 콜바사를 넣은 채로 그는 무사히 출구를 통과한다. 콜바사는 밧줄에 감아서 성기에 직접 매달아놓았기 때문에 경비의 눈에 띄지 않는다.

자레츠키의 성기는(시체 안치실에서 알게 된 사실이다) 작아서 바지 안에 콜바사가 들어갈 공간은 충분하다.

그보다도 나중에 이 세상에 나온 프로이트는 이런 경우 그의 도둑질을 허기진 위 외에 다른 데서 원인을 찾았을 것이다. 바지 속에 넣은 콜바사로 인해 자신감을 더 얻었을지도 모를 일이다. 자존감도 조금 더 올라갔을지도 모른다.

그래도 바지 속에 콜바사를 넣고 걸어 다니는 것은 불편하다. 콜바사 때문에 걸음걸이에 제약이 따른다. 최악의 경우 콜바사를 맸던 줄이 끊어질 수 있다. 그러면 사람들이 보는 앞에서 바지 밖으로 콜바사가 나올 수도 있다.

이런 식으로 콜바사를 넣고 다니는 사람은 어떤 식으로든 난감한 상황에 처할 수 있다는 것을 자레츠키도 알고 있었을 것이다.

공장에서 나와 안전한 지점에 도달한 후에 그는 보통 즈다놉카 강 쪽으로 내려가곤 했다. 바지 지퍼를 내리고 콜바사를 연결했던 줄을 끊었다. 그런 후에 그는 양손에 콜바사를 쥐고 다시 강변 산책로 쪽으로 올라갔다.

1923년만 하더라도 콜바사를 들고 가는 사람은 늘 사람들의 관심을 끌었다.

그다음에 일어날 법한 일들을 열거하자면 다음과 같다.

콜바사 공장에서 일하는 사람을 누군가가 미행하기 시작했다. 그가 죽던 운명의 날 강가에서 누군가가 벌써 그를 기다리고 있었을 수도 있다. 버드나무처럼 가지를 길게 늘어뜨린 나무 뒤에 서서 말이다. 그러고는 자레츠키가 바지 속에 숨겨온 콜바사를 꺼내기가 무섭게 그에게서 콜바사를 낚아챘다.

그다음에는 어떤 일이 일어날 수 있을까? 그다음 일은 전적으로 우연의 일치이다.

콜바사를 낚아채는 과정에서 상대가 자레츠키를 밀쳤고, 그가 넘어지면서 그의 정수리가 날카로운 바위에 찔렸다. 이것은 자레츠키가 콜바사를 숨겨서 가지고 나온 사실에 대해서 잘 모르는 트레시니코프라는 수사관의 추리 결과이다. 물론 이를테면 불의를 보고 못 참는 사람 몇 명이 자레츠키에게서 콜바사를 빼앗고 문제의 그 날카로운 바위로 그를 직접 내리쳤을 가능성도 있다.

사실 도둑맞은 콜바사는 본인이 훔친 것이었기 때문에 죽은 이가 어디 가서 하소연할 수도 없다. 그렇다면 그들은 그를 죽일 필요까지는 없지 않았을까?

두번째 시나리오는 이렇다.

강은 일반적으로 몰락의 냄새를 풍긴다. 그곳 강가에는 온갖 종류의 좀도둑과 불량배가 득실거린다.

그들 중 누군가가 자레츠키를 눈여겨봤다. 콜바사 공장에서 일하는 사람의 장화가 축축한 눈 위를 걸으면서 철퍼덕거렸고, 그런 그의 모습이 눈에 띄었을 수 있다. 3월의 즈다놉카 강변은 산책하기 좋은 곳은 아니다. 눈치가 빠른 사람이라면 누군가가 눈 위를 철퍼덕 소리를 내면서 걸을 때는 그만한 이유가 있을 것이라는 것을 이해할 것이다.

그는 만일의 사태에 대비하며 조용히 자레츠키의 뒤를 밟는다. 어쩌면 버드나무에서 나와서 그의 뒤를 미행하는지도 모른다. 상대는 자레츠키가 무엇을 하려고 하는지는 모르지만, 그는 벌써 자레츠키를 범행 대상으로 골랐다.

그에게는 사냥꾼 특유의 본능, 촉이 발달했다. 요즘 표현대로라면 그는 나쁜 놈이다. 아무런 목적도 없이 사람을 죽일 것이다. 죽이기 쉬워 보여서 죽일 것이다. 줄에 매달린 콜바사를 보고(그는 웬만한 일에는 놀라지 않는다) 돌멩이를 들고는 범행 대상의 뒤통수에 대고 내리칠 것이다.

극도의 고통을 느끼는 자레츠키의 모습을 보면서 그 자리에서 콜바사를 다 먹을 것이다. 그리고 어둠 속으로 사라질 것이다.

가이거가 자레츠키의 죽음에 대해 썼고, 플라토노프는 가이거에게 소리 내어 읽어달라고 부탁했다. 내 남편이 부탁하는 모든 일에 대해 거절하지 않기로 마음먹은 가이거는 그의 부탁대로 자기가 쓴 글을 읽기 시작했다. 나는 플라토노프의 얼굴만 봤다. 그는 자기가 부탁해서 가이거가 쓴 글을 침착하게 들었고, 나는 플라토노프가 그 글을 마음에 들어 하는 것 같다는 생각을 했지만, 플라토노프는 그 글을 마음에 들어 하지 않았다. 그는 그대로 "마음에 안 든다"라고 말했다. 이유는 설명하지 않았다. 플라토노프의 이상한 부탁을 들어준 가이거는 플라토노프의 뜻하지 않은 반응에 다소 화가 난 것 같았다. 어쩌면 이상한 부탁임을 알고도 그 부탁을 들어준 자기 자신에게 화가 났는지도 모른다. 보기 좋게 거절당하지 않았느냐고 말이다.

그러자 가이거가 나에게 말했다.

"자레츠키의 죽음을 당신이 묘사해보는 건 어떨까요?"

그는 플라토노프 쪽으로 몸을 돌려서 말했다.

"아니면 당신은 어떻소?"

그러자 플라토노프가 대답했다.

"좋습니다. 한번 해보지요."

나 역시 고개를 끄덕였다.

나는 우리 모두가 정말로 미친 것 같다는 생각이 든다.

내일이면 플라토노프가 뮌헨으로 떠난다.

그것도 나를 놔두고 혼자서 말이다.

자레츠키의 죽음을 묘사하는 일은 그다지 어려워 보이지 않았지만, 가이거가 쓴 글은 실망스러웠다. 결과적으로 이 일은 그렇게 쉽지 않다는 것이다. 나스챠는 어떻게 쓸지 궁금하다. 나스챠는 어제 나에게 내가 건강 회복을 위해 별로 노력하지 않는 것 같다고 말했다. 잘은 모르겠지만, 어쩌면 피곤해서 그럴 수도 있다. 오랜 시간 동안 모든 감정에 예민하게 반응한다는 것은 쉬운 일이 아니다. 심지어 죽음을 두려워하는 데도 지친 것 같다. 결국 이런 상황에서 누군가는 무심해지고, 누군가는 평안을 찾을 것이다.

내 기력이 쇠하고, 기억력도 감퇴하지만, 고통을 느끼지는 않기에 어쩌면 이것이 신이 내게 베푼 자비가 아닌가 싶다. 사실 나는 고통이 무엇인지는 충분히 알고 있다. 고통은 육체적인 고통으로 인해 끔찍한 것이 아니라, 더 이상 고통으로부터 벗어날 희망을 상실한 채 육체로부터 벗어날 준비가 돼 있다는 사실이 끔찍한 것이다. 즉, 죽고 싶어진다는 것이다. 더 이상 인생의 의미 같은 문제에 대해 생각할 수도 없고, 죽음을 고통으로부터 벗어날 유일한 출구로써 인식하는 것이다. 통증이 잦아들면, 이런저런 생각을 하고 마음의 준비를 할 수 있는 여유가 생긴다. 그러면 자신에게 허락된 수개월 혹은 몇 주간의 자유가 작은 영원처럼 느껴지며, 이 기간이 그리 오래가지 않으리라는 생각을 못 하게 되는 것이다. 이 기간에는 더 이상 평균 수명이라든지 하는 온갖 종류의 잡생각들을 안 하게 된다. 대신 그때부터 그는 모든 인간에게는 저마다 주어진 계획이 있을 뿐이라는 것을 이해하기 시작하는 것이다. 하긴, 이런 상황에서 평균 수명이라니…….

내일이면 뮌헨으로 간다. 사실 이번 출국에 큰 기대를 걸지는 않지만, 잘된 일인지도 모른다는 생각이 든다. 우리 모두는 지쳤고, 서로 잠시 떨어져 있을 필요가 있다.

오늘 우리는 인노켄티를 공항에서 배웅했다. 나는 일주일 후에 뮌헨에 간다.

플라토노프를 못 본 지 벌써 이틀째이다. 텅 빈 것 같다. 이제는 울고 싶을 때 얼마든지 울 수 있지만, 눈물이 나지 않는다. 그러니까 눈물을 흘리기 위해서는 내가 우는 모습을 보지는 않더라도 누군가가 옆에 있어야 한다는 것을 깨달았다. 저녁 예배에 갔고, 그곳에서 나는 목 놓아 울었다. 성당 안이 어두워서 다행히 아무도 내가 우는 모습을 보지는 못한 것 같다.

오늘 아침에 플라토노프로부터 이메일을 한 통 받았다. 그는 그곳 사람들이 그를 마중 나와주었고, 도시 구경도 시켜줬노라고 썼다. 오후에는 그곳 사람들과 함께 '영국 정원'에서 산책도 했다고 했다. 비행기로 세계 이곳저곳을 다녀본 그였지만, 그는 그 정원이 시베르스카야에 있는 장소들을 연상시키기 때문에 가장 마음에 든다고 했다. 그다음에 플라토노프는 늦가을의 시베르스카야의 숲을 자세히 묘사한다. 공기 중에는 곰팡이 냄새가 심하게 나고 나무 사이에 작은 시내가 있고, 까마귀들이 나뭇가지 위에 앉아 있다. 그는 이 새들은 가느다란 나뭇가지들을 좋아하는데 그 이유는 가지가 흔들리는 것을 좋아하기 때문이라고 썼다. 전에는 몰랐지만 그의 말처럼 정말 그렇다면 까마귀는 기뻐할 일이 많을까? 흥미롭고도 감동적인데, 뮌헨은 다섯 줄밖에 안 쓰고, 나머지는 시베르스카야 이야기이다. 그리고 이메일 끝에는 자레츠키의 죽음에 대해 썼는지를 물었다. 요즘 여러 가지 복잡한 일이 많아서 잊었을 것이라고 생각했지만, 그렇다고 그의 부탁을 잊은 건 아니었다. 약속을 했으니 써야겠다. 내키지는 않는다.

이곳 사람들이 뮌헨을 구경시켜줬다. 아름다운 도시이긴 하지만, 가슴이 뛰지는 않는다. 나는 한 번도 이곳에 온 적이 없고, 이곳에 있는 모든 것, 즉, 상점의 향기, 풀, 예쁜 자동차는 나와는 상관이 없다. 내 어린 시절을 연상시키는 영국 정원 정도만 제외하고, 나머지는 모두 나와는 무관하게 발생해서 발전한 것들이었다. 이곳에 도착한 날 나는 이미 이곳에 괜히 온 것 같다는 생각이 들었다. 꼭 집어서 뭐라고 설명할 수는 없지만, 뭔가 그런 기분이 들었다.

그런 후에 닥터 마이어 교수와 만났다. 제일 먼저 든 생각은 '나를 치료하는 독일인이 더 낫다'였다. "비 게트 에스 이넨(어떻게 지냅니까)?"라는 질문에 나는 "이히 슈테르베(저는 죽어가고 있습니다)"라고 대답했다. 내 짧은 대답 속에는 가이거가 보낸 자료와 전반적인 내 컨디션이 포함돼 있었고, 물론 체호프도 느껴졌는데, 마이어 교수는 이 중 그 어떤 것도 이해하지 못한 것 같다. 그는 "노흐 니 히트(아직 아니군)"이라고 중얼거렸고, 그다음부터는 내가 학교에서 배운 독일어가 바닥을 드러냈기 때문에 우리는 통역사의 도움을 받아서 소통했다.

나를 처음으로 진찰한 후 마이어 교수는 한참 동안 종이에 얼굴을 파묻었다. 30분쯤 지났을까, 아니면 더 많은 시간이 흘렀는지도 모른다. 내 병력을 한 장 한 장 넘겨보면서(가이거는 이 모든 것을 흠잡을 데 없는 독일어로 번역해놓았다!) 의사는 이따금 검지에 침을 바르고 입술을 깨물었다. 가끔 코를 긁기도 했다. 그런 후에는 고개를 들고 말했다.

"우리 병원에 기적을 기대하지는 마세요. 서로 오해가 없길 바라는 마음에 드리는 말씀입니다. 우리는 물론 최선을 다할 겁니다."

나는 내가 이를 다 드러내 보이며 밝게 웃고 있는 것 같은 기분이 들었다.

"사실 저는 그 기적을 바라고 온 거긴 합니다만……."

"기적은 러시아에서나 가능한 일이지요."

이렇게 말하는 마이어의 표정이 슬퍼 보였다.

"선생님은 그곳에서 기적의 법을 따라 살고 계시고, 우리는 이곳에서 현실을 직시하며 살려고 노력합니다. 하긴, 어느 편이 더 나은지는 모르지만 말입니다."

"하느님께서는 원하시는 곳에서 자연의 법칙을 초월하십니다."

나는 내가 믿고 있는 부분을 표현하려 했지만, 통역사는 이 부분을 통역하지 못했다.

그리고 그녀는 나에게 이 문장의 의미를 설명해달라고 부탁했다.

"교수한테 그의 말이 전적으로 옳다고 통역하세요. 조금 어려운 문장입니다."

나는 병원 복도를 따라 걸으면서 의학 범주 안에 있는 것들에 한해서는 물론 독일인들을 신뢰하는 편이 낫겠다는 생각을 했다. 하지만 나의 경우는 이미 오래전에 이 범주를 벗어났다. 그렇다면 나는 더 이상 여기에 있을 이유가 없었다.

방금 인노켄티한테서 전화가 왔고, 곧 페테르부르크로 돌아간다고 했다.

짐을 가지러 간 호텔에서 나한테 전화한 거였다. 거기에서 바로 공항으로 간다고 했다.

하지만 나스챠에게는 말하지 말아달라고 부탁했다. 사실 가장 빠른 항공편을 구할 수 있을지도 의문이지만, 괜히 걱정할까 우려도 된다는 것이 그 이유였다. 그리고 무엇보다 그녀가 이곳에 남으라고 설득할까 봐 걱정된다고 했다. 그리고 그 말은 나 역시 그를 설득할 생각은 안 했으면 한다는 뜻이기도 했다.

나는 설득하지 않았다. 공항에 마중 나가겠다는 말만 했다.

그는 자신의 행동을 설명하지 못했지만, 이 상황에서 무슨 설명이 필요하겠는가? 그는 다만 그곳에 도착해서야 문제를 직시할 수 있었노라고 말했을 뿐이다.

뭐, 누구든 상황을 이해했다면 그걸로도 충분하다. 그런데 정작 나는 아무것도 모르겠다. 심지어 뮌헨까지 가서 그곳 의사들의 의견을 들을 필요가 있었는지도 의문이다.

내가 아는 것은 그가 뮌헨으로 가서 의사들의 의견을 들을 수 있도록 도와준 사람이 나란 사실뿐이다. 어차피 선택은 그의 몫이었다.

몇 달 만에 처음으로 손으로 글씨를 쓴다. 손이 생각처럼 잘 움직여지지 않기 때문에 쉽지 않은 일이다. 가이거는 이것을 소근육 운동과 관련된 문제라고 한다. 워드로 타자를 치지 않고 손 글씨를 쓰는 이유는 이번에 처음 안 사실이지만, 착륙할 때는 컴퓨터를 사용하면 안 되기 때문이다. '착륙'이란 단어는 약간의 호들갑을 포함하고 있다. 30분 전만 하더라도 비행기의 랜딩 기어가 내려오지 않는다고 방송했다. 그러니까 비행기가 '앉을 수가' 없다는 뜻이었다.

내가 글씨를 쓰는 이유는 뭐라도 해야 할 것 같아서이다. 몇 명은 창밖을 보고 있다. 커튼이 쳐졌고, 그래서 자연스럽게 눈이 그쪽으로 향한 것이었다. 착륙하면서 사고가 날 경우 눈이 자연광에 적응하는 데에 시간을 허비하지 않도록 하기 위함이다. 우는 사람도 있지만, 우는 것보다는 펜으로 뭔가를 쓰는 편이 낫지 않은가. 나는 종이가 컴퓨터보다는 더 믿을 만하다고 생각한다. 컴퓨터와 달리 종이는 바닥에 떨어져도 부서지지 않는다. 물론 불에 탈 수가 있긴 하다.

이런 일을 미연에 방지하기 위해 비행기는 연료 방출을 하게 된다. 비행기 내 승무원들은 벌써 두 번이나 승객들에게 자기 앞에 있는 의자에 머리를 꼭 붙이고 있으라고 말했고, 비행기는 최종 진

입을 하고 있었다. 이번에도 랜딩 기어가 내려오지 않았기 때문에 비행기는 활주로 위를 날아서 부드럽게 하늘로 올라갔다.

나는 비행기 끝부분에 있는 창가 자리에 앉아 있다. 나의 오른쪽에는 흰 줄이 그어진 깃이 달린 셔츠를 입고 있는 독일인 노인이 앉아 있다. 그 깃의 무늬는 그가 일신교를 섬기는 사제라는 것을 뜻한다. 그는 점잖은 독일인 특유의 억양으로 묻는다.

"이 비행기에는 몇 명이나 타고 있을까요, 300명 정도요?"

"적어도 그 정도는 될 겁니다."

내가 대답한다.

나는 그의 생각의 흐름을 가늠할 수 있지만, 따라가지는 않는다. 그리고 시선을 창밖으로 돌린다. 비행기 날개 아래에 페테르부르크가 있고, 랜딩 기어는 보이지 않는다. 이따금 승무원들 중 한 명이 창문 쪽으로 다가오지만, 승무원 역시 나와 동일한 바실리옙스키섬 모양, 성 이사크 성당의 지붕, 페트로파블롭스크 요새의 첨탑을 볼 수 있을 뿐이다. 마지막 순간에 이토록 아름다운 모습을 선사할 수 있는 도시는 보기 드물다.

조종실에서 기장이 나와서 마이크에 대고 승객들에게 알린다. 그는 비행기의 착륙 장치가 망가지는 일은 자주 있는 일이며, 이런 일로 죽은 사람은 아직 없었다고 말한다. 그를 보자 마음이 편안해진다. 스피커에서 '사계'의 도입부가 흘러나온다. 통로에 동시에 몇 명의 스튜어디스들이 등장한다. 그들은 비행이 시작되던 때와는 달리 미소를 짓지는 않지만, 그렇다고 얼굴 표정에 패닉이 드러나는 것도 아니다. 기장은(어깨에 술이 달린 군복을 입고 있다) 서

두르지 않고 천천히 비행기 안을 걸어서 비행기 끝 쪽에 있는 커튼 뒤로 사라진다. 내 옆에 앉은 남자는 민간인 미인들이 차이콥스키의 음악에 맞춰 생수를 따르는 모습에 마음을 빼앗겼다. 위험한 순간에 아름다움에 대한 감각이 더 예민해지는 법이다.

뒤쪽에서 절제된 통곡과 짧게 찰싹거리는 소리들이 들린다. 내가 뒤를 돌아본다. 커튼 사이에 난 틈 사이로 뒤로 젖혀진 의자에 앉아서 스튜어디스 중 한 명이 통곡을 하고 있고, 기장이 그녀의 볼을 손바닥으로 때리고 있는 모습이 보인다. 그러니까 그는 특별한 목적이 있어서 객실을 지나간 것이었다.

객실에 앉아 있는 승객 중 한 명이 토한다.

손이 점점 더 말을 안 들어서 글씨가 더 작아지고 삐뚤어진다. 심호흡을 조금 해야겠다. 맞다, 나는 자레츠키의 죽음에 대해 쓰기로 약속했다. 곧 착륙할 테니 서둘러야겠다.

"뮌헨발 비행기의 랜딩 기어가 고장 났습니다." 방금 공항에서 발표했다.

나는 두렵다.

아무 생각도 안 하려고 노력한다.

지금 나에게는 다이어리가 있고, 거기에 지금 내가 보는 것을 적어봐야겠다. 만약 인노켄티가 여기에 있었다면 아마도 그렇게 행동했을 것이다.

다행인 것은 이 사실을 나스챠는 모른다는 것이다. 나스챠는 심지어 인노켄티가 뮌헨을 떠났다는 사실조차 모른다.

마중 나온 사람들은 너무 많이 울어서 눈이 퉁퉁 부은 채로 서 있다. 그중 비극의 결과를 기다리는 사람들은 유난히 미동을 안 한다. 틈새 바람이 꽃다발을 싸고 있는 셀로판을 흔들면서 꽃은 조금씩 불길한 의미를 얻는다.

대합실과 밖에서 첫 번째 카메라가 회전한다.

그리고 환자에게 있어서 참사는 어떤 의미에서는…… 이라는 끔찍한 생각이 갑자기 떠오른다. 그 생각은 옳지 않고, 그래서 끔찍하다.

대합실에 심리학자들이 등장한다. 그리고 그들은 단번에 도움이 필요한 사람을 알아본다(사실 일반적인 상황에서는 그들이 이곳에 있을 이유는 없다).

나에게는 다가오지 않는다. 나는 무언가를 적고 있고, 뭔가를 쓰고 있는 사람은 심리적으로 안정된 상황이라는 것을 뜻하기 때문이다.

거대한 화면에 공항에서 텔레비전 생중계를 하는 장면이 등장한다. 방송국은 잔인하다. 아무런 감정 없이 지금 벌어지고 있는 일을 내보내고 있지만, 바로 이 무정함에 잔인함이 있다.

공간이 둘로 나뉘었다. 이곳에서 꽃다발을 들고 있는 사람들과 화면 속에 등장한 똑같은 사람들 말이다. 나는 화면 속에 있는 내 모습을 본다. 화면 속 내 옆에 있는 심리학자가 슬픔에 잠긴 한 여자를 끌어안고 그녀의 등을 쓰다듬는다. 왜 내가 이들을 못 봤을까?

뒤를 돌아본다. 정말 그들이 서 있다. 슬픔에 잠긴 여자는 심리학자의 한쪽 어깨에 기대고는 넋을 놓고 운다. 어쩌면 아직 희망이 있을지도 모르기 때문에 아직 울기에는 이른지도 모른다.

비행기가 정면을 향하고 있다. 화면 전체에 꽉 찰 정도로 크기가 어마어마하다. 오페라 극장, 아이스링크, 아쿠아 파크는 날 수 있는 기계가 아니다. 거대한 프로젝트를 현실화한 것뿐이다.

비행기는 날지 않고 하늘에 걸려 있다. 비행장의 경계선에서 공기의 흐름이 바뀌는 곳에서 카메라를 향해 포즈를 취하고 있다.

최종 진입을 한다. 고도를 낮춘다.

활주로 위를 쏜살같이 난다.

우리는 랜딩 기어가 또다시 밖으로 나오지 않은 것을 보며, "제발 착륙하지 마, 착륙하지 말라고……!"라고 소리 지른다.

모두 다 같이 소리를 지른다.

비행기는 다시 고도를 높이고 다음 재착륙을 시도하기 위해 다시 돌아간다.

나는 이미 오래전부터 자레츠키를 죽인 사람은 플라토노프라는 사실을 알고 있었다. 지금 플라토노프가 멀리 떠나 있기 때문에 이 일에 대해 글을 쓸 때 마음이 더 편하다. 할머니는 자기가 누군가를 '사주했다'고 하면서 나를 혼란에 빠뜨렸지만, 금세 나는 할머니의 말씀이 사실이 아니라는 것을 깨달았다. 할머니의 말씀을 들었을 때도 반박할 수 없었던 이유는 단지 할머니가 누구를 사주했는지 알 수 없었기 때문이다. 그러니까 좀 더 정확히는 누구에게 말씀하셨는지. 할머니의 아버지 그러니까 나의 증조할아버지가 체포되었을 때, 할머니는 플라토노프에게 절대 자레츠키를 죽이지 말라고 하셨다고 한다. 조금만 생각하면 이 부탁의 의미가 무엇인지 알 수 있었을 것이다. 그가 자백을 생각했더라도 이런 말까지 듣고서 그가 어떻게 자백을 할 수 있었겠는가?

살해하는 장면 자체를 상상하는 것은 다소 힘들다. 굉장히 중요한 일에 대한 것이므로, 지어내지는 않겠다. 나는 여러 번 플라토노프와 자레츠키에 대해 말을 하고 싶었지만, 용기가 나지 않았다. 그가 먼저 말하지 않는 이상 내가 그에게 이 말을 꺼낼 필요는 없다고 생각했다. 하지만 이제는 말을 할 때가 된 것 같다. 그가 나와 가이거에게 자레츠키와 관련해서 부탁한 이유가 있을 것이며, 이것은 위대한 일과 관련된 부탁이었다.

참, 가이거……. 이유는 알 수 없지만, 나는 가이거 역시 눈치를 챈 것 같다는 생각이 든다. 어쩌면 나보다 더 일찍 알아차렸는지도 모른다. 하지만 고집스럽게 침묵하고 있다.

신이시여, 나를 긍휼히 여기소서. 나는 내가 한때 사람을 죽였노라고 사제 앞에서 고해성사를 했지만, 마음은 여전히 무겁다. 그러자 사제는 내가 죽이지도 않은 신에게 용서를 구하는 것보다는 죽인 사람에게 용서를 구하는 편이 낫지 않느냐고 대답했다. 맙소사, 내가 살해한 사람에게 무슨 말을 할 수 있으며, 한다 한들 거기에서 내 말을 들을 수 있을까? 그런 후에 나는 집에 와서 살해 도구를 들고 범행 장소로 향했다. 그곳에 도착해서는 "하느님의 종 성 니콜라우스여, 제가 당신을 1923년 3월의 어느 저녁에 테미스 조각상으로 죽였습니다. 저를 용서해주세요"라고 말했다. "당신은 당신이 죽은 바로 그해부터 어쩌면 이 말을 기다렸는지도 모르지만, 나는 이런 일이 가능하다고 생각하지 않았기에 이 말을 입 밖에 내지 않았습니다."

그런 후에는 공동묘지에 갔다. 테미스를 가지고 다시 하느님의 종 성 니콜라우스와 말했다. 테미스를 범행 도구로 쓴 일에 관해서도 용서를 구했는데, 그를 죽일 때만 하더라도 정의를 실현한다는 착각을 했다고 말이다.

하지만 현실은 온통 부조리뿐이었다. 사실 정의라는 명분은 죽인 후에 생각해낸 것이고, 처음에 내가 테미스를 범행 도구로 선택한 이유는 전혀 다른 데 있었다.

마치 내 손에 맞춘 것처럼 내 손이 조각상에 완벽하게 감겼다. 저울만 빼면 조각상은 이상하게도 한 손으로 쥐기 편하게 만들어진 것 같았다. 저울이 망가지자 테미스가 들어 올린 한 손이 아래로 미끄러지지 않도록 손바닥을 자연스럽게 지탱했다. 이렇게 해서 청동으로 만들어진 정의의 여신은 범행을 할 때의 손잡이가 되었고, 주추는 망치가 되었다. 전에는 평화적 목적으로만 사용됐을 조각상은(호두를 깔 때 가장 자주 사용했다) 갑자기 복수의 무기로 변했다. 즈다놉카강을 따라 걷는 동안 나는 품 안에 있는 조각상을 느꼈는데, 마치 도끼처럼 차가웠다.

나는 자레츠키를 관목 뒤에서 기다렸다. 가이거가 추측했듯이 가지를 아래로 늘어뜨린 버드나무 뒤가 아니라, 지금은 이름도 기억나지 않으나 풍성하게 사방으로 뻗어 있던 관목 뒤에 숨어 있었다. 자레츠키의 동선을 알고 있었지만, 평소보다 어딘가에서 지체했는지 나는 그를 생각보다 더 오래 기다려야 했다. 하지만 날이 점점 어둑해지고 있었기 때문에 나한테 더 유리해졌다. '그날 그가 오지 않았더라면'이라는 생각은 수없이 내 머릿속을 헤집어놓았다. 처음 용기 냈던 일이 좌절되면 두 번째는 더 힘들어지는 법이기 때문에, 만약 그가 그날 오지 않았더라면 그 일은 일어나지 않았을 것이다.

하지만 그 일은 미뤄지지 않았다. 자레츠키가 갑자기 범행 장소에 나타나서 나는 간신히 내가 선택해둔 관목 뒤에 몸을 숨겼다. 무슨 일 때문에 그가 생각보다 늦게 도착했는지는 알 수 없지만, 얼굴이 뭔가 슬퍼 보였다. 내가 얼마 전에 그린 초상화에서도 그는 그렇게 슬픈 표정을 짓고 있었다. 그는 파충류가 아닌 인간의 얼굴을 하고 있었다. 만약 그날 저녁에도 그의 얼굴이 그랬다면, 범행을 했던 3월의 어느 날의 사건은 전혀 다른 방향으로 발전했을 수도 있다. 하지만 그의 인간의 얼굴은 점점 녹더니 마치 낡은 가면처럼 그 사이로 예전 모습이 드러났다. 주위를 둘러봤지만, 아무도 없었다.

은신처에서 나오면서 나는 저런 얼굴로 아나스타샤의 아버지를 밀고했을 거라는 생각을 했다. 그러자 힘이 불끈 솟았다. 사실 여기까지 오는 동안 나는 결정적인 순간에 그를 죽이지 못할까 봐 두려웠다. 구체적으로 그를 내리치기 위해 손을 들지 못할까 봐 두려웠다. 하지만 그것은 기우에 불과했다. 나는 손이 안정적으로 쥐고 있는 조각상을 느끼면서 자레츠키 쪽으로 몇 걸음 다가가서 손쉽게 내리쳤다. 그러자 건조한 나무가 갈라지는 듯한 소리가 들렸다. 자레츠키는 뒤도 돌아보지 않고 쓰러졌다. 나를 보지도 못한 채로 말이다.

　나는 상체를 숙이고 그를 내려다봤다. 그는 누워 있었다. 두 무릎을 굽히고 있었고, 미세하게 떨고 있는 것이 보였다. 내려진 바지 지퍼에서 콜바사가 앞으로 툭 튀어나와 있었다. 역겨운 걸 간신히 참고 연결된 줄을 끊고는 콜바사를 즈다놉카강에 던졌다. 첨벙하는 소리를 듣고 오리 두 마리가 접근했다. 그러고는 흩어지는 원을 아쉬운 듯한 표정으로 관찰했다. 그리고 내 관심은 자레츠키를 떠난 것처럼 행동했다. 자레츠키를 지저분한 눈과 바위 사이에 두고 나 혼자 천천히 위로 올라가서 강변 산책로를 따라 느리게 걷기 시작했다.

　그리고 집에 도착했다. 집에서 아나스타샤와 함께 차를 마신 후에 그녀의 방에 있는 안락의자에 앉아 있었다. 고요한 방 안에 째깍거리는 시계 소리만 들릴 뿐 우리 두 사람 모두 말이 없었다. 나는 즈다놉카강 가에서 일어난 모든 일이 마치 꿈인 것 같은 착각이 들기 시작했다. 하지만 아무리 기다려도 자레츠키는 오지 않았다. 그러자 나는 이 일이 꿈이 아니라는 것을 깨달았다. 이것은 그 어떤 것보다 더 와닿는 현실 중의 현실이었다. 그러니까 이 현실의 이름은 '죽음'이었다.

　"웬일인지 자레츠키가 안 오네."

　아나스타샤가 말했다.

　"오겠지!"

내가 부러 힘주어 말했다.

"혹시 안 오면?"

아나스타샤가 옅은 미소를 지었다.

그가 다시 돌아오기를 얼마나 바랐던가. 잔뜩 겁을 먹은 얼굴로 피범벅이 된 상태로라도 돌아와주길 바랐다. 하지만 그는 끝내 오지 않았다.

소방차들이 하나둘 모습을 드러내기 시작했다. 소방차들은 한 활주로 주위에 질서 정연하게 모여들고 있다. 이 활주로로 사고 비행기가 착륙할 것이다.

공항 쪽으로 난 고속도로에 구급차들이 일렬로 달리고 있는 모습이 헬리콥터에서 찍혔다. 이 구급차들에서 500미터 정도 간격을 두고 또 다른 구급차들이 일렬로 공항으로 향하고 있었다.

그리고 나는 갑자기 왜 구급차를 '응급 마차'라고 부를까 생각했다. 다른 건 다 사라지고 이 단어만 이렇게 남아 있는 것이 뭔가 어색하다.

나는 자레츠키의 죽음을 묘사하기로 마음먹었지만, 무슨 이유에서인지 텔레비전을 켰다. 거기에서는 뮌헨발 비행기 상황을 생중계하고 있었다. 그 비행기에 플라토노프가 탔을지도 모른다는 생각을 하자 마음이 불안해졌다. 활주로 양쪽에 소방용 호스가 펼쳐지고 있다. 그리고 나는 속으로 '저분들 정말 용감한 분들이구나!'라고 생각했다. 저분들은 불타는 비행기에 물을 뿌려야 할지도 모르니까 말이다.

그때 문득 나는 플라토노프가 어렸을 때 소방관이 되고 싶어 했다고 했던 말이 떠올랐다. 그때 이미 그는 소방관이라는 직업의 위험함에 끌렸고, 그들이 맞닥뜨릴 수 있는 비극과 위대함을 생각하면서 울었다고 했다. 불타오르는 기둥이나 앙상하게 뼈대만 남은 지하실 속에서 그들은 생명을 살리기 위한 투쟁을 한다. 혹은 랜딩 기어 없이 착륙하는 비행기 안에 있는 사람들의 목숨을 살리기 위해 고군분투한다.

비행장에 구급차들이 속속 들어오고 있다. 그리고 흰 가운에 코트를 걸친 의사들이 구급차에서 내린다. 이 사람들이 걸친 흰색 가운만 봐도 육체의 고통이 연상되기 때문에 마음이 안 좋다.

텔레비전에서 어떤 항공기 전문가가 나온다. 그는 랜딩 기어 없이 착륙하기로 했다고 하며 이제 '비상착륙'에 대비해서 활주로를 준비할 것이라고 말한다. 화면 속에서 지껄이는 의미 없는 말은 정말 싫다. 자기가 그렇게 잘났으면, 랜딩 기어가 왜 안 내려왔는지 설명을 하든가, 더 좋은 건 랜딩 기어가 내려올 수 있도록 손을 쓰면 될 것 아닌가. 만약 그럴 능력이 안 된다면 아무 말도 하지 않았으면 좋겠다.

그는 정말로 입을 다문다.

화면에 비행기의 모습이 보인다. 비행기는 벌써 하강을 시작했다.

소방관들의 모습이 클로즈업된다. 사람들의 시선이 비행기가 등장할 수 있는 곳에 쏠려 있다. 그들의 얼굴에는 긴급 경고등 불빛이 일렁인다. 소방관들이 일사불란하게 소방 호스를 든다. 호스에서 거품을 내뿜는 물이 뿜어져 나온다.

이걸 왜 다 보여주는 거지?

나는 과거의 추억과 함께 살며 이 추억은 내가 죽을 때까지 나와 함께할 것이다. 곧 내 삶의 끝이 올 수도 있다는 점을 감안하면 그 추억은 어쩌면 죽은 후에도 남아 있을 수 있다. 거기에 모든 사건이 발생하고 추억을 추억할 것이다. 만약 영혼이 영원하다면 그 추억과 더불어 추억과 관련된 모든 행동, 사건 그리고 느낌도 영원히 사라지지 않을 것이다. 물론 다른 방식으로 저장되고 순서는 다를 수도 있지만, 내가 어느 날 어느 유명한 문 위에서 본 '신은 모든 것을 보존한다'라는 글귀처럼 사라지지 않을 것이다.

나는 내 옆에 있는 사람의 한쪽 어깨를 건드린다.

"선생님, 내가 만약 가까운 사람을 해쳤으면, 그는 내가 용서를 구하기 전에 나에게 똑같이 갚아줘야겠지요? 이런 유의 사건의 순서는 이렇겠지요?"

그의 눈에 미세한 놀라움이 나타났다 사라진다.

"그렇다면 가능한 다른 방식은 어떤 것이 존재하지요?"

"지금 내가 생각해본 건데 가능한 것 같습니다. 사실 진정한 참회는 죄를 짓기 전의 상태로 돌아가는 것, 즉, 일종의 과거의 시간을 극복하는 행위입니다. 이미 지은 죄는 사라지지 않지만, 죄를 뉘우쳤기 때문에 마음은 가벼워진다는 것입니다. 그러니까 죄가 남아 있지만, 동시에 사라진 것 같은 상태가 되는 것입니다."

내 옆에 앉은 이가 의자 팔걸이 위에 걸쳐진 내 한쪽 손에 자신의 손을 얹고는 내 손을 꼭 쥔다. 두 눈에 눈물이 글썽인다.

"무슨 말씀을 하시는 건지 하나도 이해를 못 했습니다. 하지만 왠지 선생님의 말이 옳다고 생각되는군요."

비행기가 착륙을 하기 시작했다. 인노켄티, 이보게, 힘내게!

"뭘 그렇게 열심히 쓰세요?"

"사물과 감정 등을 묘사하고 있어요. 사람들도요. 요즘 저는 매일 제 기억 속에 있는 것들이 사라지기 전에 제가 기억하는 것들을 적고 있어요."

"그러기에는 신이 창조한 이 세계가 너무 거대하지 않을까요?"

"각자 자신이 속한 세계 즉, 이 세계의 일부를 적으면 됩니다. 하긴, 꼭 그 세계의 일부가 작다고만 단정 지을 수는 없지만요. 넓은 시야는 언제든 확보될 수 있다고 봅니다."

"이를테면요?"

"비행사처럼요."

플라토노프가 탄 비행기가 아니어서 얼마나 다행인가.

테미스 조각상을 떠올려본다. 이 조각상 없는 내 어린 시절은 상상할 수도 없으며, 이 조각상은 내 어린 시절의 가장 인상 깊은 순간들에 나와 함께했다. 이 조각상의 저울을 망가뜨릴 때만 하더라도 이 조각상이 어떻게 사용될지 알지 못했다. 하지만 어린 시절

나의 장난이 결국 수년 후에 즈다놉카강 가에서 전개될 그 사건의 일부가 되었다. 세상에서 일어나는 사건들을 중요한 사건과 중요하지 않은 사건으로 나누는 것은 무의미하며, 모든 것이 중요하고, 결과가 좋든 나쁘든 다 그 나름대로의 의미가 있는 것 같다.

삶의 사소한 부분까지 묘사하는 화가라면 내 말뜻을 이해할 것이다. 물론 표현하지 못하는 것은 얼마든지 있을 수 있다. 이를테면 남쪽 도시에 있는 어떤 화단을 그릴 때, 그는 7월의 어느 저녁 꽃향기를 화폭에 담지는 못할 것이다. 비 온 뒤에 이 꽃향기가 스며든 습한 공기 역시 그려내지 못할 것이다. 하지만 그림에서 좋은 향기가 나는 놀라운 일이 벌어질 때가 없는 것은 아니다. 왜냐하면 진정한 예술은 표현할 수 없지만, 우리 삶을 구성하는 것을 표현해내는 것이다. 표현의 완성을 추구할수록 진실에 더 가까이 다가가게 된다.

말이나 물감으로는 표현할 수 없는 것이 있다. 그것이 있다는 것은 알지만, 그것에 다가갈 수 없는 이유는 그것이 너무 깊기 때문이다. 밀려드는 파도 옆에 서서 바다에 들어가려면 물 위를 걷는 것과 같이 다른 방법으로 가야 한다는 것을 깨닫게 된다. 예를 들어 '내 어린 시절'이라는 말만으로는 내 딸은 아무것도 이해하지 못할 것이다. 그 아이에게 당시에 내게 행복은 어떤 것이었을지 이해하도록 하려면, 나는 천 개에 달하는 다양한 사건이나 사소한 일들을 자세히 설명해주어야 할 것이며, 이 역시 완전하리라는 보장은 없다.

이런 경우 '자세히 설명해준다'는 것은 무엇을 의미하는가? 이를테면 지금까지도 기억하는 침대와 닿아 있는 벽지에 그려진 꽃무늬 같은 것이다. 나는 종종 밤에 잠들기 직전에 그 벽을 쓰다듬은 기억이 있다. 오케스트라의 심벌즈처럼 날카로운 소리가 나는 요강 뚜껑 소리 같은 소리도 있다. 내가 움직일 때마다 삐그덕거리던 침대 소리도 아직까지 생생하게 기억한다. 차갑고 반짝이던 침대 프레임을 어루만지고, 프레임을 손바닥과 손등으로 어루만지면서 내 손의 온기를 전해주던 기억도 잊히지 않는다. 침대 아래로 내려가서 침대보의 주름을 만지고 침대 위에 앉아 계시던 할머니 무릎에 기댔었다. 나는 샹들리에와 샹들리에가 만들어내는 그림자를 자세히 살펴본다. 천장 중앙은 밝지만 구석 쪽은 어둡다. 한편 장식장 안에는 테미스가 정의의 빛을 밝히면서 한 손에 저울을 들고 있다. 할머니는 《로빈슨 크루소》를 읽고 계신다.

비행사

1판 1쇄 발행 2021년 3월 5일

지은이 · 예브게니 보돌라스킨
옮긴이 · 승주연
펴낸이 · 주연선

총괄이사 · 이진희
책임편집 · 허유민
본문 디자인 · 이다은
마케팅 · 장병수 김진겸 이선행 강원모 정혜윤
관리 · 김두만 유효정 박초희

(주)은행나무
04035 서울특별시 마포구 양화로11길 54
전화 · 02)3143-0651~3 | 팩스 · 02)3143-0654
신고번호 · 제 1997—000168호(1997. 12. 12)
www.ehbook.co.kr
ehbook@ehbook.co.kr

잘못된 책은 바꿔드립니다.

ISBN 979-11-91071-41-2 03890